教育部人文社会科学重点研究基地山东大学文艺美学研究中心基金资助

国家社科基金重大项目"生态美学文献整理与研究"（项目批准号16ZDA111）阶段性成果

生 态 美 学 研 究 丛 书

曾繁仁 程相占 主编

U0771097

西方生态美学史

程相占 等著

山东文艺出版社

图书在版编目（CIP）数据

西方生态美学史 / 程相占等著. —济南：山东文艺出版社，2021.4

（生态美学研究丛书 / 曾繁仁，程相占主编）

ISBN 978-7-5329-6337-9

Ⅰ. ①西… Ⅱ. ①程… Ⅲ. ①生态学—美学史—西方国家 Ⅳ. ①Q14-05

中国版本图书馆CIP数据核字（2021）第040497号

西方生态美学史

XIFANG SHENGTAI MEIXUESHI

程相占　等著

主管单位　山东出版传媒股份有限公司

出版发行　山东文艺出版社

社　　址　山东省济南市英雄山路189号

邮　　编　250002

网　　址　www.sdwypress.com

读者服务　0531-82098776（总编室）

　　　　　　0531-82098775（市场营销部）

电子邮箱　sdwy@sd.press.com.cn

印　　刷　山东新华印务有限公司

开　　本　710毫米×1000毫米　1/16

印　　张　42.5

字　　数　650千

版　　次　2021年4月第1版

印　　次　2021年4月第1次印刷

书　　号　ISBN 978 - 7 - 5329 - 6337 - 9

定　　价　170.00元

总序　发展生态美学　建设美丽中国

2012年，"美丽中国"被正式列为中国特色社会主义建设重要目标之一；2017年10月18日，习近平总书记在中国共产党第十九次全国代表大会上作报告，提出"把我国建成富强民主文明和谐美丽的社会主义现代化强国"。新时代生态文明与美丽中国建设的伟大目标和伟大实践，为中国生态美学发展提供了新的机遇与广阔天地。我们应抓住这一时代机遇，乘势而上，发展完善中国形态的生态美学，为建设美丽中国提供智慧支持，努力使中国生态美学成为国际生态美学不可或缺的一部分。

当代中国生态美学反映新时代精神，重视人与自然的关系

中国生态美学兴起于1994年，最初以介绍西方环境美学为主。二十一世纪初期中国学者开始独立探索生态美学，出版中国生态美学论著，召开一系列国际生态美学研讨会，开始与国际生态美学对话。

新时代美丽中国建设使生态美学由边缘走向主流。哲学是时代精神的精华。美学作为哲学的重要组成部分，自然也是时代精神的体现。在新时代，生态文明建设被提高到前所未有的高度。生态美学反映了当代中国人与自然和谐共生的美学精神，是一种反映社会主流价值取向的话语体系，是新时代具有标志性的美学形态。生态美学正由美学边缘进入美学主流。

其实，每个时代都有自己的美学话语。在战火纷飞的革命年代，毛泽东同志在《在延安文艺座谈会上的讲话》中提出文化和军事两条战线，提出文艺为工农兵服务的方针；在如火如荼的社会主义建设时期，人们面临

改造自然、发展工业农业的任务，在两次美学大讨论中产生了人化自然的实践美学；当前，我国社会正大踏步走进生态文明新时代，人化自然的实践美学已经无法满足时代需要，生态美学响应时代呼唤，走到美学前沿，这是时代发展的必然趋势。

生态美学逐渐受到学术界重视。在可预见的将来，将有更多学者接受生态美学并从事生态美学研究，进而推动生态美学发展成熟，为新时代美丽中国建设提供哲学美学话语支持。法国哲学家加塔利在其《三重生态学》中提出精神生态学，认为自然环境、社会关系与人类主体性是二律背反的关系，其中任何一个领域取得长足进展，都会同时促进另外两个层面的完善，最终在外在生存环境和内在生命本体的双向互动中通达生态智慧，改善人类生态。这里的二律背反是指自然生态理论与社会生态理论及精神生态理论的相辅相成，三者内涵既有区别又相互依靠、相互支撑，须臾难离：自然生态理论离不开精神生态理论，离不开人的生态素养；缺乏生态理论素养，特别是缺乏亲近自然、热爱自然的审美情怀，自然生态保护与生态文明建设就难以落实。

新时代美丽中国建设为生态美学发展奠定了人与自然共生的实践基础。人与自然的关系是最基本的哲学出发点。长期以来，特别是工业革命以来，人类尊奉人类中心论的哲学原则，将人与自然对立起来，无休无止地向自然索取。"人是万物的尺度""人为自然立法"等人类中心论的理论观点，一度占据压倒性优势。但从唯物史观来看，任何理论形态都不是永恒的，都在历史上产生，又在历史发展中转型。接受了工业革命后大肆破坏自然的严重教训，经历了伦敦雾与日本水俣病这样的生态灾难，人类开始反思，人类中心论逐步被生态整体论代替。

新时代美丽中国建设提出了自己新的生态哲学原则：尊重自然、顺应自然、保护自然、保护优先。这里，尊重、顺应、保护，将人与自然由对立引向共生。共生正是新时代美丽中国建设所遵循的基本生态哲学原则。这个哲学原则为生态美学发展提供了最基本的哲学理论前提。众所周知，无论是欧陆现象学生态美学还是英美分析哲学之环境美学，都是力主人与自然之共生。中国学界推崇的生态美学倡导体现中国精神，尤其是中国生态精神，这是对人类中心论与传统认识论美学的突破，是当代中国生态美学进入世界美学话语体系的哲学根基。

突破传统美学内涵，整体论成为生态美学新亮点

新时代美丽中国建设为新的生态美学确立了新的对象与内涵。长期以来，美学的研究对象都是艺术，黑格尔所谓美学，即艺术哲学，深深影响中国美学界，将艺术与艺术之形式美作为美学的基本对象与基本内涵。新时代美丽中国建设给予"美丽"以新的定义：所谓美丽，主要是绿色与生命。以此指导中国生态美学建设，赋予了生态美学以全新的审美对象与全新的审美内涵。就审美对象而言，美丽中国建设将人与自然的绿色与生命的审美关系作为最重要的审美对象之一，在国际美学界首次鲜明地将绿色与生命作为美学的主要内涵。这就突破了传统美学有关审美内涵的论述，即突破了康德的静观美学与无目的的合目的的形式之美，黑格尔的"美是理念的感性显现"，当然也突破了中国实践美学的本质力量对象化的美，这些美学观基本都是人类中心论观念统摄下的改造自然之美。

新时代美丽中国建设为生态美学赋予了新的价值伦理判断。传统美学的伦理判断是人类中心论的，自然被视为附庸。实践美学也是将人的社会性作为美的最主要的标志，不承认大自然与生命的自身之美，认为只有在人的社会实践达到之处才有自然与生命之美，因而无法解释人类实践所达不到的自然现象。而英美一些美学家则持有生态中心论的哲学立场，提出自然全美与荒野哲学的判断。其实，无论是人类中心论，还是生态中心论，都带有某种乌托邦色彩。新时代美丽中国建设坚持一种人与自然共生的哲学与伦理学立场，这就以一种崭新的整体论取代了各有偏颇的人类中心论与生态中心论，坚持所有内在价值只有在这一范围内才有其意义。这种价值观与伦理观是当代最先进的价值观与伦理观，是中国为世界提供的关于生态伦理与生态美学的最有价值的思想方案，是中国生态美学的亮点之一。

构建生态美学中国话语，推动美丽中国建设伟大实践

新时代美丽中国建设为生态美学接通了中国传统文化重要资源，使生态美学的中国话语建设有了坚实的基础。长期以来，有一种观点认为，文化发展是线性的，西方文化强于中国，所以必须以西释中，甚至全盘西化。他们认为中国古代没有哲学，没有美学，也没有生态美学，只有所谓各种智慧。当我们在新时代更加平和、客观地反观自身时，就会获得应有的文化自信与中华文化立场，就会重新发现中华文明绵延生息过程中逐渐发展出来的独有的哲学、美学与生态美学。我们强调文化主要不是生产力，而是生活方式，在文化发展上坚持不同于线性说的类型说；认为中西文化是两种不同的类型，各有千秋，各有特色，只能互补互证、相得益彰，不能互相取代、互相对抗。我们认为，生态文化对于以农耕为主的中国传统社会来说是一种在特定历史地理环境与生产习俗调适下发展出来的原生性文化，以天人合一为其文化模式，以阴阳相生为其基本内涵。

所以，我们提出生生之美，包含变易、创生、创新、仁爱与心性等丰富内涵，这些亦是中国传统文化与美学中具有本体性的哲学与美学元素。众多前辈学者已经论述过生生之美的内涵与价值。反观西方自古希腊以来就是一种以实体性为对象的科技文化，进而发展为工具理性文化，造成了严重的环境污染；此后才在反思基础上，借鉴东方文明，主要是中华文明，产生了反思性的生态文化。由此出发，我们可以看到中国具有有机性的生生之美，相对于欧陆现象学之此在与世界的阐释之美，以及英美环境美学对审美模式进行恰当与不恰当判断的认知之美，恰恰构成一种三角对话关系，使得中国生生之美具有走向世界、建设中国生态美学乃至美学重要话语体系的广阔空间。

新时代美丽中国建设还为中国生态美学建设拓展了领域，使之由书本走向社会，走向了中国特色社会主义建设第一线。新时代美丽中国建设不是纸上谈兵，而是十四亿中国人前无古人的伟大实践。党的十八大以来，我国生态文明建设领域开展了规模宏大的蓝天保卫战、大气污染防治、土壤污染防治与环境保护督察等重要工作，取得了重大成效。新时代美丽中

国建设要求生态美学不仅要在学术探讨方面迈出步伐，而且要走向社会实践第一线，与城市建设、新农村建设以及经济建设紧密接轨，在社会实践上作出新的更大贡献。

二十一世纪中叶，我国将建成富强、民主、文明、和谐、美丽的社会主义现代化强国，美丽中国目标得以实现，这将是人类社会的伟大创举。我们美学工作者能参与这一伟大实践，能够在这一伟大实践中有所创造、有所贡献，这是我们美学工作者从未有过的幸福，也是我们毕生的追求。

是为序。

曾繁仁

2018年6月22日

目　录

下 编

Contents

Part 2

前　言

　　工业革命最早发生在西方，以工业革命为基础发展起来的工业文明最早出现在西方，工业文明的弊端，即生态危机，也最早产生于西方，对于导致生态危机的思想文化根源之反思和批判，也顺理成章地最早出现在西方。

　　生态美学诞生的时代背景正是日益加剧的全球性生态危机，其思想主题一直是对于现代西方工业文明及其哲学基础的反思和批判。这样一来，生态美学较早出现在西方就不难理解了。

　　根据我们的观察和思考，西方生态美学的雏形，最早可以追溯到美国学者利奥波德的学说。尽管利奥波德并没有直接使用"生态美学"这一术语，也没有系统地论述生态美学的理论框架，但他出版于1949年的《沙乡年鉴》提出了"大地伦理"，在反思和批判西方现代自然美学的基础上，自觉而充分地借鉴生态学知识和进化博物学知识探讨自然审美问题，从而揭示了有别于现代审美的生态审美之根本要义，即在生态伦理观与生态学知识的引领下对于自然进行新型的审美欣赏。这是一种区别于现代西方自然美学的生态的自然美学，可以视为西方生态美学的雏形。因此，我们将利奥波德的大地美学作为西方生态美学史的发端。[1]

　　本书旨在按照核心文献发表或出版年份的先后顺序，客观地叙述和分析西方学术界从1949年到2019年产生的生态美学文献（包括论文和著作）。除了将英语文献和德语文献作为全书的主要研究对象之外，本书还设计了专门章节，分别介绍法国生态美学、意大利生态美学、西班牙语生态美学

---

[1] 笔者曾经将美国学者米克称为"生态美学之父"。但是，加拿大学者艾伦·卡尔森阅读本人的论著之后，通过电子邮件向笔者指出，利奥波德才是"生态美学之父"。本书将利奥波德的大地美学作为西方生态美学史的开端，就是受到了卡尔森的启发和鼓励，特此说明并向卡尔森先生致谢。

和俄罗斯生态美学，意在尽可能全面完整地展示70年的西方生态美学史。简言之，本书的基本内容可以概括为如下一句话：6种外语70年的西方生态美学史。

众所周知，真正意义上的历史，不仅仅是按照时间先后对历史素材和文献资料的编排，还应该是对历史现象所隐含的发展规律的揭示，出现在前的通常为因，发生在后的通常为果。但是，本书所说的西方涉及北美和欧洲多个国家，各国学者通常是在相对独立的环境中进行研究的，因此，各国生态美学之间并没有特别明显的交流和影响——如果有的话，本书将着力揭示。这就使得我们总结西方生态美学的历史发展规律颇为困难。我们清醒地认识到，如果执意这样做，那将会扭曲西方生态美学的历史原貌，违反史学追求历史真实的本义。正是出于这种考虑，本书可以理解为西方过去70年历史上的生态美学。

本书前十二章的排序原则是按照核心文献的发表或出版年份，依次如下：

1949，利奥波德的《沙乡年鉴》（第一章）

1972，米克的《走向生态美学》（第二章）

1983，勒班陀的《面向人类的艺术——抑或生态艺术》（第三章）

1984，卡尔森的《自然与肯定美学》（第四章）

1988，高主锡的《生态美学》（第五章）

1989，伯梅的《朝向一种生态自然美学》（第六章）

1995，戈比斯特的《奥尔多·利奥波德的生态美学——整合审美价值和生物多样性价值》（第七章）

2002，罗尔斯顿的《从美到责任——自然美学与环境伦理学》（第八章）

2004，普瑞格恩主编的《生态美学——环境设计艺术的理论与实践》（第九章）

2005，克拉克的《聆听音乐的生态感知方法》（第十章）

2006，林托特的《走向生态友好型美学》（第十一章）

2014，迈尔斯的《生态美学——气候变化时代的艺术、文学和建筑》（第十二章）

这里需要特别说明如下两个问题：

第一，文献的选择标准。生态美学是一个尚未完全成熟的研究领域，对于其确切内涵，国际学术界并没有达成完全一致的共识，欧美学者甚至经常将之等同于环境美学。面对这种现状，我们采取了较为严格的选择标准，那就是在论文或著作的标题中出现了"生态美学"这一术语。[1]如果论著的标题中没有出现这一术语，那就分析其内容的基本倾向及其是否提及这一术语。比如，第四章卡尔森的文章和第八章罗尔斯顿的文章，尽管其题目中都没有出现"生态美学"，但是其理论思路和价值取向都与生态美学高度吻合，而且都在文章中提到了"生态美学"这一术语，因而被认定为本书的研究对象。

第二，上面列举的核心文献仅仅是各章排序的依据。在具体的研究中，第二、四、五、七、八、十一章涉及的文献都远不止一篇文章。比如，本书涉及的文献甚至包括卡尔森2018年发表的文章，但是我们不能根据这篇文章的发表时间把卡尔森放在末尾。

本书前十二章都包括如下五部分，也就是我们的论述思路和研究方式：第一，根据知人论世原则，客观地介绍作者的生平、学术活动和代表性论著，尽可能地突出与生态美学相关的内容；第二，提炼作者提出的理论问题和核心观点；第三，分析作者为什么要提出这样的问题和观点；第四，分析作者是如何论述、如何论证其理论学说的，这是重点；第五，评价作者在生态美学史上的理论贡献、局限与历史地位。

前十二章是本书的主体内容，我们所依据的文献主要来自英语和德语。但是，除了这两种语言之外，西方生态美学还分散在其他语言之中。为了

---

[1] 这里需要特别说明如下一种学术困境，那就是有些论文虽然以"生态美学"为题，但其内容却是"环境美学"。这种情况不仅发生在俄罗斯，也发生在欧美。这样的文章当然不是本书所研究的对象。简言之，要清晰地认定本书的研究对象，必须清晰地区分生态美学与环境美学。本书的依据是如下一篇论文：程相占：《论环境美学与生态美学的联系与区别》，《学术研究》2013年第1期。

论述的方便，同时使内容相对集中而不至于散乱，本书接下来的四章改变了按照时间顺序排列的方式，而是按照国家（语种）来排列，分别介绍了另外四个国家（语种）的生态美学：

法国生态美学　第十三章
意大利生态美学　第十四章
西班牙语生态美学　第十五章
俄罗斯生态美学　第十六章

全书的"结语"以"西方生态美学建构的三种路径"为题，将本书讨论的生态美学之建构路径划分为如下三种：哲学思辨路径、生态艺术理论路径和环境设计实践和管理路径，试图从宏观上描述西方生态美学的整体特点和发展规律，尽可能地弥补前十二章以时间排序的缺陷和不足，努力使本书成为一部比较严格意义上的西方生态美学史。

第一章　奥尔多·利奥波德

我们认为，生态美学是以生态审美为研究对象的美学理论，其持有一种生态整体主义的世界观、审美观，强调生态知识在审美活动中的作用。尽管"生态美学"这一术语直到1972年才由美国学者约瑟夫·米克提出，但是根据我们对生态美学的理解，这样一种基于生态知识的以生态审美活动为对象的理论探讨，早在1949年就已经出现在美国学者奥尔多·利奥波德的《沙乡年鉴》中。在该书序言中，利奥波德就提出要将生态学、伦理学和美学结合起来思考。

利奥波德基于进化论和生态学知识，构建了"大地伦理"，并以此为据开展审美活动，作出审美判断。美国学者考利科特将利奥波德的审美理念概括为大地美学。大地美学是基于进化论和生态知识的美学理论，既不同于以往以艺术品为核心的艺术哲学，也有别于依附于艺术美的自然美学。大地美学基于对大地共同体的认同，无差别地将一切自然事物都视作审美活动的对象，不仅仅是对自然事物外在形式的欣赏，更深入到对自然事物的进化历程及其生态联系的欣赏中。大地美学倡导一种多感官综合运用的审美方式，既包括传统审美活动中的视觉、听觉，还包括身处自然时的嗅觉、触觉等全方位的感受。而生态知识贯串审美活动的始终。

尽管利奥波德没有直接使用"生态美学"这一术语，其大地美学也并非系统的美学理论，但是由于他自觉地将生态知识与自然审美活动相结合，其美学思想对后来的西方生态美学有着明显的影响。所以，本书将其视为西方生态美学的萌芽，将其作为本书的正式开端。

第一节　奥尔多·利奥波德及其学术研究

一、奥尔多·利奥波德其人

奥尔多·利奥波德 (Aldo Leopold，1887—1948) [1]，美国著名自然保护主义者、森林学家、哲学家、教育家、作家和户外运动爱好者，威斯康星大学野生动物管理教授，被誉为"野生动物生态学之父""美国荒野系统之父"。利奥波德终身致力于环境保护和森林管理研究，生前先后出版了《狩猎与钓鱼手册》(*Game and Fish Handbook*，1915)、《关于北部各州野生动物的调查报告》(*Report on a Game Survey of the North Central States*，1931)、《野生动物管理》(*Game Management*，1933) 等著作。他去世后的第二年，牛津大学出版社出版了他生前的最后一部著作《沙乡年鉴》(*A Sand County Almanac*，1949)。《沙乡年鉴》以其敏锐的洞察力和深刻的前瞻性，对后来的自然保护运动产生了深远影响，因此被称为"美国资源保护运动的圣经""绿色圣经"。此外，利奥波德还发表过五百余篇文章，基本上都以自然保护、土地管理、野生动物管理为主题。

利奥波德出生于美国艾奥瓦州伯灵顿市的一个德裔移民家庭。他的外祖父查理斯·斯塔克是一名景观设计师，也是一名业余博物学家。斯塔克曾为伯灵顿市设计过公共建筑和公园。从小在外祖父身边长大的利奥波德耳濡目染，对自然产生了浓厚的兴趣。在外祖父的指导下，他开始学习分辨鸟的品种，记录鸟的颜色、习性和栖息地。利奥波德十一岁的时候，他的素材簿里就已经收集了三十九种鸟类，这些笔记是他成为一名自然编年史家的开端。值得一提的是，斯塔克主张在城市与住宅之外，人们还需要更大的空间来享受自然的馈赠。他曾经向当地政府提议，在市郊修建大型公园，并且要维持土地原有的轮廓，增加本地的原生植物，而非欧式园林

---

[1] 人名根据《英语姓名译名手册》(第四版)译出。本书均采用此例。

中的观赏性植物。利奥波德的父亲卡尔·利奥波德也是相当活跃的户外活动爱好者。在利奥波德开始上学之前，他就随父亲到密西西比河畔狩猎。密西西比河畔的秀丽风光深深地打动了利奥波德，激发了他对自然的热情，同时也为他提供了观察和研究的对象。

由于家庭的影响以及自身对自然的浓厚兴趣，1908年，利奥波德进入耶鲁大学林学院攻读硕士学位。在此之前，由于耶鲁大学林学院只授予硕士学位，利奥波德在谢菲尔德科学学校完成了本科学业，在那里有专门为攻读林学院硕士学位而开设的预备课程。可见，利奥波德为了投身于自然及相关工作，有着相当的决心与充足的准备。1909年7月，毕业后的利奥波德来到亚利桑那州阿帕奇国家森林，成为一名林务官，由此正式开启了他的森林管理职业生涯。

1928年是利奥波德职业生涯的转折点，由于理念的分歧，利奥波德离开了联邦林业局，专心致力于野生动物管理研究。1933年，利奥波德接受了威斯康星大学野生动物管理专业教授一职，任教直至去世。1948年4月，利奥波德邻居的农场突发大火，而他在赶赴火场救火的途中不幸心脏病猝发，最终不治身亡。

二、利奥波德生态思想的代表著作

《沙乡年鉴》是利奥波德毕生思想的结晶，集中展示了他对伦理学和美学问题的思考，并以一种生态思维贯串始终。在书中，他试图通过这些文章将生态学、伦理学、美学"这三种概念联结起来"[1]。

《沙乡年鉴》由三部分构成：第一部分"一个沙乡的年鉴"、第二部分"随笔：这儿和那儿"以及第三部分"结论"。其中，第一部分是一组文笔优美的自然散文，按照时间顺序记录了利奥波德一家在沙乡农场生活时的见闻，记录了"远离过多现代化的世外桃源——'木屋'中所看到的和所做的事

---

[1] Leopold, Aldo. *A Sand County Almanac: And Sketches Here and There*. New York: Oxford University Press, 1949, p.ix.中译本参考[美]奥尔多·利奥波德：《沙乡年鉴》，侯文蕙译，北京：商务印书馆，2016年版，第7页。

情"[1]。在利奥波德笔下，沙乡农场的一切都充满了生机，那些衰败的、往往为人所忽视的事物也显现出了生命的光辉。第二部分的随笔跨越了四十年的时间，记录了利奥波德在北美各地工作和生活时关于森林的经历与思考，探讨了保护主义所遇到的各种问题。在这一部分中，作者同样通过诗性的语言描绘了美丽迷人的大自然，但同时还记录了人类对自然的伤害以及由此带来的严重后果。利奥波德对此不仅有惋惜与批评，并且还能够正视自己的过错，虔诚地忏悔自己以往认识上的错误。第三部分则是利奥波德对自己生态观念的集中理论阐述，他从美学、文化传统和伦理等方面，对人与自然的关系进行了深入思考。

在《沙乡年鉴》中，利奥波德对自己一生的哲学思考作出了总结性的阐述：提出了一种生态整体主义的思维方式——像山一样思考；强调感知作为一种无害于自然的审美方式，提倡提高人的感知能力（receptivity）；提出了一种包括人类在内的大地共同体中成员之间的新型伦理关系——大地伦理（the land ethic）；将完整、稳定与美作为衡量人类行为正确与否的标准。可见，在利奥波德的理论中，伦理学与美学始终是密切相关的。

三、利奥波德生态美学的现实背景

利奥波德的学术研究主要活跃于1908年至1948年，在这四十年的时间里，美国社会的复杂形势对利奥波德的学术思想产生了极大的影响。

十九世纪末至二十世纪初期，美国基本实现了现代化，工业产值跃居世界第一，城市人口超过乡村人口。工业化促进了美国社会的发展和财富的积累，但同样也使得贫富差距更为严重，社会不平等日益加深，阶级对抗愈发强烈。面对这一社会剧烈转型阶段所出现的种种问题和弊端，美国社会兴起了一场被称为"进步主义运动"的社会大变革。在这一时期，美国农业、工业飞速发展，垄断资本家在追求高利润的同时，消耗、浪费了

---

[1] Leopold, Aldo. *A Sand County Almanac: And Sketches Here and There*. New York: Oxford University Press, 1949, p.vii. 中译本参考[美]奥尔多·利奥波德：《沙乡年鉴》，侯文蕙译，北京：商务印书馆，2016年版，第5页。

大量的自然资源，对自然环境造成了极大的破坏。森林资源、矿产资源、土地资源等等无一不遭到严重的破坏，如此急功近利地掠夺资源，破坏了自然原有的生态平衡。面对日益严峻的问题，人们开始认识到自己的危险处境，保护自然的呼声也日益高涨，最终一场声势浩大的自然资源保护运动应运而生。

美国的自然资源保护运动，大致可以分为功利性的资源保护主义（conservation）和非功利性的自然保护主义（preservation）两派。前者以美国森林学家吉福德·平肖（Gifford Pinchot）为代表，主张实行自然资源保护政策以及控制使用自然资源。后者则是以约翰·缪尔（John Muir）为代表，反对将自然视作资源，而是主张将审美、宗教作为出发点来保护自然。显然，在二十世纪初期，自然保护主义者的思想无法满足当时美国社会急速发展的需要，而资源保护主义大行其道。

1898年，平肖被任命为美国农业部林业局（后改为林务总局）第一任局长。平肖认为，自然资源是为人类而存在的，充分利用它们是他们这一代人的首要职责。但是，人类在开采、利用自然资源时要遵循资源保护主义的三大原则，即发展、防止浪费、公众利益。他在《为保护自然资源而战》（The Fight For Conservation）一书中，详细地阐释了这三条原则。在他看来，开发并利用现存的自然资源是人类的职责所在，对自然资源的忽视无异于一种浪费，要充分地开发和利用自然资源，而且自然资源的开发和利用必须符合大多数人的利益。资源保护主义的自然管理方式直接影响着作为基层林务官的利奥波德。资源保护主义者们通过大规模捕杀食肉动物，以确保那些有利于人类社会发展的动植物的数量不断增长。供职于联邦林务局期间，利奥波德曾经参与了官方的"食肉动物控制"行动，灭绝了美国西南部的灰熊。利奥波德担任西南部国家森林管理局局长期间，为了保有更多数量的鹿，亚利桑那州和新墨西哥州的灰狼也被灭绝了。面对自己曾经坚持资源保护主义时的所作所为，利奥波德真诚地忏悔，甚至直言自己"充当了一个生态谋杀者的帮凶角色"[1]。

---

[1] [美]奥尔多·利奥波德：《沙乡年鉴》，侯文蕙译，北京：商务印书馆，2016年版，第258页。

第二节　利奥波德生态美学的理论来源

利奥波德生态美学思想的理论来源主要有两个方面：自然科学与哲学。其中自然科学是以进化论、博物学为代表的生态科学知识，而哲学思想则受到了俄国神秘主义哲学家彼得·奥斯宾斯基（P. D. Ouspensky）的影响。

一、生态科学知识的影响

生态科学知识是利奥波德生态美学思想的重要根基。在利奥波德的思想中，生态科学与伦理学、美学、社会学等学科是密不可分的。如他在1933年的文章《保护伦理》中所谈到的，伦理学的发展实际上也是一个"生态进化的过程"[1]。他不仅用进化论的观点来重新解读伦理学，还用生态学中的共生现象（symbiosis）来描述人类社会中的政治、经济关系。

一般认为，生态学的创立最早可以追溯至1866年，德国动物学家恩斯特·海克尔（Ernst Haeckel）将生态学定义为研究生物体与其周围生物环境和非生物环境的相互关系的科学。1895年，丹麦植物学家约翰内斯·瓦尔明（Johannes Warming）出版了《植物分布学》一书（直译是《以植物生态地理学为基础的植物分布学》），1909年该书改名为《植物生态学》（*Ecology of Plants*），用英文出版。同时，德国植物学家席姆佩尔（Schimper）出版了《以生理学为基础的植物－地理学》，这两部书被视为生态学的经典著作，标志着现代生态学的诞生。二十世纪以来，生态学有了长足的发展，出现了一些研究中心和学术团体。1935年，英国生态学家亚瑟·坦斯利（Arthur Tansley）首先提出生态系统（ecosystem）的概念。可以说，利奥波德的学术

---

[1] Leopold, Aldo. "The Conservation Ethic," in Susan L. Flader and J. Baird Callicott, eds., *The River of the Mother of God and Other Essays by Aldo Leopold*. Madison: The University of Wisconsin Press, 1991, p.181.

生涯是与生态学作为一门独立的学科从萌芽走向成熟同步的。

早在二十世纪二十年代，利奥波德就已经开始使用"生态学"（ecology）一词。但是，和这一时期的其他美国学者一样，生态学这门学科对利奥波德来说还是相对陌生的。这一阶段美国生态学界关注的主要是动物生态学，而关于土地生态学的研究尚未成形。当时利奥波德使用"生态的"一词来表达一种比较宽泛的概念：包括动物、植物及土壤在内的居民及其生境的综合研究。

二十世纪三十年代以后，利奥波德与查尔斯·爱顿（Charles Elton）等著名生态学家有了密切的交往，对生态科学有了更深入的认识，"他的著作中吸收了食物链（chains）、能量流（flows）、生态位（niches）及生命金字塔（pyramids）这类新词汇"[1]。

利奥波德逐渐认识到大地有机体的复杂性，与以往的认识不同的是，食肉动物也是整体环境的一部分，片面地根据人类的需要将动物划分成好的与坏的是不明智的。通过猎杀狼来保护鹿这种行为反而是不利于生态环境整体健康的，失去天敌的鹿所带来的灾难远远大于狼群所带来的威胁。利奥波德认为，"比较坦诚的理性观点是，食肉动物是这个共同体的成员，因此没有任何特殊的力量有权为了一种符合其自身的利益，不论是真的或想当然的，去灭绝它们"[2]。

在《像山一样思考》一文中，利奥波德记录了他的这种基于生态知识的思想转变。像往常一样，利奥波德与同事们在山间考察，遇到狼群便开枪射击，而河畔垂死的母狼眼中渐渐熄灭的绿光，却引发了利奥波德对于狼在生态系统中的生命价值的思考。随着一个又一个州的狼被消灭，失去天敌的鹿将山中的植物啃食得一干二净，甚至鹿群也因食物匮乏而大批地死去。这残酷的事实让利奥波德认识到，每一个物种在自然中都有其不可

---

[1] Nash, Roderick, *The Right of Nature: A History of Environment Ethic*. Madison: The University of Wisconsin Press, 1989, p.67.中译本参考[美]罗德里克·弗雷泽·纳什：《大自然的权利——环境伦理学史》，杨通进译，梁志平校，青岛：青岛出版社，2005年版，第78页。

[2] 转引自[美]唐纳德·沃斯特：《自然的经济体系——生态思想史》，侯文蕙译，北京：商务印书馆，1999年版，第339页。

取代的地位，即便是狼，在生态系统中也有着独一无二的作用，因此要用一种整体性眼光来看待自然。可以说，生态知识促成了他由平肖主义者向自然保护主义者的转变，并且使他将传统意义上不美的事物作为审美对象来看待。

总的来说，生态知识对利奥波德思想发展的影响主要表现在两个方面：

第一，生态知识是利奥波德思想及学术研究的知识背景之一。就利奥波德个人经历来看，从幼年时在外祖父身边的野外观察，到在耶鲁林学院的专业学习，再到美国联邦林务局的职业生涯，直至他到威斯康星大学任教，利奥波德自始至终都处在生态科学知识的积累、学习、实践、教学过程中，可以说从未中断。而且对他而言，这些生态知识并不是抽象的纸上谈兵，而是在实践中积累得到的。

第二，在生态知识的影响下，利奥波德形成了一种非人类中心主义的、生态中心主义的世界观。利奥波德的思维方式深深地受到生态知识的影响，首先是从生态整体的角度重新看待人类的地位，他将人类还原到地球这个最大的生态系统中，认为人类只是大地共同体这个系统中普通的一员；其次以生态进化的思想重新解读伦理关系，认为伦理学可以由处理人与人、人与社会之间的关系进化到处理人与大地的关系。

二、奥斯宾斯基的影响

利奥波德的生态思想很大程度上受到了同时代俄国神秘主义哲学家彼得·奥斯宾斯基的影响。奥斯宾斯基于1912年出版了《中间的有机体》（*Tertium Organum*）一书，其英译本于1920年在美国出版。

奥斯宾斯基认为，"自然中没有死的或者机械的事物。如果有生命与情感存在，那它们就必定存在于一切事物之中""一切现象、一切对象都有其心灵""一座山、一棵树、一条河、河中的鱼、一滴水、雨、星球、火焰，一切都有自己的心灵"[1]。一座山的心灵这一点，被利奥波德吸收到

[1] Ouspensky, Pyotr. *Tertium Organum*. New York: Alfred A. Knopf, 1920, p.199.

了《像山一样思考》一文中。面对山中狼的一声深沉的嗥叫，利奥波德写道：

一切活着的事物都会（也许很多死去的事物也会）留意到这声呼唤。对鹿来说，这是死亡的警告；对松树来说，这预示着午夜的混战和雪地上的血迹；对郊狼来说，这是即将到来的拾遗的许诺；对牧牛人来说，这是银行赤字的凶兆；对猎人来说，这是一种尖牙对抗子弹的挑战。然而，在这些明显的、直接的希望与恐惧背后，隐藏着更深层的含义，只有山知道这含义。只有这座山活得足够长久，从而能够客观地倾听这声狼嗥。[1]

显然，利奥波德是在接受了奥斯宾斯基所认为的山是具有其心灵的观点之后，写下这段话的。在这段排比中，鹿、松树、狼、人类、山等元素构成了一个完整的生态系统。利奥波德想要表达的就是一种隐藏在一座山的心灵之中的生态系统的概念。他提醒人们，仅仅从人类自身的立场或者某一种动物或植物的立场去看待自然是远远不够的，而需要像山一样，立足于整体，放眼于千万年的自然历史中看待自然、思考自然。

在奥斯宾斯基看来，事物都具有现象和本体两个层面，其中现象的外表是可见的，而本体的本质是不可见的，这是为人们认识世界的方式所制约的。在可见的表象背后，有一种情感的本体。这本体虽然是不可见的，但是它会以其独特的方式呈现给人，"它在这里以山的形式显现，另一种以树的形式显现，第三种以鱼的形式显现，等等"[2]。

这种不同于自然事物之功能或作用意义的本体也为利奥波德所吸收。他这样写道：

[1] Leopold, Aldo. *A Sand County Almanac: And Sketches Here and There*. New York: Oxford University Press, 1949, p.129. 中译本参考[美]奥尔多·利奥波德：《沙乡年鉴》，侯文蕙译，北京：商务印书馆，2016年版，第144页。
[2] Ouspensky, Pyotr. *Tertium Organum*. New York: Alfred A. Knopf, 1920, p.200.

一位哲学家曾将这种无法计量的本质称为物质事物的本体（numenon）。它是与可预测、可计量的现象相对立的，即便对于远方旋转的星星也是如此。榛鸡是北方森林的本体，冠蓝鸦（the blue jay）是山核桃木丛的本体，灰松鸦是沼泽的本体，蓝头松鸡（the piñonero）是杜松山麓的本体。[1]

众所周知，康德提出过著名的本体学说。但是，"本体"这个术语在利奥波德意义上的用法，显然与康德意义上的用法是不同的，它并非纯粹的知性的对象；相反，它是非常实在的、物质的。冠蓝鸦也好，灰松鸦也好，"本体"指的是它们给各自的生态群落带来的独特印记。

奥斯宾斯基还将地球作为一个有机整体来看待，"地球是一个完整的存在物……我们认识到了地球——它的土壤、山脉、河流、森林、气候、植物和动物——的不可分割性，并且把它作为一个整体来尊重，不是作为有用的仆人，而是作为有生命的存在物……"[2]。这一观念可以说是直接促成了利奥波德对大地作为一个有机整体的认识的产生。利奥波德在《环河》中曾写道："与土地的和谐就像与朋友的和谐，你不能珍视他的右手而砍掉他的左手。那就是说，你不能喜欢猎物而憎恨食肉动物；你不能保护水而浪费牧场；你不能建造森林而挖掉农场。土地是一个有机体。"[3]

第三节　利奥波德生态美学的主要内容

利奥波德不是专门的美学家，也没有专门的美学论著，但是出于对自

---

[1] Leopold, Aldo. *A Sand County Almanac: And Sketches Here and There.* New York: Oxford University Press, 1949, pp.138-139. 中译本参考[美]奥尔多·利奥波德：《沙乡年鉴》，侯文蕙译，北京：商务印书馆，2016年版，第154-155页。

[2] 参见何怀宏：《生态伦理——精神资源与哲学基础》，保定：河北大学出版社，2002年版，第450页。

[3] 转引自[美]唐纳德·沃斯特：《自然的经济体系——生态思想史》，侯文蕙译，北京：商务印书馆，1999年版，第338页。

然的热爱和丰富的自然审美体验，在其著作中也有对自然审美问题的探讨，这些观点散见于《环河》《上帝之母的河流》以及《沙乡年鉴》中。正如利奥波德在《沙乡年鉴》序言中所说，他希望能够将生态学、伦理学和美学三者结合起来讨论。因此美国环境哲学家考利科特根据他的大地伦理思想，将其美学思想概括为大地美学。

大地美学是一种基于进化论与生态学的、关注生态过程的新型自然美学，与关注自然景观、自然事物的形式特征的西方传统自然美学形成了鲜明对比。考利科特称其为"兼具认知性与感受性的、自发的自然美学"[1]。

直到1972年，美国生态学家约瑟夫·米克才正式使用"生态美学"这一术语。然而，我们在这里将利奥波德作为西方生态美学的发端，原因就在于利奥波德自觉地将生态思维、生态知识和生态良知运用到对美学问题的探讨中。尽管其美学论述尚不具有系统性，但是对后世生态美学的发展却有着非常重要的影响。

关于利奥波德的生态美学思想，最为著名的就是他那句广为流传的名言："一件事物，当有助于保护生物共同体的完整、稳定与美时，它就是正确的；否则，它就是错误的。"[2]在这里，利奥波德将生物共同体（biotic community）的美，作为判断事物正确与否的准则之一，体现了生态学、伦理学与美学的有机统一。因此，要更好地理解利奥波德的生态美学思想，需要从这三方面入手。

一、大地伦理学

首先需要明确的是，利奥波德在行文中使用的"land"一词，既可以译为"大地"，也可以译为"土地"。由于他意在表达一种包含了土壤、水以

[1] Callicott, J. Baird. "Leopold's Land Aesthetic," in Allen Carlson and Sheila Lintott, eds., *Nature, Aesthetics, and Environmentalism: From Beauty to Duty*. New York: Columbia University Press, 2008, p.105.

[2] Leopold, Aldo. *A Sand County Almanac: And Sketches Here and There*. New York: Oxford University Press, 1949, pp.224-225. 中译本参考[美]奥尔多·利奥波德：《沙乡年鉴》，侯文蕙译，北京：商务印书馆，2016年版，第252页。

及有机生命在内的概念，因此我们在这里采用"大地"这个更具包容性的译法，同时根据不同的语境斟酌选择译名。

利奥波德通过回顾西方伦理学思想的发展历程，将伦理学划分为两个阶段：首先是处理人与人之间关系的伦理学，其次是处理人与社会关系的伦理学。他指出，"最初的伦理学处理的是个体之间的关系，'摩西十诫'就是一例。后来增加了处理个体与社会关系的伦理学，黄金定律（The Golden Rule）试图使个体融入社会，民主政治要使社会组织融入个体"[1]。在此基础上，利奥波德从生态学的角度进一步提出，伦理关系实际上处于一个生态演变的过程中。根据生物进化理论，伦理关系应该发展到一个新的阶段。在这一阶段，人类环境的第三种因素（大地）将被包含进来。由是，他提出了针对人与大地关系的大地伦理学。他指出，"如果我没看错的话，这种伦理学向人类环境中第三种因素的延伸，是一种进化论上的可能性，也是生态学上的必要性"[2]。

1. 利奥波德的土地（即大地）观

想要理解利奥波德的大地伦理学，首先要看到利奥波德所持有的一种全新的土地观念。利奥波德曾不止一次指出，要摒弃那种亚伯拉罕式的土地观念。亚伯拉罕是《圣经》中被上帝选中并给予祝福的人，上帝因其虔诚而许之以牛奶与蜜之地。土地被视作上帝给予人的恩赐，人从上帝手中得到了土地，并可以自由地处置。正如美国历史学家林恩·怀特（Lynn White）在《我们生态危机的历史根源》一文中指出的，"基督教全然不同于古代的异教与亚洲的宗教（或许除了拜火教之外），它不仅仅建立了一种人与自然之间的二元论，还坚信人类为其自身而利用自然是出于上帝的意志"[3]。在《沙乡年鉴》中，利奥波德用奥德修斯与家中女奴的关系，来类比人与土地之间的关系。重返家园的奥德修斯将家中背叛了自己的女奴绞

[1] Leopold, Aldo. *A Sand County Almanac: And Sketches Here and There*. New York: Oxford University Press, 1949, pp.202–203. 中译本参考[美]奥尔多·利奥波德：《沙乡年鉴》，侯文蕙译，北京：商务印书馆，2016年版，第230页。

[2] Leopold, Aldo. *A Sand County Almanac: And Sketches Here and There*. New York: Oxford University Press, 1949, p.203. 中译本参考[美]奥尔多·利奥波德：《沙乡年鉴》，侯文蕙译，北京：商务印书馆，2016年版，第230页。

[3] White, Lynn. "The Historical Roots of Our Ecological Crisis," *Science* 155 (1967).

死，任何人都不会对这一举动产生怀疑。因为在奥德修斯的世界观里，这些女奴只是服务于他的一种财富、一种工具，一旦主人对其有所不满，就可以任意处置她们。在以往的观念中，人与土地的关系也是如此。利奥波德尖锐地指出，"我们蹂躏土地，因为我们将其视为一种属于我们的商品"[1]。按照传统观念，人们在面对土地时只享有特权，而无须尽任何义务。

然而，利奥波德却深刻地看到了土地在受人支配之外，给人所带来的影响。他认为，"土地的特性，有力地决定着生活在其上的人的特性"[2]。很多历史事件，实际上都是人类和土地之间相互作用的结果。利奥波德以密西西比河流域的居民为例，来说明这一点。在独立战争以后，这一区域聚居着土著印第安人、法国和英国的商人以及美国居民。在种种因素的影响下，移民们不得不进入肯塔基荒芜的野藤地，以期开辟新的领土。经过拓荒者的耕种，蛮荒的野藤地变成了宜居的蓝草地，以至后来有了大量的移民涌入俄亥俄、印第安纳、伊利诺伊和密苏里。当肯塔基加入联邦而成为肯塔基州之后，这个地区还被称为"蓝草州"。这些人类文明的建立，貌似与土地无关，但是在利奥波德看来，肯塔基州的情况只是人类文明这场盛大的舞台剧中的一幕，"我们通常只知道这场剧中的人类演员们要做什么，却很少知道人的成功与否很大程度上取决于特定土壤对于生产力之影响的反应，这种生产力即人类占用土地所产生的特殊力量。就肯塔基的情况来看，我们甚至不知道这些蓝草是从哪儿来的——它们是本地的物种还是来自欧洲的偷渡者"[3]。利奥波德意在说明，土地对人们行为的反应，决定了人们在土地上的行动能否成功——土地奉献出了蓝草，为移民的进驻提供了条件，为日后城市的建立提供了条件，"土地产生了文化的果实，而这一长

---

[1] Leopold, Aldo. *A Sand County Almanac: And Sketches Here and There*. New York: Oxford University Press, 1949, p.viii. 中译本参考[美]奥尔多·利奥波德：《沙乡年鉴》，侯文蕙译，北京：商务印书馆，2016年版，第6页。

[2] Leopold, Aldo. *A Sand County Almanac: And Sketches Here and There*. New York: Oxford University Press, 1949, p.205. 中译本参考[美]奥尔多·利奥波德：《沙乡年鉴》，侯文蕙译，北京：商务印书馆，2016年版，第232页。

[3] Leopold, Aldo. *A Sand County Almanac: And Sketches Here and There*. New York: Oxford University Press, 1949, p.206. 中译本参考[美]奥尔多·利奥波德：《沙乡年鉴》，侯文蕙译，北京：商务印书馆，2016年版，第233页。

期以来众所周知的事实近来却总为人们所忘却"[1]。利奥波德承认土地为人类提供生计，但同时他也强调，这与"土地就是为此而存在的推论之间，存在着一个根本的区别"[2]。在他心目中，人与土地之间理想的关系是，人类凭借土地生存并且与其共同生活，而不仅仅是依靠土地供养。利奥波德的土地观，将人与土地之间的关系视为双向互动的关系，饱含着对土地的热爱、尊敬与赞美。

2. 大地伦理学

大地伦理学扩大了共同体的概念。当人类能够以热爱、尊敬与赞美的眼光看待土地时，就将自然地走向一种更具包容性的伦理观念，也就是将土地包含在内的大地伦理学（land ethic）。在论述大地伦理时，利奥波德从生态学中借用了共同体（community）这一基本概念。在生态学理论中，community既可以指人的共同体，也可以指动植物的共同体；当它意在描述一个由动植物组成的集体时，通常被译为"群落"，指生存在一个特定地区或自然生境里的任何种群的聚集，它是一个结构单位。美国著名生态学家尤金·奥德姆解释了这个概念后指出，"群落的概念是生态思想和生态应用中最为重要的原则之一。它之所以在生态理论中如此重要，是因为它强调了事实，即各种不同的生物，能在有规律的方式下共处，而不是以独立的物体任意地散布在地球上"[3]。而当community用来描述人类的各种团体时，常常指人的社区、社团等等。也就是说，community在分别指人和动植物的时候，中间有着明显的界限。利奥波德的大地伦理学的创新之处就在于突破了这一界限，他指出，"大地伦理直接扩展了共同体的边界，使之包括了土壤、水域、植物和动物。而这些可以总称为大地"[4]。

大地伦理学要求改变人类在自然中的地位。基于大地这个共同体概念，

[1] Leopold, Aldo. *A Sand County Almanac: And Sketches Here and There*. New York: Oxford University Press, 1949, p.ix. 中译本参考[美]奥尔多·利奥波德：《沙乡年鉴》，侯文蕙译，北京：商务印书馆，2016版，第6—7页。

[2] [美]奥尔多·利奥波德：《沙乡年鉴》，侯文蕙译，北京：商务印书馆，2016年版，第255页。引自侯文蕙译本中所收录的一篇为《沙乡年鉴》所写却并未发表的序言。

[3] [美]E. P. 奥德姆：《生态学基础》，孙儒泳等译，北京：人民教育出版社，1981年版，第136页。

[4] Leopold, Aldo. *A Sand County Almanac: And Sketches Here and There*. New York: Oxford University Press, 1949, p.204. 中译本参考[美]奥尔多·利奥波德：《沙乡年鉴》，侯文蕙译，北京：商务印书馆，2016年版，第231页。

大地伦理学由此也使得人类的征服者地位得到了改变，"大地伦理学改变了人类这个大地共同体中的征服者，使之变成了其中的普通成员与公民，而这显示了对共同体中其他成员的尊重以及对共同体本身的尊重"[1]。这无疑是伦理学观念的一种革命性变革，这既可以说是人类地位的降低，将人类从大地的统治者降格为大地共同体中的普通成员；也可以说是大地地位的提升，将大地从任人处置的无生命的财产，提升为和人类一样有生命的共同体成员。对于这种新型的伦理观，利奥波德还补充道："一种作为与土地之间经济关系的补充与指导的伦理观，需要以一种将大地视为一种生物机制的心理想象为前提。"[2]

大地伦理学是一种规范性伦理学。利奥波德曾宣称，"从生态学的角度来说，伦理是对于生存竞争中的自由行动的一种限制"[3]。这就意味着，处于伦理关系中的个体，始终面临着自由行动与应该如何行动的矛盾。确立某种道德原则，回答诸如个体应该如何行动之类的问题，正是规范性伦理学的基本目标。这些原则指导所有道德行为者去确立道德上"正确（好）"的行为，也就是追求道德上的善。因此，大地伦理学就是这样一种规范性伦理学：回答在大地共同体中的人应该如何行动，指导人们如何正确地与共同体中的其他成员相处。

正如利奥波德一再强调的那样，"一件事物，当它有助于保护生物共同体的完整、稳定与美时，它就是正确的；否则，它就是错误的"[4]。这就非常清楚地表明，利奥波德已经将美（beauty）作为考察共同体的维度之一，是否有益于维护共同体的美，也成为判断人类行动正确与否的准则之一。因此我们可以说，利奥波德所倡导的大地伦理学，实际上还是一种包含了审美维

[1] Leopold, Aldo. *A Sand County Almanac: And Sketches Here and There*. New York: Oxford University Press, 1949, p.204. 中译本参考[美]奥尔多·利奥波德：《沙乡年鉴》，侯文蕙译，北京：商务印书馆，2016年版，第231页。

[2] Leopold, Aldo. *A Sand County Almanac: And Sketches Here and There*. New York: Oxford University Press, 1949, p.214. 中译本参考[美]奥尔多·利奥波德：《沙乡年鉴》，侯文蕙译，北京：商务印书馆，2016年版，第242页。

[3] Leopold, Aldo. *A Sand County Almanac: And Sketches Here and There*. New York: Oxford University Press, 1949, p.202. 中译本参考[美]奥尔多·利奥波德：《沙乡年鉴》，侯文蕙译，北京：商务印书馆，2016年版，第229页。

[4] Leopold, Aldo. *A Sand County Almanac: And Sketches Here and There*. New York: Oxford University Press, 1949, pp.224–225. 中译本参考[美]奥尔多·利奥波德：《沙乡年鉴》，侯文蕙译，北京：商务印书馆，2016年版，第252页。

度的道德原则。反过来我们同时可以说，利奥波德的大地美学正是一种基于生态伦理观念的新型美学观。

二、大地美学

如前文所述，利奥波德将美与否作为衡量事物正确与否的标准之一，这也就是将审美维度纳入了伦理学的衡量范围。而这种生物共同体带来的审美愉悦，又是受制于生物共同体的和谐与稳定的。因此，大地美学实质上是一种规范性美学（normative aesthetics），它摒弃了审美与自由的关系，转向规范人类应该如何审美。所以，戈比斯特曾在《共享景观：美学与生态学有什么关系？》一文中称："从定义上说，生态美学是规范性的，因为人类应该在体现了有益的生态功能的景观中获得审美愉悦。"[1]通过将美与生态完整性统一起来，利奥波德的大地美学提供了一种规范性的论证，对于西方的生态管理和生态美学产生了奠基性影响。

1. 大地美学与自然美学

首先，大地美学"是真正自发的自然美学。它不再将自然美视作艺术美的附庸，也不再认为自然美源自艺术美"[2]。

大地美学打破了西方传统自然美学对艺术美的依附，将自然美从画框中解放出来，使之真正成为源于自然的美学。在西方美学传统中，长久以来，自然美一直是被人们忽视的。直到十七世纪才出现了专门描绘自然风景的图画，西方自然美学所欣赏的只是呈现在画框里的自然，而不是带有泥土气息的真正的自然。尤其是如画性这一概念的产生，直接将原本对自然的审美欣赏，转化成了对自然所体现出的艺术美的欣赏。

随着风景画派和如画运动而兴起的对如画美的追求，就其本质而言仍然是对艺术美的追求。所谓如画的，就是艺术家通过选取、变化、构造自

---

[1] Gobster, Paul, et al. "The Shared Landscape: What Does Aesthetics Have to Do with Ecology?" *Landscape Ecology* 22 (2007).

[2] Callicott, J. Baird. "Leopold's Land Aesthetic," in Allen Carlson and Sheila Lintott, eds., *Nature, Aesthetics, and Environmentalism: From Beauty to Duty*. New York: Columbia University Press, 2008, p.115.

然，然后形诸图画，从而呈现出一幅幅精美的以自然风光为主题的绘画作品。或者是观光者，手持克劳德镜，选取特定的角度、光线而进行自然欣赏。不论是艺术家、赏画者还是观光者，他们所追求的自然是艺术化了的自然，是根据人的不同需求裁剪、加工过的自然，并非天然的自然本身。自然中那些被人们判定为不宜欣赏的事物都被排除在外了。以如画性为核心的自然美学，始终正如考利科特所说，它所显示出的光芒，"像月亮一样，是借来的光芒"[1]。并且，在利奥波德看来，将可欣赏的风景限定在湖泊和松树上，只是美学不成熟的烙印。他甚至将人们蜂拥至公园等人造景观的行为讥讽为一种"审美佝偻传染病"[2]。

2. 大地美学的审美对象

大地美学所主张的是基于对大地共同体的认可，人们在进行审美欣赏时突破了原有的人类中心主义及其包含的人与自然主客二元的审美模式，不再将自然带入欣赏者所预设的审美框架中；相反，凡目光所及之处皆可成为欣赏的对象。

大地美学是真正以自然本身为欣赏对象的美学，其对象是包括人类在内的大地共同体，大地实际上就是地球这个最大的生态系统，包括了一切生命与它们的栖息地，以及生命彼此之间、栖息地彼此之间的相互关系，这一切都是大地美学的对象。大地美学的欣赏范围不仅仅包括以往被如画美选中的那些美丽的、茂盛的对象，也包括作为背景与栖息地的沼泽以及被忽视、被排除在外的不漂亮的花草动物等。如利奥波德在《沙乡年鉴》中反复描绘过的泥泞的沼泽、被雷击的枯树、不起眼的葶苈等等。并且，这些对象不是孤立存在的生命个体，而是处在共同体各个成员彼此联系之中的生命的集合体。如在林中空地上求偶的雄丘鹬，侧身在病死的枫树树干中的浣熊一家，这些动物与它们的栖息地一同进入人们的审美活动。

在利奥波德看来，人们对自然的欣赏始于对具有美丽外形的事物的关

[1] Callicott, J. Baird. "Leopold's Land Aesthetic," in Allen Carlson and Sheila Lintott, eds., *Nature, Aesthetics, and Environmentalism: From Beauty to Duty.* New York: Columbia University Press, 2008, p.107.

[2] Leopold, Aldo. "Land Pathology," in Susan L. Flader and J. Baird Callicott, eds., *The River of the Mother of God and Other Essays by Aldo Leopold.* Madison: The University of Wisconsin Press, 1991, p.216.

注，但是这种关注是暂时的，它将通过连续的美的阶段，到达更高的层次。在这一领域，人将感知到一种更高的价值。美的事物对人具有天然的吸引力，人对这类事物的感知是相对被动的，只是由于事物呈现到了人的面前而进行感知。在生态知识的参与下，那些传统观念认为的不那么美的事物，也能够引起人的审美兴趣，引起人对美与不美之物的内在联系的认识。

利奥波德对事物有了更深层、更整体性的认识，超越了外在的表象，进入事物之间的彼此联系中，将这种整体性作为审美欣赏活动的对象。

利奥波德认为，"我们对自然特征的感知力和在艺术中一样，都始于那些拥有美丽外形的事物。这种能力通过连续的美的阶段扩展到对无法被语言描绘的价值的感知上"[1]。这是一个更高的领域，当从这个领域中去感知对象的特征时，是无法用语言描绘的。这个更高的领域是指一种超越了对象的外在特征的、对事物之间的相互关系的把握的领域，可以理解为对生态系统整体特征的把握。就本段引文的出处《沼泽地的哀歌》一节的语境来看，利奥波德描绘的是一片由湖泊演化而来的沼泽，沼泽旁出现了一只捕食青蛙的鹤。鹤的族群起源于距今5780万年的始新世，而鹤栖息的沼泽也是由湖泊演化而来的。看似平凡的鹤泽背后隐含着千万年的生物进化与地质变化，正如利奥波德所说，"在无数普通的沼泽中，一个有鹤的沼泽具有古生物学上至高的价值，以此在永世的长征中获胜，唯有枪击能将其消灭"[2]。这种对外形特征的被动感知与基于生态知识的深层感知相结合的复合感知，给人带来的审美冲击是巨大的。鸟类学家本特·伯格（Bengt Berg）回忆他第一次见到在白色尼罗河栖息地的鹤时说道："这是一种使得《一千零一夜》中的巨鸟的飞行都黯然失色的奇观。"[3]

3. 多感官参与的审美活动

大地美学倡导一种多感官综合运用的审美方式，它要求人的多种感官

[1] Leopold, Aldo. *A Sand County Almanac: And Sketches Here and There*. New York: Oxford University Press, 1949, p.96. 中译本参考[美]奥尔多·利奥波德：《沙乡年鉴》，侯文蕙译，北京：商务印书馆，2016年版，第108页。
[2] Leopold, Aldo. *A Sand County Almanac: And Sketches Here and There*. New York: Oxford University Press, 1949, p.97. 中译本参考[美]奥尔多·利奥波德：《沙乡年鉴》，侯文蕙译，北京：商务印书馆，2016年版，第109页。
[3] Leopold, Aldo. *A Sand County Almanac: And Sketches Here and There*. New York: Oxford University Press, 1949, p.97. 中译本参考[美]奥尔多·利奥波德：《沙乡年鉴》，侯文蕙译，北京：商务印书馆，2016年版，第109页。

综合参与审美活动，而不仅仅只是视觉之所见。在《加维兰之歌》一节中，利奥波德就描绘了一种听觉的审美活动，"一条河流的歌通常指水流在岩石、树根和险滩上奏出的曲调"[1]。出现在人的视野中的流水、岩石、树根同时也共同奏出一段旋律，实际上还包括水草与岩石发出的气味，这是一种多重的感官刺激，带给人的是多层次的审美体验。

在自然审美欣赏过程中，利奥波德提倡以感知的方式展开。他反对搜索、发现、捕捉并且带走自然中的物品并将其视为"战利品"的户外休闲活动，而是强调对自然进程的感知。在他看来，"土地和在土地之上的有生命的东西，都是通过自然进程来获得它们进化上的独特形式的，并且以此来维持它们生态学上的存在"[2]。通过感知来把握这一自然进程，人就可以在自然中得到休闲与满足。感知与"新鲜空气及改换环境"和照相的"战利品"一样，"无须消费，也无须削弱任何资源的作用"[3]。然而，利奥波德认为它是"休闲事业上唯一创造性的部分"[4]。所以利奥波德指出，人仅仅是从室内转移到户外，这并不是休闲，人们对于户外的反应才是，或者说，人在户外进行感知才是真正的休闲。所以人的感知能力就成为人能否在自然中获得愉悦的关键因素。利奥波德强调，"发展休闲，并不是一种把道路修到美丽乡下的工作，而是要把感知能力修建到尚不美丽的人类思想中的工作"[5]。

4. 大地美学与生态知识

大地美学所倡导的审美感知，自始至终都贯串着对生态知识的运用。

[1] Leopold, Aldo. *A Sand County Almanac: And Sketches Here and There*. New York: Oxford University Press, 1949, p.149. 中译本参考[美]奥尔多·利奥波德：《沙乡年鉴》，侯文蕙译，北京：商务印书馆，2016年版，第166页。

[2] Leopold, Aldo. *A Sand County Almanac: And Sketches Here and There*. New York: Oxford University Press, 1949, p.173. 中译本参考[美]奥尔多·利奥波德：《沙乡年鉴》，侯文蕙译，北京：商务印书馆，2016年版，第194页。

[3] Leopold, Aldo. *A Sand County Almanac: And Sketches Here and There*. New York: Oxford University Press, 1949, p.173. 中译本参考[美]奥尔多·利奥波德：《沙乡年鉴》，侯文蕙译，北京：商务印书馆，2016年版，第194页。

[4] Leopold, Aldo. *A Sand County Almanac: And Sketches Here and There*. New York: Oxford University Press, 1949, p.173. 中译本参考[美]奥尔多·利奥波德：《沙乡年鉴》，侯文蕙译，北京：商务印书馆，2016年版，第194页。

[5] Leopold, Aldo. *A Sand County Almanac: And Sketches Here and There*. New York: Oxford University Press, 1949, pp.176–177. 中译本参考[美]奥尔多·利奥波德：《沙乡年鉴》，侯文蕙译，北京：商务印书馆，2016年版，第198页。

用利奥波德的话说，是"生态科学改变了心灵之眼"[1]。生态知识能够揭示事物的起源与深层功能，而这些是为不具备充分的科学知识的人所忽略的。一方面，生态知识拓展了人审美感知的广度，使人能够看到各种自然对象之间的密切联系；另一方面，生态知识增加了人对感知对象的时间的纵向的认识，使人能够以一种自然进化史的视角历史地感知对象。那些沼泽地传来的鹤鸣，起源于遥远的始新世，是进化管乐队传来的号声，昭示着时代变迁的不同阶段。

利奥波德以美国历史上著名的拓荒者丹尼尔·布恩为例。在布恩刚刚到达肯塔基时，那里还是一片真正的荒野。在布恩眼中，他所见到的只是荒野的表面，动物与植物群落之间深刻复杂的关系是他无法认识到的。至于这片土地的有机整体的内在美，更是布恩无法认识的了。布恩所能认识到的仅仅是自然事物呈现在表面的种种现象，并且通过感官进入布恩意识中的产物。这是一种被动的审美感知。

而作为生态学家，利奥波德能够看到的不仅仅是自然风景、动植物群落投射到心灵中的东西，还有由于具备了充分的生态知识，能够察觉到的动植物之间复杂深刻的联系，因而所获得的审美感受是主动的、积极的。

第四节　利奥波德美学思想的影响与评价

在我们将利奥波德的美学思想放在西方生态美学史中进行评价之前，必须要说明的是，如前文所述，在利奥波德生前"生态美学"这一专门的术语并未出现，利奥波德本人也没有专门的美学论著。但是利奥波德对于生态学、生物学知识的掌握，对试图将生态学与美学相结合所作出的努力却是不容忽视的。戈比斯特毫不讳言地将利奥波德视为生态美学的

---

[1] Leopold, Aldo. *A Sand County Almanac: And Sketches Here and There*. New York: Oxford University Press, 1949, p.174. 中译本参考[美]奥尔多·利奥波德：《沙乡年鉴》，侯文蕙译，北京：商务印书馆，2016年版，第195页。

创始者。[1]

首先，利奥波德的美学思想基于一种生态整体主义的立场，是像山一样思考的，由此所提出的大地共同体的概念，对环境伦理学、生态伦理学的发展产生了深远影响。大地共同体不仅包括了动物和植物，还将土壤、水域等非生命的对象纳入伦理体系。考利科特在论述其环境伦理学时曾指出，现代伦理理论始终定位于个体的道德价值，而环境伦理学则将终极价值定位于生态共同体。

其次，利奥波德倡导一种以感知为核心的自然审美方式。在自然审美欣赏过程中，他不仅反对对自然的破坏、占有与消耗，还反对人们盲目地涌向荒野，提倡对自然事物的生态学进程及其独特形式进行感知来欣赏自然，即使在城市之中，只要以感知的态度面对自然客体，就能够获得充分的自然审美体验。

再次，利奥波德始终强调自然审美过程中生态学、生物学等自然科学知识的重要作用。对生态知识的重视，从根本上实现了从自然审美向自然生态审美的转变。生态美学不同于自然美学、环境美学的一个根本性特征就在于对自然科学知识，特别是生态知识的重视。"生态审美必须借助自然科学知识，特别是生态学知识来引起好奇心和联想，进而激发想象和情感；没有基本的生态知识就无法进行生态审美。"[2]这种对自然科学知识的强调，对生态美学发展的影响可以见于艾伦·卡尔森的科学认知主义立场。[3]

受利奥波德大地美学的启发，美国学者保罗·戈比斯特在其文章《生态系统管理实践中的森林美学、生物多样性和被感知到的适当性》中认为，生态美学是一种超越表面的、对自然更深层的理解与欣赏，他将这种结合了生态知识的、更为深层与动态的美概括为生态美（ecological beauty）。[4]

---

[1] Gobster, Paul. "Aldo Leopold's Ecological Esthetic: Integrating Esthetic and Biodiversity Values," *Journal of Forestry* 93 (1995), 6-10.

[2] 程相占：《论生态审美的四个要点》，《天津社会科学》2013年第5期。

[3] 关于艾伦·卡尔森的详细论述，请参考本书第四章。

[4] 关于保罗·戈比斯特的详细论述，请参考本书第七章。

美国环境伦理学家霍尔姆斯·罗尔斯顿在论述其生态美学思想时，一度围绕着关切（interest）问题展开。罗尔斯顿将生态学视为生态美学中至关重要的一部分。他提出，出于关切，人类应当关心其生存的家园的完整、稳定与美。维护好地球家园的完整、稳定与美，显然是对利奥波德大地伦理学和美学原则的继承。

　　总之，利奥波德以生态知识为基础，通过构建以大地共同体为核心的大地伦理学，将美纳入伦理评价体系，使生态学、伦理学和美学统一起来，这对后世生态美学发展产生了深远影响。

第二章　约瑟夫·米克

　　生态美学是建构在生态学与美学深层关联上的一种美学形态。生态美学的研究对象是生态审美，而生态审美要求审美主体彻底摒弃主客二分的传统审美模式，要求审美主体具有一定的生态审美意识和生态科学知识，以克服人类中心主义的价值判断标准。美国学者约瑟夫·米克于1972年发表的论文《走向生态美学》不仅较早地提出了"生态美学"这一术语，还指出了生态审美相较于传统审美的独特性，为生态学与美学之间的合法关联作出了历史的、逻辑的论证。

　　米克的生态美学是建构在大量吸收了生态科学知识和生态哲学思想的基础之上的。由生态审美中生态知识的重要性而言，米克主张审美理论应该借鉴一些生态学知识和生物学知识，由此才能更准确地界定美；由生态审美中的生态意识的重要性而言，米克秉持一种生态世界观，积极运用生态性思维和生态性语言，主动培养环境伦理，并汲取了中国先秦道家哲学中的生态意蕴，这些生态意识是米克构建生态美学必不可少的思想资源。更为重要的是，从价值论的角度而言，米克生态美学的立论点植根于反思西方现代美学的非生态性问题，由此克服了现代美学中主客二分的审美方式，摒弃了主体论美学中的人类审美偏好。在这样的意义上，米克将人类美学史从现代美学阶段推进至生态美学阶段。由此而言，我们有理由将米克视为"生态美学之父"，并对其生态美学进行整理与研究。

第一节 约瑟夫·米克及其学术研究

一、约瑟夫·米克（Meeker, Joseph W.）其人

约瑟夫·米克（1932— ），美国学者，任教于加拿大亚大巴斯卡大学，主要研究领域是人类生态学，在文学研究方面亦有建树，始终致力于沟通人文科学研究与自然科学研究。其主要学术著作有：《存活的喜剧——文学生态学研究》（*The Comedy of Survival: Studies in Literary Ecology*，1974）、《生命之圈——世界生态学导论》（*The Spheres of Life: An Introduction to World Ecology*，1975）、《现代世界的古代之根》（*Ancient Roots of the Modern World*，1976）、《现代意识》（*Modern Consciousness*，1978）、《关注地球——浅谈人类生态学》（*Minding the Earth: Thinly Disguised Essays on Human Ecology*，1988）等。1972年米克发表在《加拿大小说杂志》上的《走向生态美学》一文[1]，较为集中地阐述了其生态美学理论，这篇论文在两年后被收入作者的《存活的喜剧——文学生态学研究》一书，成为该书的第六章，标题被修改为"生态美学"[2]。

为了更好地理解米克的学术思想，我们应该首先了解一下他的教育背景和工作经历。米克虽然是一名生态学学者，从本科期间就致力于野生动物生态学和动物行为学方面的学习与研究，但同时他也拥有非常丰富的人文学科研究经历：曾获得比较文学的博士学位，又在亚大巴斯卡大学开设了一门名叫"世界生态学"的课程，深刻地讨论了人类圈（noosphere）对生态系统的诸多影响，其中涉及大量的人类学、哲学、文化研究等问题。可以说，米克最基本的学术立场就是跨学科研究，而他的学术理想也是致力

---

[1] Meeker, Joseph W. "Notes Toward an Ecological Esthetic," *Canadian Fiction Magazine* 2 (1972), 4−15.

[2] Meeker, Joseph W. "Ecological Aesthetics," in *The Comedy of Survival: Studies in Literary Ecology*. New York: Charles Scribner's Sons, 1974, p.119.

于实现人文学科与自然科学的紧密结合。除了校园内的学术研究工作之外，米克还参与过诸多与生态建设有关的社会实践。比如，他曾在美国国家公园管理局任职过一段时间，还于1980年在NPR（美国国家公共电台）创作并主持了系列广播节目——《关注地球》。在生活上，米克一直追求一种平静和谐的生活状态。他年少时曾在俄勒冈州的罗格河上游生活。据他描述，当时他和全家人居住在岛上一栋有30年历史的小木屋里，之后他在西雅图附近的瓦森岛上生活过一段时间，都是过着深居简出的半隐居生活。

米克成长的自然环境，对动植物广泛的兴趣爱好，在生态学方面的学术研究，贴近自然的工作实践，亲和自然的生活方式等多方面的动因，都促使米克在人类生态学理论的研究中，特别关注自然生态世界与人类感性世界的紧密关系，重视生态学与美学的有机关联。米克虽然没有一部直接、系统论述生态美学的研究专著，但从《存活的喜剧——文学生态学研究》《生命之圈——世界生态学导论》《关注地球——浅谈人类生态学》这三部代表作来看，他对生态问题的讨论，内在地、逻辑地同人类整体的感性生活、艺术经验、审美欣赏等领域交织在一起，蕴含着丰富、深刻的生态美学理论，因此其在西方生态美学史上占据着重要地位。

二、米克生态思想的代表著作

首先，关于《存活的喜剧——文学生态学研究》（以下简称为"存活的喜剧"）这部著作。前文已经提及，米克于1972年发表的学术论文《走向生态美学》被收入《存活的喜剧》一书中，考察这篇论文和这部著作的关系，可以视后者为前者的具体演绎，即米克的文学生态学（Literary Ecology）是在其生态美学精神指导下，于具体文艺实践领域的一个批评演绎。这部著作成功地将文学批评和生态学有机地结合在一起，从生态学的视角，对悲剧和喜剧这两个经典的文学类型进行了生态阐释。在米克看来，悲剧主要涉及一对矛盾关系，即个体救赎与一种超自然高尚力量之间的矛盾；而喜剧则描绘了一种共同体（community）关系，即个体与自然由分而合的感性恢复过程。米克认为，喜剧精神并不像传统文学批评中所评价的那样，低于悲剧精神；相反，从文学生态学的角度来看，因为喜剧指涉了一种人与自然共生共存的幸福图景，并能够促使人们去重新追求亲和自然的美好生活和回归自然的纯净心灵，因而赋予了喜剧深刻的精神内涵。在生态学和生态美学的指导下，米克对喜剧的文学价值和文化价值进行了重新评价。

其次，关于《生命之圈——世界生态学导论》（以下简称为"生命之圈"）这部著作。这部著作最初是米克为亚大巴斯卡大学"世界生态学"课程所编写的补充教程，似乎是一本生态学的通识读物，全书介绍了四种传统地理学上的生态圈层——岩石圈、水圈、大气圈和生物圈。但值得注意的是，这并不仅仅是一本关于地理知识的教程，它还涉及人类与地球之间物质、精神的双层联系。米克在书中特别强调了第五种圈层人类圈的存在，并以人类文明为中心，讨论了人类圈在其他生态圈中的位置以及对其他圈层所造成的影响，从而反思并批判人类精神文化中的非生态方面。可见，这本著作溢出了传统生态科学的知识范围，涵盖了诸多生态哲学内容。该书虽未直接探讨生态美学的问题，但在论述人类精神文化与生态系统的关系时，也牵涉很多关于人类的美好生活、纯净精神、敏锐感受力、灵动创造力的感性问题，这些都有助于从米克整体的生态视野去理解其生态美学思想。

再次，关于《关注地球——浅谈人类生态学》（以下简称为"关注地球"）这部著作。这是米克在NPR广播电台原创的内容稿，以随笔的形式展开，虽不能称为严格意义上的学术论著，但其蕴含了深刻的生态思想。米克在这部著作中提出关注地球的四个要点：第一，思考。转变工业时代的机械思维为有机的生态思维，从生态维度对现代工具理性进行反思与批判，转而追求一种整体的生态思维，当然也包括生态审美思维，有意培养一颗对事物变化过程充满无限好奇的感性心灵。第二，记忆。重新唤起人类在自然史中与万物维持亲密关系的传说、故事，关注人类文化中的精神内容和感性内容在自然史中的积淀。第三，关怀。这是一种感性体验和实践行动，米克认为对地球的关怀不应仅仅停留于理论思考，还要付诸实践，主张人与自然之间展开双向的互惠管理，摒弃人对自然单向的暴力支配。第四，遵循。遵循自然万物的发展规律和生态系统的演替规律。以上四个要点的展开，其实也伴随着米克生态审美实践的经验描述，零散而明亮地闪耀着其生态美学思想的光芒。

三、米克生态美学的现实背景与理论契机

米克生态美学的产生有其特定的现实背景与理论契机，下面分别从社会政治背景、思想文化氛围、美学理论发展这三个方面进行简要说明。

从社会政治背景来看，自二十世纪中叶开始，随着西方工业文明的迅猛发展，生态失衡、环境污染、资源短缺等问题日益严重，这促使人们重新反思人类世界与自然世界的关系。到了二十世纪七十年代，人们对生态问题的关注变得更加认真、严肃，具有一定的社会组织性。比如二十世纪七十年代初在欧洲兴起了"绿色美丽运动"，欧美多国出现了绿色和平组织，1972 年罗马俱乐部发表了生态科学报告《增长的极限》。最有代表意义的事件是，联合国人类环境会议于1972 年 6 月在瑞典的斯德哥尔摩举行，这是世界各国政府共同探讨保护全球环境策略的第一次国际会议，会议通过了《联合国人类环境会议宣言》。同年11 月，米克在《加拿大小说杂志》上发表了《走向生态美学》一文。由此可见，全球性的生态危机问题是促使米克生态美学产生的直接现实动因。

从思想文化氛围来看，二十世纪六十年代，后现代主义思潮逐渐崭露头角并迅速崛起，开始对西方文化中的现代性弊端展开一系列的反思与批判。其中，后现代主义中的重要内核——解构主义——在对现代性弊端的批判过程中，也深刻地涉及人与自然之间的关系问题。比如对传统的人与自然二元分裂思维进行了瓦解，对人类中心的主体性进行了颠覆，尤其值得注意的是，此时期有很多理论家开始学习东方哲学的理论思想，特别是对东方哲学中物我交融的诗性思维产生了浓厚兴趣，德里达就是代表人物之一。包含着解构主义内核的后现代思潮在一定程度上影响了米克的生态思想，这使他将生态科学与哲学、美学和人类学统摄在一起，通过促成理性与感性、人文与自然的合流来批判生态问题产生的思想根源和文化传统；

同时，米克也积极吸收了大量中国道家的哲学思想，对道家思想中的天人关系有着深刻的理解。可见，后现代思潮的兴起，解构主义强劲的批判力，东方哲学的影响，都在一定程度上推动了米克生态美学思想的产生与发展。

从美学理论发展来看，米克敏锐地察觉到了西方现代美学中理论与实践相脱离的问题，即作为现代美学理论支柱与基础的艺术哲学，已无法有效地解释与自然、环境、生态相关的审美现象。也就是说，西方现代美学理论在一定程度上失去了对审美实践的解释效力，这意味着其为新的美学理论提供了兴起和发展的契机。米克生态美学的产生就是源于这种美学理论内部的发展规律：不断通过反思、批判传统理论来完善、更新自身对审美现象的阐释。米克对西方理论美学史中非生态性的反思与批判是其生态美学展开的逻辑基点，关于这部分内容的介绍将放在后文展开论述。

第二节　米克生态美学的理论来源

米克的生态美学主要有两大理论来源：生物、生态等自然科学知识和生态哲学思想，前者主要涵盖了生物学、动物行为学、进化论、生态学等知识内容，后者则主要包括生态世界观、生态思维与生态语言观、环境伦理观等内容。米克对生态审美问题的探讨就是将审美理论建立在生物、生态知识和生态哲学思想这两大支柱上，因此有必要先对其生态美学的理论来源进行介绍。

一、生物学、生态学等自然科学知识

生物学、动物行为学、进化论、生态学等自然科学是米克生态美学的重要理论来源，它们为米克反思传统观念中人与自然的关系，探讨在这种关系基础上所产生的美学问题提供了新的视角，并且这些自然科学知识也为问题的解决指明了方向。"根据当代生物学知识、生态学知识来反思并重构审美理论，这就是米克所说的'生态美学'的思想基础和理论内涵。"[1]

首先，米克借助生物学基础知识，强调了人类的生物性起源与生物性本质，从生物学的角度重估了喜剧的审美价值与文化价值。米克在《存活的喜剧》一书中强调，"正是生物学在很大程度上向我们展示了如何研究人类是其所是的问题：包括人类的起源，人类行为的生物系统发生源，人类在自然秩序中的角色等问题"[2]。由此可见，米克对生物学的讨论并不仅仅限于自然科学的具体问题，而是沿着一条宽阔的道路，最终指向人与自然整体的有机关系。最具有理论创新价值的是，米克将生物学视野运用于文学艺术领域，合理地阐释了生物学与喜剧之间的天然对应关系，这一观点集中体现在《存活的喜剧》这部著作的第二章"喜剧模式"中。在米克看来，生物学与喜剧在本质上是相通的，都蕴藏着一幅平衡和谐、繁荣旺盛的图景：一方面，喜剧中暗含着生物出于本能的生命愿望，包括求爱、婚姻、性、繁衍、养育等，目的是为了尽可能延续自身生命，并且喜剧还刻意回避了灾难、战争、暴力等可能带来死亡的因素。喜剧这种好生恶死的特性正是一切生物的本能，而喜剧带给人的愉悦感、幸福感也同这一本能有根本关联。另一方面，生物群落中也暗含着喜剧模式（comic mode），"顶级动植物群落就是多样、复杂的生物集合体，这些生物集合体与其他的生物集合体以及它们所处的无机环境一起，构成了一种相对平衡的状态"[3]。米克认为，这种生物群落中的平衡、和谐、稳定，其实就是一种喜剧模式，同样能给人带来愉悦感和幸福感。由此看来，生物与喜剧在本质上有共通之处。从生物学角度出发，米克重新发现了喜剧深层的生物性价值——赞颂了人类与周围世界之间和谐、稳定的生命关系。米克也因此高度评价了喜剧，称其超越了悲剧。喜剧模式其实就是米克大量运用生物学知识对传统美学的反思与颠覆，旨在提供一种新的文化视野，以"更好地

[1] 程相占、[美]阿诺德·伯林特、[美]保罗·戈比斯特、[美]王昕浩：《生态美学与生态评估及规划》，郑州：河南人民出版社，2013年版，第4页。

[2] Meeker, Joseph W. "Ingredients for an Environmental Ethic," in *The Comedy of Survival: Studies in Literary Ecology*. New York: Charles Scribner's Sons, 1974, p.145.

[3] Meeker, Joseph W. "The Comic Mode," in *The Comedy of Survival: Studies in Literary Ecology*. New York: Charles Scribner's Sons, 1974, p.29.

促进人类物种与其他物种的存活"[1]，而这种文化视野的转变，必然地、内在地与生物科学知识和生物科学立场相关联。

其次，米克从动物行为学这一角度重新认识了人类在自然界中的位置，这也涉及审美主体在生态审美中的位置问题。所谓动物行为学，是指研究动物的沟通、学习、繁殖等行为的一门学科，其创始人是与米克同时代的著名动物学家康拉德·劳伦兹（Konrad Lorenz）[2]。劳伦兹的研究表明，动物的诸多行为，如保卫领地、建造巢穴、搜寻食物、繁殖生育、维持种群关系等，并不是低级的简单反应，而是能够与复杂的人类行为相提并论的高级活动。通过汲取劳伦兹的科学研究成果，米克对人类理应在自然界中占据支配地位这一传统观念进行了深刻反思。在传统观念中，人类行为具有独一无二的特性，比如组织性、伦理性、协调性、目的性等；而动物行为则是出于本能反应，是简单的、粗糙的甚至是无序的。但是，动物行为学的研究成果与实证案例颠覆了这一传统认知。米克在汲取了劳伦兹的研究成果后，提出了自己的观点：人类不能凌驾于其他动物之上，因为人类行为不再是自然界中唯一具有协调性、合理性的动物行为。这一观点虽然与审美问题关联不大，但却引导了米克生态美学的理论方向，重新确证了人类在生态审美中的位置：作为自然世界中的一员，人类只能参与生态实践活动，与自然万物保持平等的互动关系。也就是说，正是动物行为的相关研究打破了人类高高在上的行为神话，相应的，人类作为审美主体也不能夸大其行为的独特性与优越性。在米克看来，人类对自身行为独一无二性质的预设，理所当然地使自然万物为之作出单向度的改变，来适应人类的文化观念，这种传统的思维惯性是盲目而自私的。

再次，达尔文的进化论学说对米克生态美学也产生了深刻影响。如果说动物行为学打破了人类高高在上的行为神话，那么进化论可以说是打破了人类自命不凡的精神神话。从一般意义上说，进化论的发现颠覆了人们

---

[1] Meeker, Joseph W. "The Comic Mode," in *The Comedy of Survival: Studies in Literary Ecology*. New York: Charles Scribner's Sons, 1974, p.24.

[2] 康拉德·劳伦兹（Konrad Lorenz, 1903－1989），奥地利动物学家，动物行为学理论创始人，诺贝尔医学与生理学奖获得者，生前一直与米克保持着密切的学术交流。米克《存活的喜剧》一书的序言即由劳伦兹所作。

的认知，包括审美认知。比如在二十世纪三十年代，实用主义哲学家杜威就在进化论的基础上发展了自己的美学思想，在谈论完整的审美经验时，特别强调人与自然交融无间的审美境界，将艺术形式的成因归结于"有机体与环境相互作用的结果"[1]，不过杜威对进化论的应用主要还是放在艺术问题的解释上。到了米克这里，一方面，进化论作为一般生物学知识的重要部分，提醒着米克在讨论审美问题时要正视人类的生物性起源与生物性本质，在审美判断中要恰当地评价人类的精神性特征，正确地理解其他生物的复杂性特征，因此正是当代生物学体系内的进化论，启发美学家们突破艺术与自然的二分理论；另一方面，进化论对米克生态美学还有一处特殊的启发：进化压力对自然万物审美特性的形成具有重要意义。米克认为，"物竞天择，适者生存"的自然原则促使万物通过不断改变自己来适应周遭环境，其目的在于维持自身生命的持久发展和活态延续。而生物的这种自然适应性，最终指向了一种积极的生命发展方向，即在进化过程中，生物的形态、习性、行为都显现出自然健康、生机蓬勃的特征，并且物种生存的延续希望让人能获得一种真切实在的愉悦。

最后，当代生态学知识直接影响了米克的生态美学。米克对上述三种生物学知识的运用，其目的在于证明作为生物有机体的人类与整个生物世界的内在关联，这其实是米克在生态学的视角下对生物知识的综合阐释与应用——他并没有孤立地研究生物科学，也没有机械地用生物知识去简单阐释美学理论，反而是将人与其他生物、自然环境视为生态的有机整体，以此为基础来讨论审美问题。比如在《存活的喜剧》第六章"生态美学"中，米克就指出，"人们对生态系统之美的感知，就等同于对生物完整性的认知"[2]。此处所说的"生物完整性"（biological integrity），其实就是生物整体结构的统一性和生物演替过程的连续性，而不仅仅是针对某一种生物而言。生态知识从两个层面影响了米克的生态美学：一是生态系统的整体性

[1] John Dewey. *Art as Experience*. New York: G.P. Putnam's Sons, 1980, p.22. 中译本参考[美]杜威：《艺术即经验》，高建平译，北京：商务印书馆，2005年版，第22页。

[2] Meeker, Joseph W. "Ecological Aesthetics," in *The Comedy of Survival: Studies in Literary Ecology*. New York: Charles Scribner's Sons, 1974, p.129.

与自组织性，二是生态演替的过程性与自调节性。米克以艺术为中介，将前者与空间艺术相关联，将后者与时间艺术相关联，以此为切入点来探讨审美问题。

以生物学、动物行为学、进化论、生态学这四类自然科学的相关知识为例，上文分析了米克生态美学的一个理论来源——生物学、生态学等自然科学。我们这里只是单独列出一些在米克著作中所体现的自然科学基础知识，来探讨它们对其生态美学思想的影响，而二者之间更紧密、更具体的关联则放在后文详述。

二、生态哲学思想

米克生态美学的另一个理论来源是生态哲学思想。生态哲学，就是用生态学的视角和方法，来研究人类与自然的关系及其普遍规律的哲学。生态哲学有几个分支领域对米克影响最为深刻，这几个分支领域主要是生态世界观、生态思维与生态语言观和环境伦理观。尤其值得注意的是，米克还特别汲取了中国先秦道家哲学思想中所隐含的生态意蕴。下面我们对这些生态哲学思想进行具体介绍，并讨论它们与米克生态美学思想的关系。

首先，生态世界观对米克生态美学的形成起到了奠基性作用。生态世界观（在米克的理论语境中也可以称为生态地球观），是指用生态性的系统视野来认识人类所处的世界，以及人类与世界的有机关联，这是一种新的世界观。所谓新，是相对旧的机械世界观而言的。米克指出，在机械世界观中，地球一直以来都被视为一种惰性的物质，或者是一种机械（machine），这种机械的唯一目的就在于服务人类。米克注意到，在西方现代文化中，人们常习惯用时钟这一意象来比喻地球，认为地球自转仅仅是为了计算人类世界的时间，一切都围绕人类运转，有意忽视了人与地球的一切内在关联。而米克受生态哲学的启发，提出了一种新的生态世界观，认为地球并不仅仅为服务人类世界而存在——在人类这一物种存在之前，地球就已经独立运转了几十亿年，地球仅仅记录自己的历史。这样，米克从哲学的高度对旧的机械世界观进行了批判，并提出了新的生态世界观：

地球是活着的宇宙整体中的一部分，其生命是流动的、连续的。值得注意的是，米克还特别阐释了生态世界观的两大特征——活性存在与动态过程。这是一种与机械世界观相对的生态世界观，它将地球视为一个活的有机物，而非机械的、惰性的物质实体。与此对应，还存在一种有机的时间观，将时间视为一种连续的过程（process）。生态世界观对米克生态美学的影响之所以是奠基性的，是因为世界观对审美观有着不可忽视的塑造作用。也就是说，审美活动总会涉及主体对周遭世界的感性认识与理性理解，当人们将世界视为固态的、惰性的实体时，他们必然无法建构生态美学；反之，如果人们将世界视为运动的、活泼的有机存在与有机过程，那么生态性的审美意识也会随之萌生。在米克具体的生态美学论述中时常能见到这种世界观的映射，比如他特别关注自然与艺术的有机形式，重视审美创造中的自然生命，强调生态美学中的整体观，等等。总之，生态哲学世界观对米克生态美学的形成起到了奠基作用。

其次，生态思维与生态语言观也对米克生态美学产生了重要影响。米克在生态哲学的宏观框架内，对人类的传统思维以及在这种思维下所养成的语言习惯进行了深刻的反思。人们对世界的认知、指称都是以人类自我为中心的，这种认知思维、指称习惯暗藏着严重的非生态问题：一方面，建构了一种人与自然不平等的语言关系；另一方面，从语言维度钝化了人们的感性认识。比如《关注地球》中的"人类和其他被错用的资源"这一章，米克就对"资源"一词进行了深刻的解读。米克主要从语源学的角度，考察了"资源"（resource）一词的词义演变过程。"资源"一词来自拉丁文的词根surgere，意为涌动、上升，充满着生机和活力；到了十七世纪，"资源"一词意指人类与地球之间互惠、互相尊重的馈赠、礼物；到了现代工业时代，其意义发生了根本性的变化，开始与国家财富联系在一起，成为现代商品的"资源"之意。米克认为，从互赠的礼物转变为毫无生气的商品，这不仅仅是语言上的简单变化，还是人们思维的变异。"资源"一词在米克眼中是相当无情冷漠的，因为它剥夺了自然事物本有的、具体的性格、特征、身份和权利，使自然事物感性的存在形式与存在状态抽象化。而人们之所以要对词语的意义进行高度抽象化，正是为了便于统一管理，服务人类。[1]此外，米克还举了更具体可见的例子——humbug（骗子）和bugbear（怪物），这两个词都出现了动物名称（如bug、bear），意指人们讨厌的事物。人们将自己的负面情绪转移到动物身上，以致语言产生了诸多关于动物指称的歧视与偏见。米克认为，一方面，人们应该重新思考对自然的命名方式，反省种种自以为是的命名权力，对自然事物的指称目标不应该是单向的控制、占有和利用，而应实现思维领域、语言领域中人与自然的平等；另一方面，人们还应该用生机勃勃的语言去指称同样生机盎然的自然世界，细腻描绘自然物的个性特征，这对主体的审美反应也是一种拓展与丰富。

再次，米克生态美学的构建离不开对环境伦理问题的相关思考。在米克的生态思想著作中，环境伦理中的一个重要特点就是对复杂性的肯定，反过来说，环境伦理其实批判的是传统伦理中善恶二元对立的简单性。米克用牧羊人、羊、狼三者之间的关系进行说明：在简单的善恶二元论下，狼是恶的代表，但当人们简单地站在善的一方去消灭狼时，生态系统会因为遭到破坏而反作用于羊与牧羊人，在这种伦理观指导下的实践活动最终会走向歧途；但当人们以全景视角去思考狼、羊、牧羊人以及三者与生态系统的有机关联时，原先的善恶二元论就被消解了，而考虑多方利益的环境伦理则有助于维持生态系统的完整与平衡。米克还将这种环境伦理的复杂性特点应用于悲剧文本的结构分析。比如，米克分析的《奥赛罗》的悲剧情节：主人公正是因为太过依赖于简单的道德判断，而无法对自身所处环境的复杂性作出正确回应，导致他所处的环境发生了失衡，因而造成了悲剧。[2]米克对具体文学作品细节的分析虽然有偏颇之处，但至少从一种新的美学视野出发，创造性地将环境伦理与艺术问题、美学问题连通起来，肯定了伦理、审美的复杂性价值与多样性价值。

另外，米克的生态美学在方法论层面，汲取了中国先秦道家哲学中的

[1] Meeker, Joseph W. "People and Other Misused Resources," in *Minding the Earth: Thinly Disguised Essays on Human Ecology*. California: The Latham Foundation, 1988, pp.6-13.

[2] Meeker, Joseph W. "Ecological Aesthetics," in *The Comedy of Survival: Studies in Literary Ecology*. New York: Charles Scribner's Sons, 1974, p.132.

生态意蕴。和二十世纪六十年代之后的很多理论家一样，米克也学习过道家哲学思想，并对其中物我交融的诗性思维非常感兴趣。相应地，米克生态美学思想在方法论层面对包容性和兼容性的强调，其实在很大程度上受益于《庄子·应帝王》中著名的七窍出而混沌死的故事。《关注地球》中"培育混沌"这一章深刻地阐明了生态目标与方法的对应性，"生态目标应该通过生态形式与生态方法达成"[1]。这里所说的生态形式和生态方法，在生态美学领域是指一种混融无分、物我无间的诗性思维。在这种诗性思维的启示下，米克反对那种对事物进行精确切分、准确隔离的研究方法。他认为，在空间上，生态系统是由诸多子系统构成的，这些子系统之间的边界是模糊的、柔化的；而在时间上，生态演变的过程则是渐进的、漫长的。然而人类却违反了这种生态规律，主动锐化了系统边缘，人为地隔断了事物的互动作用，在众多领域，甚至包括语言领域、思维领域上都筑起了横亘于主客之间的屏障、围墙，这一做法其实就相当于儵忽二帝对混沌进行开窍。相应地，在美学领域，要形成生态的审美理论（esthetic theory），当务之急就是要摒弃精确的、闭合的传统思维方式，展开一种交融性、渗透性的诗性思维，也就是混沌思维。同时，混沌思维也与道家著名的有无之辨相联系，米克在《关注地球》一书中多次赞扬了无的价值[2]，无在生态美学的方法论中，意味着无限与包容。总而言之，从米克对混沌、无用之用、天籁等道家哲学问题的理解与吸收来看，其反对机械、反对二分的生态思维，很大程度上受益于中国道家哲学思想中所隐含的生态意蕴。

综上所述，米克生态美学的理论来源主要有两方面：一是生物学、生态学等自然科学知识，二是生态哲学思想。一般而言，自然科学所强调的是知识的稳定结构、理性的认知立场和逻辑的严谨推理，而这些似乎与人文学科，尤其是美学格格不入。但米克却从宏观的生态视角，将自然

---

[1] Meeker, Joseph W. "Nurturing Chaos," in *Minding the Earth: Thinly Disguised Essays on Human Ecology*. California: The Latham Foundation, 1988, p.15.

[2] Meeker, Joseph W. "The Trillium Strategy," in *Minding the Earth: Thinly Disguised Essays on Human Ecology*. California: The Latham Foundation, 1988, p.98.

科学与人文学科进行了调和，实现了跨学科的美学研究：一方面，米克重视当代自然科学在生物学、生态学领域的理论成就，以此为理论资源来批判传统文化中人与自然的分离问题，当然也包括传统美学中艺术与自然的对立问题；另一方面，米克又没有局限于生态科学知识的具体探讨，而是将生态知识上升至哲学层面，用生态科学来修正人们传统的世界观、思维方式与语言观、伦理观等问题，而这些也正是米克生态美学的哲学基础。总而言之，从美学的理论来源，到方法论原则，再到具体的文艺批评，生物学、生态学等自然科学知识和生态哲学思想，都深刻地影响了米克的生态美学。

第三节　米克生态美学的主要内容

米克虽然没有一整部直接、系统论述生态美学的学术专著，但他在人类生态学理论的研究中，特别重视自然生态系统与人类审美的有机关联，并较早地以"生态美学"为题，发表了阐述其生态美学思想的论文。可以说，米克的生态美学虽然不具备完整的体系框架，但却非常富有理论洞见。接下来，我们主要围绕《生态美学》这篇文章，同时结合米克生态学著作中零散的美学思想，对米克生态美学的主要观点进行归纳和提炼。

为了更清晰地呈现米克的生态美学，我们将其观点分为以下五个方面：第一，对现代西方美学理论的反思；第二，人类生态学视野中的美学重构；第三，空间艺术、时间艺术与生态系统的有机形式美；第四，生态学的重要概念与生态系统的审美价值；第五，主体审美反应在生态美学中的新拓展。下面展开具体阐述。

一、对现代西方美学理论的反思

米克在《生态美学》开头提出这样一个现实问题："人类艺术与行为的

相关理论不能完美地反映实际的实践情形。"[1]为了寻找这一问题的症结所在，这位人类生态学者尝试从人类文化的历史长河中寻求答案，并且找到了问题的根源：自柏拉图时代以来，艺术与自然就是分立的、对立的：

> 理论美学的历史一直以来就被"艺术对自然"(art versus nature) 这一著名争论所主导，而这一争论始于柏拉图的如下主张：所有艺术创造物都不是完美的，通常是欺骗性的，是现实的类似物 (approximation of reality)。在这一观点中最极端的看法是，艺术在某种程度上成了一种不诚实的自然堕落，一种被激发的谎言："艺术"(art) 这个词本身就是"人工"(artificiality) 一词主要的词源要素。遵循这一思路，审美理论在传统上一直都在强调艺术创造物与自然创造物的分离，假定艺术是人类灵魂的"高级的"或"精神化的"产品，不应该混同于"低级的"或"动物性的"生物世界。思想保守的人们经常视艺术为"不自然的"，而理想的人文主义者在艺术中看到了一种人类对于自然的精神性超越的形象。两种观点都扭曲了自然和艺术之间的关系。[2]

紧接着，米克从文化根源上对这一现象进行了追溯，发现"艺术对自然"(art versus nature) 的观念深植于西方文化的两大源头，一是希腊文化，二是希伯来、基督教文化。在希腊神话中，由于厄庇墨透斯的失误[3]，人类不能像其他动物那样拥有漂亮的羽毛、优雅的外形、强健的力量等特性，尽管后来在普罗米修斯的帮助下，人类获得了聪明与智慧，甚至能够统治其他动物，但还是未能拥有其他动物身上那种合意的特征 (desirable characteristics)。厄庇墨透斯的神话其实就暗藏着一种人类与自然在审美理

---

[1] Meeker, Joseph W. "Ecological Aesthetics," in *The Comedy of Survival: Studies in Literary Ecology*. New York: Charles Scribner's Sons, 1974, p.119.

[2] Meeker, Joseph W. "Ecological Aesthetics," in *The Comedy of Survival: Studies in Literary Ecology*. New York: Charles Scribner's Sons, 1974, p.120.

[3] 这是希腊神话中关于厄庇墨透斯(Epimetheus)的故事：在神创造了人和其他动物后，厄庇墨透斯负责赋予每种动物以美好的本能与特征。但是由于他工作的粗疏，竟忘记了赋予人类以美好的本能。后来厄庇墨透斯的哥哥普罗米修斯通过盗火赋予人类以生存的智慧。

论（esthetic theory）中的对立。而在希伯来、基督教文化中，人与自然的关系又走向了另一个极端。首先，米克认为在希伯来、基督教文化中，人类理所应当地具有一种高级之美（superior beauty）——人类是按照上帝的形象被创造出来的，因而享有美（beauty）的光辉。其次，米克还考察了这种观念对西方艺术的具体影响，即这种审美观念促使"各个时期的人文主义艺术将人类的外形置于一切创造物的最顶端"[1]。在追溯了西方文化的两大源头后，米克得出结论：无论是在希腊文化中，还是在希伯来、基督教文化中，人与自然在审美理论中始终处于对立面，甚至是极端的对立面。也就是说，自柏拉图时代以来的"艺术对自然"的艺术观念，其实是审美理论中人与自然对立的缩影，是整个西方美学理论史中人与自然关系的一个缩影。

米克认为，这种人与自然的对立并不仅仅是审美理论的问题，还是整个西方文化的问题。要解释、解决这种人与自然的不合理关系，就应从文化传统入手。在米克看来，人与自然对立的根源在于人类的一种固有的偏见，即将人类世界与自然世界截然划分为两个孤立的时空。从历时层面来讲，传统人文主义历史观的眼界不够开阔，人们普遍重视人文历史，而忽略自然历史，并不关注包括人类在内的自然事物之生成、发展和演变；从共时层面来讲，传统的文化研究范围很狭窄，理论大多关注人类世界中人类主体的思维特征，而忽略了一个事实——作为整体的世界并不仅仅等同于人类的世界。因此，要解决审美理论中人与自然对立的问题，就要从反思这种人类中心主义的文化传统入手。

这里需要说明的是，米克作为人类生态学家，在阐述生态思想时，习惯从文化人类学的角度去考察文化传统在源头上的问题，这也是米克生态美学的一个重要方法论原则。如在《存活的喜剧》第三章"文学悲剧与生态灾难"中，米克对文学艺术的阐释就是从文化传统入手的，"希伯来和希腊文化从源头上就认为，自然是作为人类的利益而存在的。在《创世记》中所记录的创造物，如各种植物和动物，它们被创造出来都是为亚当所使

---

[1] Meeker, Joseph W. "Ecological Aesthetics," in *The Comedy of Survival: Studies in Literary Ecology*. New York: Charles Scribner's Sons, 1974, p.120.

唤的，并且伊甸园也被视作一种适宜的环境，目的是满足人类的需要"[1]。这其中体现了一种人类中心主义的文化传统。那么，人类凭什么认为自己是世界的中心呢？米克认为，这与人类长久以来对自己心灵力量和精神力量的高估有关。

寻找到文化传统的症结后，米克重新回到了审美理论的问题上。一般而言，"艺术对自然"这一观念，既有排斥艺术、抬高自然的取向，又有排斥自然、抬高艺术的取向，但总体上还是以吹嘘艺术、贬低自然为内核，即"假定艺术是人类灵魂的'高级的'或'精神化的'产品，不应该混同于'低级的'或'动物性的'生物世界"[2]。米克认为，僵硬的现代西方美学理论之所以无法完美地处理实践问题，就是因为这种"艺术对自然"的观念，再进一步说，这种观念根源于人类中心主义的文化传统，根源于人类错误的自我认知。这里需要说明的是，虽然在《生态美学》一文中，米克批判的对象主要是西方现代美学的理论缺陷，但是在他众多的生态学思想著作中，这种美学理论的弊端还可以继续深究。在米克看来，这种现代西方美学理论的弊端主要应归结于西方传统文化中人类与自然的关系问题，以及人类的自我认知问题。

由此而言，对现代西方美学理论的修正其实就涉及对人类自我认知的修正。于是，米克积极接受了人类自我认知第二次革命[3]——进化论思想的启发，将其作为理论资源来反思西方现代美学理论中人与自然对立关系的弊端，并根据进化论生物学知识重新评价了西方现代美学理论：

> 达尔文关于进化论的启示迫使人们不得不对生物过程进行更加细致的审查，也因此迫使人们不得不认识到：传统的人类中心主义思想

---

[1] Meeker, Joseph W. "Literary Tragedy and Ecological Catastrophe," in *The Comedy of Survival: Studies in Literary Ecology*. New York: Charles Scribner's Sons, 1974, p.43.

[2] Meeker, Joseph W. "Ecological Aesthetics," in *The Comedy of Survival: Studies in Literary Ecology*. New York: Charles Scribner's Sons, 1974, p.120.

[3] 米克总结了历史上人类自我认知的四次革命：哥白尼的日心说，达尔文的进化论，弗洛伊德的精神分析理论，生态学理论。详见 Meeker, Joseph W. "The Noosphere," in *The Spheres of Life: An Introduction to World Ecology*. New York: Charles Scribner's Sons, 1975, pp.58—61.

在夸大了人类精神性（human spirituality）的同时，也低估了生物的复杂性（biological complexity）。植物、动物与人类的关系要比之前所认识到的更加亲密。有一些哲学家已经意识到了生物学和人文学科之间新的紧密关联，他们从上个世纪就开始试图按照新的生物学知识去重估审美理论了。这一结果造成了对"有机形式"（organic form）这样的旧有概念的修正，以表明艺术形式在某种程度上实现了其优越性，因为艺术形式更类似于生物有机体的结构完整性。[1]

　　在米克看来，进化论是解决西方现代美学问题的关键所在。因为西方传统的人类中心主义思想在过高地评价人类精神性的同时，过低地评价了生物的复杂性；而在进化论启示下的美学理论却正好能够弥合艺术与自然之间的鸿沟。具体来说，就是以承认人与其他生物在进化过程中的本质关联为前提，在此基础上用生物学意义上的新的"有机形式"（organic form），去修正人类的"艺术形式"（artistic form）。

　　在进化论思想启示下的美学理论中，米克特别强调了两个重点：一是艺术形式和生物有机形式在整体上的密切关联，具体表现在共时的结构体系和历时的发展演替两个层面；二是生物学相关知识在美学理论中的新地位。这两个方面都正视了美学与生物学的内在关联，打破了西方传统审美观念在形而上层面对人类精神性的不实吹嘘，突破了西方现代美学中人与自然关系的二元对立。这样，在人类思维的根源上，米克就动摇了之前不合理的审美观念，并且他还将进化论思想应用于人类学、生态学、美学等相关领域的理论研究，创立了独具特色的生态美学。以上就是米克对西方现代美学理论的反思，及其生态美学产生的理论背景与实践要求。

---

[1] Meeker, Joseph W. "Ecological Aesthetics," in *The Comedy of Survival: Studies in Literary Ecology*. New York: Charles Scribner's Sons, 1974, p.120.

二、人类生态学视野中的美学重构

作为人类生态学家，米克主要从生态学和文化人类学的角度，当然也借鉴了一些体质人类学的理论，对西方美学理论进行重构，创立了自己的生态美学。

首先，米克对农业文明、工业文明与生态科学影响下的文明进行了对比，考察了人类文明对美丑观（conceptions of beauty and ugliness）的塑造作用。米克首先追溯了人类文明的本源，即文明最早的形式源于人类对动植物的驯化（domestication）。在《生命之圈》一书中，米克用人类圈的概念来指代人类的物质文明和精神文明，并且指出"动物饲养和农业生产都是人类圈早期的产物"[1]。的确，经过人工培植、培育而成的生物更容易为人类所用，从而增强人类的生存适应性，有利于人类整体的发展和进步，因此这可以说是一种以驯化为核心的物质文明。另外，还有一种以驯化为核心的精神文明，即人类对自身进行的驯化。进一步，米克深刻阐述了不同文明对人类情感价值判断（emotional value judgement）的影响作用。在古代农业文明、现代工业文明的影响下，人们对美（beauty）中艺术的、精神的、灵魂的、超自然的等形而上的属性特别偏爱，因为这些属性是人类文明驯化的结果。米克指出，悲剧的价值在传统审美观念中要高过喜剧的价值，这是因为"悲剧从根本上说是超自然的，并且还有一点特别明显——它很少考虑生存和幸福等生物问题"[2]。可见，在传统审美观念中，对形而上实体（metaphysical reality）的强调割裂了人类与形而下生物性本源的联系，生物性的存在只有经过驯养，尤其是文化驯养，才可能是美的（beautiful）。然而随着现代工业文明的膨胀和生态危机的涌现，旧文明的弊端开始浮出水面。从米克身处的环境而言，正是西方社会文明形态的转变，促使人们深刻反省西方审美理论中的兴趣问题——"审美理论一直都对人类保持着一

---

[1] Meeker, Joseph W. "The Noosphere," in *The Spheres of Life: An Introduction to World Ecology*. New York: Charles Scribner's Sons, 1975, pp.56−57.

[2] Meeker, Joseph W. "Literary Tragedy and Ecological Catastrophe," in *The Comedy of Survival: Studies in Literary Ecology*. New York: Charles Scribner's Sons, 1974, p.51.

种几乎独有的兴趣（exclusive interest）"[1]。而从宏观的文化人类学看，随着人类开始意识到生态科学对人类文明产生了诸多深层影响，美学理论的重构必然将迎来新的契机。

接着，米克批判了旧的人文主义美学（humanistic esthetics），并在审美判断（esthetic judgements）的现象层面展开了自己的美学重构。如上文介绍，米克特别强调人类文明对美丑观（conceptions of beauty and ugliness）的塑造作用。他认为，在农业文明时代和工业文明时代，自然万物那些动人的特征（desirable characteristics）被理所当然地、公理式地归结于人为的驯化效果，包括物质驯化和精神驯化；然而这种传统的人文主义美学，其实是一件皇帝的新衣，是被人类虚荣心所歪曲的。米克认为，只有在人类正确的自我认知下，即"以自我沉思为基础"[2]，生态美学理论才能真正展开。由《生态美学》这篇文章具体而言，米克还特别利用了形态学研究（morphological studies），通过对比野生动物的形态与人类的形态，指出"野生动物通常比人类自身更能引起审美愉悦（esthetic pleasure）"[3]。对于艺术而言，使之为美的东西并不是接受人为驯化后产生的东西，而恰恰是被人们一直忽视和排斥的自然属性与有机形式：

> 厄庇墨透斯的故事背后的动机并不单纯是憎恶人类，而是试图去解释这样一个值得注意的事实——对于人类而言，野生动物通常比人类自身更能引起审美上的愉悦。尽管人文主义美学和艺术对人体的赞美造成了大量相反的影响，人类还是无法真正掩藏起一个令人痛苦的认识——他们并不是世界上最俊美的生物。即使这一事实能够获得公开承认，在解释它时还是存在问题，因为人类的美丑观（conceptions of beauty and ugliness）在某种程度上必须以自我沉思（self-

[1] Meeker, Joseph W. "Ecological Aesthetics," in *The Comedy of Survival: Studies in Literary Ecology*. New York: Charles Scribner's Sons, 1974, p.121.
[2] Meeker, Joseph W. "Ecological Aesthetics," in *The Comedy of Survival: Studies in Literary Ecology*. New York: Charles Scribner's Sons, 1974, p.124.
[3] Meeker, Joseph W. "Ecological Aesthetics," in *The Comedy of Survival: Studies in Literary Ecology*. New York: Charles Scribner's Sons, 1974, p.123.

contemplation）为基础。显然，如果人体是美的恰当的标准，在这种标准下，所有的审美判断都必须以人体为尺度，那么只有某些对于身体的艺术再现才能符合这种标准，很少有人能在看着穿衣镜中的身体时寻找到审美愉悦。试图再现人类之美的艺术创造通常压抑了驯化的特征（domestication characteristics），而夸大了那些对于自由生存的动物而言很常见的特征，如修长的腿，紧致的肌肉，棱角分明而又具有表现力的面部特征，匀称的头部，纤小的腹部。只有以嘲笑人类为目的时，驯化的特征才会重现，如博斯和戈雅的画作，以及乔纳森·斯威夫特笔下的格列佛所遇到的雅虎，这一令人厌恶的物种是由野马所饲养的被驯化的人类。艺术总是更喜欢以自然状态下的人体为题材，这种状态摆脱了驯化的影响。我们中的大多数人受到驯化的影响，每天上班都被衣服包裹着，这些衣服被用来尽可能多地隐藏我们典型的驯化缺陷。被驯化的人类只适用于怪诞艺术的题材。[1]

　　米克这里虽然只是通过形态学研究，从美（beauty）的现象层面和经验层面讨论了相关问题，甚至似乎还有极端化的嫌疑，但不得不承认的是，米克确实通过生物形态学的描述颠覆了人类所迷信的驯化之美。另外值得说明的是，生物形态学不同于解剖学，并不是对单个生物形态的分析，而是将生物形态视为有机系统进行把握，这主要是借鉴了劳伦兹的研究方法。[2]总而言之，米克对生态美学理论的初步构建，主要是以进化论思想为先导，以生态学思想为理论支撑，以形态学研究为具体方法，通过对驯化之丑的批判，展开对驯化为美这一传统美学主张的正面突破。

[1] Meeker, Joseph W. "Ecological Aesthetics," in *The Comedy of Survival: Studies in Literary Ecology*. New York: Charles Scribner's Sons, 1974, p.124.

[2] Konrad Lorenz. *Study in Animal and Human Behavior*, Translated by Robert Martin. Cambridge: Harvard University Press, 1971, p.167.

三、空间艺术、时间艺术与生态系统的有机形式美

如前所述，米克对生态美学的建构主要还不是严谨理论的逻辑推导，而是利用新视野、新方法从现象层面入手，对美（beauty）的相关问题进行重新阐释。在这个过程中，米克特别从空间艺术、时间艺术两个维度与生态系统进行类比，由此指出生态系统同艺术作品一样，具有鲜明的形式特征，即系统完整性和过程演替性，并且相应地在这两方面体现出有机形式美（organic formal beauty）。下面围绕米克对生态系统与空间艺术、时间艺术的关系的论述，说明生态系统最具代表性的两类形式特征——系统完整性和过程演替性。

从系统完整性来说，米克认为生态系统的形式特征主要表现在大自然的有机物理结构上。对于这一问题的讨论，米克主要从三个路径展开说明：第一，将空间艺术形式与自然形式进行对照，说明完整性对于空间艺术欣赏和自然欣赏的重要性；第二，通过对空间艺术的评价，说明系统完整性对于欣赏者而言具有强烈的吸引力（appeal）；第三，从空间层面出发，对生态秩序中系统完整的有机形式美（organic formal beauty）进行阐述。下面分别说明：

首先，米克利用艺术形式与自然形式在空间上的同构关系，论述生态系统的有机物理结构。米克指出，艺术形式与自然形式在空间上是同构的、互相呼应的。这里需要说明的是，因为米克并不是一位严格意义上的美学理论家，所以他对审美问题的解释很少从哲学美学的角度直接展开理论阐述，而是多以艺术为中介，通过有机形式与艺术形式的审美关系描述生态系统的有机形式美（organic formal beauty）。在《生态美学》一文中，米克利用绘画、雕塑、图案设计等空间艺术对照自然界的有机物理结构，认为这些空间艺术之所以能够表现美（beauty），主要是因为它们与自然形式在空间上是同构的，它们在视觉上的和谐比例、协调布局、平衡结构等特征，都与自然的生物性特征、生态性特征有密切关联。也就是说，艺术形式只有在符合自然的有机形式时，才能进一步"引发人们去探究其内部结

构的好奇心（curiosity）"[1]，才能进一步让人们产生更丰满的愉悦感。这种丰满的愉悦感不同于单一的形式快感，而是融合了生态完整性（ecological integrity），此时这种艺术形式已不再是单纯的艺术创造物了，它也是生态系统中被感知到的形式（perceived forms），呈现出生态系统的有机形式美。

其次，在对空间艺术的评价上，米克还将生态系统的完整性作为重要的评判标准。米克指出，如果主体能够在对一件艺术作品的欣赏过程中感知到一种整体经验，能够感知到其系统内部的各个要素都呈现出整合统一、平衡均衡的状态，那么这件艺术作品就是伟大的：

> 艺术作品之所以是悦人的，其原因是：它们提供了一种完整的经验（integrative experience），将高度多样化了的各类要素统合进了一个平衡的整体。一件伟大的艺术作品就类似于一个生态系统（ecosystem），因为它传达了一种统一的经验。重点并不在于每一个要素自身是令人愉悦的，重点在于诸多要素中所建立起来的关系在整体的系统中是真实的、连续的。文学中涵盖了大量的痛苦、堕落，音乐在整体的美之中也包含了不和谐。艺术作品要想在审美上是令人满足的，就必须得涵盖从令人愉悦到令人不悦的全部经验范围。一件艺术作品最终的成功取决于作为整体而实现了的艺术系统（artistic system），以及一种关于复杂的完整性系统的真实，而这种复杂的完整性包含了在平衡的均衡状态中一切具有创造性和具有破坏性的力量。[2]

从感知过程来看，对有机的空间艺术的欣赏并非单纯依靠视觉感知，还需要调动人体知觉的全部机能来体会空间形式的系统性结构与生物性内容。通过对空间艺术的评价，米克指出，对空间艺术的欣赏仅仅停留在外观美的层面上是远远不够的，只有从生态系统的整体性视角出发，对空间

[1] Meeker, Joseph W. "Ecological Aesthetics," in *The Comedy of Survival: Studies in Literary Ecology*. New York: Charles Scribner's Sons, 1974, p.125.

[2] Meeker, Joseph W. "Ecological Aesthetics," in *The Comedy of Survival: Studies in Literary Ecology*. New York: Charles Scribner's Sons, 1974, p.130.

艺术进行系统感知，才能把握其中的有机形式美（organic formal beauty），才算是对空间艺术进行了完整的欣赏与评价，当然这个过程还特别需要当代生物学、生态学等自然科学知识的引导。

再次，生态系统内完整的秩序也体现出相应的有机形式美，这对于欣赏者而言具有强烈的吸引力。对于这一问题的阐释，米克主要引用了美国洛克菲勒大学神经学家保罗·韦斯（Paul Weiss）的一些美学观点，借助的是韦斯思想中的一个关键词：秩序（order）。受韦斯的启发，米克以自然秩序为核心对人类的美感（senses of beauty）进行说明。其一，无论是对自然创造物而言，还是对艺术创造物而言，美感其实就是对于事物秩序系统的认知。其二，这种秩序系统归根到底是一种自然秩序，是"活的形式（living forms）的秩序"[1]，具有包容性、不确定性和不可预知性，它所反对的是精确性和机械性。可见，米克所述的这种秩序感与传统形而上学中的秩序感是不同的，前者以活跃的生命流动为基底，后者则以固定的形而上逻辑为支撑。简言之，自然的秩序系统具有生命适应性，在此基础上才能引起人们的美感（senses of beauty）。

从过程演替性来说，米克认为生态系统的美丽景观（beautiful landscape）主要呈现在生态演替中。米克对这一问题也从三个方面进行说明：第一，将艺术形式和自然形式在时间维度上进行对照，描述生态系统演替过程中所呈现的有机形式美（organic formal beauty）；第二，强调生态系统的循环演替，以及这种生态循环对美丽景观的重要意义；第三，阐述生态系统的生成功能与人类福祉（human well-being）的关系。

首先，米克还是利用艺术形式与自然形式在时间上的同构关系，论述生态系统的动态演替过程。米克将小说、诗歌、奏鸣曲等时间艺术类比为生态系统：

> 比起一个单独的有机体，时间艺术更类似于一个生态系统

---

[1] Meeker, Joseph W. "Ecological Aesthetics," in *The Comedy of Survival: Studies in Literary Ecology*. New York: Charles Scribner's Sons, 1974, p.126.

(ecosystem)。按年代被统一起来的文学作品和音乐作品，根据支配它们发展的诸多过程，使得众多的变化力量整合为一体。文学和音乐在其各式各样的变化、发展过程中，提供了一种关于"时间本身"（time itself）的经验。当时间艺术呈现于我们面前时，我们不是看到一首诗歌、一部小说或者一首奏鸣曲的结构，而是循序渐进地体验到了它们的形式。时间艺术的吸引力因此可以部分地归结于人类对于事物将如何变化的好奇心（curiosity），以及人们最终的满足，而这种满足是关于一种过程在时间中得以实现的一个认识。[1]

米克认为艺术创造物在变化过程中，还提供了一种时间的生物审美结构（bioesthetic structure）。在对时间艺术的欣赏过程中，主体产生了强烈的好奇心、求知欲，即好奇事物是如何开始、如何发展、如何形成的。当事物的演进过程被主体完全把握后，一种最终的满足便油然而生。这里更深一层的含义在于，对时间艺术的欣赏和对生态系统的欣赏是互通的，即用联系的、动态的视角去关注事物的演替过程。从艺术形式与自然形式在时间上的同构关系来看，米克指出了生态系统内部有机形式美（organic formal beauty）的关键：永远处于动态的、有机的环境过程中。

其次，米克认为，自然演替过程的闭合性、循环性也是构成生态系统美丽景观（beautiful landscape）的重要因素。也就是说，事物的出生、发展、衰老、消亡、再生等阶段都组成了一个闭合的循环过程，是完整一体的；并且这种时间层面上的生态有机循环，能够引发人们的兴致（delight）：

一处美丽的景观（beautiful landscape）是这样的一种景观：其中生命的诸多过程都被赋予了复杂错综性（complexity），当然包括死亡、病痛、出生、成长。在时间艺术中所发掘的兴致与在生物性生态系统（biological ecosystem）的稳定过程中所发掘的兴致之间，也许存在着一

---

[1] Meeker, Joseph W. "Ecological Aesthetics," in *The Comedy of Survival: Studies in Literary Ecology*. New York: Charles Scribner's Sons, 1974, p.128.

种共同的基础。当我们赞美一处荒野风景时，我们正是对诸多过程中的一种复杂意象进行反应，而这些过程很容易与人类的福祉产生关联。[1]

米克对这一问题的说明，还继续从反面进行了论证：如果人们感受不到生态系统中那种循环的、连续的属性，那就不会引起人们的强烈兴致。米克以被焚毁的树林为例进行说明，"一片被焚毁的树林是丑陋的，因为它呈现的是一种被删节了的生成系统（system of growth）"[2]。由此可见，米克不仅认为生态系统在时间层面上呈现出有机形式美（organic formal beauty），甚至还认为，时间本身就是一种循环的、完整的生物审美结构（bioesthetic structure），时间艺术是一种生态系统。从被焚毁的树林这一例证来看，米克对生态系统中美丽景观的描述，其实在一定程度上突破了传统的、静观的自然审美理论——风景如画理论。

再次，米克还认为，生态系统在时间维度上还有特定的指向，并不是一种随意的、盲目的活动，而是一种有机生成的运动，既指向一种进化选择（evolutionary selection），又指向人类福祉（human well-being）。米克指出，一片被焚毁的树林之所以是丑陋的，除了因为它不完整，还因为它失去了在时间维度上的生成性。米克还将这种生成性质延伸到更宽广的领域，从单个生物、生物群落、生态系统，到人类所居住的地球，这些事物都具有生成性，跳跃着磅礴的生命能量。对于人类而言，这些生机勃勃的事物特别具有吸引力；而人类的心灵、精神也正因为能够捕捉到时间维度上事物的生成过程，才能构建出一种情感生命（emotional life），才能构建出一种人类幸福。米克在《关注地球》一书的序言中就深刻地指出了这一点，"与其说'人类心灵'和'地球'都是名词，倒不如说它们是动名词；与其说它们是事物，倒不如说它们是过程。人类心灵和地球在动态的能量交换中，

[1] Meeker, Joseph W. "Ecological Aesthetics," in *The Comedy of Survival: Studies in Literary Ecology*. New York: Charles Scribner's Sons, 1974, p.129.

[2] Meeker, Joseph W. "Ecological Aesthetics," in *The Comedy of Survival: Studies in Literary Ecology*. New York: Charles Scribner's Sons, 1974, p.129.

一同舞蹈雀跃、交流互动"[1]。可见，生态系统中的生成活动既指向动态的能量交换，又指向生命活力与心灵幸福。因此，生态系统是一种有机的生成系统。

总而言之，米克通过空间艺术形式、时间艺术形式和自然形式的相互类比，阐述了生态系统有机形式美（organic formal beauty）：在空间层面上，生态系统以一种有机的结构形式呈现出来，具有完整性、秩序性、系统性等特性，能够引发主体的满足感（satisfaction）；在时间层面上，生态系统是一种演替过程，具有循环性、连续性、生成性等特性，也能够引发主体的满足感。另外，米克还将生态系统的上述特性作为衡量艺术作品形式的重要标准，主张用有机形式去修正、丰富艺术形式。

四、生态学的重要概念与生态系统的审美价值

米克在对生态系统的有机形式美（organic formal beauty）进行阐述时，同时也伴随着对生态学与美学关系更深一层的思考。米克虽然总是将艺术形式和自然形式进行类比，认为艺术创造物和生态系统在形式上是共通的，但更重要的是，米克认为，它们二者还共享某种相同的审美价值（esthetic values），要理解这种审美价值，就必须依靠生态学中的重要概念。对生态系统审美价值的关注在以往的美学理论中是空白的，因为传统的美学理论仅仅习惯于围绕艺术与人对美（beauty）进行界定。而米克创造性地指出，"当涵盖了由当代生物学家和生态学家所提出的'自然''自然过程'等诸多概念时，审美理论也许能更成功地界定美"[2]。因此，米克认为，讨论普遍意义上的审美问题绕不开生物学、生态学等自然科学概念，也绕不开这些自然概念背后蕴含的自然规律。同时，米克也认为，生态系统的审美价值蕴藏在生态系统的内部规律中，其中核心概念为多样性（diversity）。也就是

---

[1] Meeker, Joseph W. "Introduction," in *Minding the Earth: Thinly Disguised Essays on Human Ecology*. California: The Latham Foundation, 1988, p.1.

[2] Meeker, Joseph W. "Ecological Aesthetics," in *The Comedy of Survival: Studies in Literary Ecology*. New York: Charles Scribner's Sons, 1974, pp.124-125.

说，生态系统之所以具有审美价值，主要在于生态系统本身蕴含着多样性，这种多样性来自生命、平衡、自维持的均衡等生态学的重要概念。下面就围绕米克所提出的生命、平衡、自维持的均衡这三个重要的生态学概念进行说明。

首先，米克认为，生命（life）这一核心概念是连接生态系统和人类情感的桥梁，构成了生态系统的审美价值（esthetic values）。在《生态美学》一文的"美的生物学"这部分中，米克主要介绍了两个学者的美学思想，一个是前文已经提到过的神经学家韦斯，另外一个则是著名符号论美学家苏珊·朗格（Susanne K. Langer）。米克通过关联二者的美学思想发现，"他们都认为，只要能够发现一种共同因素（common element）——在自然形式和艺术形式中主导人类美感（human senses of beauty）的共同因素，那么人类的审美反应（esthetic responses）就是可以理解的"[1]。同时，生物学家韦斯和人文学者朗格都一致认为，"这种共同因素的名字就是'生命'，且是一种真正的生物生命，它拥有复杂的结构和广阔的自由"[2]。也就是说，无论是从自然科学的视野来看，还是从人文研究的视野来看；无论从大自然的生态秩序出发，还是从人类情感（human emotion）出发，主导人类美感（human senses of beauty）的共同因素都是生命。由此而言，人们对形式美的愉悦感都不是来自形式本身，而是取决于形式中的生命。米克直接提出了生命意象中普遍的视觉之美，"有机生命的意象在视觉上都是美的（beautiful），无论是在自然领域还是在艺术领域"[3]。而且，这种生命拥有复杂的结构和广阔的自由，又与周围世界产生有机关联，因此它不是单个的生物生命，不是一种对象性的客体，而是泛指一种有机的生态整体，一种系统性的关系，一种具有多样性的生命。米克由此进一步指出，具有多样性、包容力的生态整体能激起人们的审美反应（esthetic responses）。因而

[1] Meeker, Joseph W. "Ecological Aesthetics," in *The Comedy of Survival: Studies in Literary Ecology*. New York: Charles Scribner's Sons, 1974, p.127.

[2] Meeker, Joseph W. "Ecological Aesthetics," in *The Comedy of Survival: Studies in Literary Ecology*. New York: Charles Scribner's Sons, 1974, p.127.

[3] Meeker, Joseph W. "Ecological Aesthetics," in *The Comedy of Survival: Studies in Literary Ecology*. New York: Charles Scribner's Sons, 1974, p.128.

可以说，在生态系统中主导人类美感的核心要素是具有多样性的生命整体，以及在此基础上所形成的生命的多样形式（forms of life）。

其次，米克认为，平衡（balance）作为生态学的重要概念，也构成了生态系统的审美价值（esthetic values）。米克指出，生态系统的美（beauty）归根结底取决于一种复杂的整体结构，这个整体结构并不是固定不变的，而是一种经由全部的创造力和全部的破坏力同时作用后所形成的平衡结构。在米克看来，生态系统之所以能够打动人心，并不是因为它的单纯与整齐划一，而是因为它的复杂与众声喧哗。生态平衡不是一种已确定的最终状态，而是一种不断处理复杂关系的行动过程，在这种过程中，相对的平衡能够引起人们的审美愉悦（esthetic pleasure）。由此而言，生态系统的平衡包含着最大限度的多样性（maximum diversity）。米克以牧羊人和奥赛罗分别为例证，从生物学和艺术批评两个角度出发，强调自然生态系统与艺术生态系统中多样性维持下的平衡：

> 批评家和生物学家都过于频繁地采用了简单化的标准（simplistic criteria），来衡量他们关于自然和艺术的阐释。一种对于人类中心伦理传统的全神贯注，导致理论家们采用了善恶标准，而忽略了由此所引发的种种曲解。一只狼也许在一个牧羊人看来是可恶的，但这仅仅发生在一类情况下——牧羊人看不到捕食活动对于维护环境长久稳定的重要性。同样，如果观众们无法认识到莎士比亚的戏剧结构是平等地依赖于正反两类角色，那他们也许就会憎恶伊阿古而赞美奥赛罗。狼群和伊阿古们的捕食者角色对于各自所属的系统是必不可少的。如果这个牧羊人成功地消灭了狼群，那他实际上也已经削弱了生态系统的完整性（the integrity of the ecosystem），而他自己的生命归根结底就依存于这种完整性。当奥赛罗使自己被伊阿古引向歧途时，他就悲剧性地毁灭了无辜的苔丝狄蒙娜、社群的政治稳定以及他自身。通过采用简单的道德判断来对案例中的坏人与英雄进行探讨，确实是在对研究中的自然系统和艺术系统实施暴力。当牧羊人和奥赛罗毁灭性地无法回应他们自身所处环境的复杂性（the complexities of their own

environments）时，他们也渐渐变得悲惨。西方人不能再重蹈覆辙了。[1]

米克由此进一步指出，无论是从自然系统的角度来看，还是从艺术系统的角度来看，任何对复杂性、多样性的简单化判断，都是对生态系统的暴力行为，因为简单化的处理意味着伤害了生态系统中最大限度的多样性。

再次，自维持的均衡（self-sustaining equilibrium）作为生态学的重要概念，也构成了生态系统的审美价值（esthetic values）。在米克看来，自然有其独立性、自足性，与人类的喜好、期待、欲求、偏见都无关。米克深刻地指出，生态系统并不刻意地向人们传达某种关于美（beauty）的信息，生态系统的审美价值"依赖于内在的平衡系统，这种平衡系统同时也形成了一种包含多元素的、自维持的均衡"[2]。也就是说，自然万物之所以是美的（beautiful），就在于人们所看到的是一种生态系统自行演替的最终结果，其间千百年的演替过程并不受人类干预，完全依靠生态系统自身的调控能力。比如米克在《生态美学》一文中认为，凡是天然的事物都是美的，而经人为驯化过的事物则都是丑的，这是因为被驯养的动植物因为缺乏在自然进化中的竞争压力，从而丧失了有机形式美（organic formal beauty）。这其中更深的意蕴在于——美只关乎生态系统对内部均衡状态的自行维持，而无关外界的文明驯化。

综上所述，米克认为，对生态系统审美价值（esthetic values）的挖掘，主要还是依赖于主体对生态学概念的把握与理解，只有借助生态科学知识和生态哲学思想，才能更深刻、更全面地理解生态系统的审美价值。

---

[1] Meeker, Joseph W. "Ecological Aesthetics," in *The Comedy of Survival: Studies in Literary Ecology*. New York: Charles Scribner's Sons, 1974, p.132.

[2] Meeker, Joseph W. "Ecological Aesthetics," in *The Comedy of Survival: Studies in Literary Ecology*. New York: Charles Scribner's Sons, 1974, p.132.

五、主体审美反应在生态美学中的新拓展

除了对生态系统本身的有机形式美（organic formal beauty）的描述和对审美价值（esthetic values）的探讨外，米克还指出，在生态美学的启示下，主体的审美反应（esthetic responses）也得到了新的拓展，下面分别从理解、感知、情感三个层面进行说明。

首先，米克认为，在生态美学的启示下，人们对自然事物的理解（understandings）有了进一步的拓展。在米克看来，以生态知识、生态思想为基础的理解在生态美学中占据重要地位。虽然在传统的审美活动中，人们也能够依靠直觉（intuition）来获取审美体验（esthetic experience），但在当代生物学、生态学提供了相关的知识、概念之后，人们对事物的整体性、连续性、系统性、有机性等性质有了更为深刻的理解。比如米克在《生态美学》一文中对驯养观念的批判，其实就反映了建立在自然科学知识基础上的理解活动对生态审美的重要性：驯养是对物竞天择、适者生存进化律的逃脱、违背。因此，无论是人类身体还是艺术形式，只有在符合进化论、生物规律的基础上，才能是美的，才能引起人的审美愉悦（esthetic pleasure）。[1]再比如，米克在《关注地球》中还用充满诗意的语言指出了生态理解（ecological understanding）的重要性，"最好的温暖来自我们人类和周围环境的亲密接触，而最好的光亮则来自我们人类对周围环境的理解"[2]。这里的理解其实就是特指主体从生物知识、生态知识出发，对生态系统的理解与同情。另外，米克还用散文的笔法论述了生态理解在审美活动中的重要性，他以早晨的读物为例，建议人们应该在清晨时分去主动阅读天空、树木、小鸟等一系列的自然读物，以获得愉悦感，开启对生命过程的理解。在早晨阅读各种自然读物，这一活动在米克看来，并不仅仅是一种现实的日常行动，更是一种带着生命认知、生态认知的审美活动。米克认为，甚

[1] Meeker, Joseph W. "Ecological Aesthetics," in *The Comedy of Survival: Studies in Literary Ecology*. New York: Charles Scribner's Sons, 1974, pp.122–123.

[2] Meeker, Joseph W. "Midwinter Energy," in *Minding the Earth: Thinly Disguised Essays on Human Ecology*. California: The Latham Foundation, 1988, p.107.

至还可以用一种生态的方式去阅读我们自身的血肉与生命，以唤起新的一天，"个人体内的荒原（wilderness）是可供阅读的，带着血液之河的流动与脉搏韵律的跳动。在生命流动不息的系统中，通过对生命本身的认识与肯定，愉快的一天便开启了"[1]。这里的认识（recognition）和肯定（affirmation）放在生态美学的语境中，其实指的是一种运用生态理解的审美活动。

其次，米克认为，在生态美学的启示下，人们对自然事物的感知（senses）有了进一步的拓展，带来了一种更全面、更立体的关于美的体验（experience of beauty）。米克对于这一问题的详细论述，主要集中在《关注地球》一书的"人类和其他被错用的资源"这一章中。米克通过对资源（resource）一词的剖析，发现人类根深蒂固的非生态思维和非生态语言造成了其感知的钝化，"无论提及什么样的资源，我们都确信它们没有权利，没有特点，没有生命，也没有它们自己的价值"[2]。可见，丰富多彩的自然万物在非生态思维主导的感知下，已经成为空洞的抽象物，变成了商品，甚至让人们只能将自然万物感知为经济资源；但是，在生态美学的主导下，人们能够形成更全面、更立体的感知。借助生态思维，主体的好奇心、洞察力、想象力、联想力等能力得以激发，甚至能够进一步在脑海中产生与自然相关的象征、隐喻、意象等被感知到的形式（perceived forms）。更重要的是，在生态美学的启示下，主体能够将自然万物感知为真切的生命，细致描绘它们的多样性、差异性与复杂性。在这一过程中，人类也感知到自己在生态系统内的独特身份，即作为友好的、负责任的参与者而存在。

再次，米克还认为，生态美学深化了审美主体的情感（emotions）。在米克生态美学思想中，他对人类的自然情感特别重视。对于这一问题，米克主要强调了两个方面：其一，从情感源头来说，人与自然万物在漫长的进化历史中形成了紧密的关联，当然也包括情感关联。比如米克就认为，

[1] Meeker, Joseph W. "Readings for Morning," in *Minding the Earth: Thinly Disguised Essays on Human Ecology*. California: The Latham Foundation, 1988, p.3.

[2] Meeker, Joseph W. "People and Other Misused Resources," in *Minding the Earth: Thinly Disguised Essays on Human Ecology*. California: The Latham Foundation, 1988, pp.8—9.

以各种动植物形象为基础的原始人类图腾，其中的美（beauty）就在于表现了人与自然在源头上的亲密情感关联，表现了人类精神的世界和自然生命的意义；再比如，各类动植物对塑造人类的情感生活和心灵生活也具有重要意义。因此，对于生态家园的审美反应（esthetic responses），必然要涉及主体的情感生命（emotional life）。其二，从情感基础来说，这种情感以理性的生态知识、生态规律为基础。米克指出，"更高级的分析性知识（指生态学知识）增强了人们的敬畏感与惊奇感（the sense of awe and wonder），而这种敬畏感与惊奇感针对的是关于自然系统和艺术系统的沉思，无论它们是被生物学家所理解，还是被艺术批评家所理解"[1]。也就是说，生态学知识深化了主体的情感，这促使主体生发出对鬼斧神工般自然大美的惊奇与敬畏。简言之，生态系统的诸多概念使得人们的情感更为深沉。

综上所述，米克认为，生态美学在理解、感知、情感等层面拓展了人类的诸多审美反应（esthetic responses）。以生态知识、生态规律为基础，以生态思维、生态意识为主导的审美反应强化了人与自然万物之间有机的关联。并且这种建立在理解、感知、情感层面上的人与自然的关联，突出了人在生态系统中作为参与者的角色，"我们能够提供给生命最好的礼物就是友好的参与"[2]。这对于人与自然持续的、健康的发展，即生态性的发展具有重要意义。

第四节 对米克生态美学的评价

首先，米克的生态美学为西方生态美学的发展作出了重要贡献，其理论贡献主要表现在以下三个方面：其一，从生态美学理论的构建来说，米

---

[1] Meeker, Joseph W. "Ecological Aesthetics," in *The Comedy of Survival: Studies in Literary Ecology*. New York: Charles Scribner's Sons, 1974, p.131.

[2] Meeker, Joseph W. "Who Needs Wild Creatures," in *Minding the Earth: Thinly Disguised Essays on Human Ecology*. California: The Latham Foundation, 1988, p.30.

克作为人类生态学家，充分借鉴了生态学、生物学、人类学等相关知识，将美学研究建立在生态学基础上，批判了传统的艺术对自然这一理论命题所隐含的错误审美观念，以及在这种传统观念基础上所发展起来的西方现代美学；并运用生态科学知识与生态哲学思想，重构了生态美学理论。其二，从方法论来说，米克生态美学话语的科学判断、价值判断、审美判断是融合无间的。一方面，米克从科学根源、哲学根源上认识到了人类的生物性、生态性存在，反思了人类中心主义的哲学观、文明观；另一方面，米克又批判了根源于这种人类中心主义的西方现代美学，指出在生态美学视野中，人与自然、艺术与自然都是共通的。可见，米克的生态科学知识、生态哲学思想和生态美学思想三者互为依托。其三，从审美机制来说，米克高度重视生态科学知识对生态审美的影响作用，他虽然没有直接提出生态审美的认知观点，但这种思路却带给后来更多环境美学家、生态美学家以深刻的启发。我们在论生态审美四个要点时强调了生态知识的作用，"真正的生态欣赏必须借助生态知识来引起欣赏者的好奇心和联想，进而激发欣赏者的想象和情感"[1]。其四，从表达方式来说，米克运用了绿色表达方式阐述自己的生态美学思想。比如米克在阐述生态美学思想时，没有完全依靠逻辑的推理，而是融入了感性的表达。他习惯引用神话故事，借助神奇想象，使用象征、隐喻，结合生活经历，抒发个人感情等等，这种行文方式在某种程度上达成了理性与感性的生态融合。

综上可见，米克在西方生态美学史上占有里程碑式的历史地位。他于1972年发表的《走向生态美学》一文，是西方生态美学史上最早以"生态美学"为标题的论著，这篇文章以生态学知识和生态学观念为基础，从思维根源上创造性地改变了人类原有的不合理审美观念，也就是说，米克的生态美学思想将人类美学史从现代美学阶段推进到了生态美学阶段，因此可以说米克是"生态美学之父"[2]。

其次，米克的生态美学难免有其理论局限性：其一，在论述生态审美

---

[1] 程相占：《生生美学论集——从文艺美学到生态美学》，北京：人民出版社，2012年版，第159页。

[2] 程相占、[美]阿诺德·伯林特、[美]保罗·戈比斯特、[美]王昕浩：《生态美学与生态评估及规划》，郑州：河南人民出版社，2013年版，第3页。

活动时，米克总是以艺术创造物为中介，这虽然在形式、结构上弥合了自然与艺术，但对生态系统本身的有机形式美的揭示并不全面，因为生态系统的有机形式美与艺术没有根源上的关联，它主要来自生态系统内部及其演替过程。其二，米克的生态美学理论略显零散。虽然其中很多是富有理论洞见的经验之谈，但还是不够系统化。其三，米克生态美学思想中的有些观念是以经验性的描述呈现出来的，其观念有含混、多义的问题，理论指涉性不强。

再次，尽管有许多不足之处，但米克还是对后来西方生态美学、环境美学的理论发展产生了深刻影响。比如米克生态美学中对生物学知识、生态学知识的高度强调，就影响了后来环境美学家卡尔森所主张的认知立场：欣赏者首先应该具备关于自然的科学知识，起码要具备关于自然事物性质和起源的知识，才能够对自然进行恰当的审美欣赏。[1]再比如米克在《生态美学》一文中认为，凡是天然的事物一般都是美的，而经人为驯化过的事物则都是丑的，这也影响了后来卡尔森肯定美学的理论构建。[2]总之，米克以生态学的观念及其基本概念对审美理论的重新阐释，对后来西方生态美学、环境美学的发展都产生了重要影响。

---

[1] Allen Carlson. "The Relationship Between Eastern Ecoaesthetics and Western Environmental Aesthetics," *Philosophy East and West* 67 (2017), 117−139.

[2] Allen Carlson. "Nature and Positive Aesthetics," *Environmental Ethics* 6 (1984), 5−34.

第三章　瓦西里·勒班陀

　　瓦西里·勒班陀是将生态观融入艺术的先驱者。相较于其他基于科学认知的生态审美观（如利奥波德、卡尔森的理论），勒班陀的生态审美观更倾向于将生态一词——希腊文"οἶκος"——带回到它的本源含义，即家园。勒班陀以绘画这种艺术形式为载体，表达自己对于地球家园之爱，试图在人类面临种种生存危机的时候，用感性的方式帮助人们在物质世界和精神家园两个维度恢复和谐与秩序。

　　伴随勒班陀艺术实践的，是他对二十世纪以来花样百出的现代艺术的反思与批判。勒班陀反对以抽象、割裂和极简化的所谓艺术使世界脱离自然，走向虚无。他主张艺术回归本源，承担生态伦理责任，凸显生命之严肃与自然之美，坚信自然之真实，对生命加以塑造和建设。为了完成这样一项使命，需要艺术家们面对自然保持谦卑之心，同时具备担当意识，通过自己的审美眼光重新塑造被现代人类损毁的世界。

第一节　瓦西里·勒班陀及其代表成果

　　瓦西里·勒班陀（Wassili Lepanto，1940—2018），德国生态画家、生态艺术倡导者，生于希腊小城纳夫帕克托斯（Nafpaktos），成长于雅典，后长居于德国海德堡。他二十世纪六十年代赴德求学并取得博士学位，曾短期工作于海德堡大学日耳曼学系，讲授二十世纪早期文学、印象派艺术等内容。勒班陀通过文学与艺术结缘，并于二十世纪七十年代成为专职画家，全面投入绘画艺术创作当中，并在理论和实践两方面同现代艺术进行过长期的论辩。

勒班陀于1964年离开希腊前往德国，自1965年起就读于海德堡大学，主攻应用德语语文学专业。在随后的十余年间，他先后学习过日耳曼语言文学、历史学以及教育学。1975至1978年间，他将专业方向调整为艺术史、哲学以及日耳曼语言文学，并于1978年获得了日耳曼语言文学方向的博士学位。他学习哲学期间，曾师从著名的德国哲学家伽达默尔（Hans-Georg Gadamer）。表面上，勒班陀的学术背景与生态艺术没有直接关联。但恰恰是这段时期的生活经历和求知过程，刷新了他对艺术与自然的关系、人与世界的关系以及艺术、艺术家在生态方面的责任与影响的认识，并使他决定以艺术创作为其观念最直接的传达形式。1975至1978年间，他曾在海德堡大学任日耳曼语言文学助教。毕业后本已得到雅典大学的讲席机会，但相较于科学，他更看重艺术，认为艺术有着更为广泛的影响效果。[1]因此，他最终辞掉了大学的教职工作，选择留在海德堡这座人杰地灵的小城，以自由画家作为自己毕生的事业。正如伽达默尔所说，这次转型对勒班陀而言"犹如一次重生"[2]。

勒班陀对生态美学的贡献生动地体现在其一系列生态绘画作品以及这些作品所透射出的生态艺术观之上。作为自然和环境的热情拥护者，勒班陀认为风景画仅仅是一种绘画题材，真正的生态艺术家不会停留在以作为景观的自然作画的层面，而是要以此为自然环境赋予新的价值并不断追寻其内在特点，力求通过画作唤起人类对环境应有的道德责任意识。勒班陀的作品是对风景画这一题材范畴的超越，画家用返璞归真的画风构建了一个和谐有序而真实完整的独特艺术世界，启发着人们对于自然、家园、生态的意识。在长达四十余年的艺术生涯当中，勒班陀先后在海德堡、波恩、斯图加特、维也纳、赫尔辛基、芝加哥、纽约、日

[1] Loukopoulos-Lepanto, Wassili. "Natur und Mensch—Mein Weg zur ökologischen Kunst," In: Verfasser, *Wassili Lepanto: Positive Utopien*. Stuttgart: Belser, 2002, S.142.

[2] Gadamer, Hans-Georg. "Zu den Bildern des Malers Lepanto," In Wassili Lepanto. *Positive Utopien*, Stuttgart: Belser, 2002, S.10—11.

内瓦、雅典、柏林、巴黎乃至中国的济南和太原等地举办过个人画展，几乎每次都会随展举办关于当代艺术或生态美学的主题演讲。1996—1997年间，他分别在日内瓦万国宫、雅典梅丽娜·墨丘尔文化中心和杜塞尔多夫艺术博物馆举办了回顾展。2000年，勒班陀在德国海德堡市开设了面向公众的个人工作室兼画廊，供人们在艺术的世界中找寻精神上的完整性，该画廊也成为当地的一大人文景点。勒班陀向德国和其他国家和地区的文化机构捐赠过不少个人画作，意在建设公众文化和推广生态艺术。自然、生命、宇宙秩序不仅是勒班陀绘画的核心主题，也是他毕生信奉的艺术真谛。

在留下数量颇丰的绘画作品之余，勒班陀还将自己的艺术观和生态审美理念形成了一系列论著，主要有《艺术的整体性》（1981）、《面向人类的艺术——抑或生态艺术：宣言》（1983）、《正面的理想国——一名画家的关注》（1989）、《能力与艺术》（1991）、《艺术是对生命的向往》（1996）等。其中，《面向人类的艺术——抑或生态艺术：宣言》以宣言的形式集中传达了勒班陀对于艺术发展现状的反思以及对于艺术发展方向的明确态度。他认为生态艺术是一种对待生活的伦理道德，但仅仅将其理解为保护自然环境的观念和行动是不够的，生态艺术是对破坏自然、歪曲真实和将世界抽象化的反抗，人们需要力量和意志来维护生态，以应对当今世界诸多的危机。2002年，勒班陀专题文集《瓦西里·勒班陀：正面的理想国》正式出版，其中收录了此前三十年中勒班陀核心论著的节选以及包括伽达默尔在内的多名哲学界、文学界知名学者就勒班陀其人、其作品及其美学观点所撰写的文章。

除了从事艺术相关工作，勒班陀还有参与政治活动的经历。他生前曾任海德堡市议会议员，并作为代表参加过州议会选举（2011年）。这些政治参与使艺术家在区域发展建设方面拥有了一定的话语权，也为勒班陀将自己追求和平、和谐、自然的生态观落实于日常生活提供了可能。对于海德堡这座充满自然灵性的城市的关注和保护，是对勒班陀生态观念最直接的反映。他曾多次在海德堡发起有关市容维护的活动。譬如在2001年，他就携上万条签名向市政府请愿，请求原地补种因庆典活动而遭砍伐的一棵成年柳树。[1]

第二节　瓦西里·勒班陀生态艺术观的现实背景与理论契机

一、现实背景

　　无论是从勒班陀的绘画作品还是从他有关艺术、审美的论述当中，我们都可以看出勒班陀对世界上正面与纯洁之物的肯定，对一切消极和否定之物的拒绝以及他努力建立艺术世界生态现代性的意图。他最初的理想是成为日耳曼语言文学教授，早期发表的几部论著也都是同德国语言文学相关的。他在博士毕业之际确有机会回雅典从教，但他最后选择放下书本拿起画笔，留在自己热爱的海德堡市，并用绘画的方式还原并保留这里的自然风貌之美。这样的决心源于德国美好的自然环境对勒班陀所产生的强烈感染，以及他在求学期间形成的对于具有丰富思想内涵的德国文学的满腔热爱；同时，他的世界观和价值观也深受二十世纪六七十年代学生运动与生态运动的影响。勒班陀在回忆他走上生态艺术道路的历程时说："德国的绿色深深唤醒了我内心的热情。学生运动使我成了一个具有批判思想的、甚至是革命性的人。文学的学习教导我热爱人类。"[2]

　　二十世纪六七十年代，国际上出现了国家军备扩张及大规模杀伤性武器。在冷战、东西方冲突以及德国分裂的过程中，东西方两个势力范围之间不断升级的竞争将世界推向了第三次世界大战的边缘。在1962年的古巴导弹危机中，苏联直到最后关头才在美国的强硬政策之下放弃在古巴部署核武器，中止了一次核战危机。东西方核武器的对抗给人们带来前所未有

[1] Schneider, Jutta. "Klageweiber und Requiem für die Trauerweide. Der Heidelberger Künstler Wassili Lepanto erinnerte an den im letzten Jahr gefällten Baum im Schlosshof," In: *RNZ*, 21. Mai 2002.

[2] Loukopoulos-Lepanto, Wassili. "Natur und Mensch–Mein Weg zur ökologischen Kunst," In: Verfasser, *Wassili Lepanto: Positive Utopien*. Stuttgart: Belser, 2002, S.130.

的恐慌感。整个世界都处在忧虑之中。左翼思想在世界范围迅速传播，亚非拉地区均发生了反抗性的示威甚至革命，而一些右翼政权则在以美国为首的西方支援下负隅顽抗。越南共和国便是这一时期最具代表性的例子。在包括德国在内的西方社会当中，右翼势力在美国的支持下纷纷蠢蠢欲动。以德国为例，在当时巴登–符腾堡州的议会选举当中，右翼党派德国国家民主党的支持率甚至达到了11.9%。因为很多曾在纳粹时期有过合作表现的社会精英阶层都没有真正受到去纳粹化运动（Entnazifizierung）的影响，他们的职权和社会影响依然存在。在1945年后家庭、学校、司法机构以及大学的实际生活当中，民主受到压制和淡化，威权思想依然在很大程度上起着决定性作用，而媒体还在为这种态势推波助澜。[1]

出于对自己父辈及祖辈于两次世界大战期间在欧洲所犯暴力行为的厌恶，德国的年轻一代对国与家均产生了反感。这一时期的政治、宗教、教育，特别是艺术普遍置人文关怀于不顾。于是，青年人开始主动追求世界和平、伦理价值、友爱、团结、理解、美德和新的艺术。如同欧洲的许多国家，德国也兴起了学生运动。青年人反对一味地追求增长，反叛肆无忌惮的资本主义，抗议对自然的破坏，声讨城市包围对于村庄历史面貌的损害。与此同时，数十万人走上了欧洲各城市街头，举行示威游行，抗议冷战，抗议北约部署核导弹同苏联对峙，抗议世界各地不同规模的战争，抗议核电站以及由工业化和汽车数量增加导致的森林的快速消亡。

另外，1972年罗马俱乐部发布了轰动世界的研究报告《增长的极限》，对世界性灾难的来临作出了预测。在这样的背景下，地球与人类的处境可谓雪上加霜。逐渐死亡的森林、被污染了的海洋河川、被化学物浸染的土地和被破坏了的大气层，这些现象与人们内心的威胁感同样与日俱增。出于不安，人们越来越不关心政治，转而通过宗教祈祷、邻里交流来寻求帮助。相应的，人们对待家庭、工作、学习、健康等日常生活问题的态度变得积极起来，和平成了人们共同维护的对象。人与人之间的联系重新变得

[1] Loukopoulos-Lepanto, Wassili. "Natur und Mensch–Mein Weg zur ökologischen Kunst," In: Verfasser, *Wassili Lepanto: Positive Utopien*. Stuttgart: Belser, 2002, S.131–132.

重要起来，人们尝试组建公社，有些人甚至搬到农村，并在那里种植农作物，过起自给自足的新生活。这些新的生活理念推动了和平意识和生态运动的发展。

就勒班陀自身而言，学生时代的他喜欢到大自然中去读书，在溪涧河边、乡间小道和山脚下漫步。在阅读过程中，他感受到了书籍当中蕴含的宏大而温暖的人文精神力量[1]，这种力量又将他引向自然，感受大自然四季轮回的变化。他的内心充满了对大自然的敬仰和热爱。自然的美景不仅令他陶醉，也使他产生了想要留住这些画面、与他人分享这些美景的想法。他迫切地想要留住一切，想要描绘这充满自然规律的画面，目的是为他的同胞再现安全信任、平衡宁静、友爱和超越。这一切都促使他在结束博士学业后不再继续从事学术研究，而是投身到绘画艺术、再现自然中去。勒班陀自己回忆说："我感觉自己是大自然的特使，去到人类当中，讲述自然的伟大与真理。这听起来天真，抑或极度狂妄，可当时情况确实如此。不过，在我看来，这既非天真，亦非狂妄，而是我的迫切需求。我要将秩序带入一个已陷入脱节状态的世界中去。我要将倒下的重新树立起来，将缺失的补齐，将遗失的重新找到，让可见的东西再次可被表达。"[2]这种使命感让勒班陀在创作的过程中始终留意着自然的每一分变化，但同时也让他产生了对于自然遭受破坏的忧虑感。针对地球所面临的威胁，为了捍卫生命，勒班陀开始将自己的反思诉诸纸笔，撰写论著，试图找到当代人忧虑感的症结所在，唤醒人们的意识。

二、理论契机

勒班陀对他所处时代的现代艺术（如表现主义、超现实主义、达达主义、未来主义的艺术）以及二十世纪早期的先锋艺术（尤其是以康定斯基、

[1] Loukopoulos-Lepanto, Wassili. *Kunst für den Menschen oder: Für eine Ökologische Kunst. Ein Manifest.* Freiburg (Breisgau): Hochschulverlag, 1983, S.10.

[2] Loukopoulos-Lepanto, Wassili. "Natur und Mensch—Mein Weg zur ökologischen Kunst," In: Verfasser, *Wassili Lepanto: Positive Utopien.* Stuttgart: Belser, 2002, S.142.

蒙德里安和马列维奇为代表的抽象画派）所持的批判观，促成了勒班陀具有鲜明个人特色的生态绘画风格，也催生了他对现代艺术反驳的生态艺术观。

勒班陀认为，现代艺术家的绘画主题并非画家本身所感知到的真实世界，不是自然的对应物，只是碎片化的东西，是对自然的断章取义。譬如在康定斯基的画作当中，色彩和线条之间不具有内在关联，它们的组合只是纯几何元素合成的抽象结构。在二十世纪相当一段时间内占据主导地位的立体主义、未来主义、达达主义、超现实主义和结构主义所产生的艺术是技术式的。勒班陀将这种现象视为十九世纪中叶开启的工业时代所导致的唯资本论以及自然科学理论与资本主义发展密切联系的后果。在史无前例的高速工业化和资本积累进程当中，自然沦为唾手可得的资源，其价值遭到了空前的低估。基于人工的社会进步受到极度追捧，以至于自然不再被视为人类必然的栖息之所，也不再与人类休戚与共。另外，工业革命带来的一系列技术便利（如汽车、电报、摩天大楼等）使人们产生了科技胜于一切的错觉。这种错觉在艺术领域的体现便是大量艺术家不得不顺应技术理性的大潮，相信人类的本性源于技术，人类的家不在自然，艺术应当根植于科技。技术主义和唯美主义便是这种思潮的产物。更有甚者宣称人类能比自然创造出更美、更重要的艺术作品。被称为"包豪斯主义三驾马车之一"的勒·柯布西耶就曾宣称："创造了机器的人类犹如天神一样完美。"[1]类似的观念在现代建筑派当中屡见不鲜。到二战之后，又发展出了不少其他的艺术风格，如抽象表现主义、塔希主义、新建构主义，还有后来的行为艺术、激浪派艺术、机械主义、装置艺术、新达达主义等等。在勒班陀看来，无论上述哪一种风格，本质上都是空洞无物的，它们表现的东西是缺乏情感、令人厌恶的。[2]勒班陀反对现代派艺术家或艺术理论家对于抽象的绝对追求，反对将这些令人难以理解的艺术奉为顶级艺术以及人

[1] 见[德]瓦西里·雷攀拓：《将生态艺术视为"自然的女儿"》，曾繁仁、谭好哲主编：《生态美学与生态批评的空间》，济南：山东大学出版社，2016年版，第32页。
[2] [德]瓦西里·雷攀拓：《将生态艺术视为"自然的女儿"》，曾繁仁、谭好哲主编：《生态美学与生态批评的空间》，济南：山东大学出版社，2016年版，第32-33页。

们对于这些艺术不分青红皂白地接受。[1]他认为在各种反差对立间强行建立关联的做法是一种"轻佻的尝试"[2]。他反对抽象艺术使臆造的形象定位高于自然。没有空间感的平面、无生命特征的身体、非天然的色彩，这些都是对于自然的扭曲、否定乃至消解，这些都令实在产生了变异。

　　勒班陀坦言，学生时代的他也曾受到过一批教授的影响，为现代艺术的很多理念所感染，认为抽象艺术具有至高无上的地位。后来他逐渐意识到：自然总是能够带给他内心的安抚和解放，每当他观察自然，就会感到自然那使人超越自我和联结万事万物的伟大力量。如果将他所看到的那些自然美景描绘成纯粹的几何形式，他的心灵非但不会感到喜悦，反倒会感到痛苦，因为那意味着自然在艺术创作的过程中遭到了扭曲和否定，最终只有被彻底排除在艺术之外。自然界的一花一树、一草一木都有高于其自身的意义，都象征着更高等、更普遍的需求——对于自然统一和宇宙和谐的呼唤。通过对于这一切的观察，勒班陀感到，只有将有形的部分清晰地表达出来，深入事物的内在层面，才能透过现象看本质，实现所要追寻的理想。通过和有形部分的内在对话，藏在表象背后的无形世界才能够得到彰显。整个宇宙充满了意义，充斥着各种表象。人的心灵无法完全了解整个世界。只有强烈地感知一切事物的存在，接触事物的本质，沉浸到事物的内在，人才能真正到达彼岸，了解那些未知的、无形的宇宙的昭示。基于这样的感悟，勒班陀选择古村、农田、河流、山丘、树林等存在于大自然中的美景作为自己绘画的主题。他决心以自己的方式重新定义真正的艺术。这样的选择"是一种智慧的态度，因为浪漫派用浪漫主义的方式绘画，自然主义和表现主义分别有各自的套路，同理，生态艺术家就用生态的方式作画"[3]。

[1] Loukopoulos-Lepanto, Wassili. *Kunst für den Menschen oder: Für eine Ökologische Kunst. Ein Manifest*. Freiburg (Breisgau): Hochschulverlag, 1983, S.6.

[2] Loukopoulos-Lepanto, Wassili. *Kunst für den Menschen oder: Für eine Ökologische Kunst. Ein Manifest*. Freiburg (Breisgau): Hochschulverlag, 1983, S.10.

[3] Lepanto, Wassili. Landschaften topoia landscapes. *Ökologische Ordnung und Inspiration* Exhibit. Catalogue Benaki Museum Athens. Stuttgart: Belser. 2011, S.151.

第三节　勒班陀生态艺术观的主要内容

从前文的介绍可以看出，勒班陀的主业并非美学理论研究。但这非但没有阻碍他对于艺术、美学的思考，反而使他比一般的美学理论家同艺术和美学——尤其是生态美学——走得更近。其原因就在于：勒班陀一开始并没有直接着手理论研究，而是以自己对于世界、自然、生命和人类的观察和感悟为出发点，以绘画这种艺术实践形式作为自己对当代艺术、当时的世界形势以及人们生活态度的回应。他后期发表的关于艺术观念的论著，也主要是基于自己多年的创作体会和反思而成的。他的绘画全部都是以实在的自然景象为对象，其创作过程对于审美体验的依赖性使得勒班陀的美学观点蕴含更多的感性成分，这恰恰回到了鲍姆加滕意义上的美学的本质。其作品最常描绘的家园主题以及画家本人反复强调的生态取向，也最为充分和理想地体现了生态审美诸种立场当中的艺术立场。他的生态艺术思想主要体现在三个层面：生态绘画实践、生态艺术的定位以及生态艺术家的使命观。

一、生态绘画中的秩序家园

对一名画家而言，其绘画作品就是画家美学态度最直观和有力的证明。因此，在我们切入勒班陀有关生态艺术的诸种观念之前，有必要先从勒班陀的绘画作品入手，看看那些抽象的观念是如何得到具象的呈现的。

"生态学就是关于家园的学说，家园（Oikos）意味着居所（Haus）。家园是一个空间，其中的万事万物秩序井然，那是一种内在的秩序，既是针对自我的秩序，也是针对他者的秩序。由于这种绝对的秩序，生命产生、生长。天空、星辰，万物在一起就是家园，就是居所。世界、地球本身就是家园，就是居所，生命产生于此，存在于此。"[1]

---

[1] Loukopoulos-Lepanto, Wassili. *Positive Utopien*. Stuttgart: Belser, 2002, S.57.

这是勒班陀对于生态这一概念的理解，也体现出他生态艺术建构当中的几个关键词：家园、居所、秩序——这些关键词贯串在勒班陀的人生和作品当中。

在勒班陀的理解当中，家园和居所具有同等的含义，那就是生命繁衍与存在的空间。对人类而言，这个空间就是地球和地球所处的宇宙；而对勒班陀而言，这个空间则具化为故乡和家——首先是希腊，然后是德国。瓦西里·勒班陀本名 Vasilios Loukopoulos，在决定走上艺术道路之后，他将自己的名字改为了 Wassili Lepanto。Lepanto 是意大利人对纳夫帕克托斯岛——著名的勒班陀海战的发生地，也是勒班陀的故乡——的称呼。勒班陀将这样一个地名选作伴随自己大半生的人名，其对故乡的情怀之深可见一斑。这种烙印在内心深处的对家乡、故土的情怀构成了勒班陀艺术创作的重要动机和主要灵感来源，他的很多作品的标题都直接指涉希腊。例如《1571 海战后的永恒宁静》（1975）、《出自希腊历史》（1986）以及《温暖的希腊大地》（1994）等等。

个人绘画生涯伊始，勒班陀就将视线毫无保留地投向了自然母亲——全人类的家园。从绘画主题来看，勒班陀画的都是山川、河谷、村落、房屋等景物。这种题材方面的倾向贯串勒班陀的整个绘画生涯。1978 年 7 月在海德堡德美研究院（Deutsch-Amerikanisches Institut）举办的勒班陀个人处女画展的题目便是"自然母亲——有序的世界"，参展的十二幅作品均为勒班陀于 1972 年至 1978 年求学期间所作。为了配合此次画展，勒班陀还特意撰稿，做了题为"人类、艺术与自然"的主旨报告。这可谓勒班陀迈向生态艺术实践和形成生态艺术观念的重要一步。

随后是他最为高产的一段时期（1978—1982）。在这段时间里，他进一步确立了自己的艺术创作方向和绘画风格，并完成了多次风格上的转换。从代表作品的色彩运用来看，可以清晰地分辨出勒班陀以棕黄色为代表的秋季色系、以绿色为代表的夏季色系以及后期以白色为代表的冬季色系这三个风格鲜明的创作阶段。黄、棕、绿、蓝、白这些颜色在勒班陀的画中随处可见，它们体现着四季轮回的宇宙秩序，与大地的色彩融合，显现出相互间的和谐感。它们饱满、明亮且温暖，被生动活泼却又不失和谐地组织在画面空间当中，显示出自然的生命力、大地的深沉以及存在的严肃性和生命的喜悦。可以说，每一幅作品都是按自然内在规律构建的文化景观，都具有生态性。

单就题材而言，我们很容易且有理由将勒班陀的作品归入风景画的范畴。但在勒班陀的认识当中，简单地将他的作品列为风景画并不恰当——他的作品不是一般意义上的风景画，而是生态艺术，具体来说，是一种可被称作生态绘画的新的艺术形式。生态绘画的"新"体现在两个方面：

首先，生态绘画作品的生成动机和过程与一般风景画有所不同。风景画最初产生主要是为了填补人们迁入城市之后的景观空白——城市生活使人们不可能再如从前那般，常常身处农舍、河流、山脉、森林之间。城市人只能在一定距离之外观察自然，并用绘画再现自然，以便在自己的居所中重新感受自然。勒班陀认为风景画不仅仅是对身边的自然加以观察、模仿的结果，更是一种精神追求的产物；换言之，与其说风景画源于自然，不如说来自人类自身。风景画当然离不开观察自然，它是自然的写照，但它更应当是一种经过思想过滤、价值重估和感性渲染的自然再现。也就是说，风景画的创作应当是画家观察自然时通过反思自我进而产生情绪变化的结果，也就是通过思考这种精神活动的力量将自然转化为画作。那些充满美感、内容丰富的画面在被观赏者感知的同时，应当赋予人们宁静平和的境界。绘画正是为了向人们传递大自然的声音。[1] 这样的风景画不是单纯自然的翻版，而是融合了美学、创意和道德理念的再现。这就是对普通风景画的一种超越。

再者，生态艺术对自然景观的表达方式是新颖和现代的。就生态绘画而言，其最主要的表现方法是区域空间、拜占庭风格的线性形式以及基于文艺复兴初期的形式。它与立体主义和构成主义最显著的区别在于描绘房屋、田野这类对象时的空间和视角的处理手法。同样采用大面积的单一色彩，抽象艺术只是为了表现色彩本身，而生态艺术则以此象征自然和生命

---

[1] [德]瓦西里·雷攀拓：《将生态艺术视为"自然的女儿"》，曾繁仁、谭好哲主编：《生态美学与生态批评的空间》，济南：山东大学出版社，2016年版，第30—36页。

的对应物，它们是整体的一部分并具有独特的重要性。与印象主义对于世界支离破碎的表现不同，生态艺术中的"每个个体都具有整体的象征意义，其表现形式突出宇宙的完整性"[1]，这是生态艺术最重要的创新价值。

这样看来，将勒班陀的作品定性为生态艺术的风景画更为准确。借用亚历山大·冯·洪堡的话来说，生态艺术的风景画表达的是"崇尚宇宙这幅自然之画，相信古老内在的必然性，相信和谐有序的整体世界，相信自然精神和宇宙神圣的永恒创造力"[2]。

总之，无论主题的挑选还是色彩的使用倾向，都反映出勒班陀再现环境自身尊严与美的创作意旨。他所描绘的画面并不是对于大自然的简单临摹，而是通过艺术家的独特感性而得到再现的真实。它们显示了艺术家向自然取材并对现实进行艺术转化的专业创作手法。相较于实际风景而言，勒班陀的绘画普遍将景物简化，但并没有破坏对象的本质，究其规律，依然是纯粹自然的。他将这些画作视为对于败坏的、病态的现实的逆动与反拨，以此唤起人们对于地球的爱，抵制环境破坏和战争。可以说，勒班陀以生态绘画的形式构建起了一个正面的理想国，一个秩序的家园。

二、作为对真实世界之再现的生态艺术

勒班陀在勤奋进行绘画实践的同时，也逐步发展出了被他称为"生态艺术"的艺术理念。勒班陀认为，艺术的使命是要从割裂这一禁锢中走出来，打破边界，超越自我，建立自己的时代和世界。[3]在勒班陀看来，每个时代都面临着自己的问题。艺术要尝试应对这些问题并找到答案：

中世纪时期艺术帮助人们超越现状……；文艺复兴时期艺术帮助

[1] [德]瓦西里·雷攀拓：《将生态艺术视为"自然的女儿"》，曾繁仁、谭好哲主编：《生态美学与生态批评的空间》，济南：山东大学出版社，2016年版，第35页。

[2] [德]瓦西里·雷攀拓：《将生态艺术视为"自然的女儿"》，曾繁仁、谭好哲主编：《生态美学与生态批评的空间》，济南：山东大学出版社，2016年版，第36页。

[3] Loukopoulos-Lepanto, Wassili. *Kunst für den Menschen oder: Für eine Ökologische Kunst. Ein Manifest*. Freiburg (Breisgau): Hochschulverlag, 1983, S.9.

人们根据新的科学知识来了解宇宙生命……；启蒙运动时期艺术帮助人们用知识和理性解释一切，改善一切；浪漫主义时期艺术运用诗歌将生命诠释得更轻松和神秘；十九世纪的现实主义和自然主义提醒人们工业化所带来的困境并要求社会的公正；表现主义警告人们即将到来的世界战争。[1]

那么生态艺术又担负着怎样的使命和责任呢？他说：

生态艺术应该帮助保护自然和环境免遭破坏和损毁；把自然作为人类的避难所，作为医治反自然生活方式的良方宝剂；帮助人类重新绿化地球；使土壤更肥沃，环境更宜居；当然，首先生态艺术应该还原自然的神圣价值，赋予人们面对大自然时的敬畏、谦卑、知足的意识并将其付诸实践中；通过重新估值土地、农田，应该还原农业文化对人类所具有的原始意义，目的是让全世界的人们都有干净的饮用水，有充足的粮食，完成从奢华的城市生活到朴素健康的乡村生活的过渡；最终目的是把回归自然的乡居生活升华为生命之源。因为土地是有限的，而我们人类只要还生活在地球上，就必须永远依赖这片土地。[2]

勒班陀在1983年出版的《面向人类的艺术——抑或生态艺术：宣言》（以下简称"《宣言》"，*Kunst für den Menschen oder: Für eine Ökologische Kunst. Ein Manifest*）一书中阐明了自己对于这种艺术的使命的理解。他要求艺术家们"重新思考人性价值，将生态目标与审美预定方针结合起来"[3]。勒班陀认为，当今社会充斥着一种肆无忌惮而自私自利的享乐主义，人们应当找到生命的品质，尤其应当唤醒青年人放慢生活速度、进行深思的意识。

[1] [德]瓦西里·雷攀拓：《将生态艺术视为"自然的女儿"》，曾繁仁、谭好哲主编：《生态美学与生态批评的空间》，济南：山东大学出版社，2016年版，第35页。
[2] [德]瓦西里·雷攀拓：《将生态艺术视为"自然的女儿"》，曾繁仁、谭好哲主编：《生态美学与生态批评的空间》，济南：山东大学出版社，2016年版，第35−36页。
[3] Wegner, Reinhard. "Bilder aus der Natur," In: Wassili Lepanto. *Ökologische Kunst*, Ausst. Kat., Heidelberg: Wunderhorn. 2006, S. 9.

伦理、爱、感性、理智、智慧以及品德的意识应当被重新树立。这正是生态艺术和生态艺术家们所要实现的目标。

《宣言》指向了一种被冠以生态之名的艺术。[1]勒班陀本人是这样界定"生态艺术"的：

> 它指的是产生于生态精神的艺术，而不是某些人认为的通过运用生态绘画材料而形成的艺术。这种艺术的自我定位是抵制将世界去自然化、扭曲化及抽象化，抵制将实在（Wirklichkeit）——也就是可视与可感的世界——肢解化和极简化。它表达的是一种转变后的关于当今世界和当今艺术的理念。它要远离伪装的、复杂的、不明晰的、抽象的和单色的东西，远离符号、点和线，它要向具象回归，向残存的、未经伪装的实在回归。生态艺术希望带领人类回归某种艺术，那是一种源自知识与智慧而非冷漠博学家的艺术。它要把人类置于比他们所创造的技术世界更高级的位置上，而不是强迫他们屈从于世界。它把景观的理念勾画成"正面的理想国"，而不是遭破坏的环境。它表现生命之庄重，揭示自然之美。它将视线投向那些已经变得罕见的生活亮点。[2]

总体而言，生态艺术是与现代先锋主义相对的一种正面取向型艺术。为了实现这种生态艺术，《宣言》要求艺术进行改革，这种革新唯有立足于创造性的自然观才可产生。在此基础上，《宣言》对艺术提出了七点具体要求：

第一，艺术应当建立在具象（Gegenstand）的基础上。所谓具象就是呈现在人们视域当中的现象。具象引发体验，催生创造性的艺术。具象所显露出的那种永不枯竭的东西，就是浓缩的、极为高度的实在性（Realität），

[1] Loukopoulos-Lepanto, Wassili. *Kunst für den Menschen oder: Für eine Ökologische Kunst. Ein Manifest.* Freiburg (Breisgau): Hochschulverlag, 1983, S.45.

[2] Loukopoulos-Lepanto, Wassili. "Natur und Mensch—Mein Weg zur ökologischen Kunst," . In: Verfasser, *Wassili Lepanto: Positive Utopien.* Stuttgart: Belser, 2002, S.143.

那也正是我们所追求的理想。可见的世界会在画家的内心化为生命单位（Lebenseinheit），为其作品赋予不可思议的实在性[1]，由此画家的作品才会显得与自然相仿。在画家的内心深处的意识之下，主体会在体验当中把握现象的客观性——对主体而言，现象并非短暂的存在，而是永恒的发生。引发体验的是受到体验的具象那与生俱来的宇宙精神，这种精神乃是客观而显著的。勒班陀反对来自主观臆想、炒作、做作和艺术家的矫情的艺术。

第二，艺术应当有机地生发于一种体验过程中，生发于人的内心，生发于内在的紧迫性。这种艺术通过体验转换为画作之感性语言而产生。只有通过最亲密的接触，从内部观察事物，通过具象，在艺术家内心产生效应的那种真实（Wahrheit）才得以被传递给艺术家。对艺术家而言，具象变得意义非凡了，也就是变成了艺术家的体验。观看者在这些具象中确定诸种客观价值的存在，同时也得到事物在精神世界井然有序的那种安全感。艺术作品只有在直观和对于具象的深度投入中才能被构建起来，而不是靠臆想合成的。自然与人的统一只可能出现在内在体验之中，而绝非出自各种实验。艺术并不像现代艺术家常常实践的那样——它并非实验，也不是绘画技艺的发明创造；艺术不是去发明某种前无古人的有趣技法，以便艺术家们用来彰显自身及其作品的个性。艺术并非技术，不是装腔作势，这被奉为现代艺术作品的不二法门，却使观看者迅速厌倦，最终没法再以艺术自居。在此，勒班陀对二十世纪具有代表性的抽象主义和波普艺术家及其作品提出了明确的批评，这其中包括约瑟夫·博伊斯、安迪·沃霍尔、罗伯特·劳森伯格、杰克逊·波洛克、维克托·瓦萨雷里等人。勒班陀指出，艺术不该像上述几人的所谓艺术那样，盲目追求前卫求新，胡编乱造。艺术不是去提倡最大胆的对立、最不均衡的领域之类的准则，更不是多媒体秀或是一堆东西的结合体。打着延展艺术概念的幌子，将可乐罐、家具部件、明星的面孔、垃圾残余之类轻浮而无聊的物料，通过艺术技巧和手法

---

[1] 在对"实在性"的理解方面，勒班陀遵循苏格拉底对话当中的几点结论，即绘画是对所见之物的复制，是对某一理想具象的模仿，是对不可见之物的模仿，而雕塑则是对内心满足的形象的复制。参见[古希腊]色诺芬：《回忆苏格拉底》，吴永泉译，北京：商务印书馆，1986年版，第120-124页。

粉饰进行杂糅，这样的物件不是艺术。[1]

　　第三，应当以正常的方式重建艺术的统一性。这是因为：任何仅表现美的某种单一性的艺术都是不完满的艺术，除非它所表现的是自然带来的和谐而生动的美。因此，应当抵制现代派的各种主义在实验中对绘画的消解，抵制它们用各种口号创造出的种种名词术语——这些口号给人造成了概念上的迷惑。立体主义的几何图形，达达主义的审美虚无主义，至上主义和新造型主义的立体几何，未来主义对于不可度量性的狂热，超现实主义对于神秘社会的假象，以及紧随其后的一系列艺术取向，如新超现实主义、梦幻超现实主义、神秘超现实主义、抽象主义、新达达主义、波普艺术、极简艺术、概念艺术、行为艺术等等，这些主义都是令具象失去了灵魂的艺术派别。这些艺术类别以它们虚假的灵性、名目繁多的视角肢解了素材，从人类手中夺走了实在（Wirklichkeit），让世界、景色、自然和生命为癫狂幻景而颂扬，对混乱场面致以崇敬，撕碎和割裂了美，粉碎了所有可见的、可触的、人心所向的、构成感觉的东西。这会让人失去对于上下、远近、正面侧面、生死、天地、永恒与短暂的感知力。勒班陀认为，最终从抽象艺术和各种主义的虚妄中解放出来的是人类的共同诉求。人们想要重新感受流淌在他们血脉当中的那种艺术，脚踩大地，头顶星空，按照宇宙秩序的节奏拥抱生命的轮转。

　　第四，艺术应当从大众传媒和洗脑宣传中解放出来。对于艺术边界的把握及其内容的理解，不应由记者、经理人、评论家或者当权者甚至是学者来把握，这个决定权应当交给作为人的观看者。勒班陀反对被抬高到作品之上的评论，反对从风格与流派上对作品施加强制力。一部作品是什么以及要表达什么，作品本身就会告诉观看者，而非艺术家的大名或是流派。艺术活在作品中，而不是活在流派和人名当中。个体和本我应当向后退，艺术家隐姓埋名应当成为一种德行，因为这会使艺术家及其作品得到解放。对于作品的评论、科学研究以及归类应当在几十年之后再进行。

―――――――――――――――

[1] Loukopoulos-Lepanto, Wassili. *Kunst für den Menschen oder: Für eine Ökologische Kunst. Ein Manifest*. Freiburg (Breisgau): Hochschulverlag, 1983, S.29－30.

勒班陀反对宣传洗脑式的艺术占据主导，反对艺术经纪人的专横以及他们利用艺术来进行、却对艺术本身毫无尊重可言的游戏。他呼吁人们抵制大众媒体为艺术安排的低贱的服务任务，抵制技术和现代艺术令人不齿的同盟关系，抵制现代技术形式主义和野兽主义的新信仰，抵制为保证最新技术与当代种种艺术主义的扭曲审美结盟而对具有创造力的自然加以放逐。艺术和艺术家应当通过一轮新的启蒙运动从大众媒介和裹挟性消费中解放出来，应当与人、与观看者沟通交流，应当同人们一同掀起一次生命的变革，构建一种新的世界走向，应当把爱生活、具美德和充满人性这几点用醒目的字体大大地写在艺术的旗帜上。

第五，人类需要的是一种本源（ontologisch）意义上的而非审美或任意意义上的艺术。本源意义上的艺术是对更高级的实在加以呈现，是将真实、存在以及绝对实在物（das Wirkliche）可视化。

在此，艺术乃是关乎每一个人的责任，是感知实在的手段，是任何人都必定直接追求并实现的自我完善的手段，它与最高级的宣传与道德诉求相关。与此相反，审美式的和任意性的艺术免除了人类对于实在的责任与认真。它不是把人包容进来，而是将他留在外部作为纯粹的观众，或是对他施以破坏性的影响。而本源性的艺术不会让人处于刚才所述的情境之下，人也不会被迫在这种给定的境况下表态。艺术不应在人的心里产生抽象概念，不可理解的或是拒人于千里之外的东西，这些东西使生活中的其他思想及关切为人所忘却。艺术恰恰应当把人唤醒并将其置于最大程度的张力当中。艺术品的天职就在于收紧人的全部关切与生命的距离，也就是有能力使人直面那些至高无上之物——迷醉、喜悦、悲伤、痛苦、和谐、超越、生命。

第六，勒班陀呼吁生态意义上的艺术。这是因为：艺术家如何看待某一具象，以什么为出发点观察该具象，乃至以何种形式和细化的色彩为我们的眼睛呈现屋、村、人、林、河、田等具象，都表达了此人对这些事物、对他人以及对其自身的态度。譬如，到底是同时从多角度以分析的方式展示某一具象，还是仅从眼睛天然的直接视角去看，是描绘抽象物还是具象物，作品带给观看者的是人性的温暖还是冷漠，画作带来的是澄明还是迷惘，心灵被艺术触动开启还是保持闭锁，这些都有着天壤之别——这些区别正是生态艺术同那些当代艺术之间的区别。勒班陀主张，生态意义上的艺术不单是在保护自然和环境，还要把推动生命发展列为一条标准，它要明确生命之严肃与自然之美，对自然之真理抱持坚定信任，它要对生命加以塑造和建设，对于个人和社会皆是如此。生态艺术是对生命的一种伦理态度，可以说是为了身处城市的人类和在都市社会再难觅得自然踪迹的后代们而对自然之真理所做的规整。[1]

在勒班陀看来，所谓的现代批判艺术展示给观众的，不过是城市有多糟糕，一切是如何被搞砸的，又如何一天天越发糟糕，而人们也确实看到了此类状况的弊端。但他认为，艺术必须有更大的担当。具体而言，艺术也需要指明排除问题的方式，指出通往改变与改善的路径，因为艺术的任务不该是展示这世界和人类在眼下的存在情况，当务之急是展示这两者应当如何存在。我们这个时代的艺术处于一个高不成低不就的状态，人们有时甚至会以为艺术在同我们文化的消极面——也就是自然科学具有破坏性的方面——进行合作，因为艺术用那缺乏思想和感觉的图像把城市设计得越发荒凉，把村镇改造得愈显陌生，把住宅和公共建筑盖得愈发不宜居且冷清，让生活的形态越来越抽象且疏远于生活本身，由此使人的美好幻想和感受日渐乏味而无望。普遍而言，当代的主导艺术信仰科技进步，这就使生态和对艺术和世界的生态审美遭到了全面的排挤。物理世界的自然发生改变，必将以改变我们精神世界的文化为后果。过去，人可以对事件的各种微妙变化和生命呈现之美的多姿多彩作出反应；如今，环境的标准化和均一化压抑并毁灭了人的审美敏感性。如今的人非但做不到这一点，反而要靠更抓人、更与众不同的景色才能唤醒感觉，需要更震撼、更宏伟的艺术和更出格、更新奇的图像才能将感官从漠然中唤醒并求得刺激。在实用先行理念的背后，人失去了同自然存在最后的关系，失去了自身与自然间关系的完整性，同时也丢

---

[1] Loukopoulos-Lepanto, Wassili. *Kunst für den Menschen oder: Für eine Ökologische Kunst. Ein Manifest*. Freiburg (Breisgau): Hochschulverlag, 1983, S.35.

掉了自己的社会关系，也就是他本身的认同。

而生态艺术就是要克服这些问题，打开新的视野，向人类伸出援手，帮助他们将视线转向有机的和活生生的事物；还要指出哪些属于过去，哪些属于未来，发挥建设性的作用；要给予爱，打造生命。生态艺术以人为本，立足于人的愿望和需求，立足于人的渴望——渴望自身被视作一个整体，也渴望自身得到艺术的严肃对待。人类渴望如往常那样，受到艺术的触动，受到被呈现为最深本质和实存性实在的具象的触动。人类想要感受具有担当的实在，无论那是观念、神明抑或是现实。人类想要一种介于梦和经验之间的艺术，一种介于心灵满足和日常实在之间的满足，人们需要这种艺术达成圆满，让生命得以上升。

第七，艺术应当起到释放与超脱的作用。人类的性格来自超脱自身处境的能力。唱和说的艺术呈现方式就源于这种超脱行为，其目标是让人性在这种超越的能力当中得到释放。这意味着，艺术必须包含伦理、社会、政治以及类似这样的责任价值，作为原始自然、原始实在和一致的构成元素，这些价值本身又成为自然，与被称为神性的东西受到同等对待。此类艺术的艺术家既同彼岸有联系，也与此岸有关联。在彼岸，他会获得此在这个观念，作为一种显然的、超感官的、神的秩序；在此岸，他会接受一切来自自然具象的激动，他会在具象的律动与和谐中找到自我，从其效应中推出更高级的合规律的秩序。在这两种情况当中，他跟彼岸和此岸的关系都是紧密的。而当下的艺术却跟彼岸和此岸保持着疏远的关系。在这样的艺术当中，人们肆意地为各种物体、形状、颜色、姿态和行为赋予新的潜在意义，其后果就是缺少对真实的负责。于是，就像在所有模仿成风的时代那样，在这种艺术风气之下，又一次产生了所有艺术创新的可能皆已穷途末路的呼声。

而勒班陀并不以为然。他坚信艺术的发展史从来都是山重水复疑无路，柳暗花明又一村。过去——譬如在矫饰主义的末期——人们也曾有过悲观的想法，但没过多久，便又出现了诸如委拉斯凯兹（Velasquez）、维米尔（Vermeer）、伦勃朗（Rembrandt）、哈尔斯（Hals）这样的新星。后来的戈雅（Goya）、康斯太勃尔（Constable）再到印象派的诸位代表都是纯正艺术的捍卫者。[1]

另外，有人发出了所谓绘画路数才思枯竭的抱怨之声。在没有能力将优良传统创造性地延续下去的预感驱动之下，人们有了废除这些传统并从新事物中求救的动因。于是，人们开始否定过去的东西，迷失在种种实验当中。脱离了当下和过往的艺术就这样绕开了自然传统的东西，以求在人造的独创物当中找到艺术的替代品。这个时期缺乏生机和新鲜事物，想象力贫乏，欠缺爱心。在如此时期产生的艺术只能是不健康的艺术，它令人麻痹、丧失干劲，损害人接受事物真正本体的能力，折损人们生存的勇气。

对此，勒班陀抱持一贯的乐观态度。他认为，现在依旧有办法从过去绘画的全部价值当中争取一些面向未来的新东西。至于这些方法将会如何进一步发展，取决于这些丰产的有机事物在对阵缺乏生气的无机事物时能赢得多少价值，还取决于如何能使人为培养（不按自然规律产生的）的审美从生长于自然大地的人文主义中脱离出去。在这片大地上，任何真正的艺术家都至少会让生命的某个基本面作为令人陶醉的实在而在自己的作品中成为艺术的内容，其核心是人——与自然和生命保持协调的人，乐天的人，感受到万物脉动的人。这种乐天态度会得到最高级的——因为合乎伦理，因此不会低级——美。美就是在观看客体的过程中被感受进而被发现的那种自由的乐天态度。[2]真正的艺术只有一种真意，那就是表达生命。艺术应当是人的艺术，人们应当使具有担当的实在成为有尊严的艺术具象。艺术应当带给人类对生命的爱，对生命的无限责任感。

总而言之，生态艺术拒绝如今那些微观化和碎片化的东西，它的形成源于一种宏大的世界观。生态艺术所追求的是一种超越个人的、以永恒为目标的世界观——它是一种转变，目标是那些可持续的、普遍永恒的、联结人与自然的以及使各民族调和的东西。在生态美学当中，事物背后形而上的东西会被真实感受到。事物被重新赋予了各自的精神魅力。这些元素

---

[1] Loukopoulos-Lepanto, Wassili. *Kunst für den Menschen oder: Für eine Ökologische Kunst. Ein Manifest.* Freiburg (Breisgau): Hochschulverlag, 1983, S.37.

[2] Loukopoulos—Lepanto, Wassili. *Kunst für den Menschen oder: Für eine Ökologische Kunst. Ein Manifest.* Freiburg (Breisgau): Hochschulverlag, 1983, S.38.

恢复了它们专属的象征特性，得到了超越自身的能力，并由此具有与人类进行交谈的可能，更能触动人们的心灵。事物同某种恒久的、原型的东西之间的关系得以回归明朗。生命之源不会枯竭，而是在生态艺术家的画笔之下流畅喷涌。人们的感知由此变得深刻，世界也显得更加灿烂。生态艺术就是对于生态美学的形象阐释，它既追求真也追求美。它虽不是对于环境和自然的直接保护，却是一种关于生命的伦理态度。它是一种乌托邦意义上的对地球的重新绿化。

三、生态艺术家的使命

如前所述，勒班陀认为今天的生态艺术正在追求一次对抗地球破坏的人类思想革命，追求一次对地球的重建，其目标就是在本世纪那些文明浩劫与畸形发展过后，给予人类稳定感和安全感，使人类找到些许方向感。简言之，"生态艺术正在重建被现代人扭曲了的'世界'"[1]。

而作为一名具有创造性思想的艺术家，勒班陀清醒地意识到：艺术终归是文化的一部分，文化则反映了相关人群的精神世界。文化艺术的革新最终要落实到人，尤其是艺术家的精神品性的革新上。生态艺术的实现必须以具有相应素质的艺术家为物质基础。勒班陀将这样的艺术家称为不一样的人，并为生态艺术家描绘了一幅肖像：

> 他是被激起怒火的人，反对所有那些剥夺艺术之能力、威力和美并曲解艺术的人；……是一位为他人花费心思的无名氏，……是仁慈的力量、包罗万象的意识，是一条通道，通向我们共同享有却又不可通达之光明；……他是作风朴实简单的工作者，是通晓伦理及宗教知识的人，具有直觉与思想之双重天赋，是他唤醒了存在于我们内心的那些美的东西，以其工作为其环境赋予意义并为之造福；……他是自然的、一体化的、锲而不舍且顽强执着的人，他拥抱人类天性并为追

---

[1] Loukopoulos-Lepanto, Wassili. *Positive Utopien*. Stuttgart: Belser, 2002, S.117.

求整体性而努力；……他对全人类负责；他所塑造的东西……是为他人生命更完满所做的必要补充；……他的作品整合并展示了人类的全部本质……以其作品向平素各自为战的全人类发出号召……创造了之前未被创造过的东西——面向全人类的艺术；……他甘愿将自己奉献给更高层次、更具普遍性和更有人性的人生观与人类观；他体现出的……是坚强、知觉敏锐、视野广阔、明晰和动态平衡。他……是友好的、可爱的、充满善良的人，体现着对于世界转变的积极意愿……降临于此只为……照亮、温暖和团结动物、植物与人类，引导人类在认识过程中的行动与知识，以此方式指明一种更高的生活品质，那品质会将世界（Welt）同超验世界（Überwelt）、大地与天空、人类同宇宙秩序重新结合在一起；他……是人，也就是说，是追求无限与永恒的统一和整体；……他具有洞察力，从容不迫、心平气和、专注且有爱心……是得到大幅提升的生命力量，将一切濒死之物揽在自己怀中，带着温和、智慧与希望观察世界的纷争；……他吃得下粗茶淡饭，经得住诽谤谩骂，竭力虔心，放得下坚持，与邻里及伙伴和谐相处，他是对人类有用的人，他创造美的东西——因为，正如那些有益之物一样，人们不敢再提起的美的东西是有用的，甚至有用得多；……他代表着成熟、宁静、力量，代表着生命单位、爱、大地回春；……他抛开了居于统治地位的文化产业，因为他看到，所谓的大众文化根本不会代表人类，而只是将其愚化，其方式是对人类施加越来越强的操控及标准化效应，以此将人类聚合为一个始终具有相同意愿的统一消费层；……他……是新人类……将源自地球零散事物的所有力量聚集起来，召唤回自己的作品当中。他明明白白地活着，也活生生地明白：世界并非为敛掠而存在，天与地就是一个神圣的居所，一个家园，我们所有人和世界的一切产物都想继续生存于其中。他通过自己有爱的洞见认识到：世界会由于我们的爱而不断产生新发展。[1]

---

[1] L. Lepanto, Wassili. "Brief eines Malers an seinen Freund–oder die Liebe zur Kunst und zum Leben," In: Jost Hermand u. Hubert Müller (Hrsg.). *Öko-Kunst? Ästhetik der Grünen*. Hamburg: Argument-Verlag, 1989, S. 102–104.

这段文字后来被冠以"是什么令生态艺术家不凡？"的标题，多次收录在勒班陀不同时期展出的画册及经典文集当中，其中描述的既是勒班陀对当代艺术家走向生态艺术的真诚期望，也是他在生态艺术实践过程中竭力塑造并维护的一种正面的艺术家形象——具有判断力、观察精神、感性、责任、知性、智慧、艺术感、投入、伦理和品德的艺术家。生态艺术家不会将周边的事物当作偶然的或陌生的存在来对待，而是会将它们当作一个富有情感的整体，因为自然界的每一种事物都与艺术家本身有着紧密的联系。他们意识到：自然和它那优美的风貌和各种自然创造的对象才是重要的，作为大自然一分子的人类不应凌驾于自然之上。生态艺术家接近自然的姿态是恭敬的、友爱的和谦卑的，他们对周遭的一切满怀敬畏。他们身上留有朴素伦理的烙印，因此能感到他们与自然之间存在一条内在的纽带，这条纽带使生态艺术家们与自然处在一种相融的关系当中。因此，生态艺术家们对自然始终抱持坚定的捍卫立场并对世界怀有真挚的爱，而这份爱使生态艺术家有了创作的动机。[1]诗人会用词语，画家会用色彩，音乐家会用旋律使自然成为各自的艺术对象。

真的艺术就是爱。它是人类灵魂的直接表达。虔诚的心灵和纯净的思想使生态艺术家趋向于真理。艺术家就是永远付出爱的人。这里的"爱"并不是指宗教意义上的爱，更不是含有情色意味或是柏拉图式的爱。这种爱应当被理解为宇宙的准则，理解为力量，这种力量足以整合陷入分歧的宇宙，团结这个星球上的人类。[2]生态艺术家力求创造完整的东西，试图在多样性当中形成整体性。

达·芬奇认为画家的使命就是再现整个世界，通过自身的秉性和神圣精神给观赏者再现世界的本质和刹那间的和谐。[3]而生态艺术家所肩负的独特使命则是"通过他们审美的目光重新塑造……被现代人类损毁的

---

[1] [德]瓦西里·雷攀拓：《将生态艺术视为"自然的女儿"》，曾繁仁、谭好哲主编：《生态美学与生态批评的空间》，济南：山东大学出版社，2016年版，第35页。

[2] Loukopoulos-Lepanto, Wassili. "Natur und Mensch-Mein Weg zur ökologischen Kunst," . In: Verfasser, *Wassili Lepanto: Positive Utopien*. Stuttgart: Belser, 2002, S.144.

[3] [德]瓦西里·雷攀拓：《将生态艺术视为"自然的女儿"》，曾繁仁、谭好哲主编：《生态美学与生态批评的空间》，济南：山东大学出版社，2016年版，第31页。

世界"[1]，"目的是守护生命，直至生命回归"[2]。生态艺术家作为有效力量投身于实践生活。他坚持不懈地引导他所面对的这个无形世界由独行其是走向秩序乃至美。这样，他便实现了自己的理想，到达了那个充满和谐与内在规律性的、存在伟大性与认识的、公正与审慎占主导的境界——德（Tugend）的境界。与此同时，当艺术家通过描绘自然达到天人合一的境界时，他便尽到了自然与社会所赋予的职责，即代表自然向人类再现那个真实的世界。

第四节　对瓦西里·勒班陀生态艺术观的评价

作为生态艺术的主要倡导者，勒班陀对于生态美学发展的贡献值得被载入史册。

首先，勒班陀扩展了生态美学建构当中的艺术之维。虽然瓦西里·勒班陀并没有直接将自己的思想称为生态美学，但鉴于他较早提出了生态艺术这一概念，因而可以被视为生态美学理论在艺术之维的代表。相较于那些纯粹的艺术理论家或者美学家，勒班陀的生态美学思想具有更为直观的载体——生态绘画作品。这些作品使理论与实践有机地结合在一起——理论的提出基于提出者的亲身经验，理论提出者本身又是该理论的实际践行者，这让勒班陀的生态艺术观念更为生动、直接、不空泛，具有更强的可操作性和示范效应。

其次，勒班陀的生态艺术观是在艺术领域建立"生态现代性"[3]的一种积极尝试。勒班陀对现代艺术的纷杂现象进行了批判，但又不失建设性的

---

[1] [德]瓦西里·雷攀拓：《将生态艺术视为"自然的女儿"》，曾繁仁、谭好哲主编：《生态美学与生态批评的空间》，济南：山东大学出版社，2016年版，第35页。

[2] Loukopoulos-Lepanto, Wassili. *Positive Utopien*. Stuttgart: Belser, 2002, S.117.

[3] 关于这一点，勒班陀曾在2012年10月19日至22日于华东师范大学举办的"中西学术视野下的诠释学——纪念伽达默尔逝世10周年国际学术研讨会"上做了题为"Gadamers Hermeneutik und die Ökologische Moderne"（伽达默尔诠释学与生态现代性）的学术报告。

反思，在一定程度上达到了正本清源的效果，分别还原了美学和艺术的本质，即感性和真实，也重新树立了艺术与艺术家的责任感，为艺术的当代发展指出了一条生态之路。

第三，勒班陀的生态艺术观在对生态内涵的理解方面兼具深度和广度。我国著名生态美学家曾繁仁教授在论述生态美学的基本范畴"生态存在论审美观"时特别强调，"生态审美观最重要的美学范畴即为'家园意识'"[1]。从前文分析不难看出，无论是勒班陀的画作还是他的艺术观，都是紧扣"生态（ecology）"一词的核心"eco-"（希腊语中为οἶκος）形成及发展的，也是对"οἶκος（家园）"这一概念之本真含义的生动而深入的诠释。同时，勒班陀的生态艺术观也在客观上形成了与其他相关学说的理论互动。虽然勒班陀在其论著中并未提到海德格尔及其学说，但勒班陀生态艺术观中"和谐秩序的家园/居所"所描绘的万事万物在自然当中和谐栖居的景象，实际上与海德格尔现象学存在论所表达的"诗意地栖居"的境界不谋而合——根据海德格尔现象学存在论思想，环境"不是科学研究和审美欣赏的对象，而是人栖居于其中的家园"，"是日复一日地与我们关系最近的世界部分，是那种我们最直接居于其中的、关系着我们每一天的、对我们一贯至关重要的住所"[2]。另外，勒班陀坚信技术主义艺术无法再现真实自然，艺术应当有机地生发于一种内在体验过程。而海氏现象学存在论主张"无论是科学认知还是审美欣赏，都无法通达自然的真正本质，只有以诗意栖居的态度对待自然，……把自然看作是涌现着、绽开着的强力，是自然存在者与自然存在的统一，自然的丰富性、完满性，自然的纯朴和圣美才能得以显现"[3]。两种表述可谓异曲同工。如果说海德格尔的现象学存在论自然环境观可以被看作是对科学认知主义的自然环境模式的一种超越和对自然审美模式问题的一种更高级的解决途径，那么勒班陀的生态艺术观则可以被看作是生态美学在艺术层面对于海氏哲思的一种响应，为艺术处理自然审美提供了一种直观的新范式，也将最纯粹的生态观融入艺术当中。

[1] 曾繁仁：《生态现象学方法与生态存在论审美观》，《上海师范大学学报（哲学社会科学版）》2011年第1期。

[2] 赵奎英：《论海德格尔对自然审美模式的诗性超越》，《南京社会科学》2015年第6期。

[3] 赵奎英：《论海德格尔对自然审美模式的诗性超越》，《南京社会科学》2015年第6期。

当然，勒班陀的生态艺术观也存在明显的局限，甚至是缺陷。

首先在理论构建的系统性方面稍显不足。勒班陀本人在他著作的开头便承认，他的论文是在"感情用事的情绪下"写成的，其中的论点尚没有足够广泛的理论素材予以支撑，而他也无意阐明"真实"本身，只是想将长久以来的所思所想一吐为快。[1]这就使勒班陀的生态艺术观念停留在一种朴素观念的层面，与系统完整的理论尚有一定距离。相较于学术性的论说文，勒班陀的论著更接近于随笔式的杂文。

其次是缺乏跨学科的理论背景。生态美学是在后现代语境中借鉴生态学等理论而兴起的一门新型交叉学科，其理论体系除了哲学、美学的基本构架之外，还需要生物学、地质学、生态学等自然科学知识的支持。尽管卡尔森环境美学理论所提倡的科学认知主义由于过度强调科学知识在自然审美过程中的意义而遭诟病[2]，但我们不能因此而全然否定这些跨学科理论知识对于恰当的自然审美以及相关美学理论构建所发挥的不可替代的作用。勒班陀的生态艺术观显然在这方面受到了局限，导致其思想当中的理性因素与感性因素并不平衡，感性有余而理性不足。

再者，勒班陀对于现代艺术的评价有欠客观。比如，勒班陀最为针对的抽象艺术先驱——康定斯基虽然预见性地提出了艺术抽象化的方向并创作了大量抽象风格的艺术作品，但他在其论著当中并未完全否定写实主义的艺术，反而从二律背反的原理出发，认为写实艺术与抽象艺术是并行不悖、相互依存的艺术形式。[3]在这样的背景下，勒班陀对于以康定斯基为代表的抽象艺术家的批评就显现出一种偏激的主观性。而基于这种态度得出的理论思想也在很大程度上失去了应有的客观辩证性。

[1] Loukopoulos-Lepanto, Wassili. *Kunst für den Menschen oder: Für eine Ökologische Kunst. Ein Manifest.* Freiburg (Breisgau): Hochschulverlag, 1983, S. 6.

[2] 参见赵奎英:《论海德格尔对自然审美模式的诗性超越》,《南京社会科学》2015年第6期。

[3] [俄]瓦·康定斯基:《艺术中的精神》,北京:中国社会科学出版社,1987年版,第4页。

第四章　艾伦·卡尔森

　　卡尔森虽然以环境美学家的身份闻名国际学术界，但是其环境美学思想也具有浓厚的生态美学意蕴，他本人对中国生态美学十分赞赏。在征求卡尔森本人的意见后，我们把卡尔森列为重要的西方生态美学思想家之一。他一方面吸收了约瑟夫·米克（Joseph W. Meeker）等人的生态美学思想，另一方面又建构了独具特色的美学理论，对后来的生态美学家如希拉·林托特（Sheila Lintott）等产生了重要影响。

　　卡尔森的生态美学思想紧紧围绕审美适当性这个核心问题展开论述，但是其研究范围很宽，涉及自然欣赏、人类环境欣赏等领域。具体来看，卡尔森首先批判自然欣赏中的形式主义做法，因为这种形式主义欣赏对于自然而言，不是一种适当的审美欣赏；然后，卡尔森根据自然的真实特性，按照以对象为导向（object-orientated）的审美思路，提出了自然欣赏的环境模式（the environmental model），并认为这种环境模式是自然欣赏的适当审美模式；而后，为了解决按照环境模式欣赏自然的可操作性问题，卡尔森提出了科学认知主义（the scientific cognitivism），强调按照环境模式欣赏自然，就要在科学知识，尤其是生态学知识的指导下欣赏自然，这种欣赏是对于自然的适当的欣赏；随后，卡尔森得出这种适当的自然欣赏的结果，即肯定美学（positive aesthetics）在科学知识，尤其是生态学知识的指导下，对原生自然进行适当的审美欣赏，会发现所有原生自然本质上、审美上是好的；最后，卡尔森将这种审美适当性的思路应用到人类环境欣赏中，提出了人类环境的生态学欣赏方法。近年来卡尔森对中国生态美学表现出极高的热情，积极吸收中国生态美学理论的研究成果。

第一节　艾伦·卡尔森及其学术研究

一、艾伦·卡尔森（Allen Carlson）[1]其人

艾伦·卡尔森（Allen Carlson，1943— ），加拿大阿尔伯塔大学（University of Alberta）美学、环境哲学教授，当代西方环境美学的先驱和建立者之一。他目前一共出版了3本专著：《美学与环境——关于自然、艺术和建筑的欣赏》（*Aesthetics and the Environment: the Appreciation of Nature，Art and Architecture*，2000），《功能之美》（*Functional Beauty*，2008，与格林·帕森斯合著）与《自然与景观：环境美学导论》（*Nature and Landscape: An Introduction to Environmental Aesthetics*，2009）。此外，艾伦·卡尔森还与他人一起合编过4本书：《环境美学：阐释性论文》（*Environmental Aesthetics: Essays in Interpretation*，1982，与巴利·山德勒合编），《自然环境美学》（*The Aesthetics of Natural Environments*，2004，与阿诺德·伯林特合编），《人类环境美学》（*The Aesthetics of Human Environments*，2007，与阿诺德·伯林特合编）以及《自然、美学与环境保护论：从美到责任》（*Nature, Aesthetics，and Environmentalism: From Beauty to Duty*，2008，与希拉·林托特合编）。另外，从二十世纪七十年代以来，卡尔森发表了大量关于自然美学、环境美学和环境哲学的论文，在此不再一一列出。

根据卡尔森本人所言，他是在北美中西部（the North American Midwest）长大，因此他在成长过程中获得了大量对于自然的审美欣赏体验。卡尔森学士学位的专业是历史，硕士学位的专业是哲学。1971年，卡尔森从美国密歇根大学获得哲学博士学位，其博士学位论文题目是"审美判断中反应术语的使用"（The Use of Reaction Terms in Aesthetic Judgments），这是一篇聚焦

---

[1] 国内也有人将Allen Carlson译作"艾伦·卡尔松"。本书根据商务印书馆出版的《英语姓名译名手册》，统一翻译为"艾伦·卡尔森"。

于美学与伦理的学位论文。随后，卡尔森长期在加拿大阿尔伯塔大学教授哲学。卡尔森曾任美国美学学会第59届年会会议程序委员会委员，也曾担任美国美学学会理事、加拿大美学学会常务理事。在这期间，他对自然很感兴趣，发展了关于环境美学的诸多理念，如科学认知主义 (the scientific cognitivism)、肯定美学 (positive aesthetics) 和功能之美 (functional beauty)。如卡尔森所言，加拿大西部的大山脉、大草原和荒野环境是其学术灵感的来源。[1]

　　卡尔森的学术研究起步于二十世纪七十年代早期，他在其学术生涯初期便对环境美学颇感兴趣。那时正值环境保护运动在北美兴起，他觉得"哲学家们应当重视环境论题"。于是早在1973年，卡尔森就在阿尔伯塔大学哲学系引入了环境美学课程，这是"当时重点大学中有关环境哲学的首类固定课程之一"[2]。虽然卡尔森以环境美学家的身份闻名国际学术界，但其环境美学也是一种生态美学。当卡尔森接触生态美学以后，他曾多次强调自己的环境美学同时也是一种生态美学。比如2009年他在接受我国学者薛富兴访谈时说："我将'生态美学'理解为环境美学中的一种特殊视野——将生态科学知识作为自然审美欣赏的中心维度。这样，我认为我自己的理论便是生态美学的一种形式。"[3]2015年，他讨论了西方美学中重要的五种理论立场：如画传统、古典形式主义、审美相对主义、后现代主义以及卡尔森本人所提倡的科学认知主义。然后他得出结论说："在这五种标准的西方立场中，只有科学认知主义能够被恰当地称为'生态的美学'或'生态美学'。这样，通过阐明生态知识在环境审美欣赏中的作用，科学认知主义比较清晰地论证了生态美学在环境美学内的位置。"[4]此外，我们在写作本书之前，通过邮件征询了卡尔森本人的意见。卡尔森在回信中明确地说：

[1] 此段关于艾伦·卡尔森的信息，大都来自与卡尔森先生的通信，该通信发表在《生态美学与生态批评通讯》2019年第5期。

[2] [加]艾伦·卡尔松：《从自然到人文——艾伦·卡尔松环境美学文选》，薛富兴译，桂林：广西师范大学出版社，2012年版，第326页。

[3] [加]艾伦·卡尔松：《从自然到人文——艾伦·卡尔松环境美学文选》，薛富兴译，桂林：广西师范大学出版社，2012年版，第331页。

[4] [加]艾伦·卡尔森、赵卿、程相占：《生态美学在环境美学中的位置》，《求是学刊》2015年第1期。

"把我考虑为一个'生态美学思想家'是恰当的。"[1]正因为如此，本书拟从生态美学的角度考察卡尔森的美学思想，探讨卡尔森在西方生态美学史中的位置。

二、艾伦·卡尔森生态美学的代表文献

卡尔森最早提及"生态美学"一词是在《自然与肯定美学》(Nature and Positive Aesthetics)一文，该文发表在《环境伦理学》(*Environmental Ethics*)杂志1984年第6期上，该文在论述肯定美学的过程中提到了"生态美学"。卡尔森说："生态学不只在某种意义上具有全面的包容性，而且也强调统一、和谐、平衡等好的审美特性。我认为，肯定美学观点在一些当代论著中，特别是在一些生态学或生态性话题的论著中最为突出。这种观点不只是被称为一种科学美学，确实也是一位学者所称的'生态美学'(ecological esthetic)。"[2]正因为卡尔森在此文中提到了"生态美学"，并将肯定美学称为一种生态美学，因此我们认为此文是卡尔森关于生态美学的第一篇重要文献。所以我们在前言中将《自然与肯定美学》视为卡尔森关于生态美学的核心文献，并依照此文献的发表年份，将卡尔森排列在此处。

卡尔森生态美学的代表文献由专著与论文两种形式组成，其中专著包括上文已经提到的《美学与环境——关于自然、艺术和建筑的欣赏》(2000)、《功能之美》(2008，与格林·帕森斯合著)与《自然与景观：环境美学导论》(2009)三本书。[3]卡尔森于2000年出版的《美学与环境——关于自然、艺术和建筑的欣赏》虽然是一本环境美学著作，但是书中提出了许多具有生态美学内涵的观念，集中表现在如下五个方面：第一，反对

---

[1] 参见周思钊：《与艾伦·卡尔森先生的通信》，《生态美学与生态批评通讯》2019年第5期。

[2] Carlson, Allen. "Nature and Positive Aesthetics," *Environmental Ethics* 6 (1984), 5—34.

[3] 实际上，《美学与环境——关于自然、艺术和建筑的欣赏》和《自然与景观：环境美学导论》这两本书是卡尔森的论文集，主要收录了卡尔森在2009年之前发表的重要论文。这里，我们将这两本著作所收录的论文，均视为专著。因此我们在下文统计卡尔森关于生态美学思想的论文时，不再重复统计。

自然审美欣赏中的形式主义思想，主张自然欣赏要以对象为导向（object-orientated），追求自然审美判断的客观性（objectivity），这符合生态美学的哲学基础。第二，在批判自然欣赏的对象模式（the object model）和景观模式（the landscape model）的基础上，提倡环境模式（the environmental model），强调自然事物不是单独的个体，也不是二维的风景画，而是彼此关联着的环境整体，这符合科学的生态观。第三，提出并发展了科学认知主义（the scientific cognitivism），强调科学知识在恰当的自然欣赏中具有核心地位，这样就直接把科学知识，尤其是生态学知识，放在自然审美的根基上，这是我们将卡尔森的环境美学视为一种生态美学的关键依据。第四，提出并论证了肯定美学（positive aesthetics），主张未被人类染指的自然总体上具有肯定的审美特性，从本质上、审美上来说都是好的，具有浓厚的生态伦理意识和生态美学意蕴。第五，对于人类环境的欣赏，从功能角度提出了一种生态学方法，这是生态美学向人类环境欣赏的一种拓展。在某种程度上，卡尔森2008年出版的《功能之美》和2009年出版的《自然与景观：环境美学导论》是对以上五个要点的进一步细化，因此也渗透着浓厚的生态美学思想。

卡尔森涉及生态美学思想的论文目前主要有《当代环境美学与环境保护要求》（Contemporary Environmental Aesthetics and the Requirements of Environmentalism，2010），《审美欣赏与自然保护律令之间的联系》（The Link Between Aesthetic Appreciation and the Preservation Imperative，2014），《生态美学在环境美学中的位置》（The Place of Ecoaesthetics within Environmental Aesthetics，2015），《东方生态美学与西方环境美学之关系》（The Relationship Between Eastern Ecoaesthetics and Western Environmental Aesthetics，2017）和《环境美学、伦理学与生态美学》（Environmental Aesthetics，Ethics，and Ecoaesthetics，2018）。这些论文主要探讨两个问题：第一，自然美与自然保护之间的关系，即环境美学与环境伦理学之间的关系。既然人们已经达成共识，都主张自然具有审美价值，那么面对当下语境——自然正在遭到破坏，自然之美正在流失——卡尔森开始思考，除了欣赏自然之外，人们还能够为自然做些什么，由此卡尔森学术研究的重心从自然欣赏转向了自然保护。事实上，卡尔森的这种转向正好暗合了生态美学的发展主题。第二，探讨西方环境美学与中国生态美学的关系，积极吸纳中国生态美学最新的发展成果。在环境美学兴起的过程中，生态美学基本上同步兴起，尤其是中国生态美学异军突起，从而引发了西方环境美学与生态美学，尤其是与中国生态美学之间的关系问题。对比生态美学与环境美学是生态美学发展中常用的策略之一，比如中国生态美学建构者曾繁仁、程相占等学者在建构中国生态美学的过程中，就不约而同地对生态美学与环境美学进行对比研究。[1]卡尔森不仅积极探讨西方环境美学与中国生态美学的关系，而且非常认可中国生态美学的发展，积极吸纳中国生态美学的理论成果。

第二节　艾伦·卡尔森生态美学思想背景

一、分析哲学背景

　　分析哲学、分析美学是卡尔森生态美学思想，尤其是环境美学思想的重要学术背景。众所周知，卡尔森是当代西方环境美学的开创者之一，而环境美学又以反分析美学的面目出现，环境美学的理论取向是要超越分析美学。然而正是这种反分析美学的姿态，说明环境美学不是凭空产生的，

---

[1] 关于生态美学与环境美学之比较研究，请参考曾繁仁：《论生态美学与环境美学的关系》，《探索与争鸣》2008年第9期；曾繁仁：《生态美学的东方色彩及其与西方环境美学的区别》，《河北学刊》2012年第6期；曾繁仁：《关于"生态"与"环境"之辩——对于生态美学建设的一种回顾》，《求是学刊》2015年第1期；曾繁仁：《中西对话中的中国生态美学》，《西南民族大学学报》(人文社会科学版)2017年第2期；程相占：《论环境美学与生态美学的联系与区别》，《学术研究》2013年第1期；赵红梅：《多元文化视域下生态美学与环境美学关系的再思考》，《文化发展论丛》2016年第1期；张超：《从"生态"与"环境"之辩看当代生态美学与环境美学的关系》，《美与时代》2015年第2期；廖建荣：《环境美学与生态美学》，《郑州大学学报(哲学社会科学版)》2012年第1期；刘纲纪：《略谈生态美学与环境美学》，《湖北社会科学》2015年第4期；宋薇：《生态美学、环境美学与自然美学辨析》，《晋阳学刊》2011年第4期；周艳鲜：《生态美学与环境美学的关系》，《佳木斯职业学院学报》2018年第2期。

环境美学的兴起背景和理论基础恰恰就是分析美学。因此卡尔森在其所写的《斯坦福哲学百科全书》"环境美学"词条中明确指出，环境美学"兴起于分析美学之中"[1]。卡尔森正是在对分析美学批判与承续的基础上，发展出其独树一帜的环境美学与生态美学思想。因此可以说，分析哲学与分析美学是卡尔森发展其生态美学思想的学术背景。[2]卡尔森对分析哲学和分析美学的承续主要体现在如下两个方面：

其一，从方法论上看，卡尔森在建构环境美学（包括生态美学）的过程中，非常倚重分析哲学的分析法。分析哲学开启于二十世纪伟大的哲学家维特根斯坦。准确地讲，分析哲学应该叫作语言（概念）分析哲学，语言和概念辨析是其最基本、最核心的哲学主张和法宝。分析美学的科学主义的重要表现就是分析方法的普遍运用，形成其理论特色。维特根斯坦便强调以逻辑分析的方法澄清命题的意义。他说："哲学的目的是对思想进行逻辑澄清。哲学不是一种理论，乃是一种活动。一部哲学作品本质上是由诸多说明所构成的。哲学的结果，并不是得到一些'哲学命题'，而是使这些命题明晰。哲学应使那些不加澄清就变得暧昧而模糊不清的思想得以清晰，并为其划定明确的界限。"[3]卡尔森虽然一心要批判和超越分析哲学、分析美学传统下的艺术哲学美学，但是他并没有真正"走出艺术哲学"[4]，反而在方法论上继承了分析哲学传统，这使得分析哲学、分析美学传统真正潜藏在卡尔森思想的深处。最重要的例子莫过于卡尔森于1979年发表的著名论文《欣赏与自然环境》，该文确立了他研究环境美学的基本思路和理论框架，也奠定了他在环境美学领域的领先地位。但是也正是由于该文对分析哲学方法的运用，使得卡尔森在建构自然欣赏理论时，从根基上携带着

---

[1] Carlson, Allen. "Environmental Aesthetics," *The Stanford Encyclopedia of Philosophy* (Apr.9 2019 Edition), Edward N. Zalta (ed.), URL = < https://plato.stanford.edu/entries/environmental−aesthetics/ >.

[2] 关于卡尔森与分析哲学、分析美学渊源问题的讨论，请参考曾繁仁：《美与分析——20世纪西方分析美学述评》，《中国社会科学院研究生院学报》2016年第6期；程相占：《环境美学对分析美学的承续与拓展》，《文艺研究》2012年第3期。

[3] 转引自[英]维特根斯坦：《美学、心理学和宗教信仰的演讲与对话集（1938—1946）》"译者前言"，刘悦笛译，中国社会科学出版社，2015年版，第7—8页。

[4] 程相占：《环境美学对分析美学的承续与拓展》，《文艺研究》2012年第3期。

·090·

浓厚的分析哲学色彩。在这篇文章中，卡尔森首先运用分析哲学的分析方法，对"欣赏"这个美学关键词进行分析——欣赏作为一个动词，本身是一种行为动作方式；而其后所跟的宾语就是欣赏的对象。于是卡尔森认为，审美欣赏一直就是围绕两个核心问题展开：一个是欣赏什么，即指向欣赏的宾语；第二个是怎样欣赏，即指向欣赏行为动作本身。在这种分析思路下，由于分析哲学传统下的艺术哲学发展比较充分，因此卡尔森试图通过对比艺术欣赏与自然欣赏来建构自然欣赏理论，其方式就是从分析哲学传统下的艺术哲学中概括出"对于艺术进行审美欣赏的普遍结构"[1]，然后将"欣赏的普遍结构"运用于自然欣赏中。因此，"艺术依然是卡尔森环境美学的最终底色"，"卡尔森最终并没能走出艺术哲学，更不用说反分析美学了——他的环境美学是分析美学的理论延续或扩展"[2]。更进一步说，卡尔森恰好是"很好地运用了分析美学的分析方法，将之在环境欣赏模式分析中运用到极致，成为科学主义美学的当代典范之一"[3]。

其二，从审美立场上看，卡尔森科学认知主义立场正是分析哲学与分析美学的继承。卡尔森自然美学总的立场是科学认知主义，这既是卡尔森对环境美学所作的独特贡献，同时也是卡尔森环境美学能够顺利走向生态美学、并被生态美学所接纳的关键所在。然而，科学认知主义立场恰恰是对分析美学的一种开拓与发展。众所周知，分析美学是一个独具特点的科学主义美学流派，卡尔森正是从分析美学的科学主义立场出发，强调知识对欣赏的重要性。卡尔森说："我们的自然欣赏是审美的，在其性质和结构上与艺术欣赏相似。"[4]这里，自然欣赏与艺术欣赏相似的"性质和结构"，指的便是知识对欣赏的重要性，只不过艺术欣赏需要的是艺术史知识，而自然欣赏需要的则是自然科学知识。卡尔森根据分析美学立场，重视艺术范畴与艺术知识对于艺术欣赏的重要性，并从中提炼出欣赏的"性质和结

[1] Carlson, Allen. *Aesthetics and the Environment: The Appreciation of Nature, Art and Architecture*. London and New York: Routledge, 2000, p.51.

[2] 程相占：《环境美学对分析美学的承续与拓展》，《文艺研究》2012年第3期。

[3] 曾繁仁：《美与分析——20世纪西方分析美学述评》，《中国社会科学院研究生院学报》2016年第6期。

[4] Carlson, Allen. *Aesthetics and the Environment: The Appreciation of Nature, Art and Architecture*. London and New York: Routledge, 2000, p.90.

构"，即欣赏的普遍结构，然后再将这种立场和思路运用到自然欣赏中。因此，如曾繁仁所总结的那样，"卡尔松（即卡尔森）的环境美学集中体现了分析美学作为科学美学的特点，着力于运用分析的方法对于各种环境欣赏模式进行深入的分析，其彻底性与新颖性可谓蔚为大观，充分体现了分析美学在新时代的风采"[1]。

二、科学知识背景

　　卡尔森十分重视科学知识在自然欣赏中的作用，而自然科学的发展为卡尔森生态美学思想提供了直接的科学知识背景。一般而言，近代自然科学是以天文学领域的革命为开端的：十六世纪哥白尼的《天体运行论》给天文学界乃至整个科学界带来革命性影响；十七世纪物理学的大发展，进一步促进了人们对自然界的了解，其中以科学家牛顿为代表，牛顿力学三定律和万有引力定律，把天上和地上的物体运动概括进一个理论体系中，大大提升了人类对于自然规律的理解能力；十八世纪生物学获得大发展，如瑞典生物学家林耐写了《自然系统》一书，致力于对植物进行分类，使有关植物的杂乱知识形成了完整系统。从十六世纪到十八世纪自然科学的大发展，推动了人类对自然的认知与理解，但是这些发展还只是自然科学知识本身的积累，真正对卡尔森生态美学思想有直接影响的应是十九世纪以后的自然科学。因为卡尔森在《自然与肯定美学》一文中，考察了十九世纪地理学、地质学和生物学发展对自然审美欣赏的影响，尤其是达尔文生物进化论思想对于自然欣赏的影响。到了二十世纪，卡尔森强调"相关科学基本上不再是地理学与地质学，而成了生物学与生态学的所有周边'学科'。这些作者反复强调的论题，诸如物种的存活、价值及野地保护，是一些具有生物学和生态学重要性的话题。其倾向性甚至由其标题表现出来：《审美决策与人类生态学》《美的生物学》《我们能够且应当追随自然

---

[1] 曾繁仁：《美与分析——20世纪西方分析美学述评》，《中国社会科学院研究生院学报》2016年第6期。

吗?》《有一种生态伦理吗?》《野生自然的价值》《生态美学》等"[1]。

卡尔森的自然美学和环境美学思想之所以从源头上就带有浓厚的生态美学意蕴,或者说卡尔森的自然美学和环境美学思想就是一种生态美学,原因就在于他不只是强调自然科学知识对自然欣赏的重要性;更重要的是,他跟随自然科学的发展,强调生物学、生态学知识对于自然欣赏的重要性。哈格洛夫在考察人类与自然关系发展历程中指出,"我们对自然态度的演变开始于对自然的恐惧,后来逐渐转变为对崇高[2](sublime)的欣赏,接着是对自然的热情,最后将以热爱自然作为总结。中世纪的人们避免自然之爱,他们认为这样做会冒犯上帝,削弱他们对上帝的爱,因此不大可能得出这样的结论"[3]。也就是说,随着人类所掌握的自然科学知识的不断深化,人类对自然的审美态度也在不断发生变化。而卡尔森正是看到了人类科学知识如何从天文学、物理学最终发展到生态学,才一步步具有了生态意识,并使其美学思想富有浓厚的生态美学意蕴。

第三节　艾伦·卡尔森生态美学思想的理论来源

一、约瑟夫·米克

从文献上看,卡尔森在发展生态美学的过程中重点参考了约瑟夫·米克的生态美学思想。1984年,卡尔森在《自然与肯定美学》(Nature and Positive Aesthetics)一文中,先后两次提及"生态美学"(ecological esthetic),这是卡尔森相关著作中最先涉及"生态美学"的文献。第一次提及"生态美学"的句子是"相关科学基本上不再是地理学与地质学,而

---

[1] Carlson, Allen. "Nature and Positive Aesthetics," *Environmental Ethics* 6 (1984), 5–34.

[2] 按:此处,sublime在译著中被翻译为"庄严",为了使行文一致,本文一律翻译为"崇高"。

[3] [美]尤金·哈格洛夫:《环境伦理学基础》,杨通进、江娅、郭辉译,重庆:重庆出版社,2007年版,第246页。

成了生物学与生态学的所有周边'学科'。这些作者反复强调的论题，诸如物种的存活、价值及野地保护，是一些具有生物学和生态学重要性的话题。其倾向性甚至由其标题表现出来：《审美决策与人类生态学》《美的生物学》《我们能够且应当追随自然吗？》《有一种生态伦理吗？》《野生自然的价值》《生态美学》等"；第二次提及"生态美学"的句子是"肯定美学观点在一些当代论著中，特别是在一些生态学或生态性话题的论著中最为突出。这种观点不只是被称为一种科学美学，确实也是一位学者所称的'生态美学'"[1]。在这两句话后面，卡尔森都添加了注释，明确指出他在这两处都参考了约瑟夫·米克（Joseph W. Meeker）1974年出版的著作——《存活的喜剧——文学生态学研究》。[2]

米克的《存活的喜剧——文学生态学研究》一书的第六章标题就是"生态美学"，该章内容其实是米克1972年发表在《加拿大小说杂志》上的一篇论文——《走向生态美学》，该论文是国际上第一篇以"生态美学"作为标题的论著，意义非凡。米克在此文中强调，以达尔文的进化论学说为代表的现代生物学知识可以作为重要的资源，以此重新评价审美理论。正是在这种研究思路的引导下，米克研究了人类的美丑观的本源，认为审美理论要想更成功地界定美，就应该借鉴一些当代生物学家和生态学家已经形成的自然与自然过程的观念。简言之，在达尔文生物进化论的基础上注重人类的生物性，根据当代生物学知识、生态学知识来反思并重构审美理论，这就是米克所说的"生态美学"的思想基础和理论内涵。

米克的生态美学思路给卡尔森带来了许多启发。因为卡尔森不仅强调科学知识对于自然欣赏的重要性，而且更进一步认识到，"相关科学基本上不再是地理学与地质学，而成了生物学与生态学的所有周边'学科'"。也就是说，卡尔森和米克一样，关注到了自然科学的范式转化对于自然审美理论的影响。由此，卡尔森在论述科学认知主义观点的过程中，不仅强调自然欣赏时要借助科学知识，还有意凸显了生态学知识的重要性。正是卡尔

[1] Carlson, Allen. "Nature and Positive Aesthetics," *Environmental Ethics* 6 (1984), 5—34.
[2] Meeker, Joseph W. *The Comedy of Survival: Studies in Literary Ecology*. New York: Charles Scribner's Sons, 1974.

森对生态学知识的重视，才使其科学认知主义立场很容易转变成一种生态美学。

二、自然全美

肯定美学是卡尔森在《自然与肯定美学》（Nature and Positive Aesthetics，1984）一文中提出的一种重要美学形态，它主张"所有原生自然本质上、审美上都是好的"，也是一种生态美学。[1]肯定美学并不是卡尔森凭空构想出来的，而是在传统自然美学的一个重要命题——自然全美的基础上发展起来的。可以说，自然全美是肯定美学的前身和理论来源：在十九世纪，自然全美观念已经有了自觉而明确的表述，卡尔森正是在总结这些传统观念的基础上，发展出了肯定美学，并提供了比较详细的论证。

十九世纪上半期，关于肯定美学思想最著名的表述，来自英国伟大的风景画家约翰·康斯太勃尔（John Constable）。他在1821年说道："我一生中从未看见一个丑的事物。"[2]福格（Andrew Forge）对此观点进行评说，指出这种立场几乎是此后六十多年所有重要绘画的一个要素。1835年，美国作家托马斯·科尔（Thomas Cole）表达了如下观点，即未被人类改造的自然更美。他说道："文明的进步会以荒野的消失作为代价，而自然的崇高之处正是由那些荒蛮之地传递出的。那些自然之手尚未加以雕琢的荒僻之地，远比那些已经经由人类之手改造的景致更为动人。"[3]1836年，爱默生在《论自然》中也流露出了肯定美学思绪。他认为，"任何丑陋的物体在强光下都会变得美丽。而它赋予人的感官的刺激，以及它本身具有的那种无限性，就像空间与时间一样，使一切事物都变得欢快起来。甚至尸

---

[1] Carlson, Allen. "Nature and Positive Aesthetics," *Environmental Ethics* 6 (1984), 5–34.

[2] Forge, Andrew. "Art/Nature," in *Philosophy and the Arts: Royal Institute of Philosophy Lectures Volume Six 1971–1972*. London: Macmillan, 1973, p.231.

[3] MaCoubrey, John ed. *American Art, 1700–1960, Source and Documents in the History of Art Series*, Englewood Cliffs, New Jersey: Prentice-Hall, 1965, p.102. 中译参考景晓萌：《哈德逊河画派及其社会情境研究》，中央美术学院硕士论文，第27页。

体也有它独特之美"[1]。同一时期，英国艺术家和艺术批评家约翰·罗斯金（John Ruskin）在对天空之美的阐释中，也流露出了肯定美学的思想。他说："天空的主题与大地的主题不一样，有明显的独特性：即基本上未受到人类干涉的云彩，总是优美地排列着。你不能在任何景观特征中确定这一点。……对于山景来说，尤其重要的岩石，准确地讲，总是被修路者炸毁或者被土地所有者挖掘；大自然带着一个特殊的目的，在黑暗森林边生长着一处处最精美的（most delicate）草地，总是被农民开垦或者在草地上盖建筑。但是云彩……不能被挖掘，也不能在上面盖建筑，因此它们总是精彩地排列着……它们无比和谐地飘动着和燃烧着；它们中没有一片脱离适当的位置，或未处于适当位置上。"[2]通过天空与大地的对比，罗斯金强调，未被人类干涉的天空总是美的。然而不幸的是，在当今时代，天空也受到了人类的干涉，比如大气污染、雾霾天气等，这些污染使得蓝天白云也成了稀缺之物。

据卡尔森考察，在十九世纪下半期，肯定美学思想也可以在环境改革者那里发现。比如美国环保运动的先驱马什（George Perkins Marsh）在十九世纪六十年代便明确强调两个观点：第一，自然独自是和谐的；第二，人类是自然和谐的最大破坏者。他和爱默生一样都认为自然为人类提供了多方面的恩赐。不过他强调，自然给予的诸多恩赐分为两种类型：一种恩赐是需要人类的劳作才能获得，因为人类的劳作使自然的恩赐变得高贵；另外一种恩赐是自然美，这种恩赐不需要人类的劳作，人类的劳作非但没有使自然美变得高贵，反而会破坏自然美，破坏自然的这种恩赐，只有未被人类干涉的自然才提供自然美。并且他认为，这种自然美只有在土地开发的初期才能被普遍欣赏，因为那一时刻所有的大地都还是美好的。此外，美国著名艺术家、诗人、社会批判者莫里斯（William Morris）在十九世纪八十年代也曾说过："如果我们人类放弃有意地破坏自然之美，那么适合居住的地表以其自身的方式，没有一平方不是美的；我认为，合理地共享

[1] [美]爱默生：《论自然·美国学者》，赵一凡译，北京：生活·读书·新知三联书店，2015年版，第14页。
[2] Ruskin, John. *The Elements of Drawing*. New York: Dover, 1971, pp.128–129.

地球之美，是每一个人通过有义务的努力而获得的权利。"[1]与此同时，美国博物学家缪尔（John Muir）也表达了同样的思想，"没有任何自然景观是丑的，只要它们是原生的"[2]。同时，缪尔还反对如画模式的自然审美欣赏。在他看来，在审美上值得重视的事物的范围似乎包含整个自然界，也就是说，自然的审美对象包含了他那个时代被认为是可恶的生物，如蛇和短嘴鳄，以及那些被视作自然灾难的现象，如洪水和地震。缪尔所践行的这种自然欣赏与卡尔森所提倡的肯定美学内涵一致。

第四节　艾伦·卡尔森生态美学思想的主要内容

卡尔森的生态美学思想涉及自然欣赏、人类环境欣赏等领域，虽然看似散漫，但是他始终紧紧围绕审美适当性这个核心问题展开论述，因此卡尔森的生态美学思想具有内在逻辑的整体性。具体来看，卡尔森首先批判自然欣赏中的形式主义做法，因为这种形式主义欣赏对于自然而言，不是一种适当的审美欣赏；然后，卡尔森根据自然的真实特性，按照以对象为导向（object-orientated）的审美思路，提出了自然欣赏的环境模式（the environmental model），并认为这种环境模式是自然欣赏的适当审美模式；而后，为了解决按照环境模式欣赏自然的可操作性问题，卡尔森提出了科学认知主义（the scientific cognitivism），强调按照环境模式欣赏自然，就要在科学知识，尤其是生态学知识的指导下欣赏自然，这种欣赏是对于自然的适当的欣赏；随后，卡尔森得出这种适当的自然欣赏的结果，即肯定美学（positive aesthetics）在科学知识，尤其是生态学知识的指导下，对原生自然进行适当的审美欣赏，会发现所有原生自然本质上、审美上是好的；最后，卡尔森将这种审美适当性的思路应用到人类环境欣赏中，提出了人类

---

[1] Morris, William. *Art and the Beauty of the Earth: A Lecture Delivered at Burslem Town Hall on October 13, 1881.* London: Longmans, Green and Company, 1898, p.24.

[2] Muir, John. *Our National Parks.* Boston: Houghton Mifflin, 1916, p.6.

环境的生态学欣赏方法。

这种内在思路既是卡尔森开展环境美学研究的潜在纲领，也是他走向生态美学的理论契机。近年来卡尔森对中国生态美学表现出极高的热情，并给予非常多的关注。由此，我们根据逻辑与历史相统一的原则，在本节依次介绍以下六点内容：第一，批判自然欣赏中的形式主义；第二，自然环境模式及其生态美学意蕴；第三，科学认知主义及其生态美学意蕴；第四，肯定美学及其生态美学意蕴；第五，人类环境美学的生态学方法；第六，对中国生态美学成果的接受。

一、批判自然欣赏中的形式主义

卡尔森认为，自然审美欣赏的核心问题有两个：一是欣赏什么？二是如何欣赏？因此，卡尔森自然审美思想都是围绕这两个问题展开和深入的。对于第一个问题，卡尔森的回答是：自然欣赏与艺术欣赏不同，因此必须以对象为导向（object-orientated），根据自然自身、自然实际所具有的审美特性来欣赏自然，追求自然审美判断的客观性（objectivity），因此卡尔森大力批判自然欣赏中的形式主义。简要地来看，卡尔森主要从如下三个角度，对自然欣赏中的形式主义展开了较多批判：

其一，在实验研究的层面上，批判自然审美实验研究中形式主义立场的不恰当性。

1977年，卡尔森在其关于环境美学的第一篇重要论文《论量化景观美的可能性》（On the Possibility of Quantifying Scenic Beauty）中，就社会科学、资源管理和环境设计学等领域中的一些关于自然欣赏的形式主义观念展开了批判。形式主义在实验研究中非常流行。卡尔森认为，这源于环境决策的需要，这种需要引发了对于自然景观审美特性进行客观化和量化的需求。因为同其他方法相比，形式主义能够更简便地实现客观化和量化审美特性。卡尔森指责这种实验研究误用了景观照片，因为照片不等于自然景观。卡尔森指出，"当我们将景观呈现在'二维的'照片中时，我们更容易也更自然地根据形状、阴影、线条和模式来对待景观，而不是像我们处在三维的景观自身之中所感受到的那样。这是因为，在真实的意义上，一幅照片的元素就是形状、阴影、线条和模式，而不是树木、灌木和岩石。但是，后者而非前者才是一处景观的要素"[1]。也就是说，真实的自然界是三维的，是由实实在在的物理事物如"树木、灌木和岩石"组成的，而不仅仅是二维世界中的"形状、阴影、线条和模式"。然而，谢夫尔等实验研究者根据照片来研究自然风景。毫无疑问，这种做法有简化论的嫌疑，把三维的物理性的自然风景简化成二维的形式的特性，这种简化工作对自然风景作了大量的取舍工作，因此在一定程度上扭曲了自然风景。

其二，在理论层面上，批判将艺术形式主义理论（the formalist theory of art）应用到自然欣赏中的不恰当性。

卡尔森在《自然环境的形式特性》（Formal Qualities in the Natural Environment）[2]、《理解与审美体验》（Understanding and Aesthetic Experience）[3]《新形式主义与自然审美欣赏》（New Formalism and the Aesthetic Appreciation of Nature）[4]等文章中，集中批判了将从艺术理论发展而来的形式主义思想应用到自然欣赏中的不恰当性问题。卡尔森在《自然环境的形式特性》一文中，对自然的形式特性给出一个工作性定义。他指出，"在哲学美学中的作者，已经以多种方式确认客体的审美特性，并对其分类。两组特性分别是感觉特性（sensory qualities）或感官特性（sensuous qualities），形式特性（formal qualities）或设计特性（design qualities），然而这取得了广泛认同。前者是关于客体的质地、颜色、线条的特性，如一块抛光的石头的平滑与光泽，或者一块水晶的锋利和闪光。

---

[1] Carlson, Allen. "On the Possibility of Quantifying Scenic Beauty," *Landscape Planning* 4 (1977), 131–172. 中译本参考[加]艾伦·卡尔松：《从自然到人文——艾伦·卡尔松环境美学文选》，薛富兴译，桂林：广西师范大学出版社，2012年版，第13页。

[2] Carlson, Allen. "Formal Qualities in the Natural Environment," *The Journal of Aesthetic Education* 13 (1979), 131–172. 中译本参考[加]艾伦·卡尔松：《从自然到人文——艾伦·卡尔松环境美学文选》，薛富兴译，桂林：广西师范大学出版社，2012年版，第55–67页。

[3] Carlson, Allen. *Aesthetics and the Environment: The Appreciation of Nature, Art and Architecture.* London and New York: Routledge, 2000, pp.17–28.

[4] Carlson, Allen and Glen Parsons. "New Formalism and the Aesthetic Appreciation of Nature," *Journal of Aesthetics and Art Criticism* 62 (2004), 363–376 .

这里，感觉的特性值得注意，因为对它们的具体说明有助于对形式特性的阐明。如此这样，部分是因为质地、线条和色彩结合起来，去创作形状、模式（pattern）和设计，这些形状、模式和设计构成一个对象被感知的形式。这些形式之特性（qualities of such forms），诸如它们是统一的（unified）或杂乱的（chaotic），平衡的或不平衡的，和谐的或混乱的（confused），我把它们称为形式的特性（formal qualities）。如下所示，形式的特性是客体或客体的结合所拥有的特性，凭借这些特性形成了它们的形式。这不仅包括它们的形状、模式和设计，也包含它们的质地、线条和色彩"[1]。这里卡尔森指出，这种现象的理论根源是艺术和艺术批评界中的形式主义理论。这样，卡尔森就将批判的矛头从具体的审美研究的实践领域提升到了哲学美学的理论高度。

卡尔森认为形式主义在自然欣赏中不那么重要，因为从欣赏对象和欣赏方式上看，自然与艺术都不一样。首先，从欣赏对象上看，卡尔森一直强调一种以对象为导向（object-orientated）的审美思路。针对自然欣赏而言，卡尔森强调必须要根据自然自身来欣赏自然。因此，即便形式主义在艺术欣赏和艺术批评中具有一定的适当性[2]，但是由于艺术品（尤其是关于自然的风景画、风景照等）与自然并不一样，因此不能把三维的自然物按照二维的艺术品来欣赏。这一思想其实是《论量化景观美的可能性》（1977）一文思想的延续，因为卡尔森在该文中已经批判了谢夫尔借助风景照片进行试验研究的做法。其次，从欣赏方式上看，卡尔森进一步否定了将形式主义理论运用到自然欣赏中的适当性。对于形式主义而言，无论是创作还是欣赏，构图（frame）都十分重要。"当一个对象诸如一个传统的艺术对象以某种方式构图，形式的特性大部分由构图来决定。因此，由于构图是静止

---

[1] Carlson, Allen. *Aesthetics and the Environment: The Appreciation of Nature, Art and Architecture*. London and New York: Routledge, 2000, p.29. 中译本参考[加]艾伦·卡尔松：《从自然到人文——艾伦·卡尔松环境美学文选》，薛富兴译，桂林：广西师范大学出版社，2012年版，第55页。

[2] 卡尔森认识到，即便在艺术和艺术批评领域，形式主义也备受争议，有许多艺术理论反对形式主义，如：Hospers, John. *Meaning and Truth in the Arts*. Chapel Hill: University of North Carolina Press, 1946, chap.4 and Abell, Walter. *Representation and Form：A Study of Aesthetic Values in Representational Art*. New York: Charles Scribner's, 1936.

的，对象在其构图中被欣赏，所以其形式特性是作品本身一个重要的决定性方面。因此，艺术中的形式特性能够很容易被欣赏和被评估。事实上，为了获得对作品完全的欣赏和正确的评估，它们必须这样。"[1]针对自然欣赏而言，这种构图并不恰当，这是因为自然环境本身没有所谓的构图，而且自然环境本身是动态的。因此虽然欣赏者对自然环境进行所谓的构图，但是其实有无数种构图的可能性，而任何一张凝固的风景画或风景照都只是选取了其中的一种构图而已，而忽略了其他种种构图。

其三，在审美实践的层面上，批判大众自然审美欣赏实践中的如画倾向。[2]

如画是十八世纪中后期形成的一个重要自然审美范畴，它主要是由吉尔平（William Gilpin，1724—1804）、普赖斯（Sir Uvedale Price，1747—1829）和奈特（Richard Payne Knight，1750—1824）等建构起来的，在十八世纪一度与优美、崇高并列，一起成为十八世纪三个重要的审美范畴；而且在自然欣赏领域，如画范畴比优美、崇高更有效，影响更为深远。

如画理论的要义就是要把自然欣赏得像画一样（picture-like）或像艺术一样（art-like）。那么，如画理论便与自然欣赏中的风景或景观模式（the scenery or landscape model）的关系非常近。因为在卡尔森看来，景观模式是在艺术（尤其是景观画）主导下的自然欣赏中的一个重要模式[3]，"在艺术界中，这种欣赏模式被景观画所证明；事实上，这种模式很可能将它的存在归功于这种艺术形式。在一种它被赞成的意义上说，'景观'暗示了一种景

[1] Carlson, Allen. *Aesthetics and the Environment: The Appreciation of Nature, Art and Architecture*. London and New York: Routledge, 2000. p.36. 中译本参考[加]艾伦·卡尔松：《从自然到人文——艾伦·卡尔松环境美学文选》，薛富兴译，桂林：广西师范大学出版社，2012年版，第63页。

[2] 卡尔森在《欣赏与自然环境》（"Appreciation and the Natural Environment"，1979）一文中，对大众自然欣赏的景观模式（landscape model）展开批判；在《自然环境的形式特性》（"Formal Qualities in the Natural Environment"，1979）一文中，对大众的景观崇拜（landscape cult）或风景崇拜（scenery cult）展开批判；在《劳特里奇美学手册》"环境美学"词条（2000年）以及《斯坦福哲学百科全书》"环境美学"词条中，卡尔森追溯了如画理论传统，指出如画传统与景观模式的密切关系，并看到现代环境美学对如画传统的批判倾向；在《当代环境美学与环境保护要求》（Contemporary Environmental Aesthetics and the Requirements of Environmentalism，2010年）一文中，对大众中流行的如画传统进行了深入批判。

[3] 卡尔森在《欣赏与自然环境》一文中提出，按照艺术方式欣赏自然有两种模式，一种是对象模式，一种是风景或景观模式，因此风景或景观模式是艺术范式主导下的自然欣赏模式中的重要一种。

色（prospect）——通常是一种宏伟景色——从一个特定的地点和距离看到的景色；一幅景观画通常是这样一幅景色的一种再现（representation）"[1]。无论是如画理论，还是景观模式，其实都强调景观画等艺术欣赏在自然欣赏中的应用。其中，景观模式不过是环境美学对传统自然欣赏方式的一种理论化概括；如画理论则是在大众自然审美实践中普遍流行的观念。2010年，卡尔森明确意识到两者内涵的一致性，因为他在《当代环境美学与环境保护要求》（Contemporary Environmental Aesthetics and the Requirements of Environmentalism）一文中，明确将如画理论与景观模式结合起来，并将二者概括为"如画景观传统（the picturesque landscape tradition）"[2]。在卡尔森看来，如画景观传统与形式主义关系密切，他指出，"虽然形式主义和如画传统各有重点，在艺术模式的选择上也有不同，但它们在自然欣赏的总体方法上仍很相似。因此，它们聚焦于传统的自然美学。在总体方法上，它们结合了一些为如画欣赏所喜欢的特征。诸如，仍用康容（John Conron）的话说，即'变化而无规则''丰富而有力'以及'充满能量的变动'，明显带有形式主义所喜爱的大胆的线条、形状和色彩。在此意义上，传统自然美学是如画传统和形式主义的遗产。在大众审美欣赏中，这一遗产让人们重视那种优美的（scenic）、不同寻常的（striking）和戏剧性的（dramatic）景观"[3]。也就是说，如画景观传统极其关注自然的形式特征，具有浓厚的形式主义色彩，这也是为什么卡尔森曾将自然欣赏中重视景观、照片和风景画的欣赏方式概括为"形式模式"（formal mode）的原

[1] Carlson, Allen. *Aesthetics and the Environment: The Appreciation of Nature, Art and Architecture*. London and New York: Routledge, 2000, pp.44−45. 中译本参考[加]艾伦·卡尔松:《从自然到人文——艾伦·卡尔松环境美学文选》，薛富兴译，桂林：广西师范大学出版社，2012年版，第46页。

[2] Carlson, Allen. "Contemporary Environmental Aesthetics and the Requirements of Environmentalism," *Environmental Values* 19 (2010), 289−314. 中译本参考[加]艾伦·卡尔松:《从自然到人文——艾伦·卡尔松环境美学文选》，薛富兴译，桂林：广西师范大学出版社，2012年版，第282页。

[3] Carlson, Allen. "Contemporary Environmental Aesthetics and the Requirements of Environmentalism," *Environmental Values* 19 (2010), 289−314. 中译本参考[加]艾伦·卡尔松:《从自然到人文——艾伦·卡尔松环境美学文选》，薛富兴译，桂林：广西师范大学出版社，2012年版，第284页。

因。[1] 无论是风景或景观模式，还是景观崇拜，抑或是如画理论，都将自然环境作为风景画来感知和欣赏自然，即从特定视点——通常从自然环境外部的某个视点——来审视特定风景，并且通常只用一种感官，即视觉进行欣赏，而且把整体的环境划分为不同的风景片段，这样其实"遮蔽了风景画与自然环境的重大区别"[2]。然而，卡尔森认为，对自然环境的正确欣赏方式不是"简单地观看对象或从某一特定视角观看这些对象；而是'置身于其中'，与这些对象建立起动态关系，从任何角度、距离欣赏它们。当然，不只是看，还嗅吸、倾听、触摸和感受这些对象。这才是在环境中（being in the environment），是环境的一部分，并作为它的一部分而对它作出反应。这种积极的、参与的（involved）审美欣赏，而不是由风景崇拜所滋养、照片所鼓励的欣赏的形式模式（formal mode），对自然环境而言才是适当的"[3]。

从以上分析可以看出，卡尔森分别从三个不同层面对自然欣赏和自然审美研究中的形式主义倾向展开了批判。卡尔森的批判充满了浓厚的生态美学色彩，这为其日后赞同生态美学，并承认自己所发展的环境美学在很大程度上就是生态美学，奠定了一定的基础。从消极内涵上看，卡尔森对传统形式主义的批判，恰好符合生态美学对传统美学的批判，因为生态美学也反对人类中心主义，反对景观迷恋，尤其反对那种只认可风景优美的自然，反对肤浅与琐碎地欣赏自然的做法，强调生态实在论[4]，主张生态

[1] Carlson, Allen. *Aesthetics and the Environment: The Appreciation of Nature, Art and Architecture.* London and New York: Routledge, 2000, p.35. 中译本参考[加]艾伦·卡尔松：《从自然到人文——艾伦·卡尔松环境美学文选》，薛富兴译，桂林：广西师范大学出版社，2012年版，第62页。

[2] Carlson, Allen. *Aesthetics and the Environment: The Appreciation of Nature, Art and Architecture.* London and New York: Routledge, 2000, p.35. 中译本参考[加]艾伦·卡尔松：《从自然到人文——艾伦·卡尔松环境美学文选》，薛富兴译，桂林：广西师范大学出版社，2012年版，第61页。

[3] Carlson, Allen. *Aesthetics and the Environment: The Appreciation of Nature, Art and Architecture.* London and New York: Routledge, 2000, p.35. 中译本参考[加]艾伦·卡尔松：《从自然到人文——艾伦·卡尔松环境美学文选》，薛富兴译，桂林：广西师范大学出版社，2012年版，第62页。

[4] 程相占：《生态美学的八种立场及其生态实在论整合》，《社会科学辑刊》2019年第1期。《生态美学的八种立场及其生态实在论整合》一文根据时间顺序，概括了生态美学的八种立场，即生态学立场、生态艺术理论立场、现象学立场、生态美学立场、生态存在论立场、生生本体论立场、实践美学立场和生态型美学立场，而后以生态实在论作为哲学基础，将这八种立场的核心命题与关键词有机地整合起来，可见生态实在论是生态美学一个重要的哲学基础。

伦理是生态审美的基础。所以说，卡尔森对形式主义的批判，处处充满了生态美学的色彩。从积极内涵上看，卡尔森在批判形式主义的过程中，不断强调自然审美欣赏应该按照自然本身，按照自然所具有的特性来欣赏，并且欣赏者与自然环境是审美互动关系，欣赏者需要多感官地融入自然环境，这些主张都具有浓厚的生态美学意蕴。

二、自然环境模式及其生态美学意蕴

1979年，卡尔森在《欣赏与自然环境》一文中，正式提出自然欣赏的环境模式 (the environmental model)，这标志着其早期环境美学的正式建立。同时，卡尔森也在文中对自然欣赏的两个基本问题——欣赏什么、如何欣赏——给出了明确的正面回答。环境模式是卡尔森根据对象导向 (object-orientated) 的思路，通过对比艺术与自然、艺术欣赏与自然欣赏而得出的结论。自然欣赏的环境模式尊重自然环境本身的特性，强调自然既是环境的，又是自然的，突出自然对象与周围环境的互动关系，重视常识和科学知识在自然欣赏中的引导作用，追求自然审美判断的客观性。毫无疑问，这种欣赏模式是一种适当的、严肃的自然欣赏方式，而不是肤浅的、表面的欣赏方式。因此自然欣赏的环境模式是关于自然的生态审美，可以归入卡尔森的生态美学思想。

在卡尔森那里，欣赏或审美是自然欣赏活动与艺术欣赏活动联结的纽带。虽然自然不同于艺术，自然欣赏也应该不同于艺术欣赏，但是卡尔森认为，从艺术欣赏中总结出的关于欣赏的一般思路，通过类比，有助于推进自然欣赏的发展。因此，卡尔森从艺术欣赏中总结出欣赏的一般思路是以对象为导向，这种欣赏方式充分尊重欣赏对象的个性化特征，为自然欣赏与艺术欣赏的比较与类比提供了一种结构性框架，同时也可以避免自然欣赏与艺术欣赏方式的同质化。卡尔森正是在以对象为导向的思路的指引下，根据自然环境本身的特性，提出了环境模式 (the environmental model)。如卡尔森所言，"尽管艺术的审美欣赏并不为自然欣赏直接提供适当的模式，但是它暗示了一个更适当的模式需要什么。

严肃地说，对艺术品适当的审美欣赏，如下是基本的：即我们按照艺术品实际所是来欣赏艺术品，并依据关于它们真正特性的知识。……这暗示了自然审美欣赏的第三种模式，即自然环境模式"[1]。在卡尔森提出环境模式之前，他先对艺术欣赏中的对象模式 (the object model) 与风景或景观模式 (the scenery or landscape model) 进行了批判。如卡尔森所总结的那样：

> 自然美学的当代讨论强调关于自然欣赏的不同路径 (approaches) 或模式 (models)：这些模式旨在抓住对于自然恰当审美欣赏的本质。某些与艺术审美欣赏有直接关联的较传统的模式似乎是不适当的。这样的两种模式被称作对象模式和景观模式。前者按照类似于欣赏雕塑的方式来推进自然欣赏，后者则以对待景观画的方式来对待自然。因此，对象模式将审美欣赏主要聚焦于诸自然对象，规定我们对于自然对象的欣赏如同对于抽象雕塑的欣赏，在精神上或物上将它们从其环境中移开，并且只关注它们的形式属性。另一方面，景观模式，紧跟着如画传统，规定我们对于自然的欣赏有如欣赏一幅景观画。某种程度上，这需要将自然视作一个两维的景观 (two-dimensional scene)，同样在很大程度上聚焦于形式属性。这两种模式都没有完全实现严肃的、恰当的自然欣赏，因为每个都歪曲了自然真正的特征。前者将自然对象从它们的大环境中分离出来，而后者则将它们框入 (frame) 景观中，并使之平面化。更重要的是，由于两种模式主要聚焦于形式特征，因此两种模式都忽略了我们对于自然的大量的体验和理解。[2]

由此可见，按照以对象为导向的思路看，艺术欣赏所能提供的这两种模式都没有正确地对待自然的真实特征，而仅仅聚焦于自然的形式特征。于是，卡尔森通过考察自然的真实特性，提出了环境模式，从而解决自然

[1] Carlson, Allen. *Aesthetics and the Environment: The Appreciation of Nature, Art and Architecture*. London and New York: Routledge, 2000, p.6.

[2] Carlson, Allen. *Aesthetics and the Environment: The Appreciation of Nature, Art and Architecture*. London and New York: Routledge, 2000, pp.5－6.

欣赏中欣赏什么和如何欣赏的问题。如卡尔森对环境模式所作的概括：

> 它强调，自然是一个环境（nature is an environment），因此是一个居所（setting），我们生存于其中，我们通常要用我们全部的感官来体验它，把它体验为非突出的（unobtrusive）背景。但是为了使我们的体验成为审美的，需要把非突出的背景体验为突出的前景。结果是，为了欣赏关于一个"盛开的花朵，嗡嗡响声的混乱"的体验，这种体验必须由我们所发现的有关自然环境的知识来调节。我们关于特殊环境性质的知识，产生关于某种环境的欣赏的适当边界、审美意义上的特殊焦点以及欣赏行为。因此，我们有了一个模式，该模式开始回答在自然环境中"欣赏什么"和"如何欣赏"这两个问题，这个模式看起来确实应该注意环境性质。并且，这一点不仅对审美缘由（aesthetic reason）来说，而且对道德缘由（moral reason）和生态缘由（ecological reason）来说，都非常重要。[1]

从以对象为导向的思路出发，环境模式强调如下两点：第一点，自然环境是一个环境（natural environment is an environment）；第二点，自然环境是自然的（natural environment is natural）。[2]从字面上看，卡尔森所强调的这两点似乎是一种同义反复。但是卡尔森的目的在于，强调自然的两个特性：环境的与自然的。这两个特性分别是针对卡尔森所批判的对象模式和风景或景观模式而言的，如果在自然欣赏中重视了自然的这两个特性，按照以对象为导向的思路来欣赏自然，那么就可以摆脱对象模式和风景或景观模式对自然欣赏的误导，从而适当地欣赏自然。

自然环境模式的生态美学意蕴具体表现在以下三个方面：

[1] Carlson, Allen. *Aesthetics and the Environment: The Appreciation of Nature, Art and Architecture*. London and New York: Routledge, 2000, pp.50－51. 中译本参考[加]艾伦·卡尔松：《从自然到人文——艾伦·卡尔松环境美学文选》，薛富兴译，桂林：广西师范大学出版社，2012年版，第52页。

[2] Carlson, Allen. *Aesthetics and the Environment: The Appreciation of Nature, Art and Architecture*. London and New York: Routledge, 2000, p.47. 中译本参考[加]艾伦·卡尔松：《从自然到人文——艾伦·卡尔松环境美学文选》，薛富兴译，桂林：广西师范大学出版社，2012年版，第48页。

其一，自然欣赏的环境模式强调在自然欣赏时，重视自然是一个环境这个特性，强调自然事物处于有机的相互联系中。这是一种环境聚焦的欣赏模式，与生态学所强调的生物与其环境之间的相互关联的思想如出一辙，因此具有浓厚的生态美学意蕴。首先需要明确的是，对象模式（the object model）并不同于以对象为导向的（object-orientated）欣赏。对象模式强调把欣赏对象看成一个独立自主的审美整体，该审美对象与周围环境没有任何关系。因此，对象模式最适合运用于对非表现性的（nonrepresentational）雕塑品的欣赏。因为雕塑作为艺术品，通常是独立自主的，它的诞生环境与展览环境都不是审美关联物，即将它从其诞生的环境中移开并不会改变其审美特性，其展览环境同样也不会改变其审美特性。然而，按照以对象为导向的思路来看，自然事物则与一件雕塑作品不同：

> 自然对象与它们的诞生环境有一种我们称为有机整体（organic）的关系：这些对象是其周围环境的一部分，是借助环境中的自然力从其环境要素中发展出来的。因此，诞生环境与自然对象在审美上是关联的。因为这个原因，作为展览的环境凭借如下事实也同样相关：这些环境将与诞生的环境或相同，或不同。在任何一种情况中，自然对象的审美特性将受影响。再一次考虑我们的石头：在壁炉台上，它也许看起来极其平滑、弯曲优雅和富有表现力的坚固，但是在它的诞生环境中，它将有更多的、不同的审美特性——这些特性是它与它的环境之关系的产物。这里，正是富有表现力的力量塑造了它，并持续地塑造着它。同时，在审美欣赏中，它也呈现出自身在其环境中的位置以及自身与周围环境的关系。更重要的是，考虑它在其环境中的位置，它也许就没有所表现的这些特性，例如，坚固——当在壁炉台上时，它似乎才表现出这种特性。[1]

---

[1] Carlson, Allen. *Aesthetics and the Environment: The Appreciation of Nature, Art and Architecture*. London and New York: Routledge, 2000, p.44. 中译本参考[加]艾伦·卡尔松：《从自然到人文——艾伦·卡尔松环境美学文选》，薛富兴译，桂林：广西师范大学出版社，2012年版，第45页。

从中可以看出，卡尔森强调自然事物与雕塑不同，自然事物不是独立自主的，与周围环境不是隔绝的；相反，自然事物与周围环境是一种"有机整体"的关系。欣赏自然时，要重视自然事物在其环境中的位置以及与其环境的关系，而且自然事物与周围环境的有机关系，"在审美上是关联的"。这就意味着，在审美欣赏的时候，需要考虑这种有机关系。一块石头砌在壁炉台上，才在审美上显示出坚固这种特性；如果把这块石头放在其诞生环境中，在审美上就不一定显示出坚固这种特性了。由此可见，环境模式这种欣赏模式非常重视自然事物与其周围环境的有机整体关系，这是一种环境聚焦的欣赏方式，符合生态审美的要求。

其二，自然欣赏的环境模式在欣赏方式上强调多感官的参与，并且根据不同的欣赏对象，所参与的多感官之间的具体组合并不相同。比如，卡尔森大体上赞成段义孚所描写的自然欣赏方式，即"一个成年人如果要多形态地（polymorphously）享受自然，必须学会像一个孩子一样顺从和不介意。他需要穿着旧衣服，这样才能感受自由，舒适地在小溪边的干草上伸展四肢，沉浸在身体感觉的融合中：干草和马粪的气味；大地的温暖，它或硬或软的轮廓；微风拂过，和着阳光的温暖；一只正令人发痒的蚂蚁，在伸出小腿探路；飘动的树影在他的脸庞浮动；河水流淌过卵石之声，蝉鸣声以及远处交通的声音。这样一种环境打破了所有悦耳与美学的正常规则，以混乱取代秩序，当然这全面地令人满足"[1]。卡尔森认为段义孚这里所描写的欣赏方式，可以看作是一种适合于任何环境的普遍的欣赏行为，只不过按照对象为导向的欣赏思路来看，针对具体不同类型的自然环境，需要进行一些具体的变化而已。实际上，从段义孚所描写的自然欣赏中可以看出，欣赏者综合运用身体的各种感官，充分地感受自然，融入自然，让欣赏者与自然环境处于一种互动关系之中，进而达到人与自然和谐统一的境界，这正是生态审美所追求的目标。

其三，自然欣赏的环境模式强调自然审美欣赏的适当性与客观性，具

---

[1] Yi-Fu, Tuan. *Topophilia: A Study of Environmental Perception, Attitudes, and Values*. Englewood Cliffs, New Jersey: Prentice-Hall, 1974, p.96.

有浓厚的环境伦理学意蕴，表达出一种反人类中心主义的审美立场。卡尔森明确指出，"自然环境模式倡导（initiate）一种更普遍的和以对象为导向的环境美学，有助于将美学与其他哲学领域联合起来，诸如伦理学、认识论和心灵哲学等，在其中存在一种对过时的、不适当的模式的日益增长的反对，以及一种新找到的（new-found）对与具体现象相关的知识的依赖（dependence）。例如，在反对一些被谴责为人类中心主义的欣赏模式上，自然环境模式与环境伦理学一致——后者也反对人类中心主义模式，对自然世界进行道德评估，并用从环境和科学知识中得到的典范替换这些模式"[1]。从这里可以看出，环境模式与环境伦理学关系密切，都反对人类中心主义的欣赏模式。

三、科学认知主义及其生态美学意蕴

一些中国学者把卡尔森作为肯定美学的典型代表，因此把卡尔森的自然美学概括为肯定美学。但是卡尔森在2009年接受采访时陈述道："我想，把我的自然美学概括为科学认知主义更为正确。"[2]科学认知主义的内容并不复杂，其核心要义就是强调自然科学知识在自然欣赏中的作用。按照卡尔森的总结，其核心要点如下，"对于恰当的审美欣赏而言，不同类型的知识是必要的。对于自然环境欣赏而言，我提出：相关的知识为自然科学，特别是地质学、生物学和生态学所提供，这一思想已被称之为科学认知主义"[3]。卡尔森强调科学知识，尤其是地质学、生物学和生态学知识在自然审美欣赏中的作用，由此卡尔森承认自己的环境美学思想其实就是一种生态美学。比如2009年，他在接受薛富兴采访时说："我将'生态美学'理解为环境美学中的一种特殊视野——将生态科学知识作为自然审美欣赏的中

[1] Carlson, Allen. *Aesthetics and the Environment: The Appreciation of Nature, Art and Architecture*. London and New York: Routledge, 2000. p.12.

[2] [加]艾伦·卡尔松：《从自然到人文——艾伦·卡尔松环境美学文选》，薛富兴译，桂林：广西师范大学出版社，2012年版，第331页。

[3] [加]艾伦·卡尔松：《从自然到人文——艾伦·卡尔松环境美学文选》，薛富兴译，桂林：广西师范大学出版社，2012年版，序。

心维度。这样，我认为我自己的理论便是生态美学的一种形式。"[1]2015年，他在讨论西方美学中的五种理论——如画传统、古典形式主义、审美相对主义、后现代主义以及卡尔森本人提出的科学认知主义——之后，指出，"在这五种标准的西方立场中，只有科学认知主义能够被恰当地称为'生态的美学'或'生态美学'"[2]。卡尔森科学认知主义思想体现在其一系列的文章当中。如薛富兴所说，"实际上，卡尔松（即卡尔森）几乎在每一篇相关文章中，都持续不断地强调科学知识在自然欣赏中的作用。正因如此，他的关于自然审美欣赏的理论才被称为'科学认知主义'"[3]。

卡尔森在从事环境美学研究之初，便意识到科学知识对自然审美欣赏的重要性。比如，卡尔森在1977年《论量化景观欣赏的可能性》一文中，已经注意到科学知识在欣赏中的作用了。他说："一个人没有有关环境的许多知识，仅仅具有感知方面的敏感性，也许能够发现一处山景的平衡；但是，要感受这座山坡上所生长树木表达的坚决和顽强，除敏感性之外，还需要有关这些树木和这些树木所生存环境的知识。有了关于此山到底存在了多长时间以及有关创造了这座山的力量方面的知识，感知这座山峰本身雄伟和力量方面的能力才能提高。同样，一旦我们知道：某些草地和森林、峡谷有益于保护我们的家园，并为生长于这片土地上的众多生物提供营养，我们就会为这些草地、森林和峡谷的温暖和宁静所吸引。但是如果我们知道，那些时刻恐惧着天敌的生物并没有这些同样的开放性，而是流露出完全不同的特性——也许是紧张或凶险。"[4]由此可见，卡尔森在批判形式主义的过程中，已经意识到科学知识在自然欣赏中的重要作用。而且卡尔森所强调的知识，涉及生物学和生态学知识，强调借助这些知识来理解树木

[1] [加]艾伦·卡尔松：《从自然到人文——艾伦·卡尔松环境美学文选》，薛富兴译，桂林：广西师范大学出版社，2012年版，第331页。
[2] [加]艾伦·卡尔森、赵卿、程相占：《生态美学在环境美学中的位置》，《求是学刊》2015年第1期。
[3] 薛富兴：《艾伦·卡尔松的环境美学》，见[加]艾伦·卡尔松：《从自然到人文——艾伦·卡尔松环境美学文选》，薛富兴译，桂林：广西师范大学出版社，2012年版，第3页。
[4] Carlson, Allen. "On the Possibility of Quantifying Scenic Beauty," *Landscape Planning* 4 (1977), 131–172. 中译本参考[加]艾伦·卡尔松：《从自然到人文——艾伦·卡尔松环境美学文选》，薛富兴译，桂林：广西师范大学出版社，2012年版，第20–21页。

与其生存环境之间的关系，并指出通过相关知识理解了自然对象，从而在审美上被自然对象所吸引。卡尔森随后还指出，"环境批评家的部分工作就是评估环境的审美特性。它要求这种敏感性和知识的结合。对每一位批评家而言，这种结合越多，他的评估也就越好。据此，这一点很清楚，环境批评家的作用在于呼唤上述特性的一种更为独特的结合：一方面，是生态学家、博物学家、地理学家和地质学家所具有的关于环境的独特知识和理解；另一方面，是典型地与艺术家和艺术批评家相联系，得到高度发展的情感和感知敏感性"[1]。从这里可以看出，卡尔森在最初批判自然风景实验研究时，已经重视科学知识对于自然环境欣赏的重要性，而且这一立场成为卡尔森自然审美研究的核心立场，并被概括为科学认知主义立场。

1979年，卡尔森在《欣赏与自然环境》中真正明确了科学知识对于自然欣赏的重要性，由此逐步形成了科学认知主义立场。卡尔森提出环境模式，强调科学知识在自然欣赏中的重要作用，本来就是针对按照艺术欣赏（即对象模式、景观模式）方式来欣赏自然而言的。卡尔森认为，按照艺术方式来欣赏自然都是对自然本身的误解，都是一种肤浅的、非严肃的审美欣赏方式，都是对自然本身特性的误解。恰当的、严肃的自然欣赏应该按照自然本身来欣赏自然，而科学知识就是对自然本身的正确认识。因此，在科学知识的指导下，可以促进人们按照自然本身的特性来欣赏自然，从而确保自然审美活动的严肃性。也就是说，针对艺术欣赏的对象模式与景观模式，卡尔森分别强调自然的两个特性：自然环境是一个环境，自然环境是自然的。其中针对自然环境是自然的这个特性而言，如何能够把自然环境欣赏为自然的？卡尔森的答案就是借助关于自然的科学知识。

卡尔森在《自然、审美判断与客观性》一文中，进一步强调了科学知识对于适当的自然欣赏的重要作用。在卡尔森看来，欣赏自然具有两种情形：一种是依照自然所是（what nature is）来欣赏自然，一种是依照自然貌似（what nature seems to be）来欣赏自然。当自然事物的知觉特性无法

[1] Carlson, Allen. "On the Possibility of Quantifying Scenic Beauty," *Landscape Planning* 4 (1977), 131–172. 中译本参考[加]艾伦·卡尔松：《从自然到人文——艾伦·卡尔松环境美学文选》，薛富兴译，桂林：广西师范大学出版社，2012年版，第22页。

暗示正确的感受范畴时，就需要在科学知识的引导下，按照物之所是的特性来欣赏自然；如果按照自然貌似来欣赏自然，就很容易犯两种错误：审美遗漏（aesthetic omission）和审美欺骗（aesthetic deception）。其中，前者未能在关于自然真实描述的情况下欣赏自然，后者则是在关于自然错误描述的情况下欣赏自然。卡尔森以两种海岸景观为例，一种是天然海岸，一种是与天然海岸一模一样的人造海岸。单从两种海岸的知觉特性来看，并不能获知正确的感知范畴是什么，但是这并不意味着对于两种海岸的欣赏是一样的。"比如，人造海岸模式可被描述为意味着精心设计的，对天然海岸模式之准确复制的，或人类创造的产品。而天然海岸模式可以被描述为，比如说，典型的北美太平洋海岸，意味着一种高潮头海岸之造型，或是海潮侵蚀的结果。显然，在此描述之下的知觉特性审美欣赏成为自然审美欣赏的重要部分。"[1]这里的描述都是在人工海岸和自然海岸相关知识的引导下进行正确的描述。但是，如果没有在相关知识的引导下来欣赏两种海岸，也就是按照其貌似情况来欣赏，比如以天然海岸范畴感知人工海岸，那么这就是"一种脆弱的和误导式的景观。它是脆弱的，因为它总要面临被人工事实的知识击毁的危险；它是一种误导，因为它引导我们的静观（contemplation）远离了事实本身。再者，如果我们把人工海岸作为被真实描述的事物来欣赏，我们只是犯了错误，我们的欣赏只涉及相信了错误的东西。另一方面，如果我们以人工制品的范畴感知人工海岸，或以天然海岸的范畴感知天然海岸，每种范畴都是真实的，那么，上面所描述的审美遗漏和审美欺骗便不会发生"[2]。在相关科学知识的引导下，我们才可以避免错误地欣赏自然，从而按照自然正确的范畴欣赏自然，按照如其所是的方式来欣赏自然。也就是说，从自然的知觉特性来看，我们可以按照不同的方式、不同的范畴来欣赏自然，比如，"一条鲸鱼可以感知为一条鱼，也

---

[1] Carlson, Allen. *Aesthetics and the Environment: The Appreciation of Nature, Art and Architecture*. London and New York: Routledge, 2000, p.65. 中译本参考[加]艾伦·卡尔松:《从自然到人文——艾伦·卡尔松环境美学文选》，薛富兴译，桂林：广西师范大学出版社，2012年版，第78页。

[2] Carlson, Allen. *Aesthetics and the Environment: The Appreciation of Nature, Art and Architecture*. London and New York: Routledge, 2000, p.66. 中译本参考[加]艾伦·卡尔松:《从自然到人文——艾伦·卡尔松环境美学文选》，薛富兴译，桂林：广西师范大学出版社，2012年版，第79页。

可感知为一只哺乳动物。一只正在晒太阳的鳄鱼既可看成美洲鳄，也可当作鳄鱼"[1]。但是这些不同方式、不同范畴并不都是正确的、恰当的；相反，只有那种反映自然实际所是的范畴才是正确的、适当的。在这种情况下，科学知识能够引导我们，告知我们何种范畴、何种方式才是正确的、适当的。如卡尔森所言，"在这些自然欣赏情境中，对对象或景观作恰当的审美欣赏，欣赏其优雅、庄严、精致、迷人、伶俐、微妙，或'令人心烦的古怪'——这需要以它们所属的正确范畴来感受它。这要求我们知道它们是什么，知道一些关于它们的东西。就所讨论的这些情形而言，主要是指生物学和地质学的知识。总体而言，它要求欣赏者应当具有一些由自然科学所提供的知识"[2]。因此，科学知识对于自然欣赏，尤其是对于严肃的、恰当的自然审美欣赏而言是必要的。如卡尔森在采访中说道，科学知识对自然审美欣赏而言"是必要，而非充分要素"[3]。

科学认知主义立场所蕴含的生态美学思想表现在如下三个方面：

第一，科学认知主义强调科学知识，尤其是生态学知识在自然审美中的必要作用，这是生态审美的核心要义之一。

生态美学着重强调"生态地欣赏"（appreciate ecologically）审美对象，这是一种具有生态意识的审美活动，其核心问题是使生态意识在人类的审美活动和审美体验中发挥引领作用，从而形成一种生态审美方式。[4]具有相关的科学知识，尤其是生物学、生态学知识，是萌发生态意识的重要条件。尽管认知与审美是两回事，但是关于对象的知识与审美活动紧密相关，审美活动只有在相关科学知识，尤其是生态学知识的引导下，关注自然中不同事物、物种之间的关系，才可能符合生态审美要求。我国生态美学专家

[1] Carlson, Allen. *Aesthetics and the Environment: The Appreciation of Nature, Art and Architecture*. London and New York: Routledge, 2000, p.89. 中译本参考[加]艾伦·卡尔松：《从自然到人文——艾伦·卡尔松环境美学文选》，薛富兴译，桂林：广西师范大学出版社，2012年版，第103页。

[2] Carlson, Allen. *Aesthetics and the Environment: The Appreciation of Nature, Art and Architecture*. London and New York: Routledge, 2000, p.90. 中译本参考[加]艾伦·卡尔松：《从自然到人文——艾伦·卡尔松环境美学文选》，薛富兴译，桂林：广西师范大学出版社，2012年版，第104-105页。

[3] [加]艾伦·卡尔松：《从自然到人文——艾伦·卡尔松环境美学文选》，薛富兴译，桂林：广西师范大学出版社，2012年版，第332页。

[4] 参考程相占：《论生态审美的四个要点》，《天津社会科学》2013年第5期。

程相占在论述生态审美要点时高度重视卡尔森的科学认知主义立场，他指出，"生态审美必须借助自然科学知识、特别是生态学知识来引起好奇心和联想，进而激发想象和情感；没有基本的生态知识就无法进行生态审美"[1]。此外，程相占在反驳国际著名环境美学家伯林特（Arnold Berleant）对生态美学的质疑时，着重强调了生态学所提供的大量知识（即科学知识）对于一般的审美活动具有重要影响，这些生态学知识（即科学知识）能够为生态学与美学这两个不同学科的有机联结提供一条合法途径。如程相占反驳道："生态学提供了大量的生态知识，这些知识对于我们的审美体验有着巨大的影响，甚至能够根本改变我们的审美对象与审美体验。比如，一个科学知识丰富的生态学家对于一片风景的审美欣赏，很多地方不同于那些毫无生态知识的一般欣赏者：生态学家能够感受到特定生态系统的整体性，感受到生态系统中各个成员之间的互动关系，能够发现那些不为一般欣赏者注意的审美现象。这方面的代表性人物包括《沙乡年鉴》的作者利奥波德，《寂静的春天》的作者卡逊等，他们都是以生态学家的身份进行文学创作的，精湛的生态学造诣深刻地影响了他们的审美观念、审美体验和审美表达。"[2]这里，程相占其实借用并发挥了卡尔森的科学认知主义为生态学与美学的合法联结提供论证。由此可见，科学认知主义对生态美学来说至关重要，也正是在这种意义上，程相占明确指出，"卡尔森已经注意到生态知识对于自然审美欣赏的重要性，所以他的'环境美学'某种程度上也就是'生态美学'"[3]。也就是说，卡尔森的科学认知主义立场被生态美学吸收、借鉴，同时卡尔森也因为坚持这一做法而被视为一位生态美学学者。

第二，科学认知主义主张科学知识能为自然欣赏提供正确范畴，保证了自然审美欣赏的正确性、适当性与客观性，提供了一种生态审美的可能性。

卡尔森一直追求自然审美判断的客观性。在1977年《论量化景观美的可能性》中，卡尔森批判谢尔夫等研究者试图通过量化手段来追求客观性的错误做法，但是卡尔森在文章中只是否认了量化手段，并没有否认客观

---

[1] 程相占：《论生态审美的四个要点》，《天津社会科学》2013年第5期。

[2] 程相占：《生态美学：生态学与美学的合法联结——兼答伯林特先生》，《探索与争鸣》2016年第12期。

[3] 程相占：《论生态审美的四个要点》，《天津社会科学》2013年第5期。

性立场。卡尔森说:"对于客观的判断、评估、评价及其他之类,重要和值得追求的,并不是基于或出于量化的东西,而是那些恰当性、准确性和真实性。它们一方面基于特定对象和构成特定对象的特性;另一方面,又独立于那些作出这些评估的特定个体与特定时间条件。如果这些条件得到满足,那么相关的判断、评估或评价将产生关于对象的知识,并可被重复接受,而无关乎特定个体与时间条件。只有在这种重要的意义上,我们才说它是客观的。"[1]而后,卡尔森通过坚持一种科学认知主义立场,认为科学知识为自然欣赏提供正确的范畴,从而保证了自然审美判断的客观性。从宽泛的角度来看,卡尔森在总体上认为,"除了应用科学知识,应当还有许多途径。我想提出的对这些丰富和深化我们自然欣赏途径的一个总的限定是,它们应当限于信息、知识、情感反应,或者是那些在某种意义上说属于、源于或相关于所欣赏对象(此处指自然)的东西,而不是那些由欣赏者强加于所欣赏对象身上之物。因此我认为,在许多情形下,那些真正有关于自然对象特征和属性的民间传说,甚至是神话的知识,而不只是一些强加于自然对象的故事,可以成为丰富和深化自然审美欣赏的很好方式"[2]。也就是说,关于自然审美判断的客观性从根本上要反对那种"欣赏者强加于所欣赏对象身上之物",因为对这种"强加于所欣赏对象身上之物"的欣赏,是一种主观性的欣赏。在卡尔森来看,主观性可以分为两种:一种是特殊的主观性,另一种是在主体那里具有普遍性的主观性。卡尔森反对前一种,而允许第二种。如卡尔森所言,"我所关心的那种主观性是指,就我们能宣称一种对特定自然对象的特定审美判断可能是主观的而言,这种审美判断才是主观的。在某些情形下,一种对你而言是真实的判断,对我而言也许是主观的。这便是一种关于自然的特殊主观性。我想,我们应当努

[1] Carlson, Allen. *Aesthetics and the Environment: The Appreciation of Nature, Art and Architecture.* London and New York: Routledge, 2000, p.164. 中译本参考[加]艾伦·卡尔松:《从自然到人文——艾伦·卡尔松环境美学文选》,薛富兴译,桂林:广西师范大学出版社,2012年版,第32页。

[2] [加]艾伦·卡尔松:《从自然到人文——艾伦·卡尔松环境美学文选》,薛富兴译,桂林:广西师范大学出版社,2012年版,第341页。

力避免这种主观性，因为它削弱了一种有益的生态审美的可能性"[1]。也就是说，卡尔森认为，通过强调自然审美的客观性，有助于加强一种"有益的生态审美的可能性"。

确实如卡尔森所言，科学认知主义立场所强化的自然审美判断的适当性、正确性与客观性，有助于加强一种"有益的生态审美的可能性"，因为这种客观性立场与生态美学的哲学基础——生态实在论（ecological realism）立场相吻合。生态实在论的基本含义是，"由生态学科学所描述的、所揭示的自然现象都是真实的、实际存在的；其基本思路是：整个宇宙可以视为一个最大的生态系统整体，而地球生态圈则是这个生态系统整体当中的微小部分，包括人类在内的地球生命是地球生态系统长期进化的结果，每一种生命形态都是自然选择的结果，而自然选择的根本机制就是生命对于环境的适应，达尔文的进化论将之简明地概括为'适者生存'"[2]。同样，卡尔森科学认知主义立场认为，自然对象是客观的，而且自然科学知识能够揭示自然事物的特性。卡尔森说："科学正是揭示对象为何物以及有何特性的典范。这样，科学不仅将自身表现为客观性真理之源，它也标记出一些带有选择性描述的主观性错误。因此，按照客观性的欣赏而言，这些错误的主观性的选择就与审美欣赏无关。按照这种方式，科学在自然审美欣赏中的意义部分地是无功利观念的遗产。"[3]科学知识通过为自然审美欣赏提供正确的范畴，从而确保自然审美判断的正确性与客观性。由此可见，科学认知主义与生态美学在生态实在论这一哲学基础上是互通的。

第三，科学认知主义主张按照自然实际所是来欣赏自然，具有浓厚的生态伦理意味。

卡尔森认为，当事物的知觉特性并不能明确地决定正确的审美范畴是什么时，依然有判定何为正确范畴的标准，此标准就是自然实际所是。在

---

[1] [加]艾伦·卡尔松：《从自然到人文——艾伦·卡尔松环境美学文选》，薛富兴译，桂林：广西师范大学出版社，2012年版，第342页。

[2] 程相占：《生态美学的八种立场及其生态实在论整合》，《社会科学辑刊》2019年第1期。

[3] Carlson, Allen. *Aesthetics and the Environment: The Appreciation of Nature, Art and Architecture*. London and New York: Routledge, 2000, p.120. 中译本参考[加]艾伦·卡尔松：《从自然到人文——艾伦·卡尔松环境美学文选》，薛富兴译，桂林：广西师范大学出版社，2012年版，第183页。

卡尔森看来，自然欣赏涉及自然所是（what nature is）与自然貌似（what nature seems to be）两种情况，而且只有根据自然所是才能提供正确的范畴，根据自然貌似只能提供错误的范畴。因为根据自然貌似来欣赏自然，则可能会犯审美遗漏和审美欺骗两种错误，而根据自然所是来欣赏自然则不会犯这两种错误。科学认知主义认为，科学知识正是根据自然所是来为自然欣赏提供正确的范畴，因此其中具有伦理学意味。卡尔森认为，审美欣赏对人们伦理观念的塑造有一定的影响。他说："如果我们的审美欣赏有助于确立我们关于自然的伦理观念，则我们对自然的审美欣赏应当欣赏自然所是，而非自然貌似。通过对自然所是的审美欣赏，我们将形成自己对自然的伦理观，有最好的机会形成关于环境和生态的强有力的伦理判断。"[1]卡尔森以外部知觉特性一模一样的人工海岸与天然海岸为例——如这个海岸对大马哈鱼和游泳者不利——指出按照不同的范畴来感知它们，会产生不同的环境伦理态度与行为。比如如果按照天然海岸感知它，那么就任自然随之所之，不必为大马哈鱼和游泳者考虑什么，因为它们早已经接受和遇到自然的这些挑战。但是，如果按照人工海岸来感知它，那么"一种强有力的伦理观可能会认为，我们的环境与伦理责任存在很大的不同。从伦理和生态的角度讲，我们可能需要为大马哈鱼建一个鱼梯，以供其游往上游（就像我们已经考虑让大马哈鱼围绕水电站水坝洄游那样）。从伦理上说，我们应当禁止游泳者在这一区域游乐"[2]。由此可见，科学认知主义按照自然所是来欣赏自然，确实有利于协调审美与伦理之间的关系，从而富有浓厚的生态伦理意味。如卡尔森所判断的那样，科学认知主义有助于确立一种"将审美、伦理和自然科学的兴趣和视野融合为一的价值。这样，它们能相

[1] Carlson, Allen. *Aesthetics and the Environment: The Appreciation of Nature, Art and Architecture*. London and New York: Routledge, 2000, p.67. 中译本参考[加]艾伦·卡尔松：《从自然到人文——艾伦·卡尔松环境美学文选》，薛富兴译，桂林：广西师范大学出版社，2012年版，第80页。

[2] Carlson, Allen. *Aesthetics and the Environment: The Appreciation of Nature, Art and Architecture*. London and New York: Routledge, 2000, pp.67-68. 中译本参考[加]艾伦·卡尔松：《从自然到人文——艾伦·卡尔松环境美学文选》，薛富兴译，桂林：广西师范大学出版社，2012年版，第80页。

互巩固，而不是如它们经常所表现的那种相互对立"[1]。

四、肯定美学及其生态美学意蕴

肯定美学是卡尔森在总结传统自然美学中的自然全美思想后，并结合他自身的环境模式、科学认知主义等思想提出的一个重要命题。其内涵如下：

> 整个自然界（natural world）都是美的。根据这种观点，目前为止未被人类染指的自然环境（natural environment）主要具有肯定的审美特性；例如，它是优美的、精致的、强烈的、统一的和有序的；而不是盲目的、迟钝的、乏味的、紊乱的或混乱的。简言之，所有原生自然（virgin nature）在本质上审美上是好的。对于自然界恰当的和正确的审美欣赏基本上是肯定的，否定的审美判断几乎不存在。[2]

肯定美学有多种版本，方便起见，可以分为强势的版本和弱势的版本，前者强调自然界所有事物都是美的，都具有积极的审美价值，不存在例外；后者则承认自然界整体上是美的，在本质上具有积极的审美价值，但是并不否认自然中也存在一些个别不美的事物。卡尔森主要持一种强势的肯定美学立场。1984年卡尔森在《自然与肯定美学》中正式为肯定美学命名，并提供了细致的论证。如本章第三节所指出的那样，传统自然美学中有许多关于自然全美的零星表述，但是还没有对于自然全美的严密论证，卡尔森在传统自然全美思想的基础上提出了肯定美学。肯定美学作为一种美学形态，比自然全美的内涵更为丰富。从本节开头的引文可以看出，肯定美

---

[1] Carlson, Allen. *Aesthetics and the Environment: The Appreciation of Nature, Art and Architecture*. London and New York: Routledge, 2000, p.68. 中译本参考[加]艾伦·卡尔松：《从自然到人文——艾伦·卡尔松环境美学文选》，薛富兴译，桂林：广西师范大学出版社，2012年版，第80页。

[2] Carlson, Allen. *Aesthetics and the Environment: The Appreciation of Nature, Art and Architecture*. London and New York: Routledge, 2000, p.73. 中译本参考[加]艾伦·卡尔松：《从自然到人文——艾伦·卡尔松环境美学文选》，薛富兴译，桂林：广西师范大学出版社，2012年版，第86页。

学不仅涉及美学方面的内涵，还涉及伦理方面的内涵。卡尔森在对肯定美学展开具体论证之前，先后考察了历史上已有的三种重要的证明方式：非审美理论证明、崇高理论证明和神正论证明，并一一指出这三种证明的不可靠之处，最后卡尔森富有创造性地提供了一个逻辑严谨的科学认知主义的证明。2002年，卡尔森对科学认知主义论证作了详细总结，其思路如下：

1. 将对象放在不同的描述（或不同范畴）下来看时，审美欣赏对象看起来有不同的审美特性。

2. 欣赏对象实际上具有的审美特性，是那些在正确描述下来看它们时所具有的特性。

3. 自然对象的正确描述就是这些对象的（正确的）科学描述。

4. 审美之善（aesthetic goodness）是（正确的）科学描述中的一个重要考虑。

5. 基于1与4，（正确的）科学描述倾向于使诸自然对象看起来在审美上是好的。

6. 基于2、3和5，（正确的）科学描述倾向于使诸自然对象实际上在审美上是好的。

7. 基于6，肯定美学的可信度在一定程度上得到解释。[1]

然而，在2008年卡尔森与帕森斯（Glenn Parsons）合著的《功能之美》（*Functional Beauty*）中，卡尔森似乎抛弃了肯定美学立场。他说："受伤的、生病的和畸形的活物等这些反例，显示了肯定美学并不能成为关于自然界的一个普遍性论点（a general thesis）。当然，这一观点不乏真正洞见。通过解释为何关于肯定美学的反例只限于有机自然，我们的分析显示：肯定美学确实捕捉到了一些关于无机物的自然美的某些实情。只有将肯定美学立场应用于自然界任一对象，而未顾及自然物的重要差异时，其立场才会

[1] Carlson, Allen. "Hargrove, Positive Aesthetics, and Indifferent Creativity," *Philosophy and Geography* 5 (2002), 224-234.

失效。"[1]由此，国内许多学者纷纷认为卡尔森放弃了强势的肯定美学立场。我们就此问题咨询了卡尔森本人，卡尔森为自己辩护，明确指出自己并没有放弃1984年提出的强势肯定美学立场。卡尔森回复的邮件内容如下：

关于肯定美学，我认为，有几点需要指出来。他们主要需要处理如下事实，即在《功能之美》中，尽管帕森斯（Glenn Parsons）和我严肃考虑了如下主张：受伤的、生病的和畸形的活物等这些例子，显示了肯定美学并不能成为关于自然界的一个普遍性论点，但是我们并没有让这里的讨论超出该主张。这是因为，在那个时候，我们感兴趣的是，探究功能之美在自然界发挥作用的方式。因此，我们并没有继续考虑其他方式，借助这些方式能为肯定美学辩护，并反对从这些例子得出的那种主张。然而，有各种各样的思想涉及这种主张。例如，尽管这些种类的例子被采纳，并确立如下观点，即一些活物并不具有功能之美，但是记住如下一点非常重要，即功能之美只是美的一种维度（one dimension of beauty），或许只是一种美。许多没有功能之美的事物在其他方式上依旧是美的。所以，鉴于这些例子，肯定美学只适用于无机物，这种说法并非显而易见的，尽管无机物有功能之美（在我们所表明的意义上），并且没有对于活物而言会产生的难题。也可以认为诸如这些受伤的、生病的和畸形的活物等这些例子，并不是显示肯定美学不能成为关于自然界的一个普遍性论点，而是仅仅显示了普遍性论点应该按照有点儿不同的方式来给予明确阐释：不是根据每一个特殊的自然事物实例，而是仅仅依据事物种类（或者也许是事物的自然类型），在其中，受伤的、生病的和畸形的自然事物可被认为是非代表性的（non-representative），因此不能被视为以这种方式而阐释为肯定美学的诸反例。我没有发展这一想法，但是它很有前景。更实际的问题是，《功能之美》是一部合著，因此它应该展示那种两个作者保持一致的观

---

[1] Parsons, Glenn and Allen Carlson. *Functional Beauty*. Oxford: Oxford University Press, 2009, p.136. 中译本参考
[加]帕森斯、[加]卡尔松：《功能之美》，薛富兴译，郑州：河南大学出版社，2015年版，第102页。

点。帕森斯不信服一个强势的（strong）肯定美学立场，这点我在我之前的一篇文章中辩论过。因此，我们没有在《功能之美》中继续考虑为一种强势的肯定美学进行辩护的诸方式，这一事实被视为有点儿妥协。甚至考虑到《功能之美》中的立场，从我个人角度来说，我仍然非常支持在我1984年文章中所展现的观点。因此，你说你认为我并没有放弃肯定美学，你是正确的。[1]

卡尔森在邮件中立场非常明确：没有放弃肯定美学立场。并且，卡尔森还进行了几点辩护：第一，《功能之美》虽然提到自然中有一些肯定美学的反例，不过这里仅仅只是从功能之美这一个维度来看的。实际上，美有多个维度，功能之美只是其中的一个维度，可能从其他维度上看，这些所谓的反例也可以是美的。第二，受伤的、生病的和畸形的自然事物是其所属物种中非代表性的（non-representative），因此不能被视为肯定美学的诸反例。第三，《功能之美》是一部合著，由于帕森斯不赞成一种强势的肯定美学立场，所以此书最后呈现的观点不得不有点儿妥协。由此可见，卡尔森本人依然坚持1984年的肯定美学立场，尽管卡尔森本人早已经意识到肯定美学难以证明，其合理性尚未解决。正如他在接受采访时说的那样，"从某种意识上说，肯定美学认为所有自然对象只有积极而非消极的审美价值，是反直觉、容易引起争论的。有些环境哲学家已经从许多不同的角度对它提出批评，但仍有另一些人接受它。因此，我以为，它的合理性问题尚未解决。究其部分原因，我以为这是因为肯定美学的准确特性并不很清楚，肯定美学的某些版本比其他版本更有说服力。我以为，我在1984年介绍和努力为之提供论证的那个关于肯定美学的更有说服力的版本也极难论证。……至于肯定美学是否有其他更好的解决途径？这一点我不敢肯定"[2]。

卡尔森所提出的肯定美学命题具有浓厚的生态美学意蕴。诚如程相占

[1] 周思钊：《与艾伦·卡尔森先生的通信》，《生态美学与生态批评通讯》2019年第5期。
[2] [加]艾伦·卡尔松：《从自然到人文——艾伦·卡尔松环境美学文选》，薛富兴译，桂林：广西师范大学出版社，2012年版，第330页。

在概括生态美学中的生态学立场时指出，"米克的生态美学直接影响了加拿大学者卡尔森的生态美学。卡尔森并没有直接讨论生态美学，而是在论述其独树一帜的'肯定美学'的时候将之称为'生态美学'，从而构成了生态美学的重要组成部分"[1]。肯定美学之所以能够纳入生态美学，有如下四点原因：

第一，肯定美学主张按照自然自身欣赏自然，强调自然审美欣赏的适当性，提倡在自然科学知识，特别是生态学知识的引导下欣赏自然，从而将传统的自然欣赏改造为对于自然的生态审美欣赏。卡尔森所提供的肯定美学论证，是一种科学认知主义立场下的论证，科学知识（包括生态学知识）为自然欣赏提供正确的范畴，只有按照这种正确的范畴进行适当的自然欣赏，才能得出肯定美学结论；而且，卡尔森从历史的角度考察了十八世纪以来的科学与自然欣赏，尤其是与肯定美学的关系，并指出自己所发展的肯定美学主张"自然审美欣赏主要为科学所培育，而且肯定美学一开始即与科学的发展相关。因此，尽管自然审美欣赏有可能能被任何世界观所培育，但是它似乎就处于科学世界观时空边界之外，它并非由科学所培育。因此，超越这样的边界，肯定美学也就不是一种可以论证的立场。可以说，这一论证就处于科学世界观范围之内。因此，所论证的肯定美学的性质和范围依赖于科学之阐释"[2]。

正是卡尔森对科学知识的强调与重视，使得这种肯定美学很容易走向生态美学。比如，卡尔森不仅重视科学知识，还特意强调生态学发展对于自然欣赏和肯定美学的重要性。如卡尔森指出，如果科学发展与自然欣赏，尤其是肯定美学立场紧密相关，那么"肯定美学作为一种关于自然界和生态学的产生与发展之间的关系也是如此，依据如下事实，这便是可理解的，即生态学不只在某种意义上具有全面的包容性，而且也强调统一、和谐、平衡等在审美上是好的（aesthetically good）特性。我以为，肯定美学立场在

---

[1] 程相占：《生态美学的八种立场及其生态实在论整合》，《社会科学辑刊》2019年第1期。

[2] Carlson, Allen. *Aesthetics and the Environment: The Appreciation of Nature, Art and Architecture*. London and New York: Routledge, 2000, p.94. 中译本参考[加]艾伦·卡尔松：《从自然到人文——艾伦·卡尔松环境美学文选》，薛富兴译，桂林：广西师范大学出版社，2012年版，第109页。

当代学者的著作中，特别是生态学和生态性话题的论著中表现得最为明显。也许这种立场不只是被论证为一种科学美学，它确实也是一位学者所称的'生态美学'"[1]。也就是说，在卡尔森本人看来，可以依据科学认知主义来为肯定美学提供论证，而当科学知识聚焦于生态学知识时，这时候就可以明确地把肯定美学看成一种生态美学。

第二，在审美态度上，肯定美学要求欣赏者应该以一种积极的、平等的审美眼光看待自然。肯定美学主张所有原生自然在审美上都是好的（aesthetically good），这其实针对两种美学思想而言：一方面肯定美学针对那种抬高艺术、贬低自然的美学观，这种思想典型地体现在黑格尔所代表的美学即艺术哲学以及分析美学理论当中。如黑格尔认为，美学"正当名称却是'艺术哲学'，或则更确切一点，'美的艺术的哲学'"[2]。从这里可以看出，黑格尔明确把自然美从美学中排挤出去。尽管黑格尔在《美学》中也讨论到自然美，但他明确地指出，"艺术美高于自然美。因为艺术美是由心灵（Geist）产生和再生的美，心灵和它的产品比自然和它的现象高多少，艺术美也就比自然美高多少"[3]。并且黑格尔认为自然美不过是心灵美的反映，"心灵和它的艺术美'高于'自然，这里的'高于'却不仅是一种相对的或量的分别。只有心灵才是真实的，只有心灵才涵盖一切，所以一切美只有在涉及这较高境界而且由这较高境界产生出来时，才真正是美的。就个别意义来说，自然美只是属于心灵的那种美的反映，它所反映的只是一种不完全不完善的形态，而按照它的实体，这种形态原已包含在心灵里"[4]。这样一来，自然美不只是在地位上低于艺术美，而且自然美是心理和艺术美的附属产品。到了分析美学那里，自然更加明确地被排挤出美学研究的范围。但是，根据肯定美学的主张来看，自然不但是审美的重要对象，而且与艺术欣赏相比，自然基本不存在否定的审美判断。这就强有力

[1] Carlson, Allen. *Aesthetics and the Environment: The Appreciation of Nature, Art and Architecture*. London and New York: Routledge, 2000, p.95. 中译本参考[加]艾伦·卡尔松：《从自然到人文——艾伦·卡尔松环境美学文选》，薛富兴译，桂林：广西师范大学出版社，2012年版，第110页。

[2] [德]黑格尔：《美学》（第一卷），朱光潜译，北京：商务印书馆，2012年版，第3-4页。

[3] [德]黑格尔：《美学》（第一卷），朱光潜译，北京：商务印书馆，2012年版，第4页。

[4] [德]黑格尔：《美学》（第一卷），朱光潜译，北京：商务印书馆，2012年版，第5页。

地反驳了黑格尔所代表的艺术哲学以及分析美学对自然美的蔑视。另一方面，肯定美学针对的是那种对自然风景进行等级划分的审美思想，这种审美思想只重视看上去形式上优美的自然风景，而忽略甚至毁坏看上去形式上不优美的自然风景，典型地体现在如画欣赏理论以及形式主义自然欣赏理论当中。本章第一节已经分析了卡尔森对如画欣赏理论以及形式主义自然欣赏理论的批判，肯定美学立场不过是对这种批判的进一步深化。由于肯定美学主张所有原生自然本质上审美上是好的，对自然界恰当的和正确的审美欣赏基本上是肯定的，那么只重视形式上风景优美的自然，而忽略甚至破坏形式上风景不优美的自然，就是一种错误的、不恰当的自然审美欣赏。卡尔森在《欣赏艺术与欣赏自然》（1993）一文中强调，所有自然对象都是同样地可欣赏的（equally appreciable），这就更加明确地反对那种只欣赏风景优美的自然的做法。

第三，在伦理上，肯定美学有浓厚的反人类中心主义色彩。如画理论、形式主义自然欣赏虽然是审美理论，但是背后有浓厚的伦理学意味，即这两种欣赏模式背后都有浓厚的人类中心主义色彩，因为它们都把自然视为审美上的视觉资源，根据人类自身审美偏好来判断自然风景好坏和高低。肯定美学范式明确地反对如画理论和形式主义自然欣赏，因此，其背后带有反人类中心主义的色彩。肯定美学并不根据人类自身的审美偏好来衡量自然美丑，而是主要根据自然本身的特性，在科学知识所提供的正确范畴引导下，恰当地欣赏自然。这里的关键点是，卡尔森认为科学知识不仅能揭示事物真实的特性，而且也是非人类中心主义的典型代表，它是一种价值立场中立的知识体系。因此，在科学知识的指导下进行自然审美欣赏，既是一种客观主义立场，也是一种非人类中心主义立场——它所揭示的是按照自然本身特性进行审美欣赏。因此，在卡尔森看来，肯定美学不仅在最终价值判断上肯定所有自然在审美上都是好的，因而具有反人类中心主义色彩，而且在欣赏过程中强调借助中性的科学知识进行欣赏，由此也提供了其反人类中心主义立场的可能性。

此外，肯定美学还揭示了自然本身所具有的内在价值，虽然卡尔森并没有借助内在价值来论证肯定美学，但是卡尔森在综述自然全美思想时提到了内在美与内在价值。卡尔森首先引用菲尔斯（Leonard A. Fels）的话，"自然的一切事物都可能是好的，大多数自然物被认为内在地是美的（inherently beautiful）"[1]。而后卡尔森指出，"这种审美之善（aesthetic goodness）、内在美（inherent beauty），或更独特的积极审美特性（positive aesthetic qualities），均归之于自然物，在目前的许多讨论中都有表现"[2]。从这里可以看出，卡尔森在一定程度上赞成自然的内在美、内在价值。在卡尔森之后，罗尔斯顿从环境伦理学的内在价值角度为肯定美学提供了一种新的论证。[3]如果它是正确的，那么肯定美学就是赞成自然的内在美、内在价值学说，具有强烈的反人类中心主义色彩。

第四，在实践上，肯定美学有助于环境保护论。自然美与自然保护之间关系密切，对此罗尔斯顿和哈格罗夫都有经典论述。罗尔斯顿说："如果美，那么责任。"[4]哈格罗夫说："自然保护最终的历史基础是审美。"[5]也就是说，因为自然是美的，所以要保护自然。如罗尔斯顿所说，"从逻辑上看，一个人不应该毁坏美；从心理学上看，一个人不希望毁坏美。这种行为不是吝啬的，也不是勉强的，也绝不是强加于他者的令人不喜欢的责任；相反，这种行为是令人欢喜的关怀，让人高兴的责任，由于积极的动力，所以它是可靠的、有效的。这种伦理行为便会自动地发生"[6]。因此，自然的

[1] Fels, Leonard A. "Aesthetic Decision-Making and Human Ecology," *Proceedings of the VIIth International Congress of Aesthetics*. Bucharest: Editura Academiei Republic Socialist Romania, 1977, p.369.

[2] Carlson, Allen. *Aesthetics and the Environment: The Appreciation of Nature, Art and Architecture*. London and New York: Routledge, 2000, p.75. 中译本参考[加]艾伦·卡尔松：《从自然到人文——艾伦·卡尔松环境美学文选》，薛富兴译，桂林：广西师范大学出版社，2012年版，第88页。

[3] Rolston, Holmes, Ⅲ. *Environmental Ethics: Duties to and Values in the Natural World*. Philadelphia: Temple University Press, 1988.

[4] Rolston, Holmes, Ⅲ. "From Beauty to Duty: Aesthetics of Nature and Environmental Ethics," in Allen Carlson and Sheila Lintott, eds., *Nature, Aesthetics, and Environmentalism: From Beauty to Duty*. New York: Columbia University Press, 2008, pp.325-338.

[5] Hargrove, Eugene. *Foundations of Environmental Ethics*. Englewood Cliffs, New Jersey: Prentice-Hall, 1989, p.168. 中译本参考[美]尤金·哈格洛夫：《环境伦理学基础》，杨通进、江娅、郭辉译，重庆：重庆出版社，2007年版，第206页。

[6] Rolston, Holmes, Ⅲ. "From Beauty to Duty: Aesthetics of Nature and Environmental Ethics," in Allen Carlson and Sheila Lintott, eds., *Nature, Aesthetics, and Environmentalism: From Beauty to Duty*. New York: Columbia University Press, 2008, pp.325-338.

审美价值为自然保护提供了一个重要理由。

　　既然自然的审美价值在实践上有助于自然保护，那么肯定美学及其核心命题自然全美在实践上必然有助于当代环境保护论。汤普森看到了肯定美学的这种实践诉求，她指出，"将审美价值与伦理义务联系起来的这种主张，在自然情况中与在艺术情况中一样，都是有效的。这便是诸多肯定美学提倡者想要得出的结论"[1]。赫廷格总结道："肯定美学不应该破坏自然美学在自然保护中的作用。（自然美在环境保护的决定中潜在地发挥了重要作用。）"[2]卡尔森更加细致地指出肯定美学与环境保护论之间的关系。他说，肯定美学本身就是"一个自然美学与环境保护论相交叉的重要议题：一定程度上，环境保护论能够凭借呼吁自然的肯定审美价值而得到支持"[3]。卡尔森不仅强调肯定美学与环境保护论关系密切，也意识到传统自然美学已经无法满足当代环境保护论的需要，因为传统自然美学只促进对那些风景优美的自然进行保护；相反，风景不优美的自然则遭到忽视甚至破坏。与此不同，肯定美学强调所有原生自然在审美上都是好的，都具有肯定的审美价值，因此肯定美学可以促进对整个自然进行保护，而不仅仅是对风景优美的自然加以保护。如卡尔森所说，"一方面，环境保护论者发现，在保护自然这一目标上，对于那些在传统上被视为风景优美的自然而言相对简单；另一方面，他们在处理那些被认为是丑的或难看的自然时，则十分棘手。但是，如果自然之美给予我们保护它的理由，如果所有自然都具有肯定的审美价值，那么我们就有合法的理由去保护那些在审美上不吸引人的自然"[4]。因此，肯定美学及其核心命题自然全美，能为当代环境保护论提供一个强有力的美学基础，完全符合生态美学的实践诉求。

[1] Thompson, Jenna. "Aesthetics and the Value of Nature," in Allen Carlson and Sheila Lintott, eds., *Nature, Aesthetics, and Environmentalism: From Beauty to Duty*. New York: Columbia University Press, 2008, pp.254–267.

[2] Hettinger, Ned. "Evaluating Positive Aesthetics," *The Journal of Aesthetic Education* 51 (2017), 26–41.

[3] Carlson, Allen and Sheila Lintott, eds., *Nature, Aesthetics, and Environmentalism：From Beauty to Duty*. New York: Columbia University Press, 2008, p.205.

[4] Carlson, Allen and Sheila Lintott, eds., *Nature, Aesthetics, and Environmentalism：From Beauty to Duty*. New York: Columbia University Press, 2008, p.205.

五、人类环境美学的生态学方法

卡尔森从自然美学入手研究环境美学，此后运用其理论成果向人类环境拓展。在拓展研究人类环境的审美欣赏时，卡尔森首先关注的是建筑，因为他认为建筑是人类环境的典型代表。卡尔森针对建筑的特征，发展出富有生态美学内涵的生态学方法。而后卡尔森指出，这种生态学方法应该拓展到对于一般人类环境，甚至是日常生活环境的欣赏上。卡尔森在这方面的论述主要集中在如下三篇文章中：《建筑美学再思考》（Reconsidering the Aesthetics of Architecture，1986），《存在、处所和功能：建筑欣赏》（Existence, Location, and Function: the Appreciation of Architecture，1994），《人类环境的审美欣赏》（On Aesthetically Appreciating Human Environments，2001）。

卡尔森按照以对象为导向的思路提出了人类环境的生态学方法，具体来说，卡尔森首先论述欣赏什么，然后再论述如何欣赏，从而提出了人类环境欣赏的生态学方法。传统上，人们一般把人类环境视为在总体上是精心设计的，并且只有当这些环境被如此设计时才值得关注。对于这种观念下的审美欣赏方式，卡尔森将其概括为"设计者景观方法（the designer landscape approach）"[1]。按照设计者景观方法来欣赏人类环境，从审美上看，最直接的结果就是把人类环境比作了艺术品，把人类环境美学与艺术美学紧密联系起来。于是，所有关于艺术美学的理论、观念，都可以借用来欣赏人类环境。在一定程度上，按照艺术美学的理论和观念来欣赏人类环境，有一定的道理，因为人类环境总体上是人类设计的产物。但是在卡尔森看来，设计者景观方法作为人类环境审美的模式会产生一些问题，这些问题的根源就在于：从对象上看，人类环境属于日常生活环境的一部分，而并非纯艺术品；从审美上看，人类环境美学属于日常生活美学的一部分，而不属于艺术美学。为了更加清楚、明晰地论述这一思路，卡尔森将建筑作

---

[1] Carlson, Allen. "On Aesthetically Appreciating Human Environments," *Philosophy & Geography* 4 (2001), 9-24. 中译本参考[加]艾伦·卡尔松：《从自然到人文——艾伦·卡尔松环境美学文选》，薛富兴译，桂林：广西师范大学出版社，2012年版，第238页。

为日常生活环境的一个典型代表，详细阐释按照艺术美学来欣赏建筑而带来的诸多困境，从而"建筑美学与其困境之间的这种矛盾，有助于我们突出人类环境审美欣赏中的设计者景观方式（the designer landscape approach）所存在的总体问题。如果人类环境美学与艺术美学紧密相连，而且关于艺术美学的理论、概念和假定（assumption）可以被借来处理如何审美地欣赏建筑这一问题，那么建筑美学中的一些类似的显著问题也会影响到人类环境美学"[1]。

以建筑为阐释案例，传统美学对建筑的看法是，建筑属于艺术品，于是传统美学便按照艺术欣赏的模式来欣赏建筑，"建筑美学的焦点被集中于孤立、独特的结构，这些结构是作为艺术家的建筑师们精心设计和创造的。如果它们在某种意义上说是艺术品之类的东西，或者特别地是雕塑之类的东西，这便很好。简言之，建筑美学的重心已被集中于单个的巨型建筑物———个艺术家的作品"[2]。按照欣赏雕塑等艺术品的方式来欣赏建筑，其实质就是卡尔森所批判的对象模式，这种模式最核心的特征就是把欣赏对象看成是孤立的艺术品，割裂了欣赏对象与周围环境的关系。因此，关键问题是，按照艺术美学中的对象模式来欣赏建筑是否恰当？

在一定程度上，按照对象模式来欣赏建筑物是有道理的，因为建筑在总体上是人类设计的，而且建筑也被视为一门艺术——尽管是一门低级的艺术。但是卡尔森认为传统建筑美学走向了一种极端，即信奉两种假设："其一，相关设计依其性质必须是艺术的；其二，只有当它是这种艺术设计结果时，建筑才值得审美关注"[3]。卡尔森反对的正是这种极端思想。卡尔森根据建筑本身的特点指出，"许多情况下，建筑的典范作品与典型的

[1] Carlson, Allen. "On Aesthetically Appreciating Human Environments," *Philosophy & Geography* 4 (2001), 9–24. 中译本参考[加]艾伦·卡尔松：《从自然到人文——艾伦·卡尔松环境美学文选》，薛富兴译，桂林：广西师范大学出版社，2012年版，第240页。

[2] Carlson, Allen. "Reconsidering of Architecture Aesthetics," *The Journal of Aesthetic Education* 20 (1986), 21–27. 中译本参考[加]艾伦·卡尔松：《从自然到人文——艾伦·卡尔松环境美学文选》，薛富兴译，桂林：广西师范大学出版社，2012年版，第135页。

[3] Carlson, Allen. "On Aesthetically Appreciating Human Environments," *Philosophy & Geography* 4 (2001), 9–24. 中译本参考[加]艾伦·卡尔松：《从自然到人文——艾伦·卡尔松环境美学文选》，薛富兴译，桂林：广西师范大学出版社，2012年版，第238页。

艺术作品迥然不同。比如作为建筑物，它们具有许多功能，因此，它们与人及其使用者的文化内在地相关联着；作为建筑物，它们也与其他建筑物相关联着。它们不只是在功能上与那些有相似用途的建筑物相关联着，而且在结构上也与那些有着类似设计与构造的建筑物相关联着，甚至也与在物质空间上与之相近的建筑物相关联着。再者，作为建筑，它们被建造于某处。因此，它们也就不只与邻近的物理建筑，也与存在于其间的都市风景和景观密切相关。基于这种相互联系之网，抽象的'建筑作品'概念就很难有牢固的基础。在一般人看来，挑出特殊的'建筑作品'就变成一种武断的行为了。简言之，一旦我们开始观察和思考建筑时，便会意识到：建筑很难与类似于我们所钟情的艺术品观念相适应，艺术品是一种独特的（unique）、非功能性的，并且通常是便于携带的（portable）审美欣赏对象"[1]。这里，卡尔森指出建筑与艺术品最大的区别是：艺术品是孤立的，而建筑则与周围环境紧密关联着。这种关联体现在两个方面：一方面建筑通过功能，与人和社会文化内在地相关联；另一方面建筑在物质、物理空间上与周围其他建筑和更大的城市景观相关联。卡尔森对建筑特性的描述，旨在揭示出传统建筑美学所欣赏的建筑并不符合建筑的实际特征，根据以对象为导向的欣赏思路，指出按照传统艺术欣赏的方式来欣赏建筑的不恰当性。为了提供一种恰当的欣赏方式，卡尔森从建筑本身的特性出发，提出了建筑美学的生态学方法（an ecological approach to the aesthetics of architecture）。

卡尔森之所以把这种新的审美欣赏方法命名为生态学方法，是因为卡尔森认为，"建筑物并非一种类似艺术品的东西，而是人类生态系统的有机组成部分，就像组成自然环境生态系统的那些要素一样"[2]。也就是说，生态学方法的核心要义就是参照自然环境生态系统的关系之网来欣赏建筑和

[1] Carlson, Allen. "Reconsidering of Architecture Aesthetics," *The Journal of Aesthetic Education* 20 (1986), 21-27. 中译本参考[加]艾伦·卡尔松：《从自然到人文——艾伦·卡尔松环境美学文选》，薛富兴译，桂林：广西师范大学出版社，2012年版，第135页。

[2] Carlson, Allen. "Reconsidering of Architecture Aesthetics," *The Journal of Aesthetic Education* 20 (1986), 21-27. 中译本参考[加]艾伦·卡尔松：《从自然到人文——艾伦·卡尔松环境美学文选》，薛富兴译，桂林：广西师范大学出版社，2012年版，第136页。

人类环境。卡尔森在1979年《欣赏与自然环境》中提出环境模式时，已经注意到自然事物之间的有机联系；而后在1984年《自然与肯定美学》中进一步注意到生态因素在自然欣赏中的作用；在1986年《建筑美学再思考》中，卡尔森明确认识到自然环境的生态系统特性及其对自然欣赏的作用，从而为其提出生态学方法提供了有效的参考。卡尔森通过将建筑物放在艺术品、自然环境之间进行比照，发现建筑物与艺术品差别较大，而与自然环境更为相似，于是指出传统的艺术美学并不适合建筑欣赏，建筑欣赏应该参照自然欣赏的方式，发展一种生态学方法。于是卡尔森首先考察生态学方法在自然审美当中的应用，在调整之后应用到以建筑为代表的人类环境中。

首先，卡尔森考察自然欣赏中的生态学方法。

在自然欣赏中，卡尔森针对欣赏什么的问题，强调自然的生态系统特性。卡尔森说："自然环境由相互制约的生态系统构成，它有我们称之为'功能适应'（functional fit）的特征。每一生态系统自身必须与各种其他系统适应，同样，任一系统内的各要素之间又必须相互适应。在单个有机体上，此种适应被称之为一种生态的小生境（ecological niche）。总体而言，这种小生境和功能适应的重要性乃出于生存的需要。这就是对适者生存这一生物学原则的生态学阐释，若无此适应能力，无论单个有机体，还是生态系统均不能长期生存下去。在此意义上，适应是功能性的。生态系统（ecosystems）及其要素（components）之间的相互适应，并非谜底与谜团的关系，而是更像一台机器与其各个部件（parts）之间的关系。每个部件均有功能，此功能的发挥不仅有益于该部件，同时也有益于系统中的其他要素和整个系统自身，最后则有益于整个自然环境（the whole natural environment）。"[1]卡尔森对自然的描述，强调了生态系统、功能适应、生存等特征。随后，根据这些特征，卡尔森阐释了生态学方法在以建筑为代表的人类环境中的运用。卡尔森说："一旦意识到功能适应的重要性，我们就

[1] Carlson, Allen. "Reconsidering of Architecture Aesthetics," *The Journal of Aesthetic Education* 20 (1986), 21−27. 中译本参考[加]艾伦·卡尔松：《从自然到人文——艾伦·卡尔松环境美学文选》，薛富兴译，桂林：广西师范大学出版社，2012年版，第136页。

会发现这一观念在自然环境审美欣赏中的应有地位。我们在此观念下对自然环境进行审美欣赏，自然将不再只被简单地感知为一些单个的、不相关联的自然对象、有机体或景观的集合。没有任何生态系统要素可以在孤立状态下被很好地欣赏，而是应当从它们与整体的适应关系来感知这些要素。再者，由于这种适应是功能性的，对这些要素的功能性描述便会呈现出新的意义，外在的景观变成了栖息地，活动范围和生存领地则成了有机的居住、饲养和生存空间与区域。在这场统一的生命戏剧中，这些有机体自身成了演员。"[1]这样，卡尔森便通过功能适应和相关的功能适应知识（即生态学知识），把自然对象放在一个生态系统网络中进行审美欣赏，凸显出生态系统、功能适应在自然欣赏中的重要作用。

其次，卡尔森逐步将生态学方法从自然欣赏拓展到以建筑为代表的人类环境中。

第一步，卡尔森在生态系统、功能适应的视角下，重新理解与阐释以建筑环境为代表的人类环境的特征。"按照不同的方式来看，生态学方法（an ecological approach）具有相关性。首要的是，它意味着把人类环境（human environments）感知为类似于交互生态系统（interlocking ecosystems）的东西，功能适应（functional fit）概念对于欣赏它们的创造、发展与持续生存而言至关重要。当我们按照这种方式感知人类环境时，人类环境呈现为一种我们在自然审美欣赏和艺术审美欣赏中所发现的有机整体（organic unity）。在许多情形下，一处人类环境，一处景观（landscape），一处城市景观（cityscape），甚至是一座特定的建筑物，随着时间自然地（naturally）发展着——'有机地'（organically）生长着——它回应着人类的需求、兴趣和关注，并与各种文化因素相互协调。因此，它具有一种适应（fit），这种适应在根本上并不是设计者景观方法（the designer landscape approach）精心设计的结果，也不是传统建筑美学影响的结果，而是那些在时间中塑造了它的诸力量（forces）之结果。这样，不同要素之间的适应已经形成。这种适

[1] Carlson, Allen. "Reconsidering of Architecture Aesthetics," *The Journal of Aesthetic Education* 20 (1986), 21−27. 中译本参考[加]艾伦·卡尔松：《从自然到人文——艾伦·卡尔松环境美学文选》，薛富兴译，桂林：广西师范大学出版社，2012年版，第136页。

应（fit）确实是功能性的，因为它们适应（accommodate）了各种相互联系的功能之实现（fulfilling）。实际上，这些功能的实现，通常也正是适应（fit）之本质。像在自然界的情形那样，功能适应成功与否，最终决定着各种人类环境的命运。"[1]借助生态学方法的视角来看待建筑等人类环境，就需要认识到如下三方面：第一，从力量来源上看，人类环境是自然因素与人类文化因素共同塑造的结果；第二，从存在状态上看，人类环境犹如生态系统存在状态一样，各种要素（包括自然与文化要素）处于相互交织的有机统一状态中；第三，从形成上看，人类环境之所以形成相互交织的有机统一状态，是各种要素功能相互适应的结果。

第二步，卡尔森将生态学方法运用到以建筑为代表的人类环境的欣赏当中。从生态学视角来看，建筑美学对传统的艺术美学提出了三个问题。

其一，提出存在问题。自然首先是一个存在问题，建筑物与自然更相近，建筑物会对欣赏者提出一个与存在有关的命题，即该建筑物存在于此。这种存在问题是一个审美相关性问题，也是一个审美恰当性问题。比如卡尔森举如下例子来说明，"让我想一下赖特（Frank Lloyd Wright）的著名房屋，比如流水别墅（Fallingwater）和泰利森维斯特（Taliesin West），前者从宾夕法尼亚峡谷里的一块石头上长出来，四处长满白杨和桦树；后者则穿越亚利桑那沙漠，周围点缀着山艾树和仙人掌。在每一处，其作品都坦率地让我们思考其存在这一事实。这样，我们对这些作品的体验就恰当地涉及对它的想象性观照（contemplation），即我们想象假如没有这些作品它会怎样。这种观照构成我们对这些作品欣赏中重要的、恰当的一部分。这种欣赏典型地由对这种景观的原生态的意识所深化和丰富"[2]。对于存在问题，卡尔森认为功能是回答这一提问的核心观念。

其二，提出处所问题，即从存在与否拓展到是否存在于这里。卡尔森

[1] Carlson, Allen. "On Aesthetically Appreciating Human Environments," *Philosophy & Geography* 4 (2001), 9–24. 中译本参考[加]艾伦·卡尔松：《从自然到人文——艾伦·卡尔松环境美学文选》，薛富兴译，桂林：广西师范大学出版社，2012年版，第243页。

[2] Carlson, Allen. *Aesthetics and the Environment: The Appreciation of Nature, Art and Architecture*. London and New York: Routledge, 2000, p.201. 中译本参考[加]艾伦·卡尔松：《从自然到人文——艾伦·卡尔松环境美学文选》，薛富兴译，桂林：广西师范大学出版社，2012年版，第194页。

认为，诸如摩天大楼、办公大楼、银行大厦、豪华酒店、大教堂等，"都以自己的独特的方式发布了关于自己存在与此的宣言。可是，如果认为这个话题只是由坚固的建筑结构本身直接地宣布它们'就在这儿'，那就错了。赖特的'流水别墅'是它怎样被建筑于那样的环境而提出此问题，表明一种设计绝对地依赖其环境。同样，在泰利森维斯特这件作品中，这座建筑的特点被引用来作为赖特的'有机'风格的证据。比如，自然材料的使用、对木材的粗糙处理以及将建筑安排在阶梯上的方式。每一种处理都使作品与其特殊处所建立起独特关系。这种联系强调了其处所的重要性。其他作品以另外的方式提出了所在处所的问题"[1]。而对比艺术欣赏来看，艺术欣赏并不提出艺术品处所问题，因为艺术品处所问题与审美无关。比如艺术欣赏只聚焦于一幅画，而不强调画作背后的那堵墙，对画作背后那堵墙的考虑不在该绘画欣赏的范围之内。但是，"在欣赏建筑作品时，我们必须欣赏建筑与其处所之间的关系，把对这种关系的欣赏作为整体欣赏体验的一部分。建筑作品提出的'我站在这儿'这一事实本身，就充分地使一件作品对其处所的适应成为其恰当欣赏的重要特征。……如果我们正在欣赏的是那件叫作'流水别墅'的作品，显然我们并没有全面地欣赏它，除非我们同时欣赏那布满了岩石的峡谷，以及那房屋结构适应峡谷和融入峡谷的方式。在此，建筑与处所之间的适应如果不是作品的本质维度，也是作品的一种基本维度"[2]。

其三，提出功能问题，即从适应拓展到内部、外部、处所三方面的适应，以及从形式服从功能观念，拓展到适应服从功能观念。对于纪念碑而言，形式即其功能，"纪念碑和纪念性建筑发挥着诸如纪念、赋予荣誉、表达崇敬、展示荣耀的功能；它们的目的是告知、提醒、诱导和激发。因此，这些物件直接地发挥其功能，这些功能就在其表面上。典型地是直接再现

[1] Carlson, Allen. *Aesthetics and the Environment: The Appreciation of Nature, Art and Architecture.* London and New York: Routledge, 2000, pp.203-204. 中译本参考[加]艾伦·卡尔松：《从自然到人文——艾伦·卡尔松环境美学文选》，薛富兴译，桂林：广西师范大学出版社，2012年版，第196页。

[2] Carlson, Allen. *Aesthetics and the Environment: The Appreciation of Nature, Art and Architecture.* London and New York: Routledge, 2000, pp.205-206. 中译本参考[加]艾伦·卡尔松：《从自然到人文——艾伦·卡尔松环境美学文选》，薛富兴译，桂林：广西师范大学出版社，2012年版，第198-199页。

或象征的方式……没有什么东西被隐藏起来，没有其他的方式或地方可以真实地发挥上述功能。没有另外的选择机制或内在之地可以完成这一工作。所以，对于这些作品，无须坚持形式服从功能，典型地，形式本身就是要实现的功能——功能体现于形式"[1]。而对于建筑而言，既有外部形式，又有内部空间，这就不仅要强调形式服从功能，而且还要强调建筑的内部空间、外部空间与处所之间的适应关系，以及这些适应也要服从功能。

在上述三个问题的基础上，建筑欣赏就需要经历由外而内（即由存在到处所，到功能）、由内而外（即由功能、处所到存在）正反两个过程，不断体验处于运作中的建筑之功能，而不是凝视着静止的建筑。如卡尔森所言，"对一件建筑作品的审美欣赏是一种体验过程，这一过程在其结尾到来之前不会完善，在由结尾再返溯整个过程之前也不会完善。因此，全面的体验是一个深化、丰富和追求完善的（deepened, enriched, and completed）过程"[2]。

第三步，卡尔森将生态学方法运用到以建筑为代表的人类环境中时进行了一定调整，集中体现在两点：第一，用如其所当来替换如其本然；第二，用厚感审美取代肯定美学。

卡尔森提出如其所当立场，"当一种功能适应在这些地方实现后，就有一种任何东西都是，或看起来挺对，或是很恰当的氛围，一种任何东西看起来如其所当的氛围（an ambience of it looking as it should）。在这里的东西好像整体上是与塑造自然环境的生态和进化力量紧密联系的'自然'进程的结果"[3]。人类环境美学中的如其所当与自然美学中的如其本然不同，因为如其本然强调按照自然本身特性来欣赏自然，此时自然是客观的；而如其所当则强调按照人类环境本身特性来欣赏人类环境，而人类环境既有自

[1] Carlson, Allen. *Aesthetics and the Environment: The Appreciation of Nature, Art and Architecture*. London and New York: Routledge, 2000, p.210. 中译本参考[加]艾伦·卡尔松：《从自然到人文——艾伦·卡尔松环境美学文选》，薛富兴译，桂林：广西师范大学出版社，2012年版，第204页。

[2] Carlson, Allen. *Aesthetics and the Environment: The Appreciation of Nature, Art and Architecture*. London and New York: Routledge, 2000, p.215. 中译本参考[加]艾伦·卡尔松：《从自然到人文——艾伦·卡尔松环境美学文选》，薛富兴译，桂林：广西师范大学出版社，2012年版，第208—209页。

[3] Carlson, Allen. "On Aesthetically Appreciating Human Environments," *Philosophy & Geography* 4 (2001), 9-24. 中译本参考[加]艾伦·卡尔松：《从自然到人文——艾伦·卡尔松环境美学文选》，薛富兴译，桂林：广西师范大学出版社，2012年版，第243页。

然因素，还有人类文化因素。因此，如其所当包含着浓厚的人类文化因素。此外，在欣赏上，如其所当还强调欣赏者的期望，这是重要的审美标准。其实，卡尔森强调如其所当，就是要反对那种按照艺术品的期望来对待人类环境的观念——如果按照艺术设计与艺术品的标准来对人类环境提出审美期望，那么必然会让人觉得，许多人类环境在审美上是令人不满意的，或者是没有审美价值的。但是，如果按照日常生活环境的标准来对人类环境提出审美期望，那么许多人类环境就是如其所当的，因而具有很高的审美价值。

然而，这种如其所当的立场也存在一些问题。比如，它会不会导致所有的人类环境在审美上都是好的，或者有些人类环境在审美上具有价值，但是却不符合伦理上的要求。比如，卡尔森以一处中上阶层的郊外街区为例，从功能适应角度看，它是有机成长起来的一处环境，看起来在审美上是好的，但是塑造这种环境的因素存在着伦理上的原因。形成此处环境的社会因素也许是种族主义的，经济因素可能是剥削性的，政治因素可能是腐败的。针对这种质疑，卡尔森借鉴了霍斯普斯（Hospers）的审美理论。霍斯普斯认为存在两种意义上的审美欣赏，即存在审美的薄感与厚感之别，当我们主要根据物理外表审美地欣赏和评价对象时，即是一种薄感意义上的审美。厚感意义上的审美不仅与对象的外表相关，同时也涉及对象表达可传输到欣赏者的某种特性。[1]卡尔森通过厚感审美，将景观背后的人文因素纳入审美欣赏当中。"由于它认同以整体的方式审美地欣赏人类环境，同时涉及生态与文化因素，生态学方法意味着一种厚感意义上的审美。因此，在生态学方法下，人类环境的审美欣赏，部分地与这种环境所表现的生活价值有关。简言之，一种看起来如其所当的人类环境不只涉及它看起来怎样，同时也与它为何看起来如此以及因此它表现了什么有关。"[2]按照厚感审美理论来看，对人类环境的审美欣赏还必须把人类环境形成的背后因素

---

[1] Hospers, John. *Meaning and Truth in the Arts*. Chapel Hill: University of North Carolina Press, 1946, pp.11–15.

[2] Carlson, Allen. "On Aesthetically Appreciating Human Environments," *Philosophy & Geography* 4 (2001), 9–24. 中译本参考[加]艾伦·卡尔松：《从自然到人文——艾伦·卡尔松环境美学文选》，薛富兴译，桂林：广西师范大学出版社，2012年版，第249页。

考虑进来。这就意味着，如果该中上阶层的郊外街区确实是种族主义的、剥削的和腐败的力量促成的话，那么它在审美上就不是好的，因此也就不会得出如下结论：所有人类环境按照生态学方法进行欣赏都是好的。

六、对中国生态美学的接受

近年来，随着生态美学影响日益扩大，卡尔森开始关注生态美学，尤其是关注中国生态美学与西方环境美学的关系问题，并逐渐接受了中国生态美学。卡尔森对生态美学，尤其是中国生态美学的讨论集中体现在三篇论文中：《生态美学在环境美学中的位置》(The Place of Ecoaesthetics within Environmental Aesthetics，2015)，《东方生态美学与西方环境美学之关系》(The Relationship Between Eastern Ecoaesthetics and Western Environmental Aesthetics，2017) 与《环境美学、伦理学与生态美学》(Environmental Aesthetics, Ethics, and Ecoaesthetics, 2018)。不过，卡尔森对生态美学的认识有一定变化：2018年之前，卡尔森认为生态美学（包括中国生态美学）是在环境美学框架内发展出来的；2018年之后，卡尔森对中国生态美学的认识加深，他将中国生态美学与西方生态美学区别开来，认为中国生态美学比西方生态美学更为包容。

生态美学在中国兴起后，中国学者极其关注生态美学与环境美学的关系问题，并进行了大量讨论。卡尔森在开始探讨生态美学与环境美学之关系问题时，已经认识到这一问题的复杂性，如他在论文中引用的中国学者程相占所提到的五种立场：第一，环境美学与生态美学的不同开端与二水分流；第二，在环境美学框架内发展生态美学；第三，将环境美学等同于生态美学；第四，吸收环境美学的理论资源来发展生态美学；第五，参照环境美学，通过充分吸收生态学观念，彻底改造传统美学而发展生态美学。[1]卡尔森认为，导致生态美学与环境美学关系模糊不清的原因是：环境

---

[1] Carlson, Allen. "The Relationship Between Eastern Ecoaesthetics and Western Environmental Aesthetics," *Philosophy East & West* 67 (2017), 117–139. 中文出处见程相占：《论环境美学与生态美学的联系与区别》，《学术研究》2013年第1期。

美学太宽泛，而生态美学又太模糊。于是，为了增强问题的明晰性，卡尔森进行了一种策略性转换，"将两个互相独立的研究领域（即生态美学与环境美学）之间的关系问题，转化为如下两者之间的关系问题：一是被广泛研究的环境美学研究领域；二是一种特殊类型的知识，即生态知识。在这种新的思考框架中，问题就转化成了生态知识在环境美学之内的功能问题"[1]。卡尔森之所以能够对问题进行这样的转化，是因为卡尔森认为生态美学的要义就是在生态学知识的引导下进行审美欣赏活动，由于自然欣赏又是环境美学与生态美学的共同领域，所以可以在自然欣赏领域这一共同领域内来考察环境美学与生态美学的关系问题，即考察生态学知识在自然欣赏中的作用问题。卡尔森将问题进行转换之后，其实就是要考察当代西方环境美学在多大程度上支持生态美学，或者生态美学在环境美学理论框架中处于何种地位。

于是，卡尔森考察了西方环境美学中的形式主义立场、如画立场、相对主义立场、后现代立场、交融美学和科学认知主义立场六种立场，分别探讨这六种立场对待生态学知识和生态美学的态度。

首先，在卡尔森看来，形式主义立场、如画立场基本忽略了生态学知识在自然审美欣赏中的作用，它们对生态美学并不友好。比如，审美形式主义认为存在于对象本身当中的东西才与审美欣赏相关，而且如克莱夫·贝尔所言，这些东西一般是事物的纯形式，如线条、色彩、形状及其组合。如画理论也是形式主义的，强调那些表面上风景优美的、可以入画的景观才值得欣赏。"如画传统所给出的关于审美相关问题的解答基本上是狭隘的，因为除了线条、形状和色彩之外，这种传统把审美关联只赋予经典意义上风景优美的景观（landscapes that are classically scenic）。焦点主要在于极小的组成部分的要素上（minimal compositional features），诸如有一个背景、中景和前景，以及常规的主题，例如高地、流水、环绕的植物和可能处于中间位置的一些人物。"[2]由此可见，形式主义立场与如画立场对形式的偏

[1] [加]艾伦·卡尔森、赵卿、程相占：《生态美学在环境美学中的位置》，《求是学刊》2015年第1期。
[2] Carlson, Allen. "The Relationship Between Eastern Ecoaesthetics and Western Environmental Aesthetics," *Philosophy East & West* 67 (2017), 117–139.

重，只把形式因素当成审美相关因素，而忽略了生态学知识对审美欣赏的作用，因此对生态美学并不友好。此外，这两种立场还缩小了欣赏范围，仅仅关注那些风景优美的自然景观，贬低甚至忽略风景不优美的自然景观的审美价值。

其次，相对主义立场与后现代立场并不坚定地认可生态学知识在自然审美欣赏中的作用，它们对生态美学的态度比较暧昧。概括地讲，相对主义立场与后现代立场都认为那些不存在于对象自身的思想、意象或知识都是与审美相关的，只不过后现代立场更具有主观性（subjective），认为凡是欣赏者所想到的所有思想、意象或知识都是与审美相关的，都在自然审美欣赏中发挥作用。而相对主义立场秉承一种文化相对主义观点，即只有在更大的文化语境中有一定认可度的思想、意象或知识才是与审美相关的，并在自然审美欣赏中真正发挥作用。一般而言，当欣赏者具有一定的生态学知识，或者生态学知识成为一种文化共识时，相对主义立场与后现代立场不排斥生态美学。但是如卡尔森所言，相对主义立场与后现代立场与生态美学的关系并不牢固，因为当欣赏者自身的思想与意象，或者一种社会文化与生态学知识相矛盾时，就可以看出相对主义立场和后现代立场不利于生态美学和生态保护。卡尔森举出的例子是玛西亚·伊顿所提到的小鹿斑比：当小说和动漫《小鹿斑比》在美国流行开来以后，"由书籍与电影生产出的鹿神话，一方面促使人们非常积极地欣赏鹿，但另外一方面对保护鹿却造成了很大压力。事实上，鹿神话并不符合生态知识，在某些情况下，它引起了对其他物种极度的生态破坏。如果没有小鹿斑比的神话，欣赏鹿和保护鹿都可能采取不同的方向，或许这种方向更加符合生态知识。简言之，当被审美相对主义所承认的多样信息资源之间发生冲突时，结果可能就是与审美欣赏的矛盾，这对从欣赏走向保护的任何行动都是有问题的"[1]。更重要的是，相对主义立场与后现代立场与生态美学不牢固的关系，"严重冲击而破坏了如下一种直觉：我们审美欣赏的对象与我们相信应保护的东西之间，审美价值与道德义务之间，美与责任之间等，都有一种坚实

---

[1] [加] 艾伦·卡尔森、赵卿、程相占：《生态美学在环境美学中的位置》，《求是学刊》2015 年第 1 期。

的联系"[1]。

再次，卡尔森认为交融美学为生态美学作出了一种有趣的贡献。交融美学是美国学者阿诺德·伯林特提出的，其核心观念是强调自然环境是一个包含地方、有机体和知觉的无缝的整体（a seamless unity of places, organisms, and perceptions），欣赏者通过诸多感官与自然环境融为一体，尽可能地缩减人与自然之间的距离，从而挑战传统的二元对立观念。对于交融美学，卡尔森指出，"从消极的一面看，鉴于在交融美学中对诸如多感官体验、知觉和感官浸入等术语的强调，它并不强调审美体验的认知维度。因此，交融美学并没有明确地为生态学知识在自然审美欣赏中寻找到一个关键性位置。然而，从积极的一面看，交融美学在其他几种方式上与生态美学相关"[2]。交融美学之所以与生态美学相关，是因为托德温（Ted Toadvine）认为交融美学是第一个、目前最强势的"综合的生态美学的现象学理论"[3]。更重要的是，中国生态美学把伯林特的交融美学视为生态美学的重要组成部分，代表人物是曾繁仁。他在《生态美学导论》中把伯林特的交融美学（曾繁仁译作参与美学）作为生态美学的基本范畴之一，突出了交融美学与生态美学的紧密联系。[4]卡尔森从消极与积极两方面来分析交融美学与生态美学的关系，一方面认可交融美学同生态美学的密切联系，另一方面又一针见血地指出交融美学并没有从根基上认可生态学知识在自然审美欣赏中的作用，因此交融美学本身并没有把生态美学建成一种如中国生态美学研究中所追求的那种富有包容性的审美理论。

最后，卡尔森考察了认知立场，尤其是他本人的科学认知主义立场与生态美学的关系。对于科学认知主义立场而言，关于自然对象的性质与起源的科学知识，对自然审美欣赏而言是必要条件，因为这些科学知识可以揭示自然的性质与起源。在这种科学知识的指导下欣赏自然，能够保证按

---

[1] [加]艾伦·卡尔森、赵卿、程相占：《生态美学在环境美学中的位置》，《求是学刊》2015年第1期。

[2] Carlson, Allen. "The Relationship Between Eastern Ecoaesthetics and Western Environmental Aesthetics," *Philosophy East & West* 67 (2017), 117–139.

[3] Toadvine, Ted. "Ecological Aesthetics," In Hans Rainer Sepp and Lester Embree, eds., *Handbook of Phenomenological Aesthetics*. New York and Heidelberg: Springer, 2010, p. 86.

[4] 曾繁仁：《生态美学导论》，北京：商务印书馆，2010年。

照自然实际所是来欣赏自然，也就是说能够保证审美欣赏的适当性。因此，科学认知主义与生态美学的关系就在于：科学认知主义认可科学知识在自然欣赏中的必要性，而生态学知识正好是科学知识的一部分，所以科学认知主义认为生态学知识与自然的适当审美欣赏在本质上是相连的。因此，卡尔森认为西方环境美学中的科学认知主义能为中国生态美学提供明确的、坚定的支持。卡尔森认为，程相占的生态美学立场与科学认知主义一样，因为程相占所提出的生态审美的四个要点中，第三个要点就是强调生态学知识在审美欣赏中的重要作用。而且卡尔森指出，曾繁仁也强调生态美学要根据生态学知识来发展美学。所以卡尔森说："简言之，中国生态美学与西方环境美学之关系的一个基本方面是，前者有一个重要的'生态审美要点'在本质上与西方环境美学中的一个重要立场，即科学认知主义，是相同的。"[1]卡尔森认为中国生态美学就是强调生态学知识在审美欣赏中的作用。正是基于这种理解，卡尔森认为可以在科学认知主义框架内理解生态美学，而且科学认知主义也很容易走向生态美学，所以他对生态美学十分友好。

2018年，卡尔森在《环境美学、伦理学与生态美学》一文中，认识到西方也有生态美学，并将中国生态美学与西方生态美学进行比较，发现中国生态美学更具有包容性。在该文的第八部分，卡尔森详细讨论了西方生态美学。卡尔森认为为了更好地联结环境美学与环境伦理学资源，需要将视野转向西方生态美学，这里所谓的西方生态美学就是将西方环境美学中的交融美学与科学认知主义立场结合在一起，从而克服交融美学所面临的太主观化问题以及科学认知主义立场所面临的是－应当（is-ought）二分问题，进而将环境美学与环境伦理学结合起来，为自然美与自然保护的联结提供稳固的基础。但是，西方生态美学只是将交融美学与科学认知主义立场进行简单的结合，无法很好地解决事实与价值二分问题。如卡尔森所言，"尽管这种结合立场（combination approach）通过借助科学认知主义为这种结合（the combination）提供一定的客观性，从而有助于应对主观性批评，

[1] Carlson, Allen. "The Relationship Between Eastern Ecoaesthetics and Western Environmental Aesthetics," *Philosophy East & West* 67 (2017), 117−139.

但是交融美学如何帮助处理科学认知主义的难题，即是－应当（is-ought）议题，并不是十分清楚"[1]。

讨论过托德温（Toadvine）与罗尔斯顿所代表的西方生态美学之后，卡尔森转向中国生态美学，认为中国生态美学更具有包容性。卡尔森主要根据的是程相占的生态美学思想，集中关注的是程相占所讨论的生态审美的四个要点：第一，彻底摒弃那种基于人与世界对立、主客二分的传统审美模式，代之以人与世界融合为一的审美交融模式；第二，生态审美是以生态伦理学为思想基础的审美活动，是对传统美学理论中审美与伦理关系的生态改造与强化，生态意识是生态审美的必要前提条件；第三，生态审美必须借助自然科学知识，特别是生态学知识，引起好奇心和联想，进而激发想象和情感，没有基本的生态知识就无法进行生态审美；第四，指导生态审美的生态价值准则是生物多样性和生态平衡，必须超越人类中心主义的价值判断标准和人类审美偏好，反思和批判人类中心主义的审美天性和习性。[2]程相占所建构的生态美学更具有包容性，因为它不仅包含伯林特的交融美学与卡尔森的科学认知主义，还包含生态伦理、生态价值标准、生态多样性、生态健康等内容，并非西方生态美学简单地将交融美学与科学认知主义草草结合的做法。这样来看，中国生态美学就不会有西方生态美学所面临的事实－价值二分问题。正如卡尔森所言，"传统的西方问题是要接通（bridge）事实与价值之间假定的（supposed）鸿沟，这使得从前者转移到后者是成问题的。但是，正如已指出的那样，中国立场并不进行这种转移；它并不试图通过沟通事实与价值的鸿沟而使两者结合在一起。似乎是，西方传统预先假定了如下观点，即如果价值在逻辑上似乎不由事实推断出来，那么在两者之间存在一个鸿沟，这个鸿沟使得两者不能结合起来。但是中国立场的辩护者也许会作如下主张，他们不是要处理一个由西方事实与价值概念所带来的哲学问题。相反，中国生态美学简单地仅仅把事实与

---

[1] Carlson, Allen. "Environmental Aesthetics, Ethics, and Ecoaesthetics," *The Journal of Aesthetics and Art Criticism* 76 (2018), 399－410.

[2] Carlson, Allen. "Environmental Aesthetics, Ethics, and Ecoaesthetics," *The Journal of Aesthetics and Art Criticism* 76 (2018), 399－410. 中文材料见程相占：《论生态审美的四个要点》，《天津社会科学》2013 年第 5 期。

价值放进一个单一的立场中，在这个立场中，它们能够一起工作以达到某种目的。简而言之，中国生态美学的焦点是发展一种包罗万象的立场，即整合多种资源——人类与世界融合为一、生态事实、审美欣赏、伦理价值、生物多样性、生态系统健康——这对解决当代环境议题是重要的"[1]。由于中国生态美学的大量文献是用汉语出版发行的，卡尔森无法了解中国生态美学理论建构的全貌，但是他已经把握住中国生态美学的思想精髓，即天人合一思想。卡尔森说中国生态美学在开端就不承认事实与价值二分，因此不会面临西方传统中的事实－价值二分难题，这其实基本上把握住了中国生态美学所强调的天人合一思想。正因为中国生态美学奠基在天人合一的思想上，中国生态美学才不会面临所谓的事实－价值二分难题，因而中国生态美学才真正是包容性的。反过来说，中国生态美学如何看待并解决事实－价值二分难题，也是一个重要的论题。

第五节　对艾伦·卡尔森生态美学思想的评价

与约瑟夫·米克直接提倡生态美学不同，艾伦·卡尔森是西方环境美学的重要代表人物之一，他从环境美学中发展出一种生态美学，为西方生态美学带来了许多环境美学的理论资源，这是卡尔森在西方生态美学史上的独特性所在。为了较为客观地评价艾伦·卡尔森，我们从贡献与局限两个方面综合评价卡尔森的生态美学思想。

卡尔森生态美学思想的贡献集中体现在如下四个方面：

一、提出科学认知主义立场，突出强调了生态学知识对于恰当的审美欣赏的重要性。卡尔森在发展环境美学时，强调科学知识对自然审美欣赏的重要作用，突出了科学知识与审美欣赏的紧密联系，打破了审美形式主

---

[1] Carlson, Allen. "Environmental Aesthetics, Ethics, and Ecoaesthetics," *The Journal of Aesthetics and Art Criticism* 76 (2018), 399−410.

义将审美与知识相互隔离的状态，进而为生态审美奠定了理论基础。因为生态美学强调审美活动必须在生态学知识的指导下进行，必须带有生态意识，而生态学知识正好是科学知识的重要组成部分，因此，从科学认知主义过渡到生态审美是一个很容易的举动。

二、提出肯定美学命题，具有浓厚的生态美学意蕴。卡尔森在科学认知主义立场下，追求自然审美的客观性、适当性，提出了肯定美学，并给出了严密的认识论证明。肯定美学的提出明确强调所有原生自然都具有肯定的审美价值，十分认可自然的内在美与内在价值，这在一定程度上是对人类中心主义审美观的突破，提醒人们在面对自然时，要放弃高傲自大的自我中心态度，而应该以一种审美的眼光对待整个自然界，这具有明显的生态美学色彩。

三、提出人类环境美学的生态学方法，这是生态审美在人类环境中的具体运用。卡尔森认为，人类环境是一个大的人类生态系统，其特性更像自然生态系统，而不是所谓的艺术品，因此应该参照自然生态系统样式来欣赏人类环境，而不应该按照传统的艺术美学来欣赏人类环境。于是卡尔森发展出人类环境的生态学方法，强调从功能适应的角度出发，欣赏人类环境相互之间的关系性特征以及系统性存在特征，这就为生态美学向人类环境的审美拓展提供了一条可能的道路。

四、提倡有助于环境保护的美学，切合了生态美学的实践诉求。卡尔森之所以能从环境美学走向生态美学，除了他的认知立场之外，还在于他对环境保护问题的现实关注。卡尔森在最初研究环境美学时便关注了环境保护问题。比如他在1977年《论量化景观的可能性》中便指出，"在过去，自然环境总是充满大量的多样性（great diversity）。同样，由于我们环境保护理性的特点，我们作为一个社会已然保留了这种多样性的代表性部分——并非我们的所有公园只有山水。再者，如果我们的动作明智而又迅速，我们仍然有可能保护自然环境所提供的多样性的更大部分。如有人所指出的，这种多样性的保护不只从生态学角度看是值得的，从审美的角度看也如此。多样性保护为审美欣赏提供了有效的变化，这种审美欣赏上的变化反过来又为日益拓展的审美欣赏的发展构成良好基础"[1]。而后，卡尔森在建构环境美学过程中，始终注意环境美学与环境保护之间的关系，明确反对各种不利于环境保护的美学，大力提倡有利于环境保护的美学。因此卡尔森认为，恰当的自然审美欣赏至少应该包含下面五点特性：第一，非中心的（acentric），而非人类中心的（anthropocentric）；第二，环境聚焦的（environmental-focused），而非景致迷恋的（scenery-obsessed）；第三，严肃的（serious），而非肤浅和琐细的（superficial and trivial）；第四，客体的（objective），而非主体的（subjective）；第五，伦理参与的（morally engaged），而非伦理缺场的（morally vacuous）。[2]在卡尔森看来，当代环境美学中的交融美学与科学认知主义立场在一定程度上比传统的自然美学更符合这些要求，因此更有助于实现环境保护的需要。后来，随着他对中国生态美学了解的日益加深，他看到中国生态美学比交融美学、科学认知主义立场更加具有包容性，更加符合这些要求。所以在《环境美学、伦理学与生态美学》中，他对中国生态美学赞誉有加，认为"中国生态美学的焦点是发展一种包罗万象的立场，即整合多种资源——人类与世界融合为一、生态事实、审美欣赏、伦理价值、生物多样性、生态系统健康——这对解决当代环境议题是重要的"[3]。

卡尔森的生态美学思想对当代西方生态美学发展也产生了重要影响，典型地体现在卡尔森对美国生态美学思想家希拉·林托特（Sheila Lintott）的影响上。林托特的重要生态美学文献《走向生态友好型美学》（*Toward Eco-Friendly Aesthetics*，2006）吸收了大量关于卡尔森的思想，本书第十一章专门讨论了林托特对卡尔森生态思想的借鉴，这里不再赘述。尽管卡尔森的生态美学思想影响很大，但是也难免有一些局限，主要体现在以

---

[1] Carlson, Allen. "On the Possibility of Quantifying Scenic Beauty," *Landscape Planning* 4 (1977), 131–172. 中译本参考[加]艾伦·卡尔松：《从自然到人文——艾伦·卡尔松环境美学文选》，薛富兴译，桂林：广西师范大学出版社，2012年版，第16页。

[2] Carlson, Allen. "Contemporary Environmental Aesthetics and the Requirements of Environmentalism," *Environmental Values* 19 (2010), 289–314.

[3] Carlson, Allen. "Environmental Aesthetics, Ethics, and Ecoaesthetics," *The Journal of Aesthetics and Art Criticism* 76 (2018), 399–410.

下三点：

一、具有一般认识论所具有的弊端。卡尔森的环境美学及其生态美学思想都建立在认识论的哲学基础之上，这必然使得卡尔森的生态美学具有一般认识论的弊端。如曾繁仁所言，"生态美学的哲学基础只能是当代存在论哲学思想，而不能是传统的认识论哲学思想。因为，从认识论出发只能走向主客二分，人与自然的对立，人类中心主义。……只有从当代存在论哲学的高度，从人与人类生存的特有视角，才能构建一种人与自然'共生共荣'的当代生态哲学理念。在此基础上我们才能真正理解人与自然的生态审美关系，从而走向生态观、人文观与审美观的统一，实现人的诗意的栖居"[1]。正是因为卡尔森的生态美学具有认识论色彩，他才不自觉地将自然与人类对立起来。比如他提出的肯定美学，强调未被人类染指的自然都具有审美价值，而人类则是自然美的破坏者，这样卡尔森就无意识地将人类与自然对立起来，因为人类的身份是自然美的破坏者。但是，卡尔森思想复杂的地方在于，他在认识论的基础上也关注到存在论问题。比如卡尔森在反对自然欣赏的形式主义时，便借助自然的三维的客观存在特性来反对如画理论与形式主义理论。比如卡尔森在参照自然生态系统特性发展人类环境美学的生态学方式时，指出人类环境向欣赏者提出存在问题。由此可见，卡尔森的理论难题在于如何调和认识论与存在论。曾繁仁认为，存在论是对认识论的取代，存在论优于认识论，因此生态美学必须建立在当代存在论的基础上。其实并非如此，存在论与认识论并非对立关系，存在论是对认识论的发展与补充，认识论与存在论可以并存且互相促进，因为认识是对存在物的认识，反过来认识又可以指导存在物更好地存在。因此，生态美学应该在借鉴卡尔森科学认知主义立场的基础上，调和认识论与存在论的关系，而不是急于排斥认识论。

二、具有生态中心主义嫌疑。卡尔森反对具有人类中心主义色彩的如画理论，因为如画理论完全根据人类的审美偏好来判断自然风景审美价值的大小。但是，卡尔森在此过程中走向了另外一个极端，即走向了自然/生

---

[1] 曾繁仁：《中国当代生态美学的产生与发展》，《中国图书评论》2006年第3期。

态中心主义。卡尔森把人类视为自然美的破坏者，把人类与自然对立起来，这并不符合自然生态系统的实际情况。更重要的是，这种理论也不符合当今地球的实际情况。放眼全球，地球上所有环境基本上都受到人类的影响，很难找到卡尔森所谓的原生自然或未被人类染指的自然，即便卡尔森的理论是正确的，它也没有应用价值，因此当今需要解决的是人与自然如何和谐共生共美的问题。一种健康的生态美学应该看到，人不仅仅是自然和自然美的破坏者，也可以是自然的保护者或自然化育万物过程的参与者，即中国古人所说的"参赞天地之化育"。所以，健康的生态美学最终应该主张的是生态人文主义，而不是卡尔森的生态中心主义。

三、并未摆脱艺术作为审美范例的窠臼。程相占在《环境美学对分析美学的承续与拓展》一文中已经总结道，"由于卡尔森受艺术哲学的影响实在太深，对于艺术过度执着，他所提出的自然环境模式最终还是一种'艺术模式'，只不过它比卡尔森本人所批评的两种艺术模式更加隐蔽"[1]。这一论断大体上符合卡尔森美学思想的实际情况，因为卡尔森无论是在讨论自然环境审美，还是讨论人类环境审美，都是在类比艺术审美的基础上进行的。不过更准确地说，不是卡尔森没有摆脱艺术模式，而是卡尔森没有摆脱把艺术作为审美欣赏的范例。环境美学是在反对艺术美学的背景下兴起的，卡尔森之所以还处处比照艺术美学来发展环境美学，是因为卡尔森认为必须坚持阿诺德·伯林特所说的统一美学的要求，即美学应该消除艺术与自然之间的鸿沟。也就是说，不是两种美学：一种美学针对自然，一种美学针对艺术，而应该只有一种统一的美学，"这样一种统一美学的观念至为关键，不只是对自然美学如此，对美学学科自身亦如此"[2]。正是带着这种统一美学的信念，卡尔森企图先从艺术美学中概括出"对于艺术进行审美欣赏的普遍结构"[3]，然后将这种普遍结构运用到自然审美欣赏中，这样

[1] 程相占：《环境美学对分析美学的承续与拓展》，《文艺研究》2012年第3期。

[2] Carlson, Allen. "The Requirements for an Adequate Aesthetics of Nature," *Environmental Philosophy* 4 (2007), 1−13. 中译本参考[加]艾伦·卡尔松：《从自然到人文——艾伦·卡尔松环境美学文选》，薛富兴译，桂林：广西师范大学出版社，2012年版，第271页。

[3] Carlson, Allen. *Aesthetics and the Environment: The Appreciation of Nature, Art and Architecture.* London and New York: Routledge, 2000, p.51.

就满足了统一美学的要求。直到2017年，卡尔森依然强调，无论是针对自然，还是人类环境，抑或是艺术，对它们的审美欣赏都有一种共同的东西。如卡尔森所言，"尽管环境美学主要是根据与艺术审美欣赏的哲学研究的不同来界定自己，但是任何环境审美欣赏的阐释都与艺术审美欣赏的阐释是并列的（parallel）。如果不是如此，那么审美欣赏的概念本身则处于模棱两可（equivocation）的危险之中"[1]。这无疑表明，卡尔森自始至终都认为艺术美学发展得比较成熟，从艺术美学中可以找到关于审美或欣赏的一般观念，然后将这种一般观念运用到自然、人类环境等欣赏上。如果这样的话，那么卡尔森的问题就在于，他所得到的关于审美、欣赏的一般观念一定是以艺术为范例的，而不是从哲学思辨的角度对于这两个概念的理论概括，因而将这种以艺术为审美范例的理论拓展到自然、人类环境的欣赏当中，必然具有一定的先行结构意味。因此，生态美学在发展过程中，必须打破艺术作为审美范例而带来的先行结构。

---

[1] Carlson, Allen. "The Relationship Between Eastern Ecoaesthetics and Western Environmental Aesthetics," *Philosophy East & West* 67 (2017), 117−139.

第五章 高主锡

　　生态美学通常将生态学思想与美学理论结合起来，以突破形式美学二元分立的理论界限，为人与自然和谐的审美与伦理关系作出合理解释。而韩裔美籍学者高主锡则进一步借助更丰富的生物学、物理学、心理学等科学知识将美学与设计实践结合起来，构建以生态设计理论为核心的生态美学，强调建筑环境与人以及与周围特定语境的创造性适应。虽然高主锡在1984年的论文中就提出了生态美学概念，但其生态美学内涵仅局限在西方现象学美学理论框架之中。我们认为，直到1988年，他发表了《生态美学》一文，基于东方风景园林实践经验，对形式美学和现象学美学进行继承和超越，全面地论证了风景园林学与美学跨学科融合的可能性，才使其生态美学走向一种成熟的创造性美学。

　　尽管有很多美学家积极关注东方生态美学与西方环境美学的关系，但高主锡却是最早尝试通过哲学范式、美学概念、美学语言的理论创新，将以伯林特为代表的西方环境美学转化为适用东西方文化语境、以生态设计理论为核心的实践型生态美学的学者。这种美学立足于整体的、演化的生态哲学范式，具有包容性统一、动态平衡、互补性三个创造性美学原则以及全球本土化的景观语言，其创造性地将西方现象学美学和东亚美学联系起来，充分借助双方在处理生态问题上的优势，显示出东西方美学互补发展的新的研究趋势，为西方生态美学的发展作出了独特的理论贡献。

第一节　高主锡及其学术研究

一、高主锡（Jusuck Koh）其人

　　高主锡，韩裔美籍学者，建筑师和景观设计师，曾任教于美国佐治亚大学（the University of Georgia）、美国卢伯克的德州理工大学（Texas Tech University）、荷兰瓦赫宁根大学（Wageningen University），教授建筑学和风景园林学等相关课程，主要研究人类生态设计（human ecological design）、设计理论和美学，致力于探索一种融建筑、景观与城市规划为一体的设计。作为一名综合研究型学者，高主锡在人类生态设计、设计理论、环境美学、东方建筑与园林等学科领域发表过大量文章，主要学术文章有：《建筑的生态理论》（An Ecological Theory of Architecture，1978），《生态设计：整体哲学与演化伦理的后现代设计范式》（Ecological Design: A Post-Modern Design Paradigm of Holistic Philosophy and Evolutionary Ethic，1982），《生态美学：现象学美学与生态设计的综合》（Ecological Aesthetics: A Synthesis of Phenomenological Aethetics and Ecological Design，1984），《生态建筑：基于能量和环境关怀的建筑设计和美学的整体性演化范式》（Ecological Architecture: A Holistic, Evolutionary Paradigm of Architectural Design and Aesthetics Built upon Energy and Environmental Concerns，1985），《生态美学》（An Ecological Aesthetic，1988），《生态推理与建筑想象》（Ecological Reasoning and Architectural Imagination，2004），《寻求整合的美学》（Seeking an Integrative Aesthetics，2009）等。

　　从其职业生涯来看，高主锡不是一名严格意义上的职业美学家，他旨在为建筑理论和环境设计理论提供一种普遍的指导性原则，即他所说的整合的美学。因其美学理论中始终蕴含着整体的演化的生态哲学思想，设计策略中又总是关涉人与自然的和谐，所以我们不能忽视其生态美学在西方生态美学发展史上的理论贡献。高主锡顺应全球化进程，把建筑学、风景

园林学与后现代的生态哲学范式整合起来，综合设计原则与美学原则，提出了适用东西方文化语境的、以生态的环境设计理论为核心的实践型生态美学。高主锡最早以生态美学为题的文章是于1984年发表在美国建筑院校联合会年会会议论文集中的《生态美学：现象学美学与生态设计的综合》[1]，从文章标题可知，高主锡从现象学美学中汲取了思想资源，并将之与生态的设计理论相结合，以此构建适用于环境设计的生态美学。到了1988年，高主锡在《景观杂志》上再次发表以生态美学为题的文章。高主锡采用了跨学科的思维方式，通过总结物理学、生物学等学科中的秩序原理，依据创造性（creativity）概念和一般理论，提出了联结生态设计理论与生态美学理论的三个创造性原则，全面论证了风景园林学与美学跨学科融合的可能性，标志着其生态美学理论的成熟。到了2009年，高主锡又发表了《寻求整合的美学》，在美学学科内部，他综合了东西方美学各自的生态哲学思想，提出了与三个创造性原则相匹配的生态美学语言，并将其运用到全球化的语境中，使其生态美学上升到了一定的理论高度，旨在解决更宏大的社会现实问题。

总体上来看，高主锡的生态美学思想不是美学理论形而上的重新演绎，也不是借用生物学、生态学知识去直接阐释环境伦理，而是在环境设计理论与实践的立场上充分强调建筑环境与人以及与周围特定语境的关系。它在强调人的创造性的同时，也关怀语境的创造性过程，以此导向人与自然和谐相处的适应性状态。总之，高主锡的生态美学立足于其建筑学与风景园林学教育与创造性设计实践的现实基础，借鉴了西方现象学美学和东亚美学的思想资源，既表现出了建筑结构、人以及特定地理、文化语境的融合，又表现了人文关怀与生态关怀的统一。

---

[1] Koh, Jusuck. "Ecological Aesthetics: A Synthesis of Phenomenological Aesthetics and Ecological Design," *Proceedings of the Association of Collegiate Schools of Architecture Annual Meeting*, Charleston, 1984.

二、高主锡生态思想的发展脉络

要想系统地了解高主锡的生态美学思想，首先应从他的学术和实践经历入手，概括他的生态思想发展脉络。值得注意的是，高主锡是一名建筑师和景观设计师，他在早期学术研究阶段并没有发表过任何论著来专门阐释其生态美学思想。他的生态美学思想常常融合在生态建筑和生态设计理论中，多发表在与环境设计和建筑相关的国际会议论文集，以及与建筑学和风景园林学相关的期刊和书籍当中。由此也可以看出，高主锡的生态美学是应全球化的环境设计需要，借助生态设计理论和实践这一创造性中介，创造出的包含着生态演化的伦理观念和实践维度的生态美学。

高主锡在韩国首尔国立大学拿到了第一个建筑学学位，之后又继续在美国宾夕法尼亚大学攻读景观建筑学硕士和建筑学博士学位。1978年他博士毕业，博士论文《建筑的生态理论》[1]成为他探索生态理论的学术起点。此后，无论是生态建筑理论、生态设计理论，还是生态美学，都延续了这篇博士论文的综合的（synthesis）研究思路，即将设计原则与生态学原则以及行为科学原则综合起来，从环境实在论（environmental realism）出发，使自然主义和人文主义在设计中相互促进与融合。博士毕业以后，高主锡继续致力于后现代范式的生态的环境设计与生态美学理论的建构，通过把东亚美学与创造性理论纳入生态设计和美学，逐渐确立了其国际权威地位。

1982年，高主锡在美国佐治亚大学教授建筑与园林设计期间，发表了《生态设计：整体哲学与演化伦理的后现代设计范式》（Ecological Design: A Post-Modern Design Paradigm of Holistic Philosophy and Evolutionary Ethic, 1982）。他分别从哲学取向、设计实践和设计教育三个方面，对坚持整体的演化的生态设计与遵循还原主义（reductionism）和决定论（determinism）的现代环境设计进行了区分，详细阐明了各自的哲学主张和伦理主张。高主锡明确提出，生态设计即环境保护论者的设计、环境主义设计或环境哲学，

---

[1] Koh, Jusuck. "An Ecological Theory of Architecture," Unpublished Ph.D. Dissertation, Philadelphia: University of Pennsylvania, 1978.

是一种基于整体的、演化的生态哲学范式的环境设计或环境设计立场，不仅指向生态的和演化的伦理和价值，还指向一种整体主义的世界观。这种方法是对伊恩·麦克哈格（Ian McHarg）的生态规划方法的一种转化，在强调与社会相关的价值的同时，更强调了一种整体的、演化的世界观的哲学合理性。[1]在这篇文章中，高主锡通过反思还原主义的现代环境设计的非生态弊端，初步界定了生态设计的基本内涵，其生态理论虽然还未曾涉及美学层面，却为其生态美学的提出确定了整体的、演化的后现代哲学范式。

1985年，高主锡在美国卢伯克的德州理工大学建筑学院教授设计与理论期间，发表了《生态建筑：基于能量和环境关怀的建筑设计和美学的整体性演化范式》一文。高主锡通过界定生态建筑，重申其建筑学和美学整体的演化的范式在能源和环境问题上的现实意义。他延续了综合的研究思路，提出了一种能将能源和环境问题与设计和美学原则综合起来的生态理论。高主锡从物理学、生物学原理中探索出了统一的秩序原理，将其应用到生态设计与生态美学当中，提出了包容性统一（inclusive unity）、动态平衡（dynamic balance）和互补性（complementarity）三大原则，并将生态理论作为建筑美学和建筑设计的新范式，以实现设计原则和美学原则在理论实践上的一致性。前面提到，早在1984年高主锡就已经提出了生态美学的概念，试图将现象学美学与生态设计综合起来；而在这篇文章中，他将能源问题纳入建筑理论与美学的核心，构建一种新的生态建筑理论，引导生态美学提高伦理上的敏感性。

1988年，高主锡仍在德州理工大学建筑学院任职，这一年他发表了论文《生态美学》，标志着他以生态的环境设计理论为核心的生态美学走向成熟。自1978年以来，高主锡多次发表有关生态建筑和生态设计理论的文章，为其生态美学理论提供了整体的、演化的后现代哲学范式和创造性原则。在这篇文章中，高主锡继续从心理学中寻找理论资源，明确提出创造性（creativity）概念，并将其作为与一般美学理论联系起来的基础。他把

[1] Koh, Jusuck. "Ecological Design: A Post-Modern Design Paradigm of Holistic Philosophy and Evolutionary Ethic," *Landscape Journal* 1 (1982), 76−84.

生态设计转化为更具普遍性的创造性过程，通过阐释三个创造性原则把设计和美学联系起来，以此建构通用的可描述性的生态美学。高主锡的生态美学理论从物理学、生物学、心理学等学科中获得科学的解释和原理的支持，加强了学科之间的交流，较之前的生态理论更具科学性和可阐释性。

之后，高主锡又到荷兰的瓦赫宁根大学任景观建筑学教授，其间，发表了《生态推理与建筑想象》《寻求整合的美学》等文章。在《生态推理与建筑想象》一文中，高主锡不满足于仅仅从理论上依据创造性原则去界定其生态美学，他希望用这些原则派生的具体美学语言来说明实际的设计应用，也就是通过对景观语言和自然语言本身的描述性理解，而不是现代主义的建筑语言，将生态的推理和建筑的想象创造性地结合起来，创造出新的美学和设计语言，以及建筑的景观语言。[1]在《寻求整合的美学》一文中，高主锡从强调景观体验和景观设计的东亚美学中发现了一种全球本土化的（global）景观立场和具体的生态美学语言。新术语"全球本土化的"是指从全球化的角度出发，注重地方环境与特定地理、文化语境的统一。他把东亚美学和创造性作为与环境伦理相适应的整合美学的有效基础，呼吁美学学科与环境设计师把景观作为整合的生态美学语言的来源，以更可持续和更丰富的方式融合全球文化，共同解决全球性问题。

在实践方面，高主锡也拥有丰富的设计经验，他一方面将景观融入建筑和城市设计，另一方面又试图融合东西方的美学于设计当中。他在美国、荷兰和韩国拥有建筑和风景园林领域的学位和执照。1989年高主锡与人在韩国合作创立奥伊科斯（Oikos）景观设计工作室，之后又在荷兰合办奥伊科斯设计（Oikos Design）公司，积极将自己的生态的环境设计理论应用到建筑、景观和城市设计的综合实践中去。他曾获2009年国际风景园林师联合会亚太地区主席奖。此外，他还获得了包括美国国务院杰出学者和富布赖特杰出学者在内的诸多认可，这里不再赘述。

---

[1] Koh, Jusuck. "Ecological Reasoning and Architectural Imagination," Inauguration Lecture, Wageningen University, 2004. 该文为根据高主锡2004年11月11日在荷兰瓦赫宁根大学所作的就职演讲整理而成的演讲稿，全文见瓦赫宁根大学官网。

三、高主锡生态美学思想的现实背景

西方环境美学自二十世纪七十年代初期兴起，最早的参与者不是美学家，而主要是地理学家和景观设计师，他们关注场所和景观的视觉审美质量，试图用量化的方式进行风景评估。高主锡正是在西方环境美学的影响下成长起来的学者，他通过批评人与环境二元论的环境美学，提出了关注整体的、演化的生态美学。[1]纵观高主锡早期发表的一系列文章，可以发现他较早使用了生态建筑、生态理论、生态设计、生态美学这类带有"生态的"（ecological）前缀的术语。这类新概念不仅指生态学意义上的人与环境的共生关系，还更多地反映在建筑学当中。高主锡试图通过概念的重新界定反思人的创造性，导向一种更具人性化和环境适应性的设计。他的理论涉及建筑学、风景园林学、美学等学科，体现出了跨学科的综合研究思维。高主锡的生态美学具有显著的全球化的理论视野和后现代的哲学范式。下面就对其生态美学思想产生的时代背景作简要说明。

首先，全球化导致了建筑和城市的西方化，使人们忽视了对当地景观的认同以及对环境可持续性发展的关注。在二十世纪七八十年代，随着科技的进步和经济的发展，全球经济呈现出以发达国家为主导、通过资源整合实现各国分工协作和相互融合的发展格局。经济全球化在促进发展中国家资源有效利用的同时，以形式主义和基督教世界观为主导的西方文化价值观的渗透，又对其他地区的地方文化和生态环境造成了消极的影响，如建筑无序的分散和同化，疏远当地文化传统，建筑和城市忽略环境及其联系，降低地方认同，丧失地方精神，等等。当时流行的以包豪斯学派为代表的现代主义环境设计，提倡几何造型和物理材料，注重工业设计的示范功能，追求创造性的设计作品和抽象的设计美学理论，这不可避免地忽略了设计环境的地域性，使建筑结构陷入几何化的形式主义的窠臼。高主锡较早地认识到了全球化进程中世界各地建筑和城市的西方化所造成的消极

---

[1] 程相占：《美国生态美学的思想基础与理论进展》，《文学评论》2009年第1期。

的审美和生态后果。基于全球化的历史语境，同时基于建筑和城市西方化的问题意识，他提出了全球本土化的景观立场。

其次，自二十世纪六十年代开始，后现代主义在西方出现，并掀起了反本质主义的哲学思潮。后现代主义由文学领域逐渐扩展到其他领域，在建筑学里表现得尤为突出，成为一种流行的建筑风格。1975年詹克斯发表了《后现代建筑的兴起》一文，和罗伯特·斯特恩同时把后现代这一术语从文学领域移植到建筑学，推动了欧洲后现代主义的浪潮。[1]现代主义追求规范化的概念和形式的整齐划一，而后现代主义则具有反现代主义倾向，试图脱离功能主义和国际风格，追求变化、开放和多样。二十世纪六十年代以来的环境设计一词，被用来统称建筑学、风景园林学、城市设计和室内设计，反映了设计师的关注点从形式向环境转移。与之平行的是新兴的环境美学，它标志着环境设计所依据的美学从形式美学向环境美学转变。在此期间，除了建筑学中出现了后现代主义外，风景园林学中还出现了生态规划概念，环境设计有了环境保护主义的新内涵。高主锡认识到了这些学科变化，并断言，在后现代文化语境下，很多环境设计师正处于从还原论向整体的设计理论过渡的阶段。他们由于缺乏对整体的、演化的设计方法的清晰理解，在行动中还没有完全应用整体论的设计理念；即使有人认识到了整体的、演化的方法对于解决后工业社会复杂的人类问题的重要性，当时的设计教育仍然缺乏必要的生态学原理、行为科学原理以及设计原理的哲学综合，而这正是造成美学与设计理论不对称的根本原因。[2]针对现实的设计教育与实践问题，高主锡坚定地站在后现代主义的哲学立场上，努力打破学科之间固有的界限，综合设计原则与生态学原则以及行为科学原则，积极倡导整体的、演化的生态设计理念，以达到多元化的审美需要和良性社会交往的目的。

最后，回归到美学方面，受到传统的形式美学理论的影响，很多设计师都在谈论审美价值并作出审美判断，但很少有人能够客观地阐明美学及

---

[1] 参见[德]沃尔夫冈·韦尔施：《我们的后现代的现代》，洪天富译，北京：商务印书馆，2004年版，第29页。
[2] Koh, Jusuck. "Ecological Design: A Post-Modern Design Paradigm of Holistic Philosophy and Evolutionary Ethic," *Landscape Journal* 1 (1982), 76–84.

美的本质。对于具体的环境设计实践来说，美学一词已经变得模糊而缺乏适用性了。前面提到的精英主义的现代环境设计，因坚持实证主义美学（positivistic aesthetics）的形式观而在二十世纪六十年代一直遭到批评，尤其在建筑和城市设计学科中受到诟病。实证主义方法导致人与环境的研究二元分立，而西方基督教文化中的神学决定论又助长了一种绝对的人类中心主义，导致人们用以人为中心的世界观去评价和改造世界。虽然美学家已经从对客观的艺术对象和抽象的美学观念的讨论，转移到对人与环境的体验式互动的关注，但许多基础设计书籍和环境设计文献仍然把统一、平衡原则作为主要原则来处理。高主锡较早认识到了美学与设计学科之间的差距，并指出现代形式美学不能为生态的环境设计提供适用性原则；恰恰相反，精英主义的现代环境设计，反而阻碍了环境美学的广泛应用以及建筑结构的可持续发展。高主锡把握到了环境美学家呼吁的包容、互动的日常美学的时机，主动把东亚美学与伯林特环境美学中的现象学思想联系起来，从生态学、物理学等诸多学科中探索更包容、互补的秩序原理，进而将之作为联结设计原则和美学原则的基础，并设计出一套可以应用于具体环境设计实践的、更具生态适应性和文化包容性的综合的生态美学语言。

第二节　高主锡生态美学的理论来源

一、伊恩·麦克哈格（Ian McHarg）：生态规划理论

高主锡在宾夕法尼亚大学接受系统的建筑学教育期间，受到了在该校任教的生态规划大师伊恩·麦克哈格的影响。麦克哈格的生态规划（ecological planning）理论以生态学的观点阐述了人与自然环境之间不可分割的关系，他应用生态学和热力学等原理阐明了自然演进的创造性过程，把适应作为城市和建筑等人造形式的评价和创造标准，将建筑和城市的规划与设计提升到了生态科学的高度。高主锡就是在继承麦克哈格生态规划

的基础上提出了他的生态设计方法，并使之成为具有整体的哲学和演化的伦理的后现代设计范式。下面结合麦克哈格的代表作《设计结合自然》(*Design with Nature*，1969) 中的内容，简要地论述麦克哈格的生态规划理论对高主锡的生态设计和美学的启发。

麦克哈格在《设计结合自然》一书的序言中明确指出，其生态规划方法最重要的特点在于它的综合性。麦克哈格既不把重点放在设计上，也不放在自然本身，而是放在介词"结合"(with) 上面——该英文单词的字面意思是"与……一起"。因为在他看来，人类不应把自身从世界当中分离开来，而是要把自己和世界结合起来观察和判断。他希望人们放弃简单化的分割考察问题的态度和方法，放弃业已形成的自我毁灭式的工作、生活习惯，将人和自然潜在的和谐表现出来……他承认人是唯一具有理解和表达能力的有意识的生物，因而人必须成为生物界的管理员——要做到这一点，设计必须结合自然。[1]麦克哈格发现西方人坚持以人为中心，在强调人的支配作用的同时以牺牲自然为代价；而东方人虽然追求人与自然的和谐，却牺牲了人的个性。在综合考察东西方对人与自然关系的不同态度之后，麦克哈格希望通过把人看作自然中具有独特个性而非一般的物种，来尊重人和自然。麦克哈格将生态规划方法扩展到了人类生态学 (human ecology)，直接影响了高主锡跨学科的综合研究思维和人类生态设计理论。麦克哈格只是从具体的设计实践出发，总结了东西方建筑观念的不足，没有从理论上提供一套系统的解决策略；而高主锡则将麦克哈格的研究思路进一步扩展到了美学学科，在全球化的语境下提出全球本土化的景观立场，积极地将东亚风景园林设计与西方现象学美学结合起来。

在麦克哈格看来，生态学观点在概念上最大的贡献，就是将世界和演化过程作为一个创造性过程来理解。阳光和有机体结合，改变了原有的物质形态，使其从一个较低的秩序提高到一个较高的秩序；原来要损失的部分阳光，以太阳能的形式在转化为熵的过程中成为植物的一部分；物质从较低的秩序提高到较高的秩序，称之为负熵，而这一过程也被麦克哈格定

---

[1] [美]伊恩·伦诺克斯·麦克哈格：《设计结合自然》，芮经纬译，天津：天津大学出版社，2006年版，第11页。

义为创造。他认为，这种演化的创造性过程突出表现在持续的适应性上，"当适应的过程呈现出由简单到复杂，单一到多样，不稳定到稳定，物种数目由少到多，共生的数目由低到高，从高熵到低熵的变化方向发展，这就和地球上最基本的创造性过程一致起来。这样，适应环境及趋向适应环境的运动就是创造"[1]。麦克哈格认为，人和其他有机体一样属于生态系统并完全依赖于它。与生态系统中的其他有机体相比，只有人有超越本能的道德意识，所以人应肩负起管理这个系统的责任。人在生态系统中要充当酶的角色，既要感知环境，又要像酶一样对环境具有调节能力。同时，麦克哈格也认为，人虽然是环境必不可少的管理者，但他又仅仅是演化过程中的一种产物，所以人应做的是选择适应作为人造形式的评价和创造标准，整合形式与演化过程，去创造更宜居的生态环境。高主锡受到麦克哈格的启发，从生态学的角度理解创造性这个概念，并进一步用之将设计原则和美学原则联系起来，在创造性的一般理论基础上提出了生态设计和美学的原则。

麦克哈格将生态学原则应用到区域性规划和资源管理中，并将行为科学应用于规划和使用后评价，由此使环境设计学科取得了科学化的新进展，但在环境设计方面他没有提出一种新的一般理论。高主锡在麦克哈格伦理的现实的生态规划的基础上，阐明了设计与教育实践的整体的、演化的生态设计方法，提出了服务于生态的环境设计理论的生态美学。

二、阿诺德·伯林特（Arnold Berleant）：审美场概念

高主锡把创造性作为一个统一的概念，将美学和设计联系起来，提出了生态美学。在《生态美学》一文中，他提出了具体的美学和设计的理论设想，"使用创造性作为一个统一的概念，例如，可以把伯林特'审美场'（aesthetic field）的概念与'生态设计'（ecological design）联系起来，即把作为一般的现象学美学理论与作为一般的环境设计理论联系起来，以构建

---

[1] [美]伊恩·伦诺克斯·麦克哈格：《设计结合自然》，芮经纬译，天津：天津大学出版社，2006年版，第147页。

一个可以用于设计的美学"[1]。高主锡在这篇文章中8次引用伯林特《审美场——审美经验现象学》（*The Aesthetic Field: A Phenomenology of Aesthetic Experience*，1970）[2]一书中所蕴含的与语境相关的生态思想。伯林特的审美场概念及其现象学美学理论，是高主锡反思西方形式主义美学、提出生态美学的重要美学资源。高主锡有效地整合了伯林特的审美场概念，将其应用到艺术作品和建筑环境中，构建了一种生态学意义上的、整体的、演化的环境设计美学。下面简要分析伯林特的审美场理论与高主锡生态美学基本内涵的内在联系。

伯林特认为，艺术只能通过参考艺术的对象、活动和审美体验发生的总体情况来定义，从任何一种意义上讲艺术都是片面的真理。他指出，在古典的形式美学的指导下，观赏者与艺术作品、景观与建筑之间产生了距离，观赏者只能被动地欣赏艺术作品，并不能真实地参与到艺术创作当中。所以，他提出了审美场的概念，承认经验的统一性，并强调审美知觉被动、冥想性质等传统观念，必须被审美领域的参与者的主动注意、参与和反应所取代。审美场指的是艺术对象被积极地、创造性地体验为有价值的领域。这一概念是对一种包容性的语境的全面考察，它能够适应各种审美的环境因素，将艺术家、艺术对象、欣赏者和表演者的功能作为一个同质审美场的特征，从而全面公正地说明艺术的功能。[3]审美场的概念将审美价值扩展到更广泛的领域，挑战了精英主义的艺术化设计，还将欣赏延伸到了超越艺术传统界限的更广泛的人类经验领域，如把环境作为艺术欣赏和设计的有价值的领域。高主锡发现，伯林特的审美场理论实际上用了一种生态学的方法来研究知觉和行为及其语境的联系，伯林特所提出的有名的参与美学，就体现了感知者和艺术品之间的互动关系。高主锡把充满生态学意义的审美场理论与其生态设计理论联系起来，提出了探讨建造环境、用户和

---

[1] Koh, Jusuck. "An Ecological Aesthetic," *Landscape Journal* 7 (1988), 177−191.

[2] Berleant, Arnold. *The Aesthetic Field: A Phenomenology of Aesthetic Experience.* Springfield: C.C.Thomas, 1970. 笔者主要参考的是2000年的电子版本：Berleant, Arnold. *The Aesthetic Field: A Phenomenology of Aesthetic Experience.* Christchurch, New Zealand: Cybereditions Corporation, 2000.

[3] Berleant, Arnold. *The Aesthetic Field: A Phenomenology of Aesthetic Experience.* Christchurch, New Zealand: Cybereditions Corporation, 2000, pp.49−84.

语境的双向交互的生态的环境设计理论。

另外，我们发现，高主锡在1982年的《生态设计：整体哲学与演化伦理的后现代设计范式》一文中就指出，设计产品的价值和意义不是内在产生的，它与人的目的和场所的语境有关。高主锡把建筑环境与用户以及场所语境之间的相互关系称为语境主义（contextualism）或环境主义。[1]这个概念的思想内涵与伯林特所提倡的一种强调主体参与体验环境的语境美学基本一致。

三、物理学、生物学中的秩序原理

高主锡的生态美学思想不是简单地把生态学和美学结合起来，而是积极地从物理学中寻求秩序原理，对传统的美学和设计原则进行了创造性的转化，以适应新时期演化的和可持续的新型生态观念。高主锡从物理学的一般理论中总结出了自然秩序的守恒性、创造性和不可分割性，并由此进一步衍生出了三大规定性原则：人与地方的统一，有序与无序的动态平衡，建筑作为能源和建筑作为信息之间的互补性。下面就高主锡三大创造性的设计和美学原则所蕴含的秩序原理的理论来源作简要说明。

首先，根据热力学第一定律，即能量守恒定律，高主锡衍生出了包容性统一的设计和美学原则。能量守恒定律指出，自然系统通常会使能源效率最大化并演化成更高层次的能源经济，而一个系统必须被整合到一个更大的超级系统中去，才能保持能源、信息循环的完整性和复杂性。高主锡发现生态系统的统一是一种包容性的统一，而不是古典美学的排他性统一：前者是语境和目的的统一，而后者是自我的统一。要想发展一种生态的美学和生态的设计，必须打破以人类自我为中心的界限，坚持包容性统一，将地理、文化的语境和设计的目的统一起来。

其次，根据热力学第二定律，高主锡衍生出了动态平衡的设计和美学

[1] Koh, Jusuck. "Ecological Design: A Post-Modern Design Paradigm of Holistic Philosophy and Evolutionary Ethic," *Landscape Journal* 1 (1982), 76−84.

原则。热力学的动态平衡定律指出，当无机的、开放的系统远离平衡时，无序程度高；而当系统接近平衡时，有序程度高。高主锡从热力学第二定律中发现开放系统的自组织过程跟生物系统的进化过程相似：两者都是一种非平衡系统的平衡，都需要不断地从无序状态转换到有序状态。由此，他提出了有序与无序的动态平衡的设计和美学原则，把西方形式美学和现代设计中所体现出的静态的形式平衡状态与之区分开来。动态的平衡较之静态的平衡，更具有对环境的适应性和进一步创造、发展的空间。

最后，高主锡综合考察了物理学和生物学中的秩序原理，得出了秩序的不可分割性这一科学共识，他将之运用到生态美学和设计中，提出了互补性原则。互补性原则较前两条原则具有更为丰富的物理学和生物学的理论依据。比如，爱因斯坦（Einstein）的相对论指出了时间和空间的不可分割性和相对性；玻尔（Bohr）的互补原理指出了粒与波之间存在着不可分割的互补关系；海森堡（Heisenberg）的不确定性原理表明主观和客观之间存在着不可分割的关系；生物学上的不确定原理表现出了在左右脑、思想和情感、意识和潜意识之间的不可分割性和互补性；遗传学、分子生物学和生物化学展示了物质和精神以及女性和男性之间的不可分割性和互补性等。高主锡认为，科学上的互补性规律在生态学上也有应用的可能性，如生态位（niche）的概念揭示了时间和空间的相互补偿关系；物质和精神的互补性适用于能源和资源的节约；主体和客体不可分割的认识论意义，在人与自然、建筑与园林、室内与室外必要的生态整合中也找到了可类比性等。[1]

四、心理学：格式塔心理学、创造性概念

前面提到，高主锡把建筑环境与用户以及场所语境之间的相互关系称为语境主义或环境主义。在美学学科内部，语境主义概念与伯林特的语境美学相关。在美学学科之外，语境主义还是从格式塔心理学延伸到环境心

[1] Koh, Jusuck. "An Ecological Aesthetic," *Landscape Journal* 7 (1988), 177-191.

理学的结果。高主锡早年提出了整体的、演化的生态哲学范式，其整体主义的概念来源于格式塔心理学中的完形观念。格式塔心理学认为，人的视觉具有整体化的倾向，当一个不完整的图形出现在人的视觉当中时，人的视觉思维会倾向于自动将其补全，使之变成一个已知的、常见的完整图形。它集中思考一个物体被感知的方式如何受到这个物体所处的整个背景的影响。高主锡从格式塔心理学中发现了能够解释语境主义的理论资源。他指出，格式塔心理学家很早就知道图形特征与其背景之间的函数关系，一种颜色的价值往往受到与它相邻颜色关系的影响。这启发环境心理学家认识到，被感知到的图形特征的性质，在不同的个体感知差异中发挥着作用。[1]高主锡把格式塔心理学的完形观点引入他的生态设计，重新作为语境主义来阐释设计产品的价值、意义与人的目的和场所的语境的关联。他认为，用户的行为不是由物理环境直接影响或决定的，而是由用户对其主观感知决定的。建筑环境的感知价值不仅与个人的社会、文化背景的差异有关，还与各种关系背景相关。他列举的阿恩海姆（Arnheim）的"看就是进行环境化（seeing is environmentalizing）"的例子，就生动地阐释了格式塔心理学的完形观与其整体的、演化的生态设计观的一致性。

关于创造性概念，高主锡从心理学家对创造性的研究发现，创造力不一定都是天生的，每个健康的人都可以经过后天培养获得，而且生活本身就是一个创造性过程。高主锡从人类心理层面的创造性出发，进一步联系精神层面的创造性，尤其关注自然或文化演化的创造性过程。他提出，我们需要一个一般的理论或创造性定义，作为将之与一般的美学联系起来的基础。高主锡列举了很多心理学方面的理论资源来论证创造性理论的可能性，如让·皮亚杰（Jean Piaget）的儿童认知发展理论，卡尔·荣格（Carl Jung）的原型和集体无意识的概念，恩斯特·迈尔（Ernst Mayr）的生物进化的目的性理论，伊利亚·普里高津（Illya Prigogine）的秩序通过波动的概念（解释无机进化），尤金·奥德姆（Eugene Odum）的生态系统发展过程理论

[1] Koh, Jusuck. "Ecological Design: A Post-Modern Design Paradigm of Holistic Philosophy and Evolutionary Ethic," *Landscape Journal* 1 (1982), 76–84.

等，这些理论都为高主锡适用于设计与美学的一般创造性理论提供了共同的创造性理论基础。[1]基于这些理论，高主锡将提高秩序水平的演化过程视为创造性过程。高主锡通过借用心理学理论资源去界定适用设计和美学的创造性概念和一般的理论，巧妙地将美学和设计理论联系起来，提出体现生态设计和美学特点的三个创造性原则。

五、东方生态哲学思想与语言

我们在第二节一开始就提到，高主锡是在西方环境美学的影响下开始思考美学问题的。但由于他在韩国接受过传统的东方教育，所以他对生态美学的理解就不同于同时代的西方环境美学家，而是西方现象学美学与东亚美学的一种综合。高主锡早年在首尔国立大学学习过建筑学，拥有韩国建筑师执照。东方的文化教育和设计实践经历给他的生态理论增添了东方生态哲学的印记。高主锡提出的适用生态设计和美学的三个创造性原则以及由此衍生出的生态美学语言，蕴含着东方生态哲学智慧和风景园林设计经验。下面就结合高主锡在2004年发表的一篇演讲《生态推理与建筑想象》中的内容，阐释东方生态哲学思想与三个创造性的设计和美学原则的联系。

前面提到，高主锡运用类比的方法，从物理学、生物学的秩序原理中总结出了自然秩序的守恒性、创造性和不可分割性，由此提出了应用到生态设计和美学的三个创造性原则。这三大创造性原则不仅可以从物理学、生物学中找到科学根据，还可以从东方文化中找到哲学依据。第一个原则是包容性统一。高主锡指出，这一原则意味着建筑与景观、景观/建筑与人（生物的、心理的）以及场所（物理的、生物的、诗意的）的包容和再生的融合。它也与中国道家关于二元划分的虚和主动否定的观念有关。在包容性统一原则之下，高主锡提出了"对自然、景观的'连通'感：对功能和程序以及环境和语境的适应性"，"室内外的连续性和'深度整合'：呼

[1] Koh, Jusuck. "An Ecological Aesthetic," *Landscape Journal* 7 (1988), 177-191.

吸墙、窗户或人行道，多孔的和可渗透的壁/边界作为膜"等美学语言，以此强调人造建筑与自然景观的融合。第二个原则是动态平衡，它同时涉及主体与客体、思想与情感、心灵与身体、神圣与世俗的整合。高主锡指出，这种终极的融合，即悟（通过参禅来获得道），是禅修和个性化的适应性活动的结果。在动态平衡原则下，高主锡提出了一些美学语言，比如，"对立面的并置（新与旧、改变和连续性、规则与不规则、自然与人为、有序与无序、有机与几何、简单和复杂）"，"老化：在时间的考验中生存/成熟，在严酷的自然中忍耐"等，以此强调人对自然的持续变化的一种创造性适应。第三个原则是互补性原则。它指出了秩序的本质、美的本质以及我们对真、美和善认识的不确定性。现代物理学中的不确定性原理和具有自相似原则的分形几何结构等，都指向我们认识的模糊性、内在的不确定性，以及世界的神秘之处。高主锡认为，这种不确定性可以用东亚的气来解释它由此所导向的更好的精神体验。在互补性原则下，高主锡提出了另外一些美学语言，诸如"物质性与精神性相辅相成"，"禅的主动否定主义，'穆'：否定二元的视觉与距离，专注于参与与沉浸，主体与客体合二为一"等，以此强调主客观不可分割的相互依存关系。[1]

第三节　高主锡生态美学思想的主要内容

　　前面已经按照时间线索，大致梳理了高主锡生态思想的发展脉络，从中可以发现，他的生态美学理论是为适应特定时期的建筑理论和环境设计理论提出的。1985年高主锡在《生态建筑：基于能量和环境关怀的建筑设计和美学的整体性演化范式》一文中指出，"为了超越能源意识设计的物质运作解决方案，并将能源问题纳入建筑理论和美学的核心，我们需要一种

---

[1] Koh, Jusuck. "Ecological Reasoning and Architectural Imagination," Inauguration Lecture, Wageningen University, 2004.

新的理论，将建筑概念化为一个对人和地方开放的热力学的象征环境……生态的理论和美学是对这一挑战的回应"[1]。高主锡的这篇文章虽然没有明确提出生态美学概念，但他却有意识地在整体的、演化的生态哲学范式的基础上，把生态建筑理论与生态美学联系起来，他在这里所指的美学其实正是一种生态的建筑美学。1988年高主锡在《生态美学》一文中界定了生态美学的概念，并指出，"生态设计理论是在现有的有意识和无意识的创造理论的基础上发展起来的一种具有包容性和描述性的美学，既是一种能解释艺术美和自然美的理论，又是一种涉及建筑与风景园林的美学理论"[2]。显然，高主锡是在创造性理论的基础上把生态设计理论与生态美学等同起来。生态美学指的是一种生态的环境设计美学。2009年，在《寻求整合的美学》一文中，高主锡又指出，"对景观的关注和在环境设计中使用基于景观的美学，将为适应这种全球化的力量开辟道路，同时给人一种自在和健全的感觉"[3]。在他看来，可持续的设计只有建立在综合的景观美学的基础上，才能产生一种心理归属感、认同感和居住感，从而激发人们对日常环境的关怀和保护。所以，高主锡把注重景观体验和景观设计的东亚美学和创造性，作为与环境伦理相适应的生态美学的有效基础。在这里，他的生态美学演化成了适应全球化进程的一种整合的景观美学。

综合考察以上几篇文章，我们可以发现，高主锡的生态美学理论既基于整体的、演化的哲学范式，又基于创造性理论和原则，还有全球化、基于东亚美学的景观立场。他的生态美学理论正如他的生态设计实践一样，遵循整体的、演化的后现代范式，不断地与时俱进，以适应新的自然与社会文化语境的变化和发展。虽然高主锡的生态美学理论框架在1988年才真正建构起来，但并不妨碍我们以一种历史的、发展的眼光去审视其生态美

---

[1] Koh, Jusuck. "Ecological Architecture: A Holistic, Evolutionary Paradigm of Architectural Design and Aesthetics Built upon Energy and Environmental Concerns," *Passive & Low Energy Ecotechniques: Proceedings of the Third International PLEA Conference, Mexico City, Mexico, 6-11 August 1984*. Edited by Arthur Bowen and Simon Yannas. Oxford: Pergamon Press, 1985, pp.1040−1047.

[2] Koh, Jusuck. "An Ecological Aesthetic," *Landscape Journal* 7 (1988), 177−191.

[3] Koh, Jusuck. "Seeking an Integrative Aesthetics," *Gimme Shelter: Global Discourses in Aesthetics*, Amsterdam, The Netherlands, 2009.

学思想前后的连续性。下面主要结合以上提到的几篇文章，从其生态美学的总体特点、哲学范式、创造性原则以及美学语言等四个方面，尝试概括其生态美学思想的主要内容。

一、高主锡生态美学的总体特点

在《生态美学》一文中，高主锡从 11 个方面对立足于后现代文化语境的生态美学、西方传统的形式美学以及以伯林特审美场理论为代表的现象学美学做了比较，由此确定了与生态的环境设计理论相适应的生态美学的总体特点：第一，哲学基础：形式美学是二元论的、科学的、实证的、客观的，现象学美学是整体的、现象学的、人文的、主观的，而生态美学是整体的、生态的、演化的、主客观相统一的。第二，焦点：形式美学是聚焦外观的美学，现象学美学是聚焦体验的美学，而生态美学是聚焦自然与艺术中的创造力的美学。第三，原始数据：形式美学依据审美概念，现象学美学依据审美事实，而生态美学依据创造性事实。第四，研究方法：形式美学依赖内省，现象学美学考察对于艺术美的审美体验，而生态美学则对自然与艺术创造力进行经验研究。第五，思想观念的本质：形式美学是排外的、形式的、静态的，现象学美学是包容的、描述性的、动态的，而生态美学是包容的、描述性的、演化的。第六，与设计的关系：形式美学与秩序原理相关，现象学美学不必与秩序原理相关，而生态美学与秩序原理相关。第七，观赏者与艺术品之间的关系：形式美学从一定距离之外观赏艺术品，艺术近似于博物馆艺术，艺术与公众之间的距离增大；现象学美学重视通过参与来体验艺术品，艺术是活的艺术或行为艺术，在审美场中，观赏者与艺术品之间的距离减小；而生态美学视艺术品为被欣赏的艺术品，是通过参与和适应而生产的，是为了人和场所提供的艺术，在人–环境系统中，观赏者和艺术品的距离减小。第八，艺术家对艺术工作的理解：在形式美学中，设计师/艺术家倾向于创造以客体为中心的艺术（例如创造形式和对象）；在现象学美学中，设计师/艺术家倾向于创造以体验为中心的艺术（例如创造体验）；而在生态美学中，设计师/艺术家倾向于创造以体验/环境为中心的艺术（例如创造处于演化中的环境）。第九，与大众传媒的关系：形式美学由于坚持客体导向，容易吸引大众传媒的注意力；现象学美学由于坚持过程导向，不容易吸引大众传媒；生态美学由于坚持过程和系统导向，也不容易吸引大众传媒的注意力。第十，艺术家的形象：在形式美学中，设计师/艺术家是英雄、天才、大师；在现象学美学中，艺术家是体验者/表演者，参与创造和鉴赏体验；而在生态美学中，艺术家是体验者/表演者，参与设计和鉴赏的创造性过程。第十一，焦点的宽幅：形式美学强调视听感官，现象学美学强调积极的感知和体验，而生态美学强调整体的意识/无意识的体验和创造。[1]

综合考察这十一个方面的内容可知，高主锡的生态美学一方面保留了形式美学的规范性秩序原则，同时吸收了现象学美学整体的哲学观以及包容的、描述性的观念本质；另一方面又突破了形式美学实证主义的客观性，同时超越了现象学美学主观的现象体验。高主锡的生态美学由生态的环境设计理论衍化而来。他的生态的环境设计理论立足于整体的、演化的生态哲学范式，坚持自然与艺术主客观的统一，关注在人-环境系统中艺术与环境互动所产生的创造美。对应到美学方面，高主锡认为，生态美学实质上是一种聚焦自然与艺术的创造性美学，它同样坚持整体的、演化的生态哲学范式，从创造性事实出发，对自然与艺术的创造性进行经验性研究。生态美学与传统的美学理论相比更具有包容性、描述性和演化性。由于设计和美学具有相同的创造性的秩序原理，在人-环境系统中，艺术家遵循秩序原则，参与设计和鉴赏的创造性过程，创造以体验/环境为中心、为了人和场所的艺术，打破了传统艺术被动创造和欣赏的局面，从而拉近观赏者和艺术品的距离，使人与环境的共生关系表现得更为紧密。有了生态的环境设计美学的指导，人与环境的关系可以实现由二元对立到互为补充，既顺应了自然的演化规律，又达到了人自身健康发展的目的。

---

[1] Koh, Jusuck. "An Ecological Aesthetic," *Landscape Journal* 7 (1988), 177–191.

二、后现代整体的、演化的生态哲学范式

这部分内容主要参考的是高主锡于1982年发表的《生态设计：整体哲学与演化伦理的后现代设计范式》，他将生态设计（ecological design）定义为不同于一般环境设计的环境保护论者的设计、环境主义的设计或环境哲学。生态设计方法变革了还原论的哲学和文化传统，阐释了一种整体的、演化的生态哲学新范式。大致来讲，整体（holism）指一种知识与道德的整体论。它主张从语境主义的角度把人与自然结合起来，强调建筑结构不仅要与人联系起来，还要与物质的和象征的语境相关联。"演化"指在人–环境系统中，把设计和建造行为视为持续的交互过程，总是留有进一步改进的空间。环境设计向生态设计术语的转变，本质上就是从还原论的现代设计方法向整体的后现代设计方法的转变。下面从现代环境设计与后现代生态设计的对比中，界定整体的、演化的后现代生态哲学范式的基本内涵。

高主锡从十八个方面对还原论的环境设计和整体的生态设计作了具体的区分，下面结合这十八个方面的内容，从两者哲学立场的对比中，进一步明确整体的、演化的后现代生态哲学范式的基本内涵：第一，哲学基础：环境设计基于还原论/决定论，生态设计基于现实主义和整体论。第二，伦理/价值取向：环境设计追求价值中立的理性主义或人类中心主义，主张绝对美；生态设计追求价值完备的生态的/演化的伦理学，主张利他主义/适应性。第三，主要的设计变量：环境设计是形式/功能/结构/空间/物质，生态设计是人/地方。第四，主要设计标准：环境设计是内在的职业价值体系，生态设计则与紧迫的社会问题相关。第五，设计的意义：环境设计把设计作为目的，建筑物由设计决定；生态设计中设计只是作为建筑物的手段，建筑物与设计互动。第六，群体努力：环境设计是多类专业组成的，而生态设计则是跨学科的。第七，学科关系：环境设计是分层级的，是线性关系；生态设计是平等的，是循环关系。第八，对其他学科的贡献：环境设计是有限的，生态设计是无限的。第九，角色分化：环境设计师是通才的设计师，生态设计师是专门的设计建造者。第十，设计的概念：环境设计将设计视为封闭的系统，而生态设计将设计视为开放的系统。第十一，空间对建造者的创造性投入：对环境设计来说发挥了最小限度，对生态设计来说发挥了最大限度。第十二，设计问题的概念：环境设计将设计作为解决问题的过程，生态设计将设计作为演化的过程。第十三，教学的重点：环境设计是知道怎么做，设计就是对不同建筑类型的练习，遵循形式秩序；生态设计是知道为什么，设计就是对不同建筑方法的实验，遵循过程秩序。第十四，工作室教学：环境设计的指导者充当工作室的主人和批评家，生态设计的指导者充当同事和协调者。第十五，理论在设计中的作用：在环境设计中，理论是武断的教条；在生态设计中，理论是工作假设。第十六，奖/专业的认可：环境设计基于设计，由设计行业来判断；生态设计基于设计－建造被证明是成功的，根据使用者、公众以及设计专业人士三方来判断。第十七，设计者的态度：环境设计者是个人主义的/精英主义的态度，生态设计者则是平等主义的/大众化的态度。第十八，设计者/客户之间的关系：在环境设计中，设计者为客户做决定；在生态设计中，设计师帮助客户做决定。[1]

综合以上的比较，我们可以发现，现代设计站在了实证主义和决定论两个相互关联的哲学立场上。实证主义的观点认为，环境是一个能够并且应该被客观描述和科学评价的实体，环境设计方案由设计师理性地提出，不受个人、社会、文化以及物理和象征环境的影响。对使用者来说，人的行为可以通过物理环境的改变而得到直接修正和完善。这种实证主义方法往往导致人与环境的二元分立，以及人与环境的研究相互独立。除了科学上的实证主义之外，基督教文化中的神学决定论还发展出了一种绝对的人类中心主义世界观，影响人公正地评价和改造世界。人与环境二元分立的观点随着现代科学和工业时代文化的发展，已然演化成了过度的人类中心主义，成为造成诸如环境问题等一系列世界性问题的内在原因。回到具体的环境设计问题上，现代环境设计师同样受到了还原主义的哲学范式的制约。在设计实践方面表现为：第一，人员参与：环境设计师通常在一名总

[1] Koh, Jusuck. "Ecological Design: A Post-Modern Design Paradigm of Holistic Philosophy and Evolutionary Ethic," *Landscape Journal* 1 (1982), 76–84.

设计师的协调下，在多个专业团队的合作中解决设计问题，很少需要用户群体的参与或考虑语境的变化。第二，设计目标：设计师标榜自我的英雄主义的风格，追求普遍的美与理想的形式，导致疏远设计的服务对象不关心建筑物的进一步改进。第三，设计过程：现代设计师只专注于设计阶段，不考虑建筑物的实施，设计过程严格、保守、封闭，设计和建造过程之间几乎没有任何创造性的反馈。由于设计很少与语境相关，所以建筑结构无法回应和尊重周围的结构。第四，施工过程：施工遵循设计图纸和模型，是一个机械的过程，几乎没有激发创造性实验的空间。设计师由于失去了在施工过程中进一步思考的时间，对环境越来越不敏感，无法根据现场遇到的实际问题进行技术创新。第五，设计评价：评估专家只根据专业本身的优点来评价，与社会生活保持距离，对生态系统不敏感。高主锡从对现代环境设计现状的分析中指出，正是还原主义的哲学范式使现代环境设计向人类中心主义价值立场偏移，导致从设计师到建筑结构乃至一般使用者普遍对资源环境不敏感。

高主锡在反思了西方传统哲学范式的弊端之后，立足于整体的、演化的生态哲学范式，提出生态设计的概念。他把生态设计看作一种包容性的艺术，前缀"生态的"指的是生态学、生态的人类学、生态心理学与环境主义设计者一致采取的整体的演化的方法。整体主义认为，在不考虑人类生态语境和演化目的的情况下，一个人不能正确地感知、解释和评价任何建筑和设计；在不参考物理、生物、文化和心理环境的情况下，人的设计建造行为也不能被恰当地解释、设计和批评。高主锡吸收了整体主义的观点，在麦克哈格生态规划理念的基础上，进一步坚持了物质与心灵、思想与情感、功能主义与表现主义相结合的知识整体论。环境由单一的概念，演变为融物理的、生物的、文化的、心理的含义为一体的综合概念。从整体主义来看，生态设计作为一种新范式，比具有能源意识的设计更具包容性。另外，生态设计除了坚持人－环境系统的整体观，还强调设计、建筑的动态演化观。建筑结构越与其自然和文化环境相适应，环境结构的能源利用率就越高。生态设计师关心的不是环境的设计，而是与人相关的环境系统的设计。这需要设计师在关注设计产品的同时，关注人－环境系统的演化过程。生态设计师认为，设计产品和建筑环境不仅与人类的目的、需要和欲望相关，还与物理的和象征的语境相关。在这种生态观中，生态设计师既强调形式遵循功能，又重视形式遵循环境。人被认为是与环境共同演化的，生态设计师的头脑中没有永恒的设计，只有永恒的过程秩序和演化原则。生态设计师重视环境结构随时间变化增长的适应性，以及对特定时间的适应性。在语境主义的信仰下，生态设计师在设计过程中提倡地域认同、文化和个体多样性，追求人类生态地域主义。生态设计的整体的、演化的哲学取向，反映了后工业社会普遍存在的知识和伦理取向的重新定位，即向人与环境相辅相成、不可分割的信仰转变。这种哲学范式改变了原先固化的知识基础，以更灵活的观念适应更加复杂多变的地理、文化环境。

三、基于创造性概念的生态美学原则

在《生态美学》中，高主锡将创造性（creativity）定义为在系统的相互关系、复杂性、效率、多样性、稳定性、适应性、意义、价值、意识和精神性的层次上，导致秩序水平提高的一种能力和品质。它是一个包容性的概念，包含发明与适应、人与自然、发展与进化、自我意识与非自我意识的系统过程，为形式美学单一的统一性原则赋予包容性的概念内涵。高主锡将创造性概念应用于设计中，把设计转化为创造性过程（creative process）。这种创造性过程指建筑环境暂时的瓦解和退化，然后继续提高组织水平，直到人－环境系统重新达到平衡状态，而平衡状态反过来又可能被突然打乱或中断，不断循环这动态的有序的变化过程。[1]设计的创造性过程，将形式美学静态的平衡原则改造成有序与无序的动态平衡原则，更加强调建筑结构与人及其语境的适应性。此外，高主锡还将这种创造性过程看作是把二元对立的元素整合在一起的互补方式，他提出的互补性原则反过来体现包容性的创造本质，弥补了传统形式美学难以解释东方风景园林

---

[1] Koh, Jusuck. "An Ecological Aesthetic," *Landscape Journal* 7 (2), 1988, 177–191.

设计的不足。下面分别对三个创造性的设计和美学原则作详细的阐释。

包容性统一（inclusive unity）。在古典形式美学中，统一性指的是一种和谐、完整的状态或表象，在不破坏整体的情况下，不能增减任何部分。它强调内部秩序的排他性完整，与环境的变化或目的的多样性无关。现代环境设计师和建筑师在形式美学统一性原则的指导下，坚持静态的世界观，承认绝对美，尊崇理想的、规范的设计方法。高主锡从热力学第一定律中得出了一个认识，即一个系统在形成过程中与其环境是统一的。包容性统一作为设计原则，指的是形式的完整性，即形式在符合自身内在的统一性之外，它还是一个与目的和语境相互作用的系统。这种统一的包容性导致了一种相对的、演化的美的观点，认为美体现在语境和目的、人和地方的适应性上，审美意识正是在相对的适应性中形成和发展的。生态美学的包容性统一原则超越了现象学美学的主观审美体验，揭示了当环境与人相统一时所唤起的审美体验，还揭示了当建筑环境与其语境统一时所产生的审美品质。审美品质既与人和地方有关，又与主体和客体有关，由此把人与自然环境统一起来。作为美学原则，包容性统一指环境不是一个从远处进行视觉观察的对象，而是一种多感官的交互状态。在建筑中，统一必须体现为自然环境与文化环境在物理和象征水平上的统一。建筑物的环境、使用者和用途都是不断变化的，包容性统一原则要求建筑必须适应变化，对人的自发性和控制力开放，产生对环境持续而强烈的审美体验。

动态平衡（dynamic balance）。西方传统美学中的平衡原则指对立的各方面在数量或重量上相等或相抵，或相反作用力互相抵消，使物体呈现出某种相对静止的状态。它是人们在艺术作品中通过对形式的感知所体验到的，倾向于维持现有的状态。作为基本的设计原则，它指的是一种定量的、静态的形式平衡。高主锡类比生物进化原理和热力学原理，提出了设计创造的演化原则——动态平衡。动态平衡指的是过程的动态不对称性，要求设计师摒弃（介于想象与推理、情感与思想、原创性与实用性之间的）创造的二元论概念，从传统的、遵循实证主义美学的形式秩序转向过程秩序，把无序的、偶然发生的、自发性的过程作为创造性过程，从而抵制神圣创造的谬论。高主锡把动态平衡作为生态设计和美学的第二个原则，其既指从创造过程中产生的定性的不对称，也指审美形式中体现的形式的不对称，由此将西方美学静态的形式平衡与东方美学动态的定性平衡结合起来。高主锡之所以提出与形式美学的静态平衡原则相对的动态平衡原则，是因为他认为动态平衡把感知、认知和审美体验的过程均看作创造性过程，解释了许多静态平衡所不能解释的审美体验和审美品质，由此证明建筑可以积极地适应时间上的零碎的变化和局部的扩张，符合生态演化的规律。

互补性（complementarity）。互补性原理原是一种反映现代物理学的世界观，高主锡却从中发现了整体的世界观和综合的创造性本质。他认为，互补性原则不仅反映了自然系统内部的互补性，还反映了主观自我与客观世界之间相互适应的秩序。整体主义体现了各种二元论形式的不可分割性和互补性，如主观与客观、时间与空间、形式与内容、物质与精神、能量与信息、浪漫主义与古典主义、情感与思想、意识与无意识等。综合的创造性本质是指把创造性过程看作是一种将看似二元的元素整合在一起的互补的方式。互补的创造性本质不仅体现在物理学中，在生物学、心理学等学科也能找到思想依据。如在生态系统的创造性过程中，雌雄通常必须互补才能繁殖；人的大脑往往将左右脑的功能、有意识与无意识的功能结合起来才能实现创造性。高主锡认为，消极形式与积极形式的互补原则虽然已经广泛应用于东方的风景园林设计实践之中（如东方建筑讲求的阴阳结合），但却很难用西方形式美学的统一和平衡来解释。所以，他将互补性作为生态设计和美学的第三个原则，用来指建筑作为对能源（物质/材料）的适应与建筑作为对信息（象征/精神）的适应之间的不可分割性与互补性，以及建筑和花园、消极与积极形式和空间之间的互补性。在风景园林中，室内与室外、建筑与花园在增强审美体验及对环境的归属感方面相互补充。当赋予建筑以意象和象征时，建筑结构能够充分调动人的推断、联想、记忆等能力，使人们参与到与环境的互动中，实现人与建筑环境、建筑环境与自然语境之间的和谐。

四、以景观为核心的综合的生态美学语言

20世纪晚期，全球化导致了建筑和城市的西方化，这使人们忽视了对地方景观的认同，也忽视了对环境可持续性发展的关注。高主锡基于全球化的语境和建筑、城市西方化的问题，提出了全球本土化的景观立场。高主锡认为，景观不是建造的，而是培育的，这种培育需要更长的时间和更大范围的利益相关者的参与。要产生对土地的情感，需要将景观语言转化为美学语言，为日常的景观体验提供一种包容的、持久的吸引力。一旦人们理解了景观对人的意义和价值，他们就有动机去关心和保护土地。高主锡在1988年依据三个创造性原则界定了生态美学之后，又深入到生态语言学层面，探讨生态设计获得自己的美学语言的可能性。高主锡在2004年发表的《生态推理与建筑想象》中，依据三个创造性原则，分别提出了具体的生态美学语言，其中大部分是从东亚的风景园林设计实践中总结出来的含有东方生态哲学的语言。生态美学语言较西方的环境设计语言而言相对零散、模糊，缺乏系统化与本土化的综合。到了2009年，高主锡在《寻求整合的美学》中，把先前提出的生态设计方法转化为一种全球本土化的景观立场，并正式把景观作为综合的生态美学语言的来源。高主锡认为，西方传统的环境美学指导下的环境设计语言既不符合东方的文化语境，对其自身而言也不是生态友好的。所以，他希望在建构一种适应东西方语境的生态美学之外，重新设计符合东亚文化语境的生态美学语言。

高主锡立足于东西方的设计实践，把东方的生态哲学理念引入对景观的阐释当中，用景观语言取代建筑语言，使其生态设计朝着生态演化的伦理方向发展。为了超越形式美学的视觉霸权和柏拉图式的理想的、静态的世界观，他试图把景观界定为土地和人，从整体的和人性化的角度理解和欣赏景观。以下是他提出的生态美学语言和设计策略：

第一，关注时间、时刻和时序、此时此地的方法。第二，规模的跳跃和变化：放大或缩小，解除框架并跨越边界，嵌套的层次结构和分形几何。第三，把景观作为身体概念的针灸设计；设计用以治愈和激励，推动延迟疼痛或问题的战略要点，从上游解决下游问题。第四，通过规划和培育进行设计；开放式创造和保护过程，因此需要审美和创造性的参与。寻找开放的设计，并将景观作为社区体验和提升的工具。第五，垂直互联（重写本、记忆和时间的积淀）和水平互联。第六，秩序、变化和过程的表达和体验，时间（旧与新、短与长、短暂与持久）体验的秩序。第七，作为创造力模型的光合作用、人类生殖和个体发育；作为感知的和感性的身体景观，浸入式的体验而不是透视图。第八，关注过程而不是产品和最终的结果；有序化过程允许演进而不是面向目标。第九，正如让生态学家成为该领域的科学家一样，在该领域中设计和体验，消除自我与世界、景观与花园之间的隔阂。第十，同时进行组合和分解，关闭生产和浪费的循环，将老化和死亡视为生活的一部分；不把错误、问题、污染传递给他人。接受过程逻辑和演替序列。第十一，设计是过程的有序化和体验的有序化，不是制造形式。形式是过程和结果。数字思维和模拟思维的结合。形式是模拟思维，逻辑/概念思维与审美/感官接受相结合。第十二，将水理解为另一种景观，基于水的美学是转化的美学而不是形式美学。第十三，接受和表达无序的创造性作用，（如果不一定是创造性的破坏）意外的、不可控的、偶然发生的、不可预测性、非理性、规律性、瞬间之美、不完美和不完整之美（为什么在建的建筑比完工的更漂亮、更有内涵、更吸引人？为什么海湾总是可爱的？），揭示无序，构建混乱。第十四，接受矛盾，并置有序和无序，阴和阳。第十五，接受不完美和不充分。首先，自然和创意产品几乎总有进一步改进的空间；其次，一个人不能吃得太饱；再次，不完整性和开放性引起美学和设计的参与，促进集体的创造力并提升（用户）创作感，并表现普通的生活状态。第十六，分形几何和自相似性，相对于欧几里得的几何形式，与景观的地理性质、复杂度的比例不变性、嵌套的生态层次更相关。第十七，像在中国山水画中一样，理解和想象景观相结合，左右脑参与相结合。第十八，多感官方法：浸入式美学和参与式设计。第十九，基于土地的方法和对景观的精神性和物质性认识。土地不是形式和空间，而是场所，充满了看不见又不可量化的能量、生命的气息、气。地方精神，尊重景观的逻辑，变化和自然的秩序，理解场地的重要性，土地作为生活、情感、智力和创造性的身体和共同居住的场所。认识我们感受和体验的无意识的和无形的土地与景观联系。[1]

高主锡提出的带有东方生态哲学思想的生态美学语言，所体现的不仅是东方本土的设计理念，还反映了全球普遍适用的生态立场。作为对实证主义的西方环境设计语言的补充，高主锡的生态美学语言消除了传统的人与自然环境的二元对立，它遵循过程逻辑和演替序列，接受矛盾和不完美的存在，以动态变化的形式向人和环境开放。景观因时、因地制宜：土地被视为物质性和精神性相统一的场所，人多感官地参与设计、建造、体验景观的全部过程，人与土地彼此互动，相互适应，完美地阐释了整体的、演化的生态哲学思想。

第四节　对高主锡生态美学的评价

高主锡生态美学的理论建构主要分为三个阶段，呈现出系统的、演化的理论逻辑。在理论演化过程中，高主锡始终坚持跨学科的综合研究方式，为西方生态美学贡献了范式革命、概念创新、地理与文化语境相融合、美学理论与设计实践相结合等建构思路。

首先，在明确提出生态美学概念之前，高主锡批判了现代环境设计和现代建筑，重新界定了生态设计、生态建筑概念，明确了"生态的"前缀的特定语义，即一种相对于传统还原论和决定论的整体的、演化的生态哲学范式或方法。高主锡的生态美学是在生态的环境设计理论的基础上产生的，它同样批判传统的现代实证主义哲学范式，并延续了整体的、演化的后现代生态哲学范式。这意味着其生态美学与以往的美学相比，实现了美学史上的范式革命，由西方的艺术哲学转向了东西方共同强调的生态哲学。

---

[1] Koh, Jusuck. "Seeking an Integrative Aesthetics," *Gimme Shelter: Global Discourses in Aesthetics*, Amsterdam, The Netherlands, 2009.

其次，高主锡广泛地从物理学、心理学、生物学以及生态学等学科中寻找理论依据，借助创造性概念把美学和设计联系起来，并依据创造性的秩序原理改造了形式美学的二元分立的统一、平衡原则，衍生出包容性统一、动态平衡和互补性三个创造性的设计和美学原则，由此界定了生态美学丰富、综合的理论内涵。这意味着他的生态美学既可以作为指导性原则应用于设计实践，反过来又可以检验美学理论自身的适用性，由此拉近美学与社会生活的联系。另外，创造性、包容性统一、动态平衡、互补性等一系列新概念实现了美学史上的概念革新，由从艺术中借用来的规范的美学概念转向了自然科学与人文学科通用的综合的生态美学概念。

最后，高主锡并不满足于依据生态的环境设计理论建构生态美学，他还试图依据东方生态哲学语言创造能够解释东方风景园林设计的生态美学语言，即全球本土化的景观语言。这种景观语言可以用来解释西方传统的建筑和设计语言所不能解释的东方生态设计思想，也可以在全球化的生态视野下，适应东西方具体的地理、文化语境的差异，充分发挥东西方文化的优势，使建筑结构与地理、文化语境高度融合。高主锡的生态美学思想不仅能够实现建筑和环境设计的生态化，还能实现生态美学学科发展的生态化。也就是说，无论是建筑结构，还是人文学科建设，都要与具体的地理、文化语境相适应。高主锡自觉地将美学、设计学与自然学科联系起来，他的生态美学涉及认知和感知两大领域，较一般的美学理论具有更普遍的可阐释性。与其他美学家相比，高主锡始终致力于生态设计实践，在理论与实践的互动中，他的生态美学能够深入到与人和自然环境密切相关的日常社会生活当中，因此较一般的美学理论更具包容性和可检验性。

当然，高主锡的生态美学同样也存在一定的局限性。首先，从理论定位来看，高主锡的生态美学从狭义上来讲，指的是一种生态的环境设计理论。这种理论虽然较一般的美学理论具有更普遍的可阐释性，但关于它是否能够应用到建筑学和风景园林学以外的其他学科，成为普遍适用的美学理论，还有待于进一步去论证。其次，从理论内涵来看，高主锡的生态美学思想是随着社会现实问题的变化不断丰富和发展的。高主锡分别在1984年和1988年发表了以"生态美学"为题的文章，明确指出生态美学具有生态设计理论与西方现象学美学两方面的内涵，而且生态美学和生态设计理论在创造性原则上也是一一对应的。但是，高主锡除了明确提出生态美学的概念之外，他还提出过生态的建筑美学和整合的景观美学。生态建筑美学与生态美学具有一致的生态哲学范式和创造性原则；景观美学的景观立场与生态美学的生态设计方法也基本一致，只不过前者站在了全球化的视角，从以前的抽象的思维方式变成了具体的语言的方式。概念的创新虽然有利于打破西方形式美学的支配地位，但其生态美学概念的含义始终随环境设计实践的变化而变化，导致他的生态美学与西方其他生态美学相比缺少学科的独立性。这是以具有实践性的生态环境设计理论为导向的生态美学内部不可避免的局限性。最后，高主锡把从东方风景园林设计实践和生态哲学思想中提炼出的全球本土化的景观语言作为其生态美学语言。由于受到东方文化追求朦胧的表达方式的影响，其生态美学语言抽象、含混，使得西方学者接受起来比较困难。

总之，高主锡的生态美学是在生态的环境设计理论与实践的基础上建立起来的，它充分强调建筑环境与人以及与周围特定语境的关系，反映了人与自然的和谐相处的适应性状态。正如程相占在《环境美学的理论创新与美学的三重转向》一文中提到的，高主锡的生态的环境设计美学有力地论证了环境美学生态转向的美学史意义，它不但可以使我们更加清醒地认识环境美学的思想主题，而且可以使我们更加准确地辨别环境美学与生态美学的联系与区别。[1]我们进一步认识到，高主锡的生态的环境设计美学一方面将设计实践与美学理论、东亚美学与西方环境美学（确切来说是伯林特的现象学美学）有机结合起来；另一方面从哲学范式、美学概念、美学语言三个方面为我们提供了构建生态的环境美学的方法，为西方生态美学开辟了东西方美学互补发展的新的研究道路。

---

[1] 程相占：《环境美学的理论创新与美学的三重转向》，《复旦学报（社会科学版）》2015年第1期。

第六章　格诺特·伯梅

　　格诺特·伯梅在二十世纪八十年代开始倡导一种新的自然美学，即生态的自然美学。在艺术理论居于主导的时代，他重新提出自然美学的理论诉求，并为这样一种诉求寻找更为坚实且跟随时代理论进展的基础。为此，他重新定位了整个美学的出发点，回到鲍姆加滕，呼吁以一种普遍的感知学来克服聚焦于精英艺术的狭义美学。他由此采取了现象学的理论进路，尤其是赫尔曼·施密茨所开创的基于身体概念的新现象学，把美学的关注视野从美和艺术转移到身体，但不是肉体，而是我们自身所是的自然，由此给予自然美学一个居间性的定调。相应的，在外在维度上，自然不是一个对象，而是环境。人与环境之间所具有的不是旁观或者掠夺的关系，而是置身。在置身性的经验中，发生作用的不是某物，而是一种整体的、原初的气氛。气氛是人对环境的原初感知对象，在这种感知中尚未出现判断与分析，因此我们有一种普遍的感知类型——通感。通感并非五官感知的叠加，而是先于五官而发生的整体性身体觉察，这种觉察表现为一种情绪，所以就有了欢快或忧郁的气氛。与此相对应，在自然审美经验中，事物所扮演的角色不再是一种固定属性的存在，而是一种出窍，朝向特定气氛的布局。因此，气氛是可以制造的，由此这种自然美学突破了接受美学，朝向了一种制造美学。自然审美制造的典范就是园林。园林通过对自然事物的控制与放任，塑造一种良性的人与自然的关系，打造一种有特殊调性的空间，朝向某种特定置身性体验。伯梅为自然美学贡献了这些新的出发点和生长点，但基于体验并强调居间的学说，如何应对主观性与模糊性是一个难题。

第一节　伯梅及其学术研究

格诺特·伯梅（Gernot Böhme）[1]，1937年1月3日出生于德国德绍，德国哲学家，达姆施塔特工业大学荣休哲学教授，目前是一家私立哲学实践研究所（IPPh）的所长。伯梅研究广博，以其影响力排序，依次是美学、自然哲学、身体哲学和技术哲学。他的基本主张是把哲学理解为一种应对生活的能力，他的著作所围绕的核心人物是柏拉图、康德以及歌德。他致力于在技术泛滥的时代捍卫人性与自然，为此他高扬身体的重要性。

值得关注的是，伯梅是学习自然科学出身，年轻时在哥廷根大学和汉堡大学学习过数学、物理学和哲学，他的博士学位论文为《关于时间的模式》（1966）。他从自然科学向哲学的过渡，契机在于他的导师卡尔·弗里德里希·魏茨泽克（Carl Friedrich von Weizsäcker），他跟随后者先在汉堡后来在施坦恩贝格学习和共事。他们交流了对柏拉图和康德的兴趣，对二手文献的怀疑，以及一个观点：了解一个哲学家，关键在于了解其哲学立场。伯梅的学术职业生涯是一种典型的德国模式。他从学术助理开始做起，最初是在1965—1969年间担任魏茨泽克的学术助理；然后在海德堡大学担任格奥尔格·皮希特（Georg Picht）的学术助理；紧接着的1970—1977年间，他在施坦恩贝格的马克斯－普朗克研究所所属的科学技术世界生活条件研究所从事研究工作。1973年，伯梅以其关于柏拉图、亚里士多德、莱布尼茨和康德的时间理论的论文在慕尼黑大学哲学系通过教授资格答辩，并于1977年正式被聘为达姆施塔特工业大学的哲学教授。

从伯梅的学术生涯可以看出，他并不是一个典型的美学家，他所从事的训练几乎与美和艺术（至少表面上）毫无关系。他的学术训练融合在自然科学和自然哲学之中，可以推测，这一点使得他后来的美学思想别开生面。他在艺术哲学泛滥的时代犀利而坚定地将自然美学推陈出新，这绝非偶然。非美学的训练，使得他不被陈旧老套的美学话语束缚住思维；自然科学的

---

[1] 本节关于伯梅的资料，主要来源于维基百科德语词条，详见 https://de.wikipedia.org/wiki/Gernot_Böhme。

积淀，使得他突破范式去看待人与自然的关系；同时也使得他对科学技术时代的弊病感触颇深，保持批判视野，但同时不陷入极端，能看到技术、商品时代的合理性。

伯梅的著作多达数十种。代表其原创性及影响力的是1989年出版的《朝向一种生态自然美学》（*Für eine Ökologische Naturästhetik*）。在该书中，他后来数十年的思想均展露苗头：包括其批判意识；呼唤回到鲍姆加滕，建立一种感知学；用生态和环境来重新理解自然；通过身体将自然理解为我们所是的自然；从赫尔曼·施密茨那里拿来气氛这一核心概念，作为新美学思考的出发点；提出了出窍和通感问题；重点提出了风景园林，尤其将英国花园作为其美学的范例，等等。这些思想，在1995年出版的《气氛——新美学文集》（*Atmosphäre: Essays zur Neuen Ästhetik*）中得到更为精致和详细的扩充；在2001年更为旗帜鲜明地凝结为他最初所号召的《感知学》（*Aisthetik*）；2003年又专门针对身体问题出版了《作为任务的身体存在》（*Leibsein als Aufgabe*）；2008年出版了《身体生存的伦理学》（*Ethik Leiblicher Existenz*）；其批判意识在2016年集结为《审美资本主义》（*Ästhetischer Kapitalismus*）一书。如果说伯梅后来的著作都是《朝向一种生态自然美学》的注脚，固然有些草率；但无疑，我们可以看出：伯梅毕生的学术都在《朝向一种生态自然美学》所草拟的蓝图中耕耘。

第二节　突破与渊源

一、突破

伯梅是当代德国自然美学的重构者，他为自然审美问题在新语境下的回归创造了新的契机。为了让这一问题重新变得有意义，必然需要重构对自然这一概念的理解。对人与自然关系的重新理解，对自然的对题亦即对艺术的重新理解，以及对美学本身的全面革新。所以，伯梅的新自然美学必然不是对自然这一话题就事论事，在某种程度上，它是一种以自然话题为契机的新美学、系统美学。

伯梅首先批判的是康德以来的判断美学。[1]我们知道，康德继承了十八世纪主流的对趣味问题的探讨，把美学的重心置于判断力。准确来说，是置于对某物的反思判断力（而非规定判断力）上来，寻求某种主体间共通的对对象的判断标准。即便康德这里的标准是主观的，伯梅认为，这也给后世带来了不良影响。这种影响很快被黑格尔和谢林放大，成为对艺术的推崇和对自然的忽略。根据伯梅的观察，美学迅速背离了鲍姆加滕的愿景，成为评判作品好坏的标准缔造者。历代美学理论似乎都在给人提供标准，或用来衡量作品的好坏，或用来衡量趣味的高低，而这并不是感性学的初衷。至少，感性学的理论视野和建设性远远大于美学、趣味学或者判断学。它是在实践理论与认识理论之外的人类剩余的能力空间，既不为实用目的直接服务，又不受概念、命题、逻辑的约束，虽然长期被贬低为情感或感性，却是人类文化发展、集体共存、个人幸福不可或缺的维度。对这一维度的研究，是美学成为哲学重要组成部分的基石。

对感性学维度恢复重视，必然伴随的是对自然审美问题的重振。因为感性学正是对狭义的艺术哲学的超越，意味着审美视野超越艺术这一狭义对象，扩展到自然等其他对象。所以，重视自然与重视感性（或者说人类审美经验）是同时出现的。在感性学视野下，在逻辑和历史上，自然都是先于艺术而成为审美对象的。人类首先对自然现象具备感性经验，然后才创作了艺术对象，并对之产生审美体验。可以说，自然美是感性学的核心，感性学也是自然美的基本原理。只有回到感性学，对自然美的探讨才不再是艺术理论的附庸与注脚，而是一种更广阔的理论维度的逻辑之必然。因此，伯梅的自然美学，其目的旨在建立一种"一般感知理论"[2]。

这种立足于感性学的自然美学，必然不是简单地置于艺术理论的对立面，而是确立对艺术这个现象的重新理解。它的理论力量不仅在于合理地

---

[1] 参见 Böhme, Gernot. *Für eine Ökologische Naturästhetik*, Frankfurt/M: Suhrkamp, 1989, 22. 以及 Böhme, Gernot. *Atmosphäre：Essays zur Neuen Ästhetik*, Frankfurt/M: Suhrkamp, 2013, 23, 262.

[2] 参见 Böhme, *Naturästhetik*, 10−12. 以及 Böhme, *Atmosphäre*, 47−48.

陈述自然审美的意义，也在于更为合理地描述艺术所处的地位。一种理论上的翻转甚至是可能的：将艺术置于新自然美学的审视之下，用自然概念来解释艺术。实际上，我们在阿多诺的美学理论中就已经可以看到这种视角。在一种涵盖性更广的一般感知理论中，艺术作为其中的一种现象，尤其是一种和自然现象共同参与气氛缔造的现象，成为逻辑之必然。

与此同时，伯梅为重建自然美学清除障碍，也在于对笛卡尔传统中的我思与世界、精神与物质之间的二元对立的扬弃。[1]在这样一种传统中，世界是立于自我的对立面，自然就是这样一个对立面的化身，所以形成了人与自然这样一个对立范畴。传统的自然美学也是基于这个对立结构发展起来的，亦即人对自然的欣赏。因此自然就成了一个理所当然的、一成不变的存在，而对自然的审美欣赏就成了人与外在自然之间的一种非功利、形式上的欣赏关系。这导致自然成为一个特殊的审美对象。最终因为该对象在意义层面的单一性，而被吞噬在对艺术的丰富探讨之中，从而印证了黑格尔的判词。自然作为审美话题的重新回归，必然要超越这种二元对立。现象学与存在主义的兴起，让我们得以以一种在场的角度重新审视自然话题。自然不再是外在的存在，而是我们置身其中的一个场域；自然不再是某物，而是一种情境，一种关系。或者说，自然是我们自身在世存在的一种方式。由此，一种基于我思的自然关系就转变为基于我在的自然关系。

具体到自然审美这个话题，一种对象化的自然观就被一种生态自然观所替代了。自然不再被视为一个特定的对象，而是一个生态环境系统；人也不再被视为自然的对立面、观察的主体，而是置身其中与之呼吸并交换物质、能量与信息的一个要素。自然审美就变成了一种交互行为，一种出窍与通感，一种类主体同时又类客体的活动。

由此出发，伯梅批判以前的美学为精英主义美学。[2]伯梅对以往的美学，无论是支持自然美问题的还是贬抑自然美问题的，都保持着警惕。他固然对以黑格尔、谢林为代表的精神至上的那种美学观念表达了基于感性学立

---

[1] 参见 Böhme, *Naturästhetik*, 32.

[2] 参见 Böhme, *Naturästhetik*, 13−14, 19−23. 以及 Böhme, *Atmosphäre*, 39−47.

场的反对；也对以阿多诺、本雅明为代表的精英美学观加以批判。阿多诺虽然在二十世纪率先重提自然美，并重构了其理论地位，但伯梅发现，阿多诺对自然的推崇背后有一种根深蒂固的精英主义意识，以及对自律性艺术的推崇，由此过渡到自然美问题，依然是为自律性做的注脚。本雅明分析了原创作品本身的那种灵晕，拒绝承认机械化生产下的产品有任何机会具有灵晕，这就阻碍了大众审美在严肃学术领域的研究与批判。在伯梅的视野中，重建自然美学，就要打破这种精英美学，否则自然必然会被置于艺术之下，受到不公正的对待。而开放美学视野，抛弃精英主义，则意味着不仅要重视自然美问题，而且原则上应对一切非艺术的审美现象予以重视。这就意味着，不仅自然，还有非艺术的人造物，都要被纳入美学的视野，作为审美现象来看待。为了扩展这种兼容性，就要求确立一种新的可通约的美学原则，伯梅将这一原则归为气氛。无论艺术、自然，还是审美工业产品，其审美功能都在于营造气氛，亦即对一种基础性的人类感知经验的塑造。它们之间只不过存在功利与非功利、人造与非人造的区别。

伯梅进而把他的这一理论称作制造美学，与以往的接受美学区别开来。[1]以往的美学都是静观式的，亦即分析主体对对象的欣赏的特征，要么分析主体的特征，如非功利、无目的等等；要么分析对象的特征，如和谐、比例、对称等等。如今这一基于气氛概念的新美学构想，转而面向气氛的创造，将对象及其属性这一概念转移到条件及其出窍上来，把自然和艺术视为气氛制造的不同条件。

因此，伯梅也将他的自然美学称为一种气氛理论[2]，它区别于传统美学。传统美学要么是提供趣味标准或者艺术标准的判断美学，要么是对象化自然与艺术的主体性美学，要么是一种拒绝大众审美的精英美学。伯梅认为，要克服传统美学的缺点，新的自然美学就需要在气氛这一新的公约数和凝结点上找到道路。由此，他将当代自然美学归之于一种广义生态学，进而归之于一种气氛美学。

---

[1] 参见Böhme, *Atmosphäre*, 22−25.

[2] Böhme, *Naturästhetik*, 10−12.

二、渊源

伯梅在当代语境中重建自然美学，恢复自然概念在美学语境中的理论价值，从根本上来说是当代哲学发展的结果。正是因为当代哲学的革命，从根底处清算了传统形而上学的误区，才使得自然美学的重建在新的语境中成为可能。换句话说，正是因为哲学基本观念的一系列转变，自然才得以在一个合理的维度上回归美学讨论，而非旧话重提。

作为当代语境中率先重提自然美问题的理论家，阿多诺的影响自然是无法回避的。[1]他从否定辩证法的基本立场出发，一反黑格尔的肯定性辩证法，将否定性的力量赋予艺术，并且把这种力量最终归于自然。自然在阿多诺那里是不确定性的化身。它不再是与艺术美相对立的传统概念，而毋宁说是艺术自身所追求的某种本质。所以，在阿多诺的视野里，自然与艺术的关系不是黑格尔那种自然模仿艺术，反而是艺术模仿自然，但不是传统的那种外在形式的模仿，而是内在精神的相似，亦即对不确定性的追求方面，在非同一性精神方面。这一点无疑对伯梅的自然美学是有影响的。伯梅同样不把自然看成某种卢梭式的理想国，或者某种集中了形式主义和谐、比例、对称原则的自在之物，而是把它视为某种文化维度。而这一点，无疑在阿多诺那里已经开辟。自然已经被调和进一个总体的美学概念体系中，它不是艺术的对立面，而恰恰是后者所追求的某种精神。这在伯梅的理论中也有所体现：自然审美典范性的气氛营造特征，正是被艺术发扬光大的。自然不是对立面，而是文化内在的一个维度。

海德格尔并没有直接谈论自然美，但他的谈论给后来人们思考自然美学问题，尤其是伯梅的自然美学，提供了方法基础，即我们可以在什么意义上，从什么角度出发，重新谈论自然审美问题。海德格尔在存在这一全新定义的平台上，推进了现象学方法。[2]他继承了胡塞尔的基本成果，跳出

---

[1] Adorno, T. W.. *Ästhetische Theorie*, Frankfurt/M: Suhrkamp, 1973, 118f.

[2] 参见 Heidegger, Martin. *Sein und Zeit*, Tübingen: Max Niemeyer Verlag, 1967, 56–154.

传统形而上学的话语窠臼，不再在现成性上谈论某物，而是置于现象这个基本事实来审查我们的话题。进而，海德格尔把现象从胡塞尔的意向性推进到存在，在很大程度上消除了先验哲学和认识论的痕迹，进一步还原到了此在这个基础性更强的事实。

这一点为人们重新理解自然，尤其是审美经验中的自然，提供了新的视野。自然不是一个纯然的对象，它是一种关系，是我们所置身的世界，并且是我们自身所是的这个置身。"此在"在此，按照海德格尔的观点，指的是在世间存在，是一种原始的被抛状态。人与自然不存在二分然后结合的先后顺序。毋宁说，从始至终，人与自然就处在一个呼吸循环的关系中。因此，在新的时代理解自然美，首先就要把它理解为一种关系，告别人与自然分裂的意识，也要告别那种偏颇的自然主义或者人本主义观点，而指向一种共生关系。自然不需要也不可能脱离人类的意识和需求来进行谈论和欣赏。那种把自然奉为理想世界、号召人们抛弃文明来回归的卢梭式梦想是形而上学思维下权宜的批判手段而已，它离真相不但很远，而且把人们的理解带入误区。自然只有作为人类生存的一个维度，才是有效的问题。只有从生存在此的基本事实出发，才有可能澄清内核，触及边缘。自然是人的维度，但不只是人主观意识的维度，因为生存也是一个客观事实，并非由意识一厢情愿地决定。被抛界定了存在世界的客观含义。被抛与操心，决定与被决定，在手与上手，自然与人，本就是存在的两面。自然的美学谈论，既不必落入客观主义，也不必落入主观主义。

我们可以看到，伯梅对置身性的强调，对出窍的运用，对空间性在场的关注，都来自海德格尔。当然，伯梅理论的直接营养是赫尔曼·施密茨的新现象学。[1]所谓新现象学，超越了胡塞尔那种过于强调先验主体和意向性结构的认识论色彩严重的现象学，把问题的焦点转移到身体这一概念上来。施密茨以为，经由身体这个中介，世界与主体才真正沟通起来，世界作为现象，只有通过身体的介入才是立体的；回到事实本身，就要回到身体所打开的现象世界。施密茨建立了一种以身体概念为枢纽的哲学体系，用身体概念

---

[1] 参见 Schmitz, Hermann. *Der unerschöpfliche Gegenstand*, Bonn: Bouvier Verlag, 2018, 115-206.

来建构认识论、伦理学、政治哲学与美学。在这个基础上，他提出了气氛概念，认为气氛是从外而内的一种感染人心的魔力，它具有准客体的性质，但同时又不是完全客观的存在；它具有情感基调，是一种主观事实；它具有事实性，不是主观的杜撰，而是一种经验事实。这些理论铺垫，都成为伯梅自然美学的核心资源。

除此之外，伯梅自然美学的理论渊源，还包括一些年代相近的人[1]，比如鲁道夫·祖尔利普，他在著作《感官意识》中对人类身体性问题做了多方面论述，研究了如何将美学植入人类学之中。又如霍夫曼·艾克斯特姆，他通过分析感知的社会性塑造问题，研究了如何将感知概念从单向度中解放出来。伯梅所受到的影响还来源于一些风景规划师和建筑家，比如维尔纳·诺尔，他不是致力于原始自然景观保护，而是将风景、城市平面、小园圃的审美使用价值作为重点；又如胡戈库克豪斯，他不是把房子当作巨型雕塑来加工，而是十分重视居住者在其中的身体性－感性感受。

第三节　自然——重新定义

伯梅的自然美学，其贡献首先在于为美学提供了对自然概念的全新理解。

自然在传统视野中一般被理解为人的对立面。对自然的欣赏，就是对非人造的世界的欣赏。与此相反的另一种极端，如黑格尔的自然美学，则把审美视野中的自然视为人的产物，艺术的某种隐喻和化身。自然要么是人的对立面，要么是人的作品。但恰恰忽略了人本身就是自然。伯梅的自然美学首先指出了这一点。他认为，当今普遍出现的环境问题让人类意识到，自然不仅是人类之外存在的所谓外在世界，自然还是人本身。人就是浸没在自然中的存在，外在自然通过饮食、呼吸等与我们的内在自然交换

---

[1] Böhme, *Naturästhetik*, 14.

物质和能量。伯梅提出"作为自然的自然"[1]，作为理解自然审美问题的核心，并且不再称外在自然为自然，而是称其为生态环境。

　　而这一对自然概念理解的转变，全靠身体概念的提出。身体作为核心哲学概念，海德格尔已经提供了可能。在法国语境中梅洛－庞蒂颇有建树；在德国语境中，则是施密茨所开创的；但在美学中的全面运用，伯梅堪称第一人。在以往的哲学视野中，身心关系是以心灵为主宰的，身体一直遭受贬抑，这造成了哲学上的主观主义。对身体的贬抑，伴随的是对整个物质世界的贬抑。将心灵视为物质世界之外的某种独立实体，这必然造成在文化语境中人与自然的分离与对立；实践层面上，造成人对自己居住环境的掠夺性利用和破坏。只有当这种利用与破坏报复在作为身体——亦即作为自然本身——而存在的人类自身时，人类才开始通过自己的身体意识到：自己就是自然，自然不在外而在内。身体是沟通内外自然的中介，是作为心灵的存在和作为自然的存在的统一体。因此，伯梅秉持了对身体（Leib）和肉体（Köper）的区分。肉体只是物理性的存在，它可以具有也可以不具有心灵属性。但身体是心灵与肉体的统一体，是人在世存在的现实。立足于身体，不是要回归机械唯物论关于物理性存在的空洞假设，它保持对唯心论的校正，是一种新的一元论，一种立足于身体现象——通过身体所显现的现象——的新一元论。在这种视野中，自然是一个整体，它一方面向内体现为身体，亦即作为自然的自然；另一方面向外体现为置身所在的空间环境。由此，自然概念就被翻译为"身体"与"环境"。

　　基于身体概念对自然的重新理解，从根源上为美学带来了复兴的契机；或者说，为我们理解传统美学精神提供了新的理论工具。基于身体与自然，伯梅引导我们重新理解鲍姆加滕的感性学。伯梅回到鲍姆加滕，亦即回到他所主张的那种普遍的感性学，而不是把美学简化为艺术哲学或者批评理论。但对于感性一词，传统认识论只不过把它视为信息搜集的第一步，亦即最低级、最初级的获取信息的渠道。这种意义上的感性经验并没有独立的地位，只能给高级思维提供材料而已。一种新的感性学，必须给感性提

---

[1] Böhme, *Naturästhetik*, 34−36.

供新的解释和新的合法性。伯梅找到了解决方案，那就是身体。身体为感性学带来了新的理论阐释维度。感性概念，当作为身体概念时，才变得更具体、更有说服力；而身体概念，也只有作为我们所是的自然才变得更具体、更有说服力。就这样，在一种基于身体概念的自然美学视野中，美学作为感性学的理论活力被释放出来了。它甚至带来了一种理论逆转，亦即艺术也可以放在一种基于身体的自然美学视野中来重新审视。作为人类身体在场感的一种营造手段，艺术无疑是自然的学生和青出于蓝者。[1]

　　在此之外，伯梅还选取了三个概念来建立对自然的新理解[2]：模仿、作为主体的自然以及自然同盟。在伯梅看来，模仿是一种尊重的态度。模仿并不是简单地发现某种相似之处。艺术对自然的模仿，意味着对自然的尊重，对自然价值的发现。正如阿多诺所指出的，值得模仿的并不是某个对象，而是某种精神。自然值得艺术模仿的，在一种基于身体现象学的新感性学视野中，就是它对主体性的克制。自然，依据海德格尔的分析，总是保留着某种隐秘之物，并非主体能完全理解和驾驭之物。艺术模仿自然，就是要突出审美活动的主客观间性的一面。与此相关，作为主体的自然则是把自然视为一个能动的主体，而不只是一个静态的、被动的客体。但这并不是回到万物有灵论，而是强调人与自然的相互作用，以及自然主动的一面。当我们置身于自然风景，感受到它在向我们诉说着什么，也感到某种气氛的侵袭，承认这一点，是揭示自然审美奥秘的契机。自然同盟所针对的是把自然视为敌人的那种态度。在漫长的人类历史中，自然很多时候是作为敌人被对待的，人们使用着"征服"的字眼。如今要提倡一种同盟的关系，在这种关系中，人与自然共同促成创造幸福生活的目标。风景园林的某些设计就是这一理念的反映。人与自然的和谐相处是可能的，尤其通过审美关系的构建。

---

[1] Böhme, *Naturästhetik*, 10−12.

[2] Böhme, *Naturästhetik*, 27−31.

第四节　气氛——理解自然的新视野

一、气氛的特质

气氛是伯梅贡献给自然美学的一个新概念。虽然这一概念在哲学中的奠基是施密茨作出的，但在美学，尤其是自然美学上的系统性运用方面，是伯梅作出了贡献。简而言之，在伯梅看来，我们所谓的欣赏自然，其实欣赏的是自然带给我们的气氛。这意味着，在自然审美欣赏活动中，自然不再充当某种对象，而是充当制造气氛的条件，实际上真正对人发生审美作用，亦即给人的身体带来情感震动的是气氛。而气氛显然并非可以用对象来描述。

"人们如是描述一个春天早晨的轻快气氛或者雷雨苍穹的恐怖气氛。人们谈论某个山谷的可爱气氛或者某个花园令人宾至如归的气氛。在走进一个房间的时候，人们可能感到自己置身于一种自在的气氛中，当然他也可能陷于一种紧张的气氛。对于一个人，人们也可以说，他散发出某种令人肃然起敬的气氛；对于一个男人或女人，人们可以说他或她给人带来某种色情的气氛。"[1]

当我们提到某个自然物（风景）的气氛的时候，我们并不是简单地指某种客观对象，但也不是指某种主观情绪。由此，伯梅指出，气氛有一种经典的"居间性"[2]。一方面，气氛是类似客体的，例如某个花园的欢快的气氛，是每一个走进该花园的人都能感受到的事实，但这一事实却并非任何仪器设备所能够检测和验证的。因此，气氛所具有的这种客观性，是一种主体间可沟通和互证的客观性，伯梅以施密茨的术语称之为准客体性。另一方面，气氛又是类似主体的，花园无所谓欢快，欢快必然是人的情感，但一个人在走

---

[1] Böhme, *Atmosphäre*, 21–22. 中译本参考甘诺特・波梅、杨震：《气氛——作为一种新美学的核心概念》,《艺术设计研究》2014年第1期。

[2] Böhme, *Atmosphäre*, 104,263.

进花园前和走出花园后，未必仍然感到欢快；欢快的情绪固然是主观的，可带来欢快的因素却又并非主观的，所以这里就具有了一种准主体性。

气氛的这种准客体性和准主体性，简而言之就是一种居间性，这在传统认识论中是不可理解的，显然违背了矛盾律。但在现象学语境中，这反倒是对事实的一种揭示。对于经验事实而言，它客观却不至于是实证科学可验证的客观，它主观却不至于归为心理学意义上的主观。立足于经验事实，以及主客体间和主体间的相互介入、作用、渗透关系，我们就能够理解这里的居间性。居间性对于认识和实践而言，是有待排除的；但对于审美而言，却成其为关键。审美正是停留在这种居间性中，用传统话语来描述，就是停留在感性感受中，不进行概念判断，不追求任何目标，不进入下一步行动。审美就是一种沉浸，即对身体性情感遭遇的沉浸。

因此，"身在性"[1]和"情感震动"[2]就成为理解气氛的重要概念。身在性意味着打破了主体与客体相对而立的传统模式，取而代之以一种介入模式——互动模式。人对自然的欣赏，不是对某个对象的欣赏，而是对自己某种处境的欣赏。主体置身其中，并对自己所置身的那个空间有所感触。这是自然审美经验的特征。这种身在之感有两个维度，一个是通过身体对环境的感触，另一个是通过置身对自己的在场感的加强。身在感意味着：通过自身在场而感受到某物（气氛），通过对某物（气氛）的感受而意识到自身在场。这里情感陷入——又一个施密茨提出的术语——成为理解这一问题的钥匙。一般认为情感是主观的，缺乏客观性。但实际上，当我们进入某个空间、某个自然环境，我们首先从情感上陷入某种状态。简而言之，我们陷入某种情绪。这一情绪虽然是主观的，但其产生和消失都有客观基础。相比我们自己产生某种情绪，这种情绪更是一种陷入，一种外来的侵入。伯梅剔除掉这种理论背后的神秘主义和泛神论色彩，把它当作自然审美的基本原理。气氛所具有的这种情感侵入特征意味着审美并不是对某个对象的欣赏。特别是在自然审美经验中，当我们说体会到某种气氛，实际

---

[1] Böhme, *Naturästhetik*, 46−50.

[2] Böhme, *Atmosphäre*, 31, 263.

上意味着我们具备了某种情感特质：

> 忧伤的风景让我们忧伤，欢快的风景让我们欢快。相应地，被体验到的美也让我们美，或者更确切地说，让我们'感到美'。[1]

我们和我们所感到的对象并非两个东西。毋宁说，我们就具备着我们所感到的某物。

也就是说，气氛并非中性的某种环境，而是被定调的空间。它具有某种情感倾向，是一种清晰的调子，从而才被人感知。气氛虽然不能被概念和目的规定，但它自身的情感色彩却不是不确定的。

> 气氛在一定程度上也是指某种不确定性、发散性，但在涉及它是什么，也就是说它的特点时，绝不是不可确定的。相反，我们显然掌握着一个丰富的词汇表，用来确定气氛的特点，比如说：轻快的、忧郁的、压抑的、鼓舞的、令人尊敬的、吸引人的、色情的等。[2]

毋宁说，我们欣赏自然，欣赏的是自然与我们身体之间的一种作用，这种作用给我们带来了一种既依赖对象参与又依赖主体在场的情感反应，从而被我们赋予了一种情感特质。而这种具有情感基调的气氛，本质上是一种空间。当然，这里的空间显然并不是指物理空间，而是一个和身体、身在性密不可分的现象学意义上的概念。空间是环绕着身体的场域，是人置身在场的那个场，是在世存在的那个世界。在这里，它就是那个环绕着身体的具有情感特质的环境。自然审美，无论何时，都是空间性的。这是自然审美相对于艺术审美的突出特点，人们总是全身心地置身于自然环境之中，然后才有了情感感触和审美遭遇。以气氛为结合点，审美经验作为置身在场的情感陷入而彰显出其空间性。

---

[1] Böhme, *Atmosphäre*, 21.

[2] Böhme, *Atmosphäre*, 21–22. 中译本参考甘诺特·波梅、杨震：《气氛——作为一种新美学的核心概念》，《艺术设计研究》2014年第1期。

一种典型的气氛是暮色（Dämmerung）。我们感到暮色笼罩着我们，它介于明亮与昏暗之间，有无之间，清晰与模糊之间，可知与不可知之间；它似乎是客观存在的，但又抓不着摸不透；它笼罩着我们，但我们并不恐慌；我们感受到铺天盖地的某种肃穆、清冷、惶惑，被一种情绪攫住，我们却又享受着这种情绪。似乎它只是一种情绪，可是它又实实在在地遍布在天地之间，充满整个生存空间。我们用整个身体感受着暮色，并不能把身体的沉浸剥离开来；我们无法用相机拍下黄昏的氛围，尽管它实实在在存在着。这就是气氛，这就是自然审美的真实对象，这对象部分地就是我们自己。

二、出窍与通感

在气氛这一核心美学概念的视野中，伯梅提出了出窍[1]与通感[2]两个概念，进一步理解作为气氛的自然审美现象。出窍原本是海德格尔的概念，这一希腊词汇的本义是指走出自身，在神学传统中被理解为神明附体之时的那种出神状态。海德格尔用其来表达对时间性的新理解，亦即时间就是此在走出自身的样态，无论过去、现在还是未来，都属于走出自身，亦即在世存在和向死而生。在海德格尔那里，出窍只是此在的事情。伯梅则拿来描述一般所谓物在审美关系中的样态。出窍对应的是传统所谓的属性。在伯梅看来，当人们置身于一个自然风景中，身体性地感受到某种情感基调，领悟到自身和外物的在场的时候，所谓外物就不再是认识论所假设的那种封闭状态，具有内在属性的某物，而是一种向着空间开放、辐射、显现的存在者。伯梅认为传统所谓的有边界、有属性的物的观念是不符合事实的。他援引一些生物学观察的例子，表明不仅对于审美如此，对于一般的自然物之间，交流、互动和显现也是一种真实发生的常态。"自然事物不仅互相察觉，而且向彼此呈现。昆虫不仅感受到花朵，花朵自身也向昆

---

[1] Böhme, *Atmosphäre*, 255−275.

[2] Böhme, *Atmosphäre*, 85−98.

虫显现。"[1]没有任何事物是封闭在自己内部的，成为某种独立存在的实体。存在似乎就是显现。"物无所隐藏，物并不欺骗，它向我们呈现的面貌，并非只是症状；另一方面，这个看法设定：物的存在本质上就是显露。"[2]这也就是说，并不存在一个内在的物和一个显现之物的二分。存在就是显现。存在的事物就是不断向他物、向空间敞开自身，交换信息、物质与能量。在这个意义上可以说，物的存在有一种审美本质，亦即表达与显现。

另一方面，也就是在传统所谓的主体方面，气氛的发生作用，对应的是通感。通感是身体性在场的证明。不像通常所以为的把通感看成是想象的加工，对不同感官感受的拼接和叠加；相反，伯梅认为，通感恰恰是一种还原，是尚未区分的气氛性感受的表达。在一种定调的空间中，人们首先体会到的不是五种感官感受，而是不可区分的整体性气氛。一般的通感理论都是建立在区分性的前提下，这是违反感受的发生事实的。通感才是更原初的状态。一个人走到海边，走进森林，总是先身体性地被一种整体氛围所笼罩，然后再进行区分，察觉到五官感受。所以，通感才是第一感受，其余感受是派生的。通感起作用是身体性在场的体现。当我们说"天鹅绒般的声音"[3]，这无疑是一种通感，貌似是把触觉和听觉结合起来的一种修辞，其实是对更为基础的一种无区分的气氛感受的一种还原。如果说这样一个明显带有修辞意味的例子还不足以说明通感的先在性，那么，即便看不出通感的日常表达式，其实也潜藏着通感。比如高音，就是对视觉形象的高度与听觉形象所做的一种贯通。这种例子比比皆是，它说明的是我们的生活感受是以通感为基础的。因为我们首先必须身体性地在场，然后才能分门别类地识别、区分各种不同的感受与对象。

出窍与通感概念的提出，帮助我们理解在自然审美活动中人并非以主体出场的，而是作为身体性的存在置身于当下的空间中，整体性地沉浸在一种情感震动之中；他所感受到的，也并非某种客体，而是外物向他辐射、被他分有的情感特质。总而言之，自然审美不是主体对客体的欣赏，而是

---

[1] Böhme, *Naturästhetik*, 52.

[2] Böhme, *Atmosphäre*, 238.

[3] Böhme, *Atmosphäre*, 95－96.

人与物共同走出自身，相互作用、相互交流的一种发生状态。

三、自然风景面相学

伯梅用面相学这一古老的概念来阐释自然审美的气氛特征，协助说明出窍与通感所试图阐明的道理。在传统中，面相学通过面部特征来揭示某种内在本质。因此，面相学就变成了表达学，仿佛有某种内在的本质通过外部特征表达出来。但这经常造成矛盾。最经典的是苏格拉底的面相。按照一般面相学的推断，苏格拉底的大鼻子等面相所揭示的是一种淫荡的人格。但这显然跟历史记载的苏格拉底风马牛不相及。在这种视野中，对苏格拉底的相面术实验失败了，苏格拉底的面相并未揭示出苏格拉底的本质，而是呈现出另外的、不符合实际的本质。这就是传统面相学世界观的悖谬之处。在这里，伯梅提出了一种对面相学的新理解。如果不把面相看作某种内在本质的表达，而是看作一种显现行为，通过一定的特征和布局，制造某种气氛，那么面相所展示的就是它自身所具备的，再没有什么在背后或者内部。所以他要

> 把面相学从表达学的强迫中解放出来。面相学不再被视为对某个内在事物的表达，而是被气氛性地体验为印象潜能 (Eindruckspotential)。[1]

从这个角度就能理解，苏格拉底大鼻子的面相，就是一种气氛制造的元素，如果人们从中感到了淫荡，那么淫荡就是这些面相特征带来的气氛，除此之外并无其他，并无一个深藏在背后的淫荡的人格。这就是伯梅所说的印象潜能。简而言之，面相是表现性和情感性的，面相是事物的特定布局所带来的情感效果：

> 与自然科学方法所表述的世界相比，面相学世界观所揭示的是一

---

[1] Böhme, *Atmosphäre*, 204–205.

种构造上完全不同的世界。面相学的世界观，在于在某个对象所具有的各种特征和结构中，把那些在情感上具有重要意义的特征和结构凸显出来。[1]

伯梅用这一概念阐释自然审美的特点。一样的道理，如果我们欣赏某个风景，并不是因为这风景向我们显示了某种以前一直隐藏着的自然的内在本质，而是当风景向我们显现，它就是这显现本身。它的一系列要素、特质都只是气氛的营造者，我们所关注的也只不过是这显现出来的具有特殊情感基调的气氛，而并不是任何内在的东西。一句话，自然风景的面相学特质，就是它在欣赏中所呈现的情感特质。因此他强调：

> 艺术家通过"瑞士的自然""意大利的天空"这些表达式所描述的东西，都是基于我们对某个地方的自然特征所具有的那种模糊的感受。天空之蓝，云彩的形状，来自远处的芬芳，草药的浆液，叶子的光泽，山的轮廓，是规定着我们对某个地区总体印象的各种元素。理解并直观地将其再现，是风景画的任务。[2]

所谓的自然特征，并非洛克所以为的是第一性质，其实它们都是第二性质，都是与人的感受和经验直接相关的。事物的特点就是它们所呈现的样子，更准确地说，就是它们向我们呈现的样子。这就是自然风景面相学的深意，它不是故弄玄虚的伪科学，而是根本与科学无关，它其实是美学。所得以显现的事物，其所谓本质就是这一显现。所以，

> 美学关涉的是自然物自身的感性当下，关涉这种感性当下中存在的并且以其为基础的潜能。[3]

---

[1] Böhme, *Atmosphäre*, 207.

[2] Böhme, *Atmosphäre*, 214−215.

[3] Böhme, *Atmosphäre*, 205.

那么，自然的欣赏就不是什么通过自然的表象去领略某种自然精神，或者对某种具体自然事物（如花草树木、山川河流）的欣赏。对自然风景的欣赏，就是对自然风景所呈现出来的整体气氛的欣赏，这里并不存在由一个个特征组合起来的某种客观对象及其本质，人们并不关心也不可能知悉风景背后的物理学、生物学和地理学，人们甚至并不去识别风景中的树木、人物、河流、鸟兽。风景作为审美对象，只不过是一种要素的组合，共同发生作用。这是一种气氛导向的事实，在这里起作用的只是利用该事物的某种外显特征来营造某种特定气氛，一旦气氛得以营造，风景就实现了，人们并不需要追问背后的本质。风景并不显现他物，也不还原到他物，它就是一种特定的气氛，而这集中体现在风景园林的创造上。

第五节　风景园林——自然审美的典范

与上述自然风景面相学概念相呼应，伯梅提出场景化（Inszenierung，或译为"舞台化"）的概念来说明自然审美或者说整个审美活动在气氛理论视野中的特征。审美欣赏的并不是什么内在本质的外在表现，而是特定条件对气氛的营造。这就像一个舞台，舞台上面的各种布景只是为了呈现某个情境，烘托剧场气氛，舞台布景就是它所呈现的东西，而不是背后另有什么东西。伯梅认为最典型的案例就是风景园林，尤其是英国花园。它通过布局——而不是改造——来营造特定气氛，它并不在意事物是什么，而是在意带来何等的效果。固然，英国花园和法国花园都致力于某种气氛的营造。但相比之下，法国花园对自然要素，尤其是植物，有更多刻意的、人工的、理性的安排，更接近艺术品而远离自然；英国花园从中国花园汲取灵感，更多地倾向于保留自然事物本身的风貌，因势利导来营造气氛。伯梅认为这是自然审美的典范。

这涉及城市与自然在人类欣赏视野中的纠缠关系。伯梅引用《费德罗篇》里面的故事。苏格拉底唯一一次走出城墙，来到大自然中间，说"树木和草地，我无可学习"[1]。在极端理性态度下，自然呈现不出审美价值、理性与感性、原则与自由之间的关系，在这里以隐喻的方式表达；人们只有走出理性的城墙，才能走进感性的、任性的、自然的世界。但是，这个故事也表明，纯粹野蛮的自然也不是人类能理解和欣赏的。人对自然的欣赏，必然是在一种两者相互作用和纠缠的关系中展开。自然既非黑格尔暗示的是艺术的复本、精神的镜子，也不是卢梭式的理想国。自然之所以能被审美地欣赏，是因为它是文化的产物，也是外在自然与内在自然互动的结果。在这个意义上，花园（以英国花园为代表）就成为阐释这一自然欣赏结构的普遍性隐喻。[2]花园正是人化的自然，英国花园足够尊重自然事物不受人工干预的形态，利用它们来营造静穆、明亮、幽暗、欢快等气氛，建立一种合作共赢的人类自然关系。也就是说，英国花园并不是没有安排，也并不存在什么纯粹自然，它所做的只不过是一种场景设计或舞台布局，而不是对事物作出逆自然本性的加工（如法国花园所做的那样）。所以，风景园林艺术是一门联盟技艺——"风景园艺理论是未来生态自然美学的范式。风景园艺是一门联盟技艺，尊重自然的独立性，最少化地改造，导向一种总体自然实践关系。风景园林中的自然运用始终是精神性的"[3]。所以，伯梅认为，生态自然美学应该以这种风景园艺为典范。它建立了一种更为理想的人类自然关系。"未来生态自然美学更多处于风景园林艺术的理论与实践基础之上。它包含足够的材料，针对环境的审美质量和生活感受之间的关系。"[4]

伯梅进一步用希尔施菲尔德的园林理论来说明这样一个典范性的自然审美形态，并且证明它的关键就是气氛的营造与发挥的作用。在希尔施菲尔德的园林理论中，树木、草地、灌丛、溪流、池塘、鸟兽、光线、阴影、碑石都被当作气氛营造的手段、一种舞台布景，让置身其中的人陷入某种客观化的情绪之中。

[1] Böhme, *Naturästhetik*, 56.

[2] Böhme, *Naturästhetik*, 79—95.

[3] Böhme, *Naturästhetik*, 94.

[4] Böhme, *Naturästhetik*, 92.

这种略带感伤的风景地带是通过阻碍视线而建立的，通过深度和压抑，通过茂密的灌丛或林木，通常更多地通过大批高大、枝繁叶茂、拥挤在一起的大树在树梢摇曳着空洞的风声，通过隐藏了面目的静止的水或静静渗出的水，通过四处密布的树叶和四处蔓延的阴影，通过对所有暗示生机和现实的事物的回避。在这种风景地带，光线照进来只为了防止这种黑暗带来的影响沦为悲伤或恐惧。安静和孤寂在这里扎根。一只偶尔扑翅的不群之鸟，不明生物发出的怪异嗡鸣，一只野鸽子在落叶的橡树空空的梢头咕咕叫，一只迷路的夜莺哀唱着荒野之歌——对于布景已经足够。[1]

从中我们可以看出，希尔施菲尔德的园林艺术所揭示的是，并没有什么客观的风景或者自然等着我们去欣赏。进入我们欣赏视野的总是带有某种情感基调的气氛和气氛缔造者。即便是我们走入一个非人工安排的森林和原野，我们依然是对某种气氛事物进行感受，依然潜意识地把它们当作某种舞台布景，风景与我们之间是某种深度置身性存在关系。

另一个例子是日本的俳句。伯梅引用了松尾芭蕉的俳句[2]：

> 钟声消隐
> 花香扑面
> 这是黄昏

在这样一种诗歌中，所呈现的无非是一些风景元素：钟声、花香、黄昏，但它们并非任何实在的物质，而是一种具有共通情感基调的要素，它们的提炼与组合，营造出一种安宁、生动、朦胧的傍晚氛围。中国绝句和日本俳句，所揭示的正是自然审美欣赏中的这种实情。自然欣赏并不是对某个自然对象的欣赏，而是对一种整体场景的欣赏。园艺和诗歌都是一种

---

[1] Böhme, *Atmosphäre*, 36—37.

[2] Böhme, *Atmosphäre*, 66.

场景设置，让某种气氛得以出场。

在当今日益涌现的景观设计中，以园林这一现象为典型的人类与自然关系日益凸显和发展。这意味着自然审美不仅在美学上有效，还具有普遍的伦理和实践意义，审美维度日益成为一种政治和经济维度。"当人们承认自然美是生活质量的一个要素，就导致它变成了规划方面重要的变量。美就加入了围绕稀缺资源的自然的利用价值而进行的激烈竞争领域。为了能够在相互竞争的计划中衡量这些利益，就需要一种美学上的对所谓现实利用平面的大规模估价。"[1]

在这个意义上，一种以生态学为导向，以气氛概念为核心，以花园为典范的自然美学，就引领着某种新型的人类–自然关系和生存方式。以至伯梅提出了一个颇有争议的口号——世界是人类的花园。

---

[1] Böhme, *Naturästhetik*, 26.

第七章　保罗·戈比斯特

　　生态美学是一个偏正短语，它是美学的，同时又是生态的。因此生态美学的一大任务就是揭示并规定这两者之间的关系，而这正是美国学者保罗·戈比斯特研究的中心问题。1995年，戈比斯特发表了论文《奥尔多·利奥波德的生态美学——整合审美价值和生物多样性价值》。他在论文中提出了如下问题：在价值序列中，审美价值与生态价值何者优先？此后戈比斯特将其作为出发点，提出了他的生态美学理论。

　　戈比斯特生态美学有两大特点：一是明确的现实指向，二是鲜明的整合特性。戈比斯特的生态美学从实践中产生，其最终目的是解决现实问题。在寻找解决方案的过程中，他几乎整合了以往所有的生态美学思想资源，并在此基础上提出了自己的理论。戈比斯特指出，森林景观管理实践中审美价值和生态价值之间存在潜在冲突，产生审美愉悦的事物可能会影响生态系统的健康，而具有生物多样性价值的事物在审美上不一定令人愉悦。由此，他反思了风景美学的弊端，并认为应当协调审美价值与生态价值的关系，构建一种具有规范性的、以伦理学和科学知识（特别是生态学知识）为基础的生态美学。为此他提出了生态美学的理论框架与概念模型，勾勒出生态美学的基本特征，并阐明了生态学和美学联结的合法性与联结方式。此外，戈比斯特还提出了适当性评估等具体措施，在景观管理实践中将审美体验与生态目标结合起来。在这个意义上，戈比斯特进一步丰富发展了西方生态美学，并为生态美学的实践提供了思路。

第一节　戈比斯特及其学术研究

一、戈比斯特其人

保罗·戈比斯特（Paul Gobster）是美国社会科学家、国际科学杂志《景观与城市规划》（*Landscape and Urban Planning*）副主编，现供职于美国农业部林务局北部芝加哥研究站，同时在西北大学的环境政策与文化项目中任客席讲师。1981—1987年，戈比斯特在美国威斯康星大学学习区域规划与休闲科学、景观设计以及土地资源学，其研究领域包括景观美学、生态恢复与生态管理的社会层面以及城市公园的建设。

戈比斯特关注的对象是城市和野地中的公园景观与森林景观，其研究的核心问题是景观研究者应当如何设计、规划和管理这些景观，才能让人与生态系统保持互利关系，而这一问题又涉及如下三个相互关联的领域：第一，对景观的感知和体验：人们如何感知和体验公园和森林，这包括美学、心理恢复和身体活动的问题；第二，自然的多种意义：不同的个体和利益相关群体如何理解、评价自然，以及如何将这些价值纳入景观恢复和景观管理；第三，获取与公平问题：景观的文化维度的知识如何为不同的人群提供更好、更多的机会，以便人们平等接触自然、休闲和开放空间。[1]戈比斯特不是一名严格意义上的美学家，但他研究的问题与美学，特别是生态美学密切相关。戈比斯特认为审美价值和生态价值是自然景观最重要的两种价值，而人对自然景观的感知在本质上是审美的，在此基础上的体验和评价会影响景观的生态价值。此前的景观管理实践因为以风景美学为标准，将审美价值置于生态价值之上，使得这两种价值之间发生了冲突。因此戈比斯特认为，要想让人与生态系统的关系可持续发展，就要调转原有序列，协调这两种价值的关系。在他看来，以生态美学为指导的景观管理实践更有利于生态系统的健康与人类的福祉。

---

[1] Gobster, Paul. "Research Interests," 2019年5月23日访问，https://www.nrs.fs.fed.us/people/Gobster

在戈比斯特的学术研究中，与生态美学相关的论文主要包括：《可持续森林生态系统中的审美体验》（The Aesthetic Experience of Sustainable Forest Ecosystems，1994），《奥尔多·利奥波德的生态美学：整合审美价值和生物多样性价值》（Aldo Leopold's Ecological Esthetic: Integrating Esthetic and Biodiversity Values，1995），《生态系统管理实践中的森林美学、生物多样性和被感知到的适当性》（Forest Aesthetics，Biodiversity，and the Perceived Appropriateness of Ecosystem Management Practices，1996），《服务于森林景观管理的生态美学》（An Ecological Aesthetic for Forest Landscape Management，1999），《共享的景观：美学与生态学有何关联?》（The Shared Landscape: What Does Aesthetics Have to Do with Ecology?，2007），《生态美学与景观感知及评估》（Ecological Aesthetics and Landscape Perception and Assessment，2013）等。

二、戈比斯特的学术研究

纵观戈比斯特到目前为止的理论著作与应用实践，我们将其学术研究划分为两个阶段，并认为这两个阶段的分界点是1992年。在第一个阶段（1981－1991）中，戈比斯特主要开展的是实证研究，其研究内容与景观设计、规划和管理相关。譬如在《景观的审美体验：一个经验的方法》（The Aesthetic Experience of Landscapes: An Empirical Approach，1985）中，戈比斯特采用问卷调查等方式，调查人们审美体验的时间、地点、频率和持续时间方面的特点；在《城市居民对于森林环境的感知与审美期待》（Urbanites' Perceptions and Aesthetic Expectations of Forest Environments，1988）中，戈比斯特通过调查城市居民之间、城市居民与非城市居民之间在森林景观偏好上的差异，评估了城市居民对不同环境的感知与审美期待的差异，从而为森林管理者在管理森林的视觉特性时提供参考。

由此可以看出，虽然戈比斯特在这一阶段尚未萌生生态美学思想，但因为他的生态美学是一种建立在实证研究基础上的理论分析，所以上述研究为他日后构建生态美学提供了丰富的经验事实。

第二个阶段（1992—至今）是戈比斯特生态美学的形成与完善期。1992年，戈比斯特发表了《增强城市森林生物多样性的社会效益和社会成本》（Social Benefits and Costs of Enhancing Biodiversity in Urban Forests）一文。在这篇论文中，戈比斯特尚未提出生态美学的构想，但他初步反思了城市自然化中不同的目标和感知效益之间的冲突，并指出为了让公众支持具有生物多样性的景观，应当采取适当的设计干预。同年6月，在"定义社会对于森林和林业实践的接受"（Defining Social Acceptability of Forests and Forestry Practices）工作坊中，戈比斯特写作了《生态系统管理实践中的森林美学、生物多样性和被感知到的适当性》一文，工作坊的论文于1996年结集出版，论文集名为"定义社会对于生态系统管理的接受"（*Defining Social Acceptability in Ecosystem Management*）。在我们掌握的材料中，这是戈比斯特最早使用"生态美学"一词的论文。在这篇论文中，戈比斯特提出以适当性评估作为解决风景价值与生物多样性价值冲突的短期策略，并认为从长期来看，能解决这一冲突的应当是生态美学。在《服务于森林景观管理的生态美学》中，戈比斯特明确提出以生态美学解决景观管理实践中的问题，而且他借鉴了卡尔森和约·瑟帕玛（Yrjö Sepänmaa）的观点，指出生态美学应当是一种规范美学。2007年，戈比斯特发表《共享的景观：美学与生态学有何关联？》一文，他与论文合作者通过构建生态美学的概念模型，为生态学与美学的联结确立了合法性。

除了理论建树，戈比斯特还将他的生态美学主张运用到景观管理实践中，如《风景视野与变化的政策环境：构想并测试视觉资源在生态系统管理中的作用》（Scenic Vistas and the Changing Policy Landscape: Visualizing and Testing the Role of Visual Resources in Ecosystem Management, 2002）考察了新林业这一以生物为中心的管理政策如何改善了美国西北部森林的生态状况；《城市森林恢复模式：人类价值与环境价值》（Models for Urban Forest Restoration: Human and Environmental Values, 2010）以芝加哥和旧金山两座城市为例，探究了如何构建不同的模型，在恢复生态功能的同时，协调人类价值与生态价值。

由此可以看出，戈比斯特在这一阶段取得的成就可以分为两个方面：

就理论成果而言，戈比斯特在其实证研究的基础上，整合以往的学术资源，提出了自己的生态美学理论框架与概念模型，其生态美学从萌发走向了成熟；就实践成果而言，戈比斯特将理论主张应用于景观管理实践，其生态美学初步具备了实践的可能性与有效性。

第二节　戈比斯特生态美学的现实背景与理论契机

戈比斯特的生态美学是在美国二十世纪的两场森林景观管理革命的影响下产生的。在为 S. R. J. 谢泼德（Sheppard）和 H.W. 哈肖（Harshaw）编写的《森林与景观》（*Forests and Landscapes*）一书撰写前言时，他对此做了详细说明。

第一场革命始于二十世纪六七十年代。人口增长、城市化、工业化等引发的环境问题让人们认识到保护环境的紧迫性，于是美国政府 1969 年出台了《国家环境政策法案》（*National Environmental Policy Act*），该法案旨在"确保所有美国人享有安全、健康、富饶并在审美上和文化上令人愉悦的环境"，"在不退化、不危及健康，不引发安全或其他不良和意外后果的情况下，实现对环境的最广泛有益利用"[1]。为了达成这一目标，法案提出的一个举措是，"运用系统的、跨学科的方法，确保在进行那些会影响人类环境的规划和决策时，将自然科学、社会科学与环境设计艺术结合起来"[2]。具体到林业方面，过度砍伐树木引发的生态危机使得美国于 1976 年出台了《国家森林管理法案》（*National Forest Management Act*），该法案旨在规范森林采伐，避免过度开采对森林造成永久伤害。此外，这场生态危机还引发了公众对森林景观的关注，人们开始认识到森林的审美价值，于是美国林务局推行了视觉管理系统（Visual Management System）。视觉管理系统是

---

[1] *National Environmental Policy Act of 1969*, Pub. L. No. 91−190, 83 Stat. 852 (1970).

[2] *National Environmental Policy Act of 1969*, Pub. L. No. 91−190, 83 Stat. 852 (1970).

量化、评估视觉资源的标准与方法，它主要用于鉴别国家林地的风景价值（scenic value），而这种风景价值又突出体现为视觉方面的特性。景观规划者和管理者一方面根据景观在地貌、水文、植被等方面的特征，将其风景价值划分为独特的（distinctive）、普通的（common）和不足的（minimal）三个等级；另一方面，他们以定量分析的方法，估测公众对景观风景特性的敏感程度。对于那些有独特种类和高敏感度的景观，林务局的目标是"保存或保留"，只允许有细小的视觉上的改变；而对于那些显现出较少种类和较低敏感度的景观，管理目标则是加以"部分保留""改造"和"最大限度地改造"。[1]

这场观念变革的意义在于：第一，它实现了一个转向，即面对自然，人们不再仅仅着眼于其经济利益，而是看到了其生态作用与审美价值，国家立法与林务局的视觉管理系统是人们保护美丽自然的初步尝试；第二，这场变革初步规定了景观管理实践的目标，即实现系统的、跨学科的研究，而这一理念将贯串戈比斯特学术研究的始终。

到了二十世纪八十年代末、九十年代初，太平洋西北部的斑点猫头鹰问题又引发了第二场森林景观管理革命。斑点猫头鹰生活在太平洋西北部，但直至二十世纪七十年代，它们才为人所知。为了确定其种群丰富度与栖息地分布，美国林业局、土地管理局以及私人木材公司共同调查了斑点猫头鹰的生存状况。调查结果显示，斑点猫头鹰广泛分布于太平洋西北部的原生林中，而较少分布于新生林中。美国政府据此认为应当为斑点猫头鹰制定相关管理计划，以保护其栖息地。然而要想有效保护斑点猫头鹰，必须建立大片的保护区域，但这一计划无法将私人土地纳入管理范围，而且保护原生林会影响木材业的经济收入，如俄勒冈州就拒绝将国有商用林地纳入斑点猫头鹰保护，于是引发了一系列论战。经过相关论战，公众认识到生物多样性也是一种森林资源，并逐渐接受了公共用地管理机构制定的生态系统管理政策。

---

[1] 程相占、[美]阿诺德·伯林特、[美]保罗·戈比斯特、[美]王昕晧：《生态美学与生态评估及规划》，郑州：河南人民出版社，2013年版，第109页。

这场观念变革的意义在于：第一，它突出了生态健康与生物多样性价值对森林管理实践的重要性；第二，这场变革表明不同管理实践的目标不同，对森林的理解也就不同，为了森林的可持续发展，需要综合运用多种管理方式管理森林。

以上两场变革构成了戈比斯特生态美学的现实背景，而激发他思考生态美学的契机则是1990年秋天在威斯康星州的密尔沃基举办的一次会议。当时，一名森林学家在会上为美国林务局的景观设计师们介绍了一个名为新视角（New Perspectives）的项目。这个项目计划在威斯康星州北部的国家森林中开辟900英亩的开放地区，重新引入驼鹿和麋鹿，为它们提供栖息地。然而由于人们普遍不喜欢净伐林，景观设计师不得不想方设法缩减净伐区的面积。因此新视角这一以生态系统为基础的项目在当时看来是闻所未闻的，因为它直接挑战了视觉管理系统的理念。

戈比斯特当时也不是很理解这一项目。然而在这个会议之后的几个月里，他在工作中发现，在视觉管理系统指导下，森林资源的风景价值与可持续性价值（sustainability values，其实也就是生态价值）之间发生了冲突。冲突令戈比斯特开始反思现有的管理实践，而这正是戈比斯特思考生态美学问题的逻辑起点。当时他得出了一个初步的结论：审美价值与生态价值在本质上是可以兼容的，当前的问题在于"景观规划在构想、测量和处理美学的时候，对它的解读一直不够充分"[1]。随后，戈比斯特从这一实际问题出发，开始思考审美价值与生态价值发生冲突的原因。他在吸收理论资源和实践成果的基础上，提出了自己的生态美学理论，以此解决审美价值与生态价值之间的冲突。

---

[1] Gobster, Paul. "Foreword," in S. R. J. Sheppard, and H. W. Harshaw, eds., *Forests and Landscapes: Linking Ecology, Sustainability and Aesthetics*. Wallingford: CABI Publishing, 2000, pp.xxi–xxviii.

第三节　戈比斯特生态美学的理论来源

戈比斯特的生态美学具有鲜明的整合特性，他几乎借鉴和吸收了此前所有与生态美学研究相关的理论和实践成果。我们在此主要以戈比斯特在《生态美学与景观感知及评估》中归纳的四个思想来源——自然科学、哲学、生态艺术和生态设计、感知研究——为依据，梳理影响戈比斯特思想整体构建的理论，择其要者加以说明。

一、利奥波德的生态美学思想

戈比斯特的生态美学深受利奥波德的影响。在论文《生态系统管理实践中的森林美学、生物多样性和被感知到的适当性》中，戈比斯特认为利奥波德的《沙乡年鉴》是他思考生态美学问题的起点。虽然《沙乡年鉴》不是一部理论著作，但利奥波德在其中涉及了生态美学研究的基本问题，这些问题涵盖自然科学、哲学等多个领域。加之在戈比斯特现已发表的论文与著作中，唯有利奥波德的思想被戈比斯特撰写专文予以探讨，故我们在梳理戈比斯特生态美学的理论来源时，将利奥波德的思想同《生态美学与景观感知及评估》中归纳的思想来源并列在一起。

从《可持续森林生态系统中的审美体验》和《奥尔多·利奥波德的生态美学：整合审美价值和生物多样性价值》两篇文章可以看出，利奥波德的生态美学思想对戈比斯特的影响主要体现在如下三方面：

第一，利奥波德提出了一种不同于以往的美学观念。传统风景美学只关注自然在视觉上的特性，将自然看作静止的、如画的风景，这是一种人类中心主义的欣赏模式。而利奥波德提出的大地伦理学扭转了这种世界观，将整个生态系统纳入伦理关系——自然不再是被动的客体，而是与人具有互动关系。同时大地伦理学要求人们从生态的视角理解自然，并赋予审美欣赏以是非标准，"当一件事有助于维持生物共同体的完整、稳定和美时，它就是正确的；当它走向反面时，它就是错误的"[1]。利奥波德的上述思想一方面将十七、十八世纪以来的风景审美偏好弊端凸显出来，为戈比斯特的反思提供了参考；另一方面，其大地伦理学为戈比斯特将生态美学同景观管理实践相结合提供了合法性，"通过将美与生态稳定和完整结合起来，利奥波德的大地伦理学为更好的、可取的景观管理提供了规范性的辩护——这种景观管理能增强森林生态系统对于人类、生物和生态价值的可持续性"[2]。

第二，通过将生态学知识融入美学，利奥波德初步解决了审美价值和生态价值之间的冲突。传统的风景美学只关注自然在视觉上的、表面的特性，而利奥波德重视知识在审美欣赏中发挥的作用，通过将生态知识引入美学，他揭示出生态系统有着深层的、内在的美，戈比斯特进而将其概括为生态美（ecological beauty）。生态美有许多肉眼看不见的复杂特性，它更为微妙，更具动态，而且具有高度的生物整体性。生态美将生态系统的审美价值和生态价值结合起来，从而超越了以往狭隘片面的审美偏好。

第三，利奥波德强调体验的重要性，认为积极的参与和体验是欣赏、理解生态美，进而产生生态保护意识的重要途径，仅仅依靠书本知识无法真正理解生态系统之美。个体的切身体验有助于增强他对大地的理解和审美欣赏。人们只有与大地产生亲密的互动，并将其与大地联结起来，才能有意识地保护大地，"如果个体对土地有着温暖的个人理解，那么他自己就能感知到大地不只是一个粮仓……他会看到整体的美和效用，知道这两者不可分离"[3]。在戈比斯特看来，体验有助于人们发现生态美，"持续参与其中的人通常会发现，这种参与最初是一种不常见的休闲活动，而后演变成

[1] Leopold, Aldo. *A Sand County Almanac*. New York: Oxford University Press, 1949, pp.224−225.

[2] Gobster, Paul. "The Aesthetic Experience of Sustainable Forest Ecosystems," in *Sustainable Ecological Systems: Implementing an Ecological Approach to Land Management*. Flagstaff: U.S. Department of Agriculture, Forest Service, Rocky Mountain Forest and Range Experiment Station, 1994, pp.246−255.

[3] Callicott, J. Baird, and Susan L. Flader eds. *The River of the Mother of God, and Other Essays by Aldo Leopold*. Madison: University of Wisconsin Press, 1991, p.336.

人们与大地之间的关系，而这种关系有着深刻的审美、象征和精神内涵"[1]。换言之，当人们动用多种感官和智力，而不是如风景美学一样，只关注具有视觉特性的风景时，人们才能明白生态系统中的各个部分是如何构成生态整体性、具备审美特性的，而明白这一点有利于增强人们保护生态系统的积极性，从而推动生态系统管理实践的实现。

综上所述，通过将美学与伦理学、生态学相结合，利奥波德挑战了传统的风景美学，为戈比斯特批评以风景美学为主导的审美偏好提供了依据，为他整合审美价值和生物多样性价值提供了初步的思路。此外，利奥波德对体验的强调也为戈比斯特的森林景观管理提供了实践的方向。[2]

二、自然科学

由于长期在美国林务局工作，戈比斯特具有相当丰富的林业知识与景观管理经验。自然科学在戈比斯特构建生态美学的过程中发挥了重要影响，其影响主要体现在如下三方面：

第一，批判风景美学是戈比斯特生态美学的逻辑起点，而自然科学为这一逻辑起点提供了事实依据。虽然后来戈比斯特在比较风景美学和生态美学之间的区别时，很大程度上借鉴了环境美学，但他最初之所以会批判风景美学，是因为根据他所掌握的自然科学知识，戈比斯特发现景观管理实践中的风景价值与生态价值之间存在潜在冲突。倒伏的枯木，不够高大、漂亮的树，大面积的净伐区等森林景观从自然科学的角度讲，具有高度的生物多样性价值，但这些景观由于风景价值较低，被人按照风景审美偏好的标准予以改造。戈比斯特指出，这样的改造会损害它们的生物多样性价值，不利于生态系统的健康与可持续发展。

第二，自然科学为戈比斯特构建生态美学奠定了基础。如前所述，戈比斯特指出，利奥波德的一大贡献在于，他认识到科学知识在审美欣赏中

---

[1] Gobster, Paul. "Aldo Leopold's Ecological Esthetic: Integrating Esthetic and Biodiversity Values," *Journal of Forestry* 93 (1995), 6−10.
[2] 对于利奥波德生态美学思想的详细探讨，请参考本书第一章。

的重要性。在此基础上，戈比斯特提出了生态美的概念。生态美是戈比斯特将自然科学与美学相结合的尝试，它主要针对的是那些被人们认为缺乏风景价值的景观。戈比斯特认为，要想认识到这些地方的美，就要深挖其特性，欣赏其非视觉的属性和动态的变化，而这必须依靠科学知识；反过来，这些知识又能改变人的感知。生态美这一概念不仅阐明了自然科学在生态审美欣赏中的作用，它也是戈比斯特提出以生态美学改造风景审美偏好的根据。戈比斯特曾指出，珍稀物种因为缺乏鲜艳的色彩而容易被人忽视，但是如果人们了解到它们是稀有的，就会有意识地关注其审美价值，进而采取措施保护它们。在《共享的景观：美学与生态学有何关联？》中，戈比斯特进一步指出，自然科学能引起人的审美愉悦，它正是以这样的方式改变人的感知，"学会认识栖息地可以影响人们对于景观改变的意图，景观的生态价值就其本身而言，可能给那些知道如何认识相关生态现象的人提供愉悦"[1]。如此一来，戈比斯特便为科学知识介入审美欣赏、改变人们的审美偏好预留了空间。此外，戈比斯特在概括生态美学理论框架时，也将生态美的特征纳入其中。在其生态审美模式中，所有感官都参与到审美欣赏中，而且欣赏到的景观是充满活力的、活生生的、有变化的、微妙的。这些都是生态美的特征，也都是依靠自然科学知识才能感知到的审美特性。

第三，戈比斯特对待自然科学的态度体现了严谨的科学精神。戈比斯特虽然肯定了自然科学在改造风景审美偏好、解决审美价值与生态价值之间的冲突中发挥的作用，但他也充分认识到自然科学的动态特性。科学不可能提供永恒的真理，只能提供相对客观、正确的知识，而且其相关领域的专家之间也很难达成共识。因此他认为"科学总是要在未来进行修订，但预防性原则可以让我们按照自己的理解，采取行动捍卫生态目标，可以监测我们行动的影响"[2]。换言之，戈比斯特并不否认在理想的条件下，自然科学能引导人们保护生态健康，但人的认识是有限的，因此将生态美学的

---

[1] Gobster, Paul, et al. "The Shared Landscape: What Does Aesthetics Have to Do with Ecology?" *Landscape Ecology* 22 (2007), 959-972.

[2] Gobster, Paul, et al. "The Shared Landscape: What Does Aesthetics Have to Do with Ecology?" *Landscape Ecology* 22 (2007), 959-972.

理念应用于实践时，景观设计者、规划者和管理者应当抵制草率的干预。

综上所述，戈比斯特批判风景美学，在重新审视审美价值与生态价值关系的时候，都是以自然科学为事实基础的；而且戈比斯特在将生态美学的理念应用于实践的过程中，始终保持理性审慎的态度，这是其科学精神的体现。

三、环境美学

在《生态美学与景观感知及评估》中，戈比斯特将哲学作为他生态美学思想的第二个来源，但确切地说，他所言之哲学主要是指环境美学。环境美学对他的影响主要涉及两方面内容：一是从理论上论证将科学知识引入审美欣赏的合法性，卡尔森的科学认知主义立场是其代表；二是强调体验对于欣赏生态系统的重要性，阿诺德·伯林特的交融美学（aesthetics of engagement，又译为"介入美学""参与美学""结合美学"等）是其代表。

1. 卡尔森的科学认知主义立场

科学认知主义和肯定美学（positive aesthetics）是卡尔森的代表性主张，而这两个主张之间又有紧密的联系。卡尔森利用科学认知主义论证肯定美学的主张，他的思路可以概括为：将肯定美学作为区分自然和艺术的标志，而后通过和艺术欣赏类比，确立科学知识在自然欣赏中的合法性与中心地位，从而论证"所有原生自然从本质上说在审美上都是好的"[1]这一命题。

卡尔森的科学认知主义对戈比斯特的影响有二：

第一，科学认知主义为戈比斯特批判风景美学、走向生态美学提供了理论依据。科学认知主义认为科学知识能为自然欣赏提供正确的范畴，这就将科学知识置于自然欣赏的中心地位，从而为自然欣赏确立了相对客观的标准。而且科学认知主义认为科学知识能揭示自然的肯定性的审美特性，如秩序、平衡、统一、和谐等，这使得自然欣赏有深度、不肤浅，因此科

---

[1] Carlson, Allen. *Aesthetics and the Environment: The Appreciation of Nature, Art and Architecture*. London: Routledge, 2000, p.73.

学知识"对恰当的自然审美欣赏而言是必不可少的，没有科学知识，我们就不知道要如何恰当地欣赏自然，就可能错过其审美特性与审美价值"[1]。这一思想对戈比斯特的影响体现在，戈比斯特认为风景美学之所以存在审美价值和生态价值的潜在冲突，从本质上说是因为风景审美欣赏是不恰当的，它没有如其本然地欣赏自然，而是将其当作艺术看待，这样做的后果是"景观某些方面的审美价值根本无法直接感知到，只有通过知识和经验才能获取它们的意义和价值"[2]。而生态美学通过整合审美价值和生态价值，能如其本然地欣赏自然。

第二，科学认知主义对科学知识的强调，使戈比斯特将其作为扭转风景审美偏好、构建生态审美模式的一个必要条件。卡尔森认为，自然欣赏和艺术欣赏是同构的，如果艺术欣赏需要相关艺术知识，那么自然欣赏也需要相关科学知识。科学知识的作用和艺术批评、艺术史知识在艺术欣赏中发挥的作用是相似的，而这确立了科学知识在自然欣赏中的合法性。戈比斯特将审美体验作为美学的研究对象，他的生态美学思想始终围绕审美体验展开。因此从审美体验涉及的两类主体来看，科学认知主义对他的影响体现在：一方面，戈比斯特认为景观研究者作为景观审美体验的制造者，应当掌握丰富的科学知识，运用多种设计方法和管理实践，使恰当的审美体验成为可能。他以黄石超级火山为例并指出，"景观的研究者、设计者和管理者，同生态学家、地质学家、历史学家以及了解'热点'对于一个被给定的景观的重要性的人进行合作至关重要。这样一来，我们就可以更好地解释景观生态过程和生态功能的意义，从而有助于欣赏、保护它们"[3]。另一方面，这些人还要向审美体验的接受主体——公众宣传科学知识，而公众也应当主动了解科学知识，以此丰富审美体验，恰当地欣赏自然。

---

[1] Carlson, Allen. *Aesthetics and the Environment: The Appreciation of Nature, Art and Architecture*. London: Routledge, 2000, p.90.

[2] 程相占、[美]阿诺德·伯林特、[美]保罗·戈比斯特、[美]王昕晧：《生态美学与生态评估及规划》，郑州：河南人民出版社，2013年版，第112页。

[3] Gobster, Paul. "Yellowstone Hotspot: Reflections on Scenic Beauty, Ecology, and the Aesthetic Experience of Landscape," *Landscape Journal* 27 (2008), 291－308.

2. 伯林特的交融美学

伯林特的交融美学是一种非认知的美学，虽然交融美学一般被认为是一种与科学认知主义相对立的美学立场，然而它也影响到了戈比斯特。

交融美学对戈比斯特的影响有二：

第一是审美方式。交融美学摒弃了传统的二元论思维，要求在审美体验中多种感觉形式相融合，形成通感（synaesthesia）。在这个过程中，人们"通过身体与场所的相互贯通，成为环境的一部分"[1]。戈比斯特在此基础上，批判了风景美学在审美方式上存在的缺陷，并构建出一种更全面、更丰富的生态审美模式。他指出，风景美学始终将自然当作静止不动的风景画，只关注自然的视觉特性。在审美欣赏中，人被动地接受风景，而非主动参与其中，以这样的方式欣赏自然，会忽视自然中很多微妙的、需要依靠视觉之外的感官感知的特性。为了对自然进行更深层次的欣赏，需要发展一种生态的审美模式。这种模式要求参与者以视觉、听觉、嗅觉、触觉等多种方式感知自然，与自然形成积极的对话。

第二是美学的研究方法。伯林特的美学研究以审美体验为中心，因此他倡导一种适合研究审美体验的方法，即描述美学（descriptive aesthetics）。这种美学"既有叙事性，又是现象学的，还能够唤起感情，有时甚至具有启发性"[2]。在他看来，"这些文字绝不仅仅是情感的任意流露，而是一种认真的尝试，通过它引导我们的知觉，增加我们对审美领域的理解。描述美学将敏锐的观察和动人的语言结合起来，鼓励读者面对生动的审美际遇"[3]。而且描述美学还具有理论深度，能加深人对审美体验的理解，从而提供一种有价值的审美探究模式。而戈比斯特的生态美学如他所言，是一种应用型生态美学（applied ecological aesthetics），他认为景观审美体验研究可以借助哲学研究成果，但不能沦为哲学思辨。景观研究者必须"扩展我们的一系列方法，以识别出各种审美价值。我们要走出实验室，超越运用照片代替实地的视觉偏好研究，转向田野调查，在那里我们可以发现生态美学微

[1] Berleant, Arnold. *The Aesthetics of Environment*. Philadelphia: Temple University Press, 1992, p.17.

[2] Berleant, Arnold. *The Aesthetics of Environment*. Philadelphia: Temple University Press, 1992, p.26.

[3] Berleant, Arnold. *The Aesthetics of Environment*. Philadelphia: Temple University Press, 1992, p.26.

妙的、具有象征性的、更深层次的价值"[1]。而且戈比斯特将这种方法付诸实践，以此深化、完善自己的理论主张。《黄石超级火山：对景观的风景美、生态学和审美体验的反思》一文就是他运用现象学描述的方法研究审美体验的结果。他通过驾车、行走、静坐三种景观体验模式考察黄石公园的风景之美，进而反思他此前对风景美学的批判。

综上所述，戈比斯特吸收了环境美学的学术资源，从理论上说明在生态美学中科学知识和审美体验不可偏废。戈比斯特进而论证了这两个要素如何使得生态美学超越了风景美学：就其本质而言，生态美学以自然科学为基础，这保证了它能如其本然地、恰当地欣赏自然；就其审美方式而言，生态美学要求多种感官参与到审美体验中，人与景观积极互动，这使得生态审美体验更加丰富而深刻。

四、生态艺术和生态设计

戈比斯特在《生态美学与景观感知及评估》中列举了多位影响他的生态景观设计师，但大多数人的成果是具体的设计实践，而琼·艾弗森·纳索尔（Joan Iverson Nassauer）既在生态设计领域取得了实践成果，又有一定的理论建树。此外，戈比斯特不仅在论文中多次引用其著作，两人还有多次合作，他们合写的《共享的景观：美学与生态学有何关联？》被引次数较高。故在分析生态艺术和生态设计对戈比斯特的影响时，我们将纳索尔作为这一思想来源的代表。

纳索尔是美国景观生态学的创建者之一，她提出的文化可持续性（cultural sustainability）和关怀暗示（cues to care）从理论的高度阐述了生态艺术与设计的理念、目标与意义。纳索尔对戈比斯特的影响有四：

第一，纳索尔对风景美学的态度影响了戈比斯特。纳索尔认为风景美学

[1] Gobster, Paul. "Forest Aesthetics, Biodiversity, and the Perceived Appropriateness of Ecosystem Management Practices," in Mark W. Brunson, et al. eds., *Defining Social Acceptability in Ecosystem Management: A Workshop Proceedings*. 1992 June 23–25, Kelso, WA. Portland: U.S. Department of Agriculture, Forest Service, Pacific Northwest Research Station, 1996, pp.77–97.

由于缺乏生态知识而不利于生态系统的健康，但它体现了人的关怀，从而在一定程度上唤起了人们对一部分景观的保护意识。她指出了风景美学的缺陷，但也肯定了其合理性。而戈比斯特虽然吸收了利奥波德等人对风景美学的批判，他本人也将对风景美学的反思作为他理论的逻辑起点，但他从未彻底否定风景美学。在他看来，风景美学虽然忽视了那些缺乏风景价值但具有高度生态价值的景观，但它保护了那些既有风景价值又有生态价值的景观。

第二，纳索尔的文化持续性理论为景观设计注重审美体验确立了合法性。纳索尔认为人们对景观的感知会影响与景观相关的行为，那些有吸引力的景观更容易被人们保护。"依赖人类关注的幸存或可称为文化可持续性。那些在生态上是健康的同时又能引起人的愉悦和认同的景观，从长远来看更有可能由适当的人类关怀延续下去。"[1]而戈比斯特发展其思想，提出人对景观的感知本质上首先是审美的，景观的设计、规划和管理应当整合审美价值和生态价值，而不应偏废其中一方。

第三，纳索尔提出的关怀暗示理论为生态设计的实现提供了可能，而戈比斯特吸收其思想，将景观设计作为整合审美价值和生态价值的手段。风景美学将整齐划一的景观看作是人积极的关怀暗示，但事实上这些关怀对生态健康有害。纳索尔指出，"关怀是有益的，但健康的景观需要理性的关怀"[2]，因此景观设计师应当运用生态知识，设计出能保护或揭示生态功能的景观，并让公众通过欣赏这样的景观，理解生态健康的意义。而戈比斯特认为，那些结合了生态知识的景观设计能揭示生态美，即生态系统深层的、内在的审美特性。因此景观设计师和其他资源管理者类似于代理人，"通过理解生态美学的理念以及它与风景美学的区别，管理者和规划者能够

[1] Nassauer, Joan Iverson. "Cultural Sustainability: Aligning Aesthetics and Ecology," in Joan Iverson Nassauer, ed., *Placing Nature: Culture and Landscape Ecology*. Washington, D. C.: Island Press, 1997, pp.65－84.

[2] Nassauer, Joan Iverson. "Cultural Sustainability: Aligning Aesthetics and Ecology," in Joan Iverson Nassauer, ed., *Placing Nature: Culture and Landscape Ecology*. Washington, D. C.: Island Press, 1997, pp.65－84.

开始思考，如何以不同的方式为公众设计、描述生态系统管理实践"[1]。

第四，纳索尔对戈比斯特的影响还体现在对公众的态度上。一方面，纳索尔认为公众的态度是可以改变的，"当熟悉的审美成规被用于塑造新的生态功能外观时，文化期待就会发生改变"[2]；另一方面，她认为景观设计师要尊重公众的认知，因为景观只有为公众认可、接受，才能长期留存下来。因此"我们应当让设计更为人们所接受，并关注景观如何影响人们的日常生活。同时，景观设计师还需要评估设计如何才能为人们所接受，即景观的市场性"[3]。而戈比斯特在此基础上指出，就短期策略而言，应当运用具有过渡性质的适当性评估，在半原始林区和通路的自然区域整合审美价值和生态价值，在城市中保留符合风景审美偏好的景观，在尊重公众的基础上，逐步转变其审美偏好；就长期目标而言，他提出了一系列具体措施，用以促进公众了解科学知识，接受生态审美理念。

综上所述，纳索尔的思想让戈比斯特避免陷入非此即彼的二元对立中，从而客观评价风景美学。此外，她提出的文化可持续性和关怀暗示，为戈比斯特在景观管理实践中运用生态美学理念提供了具有针对性的思路。

五、朱伯的景观感知理论

欧文·朱伯 (Ervin Zube) 是美国景观设计师与环境心理学家，他是最早参与专家景观评估研究、研究公众偏好的学者之一，曾在威斯康星大学麦迪逊分校和哈佛设计学院学习景观设计，而后在威斯康星大学麦迪逊分校、加州大学伯克利分校和马萨诸塞大学安姆斯特分校执教。39岁时，朱伯在克拉克大学学习环境心理学，并获得了地理学博士学位。

[1] Gobster, Paul. "Forest Aesthetics, Biodiversity, and the Perceived Appropriateness of Ecosystem Management Practices," in Mark W. Brunson, et al. eds., *Defining Social Acceptability in Ecosystem Management: A Workshop Proceedings*. 1992 June 23−25, Kelso, WA. Portland: U.S. Department of Agriculture, Forest Service, Pacific Northwest Research Station, 1996, pp.77−97.

[2] Nassauer, Joan Iverson. "Cultural Sustainability: Aligning Aesthetics and Ecology," in Joan Iverson Nassauer, ed., *Placing Nature: Culture and Landscape Ecology*. Washington, D. C.: Island Press, 1997, pp.65−84.

[3] [美]琼·艾弗森·纳索尔：《以景观为媒介》，《景观设计学》2017年第6期。

朱伯对戈比斯特的影响可归结为三个层面：

第一是具体内容层面。在《景观感知：研究、应用与理论》（Landscape Perception: Research, Application and Theory, 1982）一文中，朱伯与同事詹姆斯·塞尔（James Sell）、乔纳森·泰勒（Jonathan Taylor）回顾了以往的研究，并提出了一个以互动感知过程为基础的景观感知理论框架，该框架如图表1所示。

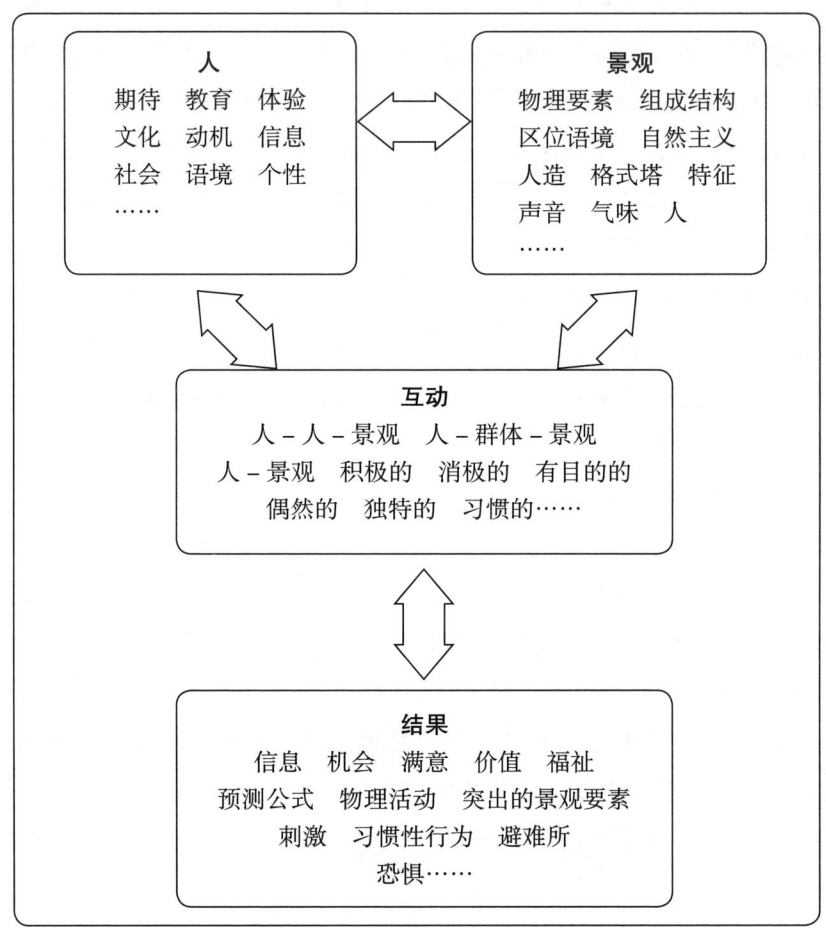

图表1 景观感知（互动）过程

朱伯指出，以往的景观感知研究孤立研究这四个方面，忽视了它们之间的关联。但他认为，"理解互动将有助于回答如下问题：景观为何被感知成这个样子？它们对个人和群体意味着什么？它们如何提高一个人的幸福感或生活质量？"[1]。景观感知研究要想进一步发展，就要在研究人与景观互动的基础上回答这些问题。而戈比斯特的生态美学正是沿着朱伯的道路，进一步深化了景观感知研究。戈比斯特在整合以往学术资源的基础上，从人、景观、人与景观的互动及其结果四个方面构建起生态美学的理论框架，阐明了这四个方面之间的内在逻辑和生态美学的基本特征。

第二是研究方法层面。朱伯的景观感知研究方法有两个突出特点，这两点都影响了戈比斯特。一是定量研究与定性研究兼备。以定量的方法研究公众的偏好是早期的景观研究者时常采取的办法，朱伯在其学术生涯早期亦是如此。但在攻读博士期间，朱伯学习了环境心理学，之后他便开始在定量研究的基础上，运用定性的、现象学的方法进行研究。定量研究是戈比斯特常用的方法，但他的定量研究以定性研究为基础，适当性评估便是例证。戈比斯特先是批判了风景美学，初步构想了一种能协调审美价值与生态价值的生态美学，接下来他通过定量分析，了解公众对景观的反应，提出了适当性评估。戈比斯特认为景观规划者应当循序渐进，暂时保留城市中具有风景美的景观，在通路的自然区域和半原始林区运用多种手段，实现生态美学的目标。理论与应用研究并重是朱伯研究的另一个特点。朱伯认为，"基础研究要将注意力集中于各种假设，并评估其有效性。应用研究要开发对管理决策最有价值的技术，即确定那些最适合保存或增强的景观要素。但有一点必须强调，理论研究和应用研究是分不开的，实证研究背后必须有坚实、理性的理论做支撑"[2]。戈比斯特的生态美学直接承袭了朱伯的这一观点。戈比斯特虽然提出了诸多理论和模型，论证整合审美价值与生态价值的可能性，但他的最终目的不是著书立说，而是从理论的高度为景观感知与评估提供坚实的基础，从而解决实践中面临的问题。因此戈比斯特将自己的生态美学概括为应用型生态美学。

[1] Zube, Ervin H., James L. Sell, and Jonathan G. Taylor. "Landscape Perception: Research, Application and Theory," *Landscape Planning* 9 (1982), 1−33.
[2] Zube, Ervin H., James L. Sell, and Jonathan G. Taylor. "Landscape Perception: Research, Application and Theory," *Landscape Planning* 9 (1982), 1−33.

第三是思想观念层面。戈比斯特批判继承了朱伯对景观感知评估研究意义的论述。朱伯认为社会科学家在研究景观感知时，不能为了研究而研究，因为人与景观互动的结果与人类的福祉和生活质量密切相关，而这为应用研究的目的指明了方向——对景观风景价值的研究最终要为改善人类的生存状况而服务。而戈比斯特生态美学的逻辑起点虽然是反思风景美学的弊端——这是他对朱伯的超越，但他最终又和朱伯殊途同归。戈比斯特指出，生态美学是生态学和美学的联结，但这种联结不是对事实的客观描述，而是一种具有伦理意义的规范。换言之，这种联结同时也规定了美学与生态学应当是一种怎样的关系。而在戈比斯特看来，这种关系就是美学与生态学在相互协调的过程中，共同维护人类和生态的福祉。

综上所述，朱伯对戈比斯特的影响是方方面面的。戈比斯特在朱伯的景观感知框架内构建其生态美学的理论框架，他吸收了朱伯的研究方法和对研究意义的论述，从而使得其生态美学既具有明确的现实针对性，又具有一定的理论深度，同时还蕴含着深刻的终极关怀。

第四节　戈比斯特生态美学思想的主要内容

一、戈比斯特的美学观与美学研究方法

1990年，戈比斯特和理查德·切诺韦思（Richard Chenoweth）合作发表了《景观审美体验的本性与生态》（The Nature and Ecology of Aesthetic Experiences in the Landscape）一文，戈比斯特在这篇论文中初步提出了其美学观与美学研究方法。如前所述，政府在评估景观价值、制定景观政策时越来越重视审美因素，但戈比斯特认为这些评估和政策只关注景观的审美属性，没有从实际出发，考虑这些景观是如何引起人的审美体验，进而让人感受到景观之美的。由此可以看出，戈比斯特与以往的景观评估和政策均主张以美学为导向，他们的分歧在于以什么样的美学为导向。以往依据的美学以审美对象的审美属性为中心，而戈比斯特的批评表明他的美学观是一种以人的审美体验为中心的美学观。

戈比斯特认为应当从本性、生态、对象和主观价值四方面研究审美体验。在探讨审美体验的本性时，戈比斯特首先回顾了哲学和心理学的研究现状。就哲学而言，在援引康德、比尔兹利、斯托尼茨等人的观点之后，戈比斯特指出哲学认为审美体验的本性是"个体在体验的过程中所表达的主观想法、感受和情感"[1]，这种体验具有整体性，能从其他日常生活的体验之中独立出来。当我们对一个对象进行审美欣赏时，我们会沉浸其中，既不会考虑其实际功用，也不想占有它，只想从中获得愉悦。戈比斯特认为，在描述审美体验的变化时可以借鉴哲学的描述，但哲学对审美体验的研究有两点不足：一是大多数研究只关注艺术的审美体验，忽视了景观的审美体验，然而景观的审美体验有其特殊性，研究它时不能照搬艺术的审美体验；二是在研究景观审美体验时，即使要借鉴哲学的相关研究，也应当借鉴哲学主流对于审美体验本性的普遍看法，然而哲学家在这一问题上尚未达成相对一致的看法，乔治·迪基在《审美态度的神话》(The Myth of the Aesthetic Attitude) 中甚至彻底否定审美体验的存在。因此戈比斯特认为，要想突破哲学在审美体验本性研究上的局限，应当采取实证研究，这就要求研究者去寻找审美体验多样化的可能性，而不是寻找审美体验的共性，以便将其与其他体验区分开来。

就心理学而言，戈比斯特认为，威廉·詹姆斯等心理学家将意识看作流动的、比较特殊的意识状态，如马斯洛、奇克森特米哈伊(Csikszentmihalyi) 所言，是一种高峰体验 (peak experience) 或心流体验 (flow experience)，但他们并不进一步区分这种体验，审美体验只是意识体验的一部分。在心理学领域，研究审美体验取得较大成就的是海文纳 (Hevner)，她借鉴了以往哲学和心理学的研究成果，概括了审美体验的基本要素。同时她认为审美体验通常是愉悦的，但丑的东西也有审美特性，

---

[1] Chenoweth, Richard E., and Paul Gobster. "The Nature and Ecology of Aesthetic Experiences in the Landscape," *Landscape Journal* 9 (1990), 1-8.

也能引发审美体验；审美体验是短暂的、瞬间的、超越了日常体验的；审美体验是主动的，多种感官参与其中；此外，认知能力和感知能力在其中发挥了重要作用，知识、过去的经验等都能强化审美体验，增加其发生频率。戈比斯特认为，虽然她研究的审美对象主要是艺术而非景观，但她的结论具有直觉的有效性（intuitive validity）。

就审美体验的生态而言，戈比斯特认为在他写作这篇论文时，几乎没有人研究审美体验在时间和空间中的分布，也没人研究审美体验在被感知到的环境和客观环境中的分布。就审美体验的对象而言，戈比斯特认为景观的审美评估与此十分相似。景观设计者往往通过分类的方式，归纳景观的审美属性。但戈比斯特认为这些归类仅仅是依据这些研究者所了解的理论归纳而来的，没有考虑这些归纳依据的是个体的诠释还是景观审美体验。就审美体验的价值而言，景观评估方法通常依据评定量表来评估风景的价值。但戈比斯特认为，审美体验是非常个人化的，因此应当关注与其他重要的生命事件相关的审美体验的价值，以及在审美体验前后个人心情的变化。

据此，戈比斯特为审美体验下了一个工作性定义（working definition）：

> 审美体验似乎将我们和我们在审美上体验的东西从日常体验的流动中隔离开来。我们觉得生活突然停滞了，因为我们被我们关注的对象所吸引，放弃了任何关于它的效用或功能的想法。我们不对它进行分类、研究、判断，也不认为它有任何潜藏的目的。我们完全在当下，不考虑过去和未来。除却为了体验而体验之外，在我们的体验背后，没有任何目的和动机。[1]

所谓工作性定义是这样一种定义，它适用于某一情境，但未必符合既定的、权威的定义。从这个定义可以看出，戈比斯特虽然借鉴了哲学、心

---

[1] Chenoweth, Richard E., and Paul Gobster. "The Nature and Ecology of Aesthetic Experiences in the Landscape," *Landscape Journal* 9 (1990), 1–8.

理学研究的理论成果，但他不追求严谨的学术定义，而是关注审美体验的实际状况，从而根据实际情况进行定量分析，以便制定出更有效的景观管理政策。

根据这样的美学观，戈比斯特运用具有鲜明实证色彩的方法研究审美体验。《景观审美体验的本性和生态》一文严格来说是一篇调查分析报告，在这篇报告中戈比斯特描述了自己的研究方法。他与合作者设计了一份调查问卷，并选取25名大学生参与调查。问卷分为两部分：第一部分要求受访者记录一年中自己感受到的户外审美体验；第二部分围绕审美体验的本性、对象、生态和价值设计了一个量表，让受访者填写。调查结果显示，就其本性而言，审美体验通常是难忘的、令人愉悦的、瞬间发生的、需要动用多种感官的，但审美体验之间的差异往往多于它们之间的共同点。因此戈比斯特认为审美的可以用来形容形形色色的体验，我们无法通过某几种属性定义审美体验。就其生态而言，审美体验不是平均分布在时间、空间和人群之中的，周末、白天以及当人们摆脱日常事务时容易产生审美体验，熟悉的地方也容易产生审美体验。此外，每个人产生审美体验的次数有较大差异，独自一人或者和密友同行更容易产生审美体验。就其对象而言，在户外，引起人产生审美体验的往往是动态的、瞬间的、美丽的自然景观，而且它们通常是综合的、整体的，而非景观的某一部分。就其价值而言，审美体验能让人获得愉快的心情，有利于人类的福祉。

戈比斯特认为通过系统研究景观审美体验，景观的设计者、规划者和管理者能够转变以往的观念，让景观评估和政策更好地服务于人的感知与体验。事实上，上述理念与研究结果融入戈比斯特此后的管理实践和理论建构之中。戈比斯特始终将审美体验置于其生态美学研究的中心。在《黄石超级火山：对景观的风景美、生态学和审美体验的反思》中，他再次强调了这一点，"人们认为审美体验是他们生命中重要的一部分，审美体验有利于恢复心理健康。某些景观之所以因其风景美或生态美而为人偏爱，可能是因为它们提供了审美体验；有些体验微不足道、转瞬即逝，有些体验却能够登峰造极，甚至改变生活。由于偏好和体验之间存在重要关联，我们似乎应该更重视与那些有利于产生审美体验的景观相关的研究、设计和管理"[1]。

综上所述，在这篇报告中，戈比斯特初步确立了以审美体验为核心的美学观，以及实证研究与现象描述相结合的研究方法，这为他日后思考生态美学的相关问题奠定了基础。

二、戈比斯特对风景美学的反思

在撰写《景观审美体验的本性与生态》时，戈比斯特的主要目的还是将审美体验纳入景观研究，生态问题还没有进入他的视野。如前所述，直到1990年秋天的那场会议，戈比斯特才开始反思景观管理实践中存在的问题，这一冲突主要表现为审美价值与生物多样性价值[2]之间的潜在冲突：产生审美愉悦的事物可能影响生态系统的健康，而具有生物多样性价值的事物在审美上不一定令人愉悦。可以说，这是戈比斯特生态美学的逻辑起点，他提出生态美学也是为了解决这一冲突。

为此戈比斯特首先探讨了审美偏好的影响因素。影响审美偏好的因素包括年龄、性别、种族、地域、娱乐活动、生物进化论等。但戈比斯特认为，当我们欣赏自然景观时，主流文化和历史在其中发挥了主要作用。当美国人征服了荒野之后，他们不再畏惧自然，而是借助十七、十八世纪欧洲的风景画和审美理论来欣赏自然。到了十九世纪，美国本土掀起了浪漫主义和超验主义运动，哈德逊河画派代表弗雷德里克·丘奇（Frederick

---

[1] Gobster, Paul. "Yellowstone Hotspot: Reflections on Scenic Beauty, Ecology, and the Aesthetic Experience of Landscape," *Landscape Journal* 27 (2008), 291–308.

[2] 在反思风景美学引发的冲突时，戈比斯特的用词经历了一个变化过程：在《奥尔多·利奥波德的生态美学：整合审美价值和生物多样性价值》和《生态系统管理实践中的森林美学、生物多样性和被感知到的适当性》中，他将冲突的两方概括为审美/风景价值与生物多样性价值；在《服务于森林景观管理的生态美学》中，他认为生物多样性价值是包含在可持续性价值之中的，"可持续性价值与维护、恢复生态系统的生态结构和功能，与保护和加强当地物种和生态群落的健康与多样性的倾向相关"，因此他在这篇文章中概括为审美/风景价值与可持续性价值的冲突；在《共享的景观：美学与生态学有何关联？》和《生态美学与景观感知及评估》中，他认为可持续性价值和生物多样性价值是生态价值的突出体现（参见程相占、[美]阿诺德·伯林特、[美]保罗·戈比斯特、[美]王昕皓：《生态美学与生态评估及规划》，郑州：河南人民出版社，2013年版，第112页），因此将其概括为审美价值与生态价值的冲突。故在分析其主张时，为保留原文面貌，将遵从不同的论文中的表述，分别使用"生物多样性价值""可持续性价值"和"生态价值"；在概括其思想时，仅使用"生态价值"。

Church）、托马斯·科尔（Thomas Cole）所画的风景画，詹姆斯·费尼莫尔·库珀（James Fenimore Cooper）、威廉·卡伦·布莱恩特（William Cullen Bryant）、亨利·戴维·梭罗（Henry David Thoreau）等人创作的文学作品和哲学著作，以及安德鲁·杰克逊·唐宁（Andrew Jackson Downing）、弗雷德里克·劳·奥姆斯特德（Frederick Law Olmsted）设计的公园和住宅等，使得美国人越来越关注本土的自然景观。戈比斯特认为，现如今人们对某种特定景观的偏好，主要受到了这种以如画美为标准的风景美学的影响。以风景美学的标准创作的艺术，强调自然景观在视觉上的风景特性和如画性，"通过这些媒介描绘的、为那些为了娱乐而去观看、参观的人所偏好的景观，很难说是一种自然环境，因为它是对自然环境的自然主义阐释"[1]。人们在以这种标准欣赏自然景观时，会将景观的审美价值等同为风景价值（scenic value），而风景价值只关注自然景观在视觉方面的特性，要求人们将自然景观看作静止的、无生气的、引人注目的、有边界的风景画。

在戈比斯特看来，这种欣赏模式影响了美国的森林景观设计和管理方式。二十世纪七十年代以来，为保护并增强森林景观的审美特性，减少那些令人不愉快的景观变化的负面影响，美国农业部林务局推行了视觉管理系统。虽然这一系列实践取得了一定成果，保护了那些既有审美价值又有生态价值的风景，但是戈比斯特认为，视觉管理系统以充满人类中心主义的审美偏好指导森林景观管理实践，它忽视了客观存在的生态系统本身的价值，其后果是自然被塑造成静止的、如画般的美景，这种做法既限制了公众欣赏的范围和深度，也与生态价值产生了矛盾。于是戈比斯特以视觉资源管理实践中遇到的困难为例，阐释了经由风景审美偏好塑造的森林景观，在审美价值和生物多样性价值之间存在的潜在冲突。

一是倒伏的枯木。由于那些处于原生林阶段的树木倒伏的样子不符合人们的审美偏好，因此在景观管理实践中，森林管理者通常采取修剪树枝、

[1] Gobster, Paul. "Forest Aesthetics, Biodiversity, and the Perceived Appropriateness of Ecosystem Management Practices," in Mark W. Brunson, et al. eds., *Defining Social Acceptability in Ecosystem Management: A Workshop Proceedings*. 1992 June 23-25, Kelso, WA. Portland: U.S. Department of Agriculture, Forest Service, Pacific Northwest Research Station, 1996, pp.77-97.

切断树干、焚烧林木、清除林地里砍下的枝杈等措施，减少倒伏的枯木给人造成的不愉悦感。然而如果从生物多样性的角度考虑，倒伏的枯木有利于维持土壤肥力，保护昆虫、微型动物、微生物种类的多样性，促进树木和地被植物再生。二是树木的尺寸和老龄特征。人们往往偏爱生长茂盛的树，但在实际情况中，森林中的树木大多不够高大、漂亮，而且就生物多样性而言，那些未倒伏的枯木在生态系统中发挥着更重要的作用，譬如为鸟兽提供巢穴。三是造林系统。通常来说，人们更喜欢未经修理的森林而不喜欢净伐区，喜欢欣赏参天大树搭配低矮的地被植物，但实际上让树木形成多样的垂直结构，能最大限度地保护森林的生物多样性，而适当的森林管理可以做到这一点。四是净伐的面积、形状与分布。从审美的角度说，边缘整齐的小面积的净伐区比边缘模糊、大面积的净伐区更容易让人接受。然而戈比斯特指出，当大面积的净伐区被分割为多个小块区域时，食草动物和食肉动物更容易入侵森林内部，取代原有物种，而且这种做法也容易引起林火、风倒等现象。

综上所述，戈比斯特根据他长期的工作经验发现，以风景审美偏好为标准的审美价值不利于生态系统的健康，一方面意味着我们不能将审美价值和其他价值（如生态价值）割裂开来；另一方面表明审美价值并不总是发挥积极的作用——在某种特定的情况下，审美价值甚至具有严重的破坏作用。上述事实使得戈比斯特开始反思风景美学的弊端，并试图提出一个超越风景美学的思想指导景观管理实践，从而解决这一冲突。在他看来，解决这一冲突的关键在于，改造以风景审美偏好为标准的审美价值，使其与生态价值相适应，从而构建一种具有规范性的、以伦理学和科学知识（特别是生态学知识）为基础的生态美学。

三、戈比斯特的生态美学理论框架

通过上述实例，戈比斯特指出了风景美学的缺陷。为解决上述冲突，戈比斯特借鉴了利奥波德的思想，尝试发展一种生态美学。因此在《生态系统管理实践中的森林美学、生物多样性和被感知到的适当性》和《服务于森林景观管理的生态美学》中，戈比斯特综合以往的环境美学和生态美学理论，以朱伯的景观感知框架为基础，初步提出了生态美学的理论框架。在和风景美学的对比中，他总结了生态美学的基本特征，并勾勒出景观感知诸要素之间的内在逻辑。由于这两篇论文中的图表略有不同，故我们将戈比斯特前后两个版本一并列出。

风景美学	生态美学	参考文献
与人相关的要素		
感知的、直接的、感受的／情感的	认知的、以知识为基础的、被提高的鉴赏力以及感受的	Zajonc 1980, Zajonc & Markus 1982, Leopold 1949, Carlson 1979, Thayer 1989
局限于视觉	所有感官都参与——视觉、听觉、嗅觉、触觉、味觉以及运动／探索	Zube et al. 1982, Leopold, 1949, Thorne & Huang 1991, Gibson 1979, Hevner 1937
大众趣味，最小公分母	精英趣味？	Carlson 1977, Ribe 1982
世界观是以人类为中心的	世界观是以生物为中心的、伦理的生态人文主义	Rosenberg 1986, Leopold 1949
与景观相关的要素		
视觉的、聚焦的	多模式的、身临其境的	Spirn 1988, Zube et al. 1982
静止的、无生气的、固定的	动态的、活生生的、有变化的	Spirn 1988
形式因素、田园牧歌般的、如画的	形式服从功能、地方的	Nassauer 1992, Hunter 1990, Carlson 1979
引人注目的	微妙的	Leopold 1949, Callicott 1983
自然主义的	自然的	Nassauer 1992
依据表面价值来判断	象征的，具有更深层的意义	Laurie 1983, Howett 1987
有边界的、有框架的，特殊场所	无边界的，整个森林	Hepburn l968
合成的视野	在完好无损的生态系统中的审美的指示物种	Callicott 1983
整洁的、原始的	散乱的	Hunter 1990, Nassauer 1988

与互动相关的要素		
被动的、以对象为取向的、刺激－反应的	主动的、参与的、体验的	Chenoweth and Gobster 1990, Koh 1988, Thayer 1989
被动接受现成物	激发对话	Spirn 1988
与结果相关的要素		
愉悦	理解与愉悦	Thayer 1989
观察	行动与交融	Zube et al. 1982
短期、情绪改变	持久的、滋养的、深层价值、统一体、同一性、场所感	Dwyer et al. 1991, Spirn 1988, S. Kaplan 1993
维持现状	内在变化与外在变化的催化剂	Spirn 1988

图表 2　风景美学和生态美学的一些要素（《生态系统管理实践中的森林美学、生物多样性和被感知到的适当性》）

风景美学	生态美学	参考文献
个体		
感知的、直接的、感受的／情感的	认知的、以知识为基础的、被提高的鉴赏力以及感受的	Carlson 1979, Leopold 1981, Rolston 1995, Thayer 1989, Zajonc 1980
世界观是以人类为中心的	世界观是以生物为中心的、伦理的生态人文主义	Leopold 1981, Rosenberg 1986
对审美反应的研究是描述性的	对审美反应的研究是规范性的	Carlson 1993, Sepänmaa 1993
局限于视觉	所有感官都参与——视觉、听觉、嗅觉、触觉、味觉以及运动／探索	Gibson 1979, Hevner 1937, Leopold 1981, Zube et al. 1982
偏好＝大众趣味，最小公分母	欣赏＝精英趣味？	Carlson 1977, 1995, Ribe 1982

景观		
视觉的、聚焦的	多模式的、身临其境的	Spirn 1988, Zube et al. 1982
静止的、无生气的、固定的	动态的、活生生的、有变化的	Spirn 1988
形式因素、如画的	形式服从功能、地方的	Carlson 1979, Hunter 1990, Nassauer 1992
引人注目的	微妙的、景观不优美的	Callicott 1983, Gussow 1995, Saito 1998
自然主义的	自然的	Nassauer 1992
依据表面价值来判断	象征的，具有更深层的意义	Howett 1987, Rolston 1998
有边界的、有框架的，特殊场所	无边界的，整个森林	Hepburn 1968
合成的视野	在完好无损的生态系统中的审美的指示物种	Callicott 1983
整齐的、整洁的	散乱的	Hunter 1990, Nassauer 1995
人与景观的互动		
被动的、以对象为取向的、刺激－反应的	主动的、参与的、体验的	Berleant 1998, Koh 1988, Thayer 1989
被动接受现成物	激发对话	Spirn 1988
结果或益处		
愉悦	理解与愉悦	Thayer 1989
观察	行动与交融	Zube et al. 1982
短期、情绪改变	持久的、滋养的、深层价值、统一体、同一性、场所感	Hull 1992, Kaplan 1993, Spirn 1988
维持现状	内在变化与外在变化的催化剂	Spirn 1988

图表3　风景美学和生态美学的一些要素（《服务于森林景观管理的生态美学》）

就个体而言，生态美学要求人们重新定义如何看景观和人在景观中的位置。在风景美学中，人们追求的是欣赏风景时的直接的愉悦感，而这种愉悦感只涉及视觉；而在生态美学中，人的多种感官参与其中，而且人们是通过了解到生态系统的整体性，间接获得审美愉悦的。这就导致在这两种审美欣赏方式中，人所处的位置有所不同：在风景美学中，人处于景观的中心，其世界观是人类中心主义的；而生态美学要求人们以生物为中心，它秉持罗森堡（Rosenberg）所说的伦理的生态人文主义（ecological humanism），认为人的需求和环境的需求交汇（converge）在一起。而风景美学与生态美学在世界观上的差异表明，前者是一种描述美学，其审美偏好是大众的、具有个人偏好色彩的；后者则是一种规范美学，其审美偏好是精英的、超越个人偏好的。

就景观而言，当人们不再以风景美学而以生态美学的标准欣赏景观时，景观也随之发生了变化。在风景美学中，人们只关注景观在视觉方面的特性，将其看作静止的、无生气的、引人注目的、有边界的画面，并偏爱整齐、整洁的风景。然而戈比斯特指出，这些只是景观的表面价值，森林生态系统中那些充满活力、微妙的特征同样具有审美价值，而且它们的价值更深刻，意义更丰富。戈比斯特在此借用了考利科特（Callicott）审美的指示物种（aesthetic indicator species）这一概念，用以说明森林景观有更深层的象征意义，但这种意义需要人们深度挖掘。在生态美学中，当人们动用多种感官与科学知识时，就能发现生态系统的有机整体性，而这本身就能引起审美愉悦。

就互动及其结果而言，在风景审美欣赏中，人被动地接受风景，这种欣赏只能带给人短期的愉悦与情绪变化，不能产生更深层次的理解和转变。而生态美学要求个体主动参与体验，积极与景观对话。这种互动不仅能产生更深刻的理解和愉悦，引发更长远的内心变化，还有利于人的心理恢复，从而推动人的行动与参与，改变其深层价值观念。戈比斯特认为，这就是伯林特倡导的审美交融，它超越了康德等美学家提出的无利害性。通过积极的参与和对话，人能更好地了解自身及自己在世界上的位置。

对比图表2与图表3，两者的差异主要在与人（个体）相关的要素这一部分。戈比斯特受卡尔森和瑟帕玛的启发，在《服务于森林景观管理的生态美学》中增加了一组对比——风景美学是描述的，生态美学是规范的，而这也是戈比斯特首次提出生态美学是一种规范美学，这种美学包含了生态学原则，并整合了审美价值与可持续性价值。戈比斯特借助这一组概念，再次明确了其提出生态美学的用意——通过构建以伦理学和科学为基础的美学，加深人们对生态系统的理解，从而为景观管理实践提供规范和引导，建立人与景观间的和谐关系。

不过需要指出的是，戈比斯特虽然反思了风景美学给景观管理实践带来的消极影响，但他没有因此彻底否定风景美学。戈比斯特指出，就历史发展而言，风景美学对景观管理实践产生了一定的积极影响，他构建的这个框架只是表明"人与景观之间发生着相互作用，其结果会影响人和景观两方面。在这一点上，生态美学与风景美学并没有区别；然而，生态美学却进一步认为，某些景观的审美价值与其生态价值密切相关，而且，从景观中获得审美价值或许需要更积极的、交融性的相互作用"[1]。事实上，在戈比斯特看来，风景美学和生态美学之间存在很多共同点，两者可以互为补充。譬如就审美体验而言，风景美学和生态美学之间的区别，或者说风景美与生态美之间的区别，"更多地属于在对于景观偏好的定量研究中，自然景观之美如何被概念化、被测量到，而不是它如何通过人与景观的实时互动被人体验到"[2]，这一点他在《黄石超级火山：对景观的风景美、生态学和审美体验的反思》一文中做了详尽的论述。

在此之前，戈比斯特始终关注的是风景不够优美但具有高度生态价值的景观。他指出，生态美学主要针对的是被风景美学遗忘的景观，通过将生态美学引入景观管理实践，景观的设计者、规划者和管理者能将目光聚焦于那些在视觉上缺乏风景美、但生态价值较高的景观，并将这一类景观中的审美价值和生态价值结合起来。而在这篇论文中，戈比斯特关注的是

---

[1] 程相占、[美]阿诺德·伯林特、[美]保罗·戈比斯特、[美]王昕晧：《生态美学与生态评估及规划》，郑州：河南人民出版社，2013年版，第117页。

[2] Gobster, Paul. "Yellowstone Hotspot: Reflections on Scenic Beauty, Ecology, and the Aesthetic Experience of Landscape," *Landscape Journal* 27 (2008), 291–308.

我们如何对那些风景优美的景观进行生态审美欣赏。

戈比斯特运用现象学的方法描述他在黄石公园的审美体验。他认为就黄石公园的案例而言，具有风景美的景观既包含风景美学的特征，又包含生态美学的特征，他的体验挑战了这两者的区别。戈比斯特指出，"如果风景美仅仅被体验为空间和时间中的短暂记录，如果将其作为一种特殊的特征或观点而忽视了景观的其他部分，如果它剥夺了其他感官的、体验的语境，那么风景美学被看作一种体验景观之美的肤浅手段就是无可非议的"[1]。但是，"当一些通常和风景美学相关的景观属性应用于某些体验模式时（如驾驶时体验模式是加框的、视觉性的），在不同的体验模式中，这些属性一般会和生态美学的属性重合"[2]。而借助生态美学，人们能更全面地理解那些以往被视为风景优美的景观的其他审美特性。

综上所述，戈比斯特以人和景观的互动为中心，提出了能超越风景美学的生态美学，并勾勒出生态美学的基本特征。但戈比斯特没有陷入非此即彼的二元思维中，他既指出了风景美学的缺陷，也看到了风景美学的积极作用；他既看到了风景美学与生态美学的区别，又指出了两者的联系。

四、适当性评估

作为社会科学家，戈比斯特更关注实践中的问题，其理论的最终目的是更好地为实践服务。因此在提出生态美学的构想后，他首先考虑的是如何将生态美学的构想付诸实践，以改变根深蒂固的风景审美偏好。就此而言，戈比斯特的观点是：虽然从长期来看，生态美学能超越风景美学，对自然进行更深层次的审美欣赏，从而使得这一冲突得到进一步的解决；但从短期来看，人们的审美偏好难以发生根本转变，因此管理者和研究者需要在风景价值和生物多样性价值之间寻求一个平衡点。"管理者和研究者应

[1] Gobster, Paul. "Yellowstone Hotspot: Reflections on Scenic Beauty, Ecology, and the Aesthetic Experience of Landscape," *Landscape Journal* 27 (2008), 291–308.
[2] Gobster, Paul. "Yellowstone Hotspot: Reflections on Scenic Beauty, Ecology, and the Aesthetic Experience of Landscape," *Landscape Journal* 27 (2008), 291–308.

该采取一种间接的方式，去了解人们是否发现了一个特殊的生态系统管理目标，这种实践是否得到了社会的认可和接受。"[1]

因为人们的审美偏好不可能在短期内发生根本改变，所以戈比斯特认为应当通过一些间接的方式逐步让人们接受生态美学，于是他提出了适当性（appropriateness）这一概念。所谓适当性是指"相对于一个或多个管理目标而言，被引入的变化的适宜性或兼容性。在这一讨论中，管理目标包括保护审美价值和生物多样性价值。扩展而来的应用可能包含其他目标，如功利目标"[2]。适当性不同于可接受性（acceptability），后者是一个具有人类中心色彩的概念，而前者虽然可以被感知到，但它不完全依赖于人类的主观情感和偏好。戈比斯特认为，和以往对风景偏好的评估相比，适当性评估有如下三个特点：第一，这种评估是综合的。适当性评估关注的是景观管理中的变化，它要求这种变化将审美价值和生物多样性价值整合起来，从而使景观呈现出多种价值。第二，适当性评估是语境化的。"对于变化的适当性的感知，有赖于了解变化得以发生的环境和/或情境相关的性质的知识。"[3]第三，适当性评估的标准是外在的。适当性评估是一种相对客观的评估，其评估依据不是个体的主观偏好，而是管理实践是否符合既定的管理目标。正是这一点使得适当性将美学、大地伦理学和管理方式联系起来。为此，戈比斯特用两个图表直观地说明适当性评估如何能初步解决景观管理实践中遇到的冲突。

[1] 程相占、[美]阿诺德·伯林特、[美]保罗·戈比斯特、[美]王昕晧：《生态美学与生态评估及规划》，郑州：河南人民出版社，2013年版，第118页。

[2] Gobster, Paul. "Forest Aesthetics, Biodiversity, and the Perceived Appropriateness of Ecosystem Management Practices," in Mark W. Brunson, et al. eds., *Defining Social Acceptability in Ecosystem Management: A Workshop Proceedings*. 1992 June 23-25, Kelso, WA. Portland: U.S. Department of Agriculture, Forest Service, Pacific Northwest Research Station, 1996, pp.77-97.

[3] Gobster, Paul. "Forest Aesthetics, Biodiversity, and the Perceived Appropriateness of Ecosystem Management Practices," in Mark W. Brunson, et al. eds., *Defining Social Acceptability in Ecosystem Management: A Workshop Proceedings*. 1992 June 23-25, Kelso, WA. Portland: U.S. Department of Agriculture, Forest Service, Pacific Northwest Research Station, 1996, pp.77-97.

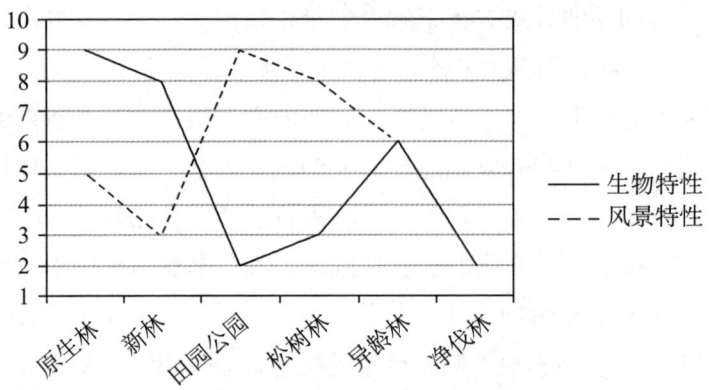

图表4 六种假定林分中的生物特性等级和风景特性等级

图表4展示出生物特性（即生物多样性价值）和风景特性（即审美价值）之间的差异，同时也表明在不同林分[1]中，这两者的关系也有所不同：原生林和新林生物多样性价值较高，审美价值较低；田园公园和松树林生物多样性价值较低，审美价值较高；异龄林的两种价值等级适中；净伐林则都比较低。基于上述认知，戈比斯特借助游憩机会谱（Recreation Opportunity Spectrum，简称ROS）划分的游憩机会序列，进一步考察如何根据适当性原则，在不同的环境中整合生物多样性价值和审美价值。

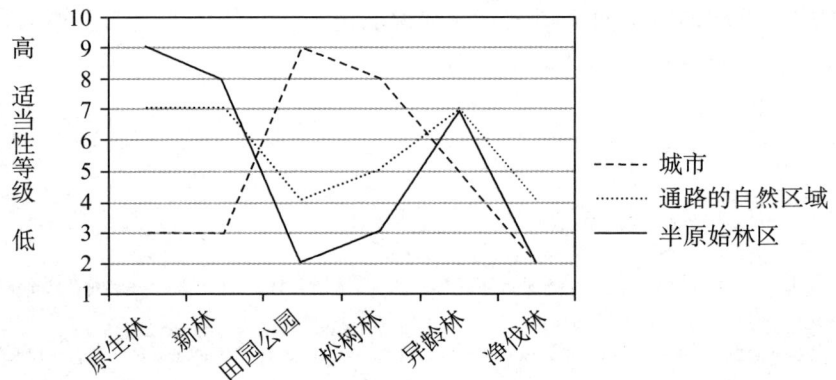

图表5 城市、通路的自然区域和半原始林区游憩机会谱环境中六种假定林分的适当性等级

---

[1] 林分，内部特征大体相同且与邻近地段有明显差别的一片树林。

所谓游憩机会是指，"使用者真正拥有选择的机会，在其所偏好的环境中参与其所偏好的活动，目的是为了实现那些期望获得的满意体验"[1]。为了给公众提供更加多样的游憩体验，美国在二十世纪六七十年代推行了游憩机会谱，依据公众的游憩体验划分出六种游憩地类型，其中包括城市、通路的自然区域、半原始林区等。如图表5所示，在城市中，设置田园公园和松树林比较适当；在通路的自然区域中，最适合种植异龄林；在半原始林区中，原生林和新林的适当性等级最高。戈比斯特认为，借助这样的分析，人们能更好地明白谁属于哪里（what belongs where）。这样一来，虽然城市中仍保留了满足人们的风景审美偏好而生物多样性价值较低的松树林和田园公园，但半原始林区的原生林和新林、通路的自然区域的异龄林等可以得到最大程度的保护，这种潜在冲突能够得到暂时的缓解。

此外，戈比斯特还指出，作为短期策略的适当性评估也会在实践中遇到问题，而这需要让公众了解生态系统管理实践。他认为可以采取两种方式：一是向公众介绍相关知识，因为这些知识能改变公众对适当性的感知，而介绍知识的方式又要根据语境的变化而改变，譬如在城市中可以设置信息亭、配有解说的自然步道等，在半原始林区尽量为游客提供说明性的小册子而非树立标语；二是通过景观设计让公众理解生物多样性价值的重要性，以异龄林为例，依照风景审美偏好，异龄林的审美价值较低，但如果设计者有意在异龄林附近修建自然步道，展示其生物多样性，就能引导人们欣赏它们。

综上所述，适当性评估如戈比斯特自己所言，只是一个"暂时的解决办法，它回避了我们在林业中思考、处理审美问题的基本困难。如果不能解决这些问题，矛盾就会一直存在下去，生态系统管理的作用——有效满足公众和环境的最佳利益——就无法得到发挥"[2]。但我们不应因此对其求全责备，而应看到这一策略能比较有效地实现从风景审美偏好到生态审美偏

[1] U. S. Department of Agriculture, Forest Service. *ROS Users Guide*. Washington, D. C.: U. S. Department of Agriculture, Forest Service, 1982, p.4.

[2] Gobster, Paul. "Forest Aesthetics, Biodiversity, and the Perceived Appropriateness of Ecosystem Management Practices," in Mark W. Brunson, et al. eds., *Defining Social Acceptability in Ecosystem Management: A Workshop Proceedings*. 1992 June 23—25, Kelso, WA. Portland: U.S. Department of Agriculture, Forest Service, Pacific Northwest Research Station, 1996, pp.77—97.

好的过渡；而且如果具体到森林资源管理的问题上，对于半原始林区和通路的自然区域的适当性评估，其实已经能比较有效地整合生物多样性价值和审美价值，而这与戈比斯特生态美学的目标是一致的。

五、生态美学的概念模型

生态美学是一个偏正短语，从本质上讲它是美学，而这种美学的特殊性在于它是生态的。戈比斯特在批判风景美学之后，初步提出了生态美学这一构想，他认为从长期来看，生态美学能超越风景美学，解决审美价值与生态价值之间的冲突。但在《生态系统管理实践中的森林美学、生物多样性和被感知到的适当性》中，戈比斯特尚未深入思考生态学和美学联结的合法性与联结方式。因此在2007年，戈比斯特和纳索尔、特里·丹尼尔（Terry C. Daniel）、加里·弗赖伊（Gary Fry）合作撰写了《共享的景观：美学与生态学有何关联？》一文，对此进行探讨。通过构建概念模型，他们阐明了美学与生态学之间的关系。

如前所述，在戈比斯特看来，景观管理中存在审美价值和生态价值的潜在冲突，但他认为生态美学有望解决这一冲突，为此他给出了三点依据：第一，审美体验是连接人与生态系统的关键纽带。当人感知到周围环境的刺激，并由此产生愉悦时，审美体验就产生了。景观有诸多生态功能，这些功能只有被人感知到，才能呈现于人们面前。第二，审美体验能引发人们改变景观的行为。二十世纪六十年代末，美国和英国都开始关注景观的审美特性，并立法保护、改造景观，增强人们对景观的审美体验，这表明人不是被动地接受景观给予人的一切。人们往往以审美体验作为标准评价生态系统的特性，这种评价一方面影响人类活动，另一方面也改变了生态系统。第三，人们在欣赏景观时会感知到它的审美价值，而这能引发人们对景观生态特性的关注。戈比斯特认为，如果一个景观具有人们可感知到的审美价值，那么它更容易引发人们的关注，人们在进行审美体验的同时，也会对景观的生态健康状况予以重视。然而由于目前占据主导地位的审美偏好是风景审美偏好，而这种偏好与生态价值存在矛盾，致使审美体验与生态功能分离。因此戈比斯特的目标是在生态学的立场上构建一种生态美学，以协调美学与生态学之间的关系。"生态美学或许可以被看作是景观偏好和生态学之间的互利互惠关系的投射，有些人通过人类进化史上的自然选择阐述了这一关系。"[1]

1.景观互动模型

在为美学和生态学的联结确立合法性时，戈比斯特引入了环境心理学中的环境－行为模型。在环境－行为模型中，环境与行为之间是交互的（transactional）、语境化的（contextual）。所谓交互的是指，"随着时间的推移，人类与环境通过他们之间的相互作用而相互界定、相互转换"[2]；所谓语境化是指，"人类的行为是由特定的场所和情境的特性塑造的"[3]。在此基础上，戈比斯特构建了他的景观互动模型，用以说明"美学如何影响生态过程，以及美学为生态系统提供服务的能力"[4]，该模型如图表6所示。

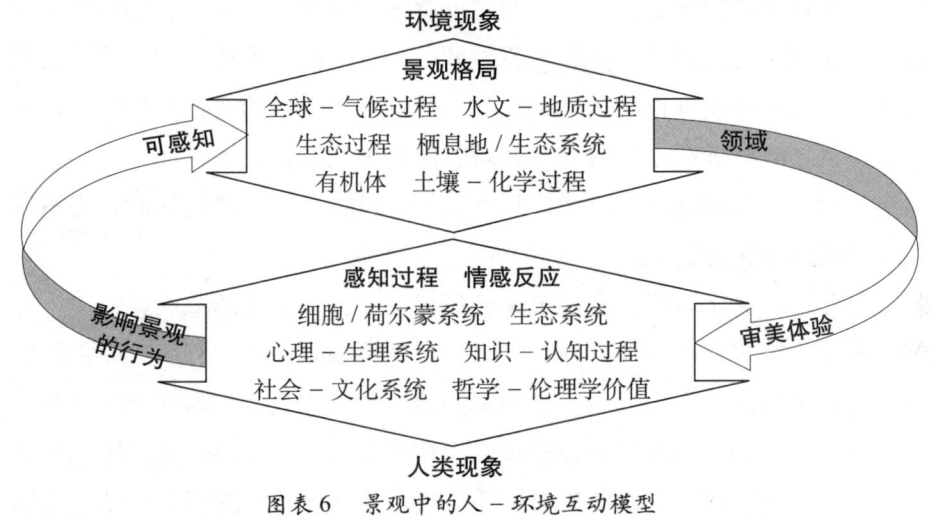

图表6　景观中的人－环境互动模型

[1] Gobster, Paul, et al. "The Shared Landscape: What Does Aesthetics Have to Do with Ecology?" *Landscape Ecology* 22 (2007), 959–972.

[2] Gobster, Paul, et al. "The Shared Landscape: What Does Aesthetics Have to Do with Ecology?" *Landscape Ecology* 22 (2007), 959–972.

[3] Gobster, Paul, et al. "The Shared Landscape: What Does Aesthetics Have to Do with Ecology?" *Landscape Ecology* 22 (2007), 959–972.

[4] Gobster, Paul, et al. "The Shared Landscape: What Does Aesthetics Have to Do with Ecology?" *Landscape Ecology* 22 (2007), 959–972.

如图所示，美学与生态学在可感知领域（perceptible realm）联结。在这个领域内，"景观的诸种格局是相互关联又相互依存的环境现象中可感知的实例"[1]。人与景观是互动的，人从景观中获得审美体验，进而会改变其行为；而人的行为又会改变景观，景观的改变最终会影响人类自身，这种影响既包括精神层面的，也包括身体层面的。

就审美体验而言，人对景观的感知在本质上是审美的，人类只能从可感知到的环境现象中感知审美体验。这意味着景观的诸多生态功能只有被人感知到，才能呈现于人们面前，因此审美体验是连接人与生态系统的关键纽带。审美体验是"一种愉悦的感受，这种感受由在空间上和/或时间上排列的景观格局的可直接感知到的特征引发"[2]，它主要依靠感官，尤其是视觉感官获得，但其他感官也会产生、调和审美体验。此外，知识和认知也发挥了重要作用，它们也能改变审美体验。

就影响景观的行为而言，人们在可感知领域内欣赏景观，感知其审美价值，这能引发人们对景观生态特性的关注，从而采取相应的行动。而在可感知领域之外发挥作用的环境现象，难以唤起人们的关注与行动，但人类行为的影响远远超出了可感知领域。因此戈比斯特认为，如果一个景观具有人们可感知到的审美价值，那么人们在进行审美体验的同时，会更容易关注其生态健康状况。

因此，在戈比斯特看来，景观的规划、设计和管理的意义就在于，它们沟通了生态现象和审美体验：一方面，这些规划、设计和管理要以维护生态功能为标准；另一方面，它们又必须以种种方式将其呈现于可感知领域，使人们感知到。而知识在景观管理实践中发挥了重要作用。不论生态学知识能在何种程度上影响审美体验，不可否认的是，知识和认知过程的确能改变人类对景观的感知，当人们知晓景观具有某些生态价值时，他们就有可能从中获得愉悦。

---

[1] Gobster, Paul, et al. "The Shared Landscape: What Does Aesthetics Have to Do with Ecology?" *Landscape Ecology* 22 (2007), 959−972.

[2] Gobster, Paul, et al. "The Shared Landscape: What Does Aesthetics Have to Do with Ecology?" *Landscape Ecology* 22 (2007), 959−972.

2.景观感知的语境模型

戈比斯特以景观互动模型阐明了审美价值与生态价值如何统一于审美体验中，但审美体验存在于特定的景观类型和情境中，不同类型的景观因其可感知特点不同，人类对它们的感知和期待也有所不同，于是戈比斯特又引入了语境（context）这一概念。

语境影响对景观的审美体验。语境既包括不同景观类型（野地景观、农业景观、文化景观以及都市景观）的影响，也包括不同的个人与社会之间的情境活动或关系的影响。我们认为一些语境引发的审美体验在传统上被称为"风景美"，而其他语境则引发与之不同的审美体验，如被感知到的关怀、依恋和身份。[1]

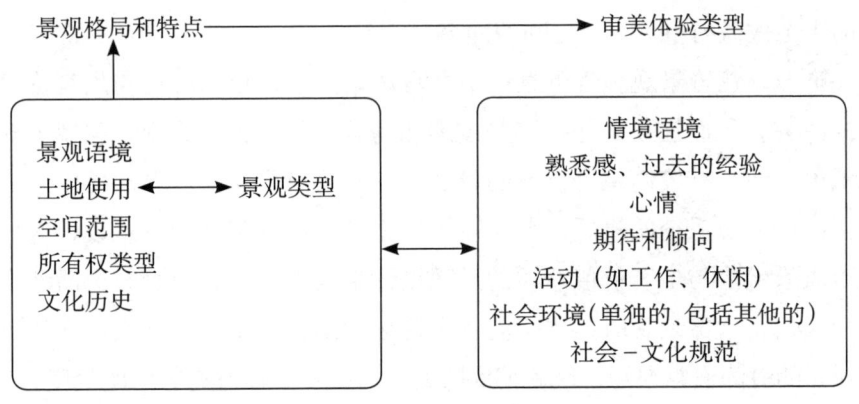

图表7　景观中人与环境互动模式的语境成分

如图表6所示，审美体验在可感知领域内的景观格局中产生，而景观语境和情境语境又以图表7所示的方式影响审美体验。景观类型依照土地使用、空间范围、所有权类型和文化历史进行划分，不同类型的景观会产生不同的格局和特点，进而产生不同的审美体验。情境语境对审美体验的

[1] Gobster, Paul, et al. "The Shared Landscape: What Does Aesthetics Have to Do with Ecology?" *Landscape Ecology* 22 (2007), 959−972.

影响体现在个人和社会两方面，前者包括熟悉感和过去的经验、心情、期待和倾向、活动，后者包括社会环境和社会－文化规范。这些因素会构成不同的情境，同一个人如果身处不同的情境，即使面对同一景观，也会产生不同的感知，进而产生不同的审美体验。此外，景观语境与情境语境之间也存在相互作用：一方面，特定的景观类型要求观察者持有相应的意图，而这会影响人们在感知景观时的社会规范与个人期待；另一方面，观察者的意图不同，他所秉持的社会规范与个人期待也就不同，而这些规范和期待会影响不同类型的景观中可感知到的特点。

作为景观研究者，戈比斯特更关注不同景观语境发挥的作用，因为这些景观语境可能会唤起不同的审美体验，从而提出一系列与美学和生态学相关的理论问题和实际问题。戈比斯特依据语境的不同，划分出荒野景观、农业景观、欧洲文化景观和都市景观四种景观，并分析了这四种景观中存在的生态效益与审美体验之间的冲突。

第一，荒野景观。荒野景观中存在风景美学的审美标准与生态价值之间的冲突。人们往往会保护那些被感知为具有风景美的景观，忽视了缺乏风景美、但具有较高生态价值的景观，以及具有风景美、但缺乏生态价值甚至破坏生态系统的景观。戈比斯特认为针对此种现状，景观设计者可以采用风景价值与生态价值兼顾的景观设计来吸引公众，而且教育活动也可以让人们将欣赏景观时的体验同生态目标相结合。不过由于人们在荒野休闲观光的时间通常很短，因此彻底改变现有的审美偏好有较大的难度。

第二，农业景观。农业景观中的冲突体现为人为精心照料与生态价值之间的冲突。人们通常认为人为的照料展现了人与自然的和谐关系，但事实上这种照料往往会造成生态破坏，而且精心照料的目的是提高农作物的产量，这也会破坏生态功能。不过以生态知识为指导的政策和规划有助于协调美学与生态学之间的关系，从而维护生态健康。

第三，欧洲文化景观。欧洲文化景观承载着当地人的身份认同感，是欧洲文化遗产和自然遗产的重要组成部分，这使得人们更关注欧洲文化景观中能够描述空间使用的物质文化属性和社会系统属性。然而戈比斯特指出，欧洲文化景观中审美价值与生态价值的冲突体现在，人们既在它们身上寄托了认同感，同时又认定其展现了人与自然的和谐相处，但事实上这些景观，如北欧的景观，会给生态系统带来负面影响。

第四，都市景观。都市景观中包含了多种景观，因此它呈现出的审美体验类型最为多样。戈比斯特认为不同的景观往往并置在一起，缺乏过渡，当怀有不同情境语境的参与者在某一种审美体验类型上无法达成一致时，就会加剧冲突。

3. 作为规范美学的生态美学

通过构建生态美学的概念模型，戈比斯特阐明了审美价值与生态价值的关系，并说明了其在具体语境中的体现。但他的模型不是中性的，它不是对美学与生态学关系的客观描述，而是包含了伦理意味的规范。换言之，这一模型承载了价值判断：什么是好的，什么值得保护。戈比斯特认为，审美价值与生态价值应当统一起来，景观设计者、管理者、规划者在干预景观时，应当经过权衡协商，兼顾审美体验与生态目标。

生态美学包含生态学原则，整合了审美价值与生态价值，它揭示并规定了美学和生态学之间的关系，同时指出审美价值应当与生态价值协调。换言之，生态美学实质上是一种规范美学，"因为它断言，人们应该向往从如下那些景观中获得审美愉悦，即那些包含着各种有益生态功能的景观。正是以这种方式，审美体验能够改善并维持更健康的生态系统，因而间接改善人类的健康和福祉"[1]。不过这并不意味着生态美学混淆了事实与价值，或者它在武断地为审美体验制定标准。我们确实应当区分事实与价值，但区分的目的不是区分本身，而是在区分的前提下找到两者的联系。戈比斯特生态美学的突破就在于，它看到了事实与价值间的联系，看到了本然的事实与应然的状态之间的关联，事物的本来面目也是它应当所是的状态。戈比斯特指出，审美价值与生态价值的关系本身就是生态的，这两者相互联系、相互协调，因此我们也应当以生态的方式把握审美价值，依据科学知识，动用多种感官，将审美价值与生态价值统一于审美体验中。因此生

[1] Gobster, Paul, et al. "The Shared Landscape: What Does Aesthetics Have to Do with Ecology?" *Landscape Ecology* 22 (2007), 959–972.

态美学肩负一种道德律令，它应当"将景观感知功能从偏好的范围拓展到另外一个领域——一个规范性的、与'欣赏'联系得更加密切的领域"[1]。事实上，正因为生态美学有明确的价值指向，它才能确保科学、理论和实践向保护生态系统的健康与可持续发展的目标发展。

综上所述，通过构建景观互动模型和景观感知的语境模型，戈比斯特阐明了生态学与美学之间的关系，并说明了这一具有普遍性的关系在不同的景观类型中有怎样的特殊体现。但戈比斯特同时指出，他构建的生态美学概念模型蕴含着伦理的规范性，它规定了美学和生态学之间的理想关系，即在景观管理实践中审美价值与生态价值相协调。

六、生态美学在森林景观管理中的实践

如前所述，生态学与美学的联结为生态美学的存在确立了合法性，但戈比斯特提出生态美学最终是为了解决现实问题。我们认为他的解决方案可以分成两个层面：一是如何在景观管理实践中将审美体验与生态目标结合起来；二是对于景观研究者和管理者而言，有哪些具体可行的措施能让他们将审美体验与生态目标结合起来。

对于前者而言，戈比斯特认为设计干预和知识干预能够较为有效地实现这一目标。

就环境现象而言，设计可以揭示潜藏的生态过程如何被带到景观格局的可感知表面之上。生态系统的表面结构是对潜藏的功能和过程的表达，……设计能够让感官意识到基本的功能和过程，有助于加强这种联系。"揭示生态的设计"是指各种有助于将生态功能和生态过程揭示出来或使其被人感知的观念或原则。……就人类现象而言，……知识是另一种干预类型，它有助于人们感知到生态功能与生态过程。

---

[1] 程相占、[美]阿诺德·伯林特、[美]保罗·戈比斯特、[美]王昕晧：《生态美学与生态评估及规划》，郑州：河南人民出版社，2013年版，第117—118页。

这一点在生态美学的语境中经常被提及，并引起了很多人的警惕，因为知识可能无法改变知觉，而且可能会将生态学专家的价值偏好强加于人。但是，人们为了理解他们的环境确实会去收集信息，而且当把知识以恰当的方式提供给人时，它也有助于让人们感知到那些不可见之物。……最后，设计不只与揭示生态过程有关。通过身体可以进入的设计来推广对于场所的运用，通过理解其他人们关注的社会关怀和心理关怀，好的设计可以提高使用率，增加乐趣，为更多的人打开欣赏生态美的大门。[1]

审美体验是生态美学的重要组成部分，而设计干预和知识干预能作用于审美体验，从而改变人们的审美偏好与实际行动。从这个意义上说，"生态美学指导我们将生物可持续性概念、生态可持续性概念与审美欣赏合并起来。体验是这种美学的关键——在体验中，理智能力和情感能力共同促使个体去理解、去欣赏，最终以有目的的方式对环境发挥作用。要让更多公众接受并认可可持续性的森林生态系统管理，最后一点至关重要。它表明促进人们同自然系统和自然过程的体验性接触，能使人们采取积极行动保护它们"[2]。

由此可以看出，在生态美学中，设计的实质是用在审美上具有吸引力的外观，传达景观的生态意义——这是另外一种意义上的生态设计。戈比斯特指出，人们的审美体验总是与生态目标密切相关的，但这种关系有可能是积极的，也有可能是消极的。当审美体验不利于维护生态功能和生态过程时，景观设计以及相关的规划、政策和管理活动应当实施干预。但戈比斯特也指出，"旨在满足生态目标的设计也应当努力传递积极的审美体验，与公众对于某一特定景观语境的审美期待保持一致"[3]，因为如果一个具

---

[1] Gobster, Paul. "Yellowstone Hotspot: Reflections on Scenic Beauty, Ecology, and the Aesthetic Experience of Landscape," *Landscape Journal* 27 (2008), 291-308.

[2] Gobster, Paul. "An Ecological Aesthetic for Forest Landscape Management," *Landscape Journal* 18 (1999), 54-64.

[3] Gobster, Paul, et al. "The Shared Landscape: What Does Aesthetics Have to Do with Ecology?" *Landscape Ecology* 22 (2007), 959-972.

有很高生态价值的景观对人们毫无吸引力，那么它很难长久存在。因此设计干预既要考虑生态目标，也要在此基础上创造出能引发积极审美体验的景观。

知识干预也有助于将审美体验与生态目标相结合。诚然，知识未必能改变人的感知，也不能保证人们的态度和行为必定发生改变。但戈比斯特认为，知识能引导人们关注那些不借助知识就无法关注到的事物特性，并以这种方式影响审美体验。此外，知识干预也能让人们认识到，人类的某些行为会对环境产生负面影响，从而意识到改变自己的态度和行为的重要性。

不过戈比斯特也指出，科学是动态发展的，我们无法拥有绝对确定的知识，这就带来一个问题，我们是否应当实施干预以保护生态健康。而他的结论是，景观研究者应当尽量避免作出武断、草率的决策。"在设计干预和知识干预中，开放的公共讨论、明确的伦理目的以及承认我们有可能出错，必须用于指导人们决定干预的对象和方法。"[1]

就后者而言，戈比斯特在《服务于森林景观管理的生态美学》一文中提出了一系列有针对性的措施，他认为要想使生态美学融入森林生态系统管理，应当从政策和规划项目、实际管理以及研究和理论发展这三个领域着手，而这些不同领域中的措施既包括设计干预，又包括知识干预。

在政策和规划项目方面，应当做到如下几点：第一，在可持续景观政策中融入审美价值；第二，继续促进视觉管理向生态学立场转向：在确定景观是否具有吸引力时，不再以风景价值为依据，而要以公众对于生态系统管理的感知为基础；第三，将森林景观设计师的作用发展为环境批评家：景观设计师应当是环境批评家，这就要求设计师不仅要掌握专业知识，还应当具备审美素养，同时也要加强同物理学、生物学、社会科学等领域的专家的合作，这样才能恰当地描述、阐释并评估环境审美特性；第四，将语境纳入审美管理：语境不同，生态的恢复和管理活动也会有所不同，而这会引发不同的审美欣赏，因此针对不同的语境，要有不同的审美管理标准。

---

[1] Gobster, Paul, et al. "The Shared Landscape: What Does Aesthetics Have to Do with Ecology?" *Landscape Ecology* 22 (2007), 959－972.

在实际管理方面，应当做到如下几点：第一，展现出一种显著的体验性质：要想让公众转变风景审美偏好，理解生态美学，就要为他们提供体验的机会，从而逐渐改变其审美期待；第二，运用设计揭示生态美：根据纳索尔的关怀暗示理论，景观设计师应当通过设计展现散乱（messy）的生态系统，从而展现人的关怀，以此让公众注意到生态整体性；第三，提供信息进行解释，以便公众能够理解可持续性森林生态系统管理实践；第四，让公众对生态美有更深的理解和体验。

在理论研究方面，应当做到如下几点：第一，研究与审美特性相关的可持续的森林生态系统的各种属性：景观感知研究要将注意力集中于公众对于可持续的景观管理实践的认识，以及对于不同森林类型的独特审美特性的认识；第二，研究人们对于可持续的森林生态系统的审美体验；第三，检验环境的多重价值：森林生态系统有多种价值，其中生态可持续性价值和审美价值是最重要的两种价值，人们不能将审美价值同其他价值割裂开来，只有将其纳入整个森林生态系统，才能促使森林生态系统可持续发展；第四，采用多种研究方法：将定量研究与定性分析相结合，在研究中注重体验的维度，把审美体验当作重要的研究对象；第五，将生态美学融入景观感知理论：景观感知理论不是对感知本质的客观研究，它既要阐明人们如何产生审美体验，还应当规定何为恰当的审美体验，而这需要具有伦理规范意义的生态美学做引导。

综上所述，戈比斯特的生态美学具有鲜明的现实指向，他不仅提出了具有标志性的理论，还提出了具体可行的实践措施，而这些实践又与他的理论紧密结合。在政策和规划项目、实际管理以及研究和理论发展方面，如果景观的设计者、规划者和管理者能综合运用设计干预和知识干预的手段，建造融合了科学知识、同时在审美上具有吸引力的外观，采取多种形式的知识宣传，那么这样不仅能解决审美价值与生态价值的冲突，使审美体验与生态目标的结合成为可能，还能让公众理解、认可生态美学。此外戈比斯特本人也参与了景观管理实践，他对美国西北部森林、芝加哥和旧金山的城市森林的个案研究表明，其生态美学在小规模的景观中已经取得了显著的成效。

第五节　对戈比斯特生态美学的评价

戈比斯特对西方生态美学的贡献主要体现在如下三方面：

首先，他批判继承了以往的学说，特别是立场相左的学说，从而在一个更广阔的多元价值框架内思考生态美学。人们一般认为卡尔森和伯林特的美学主张是对立的，前者是认知型美学，后者是非认知型美学。卡尔森虽然不排斥伯林特的观点，但他认为科学知识对于自然欣赏而言是必要的，参与性活动只是其中的一个重要因素而非必要条件；而且他还认为，"即使参与美学与科学认知主义之间没有理论上的冲突，当一个人全身心地投入到所欣赏对象而又想同时关注相关的科学知识时，也存在实践上的困难"[1]。伯林特虽然没有完全否认科学知识的作用，但他认为对审美体验而言，感知才是首要条件，科学知识可以加深我们的体验，历史知识和个人的思想观念也有相似的作用。"所有这些因素都是合法的，只不过有些因素产生的影响可能会比其他因素更明显、更深入一些而已。然而，在所有这些影响因素中，却没有任何一个是基本的或者是必需的。"[2]而戈比斯特的生态美概念和生态美学的理论框架表明，以科学为基础的认知和多种感官的参与对于生态美学而言都是必要的。这样一来，戈比斯特就将这两个观点近乎相左的美学主张都吸收到自己的生态美学之中。

其次，戈比斯特在此基础上，丰富发展了西方生态美学。这主要体现在：第一，他提出并回答了一个新问题，在价值序列中审美价值与生态价值何者优先？以往的美学研究者由于较为关注美学问题，往往赋予审美价值以优先地位；而戈比斯特在反思风景美学的弊端之后，吸收了利奥波德

---

[1]《科学认知主义视野下的环境美学——环境美学家艾伦·卡尔松访谈录》，艾伦·卡尔松受访，薛复兴采访，[加]艾伦·卡尔松：《从自然到人文——艾伦·卡尔松环境美学文选》，薛复兴译，桂林：广西师范大学出版社，2012年版，第332页。

[2] 赵玉、[美]阿诺德·柏林特：《走出美学与"否定美学"的困惑——对话当代环境美学家阿诺德·柏林特》，《学术月刊》2011年第4期。

等人的思想，调转了以往的价值序列。他指出生态价值优先于审美价值，而结合了生态价值的审美价值能引发人们的关注，从而产生有利于生态系统健康和可持续发展的行为。第二，戈比斯特肯定了人类行为有可能发挥积极作用，这一点为解决生态危机奠定了基础。卡尔森等人虽然为批判现实作出了贡献，但他们过于强调原生自然的价值，相应地贬低了人的作用，这种观点不利于从生态美学的层面上解决现实问题。而戈比斯特的生态美学事实上是一种景观美学，以恰当的方式设计、规划、管理景观是景观美学得以存在的合法性的根据。因此基于这一立场，戈比斯特指出，融合了生态美学理念的知识干预和设计干预，能改进现有的景观管理实践，这为解决生态危机提供了积极的应对方案。第三，作为应用型生态美学，戈比斯特的美学理论始终将实践作为一个关键要素。这样一方面使他避免陷入非此即彼的二元思考模式，从而进一步完善了生态美学理论。和以往的生态美学学者不同，戈比斯特认识到，在景观管理实践中风景美学确实发挥了一定的积极作用。生态美学超越风景美学的地方在于，它能在协调审美价值与生态价值关系的基础上，产生更全面而深刻的审美体验。另一方面，实践的可能性和有效性问题参与构建了其美学主张，这为生态美学同实践的结合提供了思路。戈比斯特的生态美学是指向实践的，这使得他能看到理论主张在实践操作中的困难，从而更加现实地思考问题。戈比斯特认识到，要想在景观管理实践中实现生态美学的主张，让公众理解生态系统的管理目标是一个重要环节。但他也认识到要改变人们对风景美的偏好，仅靠观念上的全盘否定与单纯的说教是无法完成的，必须运用景观设计，制定短期策略，让人们逐步理解、接受生态美学。

再次，戈比斯特与中国的生态美学研究者有一定的合作，这促进了东西方在生态美学研究上的学术交流。《生态美学与景观感知及评估》一文是他在中国发表的。在这篇文章中，戈比斯特既关注到中国当前面临的生态危机，也指出中国古典园林设计理念与西方生态美学中的一些理念有契合之处，而且它能为景观研究者将审美价值和生态价值结合起来提供思路。

戈比斯特生态美学的局限主要体现在：

首先，由于他并非专业的美学研究者，导致他在表述其理论主张时，会混用、误用美学术语，有些混用、误用甚至影响到他的理论建构。第一，戈比斯特把美、审美特性、审美体验、审美价值几个概念混同使用。我们认为虽然这一类混用并未影响到戈比斯特构建生态美学的理论根基，但这样的表述毕竟不够清晰准确。戈比斯特指出，大多数实证的景观研究"让人们给照片的'视觉特性'或者'风景美'划分等级"[1]，美在这里是指一种特性；但在《共享的景观：美学与生态学有何关联？》中，他又认为"一些语境引发的审美体验在传统上被称为'风景美'"[2]，这里的风景美就是风景审美体验；而在《生态系统管理实践中的森林美学、生物多样性和被感知到的适当性》中，戈比斯特绘制了图表5，认为这张图表说明了"这两种不同的价值如何在同一个评估中被结合在一起"[3]，但图表5是在图表4"六种假定林分中的生物特性等级和风景特性等级"的基础上绘制的，在此戈比斯特又把特性与价值等同起来。但事实上，审美特性、审美体验和审美价值之间相互联系，但又相互区别、各有侧重（下文将专门探讨戈比斯特的风景美和生态美概念）。审美特性客观存在于审美对象中，但它又因人而彰，没有一定的审美能力，审美特性就无法呈现出来。审美体验包括理解、想象、情感三个重要成分，它是主体在审美活动中身心活动的总和，是一个过程性的存在。[4]审美价值是一种关系范畴，它存在于审美主体与审美对象的关系中，审美价值一方面与审美特性相关，一方面又从审美体验中产生。第二，在戈比斯特的生态美学中，还有一些概念的误用、混用影响到了他的理论建构。戈比斯特提出的风景美与生态美这两个概念本身是不恰当的，而这两个概念的误用使他偏离了最初的研究对象——审美体验。在《黄石超级火山：对景观的风景美、生态学和审美体验的反思》中，戈

[1] Gobster, Paul. "An Ecological Aesthetic for Forest Landscape Management," *Landscape Journal* 18 (1999), 54−64.

[2] Gobster, Paul, et al. "The Shared Landscape: What Does Aesthetics Have to Do with Ecology?" *Landscape Ecology* 22 (2007), 959−972.

[3] Gobster, Paul. "Forest Aesthetics, Biodiversity, and the Perceived Appropriateness of Ecosystem Management Practices," in Mark W. Brunson, et al. eds., *Defining Social Acceptability in Ecosystem Management: A Workshop Proceedings.* 1992 June 23−25, Kelso, WA. Portland: U.S. Department of Agriculture, Forest Service, Pacific Northwest Research Station, 1996, pp.77−97.

[4] 参见程相占：《论生态美学的美学观与研究对象——兼论李泽厚美学观及其美学模式的缺陷》，《天津社会科学》2015年第1期。

比斯特将风景美和生态美看作为人所熟知或尚待发现的客观存在物。他的论证过程如下：在他游览黄石公园的过程中，他认为自己发现了这一风景美的化身中潜藏着生态美，因此这两者不是截然对立的。但事实上，所谓的风景美与生态美都应当理解为因人而彰的审美特性，生态美学研究的是生态审美体验，而不是如何发现生态美。因此戈比斯特在论证两者之间的联系时，其逻辑起点是不恰当的，其结论也是不恰当的。戈比斯特在这篇论文中运用现象学的描述方法，本来是为了研究风景审美体验与生态审美体验的联系与区别，但这一概念误用使他偏离了自己最初的研究对象——审美体验。笔者认为生态美这一概念如程相占所言，"依然像传统上对于优美风景的欣赏那样，停留在传统美学对于'美'的关注上，不利于人们摆脱仅仅欣赏优美风景的传统审美偏好而走向生态审美"[1]。此外，戈比斯特在《黄石超级火山：对景观的风景美、生态学和审美体验的反思》中，还混淆了审美方式与体验方式。审美方式与体验方式既有联系又有区别：审美方式和人对自身与世界的关系的认识相关，人们在这种认识的指导下进行审美活动；体验方式与物质条件、人的感知等因素相关，驾车、行走和静坐属于体验方式而非审美方式。换言之，体验方式相同不等于审美方式也相同。而生态美学是"就'审美方式'这个角度立论的，其立论根基是人的生态生存和生态思维，其核心问题是如何在生态意识引领下进行审美活动"[2]，因此戈比斯特从体验方式的角度论证风景美学与生态美学之间的关系是不恰当的。

其次，由于戈比斯特较为关注实践如何参与构建理论，这导致他对经验事实本身缺乏一定的反思。戈比斯特认为，在景观设计、规划和管理中重视审美因素的依据是，人们在欣赏景观时会感知到它的审美价值，而这能引发人们对于景观生态特性的关注，然而这一逻辑实际上仍是从美到责任（from beauty to duty）。虽然事实情况确实是具有审美价值的事物更容易引起人们的关注，但罗尔斯顿等人已经论证了其逻辑上的缺陷，而戈比斯特并未对这一

---

[1] 程相占：《生态美学构建与学术自信之建立》，《文艺理论研究》2015年第1期。
[2] 程相占：《论环境美学与生态美学的联系与区别》，《学术研究》2013年第1期。

事实的合理性加以反思，这使得他的相关论证不够严密。

综上所述，戈比斯特的生态美学虽然存在一定的不足，但它吸收整合了以往的学术资源，较好地总结了前人的理论成果；在此基础上，他结合景观管理实践提出了自己的生态美学，丰富发展了西方生态美学，为生态美学的实践提供了思路。

第八章　霍尔姆斯·罗尔斯顿

作为一名生态伦理学家，罗尔斯顿构建了内在价值论，确立了生态中心主义的伦理观，从而揭示了人类中心主义和生物中心主义存在的问题。借助熵、自为之善等物理学、生物学概念和生态学知识，罗尔斯顿给生态系统以中立而偏向积极的价值判断，旨在为生态保护奠定坚实的伦理基础。

罗尔斯顿的美学思想与他的生态伦理观紧密结合，形成了一套客体性的生态美学思想。他认为审美属性是客体性的，并依附于自然，是实现审美欣赏的必要条件。他反对人们仅欣赏自然美的一面——应欣赏自然的内在价值，而非工具价值，这意味着站在自然的角度欣赏自然，而非将自然人化。罗尔斯顿认为自然全美有待商榷。自然中有大量不能产生愉悦感的、丑的事物，但对生态系统而言，它们具有不可估量的内在价值，通过借助生态系统这个概念，可以将消极审美价值转化为积极审美价值。

罗尔斯顿明确使用过生态美学这一术语，强调美学应当建立在生态伦理学的基础之上。这得罗尔斯顿的美学思想成为当代生态美学的重要组成部分。

第一节　罗尔斯顿及其学术研究

一、罗尔斯顿（Holmes Rolston Ⅲ.）其人

罗尔斯顿（1932—　）出生于美国弗吉尼亚州北部的著名风景区——

谢南多厄峡谷，他的祖父与父亲均为牧师。家乡的自然风光给童年的罗尔斯顿留下了深刻的印象。1958年他在英国爱丁堡大学获哲学博士学位，并在弗吉尼亚州的阿巴拉契亚山区做了10年牧师。在此期间他学习了植物学与动物学，而后又研习了地质学、矿物学和古生物学。这些早年的经历为他成为一名自然学家和苔藓研究家奠定了基础。[1]1968年，他在匹兹堡大学获得科学哲学硕士学位，同年到科罗拉多州立大学任教。1991年他首次访问中国，在中国社科院、清华大学、中国人民大学等机构、院校做学术演讲。1992年，他成为科罗拉多州立大学第一位文科终身教授。他是《环境伦理学》杂志创刊编辑，任职于《宗教与科学》（Zygon）杂志编委会达20年之久，并且是科学与宗教国际社团的创始成员。罗尔斯顿于1992年受邀作为官方观察员，参加在里约热内卢举办的联合国环境与发展会议及其预备会议。1993年他在威尔士加的夫举办的皇家哲学研究院年会上致开幕辞。1993年和1998年他分别在莫斯科和波士顿举办的哲学世界会议上发言。1998年，他再次来到中国，在哈尔滨参加了全国首届环境哲学学术研讨会，并在哈尔滨工业大学、东北大学、中国社科院等院校、机构做学术演讲。2003年罗尔斯顿因对内在价值的杰出辩护而获得田普敦奖（Templeton Prize）。2016年10月他被科罗拉多州立大学聘任为环境伦理学首席教授。他被人们称为"环境伦理学之父"。

罗尔斯顿在大学期间主修物理学专业，但却被生物学课程深深迷住了。他认为，生物学能够看到别人看不到的东西。物理学尽管是其他自然科学学科的研究基础，却无法真正研究自然的本质。因为自然是有生命的，而物理学研究的都是没有生命的东西。后来，罗尔斯顿带着在力学世界中的迷失来到神学院进修，接触到了这样的观点：自然带着血淋淋的尖牙利爪，是堕落的。世间不存在创造物，也不存在造物者，唯一存在的就是冷酷无

---

[1] 参见包庆德、夏承伯：《走向荒野的哲学家——霍尔姆斯·罗尔斯顿及其主要学术思想评介》，《自然辩证法通讯》2011年第1期。

情而充满偶然的自然过程。[1]在做牧师时，罗尔斯顿常常游荡于阿巴拉契亚山脉南段，他惊讶地发现，森林大片地消失，野生动物数量锐减。曾经以为自然界的存在是理所当然的事情，现在却在人类的发展浪潮中走向灭亡。罗尔斯顿生态哲学思想正是在他对生态问题的反思中，以及广泛的学科知识积累中逐渐形成和发展起来的。

二、罗尔斯顿生态思想的代表作

罗尔斯顿的学术生涯发轫于1975年，他在国际伦理学权威刊物《伦理学》上发表论文《存在一种生态伦理学吗?》，由此开始在学术界产生影响。他至今发表论文100余篇，并参与编写36本专著，其论著被译成16种文字出版。他的研究成果被多种不同领域和不同语言的期刊、著作引用，其著作被150多所高校选为教材。

罗尔斯顿已出版的专著有《哲学走向荒野》（*Philosophy Gone Wild*，1986），《科学与宗教：一项批判性的调查》（*Science and Religion: A Critical Survey*，1987），《环境伦理学》（*Environmental Ethics*，1988），《保护自然价值》（*Conserving Natural Value*，1994），《基因、起源与神》（*Genes, Genesis and God*，1997），《三个巨变：物质能量、生命与精神》（*Three Big Bangs: Matter-Energy, Life and Mind*，2010）和《新环境伦理：地球生命的下一个千年》（*A New Environmental Ethics: The Next Millennium for Life on Earth*，2011）。

下面简要介绍罗尔斯顿生态哲学思想的代表性著作。

《哲学走向荒野》出版于1986年，收录了罗尔斯顿从二十世纪六十年代末到二十世纪八十年代初撰写的15篇论文，这些论文已由刘耳、叶平教授翻译成中文。这部著作系统阐述了大自然的价值，包括经济价值、生命

---

[1] Rolston, Holmes, III. "A Philosopher Gone Wild," in David D. Karnos and Robert G. Shoemaker, eds., *Falling in Love with Wisdom: American Philosophers Talk About Their Calling*, NY: Oxford University Press, 1993, pp.184－187. 中译本参考[美]霍尔姆斯·罗尔斯顿Ⅲ：《哲学走向荒野》，"代中文序"，刘耳、叶平译，长春：吉林人民出版社，2000年版，第5、7页。

支撑价值、消遣价值、科学价值、遗传多样性价值、审美价值、生命价值、多样性与统一性价值、稳定性与自发性价值、辩证的价值、宗教象征价值等等。美国学者F. E.伯纳德（F. E. Bernard）在《伦理学》杂志上发表书评指出，"罗尔斯顿的著作经常带来美国自然哲学的上品。他天生具有写作的才能，文笔优雅。这本书是很好的读物，因为它也是完美的文学作品。罗尔斯顿提出了令人不安的问题，提出了艰巨的挑战。内容安排非常得体"[1]。

《环境伦理学》出版于1988年。该书在出版当年就再版5次，并被8所大学选为教材。这是一部试图从价值观和伦理信念的角度为人们处理人与自然的关系提供价值指导的扛鼎之作，其已由杨通进教授翻译成中文。这本书是环境伦理学的入门必读书目之一，也是本章的主要参考书目之一。在《环境伦理学》中，罗尔斯顿探讨了人对有感觉的生命、对有机体、对濒危物种、对生态系统的义务，有力地批驳了现代西方的人类中心论观点。他认为生态系统不仅对人类具有工具价值，其自身亦有内在价值。环境中任何事物都具有道德意义，而不是如西方传统伦理观所论述的那样——只有人才具有道德意义。

《保护自然价值》出版于1994年。该书介绍了生物保护所涉及的伦理和哲学价值，使读者熟悉社会所面临的、保护自然的同时促进文化发展的一般问题和可能的解决方案。

《新环境伦理：地球生命的下一个千年》出版于2011年。作为导读型著作，该书对环境伦理学的重大议题有广泛的涉及。除了1988年版《环境伦理学》所探讨的人对生态系统成员的义务之外，本书还增加了很多新的议题，如第一章第九节探讨了生态女性主义（Ecofeminism：The Women's Touch），第七章探讨了地球的伦理学（Earth: Ethics on the Home Planet），分析了全球气候变暖、全球资本主义、人口爆炸等严重的社会及生态问题。耶鲁大学威利斯·詹金斯（Willis Jenkins）教授说："这本书从最重要的思想家那里简要地概述了这一领域，是环境伦理学不可或缺的导论。"纽约大学

---

[1] 转引自包庆德、夏承伯：《走向荒野的哲学家——霍尔姆斯·罗尔斯顿及其主要学术思想评介》，《自然辩证法通讯》2011年第1期。亦可参见杨通进：《环境伦理：全球话语 中国视野》，重庆：重庆出版社，2007年版，第119页。

的戴尔·杰米森 (Dale Jamieson) 认为，"这是一本只有罗尔斯顿才能写出的环境伦理学导论，痛快淋漓，激发诗意，它会将未来一代又一代人吸引到这个他筚路蓝缕的领域"[1]。

第二节　罗尔斯顿生态美学的理论来源及契机

罗尔斯顿说过："一个人如果对地球生命共同体——这个我们生活和行动其中的、支持着我们生存的生命之源——没有一种关心的话，就不能算作一个真正爱智慧的哲学家。"[2]这句话可以视为罗尔斯顿学术研究的思想纲领。

在梳理罗尔斯顿的生态美学思想来源及契机之前，我们不妨先回答这样一个问题：什么样的美学是生态美学？或者说什么样的美学能纳入生态美学的思想史？

我们认为，生态审美是相对于此前的非生态审美（即传统审美）而言的，它是为了回应全球性生态危机，以生态伦理学为思想基础，借助于生态知识引发想象并激发情感，旨在修正人类审美偏好的新型审美方式与审美观。从某种程度上说，构建生态审美理论的过程就是论述生态审美与传统审美之差异的过程。生态审美的要义在于：第一，尊重事物本身的天然状态，而不是将之人化，这与强调美的根源在于自然的人化的实践美学是大相径庭的；第二，基本的生态学知识在生态审美中发挥着重要作用，它启发并引导着欣赏者的想象力和感情的方向；第三，传统意义上的美根本无法描述这样的审美活动及其审美对象，取而代之的关键词应该是审美对

---

[1] https://www.amazon.com/New-Environmental-Ethics-Millennium-Earth/dp/0415884845，2019年8月9日访问。

[2] Rolston, Holmes, III. "A Philosopher Gone Wild," in David D. Karnos and Robert G. Shoemaker, eds., *Falling in Love with Wisdom: American Philosophers Talk About Their Calling*, NY: Oxford University Press, 1993, p.187. 中译本参考 [美] 霍尔姆斯·罗尔斯顿Ⅲ：《哲学走向荒野》，"代中文序"，刘耳、叶平译，长春：吉林人民出版社，2000年版，第11页。

象及其肯定性审美价值。[1]

罗尔斯顿所确立的内在价值学说与人类中心主义针锋相对，完全突破了以人的评价尺度为标准的价值学说。在罗尔斯顿的理论中，价值主体除了人类，还有动物、植物乃至生态系统。除此之外，作为一名生物学家与生态学家，他充分了解到科学知识对人类道德情感乃至审美规范性的影响，他的学术素养将他的美学思想导向生态美学。我们看到，生态审美的要义在罗尔斯顿这里得到鲜明的体现。

一、内在价值学说及其生态意义

何为自然的内在价值？在《环境伦理学》中，罗尔斯顿这样论述：

内在价值是指主体的心理兴趣的满足，这种满足本身就是可欲的，是某种自在的善的快乐。工具价值，是某种有利于其他兴趣的满足的东西。客观事物，无论是否有生命，都具有工具价值，有助于主体兴趣的满足，但它们不具有内在的价值。内在价值需要一个观察者，一个体验者。观赏者也许不是价值的赋予者，但他至少得认可并接受这种价值。[2]

要想理解内在价值概念，可以从与它相对的工具价值这个概念入手。工具价值指某些被用来当作实现某一目的之手段的事物。[3]内在价值则与之相反，是指那些能在自身中发现价值，而无须借助其他参考物的事物。内在价值指事物以自身为存在的目的。[4]

罗尔斯顿的创见在于，他利用内在价值概念来破除主体性的价值评价

[1] 程相占：《论生态美学的美学观与研究对象——兼论李泽厚美学观及其美学模式的缺陷》，《天津社会科学》2015年第1期。

[2] Rolston, Holmes, III. *Environmental Ethics: Duties to and Values in the Natural World*. Philadelphia: Temple University Press, 1988, p.110.中译本参考 [美]霍尔姆斯·罗尔斯顿：《环境伦理学：大自然的价值以及人对大自然的义务》，杨通进译，北京：中国社会科学出版社，2000年版，第150页。

[3] Rolston, Holmes, III. *Environmental Ethics: Duties to and Values in the Natural World*. Philadelphia: Temple University Press, 1988, p.186.中译本参考 [美]霍尔姆斯·罗尔斯顿：《环境伦理学：大自然的价值以及人对大自然的义务》，杨通进译，北京：中国社会科学出版社，2000年版，第253页。

[4] Rolston, Holmes, III. "Can and Ought We to Follow Nature?" *Environmental Ethics* 1 (1979). 中译本参考[美]霍尔姆斯·罗尔斯顿III：《哲学走向荒野》，刘耳、叶平译，长春：吉林人民出版社，2000年版，第64页。

标准。清华大学卢风教授曾分析："内在价值"是个典型的现代性概念，其定义深深地依赖于个体主义思想框架。"内在价值"的定义依赖于"主体""主体性"和"自主性"这三个概念。现代文明的深刻危机其实就植根于人的主体性的过度张扬。人的主体性的过度张扬不仅与康德式的价值论有关，更与现代性的存有论和知识论有关。[1]康德认为，"有些存在者，它们的存有虽然不基于我们的意志而是基于自然，但如果它们是无理性的存在者，它们就只具有作为手段的相对价值，因此叫作事物（Sachen）；与此相反，理性存在者就被称之为人格（Personen），因为他们的本性已经凸显出他们就是自在的目的本身"[2]。这种对内在价值的描述是主体性的——只有人具有或只有人能够评价。

对内在价值的评价直接影响了人与事物的关系，因为这种关系就包含着责任的分配。如果内在价值的评价过度依赖于主体，或者内在价值只有主体——具有理性的人才拥有，这意味着责任范围的缩小。面对环境恶化和生态破坏等现实问题，生态哲学家一如罗尔斯顿都不得不追问：如何正确看待自然中的万事万物？如何为生态保护奠定坚实的伦理基础？

要想树立生态中心主义，旧有的内在价值评价体系需要被扩大才能契合这种伦理观。罗尔斯顿面临诸多困难，不仅有当时自然哲学的式微，还有价值主观论者、生物中心主义者的质疑。他谈道，科学哲学曾被视为唯一值得尊重的哲学，自然哲学可以说很不体面。在逻辑实证主义很流行的时候，最权威的科学哲学家坚持认为，博物学是最糟糕的科学，强烈的自然主义者是比神学家更极端的人本主义者。在他们看来，非人类自然没有价值，只能作为一种资源，在科学技术的帮助下用来满足人类的欲望，价值只在观察者眼中存在，并由评价者根据自己的意愿进行分配。[3]价值主观论者认为，价值就像痒和懊悔，有人感觉到它才存

[1] 卢风：《"内在价值"概念再检讨》，《道德与文明》2012年第5期。

[2] [德]康德：《道德形而上学奠基》，杨云飞译，北京：人民出版社，2013年版，第62页。

[3] Rolston, Holmes, III. "A Philosopher Gone Wild," in David D. Karnos and Robert G. Shoemaker, eds., *Falling in Love with Wisdom: American Philosophers Talk About Their Calling*, NY: Oxford University Press, 1993, p.186. 中译本参考 [美]霍尔姆斯·罗尔斯顿III：《哲学走向荒野》，"代中文序"，刘耳、叶平译，长春：吉林人民出版社，2000年版，第8—9页。

在，价值的存在即被感知。按此观点，自然事物的价值只有被感知后才存在，未被感知的价值就成了悖论。价值往往被视为经济学上的概念，提到世间存在的一些价值，如道德价值、艺术价值都被认为是人类的价值。人类只把成功利用的自然称为有价值的，没有被成功利用的往往被认为是无价值的，至少暂时没有价值。人类在定义自然时，常常把自然看成是资源（resource），而非生命之源（source）。罗尔斯顿指出：

> 我们已过深地陷入这种观点：世界上存在的一切价值，无论是道德价值、艺术价值还是其他任何价值，都是人类的价值，是由我们加以选择或构建出来的价值，是我们努力创造出来的价值。现代的哲学伦理学已使我们失去了对非人类价值的敏感。[1]

罗尔斯顿认为，"个人主义的伦理学目光短浅，需要用整体主义的观点加以纠正"[2]。在他看来，价值如果被看作是人类构建的话，那就没有意义了。因为自然不是价值的充分条件，而是必要条件。自然的经济价值、生命支撑价值、审美价值等十余种满足人类生活所需的价值，表面上是由人类所发现的，但没有人类，它们依然存在。如果没有自然，人类既定的价值序列则都会宛如空中楼阁，自然才是维持人类生命的根源。他的理论目标较为明确：解构价值主体论，确立客体性的内在价值学说，为自然哲学添砖加瓦。其理论意义不仅是对环境问题的关注，更是对环境问题的根源——个人主义的猛烈抨击。生物因自为之善而理应得到尊重。这些都不能因主体的利益和意志而随意改变。这便是罗尔斯顿确立价值的客体性的基本思路。

生物中心主义的伦理观往往着眼于每个生命个体的天赋价值，认为每

---

[1] Rolston, Holmes, III. "Can and Ought We to Follow Nature?" *Environmental Ethics* 1 (1979). 中译本参考 [美] 霍尔姆斯·罗尔斯顿Ⅲ：《哲学走向荒野》，刘耳、叶平译，长春：吉林人民出版社，2000年版，第64页。

[2] Rolston, Holmes, III. "The River of Life: Past, Present, and Future," in Ernest Partridge, ed., *Responsibilities to Future Generations*, Buffalo. NY: Prometheus Books, 1981.p.124. 中译本参考 [美] 霍尔姆斯·罗尔斯顿Ⅲ：《哲学走向荒野》，刘耳、叶平译，长春：吉林人民出版社，2000年版，第96页。

一个个体的生命都应因此得到相同的尊重，他们同样以内在价值作为理论支撑。但罗尔斯顿所建构的内在价值却不是个体性的。他认为，价值有一部分客观地存在于自然之中，内在价值也并不意味着自为的存在。这个理解过于初级，以致忽略了联系性与外显性。[1]内在价值也有一种群落中的善的集群性含义，没有任何一个客体是独立存在的。正如一个人的生命可以具有某些自己没意识到的价值，生物个体也可能不自觉地扮演了自己无法意识到的各种遗传的生态的以及进化史上的角色。罗尔斯顿所建构的内在价值不是孤立的内在价值，而是具有集群性的含义。罗尔斯顿认为，我们要尊重生命，不管它是否为可爱的物种。我们认为一切生命都是美丽的，虽说我们有时必须牺牲掉一些生命，我们爱自然中的一致性与自由的融合。[2]罗尔斯顿从内在价值的角度，给我们提供了一个看待自然应有的态度：不去过分地影响生态系统，给它一定的自由，不要按照人的偏好去改造自然。同时他也不反对生物伦理学的观点，主张保证有限的个体自由。

通过上述论证，罗尔斯顿将内在价值扩大到有机体、动植物乃至生态系统，构建了内在价值论，并以此为基础确立了环境整体主义，强调人在认识自然和改造自然的过程中应保持对生态系统的敬意，并尊重物种的生态意义。

二、自然科学知识与生态意识

由于具备物理学与生物学的知识背景，罗尔斯顿在谈论哲学问题时常常伴随着科学的佐证。我们这里简单介绍自然科学知识对其生态哲学思想的影响。

1.生物学与生态学知识

达尔文思想被后世阐述最多的就是他的物种进化论，弱肉强食不仅是

---

[1] Rolston, Holmes, III. "Are Values in Nature Subjective or Objective?" *Environmental Ethics* 4 (1982). 中译本参考 [美]霍尔姆斯·罗尔斯顿Ⅲ：《哲学走向荒野》，刘耳、叶平译，长春：吉林人民出版社，2000年版，第190页。

[2] Rolston, Holmes, III. "Can and Ought We to Follow Nature?" *Environmental Ethics* 1 (1979). 中译本参考[美]霍尔姆斯·罗尔斯顿Ⅲ：《哲学走向荒野》，刘耳、叶平译，长春：吉林人民出版社，2000年版，第67页。

流传甚广的口头禅，还是霸权主义强权政治的辩词，有时也能成为人类凌驾于其他物种之上的借口。但是，达尔文的思想要远丰富于人们对他的旧有诠释。罗尔斯顿对此有深刻的认识：

> 首先，丛林法则确实没有秩序，却带来了无数新奇，其中就包括物种不断进化，不断适应严酷的环境。达尔文进化论观点引起的革命改变了牛顿力学的世界观，使人们看到自然不是一个有规律运转的大机器，而是有些时候表现得像一个杂乱的丛林，但丛林充满了冒险，这在牛顿式的时钟那里是不可能的。[1]

达尔文让我们认识到机械论世界观的错误：世界是不断进化的，并不遵守机械律。但这种进化的运动又似乎是朝着杂乱无章、无规律可循的方向发展的，并会不时地对人类的生存与发展构成严重的威胁。但是，这种对自然的态度是否过于悲观了呢？生命的消亡难道只有消极意义吗？罗尔斯顿分析道：

> 在干旱和寒冷的逆境中，鲜花盛开。我们只能推测它们的起源，但在进化论中这是自明的，被子植物进化后的花朵具有一些优势，可能是利用昆虫来更好地繁殖，（从而产生了）更多改变形式的实验过程（experimentation），如被包裹的种子或草本习性，能更好地适应于干旱或严寒……没有风，就没有风之花；没有死亡的前进，就没有生命的前进。[2]

显然，罗尔斯顿的看法是较为辩证的。他认为，进化方向既是稳定的又是自发的。一方面，自然过程是有规律的，有我们可以依靠的秩序，这种稳定性不仅支撑着地球生命和我们的心智，而且是我们全部的知识所需

---

[1] Rolston, Holmes, III. "Values in Nature," *Environmental Ethics* 3 (1981). 中译本参考[美]霍尔姆斯·罗尔斯顿Ⅲ：《哲学走向荒野》，刘耳、叶平译，长春：吉林人民出版社，2000年版，第144页。

[2] Rolston, Holmes, III. "The Pasqueflower," *Natural History* 88 (No. 4, April 1979). 中译本参考[美]霍尔姆斯·罗尔斯顿Ⅲ：《哲学走向荒野》，刘耳、叶平译，长春：吉林人民出版社，2000年版，第485–486页。

要的；另一方面，自然也有它的自由，不像决定论者说的那样——无论在自然界还是人类文化当中，没有任何事是偶然的。遗传学实验可以说部分依赖于微观层次的偶然性，而达尔文的学说使得我们看到了自然的开放性，这既可以是不幸，又可以是一种激发。[1]他意在肯定自然变化的规律性，同时自然变化中难以捉摸的部分对于生态系统和人类的心智来说都是一种激发。

即便丛林法则的优胜劣汰是无情的，也不能成为自利主义和人类中心主义的借口。从达尔文的进化伦理学上看，人的道德范围是不断扩大的，人的良知一直在向前进化。罗尔斯顿指出，"达尔文在《人类的世系》中，追述了人类最高贵的属性——道德意识——的自然史。他说道：'人的道德水平是向越来越高发展的。'"[2]。起初人们只关注自己的利益，后来越来越顾及同胞，再扩展到伤残者、其他社会成员、低级的动物。由此可见，达尔文的道德进化学说对罗尔斯顿有重要的启示，道德进化学说是他生态哲学的重要理论契机。

2. 物理学与生态学知识

罗尔斯顿常用熵这个概念来讨论伦理学的问题。熵是一个物理学概念，是指一个系统中无秩序的程度，也是表示生命活动过程质量的一种度量。罗尔斯顿提到，生命通常被认为是一种逆熵流，生命的负熵流与单纯的物质流是相反的。物质流动的趋势是朝向熵增和无序，生命能够构建和繁衍有序的有机结构，在这个意义上，生命是智慧的、逻辑性的、进行着信息交流的。熵这个物理学概念暗示我们，生命的确存在于一个没有感情的物质世界里，地球是银河系中唯一一个被确证有智慧生命存在的星球，在无序的宇宙中显得极为孤单。但诸多生命在生态系统中却不是孤单的，而是一个相互依存的整体。所以，我们作为道德代理人，有义务去维护自然的

---

[1] Rolston, Holmes, III. "Values in Nature," *Environmental Ethics* 3 (1981). 中译本参考[美]霍尔姆斯·罗尔斯顿Ⅲ：《哲学走向荒野》，刘耳、叶平译，长春：吉林人民出版社，2000年版，第145页。

[2] Rolston, Holmes, III. "Is There an Ecological Ethic?" *Ethics: An International Journal of Social, Political, and Legal Philosophy* 18 (No. 2, 1975). 中译本参考 [美]霍尔姆斯·罗尔斯顿Ⅲ：《哲学走向荒野》，刘耳、叶平译，长春：吉林人民出版社，2000年版，第34页。

稳定与完整，不去破坏生态系统的正常秩序。

在论证大自然中丑的现象时，熵的概念也给罗尔斯顿重要的启示。为何大自然中存在丑的事物？他是这样解释的：

> 自然中存在以熵为代表的破坏性力量，也存在负熵这样与之抗衡的建设性力量，当消极力量胜过积极力量时，其结果就是局部的丑。每一个生命都迟早会消亡，但是个体的消亡并不能使生命的故事结束，他们重新组合，年轻的生命会复兴，熵的无序和腐化是创造的序幕，这永不停息的重新创造将带来更高级的美。[1]

也就是说，自然的丑只是熵运行的必然结果，也是暂时的结果。而熵的永不停息的创造会带来更高级的美。由此可见，熵这个物理学概念给罗尔斯顿的生态美学思想以重要的启示。

罗尔斯顿认为，伦理学与自然科学联系紧密、息息相关。他说："在与自然的遭遇中，我们可以带着敏感性进行研究，被自然引导着将非人类的一些意义吸收过来了……一个人如果没有学会尊重我们称之为'野的'事物的完整性与价值的话，那他就还没有完全了解道德的全部含义。"[2]这段话放在环境道德教育普及的今天，已显得不是那样振聋发聩。但二十世纪早期哲学中是与应该泾渭分明，描述性的规律（自然科学与历史学领域）和规范性的规则（伦理学）之边界十分清晰，伦理学与自然科学毫无关系。[3]

但是，伦理学和自然科学的链条真是断开的吗？如果把达尔文范式中的自然描述成地狱般的丛林，人亦是残酷丛林中的一员，需要遵循适者生存的规律，那么尊重自然便无从谈起。无序的熵、冷酷的弱肉强食，都没

---

[1] Rolston, Holmes, III. *Environmental Ethics: Duties to and Values in the Natural World*. Philadelphia: Temple University Press, 1988, p.241. 中译本参考 [美]霍尔姆斯·罗尔斯顿：《环境伦理学：大自然的价值以及人对大自然的义务》，杨通进译，北京：中国社会科学出版社，2000年版，第328页。

[2] Rolston, Holmes, III. "Can and Ought We to Follow Nature?" *Environmental Ethics* 1 (1979). 中译本参考 [美]霍尔姆斯·罗尔斯顿III：《哲学走向荒野》，刘耳、叶平译，长春：吉林人民出版社，2000年版，第68—69页。

[3] Rolston, Holmes, III. "Is There an Ecological Ethic?" *Ethics: An International Journal of Social, Political, and Legal Philosophy* 18 (No. 2, 1975). 中译本参考 [美]霍尔姆斯·罗尔斯顿III：《哲学走向荒野》，刘耳、叶平译，长春：吉林人民出版社，2000年版，第6页。

有让我们看到生态系统和谐、稳定的一面，相反让我们感受到被蚕食的生命和残酷的竞争。以这种科学描述为前提，所得出的结论必然是人与自然是敌对关系，人对自然没有义务和责任；并且，人类的任务就是保留自己这个物种，无须在意其他物种的存亡。

另一种对生态系统的态度亦是乏善可陈的。很多伦理学家对自然的秩序有预先的判断，将自然发展的方向描述成朝向美丽与完整的，将此思路发展成对生态系统的盲从，不加选择地支持与爱护。罗尔斯顿在接受这个观点的基础上又对它进行了思考。他说道："我们肯定不会把自然事件的每个具体细节都说成是促进生态系统健康的……凡熟悉古生物学的人，都不会说生物进化的进程是绝对可靠地、没有任何差错地朝向一个最为美丽和稳定的生态系统的。"[1]罗尔斯顿对生态系统的看法，在此无疑是更加辩证且理性的。生态系统既不是全知全能的万物圣母，也不是没有感情的杀人工具，对自然预先的情感判断可能会导致我们错误地认识这个世界。人对自然的现象和规律的探索应当保持敏感与全面，应使自己的行动跟宇宙运行的方式相吻合。他指出：

进化的历史是充满了摸索、斗争、基因突变、自然选择、随机过程和统计性的运动，但就其整个过程看，是否还是有着足够的方向性，是我们可以认为它是在不断地丰富生态系统呢？化石记录的全是毁灭。我们看到这些记录时，先是会产生一种恐惧；但另一方面，正是从大量的毁灭中产生了一个完整的生态系统。如果接受了这个事实，我们将会有一种更强的生态伦理观念，因为这样的话，要人们将生态系统的卓异最大化的指令就是要我们使自己的行动跟宇宙运行的方式相吻合。[2]

[1] Rolston, Holmes, III. "Is There an Ecological Ethic?" *Ethics: An International Journal of Social, Political, and Legal Philosophy* 18 (No. 2, 1975). 中译本参考[美]霍尔姆斯·罗尔斯顿Ⅲ：《哲学走向荒野》，刘耳、叶平译，长春：吉林人民出版社，2000年版，第33页。

[2] Rolston, Holmes, III. "Is There an Ecological Ethic?" *Ethics: An International Journal of Social, Political, and Legal Philosophy* 18 (No. 2, 1975). 中译本参考[美]霍尔姆斯·罗尔斯顿Ⅲ：《哲学走向荒野》，刘耳、叶平译，长春：吉林人民出版社，2000年版，第34页。

总之，罗尔斯顿在论述自然的内在价值时没有求助于超验的价值论原则，如上帝、理念等，而是借助生物学、生态学、物理学等科学知识，尤其是对进化论的深入挖掘，对生态系统有了全新的价值描述，给予生态系统以中立而偏向积极的价值判断，构建了一个公正而不失关怀的伦理观。这种伦理观为他的生态美学打下了生态伦理学的基础。

第三节　罗尔斯顿的生态美学思想

　　就当前学术界而言，为了使美与环境伦理相联系，多数学者倾向于采取伦理学或科学方法从事美学研究，因而往往将美的范围扩大。与之相比，罗尔斯顿则采取了更富效力的研究进路。然而，罗尔斯顿所期盼的美学却并非某种仅仅注重形式的美学。罗尔斯顿的美学思想看似分散、不成体系，然而却蕴含着生态美学的根本思想，即让物回归于本身，让美自然地显现。

　　罗尔斯顿明确使用过生态美学（ecological aesthetics）这一术语来表明他的美学主张。他说："这是生态美学，生态学是重要的关系网，是自我在世界中安居其所（a self at home in its world）。我能够与我所居住的景观、我'家'的领地产生共鸣（identify with）。这种关切指引我去关心生态系统的完整、稳定和美。"[1]他的生态美学思想主要有以下几个要点：第一，建构审美属性概念，并强调它的客体性，从而将人类中心主义的审美趣味导向生态中心主义；第二，在审美欣赏中，重要的是欣赏事物的内在价值，而非工具价值；第三，虽然罗尔斯顿也肯定科学知识对审美欣赏的作用，但与卡尔森不同，他反对审美需禁锢于科学知识；第四，在罗尔斯顿看来，自然全美有待商榷，自然中有大量不能产生愉悦感的事物，但对生态系统

[1] Rolston, Holmes, III. "From Beauty to Duty: Aesthetics of Nature and Environmental Ethics," in Arnold Berleant, ed. *Environment and the Arts: Perspectives on Environmental Aesthetics*. Aldershot: Ashgate, 2002, p.138. 中译本参考[美]阿诺德·伯林特主编：《环境与艺术：环境美学的多维视角》，刘悦笛等译，重庆：重庆出版社，2007年版，第167页。

而言，它们具有不可估量的内在价值；第五，强调身体参与对于生态存在的感知；第六，生态伦理学是生态美学的要旨。

一、审美属性的客体性

罗尔斯顿将审美体验分解为两种要素来讨论，即审美能力（aesthetic capacities）和审美属性（aesthetic properties）。审美能力是观察者具有的体验能力，而审美属性则是客体存在于自然万物之中的特性，比如形式、结构、秩序等。[1]除此之外，他还提出系统的自然具有审美力量（aesthetic power），因为它有产生审美属性的能力。审美属性的存在让审美主体能够产生审美体验，并感受到美的事物。罗尔斯顿指出，"一些生命和生命的供给，如营养、资源获取，所有这些和它们身上的很多价值，我们都会承认它们客观地存在于自然中，在人类出现之前就存在。但是美呢？通过美，我们进入了更高的价值领域。关于美的体验是人带入世界中的，人类点燃了美，就像他们点燃了伦理学"[2]。

如果审美属性不存在，即使观察者具有审美能力，也不会产生审美体验。人类点燃了美这个比喻所暗示的是，如果没有审美能力，即使自然中有丰富的形式，也不能使观察者产生审美体验；没有人的认识，就不会有审美这个概念的存在。但即使没有这个概念，审美属性依旧是客观存在的。罗尔斯顿认为，环境价值理论确实需要把审美价值从自然承载的其他许多价值中分离出来。美是一种过渡的类型。他举了很多实例，比如大自然和数学在某种程度上是相似的：大自然是美的，和数学有某种程度的相似。但它们都是人类的创造，并不存在于自然中，如经纬线、等高线等等。但是这些人类的发明，却成功地帮助人们确定自己在地球上的位置。数学可

[1] Rolston, Holmes, III. *Environmental Ethics: Duties to and Values in the Natural World*. Philadelphia: Temple University Press, 1988, p.235.中译本参考 [美]霍尔姆斯·罗尔斯顿：《环境伦理学：大自然的价值以及人对大自然的义务》，杨通进译，北京：中国社会科学出版社，2000年版，第320页。

[2] Rolston, Holmes, III. *Environmental Ethics: Duties to and Values in the Natural World*. Philadelphia: Temple University Press, 1988, p.234. 中译本参考 [美]霍尔姆斯·罗尔斯顿：《环境伦理学：大自然的价值以及人对大自然的义务》，杨通进译，北京：中国社会科学出版社，2000年版，第317页。

以被说成是客观的，也可以被说成是主观的。数学的属性就在那里，但数学的体验却在等候人类的出现。[1]审美也是如此。审美体验或许在我们心中，但我们感受的却是令我们形成审美体验的、具有审美属性的事物。

传统的西方自然审美欣赏遵循着如画传统，主张把自然风景看成一张艺术风景画来欣赏。罗尔斯顿非常不赞成将自然事物视为艺术品的观点，他在多篇论文中反复强调：自然不是为审美欣赏而生的，它们不是艺术品，但创生万物的自然（projective nature）有规则地创造了景观和生态系统，包括山、海、草原、沼泽等等。它们的属性包含美的弦外之音（overtunes of beauty），这些审美属性是依附于自然的。[2]

罗尔斯顿之所以做这样一个简短的讨论，其学术目的并不是像我国二十世纪八十年代那场美学讨论那样，为了从学理上证明美究竟是主观的还是客观的。从他的行文我们不难发现，他对审美属性的强调要远甚于对审美能力的强调。比如：

> 审美价值确实是顶点的价值。但环境的价值则更为基本，具有生物多样的特征。审美经验现在需要叠加在更客观的层面上。（美的）潜能的实现需要一个具有审美能力的观察者，但更需要孕育它的力量——自然的力量。……持生态系统立场的人会发现，美是创生自然的神秘产物，审美属性的光环。这种光环需要具有审美能力的体验者来完成，但仍需要自然的力量去产生。[3]

再比如：

[1] Rolston, Holmes, III. *Environmental Ethics: Duties to and Values in the Natural World*. Philadelphia: Temple University Press, 1988, p.319. 中译本参考 [美]霍尔姆斯·罗尔斯顿：《环境伦理学：大自然的价值以及人对大自然的义务》，杨通进译，北京：中国社会科学出版社，2000年版，第320页。

[2] Rolston, Holmes, III. *Environmental Ethics: Duties to and Values in the Natural World*. Philadelphia: Temple University Press, 1988, p.236. 中译本参考 [美]霍尔姆斯·罗尔斯顿：《环境伦理学：大自然的价值以及人对大自然的义务》，杨通进译，北京：中国社会科学出版社，2000年版，第317页。

[3] Rolston, Holmes, III. *Environmental Ethics: Duties to and Values in the Natural World*. Philadelphia: Temple University Press, 1988, p.236. 中译本参考 [美]霍尔姆斯·罗尔斯顿：《环境伦理学：大自然的价值以及人对大自然的义务》，杨通进译，北京：中国社会科学出版社，2000年版，第319页。

审美的这两个向度都是值得注意的：客观地存在于大自然中的景色，由眼睛和大脑配合而产生的对景色的感觉方式，它们都是大自然的产物，大自然进化的结果。[1]

罗尔斯顿究竟在哪种维度下言说主体、客体？他并没有给出对主体、客体的定义。中国美学界曾有过一场宏大的讨论，但当时的美学家主要在追问美的主客观问题。如朱光潜，他所谈的客观是指人类以外的客观自然物。他认为，"意识和一般心理方面的现象是主观的，意识所接触的外在世界是客观的"[2]。而罗尔斯顿将"对景色的感觉方式"这个本应属于主观的部分划入客体范畴。

环境伦理学家哈格洛夫（Eugene C. Hargrove）在评论文章中指出，"罗尔斯顿在文章中常常否定他在前文中肯定的东西，比如，罗尔斯顿（有时）否认一切自然美的客观性，（但在另一些文段中）又肯定了自然美的客观性"。罗尔斯顿对此作出的回应也只是强调审美属性客体性的观点。[3]罗尔斯顿的理论目标并不是讨论美的主客观问题，而是审美属性的客体性问题。这与他的客体性道德（objective morality）[4]观念是一致的。在他看来，环境伦理学超越了康德伦理学，超越了人本主义伦理学，把其他存在物也当作并列的目的来对待。这样既能从自己的角度，又能从其他存在物的角度来欣赏这个世界。[5]

---

[1] Rolston, Holmes, III. *Environmental Ethics: Duties to and Values in the Natural World*. Philadelphia: Temple University Press, 1988, p.236. 中译本参考 [美]霍尔姆斯·罗尔斯顿：《环境伦理学：大自然的价值以及人对大自然的义务》，杨通进译，北京：中国社会科学出版社，2000年版，第319页。

[2] 朱光潜：《论美是客观与主观的统一》，《哲学研究》1957年第4期。

[3] 参见Rolston, Holmes, III. "Living on Earth：Dialogue and Dialectic with My Critics," in Christopher J. Preston and Wayne Ouderkirk, eds., *Nature, Value, Duty: Life on Earth with Holmes Rolston, III*. The Netherlands: Springer, 2007, p.248.

[4] 参见Rolston, Holmes, III. *Environmental Ethics: Duties to and Values in the Natural World*. Philadelphia: Temple University Press, 1988, p.190. 中译本参考 [美]霍尔姆斯·罗尔斯顿：《环境伦理学：大自然的价值以及人对大自然的义务》，杨通进译，北京：中国社会科学出版社，2000年版，第259页。

[5] 参见Rolston, Holmes, III. *Environmental Ethics: Duties to and Values in the Natural World*. Philadelphia: Temple University Press, 1988, p.340. 中译本参考 [美]霍尔姆斯·罗尔斯顿：《环境伦理学：大自然的价值以及人对大自然的义务》，杨通进译，北京：中国社会科学出版社，2000年版，第464页。

审美属性概念的美学意义在于：激励我们在审美时，站在自然事物的角度去感受它的自为之善，而不只是站在主体更擅长的角度。

二、内在价值与审美属性之间的关系

为什么保护大峡谷？一般认为，我们不能破坏它美好的景致，如果我们破坏了它，便不再有那样美的地方去欣赏。哈格洛夫就曾宣称自然保护最终的历史根基是美学。罗尔斯顿则认为这种观点有失偏颇。他认为从实践的层面上看，审美价值常被认为级别很高，但实际却在较低的优先位置。审美伦理需要伴有更有说服力的力量，以免审美愉悦被其他基本需求所压制。[1]他意在表明，美确实是一个促使人爱护自然的理由，但不是一个坚定的理由。美学能够激发责任，不过，激发责任的途径却不只是人类对美的愉悦。

上文提到过，罗尔斯顿作为生态中心主义的环境伦理学家，极力证明自然界中内在价值的客体性。他采取的思路是把自然界中的事实、存在物理解为自然价值客观存在的依据。从时间的序列上来看，与漫长的地质演化和生物进化过程相比，人的历史是十分短暂的。罗尔斯顿说："大自然是一个进化的生态系统，人类只是后来的加入者。地球生态系统的价值在人类出现以前就各就各位，大自然是一个客观的价值承载者。"[2]在他看来，内在价值的呈现依赖于人的评价和体验，但即使没有人的评价和体验，自然价值仍然是客观存在的。在自然中，每个生物个体（人、动物、植物）具有内在价值。一些观点承认动物的内在价值，却贬低植物的内在价值，认为植物不会对外界的刺激有强烈的反应，似没有喜怒哀乐等知觉一般，没

---

[1] Rolston, Holmes, III. "From Beauty to Duty: Aesthetics of Nature and Environmental Ethics," in Arnold Berleant, ed., *Environment and the Arts: Perspectives on Environmental Aesthetics*, Aldershot: Ashgate, 2002, p.127. 中译本参考[美]阿诺德·伯林特主编：《环境与艺术：环境美学的多维视角》，刘悦笛等译，重庆：重庆出版社，2007年版，第156页。

[2] Holmes Rolston, III. *Environmental Ethics: Duties to and Values in the Natural World*. Philadelphia: Temple University Press, 1988, p.3. 中译本参考霍尔姆斯·罗尔斯顿：《环境伦理学：大自然的价值以及人对大自然的义务》，杨通进译，北京：中国社会科学出版社，2000年版，第4页。

·268·

有必要得到和动物一样的爱护。但深谙生物学的罗尔斯顿则为植物作出辩护，他认为包括植物在内的任何生物都有自为之善，即生物有自己的遗传物质的规范，有爱护自己的方式，这使得植物生命在是之外还有某种应该——它们因懂得自我爱惜，拥有自为之善而应该得到爱护。

这是罗尔斯顿内在价值的客体性的思路，这种思路和美学的关系是什么呢？首先，如前所述，他证明了内在价值和审美属性一样具有客体性。其次，他认为我们欣赏的是自然的内在价值而非工具价值，欣赏的是自然事物本身，不只是它的美的形式、可爱的外表，也不是它对主体的功利性目的。"我们对荒野自然的需要，在于我们欣赏它的内在价值，而非它的工具价值，正如我们需要生活中其他的一些事物那样。……我们与自然的邂逅（与其他人类活动）有一点不同，即这是我们不依赖人的活动而能接触到价值与美的唯一形式。"[1]

以康德为代表的现代主体性美学认为，我们看到的是事物的表象，而不是事物本身，我们在审美欣赏中欣赏的是事物的形式。这点在康德构建纯粹美概念时比较明显。康德说："我只想知道是否仅仅事物的表象就伴随着愉悦，即使我或许对表象的实存是无所谓的。要说一个对象是美的并证明我有鉴赏力，取决于我怎样理解我心中这个表象，而不是我如何依赖于这个表象的实存。"[2] 杨春时对主体性美学有过透彻的分析：主体性美学是启蒙时代的美学，启蒙理性的基本精神是主体性，它肯定人的价值是最高的价值，认为人是自然的主宰，以人的理性来对抗宗教蒙昧和神本主义。[3] 康德对自然的一般规定为，从质料方面来说，自然是人的经验对象的总和；从形式方面来说，自然是现象界普遍的合乎法则性。他认为认识只能把握现象世界，不能把握物自体。人的意识只能在人的意识范围内行动，自然

[1] Rolston, Holmes, III. "Can and Ought We to Follow Nature?" *Environmental Ethics* 1(1979). 中译本参考[美]霍尔姆斯·罗尔斯顿Ⅲ：《哲学走向荒野》，刘耳、叶平译，长春：吉林人民出版社，2000年版，第64页。

[2] Kant, Immanuel. *Critique of the Power of Judgment*. edited by Paul Guyer; translated by Paul Guyer, Eric Matthews. Cambridge, UK; New York: Cambridge University Press, 2000, p.90. 中译本参考 [德]康德：《判断力批判》，邓晓芒译，北京：人民出版社，2002年版，第30页。

[3] 参见杨春时：《主体性美学与主体间性美学——兼答张玉能先生》，《汕头大学学报（人文社会科学版）》2004年第6期。

便限定为人的经验所构成的世界。黑格尔认为美是理念的感性显现，认为艺术美因为凝结了人的精神创造，比自然物更接近于理念，因而艺术美高于自然美。

以康德和黑格尔为代表的主体性美学命题对美学学科有深远的影响。但是他们以人的精神创造为关键词，过度夸张了人的价值，割裂了我们与自然的连续性，忽视了人的有机性本质——人类是生态的存在。针对这一点，罗尔斯顿指出：

> 黑格尔辩证法非常强烈地表明，原初的自然，人居世界中的自然都"是"而且"应该"在综合中转化。原始自然转为人化的自然，人们将景观视为一种人类产品，接受积极的管理，旨在实现人类共同渴望的目标，一种平衡审美的便利和功能性的商品。人们不会问景观是如何演变的，也不会问它的原始特征是什么……如果我们做得很好，自然就会受到人类转化（human transformation）的护佑，人化的自然既有用处，又是一件艺术品，这就是景观建筑。[1]

罗尔斯顿这里将"原始自然"（original nature）与"人化的自然"（humanized nature）进行对比分析，目的是讨论现代美学的特点及其缺陷。黑格尔主体性美学观的确是把景观当作人类的产品，受制于主动的管理，并且指向人们期待的目标。这种自然欣赏方式所欣赏的是自然的工具性价值，而非欣赏它的内在价值。但是，我们应该看到，被人类改造过的景观具有了人的痕迹，虽然具有了主体性价值，却不见得能够获得审美体验。罗尔斯顿指出：

> 东方人和旧世界的游客成群结队地来到这里，他们最想看到的不是我们的城市，而是我们的国家公园，大峡谷、大提顿、黄石公园，

---

[1] Rolston, Holmes, III. "Mountain Majesties Above Fruited Plains: Culture, Nature, and Rocky Mountain Aesthetics," *Environmental Ethics* 30 (2008).

或我们的荒野地区，鲍勃·马歇尔或弗兰克·丘奇不归河荒原（the Frank Church River-of-No-Return Wilderness）。[1]

罗尔斯顿所强调的是欣赏事物内在价值的客体性的审美，他认为这种审美带来的愉悦绝非自然美的表象带来的感官刺激，而是人在生态系统中的家园感。它能超越一己之得失，把局部性的内在的丑的事物重新理解为系统性的工具性的美的事物。正如罗尔斯顿所言：

> 森林和天空，河流和土地，广阔的平原，永恒的山丘，野花和野生动物，作为消遣娱乐的景色，它们带来的愉悦是浅薄的。从更深的层面上来说，它们是永恒自然用以支撑万物的馈赠。在这些尺度上，人类是一个迟来的新事物，而这种意识也是审美上需要的。审美挑战的是创造力、冲突、决心和博物学，后来的人类可以俯览这一切，在这些令人敬畏的尺度中出现。[2]

我们认为，生态审美观承认万物各有内在价值，万物都具有生存繁衍的权利。[3]根据罗尔斯顿的观点，审美欣赏使内在价值与审美属性得到了联结，这也正是生态美学所积极倡导的。

三、科学知识与生态审美

真正的生态欣赏必须借助于生态知识来引起欣赏者的好奇心和联想，进而激发欣赏者的想象与情感。生态学提供了大量的生态知识，这些知识对于我们的审美体验有着巨大的影响，甚至能够根本改变我们的审美

---

[1] Rolston, Holmes, III. "Mountain Majesties Above Fruited Plains: Culture, Nature, and Rocky Mountain Aesthetics," *Environmental Ethics* 30 (2008).

[2] Rolston, Holmes, III. "Mountain Majesties Above Fruited Plains: Culture, Nature, and Rocky Mountain Aesthetics," *Environmental Ethics* 30 (2008).

[3] 参见程相占：《研究中国生态审美智慧的方法论问题——以赵凤远〈庄子的生态审美智慧解析〉为个案》，《管子学刊》2017年第2期。

对象与审美体验。这就是为何生态美学特别强调科学知识对审美欣赏的作用。

卡尔森曾经指出，"科学认知主义首先是一种认知主义，而后才是一种科学的认知主义。这意味着，关于自然界对象特征和性能的知识，对于恰当的自然审美欣赏来说是必要的……这种知识来自西方的科学。西方的科学在人类历史上不同的时间和地点表现出许多相似性"[1]。这就是说，在卡尔森看来，科学知识（来自西方的科学）是恰当审美的必备条件。在此基础上，罗尔斯顿更为辩证地探讨了科学知识与审美的关系，他的思路可总结为以下几点：

第一，审美能力归根到底是在对大自然的体悟中得到提高的。之所以说是一种体悟，是因为科学和艺术审美都不是完整的认识世界的方式。罗尔斯顿曾指出，艺术作品有时只展现出自然物完美或理想的一面，从科学的角度看有时是匪夷所思的，这种艺术是违反自然的规律呢，还是说它以某种方式达到了自然的本质？科学也是如此，科学追求的是普遍的规律，而具体事物却不见得要符合这些规律。植物学家根据若干标本描述某一种属时，通常都会忽略一些异常之处；物理学家会根据不完全规则的实验数据，来画出一条对称的正弦曲线。[2]

罗尔斯顿认为，当我们面对不甚明朗的审美对象时，科学会产生作用。比如，树木的善在于即使它已经死亡，但它的生命只会逝去一半。它凸凹的地方提供了巢穴，繁育出幼小昆虫，为鸟儿提供了食物。如果没有自然，人的审美能力注定是单薄的，科学延伸了人的感知触角，但是归根到底，应先有丰富的审美属性，才能使人的感知能力得到提升。

罗尔斯顿承认科学延伸了我们的感知方式，但基于西方科学的欣赏只是一种审美方式，并不能涵盖审美的全部。他说："以科学理解自然，只是我们西方人现阶段'构建'我们的世界的方式，没有理由就认为它是有特

[1] [加]艾伦·卡尔松：《从自然到人文——艾伦·卡尔森环境美学文选》，薛富兴译，桂林：广西师范大学出版社，2012年版，第337页。

[2] Rolston, Holmes, III. "Values in Nature," *Environmental Ethics* 3 (1981). 中译本参考[美]霍尔姆斯·罗尔斯顿Ⅲ：《哲学走向荒野》，刘耳、叶平译，长春：吉林人民出版社，2000年版，第135页。

权的……科学知识虽然是审美的必需品，但它还远远不够。"[1]显然，与卡尔森相比，罗尔斯顿对西方科学的态度是较为辩证的。

在罗尔斯顿看来，人生来对美就是极为敏感的，因为人必须学着适应周围的环境。科学能够提升人的审美能力，但是即使一个没有科学素养的人，也可以具有丰富的审美体验。人们知道的越多，体验会越丰富。正如罗尔斯顿所论证的那样，我们所欣赏的艺术其实是一种理想的类型，和真实有极大的差别。但在荒野中我们需要更微妙的鉴赏力。我们知道的越多，理解的越多；理解的越多，赞美的就越多。[2]

第二，科学对审美的影响是丰富而深刻的。首先，科学知识可以矫正不恰当的欣赏。在罗尔斯顿看来，有一些神话故事、封建迷信思想只具有考古研究价值，其并没有帮助人们正确地认识自然现象，也使恰当的审美欣赏变得难以置信。他以中国风水为例：

> 中国古人践行风水思想。神灵（the shen spirit）作为一种精神与阳相称，是有生命力的天，是可耕种的土地，是太阳、月亮、星星、风、雨、雷电、火、山、河、海、树木、春季、石头以及植物。鬼则代表着阴，是特别难以预料的，可能在夜间、暗处、空无一人处释放，必须加以提防。人们需要避免建筑和道路里的直线，以免它们被冒犯……生命的能量"气"在自然风景中流动，并且影响着住在当地的居民，以及当地人的行为。[3]

他认为，在这种自然观主导下，对真实风景的恰当的审美欣赏变得不可能。不过，他并没有注意到为何在中国古代并没有科学支持，而审美传统却依然发达。他更多地是在质疑诸多他所认为的、远离科学的封建迷信

[1] Rolston, Holmes, III. "Does Aesthetic Appreciation of Landscapes Need to Be Science-Based?" *British Journal of Aesthetics*, 1995, Vol.35 (4).

[2] Rolston, Holmes, III. "Beauty and the Beast: Aesthetic Experience of Wildlife," in Daniel J. Decker and Gary R. Goff, eds., *Valuing Wildlife: Economic and Social Perspectives*, Boulder and London: Westview Press, 1987, p.194.

[3] Rolston, Holmes, III. "Does Aesthetic Appreciation of Landscapes Need to Be Science-Based?" *British Journal of Aesthetics*, 1995, Vol.35 (4).

的形而上学，能否成为恰当的审美欣赏的依据。

其次，罗尔斯顿认为美应该具有某种范式，使美学家们的视野不只局限于有限的、局部性的事实，而是具有现实的、生态主义的视野。他申言：

> 真正的美学应当知道真正的科学所知道的一切；用某种范式来把握美，就像科学用某种范式来捕捉事实一样。在这两个领域，对真理的追求都表现为寻求一个足够宽宏的理解范式……美学家力图体验所有的事实，而不只是有限的局部性的事实。这不是一种盲目的浪漫主义自然观，而是一种视野广阔的现实主义，它想获得一种超越了个体主义和人本主义的观察视角，它看到了进化的生态系统在向生命奔进的过程中所表现出来的崇高的美。[1]

四、消极审美价值之生态转化

人类以自己的审美取向来改造世界、改造自然，并以自己的作品为荣。殊不知，人有人道，天有天道。生态系统有自身的运行规律，一旦在某个环节出现变化，其破坏程度将超过人类能够承受的范围，此种事例不胜枚举。生态美学家无不希望人们能够接受自然而然的事物，哪怕它们并不能带来一般意义上的美感。

为实现这一理论目标，以卡尔森为代表的肯定美学家的思路是：只要人们能够以适当的方式进行欣赏，所有原始自然从本质上说都具有肯定的审美价值。但在罗尔斯顿看来，自然中并不是所有的东西都那么赏心悦目。他认为，对于荒野自然的形形色色的风景，有些可以做肯定的审美判断，但不可否认，自然中有很多东西是丑的，还有一些谈不上究竟是丑的还是美的。"观察者会经常发现，它是令人不愉悦的或者中立的。人类颂扬大自

---

[1] Rolston, Holmes, III. *Environmental Ethics: Duties to and Values in the Natural World*. Philadelphia: Temple University Press, 1988, p.244. 中译本参考 [美]霍尔姆斯·罗尔斯顿：《环境伦理学：大自然的价值以及人对大自然的义务》，杨通进译，北京：中国社会科学出版社，2000年版，第332页。

然的美，但是有时候没什么可颂扬的。"[1]这样的论述无疑更加符合实际情况。罗尔斯顿指出：

> 没有必要以伪装美的方式孤立事物，这种处理有时需要自我欺骗。我们需要对周围的环境保持敏锐。[2]

显然，罗尔斯顿这句话是针对卡尔森肯定美学的——后者认为，未经人类干预的原始自然本质上都具有肯定的审美价值。与之不同，罗尔斯顿意在强调，人们没有必要像肯定美学所主张的那样，扩大语言的含义，强迫自己以欣赏美景的方式去欣赏自然中丑的事物。那么，究竟如何对自然进行审美欣赏呢？罗尔斯顿援引了康德和利奥波德的观点。

康德认为，"我们不应该去假设自然塑造了它的形式以供人类去欣赏。相反，是我们用喜爱（favor）接受自然，不是自然展现给我们喜爱"[3]。利奥波德指出，"当事物倾向于保护完整、稳定和美的生物共同体时，它便是正确的"[4]。据此，罗尔斯顿认为，"或许我们应该说事物是正确的，当人类用鉴赏力去审美地接受它所保持的自然的状态时。稳定性和完整性客观存在于生物共同体中，但美不是。只有偶尔自然激起主观性，令人们感受到美。自然不是艺术家，它只会在某些时候偶尔反射出审美鉴赏（taste）"[5]。罗尔斯顿意在否认以艺术的欣赏范式欣赏自然。自然具有审美力，却不能被人

---

[1] Rolston, Holmes, III. *Environmental Ethics: Duties to and Values in the Natural World*. Philadelphia: Temple University Press, 1988, p.236. 中译本参考霍尔姆斯·罗尔斯顿：《环境伦理学——大自然的价值以及人对大自然的义务》，杨通进译，北京：中国社会科学出版社，2000年版，第319页。

[2] Rolston, Holmes, III. "Does Aesthetic Appreciation of Landscapes Need to Be Science-Based?" *British Journal of Aesthetics*, 1995, Vol.35 (4).

[3] Immanuel Kant, *Critique of Judgment*. New York: Hafner, 1966, p.196. ——罗尔斯顿注。参见 Rolston, Holmes, III. *Environmental Ethics: Duties to and Values in the Natural World*. Philadelphia: Temple University Press, 1988, p.233. 中译本参考霍尔姆斯·罗尔斯顿：《环境伦理学——大自然的价值以及人对大自然的义务》，杨通进译，北京：中国社会科学出版社，2000年版，第316页。

[4] Leopold, Aldo. *A Sand County Almanac: And Sketches Here and There*. New York: Oxford University Press, 1949, pp.224-225.

[5] Rolston, Holmes, III. *Environmental Ethics: Duties to and Values in the Natural World*. Philadelphia: Temple University Press, 1988, p.233. 中译本参考霍尔姆斯·罗尔斯顿：《环境伦理学——大自然的价值以及人对大自然的义务》，杨通进译，北京：中国社会科学出版社，2000年版，第316页。

类的审美鉴赏所规训、圈定。人类所谓的美感只是自然偶尔展示出的特征，并不像艺术那样可以按照人的审美趣味来塑造。虽然罗尔斯顿没有明确使用这样的美学术语，但他的理论目标确实是非常明显的，即打破以艺术为主导的审美范式。

但下一个问题就会迎面而来——在荒野中我们欣赏什么？按照传统美学的思路，审美对象或是美本身（柏拉图），或是艺术（朱光潜），或是人化的自然（李泽厚），或是人类精神的凝结（黑格尔）。但是在荒野，按照罗尔斯顿的说法——什么都没有被预设。那么荒野——这个不以美为目的的事物如何成为审美对象？换句话来讲，审美如何走向荒野？对此罗尔斯顿在《从美到责任：自然美学与环境伦理学》中用一节内容专门展开论述。他指出：

> 如果我们使用"pretty（漂亮的）"这样的标准，那么沙丘鹤这样的大鸟像个笨重的旧船，吞下垂死的青蛙。这样的"废船"出没于沼泽四千万年了。我们有"一种和我们身边的生物亲切的感觉，一种渴望生存和让其他生物生存的愿望，一种对庞大而绵延的生命事业的惊奇感"。这是审美吗？是，也不是。是一种包含古代鹤的生物共同体的感觉吗？这当然不是像艺术带来的感觉那样，也不是在"哦！看那铁顿"时感受到的美。这种美已经埋没在对于生命的尊重当中。恐怕我们要说我们已经离开了审美领域而到达了知觉和生态系统价值的领域。[1]

按照我们的理解，这不是传统美学中的美感能够描述的，所描述的正是一种生生之美，它融合了审美直觉与对生态系统的体认。在这种审美方式下，丑会被生态系统的观念转化，其要点在于我们要将之放在整个生态

---

[1] Rolston, Holmes, III. "From Beauty to Duty: Aesthetics of Nature and Environmental Ethics," in Arnold Berleant, ed., *Environment and the Arts: Perspectives on Environmental Aesthetics*, Aldershot: Ashgate, 2002, p.137. 中译本参考 [美]阿诺德·伯林特主编：《环境与艺术：环境美学的多维视角》，刘悦笛等译，重庆：重庆出版社，2007年版，第164页。

系统进程中进行追溯和观赏。罗尔斯顿举了这样一个经典的例子：

> 一具腐烂的麋鹿尸体，短吻鳄那仿佛魔鬼创造的牙齿，都会引起人们的作呕和恐慌。但是，从生态系统的完整性这个角度来看，腐烂的尸体会消融到土壤中，它身上的营养物质将进入生态系统的整体能量循环过程之中。蛆虫变成昆虫，成为鸟类的食物，自然选择使麋鹿的后代能更好地适应环境。[1]

对于个体来说，这些可能具有局部负面价值，但它们却具有生态系统价值。罗尔斯顿启示我们，"我们应该学会欣赏那些不是一目了然的自然事件"[2]。自然的丑会整合到动态的生态系统中——丑的部分不但没有消失，反而增进了整体的丰富性，这需要一种更深沉的、微妙的审美鉴赏力去欣赏。这就是罗尔斯顿基于生态系统视野的美丑辩证法，其显然比卡尔森的自然全美学说更加富有说服力。

在《环境伦理学》一书中，罗尔斯顿提出自然的价值是多重的。他所反对的美学观，就是将美视为唯一的讨论对象，把美看成形式的美、色彩的美，只给令人愉悦的自然事物以积极评价。他指出，那些对自然不抱罗曼蒂克幻想的人会知道，丑被整合进具有正面价值的复杂之美中，因而，这样的美学家可以从横向和纵向两个角度去欣赏自然，而不仅是欣赏艺术家们"挑选、修补"过的自然。[3]

罗尔斯顿和卡尔森的论证在一定程度上具有殊途同归的意味。卡尔森是以肯定自然审美价值的方式来论述的，而罗尔斯顿则从强调生态

---

[1] Rolston, Holmes, III. *Environmental Ethics: Duties to and Values in the Natural World*. Philadelphia: Temple University Press, 1988, p.239. 中译本参考霍尔姆斯·罗尔斯顿：《环境伦理学——大自然的价值以及人对大自然的义务》，杨通进译，北京：中国社会科学出版社，2000年版，第324页。

[2] Rolston, Holmes, III. *Environmental Ethics: Duties to and Values in the Natural World*. Philadelphia: Temple University Press, 1988, p.239. 中译本参考霍尔姆斯·罗尔斯顿：《环境伦理学——大自然的价值以及人对大自然的义务》，杨通进译，北京：中国社会科学出版社，2000年版，第324页。

[3] Rolston, Holmes, III. *Environmental Ethics: Duties to and Values in the Natural World*. Philadelphia: Temple University Press, 1988, p.240. 中译本参考霍尔姆斯·罗尔斯顿：《环境伦理学——大自然的价值以及人对大自然的义务》，杨通进译，北京：中国社会科学出版社，2000年版，第326页。

系统整体性的角度展开论述。罗尔斯顿为此引入了审美刺激（aesthetic stimulation）这一概念，他认为审美刺激并不只有美能给予，大自然中那些丑的、令人作呕的、错乱不堪的形式，也都可以给人们审美刺激，关键在于我们是否了解生态系统本身是什么。他明确指出，"对野生自然的审美体验必须超越风景与美，超越对形态和颜色的痴迷，必须深入生态系统"[1]。正是对于生态系统的突出强调，使得罗尔斯顿的美学思想成为当代生态美学的重要组成部分。

五、参与美学

我们认为，生态美学之所以是生态的，首要原因是它严格地从经典的生态学定义出发，尝试着从"有机体—环境"之间的互动关系来修正现代美学的思路；进而从生态系统与生态学出发，将环境理解为生态系统，将审美活动置于"有机体—生态系统"之间的互动关系来理解，最终将审美活动改造为具有浓厚生态意味的审美互动。这既是现代美学静观模式与生态美学的不同之处，又是生态美学与环境美学的不同之处。[2]

按此标准，罗尔斯顿的参与美学（participatory aesthetics）完全符合生态美学的要旨。我们不妨回顾罗尔斯顿为生态美学所下的定义。他说："这是生态美学，生态学是重要的关系网，是自我在世界中安居其所。我能够与我所居住的景观、我'家'的领地产生共鸣。这种关切指引我去关心生态系统的完整、稳定和美。"[3]在罗尔斯顿看来，生态美学强调在生态关系的引导下人与周围景观的积极互动，对人类所植根的荒野产生共鸣，这种互动不是静观的，而是参与的。

为什么生态审美要强调积极的参与呢？罗尔斯顿提到这样一种观念，"如

[1] Rolston, Holmes, III. "Aesthetics in the Swamps," *Perspectives in Biology and Medicine* 43 (2000).

[2] 参见程相占：《走向"身—心—境"三元论美学范式》，《美与时代》2019年第4期。

[3] Rolston, Holmes, III. "From Beauty to Duty: Aesthetics of Nature and Environmental Ethics," in Arnold Berleant, ed., *Environment and the Arts: Perspectives on Environmental Aesthetics*, Aldershot: Ashgate, 2002, p.138. 中译本参考 [美]阿诺德·伯林特主编：《环境与艺术：环境美学的多维视角》，刘悦笛等译，重庆：重庆出版社，2007年版，第167页。

果说保护自然是我们应尽的职责，那么，我们对自然应当放任不管，无所作为，做到最大限度地不伤害自然"。这是典型的放任自流的伦理观。对此，他分析道："我们没有责任干预野生物种的福利，但是，荒野自然需要我们去欣赏它，去感受我们自身存在的意义，让我们拥有家园感。"[1]相对于仅在思想观念上呵护自然，罗尔斯顿认为观念和参与都是重要的维度，而这种有参与的审美不是可有可无的，它是激发人对自然情感的必然途径。他指出：

> "让自然指导自己的进程！""让鹤在沼泽中自生自灭！""让铁顿族人和科罗拉多大峡谷保持野性！"这都是一种"放任自流的"伦理。纵然表现了尊敬，但却是非融入的。[2]
>
> 人们并不依赖铁顿山或大峡谷而生活。但是，当一个人爬上铁顿山脊、走入峡谷中，或者看到沙丘鹤立在沼泽之中，就会有一种深深的投入感，一种亲身体验的感觉。[3]

罗尔斯顿是伯林特的好朋友，罗尔斯顿的参与美学较为明显地继承了伯林特的交融美学（亦称参与美学）。伯林特在批判无关切思想的基础之上，指出人与自然世界的交融具有连续性。他说：

> 在很大程度上，环境并不是与人类栖居者相分离的一个独立领域。相反，我们与环境是相连续的，是其各种过程的内在组成部分。美学

---

[1] Rolston, Holmes, III. "From Beauty to Duty: Aesthetics of Nature and Environmental Ethics," in Arnold Berleant, ed., *Environment and the Arts: Perspectives on Environmental Aesthetics*, Aldershot: Ashgate, 2002, p.138. 中译本参考[美]阿诺德·伯林特主编：《环境与艺术：环境美学的多维视角》，刘悦笛等译，重庆：重庆出版社，2007年版，第164页。

[2] Rolston, Holmes, III. "From Beauty to Duty: Aesthetics of Nature and Environmental Ethics," in Arnold Berleant, ed., *Environment and the Arts: Perspectives on Environmental Aesthetics*. Aldershot: Ashgate, 2002, p.138. 中译本参考[美]阿诺德·伯林特主编：《环境与艺术：环境美学的多维视角》，刘悦笛等译，重庆：重庆出版社，2007年版，第164页。

[3] Rolston, Holmes, III. "From Beauty to Duty: Aesthetics of Nature and Environmental Ethics," in Arnold Berleant, ed., *Environment and the Arts: Perspectives on Environmental Aesthetics*. Aldershot: Ashgate, 2002, p.139. 中译本参考[美]阿诺德·伯林特主编：《环境与艺术：环境美学的多维视角》，刘悦笛等译，重庆：重庆出版社，2007年版，第167页。

中的惯常传统很难解决这一点，因为它认为，欣赏需要一种接受性的静观态度，尽管这种态度有利于观察者，但是，自然绝不容许这样的观察者，因为没有任何东西能够离开自然而不包含其中。[1]

我们这里应该指出的是，无论是罗尔斯顿的参与美学，抑或是伯林特的交融美学，均建立在对西方近代审美无关切性（即通常所说的无功利性）传统的批判上。罗尔斯顿认为，"美学常被设想成是以无关切为特征，这种无关切可能仍是被设想成对保护行为的不太可能的激励，关心需要某种兴趣"[2]。无关切审美欣赏模式使人失去了保护与关心的意识。在那种欣赏模式下，审美主体可能只会关心审美对象的视觉形式，但不关心其他感官带来的审美刺激。

但是，我们也应该看到，罗尔斯顿的参与美学与伯林特的参与美学有所不同。罗尔斯顿的参与美学建立在他的生态伦理学之上，人们的参与不仅是为了获得审美体验，参与美学的最终目的是"让人们的身份感扩大到当地的、地方性的、全局的生物共同体当中"[3]。对自然价值的评价、体验，通常是人们感知自然价值的基本方式。他指出，要谈论任何价值，我们都必须对它们有一种切身的感受，即在我们的个人经历中充分地拥有了这些价值。在价值评判中，要敏锐而深刻地把握自己考察的对象。显然，罗尔斯顿主张在进行价值评判之前，应对评判对象的性质有全面系统的了解，否则对它的评价很可能出现偏差。

罗尔斯顿以在荒野中的消遣活动为例，指出消遣实际上是一种再造活

---

[1] 参见程相占：《从生态美学角度反思伯林特对康德美学的批判》，《文艺争鸣》2019年第3期。

[2] Rolston, Holmes, III. "From Beauty to Duty: Aesthetics of Nature and Environmental Ethics," in Arnold Berleant, ed., *Environment and the Arts: Perspectives on Environmental Aesthetics*. Aldershot: Ashgate, 2002, p.138. 中译本参考 [美]阿诺德·伯林特主编：《环境与艺术：环境美学的多维视角》，刘悦笛等译，重庆：重庆出版社，2007年版，第166页。对于无关切性的讨论，详见程相占：《论生态美学关键词"审美关切"——康德"无关切性"概念的真实含义及其批判》，《福建论坛·人文社会科学版》2017年第12期。

[3] Rolston, Holmes, III. "From Beauty to Duty: Aesthetics of Nature and Environmental Ethics," in Arnold Berleant, ed., *Environment and the Arts: Perspectives on Environmental Aesthetics*. Aldershot: Ashgate, 2002, p.139. 中译本参考 [美]阿诺德·伯林特主编：《环境与艺术：环境美学的多维视角》，刘悦笛等译，重庆：重庆出版社，2007年版，第167页。

动——消遣 (recreation) 一词和再造 (re-creation) 有着词源学上的一致性。审美活动无法满足我们的生理需要，却能让我们直接感受到自然的其他价值，领悟到价值的自发性特征。不可否认，我们往往以是否能满足人类的某种需要来定义某物的价值。但是，事物自身难道不能不依赖于人类而拥有自身的价值吗？即使是人自身，也难免以世俗的眼光规定自己。当一个人满足不了周围人的需要，就认为自己是废人。现代医学表明，抑郁情绪乃至抑郁症的产生，和人对自身错误的评价息息相关。有些价值评价和参与感是艺术乃至文化所不能完整地提供给人类的，但荒野中的再造活动能给人充分的家园感和场域感，启发人们对自然乃至自身有适当的评价。为进一步说明这一点，罗尔斯顿用下面的例子来论证上述判断：

> 阿尔伯特·比尔斯塔特的《落基山》挂在纽约大都会艺术博物馆的画廊里，人们可以舒适地欣赏它，幻想着从未有过的野蛮之地及其壮丽的风景。但是，如果一个人整天背着背包到达怀俄明州的山脉中的阿尔卑斯湖，在傍晚的登山和投球营地中疲乏不堪，寻找一个平坦背风的地方，仍然可以看到水面和山峰，场域感和场所的美学就是另一种东西了。有身体存在的动觉感觉，具身于地方之中，那不是我们的家（即使我们在那里扎营），但仍是我们的景观，去博物馆的人却仍在文化中。[1]

在荒野中可以获得一些不属于日常生活内容的体验，它们能帮助我们看到这些现象是超越我们的存在，是自然给定的生命基础。在荒野中，我们能了解到我们从何而来，在历史上是荒野产生了人类，而且荒野代表的生态过程也造就了人类。

---

[1] Rolston, Holmes, III. "Mountain Majesties Above Fruited Plains: Culture, Nature, and Rocky Mountain Aesthetics," *Environmental Ethics* 30 (2008).

六、生态美学的旨归：生态伦理学

客观地说，罗尔斯顿是一名环境伦理学家，其学术旨趣不在于美学而在于伦理学。他将审美与伦理结合起来，提出了一个新概念，即审美伦理（aesthetic ethic）。他认为，审美伦理需要与其他更具说服力的力量相结合，以免审美价值与其他价值产生冲突时惨遭蹂躏。这无疑是针对哈格洛夫将美作为环境伦理学的基础而发表的评论。罗尔斯顿颇有意味地问道："当我问你为什么爱你老婆，你可能会回答因为她很美。但问题是，如果时间带走了她的美貌呢？难道你就要离她而去吗？"[1] 同理，爱护自然也不应只爱护它美的部分。如果我们能够将生态健康、公共利益等要素考虑进来，就会为保护提供更丰富的基本原理。

罗尔斯顿的文章标题是"从美到责任"，但是审美愉悦是否真的能够激发责任？罗尔斯顿认为，如果把审美设为起点可能会使我们迷惑，并且留给我们一个很弱的理由去保护濒危的价值。有更多非审美的人类兴趣在敦促美学去让步或牺牲。在他看来，审美模式总是使价值满足人类的需要，它将价值束缚在特定的兴趣上。艺术对象往往是呆滞的，没有新陈代谢。动物与植物不是工艺品，它们是自主的。这意味着，自然是一个有生命的系统。不能以爱护无生命的艺术的方式，去爱护生生不息的自然，他强调：

美学能够成为环境伦理学的坚实基础吗？这取决于你的美学有多深。大多数美学家肤浅地开始的地方，答案是否定的（即使他们在美学上是复杂的）。美学自身建构在博物学的基础之上，在那里人类恰当地安顿自身，答案则是肯定的。环境伦理学需要这样的美学作为合适的

[1] Rolston, Holmes, III. "From Beauty to Duty: Aesthetics of Nature and Environmental Ethics," in Arnold Berleant, ed., *Environment and the Arts: Perspectives on Environmental Aesthetics*, Aldershot: Ashgate, 2002, p.129. 中译本参考 [美]阿诺德·伯林特主编：《环境与艺术：环境美学的多维视角》，刘悦笛等译，重庆：重庆出版社，2007年版，第153页。

基础吗？当然是的。[1]

罗尔斯顿意在表明，以美为理论中心的美学，并不能使人们真正地建立起对自然的敬仰，因为美并不是自然的全部属性。传统美学观难以使人走向审美之善。所以罗尔斯顿声称，美学应以伦理学为基础，基于生态系统的伦理学是保护自然强有力的武器，而且伦理学能够发现美如何成为生生自然的神奇产物。

综上所述，罗尔斯顿的生态美学思路可以总结为：美—生态系统—责任。罗尔斯顿对自然和人类的关系进行了重新描述和定义，使过去科学描述中的竞争关系成为共生关系，从而让人们能够认识到人类是生态系统的存在。通过对内在价值与工具价值、审美属性的讨论，使生态系统成为审美问题的参照系，而非以人类的主观感受为参照系。主体性美学的深层根源在于确立和强调人的主体性与价值，此时自然是人类的附属品，是需要被改造的对象。客体性美学则强调对客体的认知，在自然丰富的审美属性中获得审美价值，将自然审美的问题转化为生态系统的问题。当生态价值与审美价值发生冲突时，传统美学将优先权给了审美价值，而罗尔斯顿则将优先权赋予生态价值，从而使保护生态系统成为一种生态伦理责任。

罗尔斯顿的美学思想中有对康德美学思想的辩证吸收，有对达尔文范式的挖掘和解读。同时，他对诸多既有理论有更深入的探讨，如卡尔森的科学认知主义、肯定美学以及伯林特的审美交融思想。在卡尔森看来，罗尔斯顿继承了自然主义的优秀传统，他的思想能够成为肯定美学的重要佐证。[2]

同时我们应对罗尔斯顿美学思想中的不足有清晰的认识。他将美学理解成研究美的学科，因此他在讨论美学问题时显然没有摆脱传统美学的框

[1] Rolston, Holmes, III. "From Beauty to Duty: Aesthetics of Nature and Environmental Ethics，" in Arnold Berleant, ed., *Environment and the Arts: Perspectives on Environmental Aesthetics*. Aldershot: Ashgate, 2002, p.140. 中译本参考[美]阿诺德·伯林特主编：《环境与艺术：环境美学的多维视角》，刘悦笛等译，重庆：重庆出版社，2007年版，第169页。

[2] Carlson, Allen. "Rolston's Aesthetic of Nature," in Christopher. J. Preston and Wayne Ouderkirk, eds., *Nature, Value, Duty: Life on Earth with Holmes Rolston, III*. The Netherlands: Springer, 2007, p.118.

架。同时他作为一名生态伦理学家，对生态美学的探讨不像他讨论伦理学那样明确具体。这点卡尔森也有同感，"由于审美价值在其论述中并不明确，也不是首要焦点，它们的位置和重要性因而并不总是明显的，只有在如下情况下才似乎变得明白：罗尔斯顿试图解决的一些问题，要么是挑战传统观点的（就像他的思想那样），要么似乎是被论述自身导致的"[1]。罗尔斯顿在讨论美学既有概念时出现了混淆。如哈格洛夫所提到的，罗尔斯顿使用sublime（崇高的）时和它一般的用法不一样。[2]罗尔斯顿提出了诸多审美概念，如审美属性、审美能力、审美刺激，虽然对于解决审美问题颇有助益，但只是作方向性的指引，缺少系统的阐述。

[1] Carlson, Allen. "Rolston's Aesthetic of Nature," in Christopher. J. Preston and Wayne Ouderkirk, eds., *Nature, Value, Duty: Life on Earth with Holmes Rolston, III*. The Netherlands: Springer, 2007, p.105.
[2] Hargrove, Eugene. "Rolston on Objective and Subjective Beauty in Nature," in Christopher. J. Preston and Wayne Ouderkirk, eds., *Nature, Value, Duty: Life on Earth with Holmes Rolston, III*. The Netherlands: Springer, 2007, p.134.

第九章　赫尔曼·普瑞格恩

第一部以"生态美学"为标题的英文著作是《生态美学——环境设计艺术的理论与实践》（下文简称"《生态美学》"），该书出版于2004年，由德国艺术家赫尔曼·普瑞格恩（Herman Prigann）策划，德国自由策展人、艺术史学家海克·施特雷洛（Heike Strelow）主编。施特雷洛在书中对这部著作作了简短的概括："本书不仅展现了近几十年来生态美学和相关艺术景观设计的发展和特点，还尝试介绍了这种知识和设计方法的现状。将赫尔曼·普瑞格恩的理论和实践中的景观艺术作为参照，我们从一个最终旨在完成我们社会必须面对的任务的角度，探索了广泛的、创造性的、理论的和政治的工作。"[1]

作为为数不多的西方生态美学文献中的一部，该书并不出众，在学界也没有受到足够的重视，究其原因，主要有如下两个方面：一是这部著作为一本论文集，书中所收论文篇幅有限，且都是各篇论文作者们对于环境艺术某一方面问题的思考与阐发，未作系统的论说和理论建构；二是作为一部题为"生态美学"的著作，其所收论文的实际内容却是环境设计艺术实践中的生态观念和方法，甚至是对于一些环境艺术作品的创作过程和细节的记录与描述，而非严格意义上的生态美学理论。参与编写该书的作者也并非美学专业出身，而是以设计师、艺术家和艺术史论家居多。也正是因为这些缘由，该书形成了一个特点，即侧重于生态美学的实践属性。换言之，生态美学何以成为环境设计艺术的理论观念，或者环境设计艺术如

---

[1] Strelow, Heike. "A Dialogue with Ongoing Processes," in Heike Strelow and Vera David, eds., *Ecological Aesthetics: Art in Environmental Design: Theory and Practice*. Basel: Birkauser, 2004, p.14.

何从一种具体实践上升为一种美学理论，在该书中得到了较为清晰的呈现。这种研究不同于一般意义上的生态美学理论，但是意义却比较重要，因为它向我们展现出生态美学理论生发的另外一条路径，提供给我们一种生态美学研究的多维视野。更为重要的是，该书与具体实践相互关联的特性，为我们如何将生态美学理论落地提供了具体可行的参考。

第一节　赫尔曼·普瑞格恩其人及其著作

赫尔曼·普瑞格恩是该书的策划者和发起人，同时也是该书的主要作者。书中收录了他的多篇文章，如《序言——关于自然的思想》《生态的美学和审美的生态学》《艺术和科学——生态美学的视角和方法》和《综合转变：特拉诺瓦 (Terra Nova) 项目》。而且，其他多篇文章也都涉及他的环境艺术作品，书中所罗列穿插的项目案例，更是以普瑞格恩的艺术作品为主。所以，认为该书的观点是普瑞格恩环境艺术和景观艺术思想的呈现并无不妥之处。

作为编者的施特雷洛也明确表达了这种编排的原因，"赫尔曼·普瑞格恩毕生之作中的三个主要项目群组，反映出他朝向一种综合景观艺术 (integrative landscape art) 的艺术发展以及他对生态美学思想的坚守：变形物体/雕塑空间 (Metamorphic Objects/Sculptural Spaces)、景观转型 (landscape transformations) 和特拉诺瓦——一个综合景观艺术作品，致力于文化景观的全面重塑与设计。在这里，赫尔曼·普瑞格恩的个人艺术发展是景观艺术通常发展的典型方式"，"这就是为什么这三个包含生态美学的重要文本的作品组，也决定了本书的基本结构。这三个相应的部分展示了许多其他艺术家和景观设计师的大量主题项目，反映了过去35年的历史"[1]。所以，在此有

---

[1] Strelow, Heike. "A Dialogue with Ongoing Processes," in Heike Strelow and Vera David, eds., *Ecological Aesthetics: Art in Environmental Design: Theory and Practice*. Basel: Birkauser, 2004, p.11.

必要对普瑞格恩作简单的介绍。

普瑞格恩（1942—2008）是欧洲当代最著名的艺术家之一，他所涉足的艺术领域不仅包括绘画、雕塑，还包括自然艺术、景观艺术，特别是在生态环境设计与改造方面，普瑞格恩久负盛名。二十世纪九十年代中后期，普瑞格恩成为德绍包豪斯的教授，并于2003年被授予德意志制造联盟荣誉会员。他的设计艺术最为突出的特点就是注重社会意识、协作和跨学科的性质，这些观念早在二十世纪六十年代就开始在他的思想中萌生。二十世纪八十年代早期，他开始创作变形物体/雕塑空间，将关注焦点转向了自然和环境。也就是在这一时期，景观艺术创作的生态理念开始在他的意识中清晰起来。在接下来的几年时间里，依靠自然艺术实践，他开始践行和发展自己前卫的景观设计理念，这种具有生态意识的方法对环境艺术的发展产生了重大影响。在二十世纪八十年代末期，他又将重心转向废弃工业区、露天矿区、垃圾填埋场和老旧城区的重新设计和生态恢复，用艺术来应对社会的现实问题。正是这一艺术实践的演变历程，最终促成了他的生态美学观念，即一种作为环境设计艺术的原则和方法的理论。在他的职业生涯大部分时间里，这种方法指导了他在公共空间中的艺术创作，并界定了当代重新构思和改造老工业区的艺术实践。

普瑞格恩的自然艺术作品以全新的创作观念开启了景观艺术的转型之旅，在国际上具有重要影响。他的作品广泛落成于奥地利、德国、意大利、法国、丹麦和日本等地，其中大多数都已成为地标性艺术作品。例如，创作于1985年的《悬挂的树》（Hanging Tree）。该作品是普瑞格恩创作的第一个变形物体/雕塑空间作品，因此是普瑞格恩艺术生涯中的一件具有重要意义的作品，也是其最广为人知的作品之一。这件作品位于维也纳多瑙河畔一个人造岛上。普瑞格恩将一棵干枯的落叶松削去枝叶，保留树干和树根，并用吊索将其倒挂于三角支架上，而三角支架下方是一个直径5.5米的凹地，中间有一块铭刻着方位基点的花岗岩，正对着垂挂下来的树干。饶有趣味的是，每当微风刮起，树干就像钟表的指针一般随风摇摆。这件作品一经落成，就与自然紧密联系在一起，风化、侵蚀、腐朽和植物生长等自然过程，都会在作品上留下痕迹，但这并非对作品的改变，而是成为作品的一部分。在作品创作之初，自然进程就作为作品本身的构成要素，参与了作品意义的生成。[1]

　　该作品的创作背景是，工业生产和科技进步造成了生态破坏，导致森林面积锐减。普瑞格恩创作这一作品正是对这一现象的回应。他认为，树木是包罗万象的自然象征，树的形象是人们生存中的一种原型符号，对于人的世界构筑具有十分重要的意义。换言之，树是人与自然的纽带，与人的生存息息相关，如果树木失去了生存的空间，那么人也将失去存在的家园——不论是空间意义上的还是精神意义上的。这件作品意义深刻，发人深省。其他一些作品，如哈尔茨山脉上的一个雕塑场所《纪念圈》（The Circle of Remembrance，1992—1993），对鲁尔河谷工业废弃区全面改造的《雕塑林莱茵贝》（The Sculptural Woods Rheinelbe，1997—2005）等，都具有较大的影响力。这些作品一以贯之的观点就是，所有事物都处于一种多样的联系当中，艺术就是在人、自然、文化和社会之间寻求平衡点。[2]

第二节　环境设计艺术所遵循的美学观与生态美学观

　　生态美学是时代的产物，具有时代的适用性和必然性。因此，要理解生态美学，我们就需要一定的时代背景和现实语境。这一背景就是时代发展所呈现出的生态困境。尽管社会的现实动因明确而又紧迫，但生态美学的产生并非只是美学关注学科外部因素的一种结果，也有美学自身突破传统的藩篱、适应实际审美需求的学科成长需要。就前者而言，其初心是应对现代化所伴随的严重的生态破坏和环境恶化，试图在审美上扭转惯常的思维模式和趣味偏好，将纯粹审美的心理机制与道德责任和伦理关怀结为一体，发挥美学参与和解决社会问题的人文功能，实现美学与社会、政治、

[1] 该作品参见Strelow, Heike and Vera David, eds., *Ecological Aesthetics: Art in Environmental Design: Theory and Practice*. Basel: Birkauser, 2004, pp.30—31.

[2] 以上信息参见https://hermanprigann.com/，2019年6月30日访问。

经济和道德等方面的结合；另外，现代美学的一大特征就是审美的形式化和碎片化，这无疑影响了审美体验的丰富性与多样化，更为严重的是，它可能造成以审美的方式认识事物，使揭示真理成为虚妄。因为现代美学的基本立场是基于科学认识的主客二元论，主体与对象是对立分离的状态，是一种歪曲的存在关系，以这样一种失当的前见来对事物进行审美评判，必然会得到不准确的、甚至是错误的结论。

日本美学家滨下昌宏就曾悉数在现代向后现代过渡的当口美学所面临的种种危机："直接和真东西接触难了，真东西让那些关于不可眼见的对象的那些铺天盖地的信息给遮蔽了；媒体和政治势力的黑手控制着人们的经验；城市化和无所不在的矫揉造作，把对于自然的感觉弄得麻木不仁；数字符号弄出来的影像和言辞，把艺术呈现搞得毫无力度，如此等等。"[1] 所以，美学需要关注和重视人与自然之间的原初审美经验，认识事物自身，而非被现代性所异化的虚假表象。这样一种审美路径的实现前提是重回人与物之间的本真存在关系，即人与物或者人与自然是互依共生的存在整体，而非自笛卡尔以来的主客分立的孤立关系状态。只有在人与自然处于一种本真的存在样态时，人才得以在对对象的感性认知中把握事物自身，由遮蔽走向澄明之境。而生态美学就致力于在人与环境互依共生的存在立场上，审视事物在与人互动关联的关系中所给予人的感性经验，重拾审美的原初意义。正是在这种意义上，滨下昌宏认为，"我们应该构筑生态美学。这种美学应该恰当地处理人与自然的关系、经验中的敏感性的意义，以及城市性的消费生活等问题。我们应该恢复关于我们的原初经验的思考，这种经验将使我们对美学的重要性进行重新评价"[2]。

需要指明的是，上述对于生态美学产生背景的论述并非《生态美学》一书所明确表明的要义，这只是本章切入该书所呈现出的生态美学观念的一个视点，由此容易把握其生态美学思想产生的脉络。那么，从上述意义上说，在《生态美学》一书中，生态美学之所以成为一种环境设计艺术的

[1] 李庆本主编：《国外生态美学读本》，长春：长春出版社，2009年版，第240页。
[2] 李庆本主编：《国外生态美学读本》，长春：长春出版社，2009年版，第244页。

理论指导，是因为环境艺术也致力于打破孤立的思维模式，倡导一种联系和合作的文化观念。施特雷洛在《与持续进程的对话》一文中清楚地表达了这一观点。她说："抵制人们消极的'孤立兴趣、观点、学科以及生活和责任领域的能力'是环境艺术家新的中心兴趣之一。这些艺术家正在为一种联系与合作的文化努力。他们完全赞同菲利克斯·加塔利（Félix Guattari）的观点，将社会关系、文化影响和经济状况纳入他们的生态观。"[1]所以，施特雷洛对环境艺术的生态观念的理解就是基于这种联系的文化，而在这其中不仅仅涉及人与物之间的联系，还有自然与文化、现在与过去、人文与科学等方方面面的关系。在她看来，在空间上和理性上被现代观念所分裂的关系，在环境艺术的生态创作中都应该得到恢复。那么，要做到这种转变就必须改变我们固有的文化观念。在现代主义的观念之中，文化与自然相互对立，自然在文化的观念里是可以利用和肆意征服的对象，这种观念塑造了我们一直以来对于自然的种种不适当的行为。所以，新的文化观念就要扭转文化与自然对立的状态，恢复文化与自然、人与自然之间的生态关系。因此，在环境艺术所遵循的生态美学观念中起着奠基作用的，就是对于自然与文化关系的重新认识。

实际上，施特雷洛对书中所秉持的生态美学观念作了非常明确的界定。她说："本书所依据的美学观念吸收了美学作为感官知觉和认知[感性（aisthesis）]的教义的古代观念，同时将整体感知意义上的美学与对自然和文化的综合理解结合起来，就形成了一种'规范性'美学（"normative" aesthetics）的分离形式（discrete form）。生态美学在环境与人类生态的思维与行动层面上，将世界的综合体验与人文传统所界定的伦理标准联系起来。因此，在对美学的理解中，生态美学将感知理论与对判断和行动的标准的探求结合起来。"[2]现代美学是专注于艺术审美的艺术哲学，这种美学深受现代主客二元论思维范式的影响，对美学有诸多的曲解。

[1] Strelow, Heike. "A Dialogue with Ongoing Processes," in Heike Strelow and Vera David, eds., *Ecological Aesthetics: Art in Environmental Design: Theory and Practice*. Basel: Birkauser, 2004, p.10.
[2] Strelow, Heike. "A Dialogue with Ongoing Processes," in Heike Strelow and Vera David, eds., *Ecological Aesthetics: Art in Environmental Design: Theory and Practice*. Basel: Birkauser, 2004, pp.10-11.

而从施特雷洛的观点来看，环境艺术所遵循的生态美学观念主要有两方面的突破与超越：

其一是注重美学作为感性学的原初内涵，将感知作为美学的核心概念。这在对于环境艺术的欣赏中应该是一种最为基本的美学观念。翟拉·艾兹恩（Jale Erzen）是国际美学协会主席、土耳其哲学家，她任教于土耳其中东技术大学（METU），对生态美学颇为关注。《生态美学》收录了她的《生态学、艺术、生态美学》（Ecology, Art, Ecological Aesthetics）一文，其主要探讨了艺术应对社会现实问题的作用及其与生态美学之间的关系。她在文中对于环境艺术中的美学观念也有论及。她指出，"一种审美的倾向（aesthetic disposition）可以被理解为对环境的物质关系（corporeal relationship）所产生的心理和感官反应，它被一种多维的、联觉的感知所影响。以这种方式看待的感知意味着，在居住在地球上的所有生灵之间的持续给予和索取"[1]。艾兹恩将感知作为审美的基础，并且认为杜威和梅洛－庞蒂有关审美感知的经验描述对于我们的环境审美体验非常重要。显然，环境艺术所秉持的美学观念借鉴了杜威和梅洛－庞蒂有关身体感知的理论，强调感官在与环境的互动和交流中的知觉体验。其二是将文化观念所界定的伦理标准融入审美判断，这样生态伦理就与作为感性体验的审美判断关联起来，形成一种规范性的判断形式。这就决定了生态美学的核心观念由作为感性学的美学和界定伦理标准的文化观念所主导。所以，一种符合生态原则的文化立场就显得格外重要，这也是《生态美学》一书所一直强调的。

艾兹恩同样表达了这一立场，在她看来，所谓生态美学就是关系美学，"与现代主义或极简主义的设计实践相反，'地方认同（identity of place）''专属之地（locus solus）'在他们的作品中重现生机。隐喻的使用和对象征关系的指涉激发了参观者的想象和参与。这些方法我们可以称之为'关系美学（relational aesthetics）'，生态艺术家已经使用了几十年。这个词是由尼古拉斯·波瑞奥德（Nicolas Bourriaud）创造的，也可以用'生

[1] Erzen, Jale. "Ecology, Art, Ecological Aesthetics," in Heike Strelow and Vera David, eds., *Ecological Aesthetics: Art in Environmental Design: Theory and Practice*. Basel: Birkauser, 2004, p.22.

态美学'这个词来替代。生态学是无限多样的存在的多层次交流和关系的总和，这些交流和关系总是取决于某种相互的感知"[1]。可见，以生态美学为理念的生态艺术致力于各种关系的构建。下文所要探讨的生态性环境艺术的三个典型特征，即过程导向、地方认同和跨学科协作，都可以视作这种关系美学的具体体现。过程导向是将自然的真实存在状态揭示出来，让人在与自然对话的过程中对其进行适当的干预，从而搭建人与自然相互尊重、和谐相处的关系桥梁。地方认同将地方与文化看作一个相互影响和相互建构的整体，试图恢复地方和文化的关系。跨学科协作则是基于现代学科分工所造成的对事物的偏颇认识，试图将各个学科联系起来，全面看待和认识事物，从而获得解决问题的最优方案。而正是这种将事物放在一个整体中来考量的思维模式，将其生态美学的关联特性充分展现出来。正如施特雷洛所说："这种广泛的联系模式和各种方法将使生态美学背后的基本概念得以呈现。为此，审美与这样的观念密不可分，即最终所有的事物，自然和文化，进而人及其栖息地，都在无限的、多样的关系系统中相互联系。"[2]

因此，从关系这一角度切入实际上更容易把握《生态美学》一书所表达的生态美学立场。生态美学语境中的环境设计作为一种协调人与自然关系的创造活动，致力于一系列关系的恢复和搭建，以适应生态美学以生态关系为审美的评判标准的建构。这也正是环境艺术倡导的一种广泛联系的模式，使其具有了一种深刻的生态美学的思维模式，从而生发出一种用于指导环境设计实践的生态美学观念。

[1] Erzen, Jale. "Ecology, Art, Ecological Aesthetics," in Heike Strelow and Vera David, eds., *Ecological Aesthetics: Art in Environmental Design: Theory and Practice*. Basel: Birkauser, 2004, p.24.

[2] Strelow, Heike. "A Dialogue with Ongoing Processes," in Heike Strelow and Vera David, eds., *Ecological Aesthetics: Art in Environmental Design: Theory and Practice*. Basel: Birkauser, 2004, p.11.

第三节 环境设计艺术中的生态美学观念的生发语境与逻辑

环境艺术发端于二十世纪六十年代的极简艺术 (Minimal Art) 运动，极简艺术对于物性和观者的重视，都使其不同于传统艺术以艺术家为构建中心的创作。大地艺术与地景艺术的兴起将自然引入艺术创作的视界，使艺术的对象由人工材料转向自然环境，创作场地也由工作室的封闭空间转向自然的广阔天地，艺术的性质开始发生根本性的变化，由此颠覆了传统的艺术规则和艺术观念，打破了当时的艺术话语体系，这成为人们关注自然环境的一大契机。因此，在某种程度上，人们更愿意将大地艺术或者地景艺术作为环境艺术的一部分，甚至看作环境艺术的原初形态。但如上文所述，大地艺术或者地景艺术只是将艺术对象转向自然，将自然环境作为一种创作的材料和背景，并不具有明确的生态意识，用我们现在的生态美学观念来审视，有些大地艺术作品甚至具有明显的反生态性质。这就意味着，环境艺术从前期的大地艺术或者地景艺术演变为后期的生态艺术，这中间存在着一个明显的生态转向。那么，生态艺术为何会发生这种转变？或者说这种生态转向的机制何在呢？

原因有二：其一是生态问题的日益严重。但是，这一问题凸显出来的并非人类造成环境破坏这一表面现象，而是这一现象背后所隐藏的文化观念。自启蒙运动以来，科技理性的发展助长了人们的主体性意识，人们认为理性能够认识一切，因此世界中的一切事物都被架构在主客二分的认识论框架之中。实验室的隔离解剖方式，成为穷极世界真理的不二方法，这成为造成人的异化和社会的异化的根源之一。美国生态艺术策展人艾米·利普顿 (Amy Lipton) 和帕特里夏·沃茨 (Patricia Watts) 在《生态艺术：生态的艺术》一文中指出，"笛卡尔在十七世纪提出的客观感知模式 (the objective mode of perception) 在二十世纪的现代主义中达到了顶峰。这种笛卡尔式的观点使我们从整体的自然观转向一个更加独立、内在、主观的心理空间。这种现代主义思维的结果导致了一种脱离生活并且执着于绝对真理、技术进步和人类与地球其他部分相分离的科学概念的艺术。西方文化继承了一种信仰体系，这种体系将艺术和艺术家置于独特的位置，与社会的其他部分分离开来"[1]。传统的文化观念将自然与文化分离并对立，这造成人过分夸大自身在自然中的地位和作用。这种观念同样深刻地表现在艺术创作之中。施特雷洛说："这种由自然艺术家的艺术所展开的综合概念，清楚地表明了自然与我们的文化相对立的概念，它塑造了我们直到二十世纪的对自然的理解，并且在一定程度上仍反映在大地艺术/地景艺术作品中，这种观念已经发生了根本性的变化。在直到二十世纪六十年代末才开始的、不断发展的生态理解过程中，人们开始认识到自己是一系列相互联系的、自然的和文化的生态系统中不可或缺的一部分，因此也是他周围自然的一部分。这种联系的体验是用与自然对话的方法表现在艺术中的。"[2]所以在后现代的语境中，基于生态科学的发展和生态观念的普及，艺术观念也发生了变革，自然开始成为艺术创作中的重要合作要素。其二是艺术家的社会责任意识日益增强。众所周知，生态系统是一个关联甚广的生命维持体系，地球上的一切生命都生存在这个体系之中，不断与其他部分进行能量和信息的交换。所以，生态问题是全球性的重大问题，关系到人类的生存和社会的发展，并非一时一地的局部问题。因此，对于生态问题，任何人和任何国家都不能置身事外。在这种背景之下，艺术家主动承担社会责任，积极参与应对生态问题的行动，试图以艺术的方式解决有关环境与生态的问题。例如，美国生态艺术家海伦·梅尔·哈里森（Helen Mayer Harrison）和牛顿·哈里森（Newton Harrison）夫妇，就曾公开表示不再创作任何与生物圈无关的作品。德国著名行为艺术家约瑟夫·博伊斯（Joseph Beuys）出于对责任的担当和对生命的关怀，形成了自己独具特色的艺术观念，成为欧洲后现代主义艺术领域中最有影响力的人物之一。施特雷洛也在文中指出了这一现象，"从那时起（指二十世纪六七十年代），越来越多的艺术家开始承担介入我们社会所涉及的复杂的沟通和设计过程的任务，

[1] Lipton, Amy and Patricia Watts. "Ecoart: Ecological Art," in Heike Strelow and Vera David, eds., *Ecological Aesthetics: Art in Environmental Design: Theory and Practice*. Basel: Birkauser, 2004, p.90.

[2] Strelow, Heike. "A Dialogue with Ongoing Processes," in Heike Strelow and Vera David, eds., *Ecological Aesthetics: Art in Environmental Design: Theory and Practice*. Basel: Birkauser, 2004, p.11.

从他们真正具有创造性的工作上将自己与之联系起来……抵制人们消极的'孤立兴趣、观点、学科以及生活和责任领域的能力'是环境艺术家新的中心兴趣之一"[1]。

显而易见，不管是生态问题的促逼还是艺术家责任意识的凸显，这都是环境设计艺术进行生态转型的外部原因。可以说，这是环境设计艺术与生态学联合的客观原因，形势的严峻性要求艺术领域也必须作出变革，适应时代发展与人类生存的要求。那么，从内部来说，环境设计艺术要进行生态转向，为什么会以生态美学理论为导向？其内在关联是什么？换言之，环境设计艺术是如何分别与生态学和美学产生了这种紧密的内在联系的，进而走向一种生态美学。

这是一个十分复杂的问题。实际上，上文已有所论及，在此我们再集中对这种关系进行简要的梳理。

首先，《生态美学》一书再三强调的是一种关联的文化或者思维。众所周知，生态危机的产生根源就在于自启蒙运动以来的主客二分思维方式，这种思维方式造成了一系列的二分对立，其中人与自然的对立尤为严重。在工业文明的语境下，资本主义的逐利本性充分暴露，无限制地剥削自然导致自然环境的严重破坏。所以，从这一根源入手，应对生态危机的基础策略自然是要打破主客二分的现代性思维范式，恢复一系列的存在关系。施特雷洛明确地指出，"抵制人们消极的'孤立兴趣、观点、学科以及生活和责任领域的能力'是环境艺术家新的中心兴趣之一"。他们试图以一种联系的观点审视事物，将社会、文化、经济等各方面的因素都纳入一个关联的系统来考察。这就必然要与生态学联系起来，因为他们不仅要考虑艺术创作对于生态系统的影响，还要借鉴生态学关于联系的思维方式。虽然施特雷洛并没有明确指出这一点，但这却是十分显见的。她在文中分析了有关联系和合作的文化观念后指出，"正是这种对于文化的理解，生活在西班牙的艺术家赫尔

---

[1] Strelow, Heike. "A Dialogue with Ongoing Processes," in Heike Strelow and Vera David, eds., *Ecological Aesthetics: Art in Environmental Design: Theory and Practice*. Basel: Birkauser, 2004, p.10.

曼·普瑞格恩才感到自己的责任"[1]。也就是说，正是基于对一种联系的文化观念的深刻理解，普瑞格恩才提出了自己的生态美学思想。

其次，作为一种艺术，特别是一种人从属其中的环境的艺术，环境设计艺术的鉴赏方式是一种具有参与特性的感性方式，这种方式不同于科学的理性认知特点，而是靠与环境的感知和交流进行。艾兹恩指出，"近年来，艺术在处理社会和生态问题以及吸引公众方面发挥了更加积极的作用。感知和交流具有审美基础（aesthetic bases），可以创造一种迷人的潜力。莫里斯·梅洛-庞蒂在他的《知觉现象学》中的解释清楚地说明了这一点"[2]。从感知和交流的体验方式来说，对于环境艺术的欣赏就是一种典型的审美体验过程。而在艾兹恩看来，美学又与生态学具有十分紧密的关系，两者相辅相成。因为审美就是一种感官对于事物的感知和交流，而所谓生态就是事物之间相互依赖的关系，这种关系总是依靠感知和交流来维持，所以美学和生态学在所有领域中都是相关的。艾兹恩在如下一段话中清楚地呈现了这种逻辑：

> 美学和生态学可以说是相辅相成、相互依存的。如果美学通过感官关注感知，包括所有种类的生命（being）模式及其形式特性，并且如果生态学是相互依存的存在（existence）网络，具有多种物理和形式特性，那么这种相互依存就与感知有关，并且感知在差异中是可能的。因此，必须将美学和生态学理解为在所有领域中都是相关的。感知和交流（exchange）的相互依存的过程是生命的过程，并且它们创造了地球上生命的历史演变。这种相互依存的关系最初是"审美的"，因为它必须通过感知来调节。人类所谓的自主权造成了盲目和孤立，在其中人与地球的基本亲密关系被遗忘。从所有的生命都是通过感知和回应而处在不断交流中的意义上来说，这种亲密关系是审美的；从所有

---

[1] Strelow, Heike. "A Dialogue with Ongoing Processes," in Heike Strelow and Vera David, eds., *Ecological Aesthetics: Art in Environmental Design: Theory and Practice*. Basel: Birkauser, 2004, p.10.

[2] Erzen, Jale. "Ecology, Art, Ecological Aesthetics," in Heike Strelow and Vera David, eds., *Ecological Aesthetics: Art in Environmental Design: Theory and Practice*. Basel: Birkauser, 2004, p.23.

生命都依赖于彼此的存在，且最微小的变化都会影响到所有生命的意义上来说，它是生态的；从它会随着时间而发生变化和演变的意义上来说，它是历史性的。[1]

所以，景观设计、生态美学和环境保护之间的关系是非常紧密的，并且三者相互决定。更为重要的是，艾兹恩认为，人们感知环境的方式决定了人们如何关联和使用自然，传统的文化和自然的二元论致使自然成为他者和资源，那么，审美的方式就有助于我们恢复一种人与自然一体的生存关系。这样，环境设计艺术就通过感知与审美关联在一起，进而与生态学产生了交集，最终走向一种致力于恢复各种存在关系的、并且汇通了美学和生态学的生态美学。因此，我们可以总结说，环境设计艺术提出这种生态美学思想的内在脉络是，环境艺术是一种感性体验的对象，其自身就是一种纯粹的审美对象。在后现代的语境中，环境艺术的生态转向要求其必须以一种联系的文化观念为基础，这种文化观念又以生态思维为支撑和范式，因此环境设计艺术就需要一种联合了美学和生态学的理论观念为指导和依托。可见，环境设计艺术产生生态美学思想具有学科的内在必然性。

第四节　生态美学语境下的环境设计艺术及其相关概念

环境设计艺术是《生态美学——环境设计艺术的理论与实践》一书的主要讨论对象，该书的生态美学思想正是在环境设计艺术的具体实践中逐渐成形的，而后反过来成为一种用于指导设计实践的理论观念。因此，在生态美学理论指导下的环境设计艺术必定会呈现出不同于以往的定义和内容。那么把握这些定义和内容就有利于我们理解这种生态美学观念。但是，

---

[1] Erzen, Jale. "Ecology, Art, Ecological Aesthetics," in Heike Strelow and Vera David, eds., *Ecological Aesthetics: Art in Environmental Design: Theory and Practice*. Basel: Birkauser, 2004, p.22.

书中所涉及的艺术类型并非只有环境艺术一种，这就为我们准确理解生态美学观念指导下的环境设计艺术带来了一些障碍。究其原因，主要有两个方面：一是环境艺术本身就是一个复杂的概念，它与多种艺术形态纠缠在一起，在概念、形式或者实践手法上多有交叉和参照，甚至该领域的一些艺术家对这些相关艺术形态也不作细致区分，在概念的理解上也很难达成一致，例如环境艺术、景观艺术、大地艺术等艺术形态的定义和关系问题；二是环境问题本身从表面上看是个人与自然的关系问题，但进一步看，它是一个牵涉甚广的生态问题，这在环境艺术前后期的环境观念上有着十分明确的呈现，这就意味着环境设计艺术逐渐演变为一种生态艺术。但是，生态并非只是环境艺术的主题，自然艺术、景观艺术以及后来所出现的生态艺术，都在不同程度上涉及生态问题，这就造成环境艺术又成为另一种艺术形态的组成部分，不免又具有了其他艺术的特征。所以，本节尝试对这些相关艺术形态作简要的梳理，以阐明该书所谓的环境设计艺术（Art in Environmental Design）所包括的具体内容、艺术特征以及其与其他相关艺术形态之间的异同和联系，以便我们能够对生态美学视域下的环境设计艺术有全面的概观。但是，该书作为一个论文集，并不具有教材的明确性和针对性，所以并非所有涉及的艺术形态都有清晰的定义，我们只能从作者的相关论述中去分析所涉及的艺术的概念。

《与持续进程的对话》（A Dialogue with Ongoing Processes）是编者海克·施特雷洛所写的一篇文章，这篇文章既是对该部著作内容的简明介绍，也是对践行生态美学观念的艺术作品的典型特征的分析，文中还穿插了一些对普瑞格恩的介绍，这些内容对理解该书的思想和环境设计艺术的发展演变具有十分重要的作用。但是，文章的论述中心却并非环境设计艺术，而是景观设计，可以看出，在施特雷洛这里，生态美学观念下的艺术主要指的是景观设计艺术。其原因主要有两个：一是文章中所讨论的主要艺术家——普瑞格恩的艺术作品大多集中于景观艺术领域，如前文所述，施特雷洛认为普瑞格恩的个人艺术发展体现了二十世纪七十年代之后景观艺术的发展脉络，同时也成为确定该书框架结构的依据，这就决定了生态美学的理念主要践行于景观设计艺术中；二是在文中，施特雷洛十分强调文化在生态美学中的作用，艺术家创作生态艺术作品，实际上是他们对人与自然关系的文化观念有所转变，这种转变决定了他们的艺术作品的生态特征。这就涉及景观、自然和文化之间的关系问题。施特雷洛的观点非常明确。她说："一旦在景观中确定了自然和文化之间的联系，景观首先就被看作是由文化塑造的空间。"[1]这说明，在施氏看来，景观并非原始的自然，而是自然和文化的结合体，自然经过人为的干预才形成景观。那么，生态艺术要处理自然问题，作为环境组成部分的景观就是践行生态设计观念的最佳领域。

而景观设计艺术，特别是生态语境下的景观艺术，具体要解决哪些问题呢？或者说，生态景观设计的概念是什么呢？施特雷洛在文中并没有给出明确的定义，但这个问题在景观设计学中早有论述，虽然看法不尽一致，但是大同小异，作为学科的景观设计在其基本概念上并没有纠葛。但是，我们在此还是要看施特雷洛对生态美学语境下的景观设计作何理解。在文章的开头，施特雷洛以连续发问的形式间接表明了她对生态景观设计所涉及的内容的看法。她说：

> 我们今天面临着有关环境、我们周围的空间、景观的创造性工作的基本实践问题：我们想要什么样的景观？我们想要如何塑造我们与自然的关系？我们应该如何处理在历史中发展的文化景观？什么前提应该支撑我们的可持续景观规划？我们应该如何处理废弃的工业用地和以前的矿区？我们的农业区域未来会是什么样子？在回答这些问题时，必须考虑到广泛的利益以及与其联系在一起的许多不同类型的知识。我们必须从超越学科和生活领域的角度来思考，这是创造可持续文化景观的基本要求。景观规划（Landscape Planning）不能也不被允许仅仅在经济和生态层面上进行：改变观念、我们社会的价值和目标的

---

[1] Strelow, Heike. "A Dialogue with Ongoing Processes," in Heike Strelow and Vera David, eds., *Ecological Aesthetics: Art in Environmental Design: Theory and Practice*. Basel: Birkauser, 2004, p.12.

过程，也必须包括在内。[1]

在施特雷洛看来，景观规划涉及周围环境设计的实践问题、人与自然的关系问题、文化景观的重塑问题、生态景观规划的观念问题、废弃工业用地的修复问题、农业景观的规划问题等既包括实践也包括理论的诸多难题。可见，施特雷洛的景观设计就是直面生态问题的一种艺术策略，它与传统的景观设计在导向问题和文化观念方面已经有根本的区别，不再是一种单纯以视觉愉悦为中心的传统的景观设计观念。这种具有生态性质的景观设计是传统景观设计学和新兴景观生态学的一种联合，其中既有审美的考虑，也有生态的关怀，是一种具有生态美学内涵的设计观念。尽管按照施特雷洛对景观的看法，其论述的景观设计并无不妥，但从其内容来看，将其称之为环境设计也未尝不可，甚至可以说就是环境设计，因为它涉及的问题已经不单是景观问题了，而主要是人类生存环境的问题。

艾兹恩的《生态学、艺术、生态美学》（Ecology, Art, Ecological Aesthetics）一文，主要探讨了艺术应对社会现实问题的作用及其与生态美学之间的关系。她在文中也并未明确定义生态艺术，但从她对环境艺术家和生态艺术家相关工作的论述中，可以窥见她对环境艺术和生态艺术的性质与特征的看法。艾兹恩认为，"'环境美学'和'生态美学'是美学的新发展，它们回应了用感受（feeling）和关怀来接近地球而制定理论和策略的需要。'环境美学'与对地景艺术（Earth Art）的兴趣是同时期的，而'生态美学'似乎是艺术家为生态健康所做努力的副产物"[2]。艾兹恩将地景艺术与环境美学相对应，将生态美学与生态艺术相对应，说明在她这里，环境艺术与生态艺术存在微妙的区别，毕竟地景艺术并不等于生态艺术。这同时也意味着环境美学与生态美学也存在关注焦点上的差异。

但是，随着景观设计中的环境保护主义（environmentalism）意识越来越

[1] Strelow, Heike. "A Dialogue with Ongoing Processes," in Heike Strelow and Vera David, eds., *Ecological Aesthetics: Art in Environmental Design: Theory and Practice*. Basel: Birkauser, 2004, p.10.

[2] Erzen, Jale. "Ecology, Art, Ecological Aesthetics," in Heike Strelow and Vera David, eds., *Ecological Aesthetics: Art in Environmental Design: Theory and Practice*. Basel: Birkauser, 2004, p.22.

明晰，环境艺术以生态美学观念为指导，最终成为一种以人与自然的存在关系为中心的生态艺术。艾兹恩说："对于今天在环境中工作并为环境工作的艺术家而言，不再仅仅是形式的视觉秩序，通过这种秩序来实现价值、想法或经验特性（experiential qualities）。许多人尝试将土地理解为一个活生生的实体，具有通过时间用经验直觉感知到的特性；他们试图让那些乍一看并不明显的生活特性在他们的设计中变得浅显。"[1]这就意味着，在艾兹恩看来，环境艺术不再是一种以形式美学为主导的艺术形态，而是一种回归于生活的艺术，这种艺术注重凸显环境的审美特性，并具有在时间的流变中持续发挥特性的作用，这显然不同于传统的艺术观念，感知性、过程性和联系性已经成为环境艺术的主导特性。而在另一处，艾兹恩则直接阐明了生态艺术的特性："随着它在时间中的持存，以及感官、想象、直觉和记忆通过积极的参与和交流增强审美意识，生态艺术家的作品呈现出它的审美特性……可以说，这种形式是由观察者的参与和出场所构建的。在某种程度上，作品是一种由艺术家发起的过程，但它有自己的生命。从这个意义上说，作品是一种自然/文化的综合。"[2]换言之，所谓生态艺术就是对人、自然和文化三者关系的一种创造性凸显，不再局限于作品本身，而是将视野转向场所和接受者，作品所激发的审美体验在一定程度上有助于人们重新思考人与自然的生存关系和相处方式。这样的一种理解与西班牙艺术家薇拉·大卫（Vera David）对生态艺术的看法基本一致，都是将自然过程作为艺术的一个重要塑造因素，并且注重人与自然关系在艺术中的呈现。大卫在《诗意空间》（Poetic Spaces）一文中直接表达了自己对生态艺术的理解："生态艺术关注的是对作为景观体验的自然之美、它的气氛、自然过程以及人与自然之间的过程的各种相互作用、转化和变形的感知。"[3]大卫是普瑞格恩的创作搭档和生活伴侣，很多项目都是在他们的协作和交流中

[1] Erzen, Jale. "Ecology, Art, Ecological Aesthetics," in Heike Strelow and Vera David, eds., *Ecological Aesthetics: Art in Environmental Design: Theory and Practice*. Basel: Birkauser, 2004, p.24.

[2] Erzen, Jale. "Ecology, Art, Ecological Aesthetics," in Heike Strelow and Vera David, eds., *Ecological Aesthetics: Art in Environmental Design: Theory and Practice*. Basel: Birkauser, 2004, p.24.

[3] David, Vera. "Poetic Spaces," in Heike Strelow and Vera David, eds., *Ecological Aesthetics: Art in Environmental Design: Theory and Practice*. Basel: Birkauser, 2004, p.50.

完成的，他们也分享着一致的创作观念。因此，在一定程度上，大卫的生态艺术观也反映了普瑞格恩的看法。

在与普瑞格恩关于生态的美学或审美的生态学（Ecological Aesthetics or Aesthetic Ecology）的对话中，法国社会学家、哲学家雅克·里纳尔（Jacques Leenhardt）表达了自己的观点。他认为，"理想地说，生态艺术非常适用于直接和那些称为'景观'的、人类制造的自然形式打交道。景观有一个优势，即它们整合大量的自然、历史以及文化的参数。更重要的是，过程和景观通过使人们、观者或者行人进入到一个重要的因果链条——一个能从感官和理性上影响观众意识的重要空间——来发挥作用。这就是讨论生态艺术这一特殊的行为形式所应该开始的地方"[1]。这一看法与施特雷洛的观点基本一致，都是将生态艺术视作景观艺术领域中的一种生态实践形式，并且把景观视作自然与文化的一种结合。

利普顿和沃茨在《生态艺术：生态的艺术》一文中，对生态艺术的内容和性质有清楚的论述。他们认为，"今天的生态艺术家直接与自然合作来创作特定地点的装置，以解决特定地区的生态问题。棕地的改造、河流的过滤和湿地的修复，都是目前环境艺术正在着手处理的一些活动。这些艺术家关心的是与他们正在工作的社群建立对话。他们的艺术是一种愿景和激情的隐喻，这种愿景和激情，是我们作为一个全球性的社群持续地生活在这个星球上所需要的"[2]。更为重要的是，他们对各种生态艺术门类作出了简明的区分，向我们展现出了生态艺术的丰富组成以及各种艺术——包括地景艺术、大地艺术、环境艺术和生态艺术——之间的微妙区别，表明这些艺术形态之间还是存在着区别的。他们指出，"地景艺术（Earth Art）是最初的一个术语，用来对二十世纪六十年代后期以来用自然材料在户外创作的作品进行分类。大地艺术（Land Art）大多始于二十世纪七十年代初期，具有更大的规模，并且不一定考虑环境影响。环境艺术（Environmental Art）

---

[1] Leenhardt, Jacques and Herman Prigann. "Ecological Aesthetics or Aesthetic Ecology," in Heike Strelow and Vera David, eds., *Ecological Aesthetics: Art in Environmental Design: Theory and Practice.* Basel: Birkauser, 2004, p. 113.

[2] Lipton, Amy and Patricia Watts. "Ecoart: Ecological Art," in Heike Strelow and Vera David, eds., *Ecological Aesthetics: Art in Environmental Design: Theory and Practice.* Basel: Birkauser, 2004, p.91.

是一个非常宽泛的术语，具有激进主义的内涵。它出现在二十世纪六十年代以应对规模更大的环境运动，其意图是通过恢复受损场所、教育公众了解环境问题和解决方案以及培养对自然的尊重来促进环境健康。生态艺术（Ecoart）是一个更加抽象的工作术语，通常处理科学问题。在每一种作品类别中，都有许多已经存在的媒介变体，如风景画、雕塑、摄影、装置和混合媒介。生态艺术似乎是最简洁的术语，它为毫无争议地创造上述所有内容仅仅界定了一个更大的背景。当艺术家选择通过纯粹的审美视角或者科学考察来看待自然世界时，他的作品可以被视为生态艺术"[1]。可见，大地艺术和地景艺术在产生之初其实只是一种艺术手法的改变，艺术的对象和创作的场所开始转向自然，自然成为一种创作的材料和场地，其并不具有显见的生态倾向。但是这一转变却为环境艺术奠定了基础，人由与自然的对立逐渐转向对自然的关注，环境艺术就是对环境保护主义观念的一种践行。而生态艺术则是一种生态的艺术，它并非一种具体的艺术类型，而是一种对具有生态意识的艺术形态的总称。并且它也不是一种纯粹的感性创造活动，生态科学在这类艺术中起着基础性的导引作用，也给其以基本的观念支撑。此外，生态艺术还尝试为民众发声，参与社会运动，具有一定的政治属性。正如美国艺术家苏珊·莱博维茨·斯坦曼（Susan Leibowitz Steinman）在《材料》（Materials）一文中所表达的观点，"环境艺术的基本准则是用对生态负责的方法和材料来创造作品……生态艺术以政治意图和策略而非材料或过程来区分。回收和抢救材料具有多种含义，但在生态艺术中，这些材料是专门用来传达生态观念的。这些观念因背景、场地、观众和政治氛围的不同而有所改变"[2]。

由此，我们可以说，《生态美学》一书所谓的环境设计艺术就是生态艺术，或者说是生态设计艺术，它是环境艺术的广义概念，而不只是二十世纪六十年代环境运动的产物。它旨在探索人类长久生存空间的艺术化路

[1] Lipton, Amy and Patricia Watts. "Ecoart: Ecological Art," in Heike Strelow and Vera David, eds., *Ecological Aesthetics: Art in Environmental Design: Theory and Practice*. Basel: Birkauser, 2004, p.91.

[2] Bonanno, Alfio, Jackie Brookner and Susan Leibowitz Steinman. "Materials," in Heike Strelow and Vera David, eds., *Ecological Aesthetics: Art in Environmental Design: Theory and Practice*. Basel: Birkauser, 2004, p.101.

径，对于人与自然关系的重新认识，在其中作为一种基础性的观念发挥作用。由此，自然以伙伴的身份参与设计，与人对话，人与自然都成为环境设计中的考量因素。过程性、协作性、可感性与科学性等特性，成为环境艺术的新型属性。它涉及的领域不仅包括室内外的环境设计、景观设计等传统环境设计的内容，而且还特别关注工业废弃地区、褐煤开采矿区、垃圾填埋场地和污染淤积河道等生态破坏区域的改造与恢复设计。用艺术的手段参与解决社会的现实问题，已经成为环境设计艺术的重要任务。

第五节　环境设计艺术在生态变革中的作用

生态美学语境下的环境设计作为一种生态艺术，是设计学与生态学联合的产物。正如上文所述，环境设计艺术的生态转向既由社会现实问题的普遍性和严重性所促成，也由艺术家作为社会成员介入社会问题的群体意愿所主导。但是，我们认为，在此重要的不是环境艺术为何要具备生态意识，因为在后工业社会，生态文明成为一种新的社会文明形态，生态就是社会的一种基本语境，这是公众面临的共同问题，环境艺术理应顺应时代的文化变革，融入社会的话语。而在此至关重要并且值得我们深入探讨的是，艺术在社会的生态变革中能够发挥什么样的作用？或者说，为什么艺术领域会率先进行这种生态的变革？这一问题在《生态美学》中虽然不是学者们关注的焦点，但却有着较为明确的论述，值得我们注意。

德国艺术史论家约亨·博贝格（Jochen Boberg）认为，我们受到传统思维模式的影响而固守一种错的观念和方法，所以我们需要一种新的思维重新认识这个世界。而艺术作为一种创造性的领域，正是实现这种转变的有效形式，它可以打造语言、塑造形象，帮助我们产生一种对未来的愿景。在《世界观的重生》（About the Rebirth of a World View）一文中，他说："我们必须在人们的头脑中找到一个地方来进行一种新的思考，来重新理解是什么从根本上决定了我们的存在。从长远来看，只有这样，才能使我们免受旧意识形态的影响；只有这样，才能确保我们在未来作出能够得到大多数公民支持的正确决定。艺术作为一种天生的创造性领域对于这一艰难的过程至关重要，它可以发展社会共存的崭新形式。"[1]博贝格对于艺术在这场变革中的作用给予了很高的期望，将艺术视为一种发展新型社会形式的重要促进因素，甚至认为应由艺术来主导这种转向。因此，他指出，"应该在艺术家的领导下，与科学家和技术人员密切合作，提出一种'思想和行动的生态学'，这样许多人就能够理解这种必要性，从而也使政治实施成为可能"[2]。施特雷洛在《与持续进程的对话》一文中表达了类似的观点。她认为，艺术的独特思维方式能够带来新的转机。在谈到艺术家在帮助解决与社会相关的难题方面越来越受到社会人士和机构重视的原因时，施特雷洛说道："在关于一个有能力应对未来社会在二十一世纪可能或应该是什么样子的讨论中，艺术家们将能够从自己独立的观点出发，将新的思维方式甚至答案带入其中。"[3]

艾兹恩则从另外两个方面论述了艺术在生态转型中的独特作用。其一是艺术具有审美的属性。她指出，"近年来，艺术在处理社会和生态问题以及吸引公众方面发挥了更加积极的作用。感知和交流具有审美基础（aesthetic bases），可以创造一种迷人的潜力"[4]。也就是说，艺术的欣赏在于感知和交流。而对于艾兹恩来说，感知和交流互相依赖的过程就是审美的，所以艺术具有审美的魅力。其二是艺术能够表现人的意向性（intentionality）。艾兹恩认为，"人们主要对揭示人类意向的环境方面作出反应，环境艺术使我们意识到我们在环境中的存在，意识到我们与我们所感知的世界的其他部分共同生活在这个世界上。因此，环境艺术的存在，

[1] Boberg, Jochen. "About the Rebirth of a World View," in Heike Strelow and Vera David, eds., *Ecological Aesthetics: Art in Environmental Design: Theory and Practice*. Basel: Birkauser, 2004, p.7.

[2] Boberg, Jochen. "About the Rebirth of a World View," in Heike Strelow and Vera David, eds., *Ecological Aesthetics: Art in Environmental Design: Theory and Practice*. Basel: Birkauser, 2004, p.7.

[3] Strelow, Heike. "A Dialogue with Ongoing Processes," in Heike Strelow and Vera David, eds., *Ecological Aesthetics: Art in Environmental Design: Theory and Practice*. Basel: Birkauser, 2004, p.13.

[4] Erzen, Jale. "Ecology, Art, Ecological Aesthetics," in Heike Strelow and Vera David, eds., *Ecological Aesthetics: Art in Environmental Design: Theory and Practice*. Basel: Birkauser, 2004, p.23.

或通过艺术和审美方法对环境的塑造，引起了人们的注意并变成移情的和教育的。当艺术的意向性指向生态问题或环境价值时，更容易被公众接受。因此，比起只是在实践上解决问题而没有象征的、隐喻的和在审美上所构想的形式的任何实施来说，艺术的意向性更具教育性和吸引力"[1]。对于艺术意向性的强调实际上还是落脚于艺术所具有的审美潜力，但在这种审美体验中，人能够领会这种艺术所传达出的人与环境之间的本真关系而体悟到哲理性来，因而其具有更加深刻的启发性和教育性。

对于利普顿和沃茨而言，艺术能够通过丰富的表达语汇来寻求创造性的转化路径。他们在《生态艺术：生态的艺术》一文中指出，"他们（生态艺术家）使用隐喻、诗歌、符号、图像和叙事来转化思想，看到其他人可能忽略的广泛模式。通过这种方式，他们提供了不受传统线性问题解决方法约束的创造性解决方案。这些艺术家正在回应科学、哲学和心理学方面的新理解，这些新理解有助于这种新兴范式的形成"[2]。利普顿和沃茨认为，要想改变人们的观念，必须影响人们的心灵，而艺术的这些丰富语汇就起到了这样一种作用，它能够通过一种情感方面的引导而产生转变观念的良好效果。所以，他们援引生态艺术家杰基·布鲁克纳（Jackie Brookner）的话来表达自己的观点，"我想说的是，如果没有艺术作为一个活跃的组成部分，就无法实现真正的生态恢复。正如我们需要进行修复工作，我们需要让修复过程变得可见且易懂，我们也需要激发人们的想象力，打开公众的心扉一样。……影响价值，创造愿望，使人们关心某些事情，你必须影响人们的心灵和身体、我们无意识的梦想生活和想象力，这就是艺术可以做得很好的地方"[3]。

德国文化史学家希尔德加德·库尔特（Hildegard Kurt）则认为艺术也是一种知识形式，它不仅涉及表面的形式，而且涉及价值和观念。如果我

[1] Erzen, Jale. "Ecology, Art, Ecological Aesthetics," in Heike Strelow and Vera David, eds., *Ecological Aesthetics: Art in Environmental Design: Theory and Practice*. Basel: Birkauser, 2004, pp.23−24.

[2] Lipton, Amy and Patricia Watts. "Ecoart: Ecological Art," in Heike Strelow and Vera David, eds., *Ecological Aesthetics: Art in Environmental Design: Theory and Practice*. Basel: Birkauser, 2004, p.94.

[3] Lipton, Amy and Patricia Watts. "Ecoart: Ecological Art," in Heike Strelow and Vera David, eds., *Ecological Aesthetics: Art in Environmental Design: Theory and Practice*. Basel: Birkauser, 2004, p.94.

们将艺术定义或者看待为一种知识形式，那么它就会成为一种认知和改变世界的媒介。它的鲜明个性就在于，它能够以自身审美的感性方式参与人的认知，这是一种不同于科学的认知方式。他在《可持续性的美学》（Aesthetics of Sustainability）一文中指出，"一旦艺术被认为是一种认知媒介，将审美的创造性知识融入可持续话语，就会对这种话语产生追溯效应（retrospective effect），将会改变它。艺术作为一种模式，意味着可持续性被以不同的方式看待、感受、思考和构思，并以不同的方式被传达。从表面上看，这种话语创新必将通向改善的中介"[1]。

由此可见，艺术在社会的生态转型中被寄予厚望，因此也承担着重要的社会责任。不管是艺术的感性教育方式，还是艺术传达观念的丰富语汇，抑或是艺术作为一种知识的形式，艺术都比科学说教或者工程实施具有更为显著的效果。所以，即使在科技高度发达的今天，在科学有能力应对和治理生态破坏的情况下，艺术也应该进入生态修复的视野当中。

第六节　生态性环境设计艺术的典型特征

《生态美学》一书的主要内容是探讨环境设计艺术中的生态观念、多维视野以及相关案例，这些观念或者视野都基于对人与环境或自然关系的全新认识，以一种生态美学的理论原则为指导，因此这些环境艺术作品表现出了不同于传统艺术的鲜明的后现代特征和生态特性。如上文所述，环境艺术中的生态美学思想倡导一种联系的思维模式，所以环境艺术的这些典型特征就以关联为基调，致力于一系列在空间和思想上分裂的关系的恢复，这分别涉及人与自然、自然与文化以及各个学科之间的关系。编者施特雷洛在《与持续进程的对话》一文中对这些特征进行了梳理和概括，简明地

[1] Kurt, Hildegard. "Aesthetics of Sustainability," in Heike Strelow and Vera David, eds., *Ecological Aesthetics: Art in Environmental Design: Theory and Practice*. Basel: Birkauser, 2004, p.240.

揭示了该书所呈现的生态艺术的典型特征。在此，我们可以按照施特雷洛的观点，结合著者的论述，对这些具有生态美学内涵的特征进行概述。

一、过程导向

现代艺术向后现代艺术的转变不是一蹴而就的，中间有一个过渡过程，极简艺术在其中发挥了很大的助推作用。大地艺术或地景艺术与极简艺术兴起于同一时期，但前者受到后者的影响和启发，所以我们可以说，极简艺术对于环境艺术的发展有着极为重要的作用。施特雷洛认为，极简艺术将作品意义的张力，由艺术作品自身构成元素之间的关系，转移到了物体、空间和观者之间的关系上。这就意味着，作品的生成不再是材料自身的言说，地点和观者也参与了作品意义的构建，这种艺术观念完全颠覆了作品自身呈现意义的传统艺术规则。在这种背景下，艺术在两个方面发生了转变：第一，自然的过程性凸显出来，设计不再是对自然的强制性改变，而是在自然的过程中与自然对话，在与自然的协作中创作作品；第二，观者在艺术作品的成形中不再是无关的旁观者，而是参与作品的建构，特别是在艺术作品意义的显现过程中，观者的主动参与发挥着至关重要的作用。这实际上还是自然或者作品过程特性的一种反映，这种过程性要求观者的参与，因为物性的彰显或者意义的生成都集中于这一过程，作为结果的艺术作品能够展现出来的东西很有限。

这方面的一个典型作品就是美国艺术家沃尔特·德·玛利亚（Walter de Maria）的《闪电场》（The Lightning Field）。[1]该作品完成于1971年，位于新墨西哥州西部的一片广阔高原上。作品由400根不锈钢金属杆组成，每根金属杆上方都是锥形的尖端，这些金属杆犹如倒立的钢钉，分布在面积达数千平方公里的荒凉土地上。钢柱之间的巨大跨度是作品的一大特点，这也造成观者在其中很难形成对整个作品的观感，在观者无意识的寻找其他

---

[1] 该作品参见 Strelow, Heike and Vera David, eds., *Ecological Aesthetics: Art in Environmental Design: Theory and Practice*. Basel: Birkauser, 2004, p.57.

钢柱和作品边界的过程中，作品的巨大张力所带来的体验也会随之而来。特别是在雷雨时分，钢柱网成为天地之间的动感舞台，金属钢杆在导引电极时的电光石火，将作品的魅力发挥到极致。这件作品充分表明掌握自然特性对于一件环境艺术作品极为重要。闪电场的形成既要依赖于恰当的时间变化，也要靠自然自身力量的发挥，而这些特性都展现在自然的运行过程之中。鉴于这种变化，观者对艺术作品的体验就不能持随时随地的静观的态度，而是需要参与到作品中，或是选择合适的时间，或是寻找恰当的位置，观者自身的能动作用决定了作品开敞自身的程度。

这种自然的动态性和过程性，对于设计而言就是需要谨慎考虑的重要方面。任何将自然设定为一成不变的形象的观念，都注定不能把握自然的实际，更不可能为自然确立适合其自身的存在方式。德国慕尼黑工业大学景观设计专业教授乌多·维拉赫（Udo Weilacher）在《当今景观设计中的生态美学？》（Ecological Aesthetics in Landscape Architecture Today?）一文中明确指出，"过程导向（process-oriented）"的设计方法是新一代环境设计的典型特征之一。[1]维氏主要从景观设计的图像虚拟呈现切入，认为景观设计师呈现在图像上的设计方案并不能如实反映空间的实际，因为空间会随着时间的推移而逐渐脱离预先的规划和设计，呈现出不同的形象，因此要抵御有限图像的诱惑和威胁。弗朗茨·克萨韦尔·拜尔（Franz Xaver Baier）曾将空间描述为生物（living creatures）。他指出，"它们拥有空间生命和有效期。我们生活的地方不断重塑自身，并且需要持续的呵护。它们必须被喂养、抚养、看护和照料。因而，它们也会蹒跚、变大、成长、倒下，然后以自己的方式再次消失"[2]。在此，拜尔将空间视作家园，而不是一个客观而又机械的三维实体，作为家园的空间因而与生活在其中的人具有生存上的亲近关系。拜尔将空间比喻为生物，极为形象地揭示了空间作为生存的场所所具有的可塑性和变动性，从而成为一个从生到死的过程。维拉赫认为，

---

[1] 参见Weilacher, Udo. "Ecological Aesthetics in Landscape Architecture Today?" in Heike Strelow and Vera David, eds., *Ecological Aesthetics: Art in Environmental Design: Theory and Practice*. Basel: Birkauser, 2004, p.118.

[2] 转引自Weilacher, Udo. "Ecological Aesthetics in Landscape Architecture Today?" in Heike Strelow and Vera David, eds., *Ecological Aesthetics: Art in Environmental Design: Theory and Practice*. Basel: Birkauser, 2004, p.118.

过程导向的设计方法，正是以拜尔空间如同生物所传达的观念为基础，因而景观设计应该重视空间的过程特性，不宜制定一个确定的总体规划，让景观从一开始就呈现出固定的目标，而应坚持一种开放的发展过程的观念，以一种开放的塑造方式，让景观在时间的流变中自主形成。

与维拉赫将作品的成型交付自然的设计观念不同，赫尔曼·普瑞格恩的环境艺术作品则在过程中不断与自然对话，以适应自然的动态发展。普瑞格恩的环境艺术作品是生态美学观念在艺术领域践行的典型。施特雷洛曾高度评价普瑞格恩的作品，认为其能够反映过去35年景观艺术发展的历史。普瑞格恩塑造环境艺术作品的一个重要特点是注重过程，他往往要在准备阶段和实施阶段花费大量的时间。这并非一种毫无意义浪费时间的行为，而是普瑞格恩有意展开的一个创作阶段。大卫在《诗意空间》一文中描述了她和普瑞格恩带领学生创作作品的过程，这是一个极为有趣的与自然亲密接触的过程。文章细致地记录了他们收集木材、搬运黏土、触摸石头、摆置石圈、涂抹颜料等创作行为与感受。大卫认为，这是一个对自然感知和认知的过程——对自然的接触不仅是创作作品的必要阶段，更是为了更好地了解自然的特性，在这一过程中又能反过来更好地了解我们自己，所以这是一个互相感知和互相影响的过程。她指出，"我们需要一个体验领域，来学习理解所有现象的本质维度。我们这里将主要涉及感官知觉（sensory perception）和模式的现象（the phenomenon of patterns）。我们对世界的感知也会在我们的内心产生共鸣，并引发体验和学习的内在过程。在我们与世界的交流中，我们也与自己交流。这种内在的体验，是通过对我们周围世界的有意识的、感官的和直接的探索而发生的。通过这种方式，我们就处于一种交换之中：肉体性（physicality）和心理（psyche）彼此迎合"[1]。所以，强调自然的过程性，并不是对自然的一种本质属性的发现，而是要在干预自然的过程中与自然对话，与自然交流。自然的过程性的凸显，就是为了寻求了解和领会自然的真正途径，只有在接受自然并领会自然内

---

[1] David, Vera. "Poetic Spaces," in Heike Strelow and Vera David, eds., *Ecological Aesthetics: Art in Environmental Design: Theory and Practice*. Basel: Birkauser, 2004, p.50.

在规律的情况下，对于环境的设计才能真正具有生态的维度。

因此，对于作为过程的自然来说，设计的前提就是参与自然过程，以感知的方式了解自然的本质维度，在与自然的对话中以适合自然的方式改善自然，而非以一种强制的手段随意改变自然。过程是任何生命形式演化发展的时间流变，生命得以存在的种种形式只有在过程当中才会显露出来，过程的不确定性和动态性也使得生命具有无限的可能性。对于环境过程特性的重视，使环境设计不再设定一个确定的形象目标，而是开启了人与自然进行对话的过程，在其中人与自然在适应中相互建构和协作，环境艺术从而成为一个开放的过程。可见，自然过程性的彰显就是将人重新置于自然的进程当中，恢复人与自然相互依存的存在关系，这是生态美学思想的基本前提。

二、地方认同

生态环境艺术的第二个特征是地方认同（place identity）。这个概念同样可以追溯至极简艺术运动。上文已经提及，极简艺术一反传统艺术将作品意义限定在作品自身的观念，而注重作品、空间和观者三者之间的张力，这就在作品内容构建的意义上，将场所和观者纳入艺术创作之中。如果说自然过程特性的凸显，使得观者必须参与进来而成为作品意义建构的重要一维，那么地方认同概念的提出，则强调了场所作为一种作品产生的语境对于作品生成的重要意义。这其中涉及极简艺术的一个重要观念——场所特性（site specificity）。也就是说，每个场所都有自己的特性和传统，不一样的场所具有不一样的氛围，而艺术作品的生成应该与场所密切相关，这就决定了不一样的场所语境会产生不一样的艺术作品，一件艺术作品只能适应于特定的场所氛围，场所与作品是协调一致的存在关系。这明显与现代主义的艺术观念格格不入：现代艺术主张国际性和普适性，使得艺术失去了独特性和地域性，而地方认同观念的提出正是要恢复艺术的这些特性。

那么，如何使艺术作品契合场所的特性呢？施特雷洛在《与持续进程的对话》一文中指出，"它们（环境艺术作品）是为一个特定场所而创造的，涉及它的形式、感官上可感知的特性，在很多情况下它们使用就地找到的材料。但像迈克尔·海泽（Michael Heizer）和艾伦·桑菲斯特（Alan Sonfist）这样的艺术家，并没有把自己局限于当地的形式条件；他们也开始将其文化的和'自然的'身份融入自己的创作，并且这也更加适用于本书所介绍的艺术立场"[1]。由此可见，对于施特雷洛来说，艺术的地方特性的塑造至少要从两个方面来展开，其一是材料，其二是地方文化。

材料是艺术创作的必备要素，传统艺术通过形式的秩序来塑造形象，传达观念，意义的推力在于采用何种形式，而不在于采用何种材料，材料在艺术中的作用逐渐式微。在环境艺术中，材料的价值凸显出来，材料成为传达场所意义的重要媒介。博贝格在《世界观的重生》中指出，"这对于艺术来说似乎是至关重要的挑战。但是，它们不能再逃入形式的抽象中。它们无法摆脱它们的基质（substrate）。换句话说，它们必须再次审视这些材料"，"我们在此回到第一次尝试，将生态美学与艺术和自然领域中的其他项目和作品区分开来，材料必须'在现场'找到并在其原始状态下使用，这种起初看似平庸的措施，在这种情况下获得潜在的动态意义，并成为一个可能的起点"[2]。博贝格对于材料，特别是原始状态的材料之于艺术意义的建构作用，持有十分肯定的态度。之所以秉持这样的观点，是因为博贝格认为，在场的材料能够唤起并加强场所的地方性。他在批判二十世纪七十年代的艺术时说道："记忆被原始的形式、圣地、石碑和纪念碑唤起，并且经常被直接取自自然的材料增强。"[3]但这些特性在二十世纪七十年代的艺术中已不复存在，剩下的只是审美的刺激，毫无价值。这样看来，对于材料物性的发掘，就成为拯救现代艺术的一条可行路径。

对于丹麦艺术家阿尔菲奥·博南诺（Alfio Bonanno）来说，使用现场的自然材料则意味着一项挑战，同时也是一种优势。"直接在现场使用自然

[1] Strelow, Heike. "A Dialogue with Ongoing Processes," in Heike Strelow and Vera David, eds., *Ecological Aesthetics: Art in Environmental Design: Theory and Practice*. Basel: Birkauser, 2004, pp. 11-12.

[2] Boberg, Jochen. "About the Rebirth of a World View," in Heike Strelow and Vera David, eds., *Ecological Aesthetics: Art in Environmental Design: Theory and Practice*. Basel: Birkauser, 2004, p.8.

[3] Boberg, Jochen. "About the Rebirth of a World View," in Heike Strelow and Vera David, eds., *Ecological Aesthetics: Art in Environmental Design: Theory and Practice*. Basel: Birkauser, 2004, p.8.

材料，无论是在自然景观中，还是在城市环境中，你都是在与场所和材料合作，包括人的维度，这是强大而重要的。"[1]但博南诺使用现场材料的目的并非为了寻求挑战的刺激，而是为了发掘材料自身的特性，并通过艺术的手段将之呈现出来，在人与物的关系之中来揭示作品的意义。他说："这些是我的项目的重要方面……帮助讲述这些材料的故事，让我们意识到它们的起源、它们的用途和误用，以及我们与它们的关系、它们对我们的意义！"[2]所以，博南诺使用在场材料是出于他对材料物性的认可，他的创作就是要揭示材料本身的特质，这是对材料的理解和尊重。正如他所说："对我来说，重要的是我所使用的每一个组件都要保持其本质的特性，无论它是自然的还是人为的。理解和尊重材料是重要的。"[3]

在环境设计中强调地方文化，试图将地方文化与艺术作品融合起来，实际上是一种后现代设计思潮——批判的地域主义（Critical Regionalism）的核心观点。这种观点认为，地方和文化是一种相互建构的关系，文化在一定程度上反映了地方性，而地方反过来又受文化的塑造，所以文化和地方也是一个整体。从这种意义上来说，文化也是一种生态系统。对于人类来说，文化的生态系统具有与生物的生态系统同等重要的意义，因为人不仅是自然中的人，同时也是历史中的人，人必然生存于自然生态系统和文化生态系统两个系统中。德国语言学家彼得·芬克（Peter Finke）认为，人不仅生存在定居点，更为重要的是，他生活在一个精神的世界（a world of the mind）里，所以意识、认知、思维等方面的内容，也应该纳入对于景观的研究，这也构成了它的特殊性。他在《论文化中的自然遗产》（On the Heritage of Nature in Culture）一文中指出，"我们就如树林中的啄木鸟和湖泊里的鱼，生活在文化生态之中。典型的人类生态系统并非我们的城市，而是我们的文化，我们的文明、社会、对信仰和知识的信念、理性和情感

---

[1] Bonanno, Alfio, Jackie Brookner and Susan Leibowitz Steinman. "Materials," in Heike Strelow and Vera David, eds., *Ecological Aesthetics: Art in Environmental Design: Theory and Practice*. Basel: Birkauser, 2004, p.98.

[2] Bonanno, Alfio, Jackie Brookner and Susan Leibowitz Steinman. "Materials," in Heike Strelow and Vera David, eds., *Ecological Aesthetics: Art in Environmental Design: Theory and Practice*. Basel: Birkauser, 2004, p.98.

[3] Bonanno, Alfio, Jackie Brookner and Susan Leibowitz Steinman. "Materials," in Heike Strelow and Vera David, eds., *Ecological Aesthetics: Art in Environmental Design: Theory and Practice*. Basel: Birkauser, 2004, p.98.

所形成的知识世界"[1]。文化的生态系统对于人类的生存有着至关重要的作用，人类要想更好地建构生存场所，就必须将文化的生态系统与自然的生态系统相互协调，共同构成一个整体系统。所以芬克得出结论说："这意味着，如果一种文化因为不承认遗产或低估其重要性而希望完全脱离其自然遗产，那么它最终将无法生存。任何能够生存的文化都不能违背生态系统组织固有的基本原理，也不能违背它要发挥作用所需要的一般条件。"[2]

意大利哲学家马西莫·文丘里·费瑞罗（Massimo Venturi Ferriolo）在《景观伦理学》（Landscape Ethics）一文中也表达了类似的观点，他认为景观是一个特殊的场所，这个场所具有神话和历史，人们及其语言、技术、制度、风俗等等都属于这个场所。这些文化因素共同塑造了一个人生活其中的适宜场所，在这种氛围中人能够确证自身的存在，也是在这种氛围中人成为现在的所是，人在场所中被塑造和教育。他指出，"每一处景观都是不断变化的伦理实在（ethic reality）、诸行动的领域、人类生活和决策的空间。每个地方都属于其人民……他们可以识别他们生活和工作于其中的区域，在它的个体的属性、历史、传统以及最重要的文化整体中，识别他们生活的一般领域。与场所的关系，创造了个人身份、归属感和区域多样性的意识，以及在社会环境中教育一个人的所有重要因素"[3]。因此，在环境艺术当中强调地方的历史性和文化性，就是对人类生存的精神关怀，在地方生存中对地方的认可和对自身的认同，是人将地方视为家园而获得栖居的基础和前提。

所以，在施特雷洛看来，在生态破坏的语境下倡导一种生态性的环境设计或者生态修复，不是将景观还原成自然原来的样子，而是要意识到文化和自然并不是对立的，在根本上是相辅相成的，因此要将自然和文化相互渗透的这种痕迹展现在作品中。她指出，"我们在这里并不是要将自然浪

[1] Finke, Peter. "On the Heritage of Nature in Culture," in Heike Strelow and Vera David, eds., *Ecological Aesthetics: Art in Environmental Design: Theory and Practice*. Basel: Birkauser, 2004, p.105.

[2] Finke, Peter. "On the Heritage of Nature in Culture," in Heike Strelow and Vera David, eds., *Ecological Aesthetics: Art in Environmental Design: Theory and Practice*. Basel: Birkauser, 2004, p.105.

[3] Ferriolo, Massimo Venturi. "Landscape Ethics," in Heike Strelow and Vera David, eds., *Ecological Aesthetics: Art in Environmental Design: Theory and Practice*. Basel: Birkauser, 2004, p.16.

漫化为一个与人及其文化相对立的美的外观。在我们这里所讨论的生态美学中，自然并不是与文化对立存在的。'我们完全是自然的一部分。自然既是文化的开始，也是文化的结束，两者相互包含。（普瑞格恩语）'自然与文化被看作是辩证地联系在一起的能量。创意设计师在他们的项目中所维护、唤起并逐渐延续的，正是自然与文化相互渗透的这种痕迹"[1]。正是基于这种观念，施特雷洛认为，人们不应该回避工业文明所导致的一些破坏和污染，而是要将工业文明所遗留的废弃场所融入景观设计，因为它们是工业文化的有力象征。

　　普瑞格恩的环境艺术作品典型地反映了这种观念。在前期的变形物体/雕塑空间作品中，他惯用隐喻和象征的手法，试图唤起某种地方性的回忆和联想；而在后期针对工业废弃场所的生态修复景观中，他则擅长保留工业文明的遗痕，重新定义场所。他在《序言——关于自然的思想》（Prologue——Thoughts about Nature）一文中指出，"形成、改变、活跃或约束并阻碍其居民生活的景观结构表明，我们不仅卷入故事和历史中，而且还融入场景中。我们的身份总是包含'地方认同（place identity）'的成分。这是景观艺术的更深层面，它不会产生一个漂亮的伪装，而是改变旧的外观结构并创立新的结构"[2]。

　　但是，景观作为文化和自然的综合产物，并非仅仅是文化经时间洗礼的遗痕，其中也有人们深切的愿景和对生命持存的永恒追求，所以景观也深刻反映了人在其中的作为。费瑞罗就曾指出个体的短暂与自然的无限在景观中的平衡。他说："正是通过艺术和技术，人类赋予自身短暂的存在以超越时间的持久性。他将自己的短暂铭刻为自然的无限时间性；他以不同方式并根据尽可能广泛的诗学，创造了具有某些特征的场所。艺术与自然、自然与文化的相互作用，创造出无限形式的景观，表明通过风格和建筑产生景观的特定文化。景观是文化的容器、历史的仓库和可理解世界的

---

[1] Strelow, Heike. "A Dialogue with Ongoing Processes," in Heike Strelow and Vera David, eds., *Ecological Aesthetics: Art in Environmental Design: Theory and Practice*. Basel: Birkauser, 2004, p.12.

[2] Prigann, Herman. "Prologue——Thoughts about Nature," in Heike Strelow and Vera David, eds., *Ecological Aesthetics: Art in Environmental Design: Theory and Practice*. Basel: Birkauser, 2004, p.75.

空间。"[1]

这种对于地方文化的强调，实际上是要恢复自然与文化的关系，因为自然与文化本来就是相互生成和相互影响的关系，文化的形成是地方的孕育，而文化又反过来主导了地方的建构。文化也在很大程度上决定了人们对待和处置自然的态度，传统的文化观念由于持一种将人与自然对立的态度，造成了自然的严重破坏。而自然与文化关系的恢复则有助于形成一种人与自然互依共生的生存氛围，从而促成一种对待自然的生态审美态度。

三、跨学科协作

环境艺术的前身可以追溯至极简艺术，也可以追溯至大地艺术，不管是哪种艺术，我们可以明确的是，它只是一种艺术形态。但当涉及人类生存环境的建构时，环境艺术就不只是一种艺术形态那么简单了，特别是当其进行生态转向时，它就成为关系人类前途命运的重大事业了了，问题变得相当复杂。它要通过艺术手段来美化环境，就要遵循一定的美学原则；要对环境进行符合生态规律的调整和改变，就必须接受生态科学的指导和制约；要对一定的场地进行建造和扰动，就要了解工程所产生的破坏限度……总之，环境艺术涉及美学、生态学、生物学、建筑学、地质学等多个学科。正如美国艺术家蒂莫西·柯林斯（Timothy Collins）在《走向多样性的美学》（Towards an Aesthetic of Diversity）一文中所指出的，"恢复生态学是一种新的思维方式。它将公民和专家、城市和荒野，在广泛的生态意识和行动的方案中联系起来。它是一个综合了各种文化实践的学科群。一端是艺术和人文，中间是设计专业，另一端是科学和工程"[2]。那么，要想在根本上解决生态问题，就必须进行跨学科的研究和协作。

施特雷洛对这一策略十分重视，并将其作为生态美学的核心观念。她

[1] Ferriolo, Massimo Venturi. "Landscape Ethics," in Heike Strelow and Vera David, eds., *Ecological Aesthetics: Art in Environmental Design: Theory and Practice*. Basel: Birkauser, 2004, p.17.

[2] Collins, Timothy. "Towards an Aesthetic of Diversity," in Heike Strelow and Vera David, eds., *Ecological Aesthetics: Art in Environmental Design: Theory and Practice*. Basel: Birkauser, 2004, p.170.

之所以认为环境艺术需要跨学科的合作，是因为她意识到现代性所造成的一系列分裂，这些分裂不仅有空间上的，也有思想上的，弥合这些分裂对于环境艺术具有十分重要的意义。所以，她非常肯定普瑞格恩等生态艺术家所完成的工业景观设计项目。她指出，"将在空间上和理性上分离的事物联结起来，换句话说，跨学科的思维和行动，对于构思和实现这些项目是至关重要的。将知识、思想和行动联结起来，从而与参与这一过程的所有学科的专家和学者以及现场的居民合作，构成了像'特拉诺瓦（Terra Nova）'这样的项目的基础"[1]。但这并非需要跨学科合作的充分理由，通过施特雷洛对环境艺术的跨学科特性的分析，可以看出这种特性主要来自两个更为现实的问题：其一是整体设计的客观需求。生态设计是一个系统性和全面性的问题，环境艺术要想真正达到生态的层面，就必须有系统性的构思与展开方案。施特雷洛指出，"他们在各自的领域中发现，如果没有一种系统的办法，他们所处理的现象是无法完全解决的，并且将受到持续的限制。他们已经证实将所有必要的社会和自然创造力统一起来的必要性，几乎必然地来自对现实的整体设计的需要"[2]。其二是环境问题的复杂性。施特雷洛认为，"在作者生活和工作的各个领域以及它们所呈现的主题和现象中，也可以确定跨学科的需求。这些需求从构建伦理问题到景观设计，从通过批判性地思考他们自己学科的实践来探索系统性思维，分析生态学和美学之间的联系，到考察生态美学的社会政治前提"[3]。归根结底，跨学科的设计需求还是来自问题的复杂性，这种复杂性决定了单一学科和单一视角不可能应对环境艺术的多层面问题。

对于这种跨学科的协作，施特雷洛提及两个十分重要的问题：其一是艺术家在这种协作中的统筹作用。在环境艺术当中，艺术家作为作品的设计者，是作品最终效果的决定者，设计的构想、调研、团队的组织、现场

[1] Strelow, Heike. "A Dialogue with Ongoing Processes," in Heike Strelow and Vera David, eds., *Ecological Aesthetics: Art in Environmental Design: Theory and Practice*. Basel: Birkauser, 2004, pp.12−13.

[2] Strelow, Heike. "A Dialogue with Ongoing Processes," in Heike Strelow and Vera David, eds., *Ecological Aesthetics: Art in Environmental Design: Theory and Practice*. Basel: Birkauser, 2004, p.13.

[3] Strelow, Heike. "A Dialogue with Ongoing Processes," in Heike Strelow and Vera David, eds., *Ecological Aesthetics: Art in Environmental Design: Theory and Practice*. Basel: Birkauser, 2004, pp.13−14.

的协调都与艺术家直接相关，而这些因素又最终决定了作品的好坏，所以艺术家在其间的责任重大而繁多。她在文中指出，"在实现这些复杂的项目之前，需要进行漫长的社会过程，包括增强意识、讨论和创造性控制。必须说服和整合民众，确定认同的可能性，组建跨学科团队和奠定广泛的民主合法性基础。发起、推动和展示这些过程通常是艺术家自己的责任，因此他们成为社会转型过程的催化剂。他们在各种压力团体（pressure groups）和学科之间进行调解"[1]。利普顿和沃茨也在《生态艺术：生态的艺术》一文中介绍了艺术家联合其他学科的学者应对现实问题的努力。他们说道："目前，世界各地的艺术家在积极地寻找创造性地解决生态问题的方法。生态艺术家在与建筑师、规划师、社会科学家、生物学家、植物学家和社区的协作中扮演梦想家的角色。通过这样，他们打破了传统艺术的界限，直接进入和应对现实世界的问题。他们正在跨越这些不同的学科，从而弥合艺术和生活之间的鸿沟。生态艺术家激发观众对环境艺术如何与自然世界建立更深层次的联系产生新的理解。"[2]可见，在社会的生态转型中，艺术承担了十分重要的任务。而在艺术中，艺术家又有导引和协调的作用，他们整合社会资源进行生态创作，而且致力于改变民众对人与自然关系的已有偏见。其二是民众参与对于促成一种综合景观艺术的作用。施特雷洛认为，民众参与在景观设计实践中取得了十分丰富的成果。她在谈及美国宾夕法尼亚州匹兹堡的九英里绿道项目（Nine Mile Run Greenway）时指出，"跨学科的九英里绿道项目成功地让大量公民参与到后工业景观如何能够转变为一个综合生态系统这个问题的讨论中，这个系统在当代城市文化的背景中公正对待自然的复杂性。在现场将人们联合起来的关键是，让公民以更复杂的方式了解自己的乡村。与此同时，对于某些项目来说，使这一观念成为一个坚实的、具有民主合法性的基础，作为实现它的起点是有帮助的"[3]。

[1] Strelow, Heike. "A Dialogue with Ongoing Processes," in Heike Strelow and Vera David, eds., *Ecological Aesthetics: Art in Environmental Design: Theory and Practice*. Basel: Birkauser, 2004, p.13.

[2] Lipton, Amy and Patricia Watts. "Ecoart: Ecological Art," in Heike Strelow and Vera David, eds., *Ecological Aesthetics: Art in Environmental Design: Theory and Practice*. Basel: Birkauser, 2004, p.94.

[3] Strelow, Heike. "A Dialogue with Ongoing Processes," in Heike Strelow and Vera David, eds., *Ecological Aesthetics: Art in Environmental Design: Theory and Practice*. Basel: Birkauser, 2004, p.13.

普瑞格恩环境艺术作品的塑造过程就是这种观念的典型反映。在作品创作中，他非常注重社会的互动协作、研究和科技准备过程。这一过程是极为漫长的，常常需要耗费几年的时间，科学工作者、技术人员、创作团队，特别是民众，都通过与先前不同的方式加入作品的创作。但他们的参与并非机械式的体力劳动，他们对环境的接触是对事物的新的认知过程，而这种对事物的认知和接受又会反过来促成作品的完成，从而能够更好地传达作品所要表现的环境观念和生态思想。从这种意义上说，民众在参与塑造环境的过程中，环境又反过来塑造了民众，这是一个相互作用的过程——人们既对环境进行了生态的塑造，环境也对人们进行了生动的环境教育。

柯林斯也对民众之于环境艺术的作用十分肯定，他主张在恢复生态群落的艺术中将专家文化与公民对话相结合，这两者之间存在着紧张的张力，协调两者是成功恢复生态艺术的前提。因为恢复地区生态涉及多方面的问题，不仅有地质和动植物方面的，还有人类自身生存的需要。所以来自多方面的声音和参与，对塑造一个满足生物多样性要求的地区十分关键。英国生物学家安东尼·布莱德肖（Anthony Bradshaw）在一篇关于自然及其恢复的挑战的文章中指出，"恢复的主要目标……是一种审美的目标——恢复该地区可见的环境质量，目标只有在社区参与的情况下才能实现，只有在无论是工业、乡镇或是学校的人们理解这些目标并准备参与的情况下才能实现"[1]。柯林斯持相同的看法，并且认为，在恢复社群生态方面，民众在一定程度上同样具有像艺术家一样的创造性责任（creative responsibility），可以协调人与场所之间的关系。所以，在社会的生态转型中，民众是十分重要的因素，是可以联合的社会力量，同时也是生态艺术所针对的主要对象。而生态环境的塑造最终也是为广大民众的栖居服务，所以民众在这种生态运动中也肩负着不可推卸的责任。

综上所述，环境设计艺术以一种联系和合作的文化观念为基础，提出一种用于设计实践的生态美学理论，反过来又用这种生态美学理论指导后

[1] 转引自Collins, Timothy. "Towards an Aesthetic of Diversity," in Heike Strelow and Vera David, eds., *Ecological Aesthetics: Art in Environmental Design: Theory and Practice*. Basel: Birkauser, 2004, p.171.

现代环境设计艺术实践，两者在互相生发的过程中互补和共进。这是一种"实践—理论—实践"的理论生成体系，完全不同于"理论—理论"的观念演绎方法。这种生态美学思想的贡献主要在于两个方面：一是它提供给我们一条实践生发生态美学思想的路径，这不同于"美学+生态学"的生态美学观念，而是环境设计艺术自身发展的一个必然要求，是环境设计艺术内部理论演化的一个必然结果，这就意味着环境设计艺术实践能够为生态美学的合法性提供现实的根据；二是这种生态美学思想的终极目的不在于进行一种生态美学理论的建构，而在于为一种能够使人与自然和谐相处的环境设计服务，本身就具有可经检验的理论的合理性和实践的可行性。而纯粹理论性的生态美学思想的提出也是为一种真正改变我们现实生存状况的目的服务，但是它缺少与具体实践的对接和互鉴，因此存在着学科自身的不足。那么，环境设计艺术中的生态美学思想就为其提供了一条与具体实践结合的路径。

第十章　埃里克·克拉克

　　生态美学对于音乐理论方面的影响，在埃里克·克拉克（Eric F. Clarke）的生态音乐理论当中得到了集中体现。克拉克吸收了生态感知理论、生态心理学理论等生态理论观点，并将这些理论观点应用到了音乐意义的研究之中，补充和挑战了传统意义上的音乐理论。2005 年出版的《聆听音乐意义的生态感知方法》[1]，是克拉克对于其生态感知音乐理论的系统性论述。克拉克在这本书中，阐释了自己的生态感知音乐理论，并列举了大量不同类型的音乐作品进行论证。达芙妮·谭（Daphne Tan）在《聆听音乐意义的生态感知方法》出版后的十年，写了一篇回顾该书的文章，提道："正如尼古拉斯·库克（Nicholas Cook）所指出的那样，这是'第一部将生态学方法置于音乐理论核心的书'，劳伦斯·兹比科夫斯基（Lawrence Zbikowski）称赞它提供了'音乐认知新视角'。……但也许最重要的是，《聆听音乐意义的生态感知方法》要求我们仔细审视并分享音乐带来的无数主观体验和意义。"[2]可以说，克拉克的生态音乐理论为听众如何理解音乐的意义带来了新的诠释，这正是我们研究克拉克生态音乐理论的价值之所在。

---

[1] Clarke, Eric F. *Ways of Listening: An Ecological Approach to the Perception of Musical Meaning*. New York: Oxford University Press, 2005.

[2] Tan, Daphne. "Review of Eric Clarke, Ways of Listening: An Ecological Approach to the Perception of Musical Meaning," *Society for Music Theory* 21 (2015), 1-6.

第一节　埃里克·克拉克及其生态音乐理论研究

一、埃里克·克拉克其人

埃里克·克拉克（Eric F. Clarke，1955— ），现任牛津大学（University of Oxford）的希瑟（Heather）音乐教授，同时是瓦德姆学院（Wadham College）的教授。克拉克是《音乐感知与音乐科学》（*Music Perception and Musicae Scientiae*）的副主编，是《经验音乐学评论》（*Empirical Musicology Review*）、《激进音乐学》（*Radical Musicology*）的编辑委员会成员，同时是《音乐心理学》（*Psychology of Music*）的顾问编辑。2004—2007年，克拉克担任艺术及人文科学研究局纪录音乐历史及分析研究中心（简称CHARM）的副主任；2009—2014年，克拉克任职于艺术及人文研究委员会（简称AHRC）第二期音乐表演创作研究中心（简称CMPCP）。2009年，克拉克当选为"欧洲学术界"成员；2010年，当选为英国科学院院士。[1]

克拉克的研究主要涉及音乐感知的生态方法、音乐心理学、音乐理论、音乐符号学、音乐与意识、音乐创造力、历史与录音分析以及流行音乐分析等多个方面。在克拉克的学术研究中，与生态音乐理论相关的专著有一本：《聆听音乐意义的生态感知方法》（*Ways of Listening: An Ecological Approach to the Perception of Musical Meaning*，2005）。另外，克拉克还发表了大量关于生态音乐理论的论文，包括《小心缝隙：音乐的形式结构和心理过程》（Mind the Gap: Formal Structures and Psychological Processes in Music，1989）、《视听关系的感知：初步研究》（The Perception of Audio-visual Relationships: A Preliminary Study，1994，与乔治·西里乌斯合作）、《从感知到批判：直接实在论与音乐意义》（From Perception to Critique: Direct Realism and Musical Meaning，1997）、《感知与批判：生态声学、批

---

[1] Clarke, Eric F. https://www.music.ox.ac.uk/about/people/academic-staff/university-lecturers-and-college-fellows/7006-2/. 2018年10月08日访问。

判理论与音乐》(Perception and Critique: Ecological Acoustics, Critical Theory and Music，1997)、《音乐相似性和分类的生态学方法》(An Ecological Approach to Similarity and Categorisation in Music，1997，与尼古拉·本迪合作)、《音乐表演中所表现的符号学》(The Semiotics of Expression in Musical Performance，1997)、《弗兰克·扎帕和波莉·珍·哈维音乐中的主体位置与不变量的规范》(Subject-Position and the Specification of Invariants in Music by Frank Zappa and P. J. Harvey，1998)、《音乐中运动的意义和规范》(Meaning and the Specification of Motion in Music，2001)、《分布式创意与生态动态：以莉莎·林的"隐形之舌"为例》(Distributed Creativity and Ecological Dynamics: a Case Study of Liza Lim's "Tongue of the Invisible"，2013，与马克·多夫曼以及莉莎·林合作)、《复调语境、乐器法和节拍的布局对音乐中对位旋律的影响》(Effects of Polyphonic Context, Instrumentation, and Metrical Location on Syncopation in Music，2014，与玛丽亚·维特克、莫滕·克林格尔巴赫以及彼得·乌斯特)、《音乐中的迷失与发现：音乐、意识与主体性》(Lost and Found in Music: Music, Consciousness and Subjectivity，2014)、《视觉与声音在音乐表演感知与体验中的互动》(Interaction of Sight and Sound in the Perception and Experience of Musical Performance，2016，与乔纳·沃斯科斯基、马克·汤普森以及查尔斯·斯宾塞合作)、《音乐聆听唤起内隐的从属关系》(Music Listening Evokes Implicit Affiliation，2016，与乔纳·沃斯科斯基以及蒂亚·德诺拉合作)和《音乐事件与感知生态学家》(Musical Events and Perceptual Ecologists，2018，与艾伦·威廉斯以及迪·雷诺兹合作)，等等。

克拉克的生态音乐理论与其教育背景、工作经历有关。克拉克本科阶段是在苏塞克斯大学求学，攻读的专业是神经生物学，毕业时获得音乐学位，硕士阶段继续学习与音乐相关的理论，然后在埃克塞特大学攻读心理学博士学位。所以，克拉克的生态音乐理论研究是一种跨学科的研究，其研究除了包含音乐本身的相关理论以外，还同时融入了神经生物学理论知识以及心理学理论知识。正是因为这样，在克拉克的著作中会出现与神经生物学理论以及心理学理论相关的术语，比如与神经生物学理论有关的术语有"刺激"(stimulate)、"共振"(resonance)、"等效性"(equivalence)等；与心理学理论相关的术语有"联结主义"(connectionism)、"分布式"(distributed)、"认知的"(cognitive)等。因此，跨学科的学习背景成为克拉克生态音乐理论的有力支持。

在工作经历方面，克拉克先后在伦敦城市大学、谢菲尔德大学以及牛津大学工作，这期间克拉克一直担任音乐理论的教学工作，所以在克拉克的生态理论中，有大量音乐实例以及深厚的音乐理论知识，这为他从生态角度解读音乐意义提供了基础。此外，克拉克担任《音乐感知与音乐科学》杂志的副主编工作，其中"感知"(perception) [1]一词还是克拉克理论的关键词，他将人们称之为"感知者"(perceiver)，在其生态音乐理论中强调的是一种"生态感知"。关于"生态感知"，它被克拉克集中阐述于《聆听音乐意义的生态感知方法》一书中，克拉克将"生态感知"一词放到标题的位置，可见他对于生态感知理论的重视，并且在这本具有总结性的生态理论著作中，克拉克始终以感知者和环境的关系为中心原则，这同样是生态感知理论的中心原则。同时，克拉克还是《音乐心理学》的顾问编辑，克拉克在其生态音乐理论中，涉及了生态心理学的相关内容，比如用生态心理理论代替了广义上的"信息处理"方法，即代替了"各种各样的'处理'差异主要是基于某种类型的心理表征和记忆过程"[2]。从2009到2014年，克拉克在艺术及人文研究委员会第二期音乐表演创作研究中心的经历，促进了其生态音乐理论的发展和延伸，项目的目的是"研究表演者和作曲家在对新作品的准备和表演中所呈现的创造性互动和协作"[3]，是研究在特定的背景下，当代音乐会的音乐生态合作与创作。此时，克拉克的生态音乐理论研究从听者与音乐环境的关系扩展到环境、听者、表演者、作曲家等之间的动态关系。

---

[1] 该术语又译为"知觉"。当侧重表明行为或过程时，该术语翻译为"感知"；当侧重表明结果时，则翻译为"知觉"。

[2] Clarke, Eric F. *Ways of Listening: An Ecological Approach to the Perception of Musical Meaning*. New York: Oxford University Press, 2005, p.11.

[3] CMPCP, Creative practice in contemporary concert music. http://www.cmpcp.ac.uk/research/projects/creative-practice-in-contemporary-concert-music/. 2019年3月18日访问。

二、克拉克的生态音乐理论研究

纵观克拉克到目前为止的理论著作与文献资料，我们可以将其生态音乐理论研究划分为三个阶段：第一个阶段（1981–1996）是初探期；第二个阶段（1997–2005）是形成期；第三个阶段（2006至今）是发展期。

首先，初探期。在这期间，克拉克的理论主要是通过大量的实验对音乐的相关问题进行研究，比如音乐表演与音乐结构的关系，音乐韵律与表演者的关系，音乐节拍与音乐表现力的关系，语言与音乐的关系，音乐形式结构和心理过程的关系，感知与音乐结构的关系，音乐理论、分析以及音乐心理三者之间的关系，等等。在某种意义上可以说，对于音乐结构、音乐心理过程、音乐感知等方面的思考，促进了克拉克生态音乐理论的形成。

其中，克拉克在1989年发表了一篇名为《小心缝隙：音乐的形式结构和心理过程》（以下简称为《小心缝隙》）的文章，我们从这篇文章中可以看到其生态音乐理论的萌芽。这篇文章主要研究的是音乐学和音乐心理学的联系、鸿沟以及这两门学科之间概念渗漏（leakage）所造成的问题。克拉克认为，音乐心理学只研究一般原则，但音乐本身是个别的、特别的，音乐心理学对于音乐的不恰当研究，是造成音乐学与音乐心理学两门学科产生分歧的原因之一。为了解决这个问题，克拉克在文章的最后提出了自己的见解和思考。但是，克拉克的见解和思考是两个完全不同的观点，用克拉克自己的话来讲就是，他提出了"两个明显相互矛盾的建议"[1]。一方面，克拉克还是从音乐学与音乐心理学的角度进行论述，认为"如果要避免陷入不一致和不相容的泥潭，就必须明确区分不同音乐事件的结构、功能和心理的目的、概念和标准"[2]；另一方面，克拉克认为"应该试图在这些不同的方法之间建立一种融洽的关系"[3]，在这种关系中，特定于感知者的音乐事

---

[1] Clarke, Eric F. "Mind the Gap: Formal Structures and Psychological Processes in Music," *Contemporary Music Review*3 (1989), 1–13.

[2] Clarke, Eric F. "Mind the Gap: Formal Structures and Psychological Processes in Music," *Contemporary Music Review*3 (1989), 1–13.

[3] Clarke, Eric F. "Mind the Gap: Formal Structures and Psychological Processes in Music," *Contemporary Music Review*3 (1989), 1–13.

件不再被进行一般解读，某种意义上说，我们可以从各种角度对同一个音乐事件进行不同的解读，但这并不意味着对于音乐事件的解读具有无数种可能性，因为人类、音乐作品、以及我们所处的自然环境和文化环境等因素，都会限制我们的解读。换言之，不是延续音乐学与音乐心理学的方法，而是用一种不同的方法来识别感知者与其环境之间的相互关系，克拉克认为这就是一种生态理论的观点。

由此可见，虽然克拉克在这一阶段没有明确提出生态音乐理论，但是通过对音乐学、音乐心理学的理论思考，已经开始萌发生态音乐美学思想。所以，这一阶段的研究为克拉克日后构建生态音乐理论奠定了基础。

其次，形成期。笔者认为，这一阶段开始于1997年，截止于2005年。我们可以分别以1997年的文章和2005年的著作为例，探究克拉克生态音乐理论的形成。1997年，克拉克发表《感知与批判：生态声学、批判理论与音乐》（以下简称为《感知与批判》）一文，就笔者掌握的材料来看，克拉克首次在此文的标题中使用"生态的"一词。在这篇文章中，克拉克反思了音乐认知理论的观点。音乐认知理论认为："音乐的意义、批判内容或意识形态价值取向过于稀薄和抽象，与经验性可验证的性质相距甚远，无法在其对音乐知觉的解释中发挥作用。"[1]克拉克完全不同意这种观点，他借鉴詹姆斯·杰尔姆·古布森（James J. Gibson）的知觉理论，提出一种生态音乐感知方法。克拉克认为，无论音乐中的信息是抽象的、基本的或是初级的，都可以被直接感知，都是感知者对于刺激信息的敏感和觉知。因此，克拉克主要从生态学的理论出发，着重阐述了其三个基本原则："（1）刺激信息是高度结构化的，并直接指明其来源；（2）来源规范是意义的一个方面——感知意义；（3）虽然生态理论主要针对的是自然环境的感知，但是，自然与文化之间没有明显的不连续，感知者获取文化意义的方式与自然意义的方式没有什么不同。"[2]因此，克拉克在批判音乐认知理论

---

[1] Clarke, Eric F. "Perception and Critique: Ecological Acoustics, Critical Theory and Music," *Proceedings of the International Computer Music Conference, Thessaloniki, Greece* (1997), 19−22.

[2] Clarke, Eric F. "Perception and Critique: Ecological Acoustics, Critical Theory and Music," *Proceedings of the International Computer Music Conference, Thessaloniki, Greece* (1997), 19−22.

所认为的感知具有等级性的过程中，提出了一种直接感知音乐的方法，即生态感知音乐方法。

2005年，克拉克出版《聆听音乐意义的生态感知方法》一书，这本书是克拉克对于他此前生态理论研究的归纳和总结，是在多篇期刊文章的基础上进行的丰富和发展，比如文章《从感知到批判：直接实在论与音乐意义》，《音乐表演中所表现的符号学》，《弗兰克·扎帕和波莉·珍·哈维音乐中的主体位置与不变量的规范》，《音乐中运动的意义和规范》等。在《聆听音乐意义的生态感知方法》中，克拉克以没有标注的CD声音记录为例，引出这本书贯穿始终的内容，即"声音、音乐、感知和意义"[1]。克拉克在书中解释了感知以及音乐意义感知，即"感知"是人们对环境的感知和不断适应，"音乐意义感知"是人们在听音乐时对意义的感知。首先，该书始终以感知者与环境之间的关系为中心原则，克拉克的主要目的是"讨论听者与一般听觉环境，更具体地说是与音乐环境之间的互动方式，即通过思考音乐材料与感知能力的关系，进而讨论听音乐是作为对意义的持续认知"[2]。此外，克拉克指出不同的环境与听众的互动也会不同，并强调音乐环境与音乐感知者之间的生态关系。除了以上内容，克拉克在书中大量列举音乐实例，进而说明感知与信息处理的关系、感知与运动的关系、生态方法与音乐自主性、音乐材料的物质性以及音乐事件感知等方面的内容。

由此可见，克拉克在这一阶段已经明确用生态理论来思考音乐理论的相关问题，思考如何聆听音乐，并提出了自己关于音乐的生态感知理论框架。这无疑表明，克拉克的生态音乐理论从萌芽走向了成熟。

最后，发展期。在这一阶段，克拉克的生态音乐理论不断发展，内容涉及音乐会的生态合作，音乐空间、日常空间、物理空间、社会空间等之间的相互关系，音乐体验与日常聆听的关系，视觉与听觉的跨模态生态关系，音乐事件与生态感知的关系等多个方面。也就是说，克拉克生态音乐

[1] Clarke, Eric F. *Ways of Listening: An Ecological Approach to the Perception of Musical Meaning.* New York: Oxford University Press, 2005, p.3.

[2] Clarke, Eric F. *Ways of Listening: An Ecological Approach to the Perception of Musical Meaning.* New York: Oxford University Press, 2005, p.5.

理论研究的深度和广度在不断延伸。

2013年，克拉克发表《分布式创意与生态动态：以莉莎·林的"隐形之舌"为例》一文，这是克拉克具有扩展性的、有关生态音乐创作的一篇文章，是与马克·多夫曼（Mark Doffman）、莉莎·林（Liza Lim）合作完成的。这篇文章的目的是展示在一个特定的背景下，当代音乐会的音乐合作与创作的生态系统。克拉克指出，在此之前，古典音乐或者音乐会音乐都是作曲家作为创作的唯一来源，演奏者、指挥或者唱片制作人都是配合者。文章详细记述了一种新型合作方式，即演奏者、指挥以及作曲家排演一部新作品时，他们之间的社交活动以及他们所遵循的制度。此时，作曲家不是唯一的创作来源，指挥也可以参与创作。此外，聆听者可以参观他们的排练活动，他们用非等级制度代替等级制度，并采取共同管理的方法，打破了古典音乐等传统方式的等级观念。正因为这样，"作曲家不再凌驾于指挥之上，指挥不再凌驾于演奏者之上，演奏者不再凌驾于聆听者之上——在这个音乐生态系统中，物质文化、心理过程、社会互动以及制度背景等被整合在一起，共同作用于音乐作品的创作"[1]。同年，克拉克发表《音乐、空间和主体性》一文，探讨了声音和音乐对于各种真实空间、虚拟空间、运动类型以及主体性的具体表现方式，进而提出音乐空间感知意义的框架。次年，克拉克发表《音乐中的迷失与发现：音乐、意识与主体性》一文，试图将音乐体验的感知、情感和象征部分结合在一起，并植根于日常聆听的生态系统中。除此之外，克拉克还注意到人类主体性体验的历史特定性和变化性，以及音乐参与的动态理解等听者体验的现象学特征。

《音乐事件与感知生态学家》一文正式发表于2018年，是克拉克到目前为止最新发表的一篇关于生态的文章。在这篇文章中，克拉克主张将"音乐事件"（music events）作为感知基础进行音乐欣赏，并扩展了音乐事件所指定的"音乐来源"（music sources）的概念。文中提到，欣赏音乐就是以感知的方式参与音乐事件和意义，而音乐声音所指定的对象和事件有

---

[1] Clarke, Eric F. Doffman, Mark, and Lim, Liza. "Distributed Creativity and Ecological Dynamics: a Case Study of Liza Lim's 'Tongue of the Invisible'," *Music & Letters* 94 (2013), 628–663.

巨大的多样性，有可能属于真实世界，也有可能属于虚拟世界。克拉克认为，我们大多在共享一个共同的文化生态系统，生态方法的互动性特点，决定了感知者的倾听与其个人能力有关，但同时又与动态环境的塑造和协调有关。除此之外，克拉克认为，生态方法提供了一个"基础"，这个基础限制了解释的无限性。在文章的最后，克拉克指出："我希望能表明，一般的生态原则和不同听众的反应的特殊性并不矛盾；而仔细关注音乐声音的具体内容以及它们是如何做到的，以及这些声音所能可供的，是解决感知和美学问题的一个很有希望的方法。"[1]

由此可见，在这一阶段，克拉克的生态理论不是仅停留在形成期，即研究听者怎样对音乐作品进行感知，还研究与音乐相关的演奏者、指挥以及作曲家等之间的相互关系，研究音乐空间的感知意义，研究日常聆听的生态感知，研究音乐事件的感知意义等。这无疑表明，克拉克的生态音乐理论研究的范围在不断地扩大。

综上所述，克拉克的生态音乐理论研究可划分为三个阶段，即初探期、形成期和发展期。克拉克在对现有音乐理论研究思考的基础上，提出了自己的生态音乐感知理论，其生态音乐理论研究从萌芽走向了成熟，并不断地丰富和发展。

第二节 克拉克生态音乐理论的来源

克拉克的生态音乐理论具有跨学科的特性，他借鉴了神经生物学、生态学、音乐心理学等多个学科的理论和实践成果。根据克拉克的著作和论文，笔者梳理了影响其生态音乐理论构建的三个来源，即神经生物学等科学理论、生态知觉理论以及音乐理论，下面将主要从这三个方面进行论述。

---

[1] Clarke, Eric F. Williams, Alan E., and Reynolds, Dee. "Musical Events and Perceptual Ecologists," *The Senses and Society* 13 (2018), 264−281.

第一，神经生物学等科学理论。上面已经提到，克拉克本科是在苏塞克斯大学攻读的神经生物学学位，因此，在他的著作中可以窥见神经生物学理论对于其生态音乐理论的影响。一方面，克拉克会运用神经生物学的理论来解释他的生态音乐理论。"类似地，人类基底膜在其大部分长度上呈现对数频率分布的事实（也就是说，基底膜上的一个固定距离对应一个大致恒定的频率比）不是什么神圣的设计奇迹，也不是什么意外之喜：在一个被击打和吹奏的对象倾向于发出具有谐波序列特性的声音的世界中，它具有优势；对于一个以语音和其他声音/听觉交流形式如此重要的物种而言，这是一个特殊的优势。"[1]在这里，克拉克通过人体基底膜长度上的对数频率分布的知识，探究人们对于和谐音程或者和弦的感知。类似地，"改变网络模型中的连接权重不能直接等同于大脑中神经元之间的连接（突触）的变化，但这是一个合理的近似——或者至少是一个隐喻。"[2]这样的例子还有很多。他用神经生物学的理论解释了很多被理论家所忽略的问题。另一方面，克拉克所做的实验也与神经生物学理论有关。神经生物学研究的重点器官是脑，克拉克经常与牛津人脑活动中心（Oxford Centre for Human Brain）合作进行学术研究，研究内容多集中在音乐表演过程分析、音乐中具体元素的感知及视觉听觉感知等方面，促进了克拉克对于生态感知方法的研究和探索，为他的生态理论论证提供了不同的角度。

第二，生态知觉理论。吉布森是克拉克重要的理论来源之一，无论是克拉克较早的文章《感知与批判》，还是最近的文章《音乐事件与感知生态学家》，克拉克都引述了吉布森的理论观点。吉布森被认为是20世纪视知觉领域重要的心理学家之一，他的主要研究领域是视觉感知，其第一本以生态命名的视觉感知著作是《生态视知觉理论》（*The Ecological Approach to Visual Perception*，1979），该书对认知心理学进行了批评。吉布森主张直接感知，他把这种方法称为"生态心理学"（ecological psychology）。克拉克

---

[1] Clarke, Eric F. *Ways of Listening: An Ecological Approach to the Perception of Musical Meaning.* New York: Oxford University Press, 2005, p.21.

[2] Clarke, Eric F. *Ways of Listening: An Ecological Approach to the Perception of Musical Meaning.* New York: Oxford University Press, 2005, p.30.

继承了吉布森的生态心理学观点，多次在自己的著作和文章中引述其生态知觉理论观点。比如，在文章《感知与批判》中，克拉克批判了音乐认知心理学所认为的"知觉具有顺序性"的观点，认为无论信息是属于基本层次、初级层次还是抽象层次，感知者都可以与其进行直接感知。表现在音乐方面，听者可以对"抽象信息"进行直接感知，而不是需要通过节奏等基本层次后才能理解其含义。除此之外，克拉克在《聆听音乐意义的生态感知方法》一书中，主要是论述一种生态感知方法，而在该书"感知的生态方法"一节中，克拉克主要引述的就是吉布森的观点，无论是吉布森对于环境的论述，还是对于感知本身的讨论，克拉克都对吉布森的观点进行吸收和借鉴。除了直接感知，吉布森在自己的生态知觉理论中，还有关于"可供性"（affordance）概念的论述。关于可供性，吉布森认为可供性既不是客观属性，也不是主观属性，它超越了主-客二元对立，但是，吉布森并没有明确界定可供性的内涵。程相占对此解释道："……也就是环境向生物所提供的'行动可能性'……"[1]克拉克吸收了吉布森的可供性概念，并将其引入到了文化环境、音乐环境当中，进而解释自己的生态音乐感知观点。

第三，音乐理论。首先，在克拉克生态音乐理论著作和文章中，有大量的音乐作品分析，从歌剧、西洋乐、钢琴作品到流行音乐等，作品涵盖体裁非常广泛。一方面，克拉克有对于作品本身的分析，比如调性、和声、织体、音乐术语等；另一方面，克拉克还进行与作品有关的分析，比如演奏技巧、演奏乐器、音乐作品的社会背景，以及演奏家、指挥和作曲家在排练新作品时的详细社交活动，或者所遵循的制度等。其次，对于阿多诺（Adorno）音乐理论的继承和思考。阿多诺的音乐理论包含着对于不同音乐学科间关系的思考，比如，音乐分析美学和社会学美学，音乐心理理论和批判理论之间的关系等。阿多诺认为："不同视角和学科之间某种非系统的、'即兴的'关系是最好的解决方案。"[2]克拉克赞同阿多诺对于学科关系

---

[1] 程相占：《论生态美学的美学观与研究对象》，《天津社会科学》2015年第1期。

[2] Clarke, Eric F. "Subject-position and the Specification of Invariants in Music by Frank Zappa and P. J. Harvey," *Music Analysis* 18 (1999), 347−374.

存在"鸿沟"问题的思考，不同的是，克拉克提出用生态理论来解决鸿沟问题，而不是通过阿多诺所提出的"即兴的"关系来解决。最后，对于音乐心理学等学科的思考。无论是传统的音乐分析结构主义还是音乐心理学，其研究的对象都是音乐的直接来源，即单个音乐作品或者一般音乐风格。克拉克虽然没有继承音乐心理学等学科的理论思想，但是有对于它们所存在的问题的思考，这极大地促进了其生态音乐理论的发展。在克拉克看来，"生态视角既能处理音乐中的永恒属性，也能处理范围更广、更多样化的其他来源……"[1]由此可见，音乐理论在克拉克的生态音乐理论中有基础和促进的作用，是其生态音乐理论构建的来源之一。

以上就是克拉克生态音乐理论的大部分来源，有神经生物学的科学理性思考，有直接感知的生态知觉理论，有对于音乐理论的继承和思考，还有对于音乐作品本身的分析，以及与音乐相关的物质文化、心理过程、社会互动和制度背景等等内容的涉及。某种意义上可以说，这些理论来源促进了克拉克生态音乐理论的产生和发展。

第三节　克拉克生态音乐理论的主要内容

一、克拉克对西方音乐理论的反思

克拉克对西方音乐理论的反思主要集中在两个方面：（一）对于音乐学理论、音乐心理学理论及两者关系的思考；（二）对于音乐认知理论的反思和批判。

第一，对于音乐学理论、音乐心理学理论及两者关系的思考。克拉克在1989年发表了文章《小心缝隙》，文章的最后提到了生态方法，这是他

---

[1] Clarke, Eric F. *Ways of Listening: An Ecological Approach to the Perception of Musical Meaning.* New York: Oxford University Press, 2005, p.190.

为了解决音乐学理论和音乐心理学理论的缝隙问题，而提出的尝试性建议。克拉克在这篇文章中指出，两门学科的缝隙问题可以被概括为音乐中的形式结构和心理过程的问题。克拉克这篇文章关注的不是两门学科的优缺点，而是学科之间的"渗漏"问题。关于"渗漏"问题，克拉克提到了在格式塔理论中所指出的现象，即音乐分析性写作大多以某种方式诉诸心理标准。同样，问题还会表现在音乐心理学也会越来越多地引用音乐学理论的概念。虽然这种情况可能会产生很大的互惠性，但是"这里的问题是有时不分青红皂白地使用这些不同的标准，使作者能够通过改变他们的职权范围来绕过棘手的问题"[1]。克拉克指出，有些理论家会随意地借用一些零碎的东西，"有时似乎只不过是试图抓住任何能够支撑不充分的理论的东西，而对其理论渊源的兼容性或其他方面缺乏关注"[2]。

除此之外，克拉克还将心理原则与形式原则结合的问题总结为三个方面：1. 克拉克认为这里存在一个高度可疑的假设，即不加区分的学科混合意味着形式属性和知觉属性以相同的方式运作，并且具有相同的感知能力；2. 大多数心理过程在主观上都是可变的，并且具有吸引力，就像它们具有形式原则的固定性和客观性一样，可能是误导性的。克拉克指出，形式理论也依赖于单个分析人员的大量主观决策，他们也会存在对一些不同音乐因素的相对重要性看法，因此，无法做到一定的固定性和客观性；3. 文化规范往往与感知规范混淆，后者是感知系统特性和局限性的结果。克拉克认为，这样会导致一个荒谬的情况，就是人们试图根据固有的感知特征来解释社会历史惯例。克拉克并不否认大多数人类文化系统在某种非常深的层次上反映了基本的生物学和感知能力，但是，他认为"不能够呼吁用这种'起源'来解释文化系统里的现象，我们应当谨慎对待适当的解释框架"[3]。

---

[1] Clarke, Eric F. "Mind the Gap: Formal Structures and Psychological Processes in Music," *Contemporary Music Review* 3 (1989), 1-13.

[2] Clarke, Eric F. "Mind the Gap: Formal Structures and Psychological Processes in Music," *Contemporary Music Review* 3 (1989), 1-13.

[3] Clarke, Eric F. "Mind the Gap: Formal Structures and Psychological Processes in Music," *Contemporary Music Review* 3 (1989), 1-13.

克拉克针对上面的问题，提出了"两项显然矛盾的建议"。一方面，克拉克建议"明确区分不同音乐事件的结构、功能和心理的目的、概念和标准"[1]；另一方面，克拉克建议用生态方法来解决这些问题。可以说，这是克拉克对生态音乐理论的初步探索，具体如下：

> 另一方面，应该尝试在这些不同的方法之间建立一种融洽的关系——不是通过简单地确定一个术语和另一个术语之间的映射关系，而是通过开发一种不同类型的描述来实现，认识到感知者与其环境之间的相互关系。这种方法的目的是描述特定类型的感知者的音乐事件，同时考虑到刺激材料、存在的感知系统以及对音乐功能进行评价的文化系统。从本质上讲，这是一个关于生态描述的论点，因为它提出，虽然从不同的角度和不同的层次对同一事态有无限数目的可能描述，但我们主要感兴趣的描述将在一个层面上，在一个广度上适合人类、适合他们的音乐作品和活动以及他们所处的自然和文化环境。[2]

除此之外，克拉克在《感知和批判》一文中，同样提到音乐理论与音乐心理学的关系问题，具体表现在"我们对音乐的反应（音乐感知）的心理描述与美学和批判理论所提供的描述之间，仍然存在着相当大的缝隙"[3]。克拉克对此进行了总结："一是相互猜疑和排斥，音乐感知共同体认为美学和批判理论是无可救药地稀薄和不切实际的，专注于阐述自己的封闭话语，与倾听的事实无关；审美和批判界则拒绝音乐心理学的简单化、非历史性和还原性特征，以及它与专注和封闭的听众的复杂敏感性缺乏相关性。"[4]

---

[1] Clarke, Eric F. "Mind the Gap: Formal Structures and Psychological Processes in Music," *Contemporary Music Review* 3 (1989), 1–13.

[2] Clarke, Eric F. "Mind the Gap: Formal Structures and Psychological Processes in Music," *Contemporary Music Review* 3 (1989), 1–13.

[3] Clarke, Eric F. "Perception and Critique: Ecological Acoustics, Critical Theory and Music," *Proceedings of the International Computer Music Conference, Thessaloniki, Greece* (1997), 19–22.

[4] Clarke, Eric F. "Perception and Critique: Ecological Acoustics, Critical Theory and Music," *Proceedings of the International Computer Music Conference, Thessaloniki, Greece* (1997), 19–22.

克拉克在解决办法方面，引用了吉布森的生态感知理论观点，明确从生态学理论的角度来解决这些问题。克拉克在这篇文章的最后指出，是感知方法将感知心理学和批判理论紧密地联系在一起。综上我们可以知道，克拉克对于音乐学理论、音乐心理学理论及两者关系的思考，促进了其生态音乐理论的萌发和发展。

第二，对于音乐认知理论的反思和批判。克拉克在其文章《小心缝隙》、《感知和批判》以及其著作《聆听音乐意义的生态感知方法》中，都有涉及与音乐认知理论有关的内容。如果说克拉克对于音乐学理论、音乐心理学理论及两者关系的思考，促进了其生态音乐理论的萌发和发展，那么可以说，克拉克对于音乐认知理论的反思和批判，则促进了其生态音乐理论的形成和成熟。克拉克对于音乐认知理论的反思，主要集中在两个方面：1. 反思音乐认知理论的感知顺序性；2. 反思音乐认知理论将音乐视为一种表征。

首先，反思音乐认知理论的感知顺序性。克拉克一开始对于顺序性的论述，还没有完全集中在感知者的感知方面。克拉克在《小心缝隙》一文中，将顺序性作为音乐中音高结构的抽象表征过程来进行论述。克拉克明确反思感知的顺序性，是在《感知和批判》一文。这篇文章反思了音乐感知的心理描述与美学和批判理论所提供的描述之间的缝隙问题。克拉克指出，一方面原因是，两个群体之间"相互猜忌和排斥"，另一方面原因则是，"音乐感知共同体的另一种反应'尚未'得到回应：在我们能够处理最高层次的音乐反应之前，我们需要整理一些基本的过程"[1]。也就是说，音乐感知共同体存在着一个观点，即人们的感知过程有高低层次之分，这也是造成音乐理论与音乐心理学之间存在缝隙的原因。基于此，克拉克明确了他在这篇文章中所要采用的立场，音乐理论和音乐心理学在弥合差距方面"没有取得任何进展可以归因于一种假设，即音乐的文化、审美或意识形态价值比其基本的感性属性更为遥远。这就是我挑战的假设，以及它所依据

[1] Clarke, Eric F. "Perception and Critique: Ecological Acoustics, Critical Theory and Music," *Proceedings of the International Computer Music Conference, Thessaloniki, Greece* (1997), 19-22.

的感知方式"[1]。克拉克在接下来的论述中，详细分析了认知方法的基本原则——感知具有顺序性，具体如下：

> 除了少数例外，音乐感知文献中的绝大多数作品都可以粗略地归类为采用认知方法。概括来说，这种方法的一个基本原则是，感知具有顺序性，从基本的感知属性（如音调、时间分组、音色、空间位置等）开始。它们被处理得更快，并且在不同的个体之间具有实质性的或完全的共性，并依次通过更加复杂和抽象的加工，而这些加工对于个体听者的特定训练和经验变得更加特殊。因此，音乐的"文化意义"被认为是序列中最遥远的层次，被认为是整个体验中最个人化的、独特的、不可预测的（甚至是无法解释的）方面，而基本的感知属性则是经验和理论解释中一个更容易处理的命题。[2]

克拉克认为，无论是属于所谓的"基本的感知属性"的"信息流"，还是属于所谓"文化意义"的"信息流"，这些不同层次的"信息流"是一样的，都是直接可用的。克拉克为了证明自己的观点，引用了吉布森的感知理论，即"文化与自然环境一样依赖物质实在（reality），我们对文化环境的反应同样依赖于获取感知信息的能力"[3]，这个"感知信息的能力"就是对于刺激的"敏感性"（sensibility，或曰"感受力"）。也就是说，吉布森认为，无论是属于"基本的感知属性"的音调、音色等信息，还是属于"文化意义"的审美价值、意义等信息，都依赖于感知者对于信息的敏感性。

此外，克拉克还引用了生态学方法的观点，即"当声音到达感受器的

[1] Clarke, Eric F. "Perception and Critique: Ecological Acoustics, Critical Theory and Music," *Proceedings of the International Computer Music Conference, Thessaloniki, Greece* (1997), 19–22.

[2] Clarke, Eric F. "Perception and Critique: Ecological Acoustics, Critical Theory and Music," *Proceedings of the International Computer Music Conference, Thessaloniki, Greece* (1997), 19–22.

[3] Clarke, Eric F. "Perception and Critique: Ecological Acoustics, Critical Theory and Music," *Proceedings of the International Computer Music Conference, Thessaloniki, Greece* (1997), 19–22.

感觉系统时，声源是直接在刺激信息中指定的"[1]。克拉克同样认为，音乐的意义和关键价值也是直接在许多领域或信息中指定的，而且都具有同样的直接和即时性，它们都是作为感知的直接来源、通过直接感知来获取的，并非经过复杂和抽象的加工后才能获得。克拉克在《感知和批判》的最后一部分指出，生态感知方法及其对于一种实在论（realism）形式的支持，它的作用是"将所谓基本属性的感知和所谓抽象特征结合在一起"[2]。

除此之外，克拉克在《聆听音乐意义的生态感知方法》一书中，提到了感知的"信息处理"（information-processing）方法，通过对这种方法的阐述，克拉克明晰了感知的顺序性的具体表现。克拉克认为，信息处理的观点是一组阶段或者层次，是从相对简单、刺激范围（stimulus-bound）的属性发展到相对复杂、抽象的特征，虽然信息处理过程中会有自上而下（从复杂、抽象到简单）的情况出现，但是信息处理的观点主要还是认为感知的特点是自下而上工作的，即"更复杂的层次是由较低层次、更原始的过程的输出构成的"[3]。克拉克认为，信息处理的观点对人们对音乐的感知方式产生了深远的影响，如下图所示：

领域　　　　　　　　　　　　**学科**

心理 / 社会 / 文化　　　　　　　美学 / 社会学 / 批判理论
　　　　　　　　　　　　　　　审美价值
　　　　　　　　　　　　　　　参考
　　　　　　　　　　　　　　　意义

[1] Clarke, Eric F. "Perception and Critique: Ecological Acoustics, Critical Theory and Music," *Proceedings of the International Computer Music Conference, Thessaloniki, Greece* (1997), 19–22.

[2] Clarke, Eric F. "Perception and Critique: Ecological Acoustics, Critical Theory and Music," *Proceedings of the International Computer Music Conference, Thessaloniki, Greece* (1997), 19–22.

[3] Clarke, Eric F. *Ways of Listening: An Ecological Approach to the Perception of Musical Meaning.* New York: Oxford University Press, 2005, p.15.

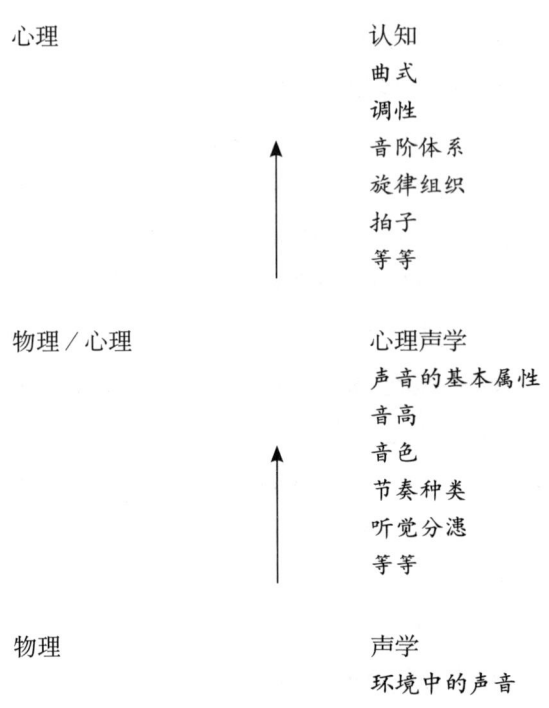

心理	认知
	曲式
	调性
	音阶体系
	旋律组织
	拍子
	等等
物理／心理	心理声学
	声音的基本属性
	音高
	音色
	节奏种类
	听觉分滤
	等等
物理	声学
	环境中的声音

音乐感知的信息处理方法的基本轮廓示意图

在这个观点中，人们无法直接感知更复杂的层次。为此，克拉克提出一种不同于信息处理方法的另一种方法，即（如书名所示）聆听音乐意义的生态感知方法。所以，我们可以认为，克拉克的生态音乐理论，部分形成于他对感知顺序性的反思。

其次，反思音乐认知理论将音乐视为一种表征（representation）。克拉克一开始把表征介绍为解读作品的流行模式之一："音乐感知中最广泛呈现的观点是，对于每个参数，耳朵接收相对非结构化或至少是模糊的感知信息，并通过将一种或另一种心理表征组合起来，将表演或乐谱的单个音符依次积累和集成到更抽象和更全面的表象中，从而使其'有意义'。"[1]随后，克拉克将这些抽象过程在音高等具体方面的表现，进行了详细的论述。

---

[1] Clarke, Eric F. "Mind the Gap: Formal Structures and Psychological Processes in Music," *Contemporary Music Review* 3 (1989), 1–13.

克拉克在这个过程中，产生了三个疑问：（1）感知过程本身是什么？抽象表征应当被看作感知和认知过程最终结果的心理表征，还是感知过程运作的一组环境约束？（2）如果将抽象表征看作对音乐感知所处环境限制的描述，那么是否意味着它只有被内在地接受、协调的情况下才具有心理意义？但是，"我们对从环境中获取音乐信息所涉及的真正的感知过程仍然知之甚少，无法清楚地了解这一点"[1]。（3）抽象表征好似非常接近心理结构，但是心理结构本身是怎样的？克拉克对于以上这些问题的思考，都促发其生态音乐理论的产生，他研究了感知者与环境之间的关系，以及感知发生的过程及意义等。

随后，克拉克指出，人们对于声音理解存在差异的原因是由于某种心理表征或记忆过程，此外，信息处理方法存在问题是因为它很大程度上依赖于心理表征的概念。克拉克为了说明问题，引用了威廉·詹姆斯（William James）的名言。在詹姆斯的理论中，环境是一种"感官刺激的漩涡"，感知有机体需要通过感知和认知来进行组织和解释，换言之，"结构不在环境中：它是由感知者强加于一个无序或高度复杂的世界"[2]。克拉克认为，感知在这里就只是"一种推理或解决问题的过程"，被视为一种"无关切（disinterested）沉思"，外部环境也"不必要且无休止地被内化和复制"。克拉克反对这样的观点，因此提出了生态音乐理论，他从生态理论的基本原则出发，认为"刺激信息是高度结构化的，直接指明其来源"[3]。也就是说，克拉克认为，环境中的刺激信息是已经存在于环境中的，并且在环境中的信息是有结构的，而非感知者利用感知和认知所进行的建构，感知者直接对环境所指定的信息进行感知。

综上所述，克拉克的生态音乐理论，来源于他对于音乐理论和音乐心理学理论及其相关问题的思考，对于认知理论的感知顺序性的反思，以及

---

[1] Clarke, Eric F. "Mind the Gap: Formal Structures and Psychological Processes in Music," *Contemporary Music Review* 3 (1989), 1−13.

[2] Clarke, Eric F. *Ways of Listening: An Ecological Approach to the Perception of Musical Meaning*. New York: Oxford University Press, 2005, p.12.

[3] Clarke, Eric F. "Perception and Critique: Ecological Acoustics, Critical Theory and Music," *Proceedings of the International Computer Music Conference, Thessaloniki, Greece* (1997), 19−22.

对于音乐认知理论将音乐视为一种表征的批判。我们可以认为，克拉克对于这一系列问题的思考，促发着他去寻找解决方法，最后他找到了生态感知方法，这不仅解决了他的疑问，也使他阐发了与音乐有关的生态感知理论。

二、生态感知方法的应用

（一）生态感知方法的三个方面

克拉克的生态音乐理论强调对于音乐意义的感知，这种音乐意义的感知就是"当听到音乐时对音乐意义的意识"，也就是说，他认为，当人们对于音乐意义进行感知的时候，音乐是要在场的，是需要感知者听觉的直接参与，这种感知是与音乐意义区分开来的。克拉克指出，音乐意义产生于"对音乐的思考"，或者产生于"对音乐的反思"，这时的音乐是"被想象或者回忆的"，而不是被感知的，"因为周围的听觉系统（外耳、中耳和内耳）没有发生任何事情"[1]，没有人们听觉的直接参与音乐。克拉克为了更进一步说明这个问题，采用了感知的生态方法，他认为感知的生态方法强调了"听者对各种环境属性的感知反应的直接性"，这种属性既包括"音乐声音的空间位置和物理来源"，还包括"音乐的结构功能、文化及意识形态价值"。具体来说，克拉克的生态感知音乐方法可以概括为三个方面：不变量（invariant）、敏感性（sensitivity）、共振（resonance）。

1. 不变量

什么是环境中的不变量？克拉克在《聆听音乐意义的生态感知方法》一书中指出："在感知者所接触到的持续变化中，也有不变的属性。"[2]也就是说，尽管环境中存在着各种各样广泛和持续的变化，但是这些变化中存在着相对稳定的性质，这些"相对稳定的性质"就是不变量。克拉克以母语为英语的人为例指出，尽管他们在交流时会使用不同的"肢体语言""声

---

[1] Clarke, Eric F. *Ways of Listening: An Ecological Approach to the Perception of Musical Meaning*. New York: Oxford University Press, 2005, p.5.

[2] Clarke, Eric F. *Ways of Listening: An Ecological Approach to the Perception of Musical Meaning*. New York: Oxford University Press, 2005, p.34.

音范围""速度""口音""音量"等因素，但是他们之间的讲话是可以被相互理解的。克拉克为了更加明确不变量，以摩托车的声音为例进行了详细的说明："例如，一个人听到一辆摩托车经过时，这个人会接触到不断变化的声学信息阵列，但在这个阵列中会有不变量的声学特性，在特定的关系模式中，这些声学特性共同识别了摩托车，并且在变换中（多普勒效应导致的音调变化、距离导致的振幅变化，等等）保持不变。"[1]可以说，无论摩托车声音的音量是大是小、声音是远是近，这些因素都不影响我们做出判断，即这是摩托车的声音，"摩托车的声音"就是这个声学信息阵列中的不变量。

克拉克在不变量方面的具体论述可以概括为三个方面：（1）"材料感知同一性的不变性"；（2）"不变量可以有不同的层级"；（3）声音指明自然环境和文化环境的不变量。首先，克拉克认为，"在变换和其他类型的变化下，材料感知同一性的不变性"[2]。也就是说，无论材料如何转换或变化，它都具有不变性，就像我们上面提到的"以英语为母语的人的表达"以及"摩托车的声音"。克拉克指出，音乐为此提供了一个非常清晰的例子，"音乐中的一个主题或动机可以被看作是一个不变量（一种时间比例和音高间隔的模式），在音高转换或全局节拍改变等变化下，它是完整的，因而保持了它的同一性"[3]。换言之，无论这个主题或者动机的节拍、音高等因素如何变化，感知者仍然能够感知到这个主题或者动机。

其次，克拉克采用道林（Dowling）和哈伍德（Harwood）的观点，认为"不变量可以有不同的层级，从局部的、特定的到更一般的"[4]等等。克拉克为了进行具体说明，引用了道林和哈伍德的音乐观点，具体如下：

[1] Clarke, Eric F. *Ways of Listening: An Ecological Approach to the Perception of Musical Meaning*. New York: Oxford University Press, 2005, p.34.

[2] Clarke, Eric F. *Ways of Listening: An Ecological Approach to the Perception of Musical Meaning*. New York: Oxford University Press, 2005, p.35.

[3] Clarke, Eric F. *Ways of Listening: An Ecological Approach to the Perception of Musical Meaning*. New York: Oxford University Press, 2005, p.35.

[4] Clarke, Eric F. *Ways of Listening: An Ecological Approach to the Perception of Musical Meaning*. New York: Oxford University Press, 2005, p.35.

有些不变量是特定于某一部分的，例如贝多芬第五交响曲初始主题的音高和节奏轮廓。在某一特定乐曲中听到的其他不变量，对于一大类相似的乐曲来说是常见的，例如，某些舞蹈中特有的重复的节奏模式，如，比根舞和探戈舞。从规模－结构不变量的角度来看，一个作品可能会在中间调性之间发生特定的转变……这样一种模式包含了单个乐段中的变奏，但是，如果听者已经听过许多这样的带有相同移调模式的乐段，那么这种模式就构成了一种不变的模式，听者可以在他或她听到的每一个乐段中感知到，甚至是之前没有听过的乐段。这些不变量组成了我们所说的风格。[1]

我们从这段引文中发现，道林和哈伍德提到了多种不变量，如"特定于某一部分"的不变量、"特定于某一类乐曲"的不变量、"规模－结构不变量"等等。从这里可以看出，不变量指定的范围是有大有小的，也就是他们所讲的"有层级"。

最后，克拉克借鉴了温莎的观点，"正如声音直接指明自然环境的不变量一样，它们也指明了文化环境的恒久不变的状态或性质（实际上我们可以称它们为"不变量"）"[2]。克拉克指出，采用这个观点有双重阻力：（1）音乐的更高层次属性（例如音调和韵律）被认为是精神结构，而不是物质本身的属性；（2）在语言学和符号学的影响下，文化意义被认为是以任意代码为基础的理论，因此会受到不断和任意的变化。[3]克拉克认为，这两种假设是毫无根据的。首先，克拉克反驳道："一段音乐的音调或旋律是该音乐（与感知者有关）的一个属性，也是演奏它的物理乐器的属性——与所有其他共享音调或韵律的音乐共享，与所有其他由相同乐器演奏的音乐的乐器共性相同。"[4]

---

[1] Dowling, W. Jay, and Harwood, Dane L. *Music Cognition*. New York: Academic Press, 1986, pp.160－161.

[2] Clarke, Eric F. "Perception and Critique: Ecological Acoustics, Critical Theory and Music," *Proceedings of the International Computer Music Conference, Thessaloniki, Greece* (1997), 19－22.

[3] Clarke, Eric F. "Perception and Critique: Ecological Acoustics, Critical Theory and Music," *Proceedings of the International Computer Music Conference, Thessaloniki, Greece* (1997), 19－22.

[4] Clarke, Eric F. "Perception and Critique: Ecological Acoustics, Critical Theory and Music," *Proceedings of the International Computer Music Conference, Thessaloniki, Greece* (1997), 19－22.

也就是说，音调或旋律不是精神结构，它是物质本身的属性，因为它是在声音中被直接指定的，也是被发出这个声音的物理乐器所指定的。克拉克指出，音调或旋律的指定，就像砂纸的粗糙度是在砂纸摩擦的声学信息中被指定、就像酒杯的脆弱性是在敲击酒杯的声音中被指定一样，都是由物质本身属性所指定的。其次，克拉克反驳道："虽然传统意义上的文化单位的编码是任意的（不是由能指的形式或实质决定的），因此可能无限变化，但事实是，一旦文化单位嵌入到任何复杂的系统中，其意义实际上就像自然法则一样不变。"[1]克拉克举例道，理论上很有可能决定能指"大号"从现在起表示以往由"小提琴"表示的概念内容，但是考虑到人类文化的重要性，我们在实践的过程中不可能实现这种改变；再比如，能指"节拍"从现在开始表示以前由能指"音调"所表示的概念内容，理论上来讲，这种改变是可以实现的，但是对于一个特定的文化群体来说，这种改变实际上根本不可能实现。因此，文化意义不会不断任意变化，它一旦进入文化系统，就具有稳定性和不变性。

综上可知，不变量是感知者在所接触环境的持续变化中的不变属性，具有不变性、"层级性"、文化意义的稳定性。此外，克拉克指出，不变量并不意味着感知者可以通过一种普遍或者固有的方式来获取感知意义，感知者需要对环境中的可用信息敏感，越来越"精细地适应不变的属性"。

2. 敏感性（或曰感受力）

敏感性与环境密切相关，是感知者获取感知信息的一种能力，具有非常重要的作用。克拉克在《聆听音乐意义的生态感知方法》一书中提到了联结主义，并且详细阐述了感知联结模式，其目的大部分是为了引出敏感性的重要性。克拉克表示，虽然这个模式在一些学者看来"忽视了有机体与环境之间的互利共生和不断进化的关系"，但是他认为这个模式也揭示了"生态原理的一些有趣之处"。克拉克指出，联结主义模式（connectionist modeling）与传统的人工智能（Artificial Intelligence）的不同之处在于，"它

---

[1] Clarke, Eric F. "Perception and Critique: Ecological Acoustics, Critical Theory and Music," *Proceedings of the International Computer Music Conference, Thessaloniki, Greece* (1997), 19-22.

声称感知和认知过程可以被建模为整个系统的分布式属性"[1]。也就是说，相比于人工智能，联结主义模式的系统中"没有任何特定部分拥有'知识'"，它的开始是一种随机状态。克拉克解释道，联结主义模式系统一开始通过输入单元所受到的刺激，进而整个系统产生一个随机行为，随机行为则取决于模式中节点网络"连接的结构"及"分配给它们的权重"。第一个"激活"所导致的随机行为之后，"系统的行为或多或少地变得结构化，要么基于监督式学习，要么基于自我组织原则"[2]。"在有监督的学习过程中，网络通过专家/程序员提供的一组明确的目标值引导到预期的最终行为。相比之下，在一个自我组织的网络中，系统的最终状态事先并不知道，随着时间的推移，系统仅仅通过重复暴露于'刺激'信息（即输入）而改变。"[3] 克拉克指出，"（联结主义）模型和生态方法的相似之处是人类听众和等效网络获得他们技能的隐含方式"[4]。也就是说，联结主义模式与生态方法都"没有得到任何明确的指导，也不包含明确的规则，也不具有任何明确的处理阶段或表征知识"[5]，只有与"环境"互动时才可以做出判断。笔者认为，更准确地说，生态方法与联结主义模型的自我组织原则相似，都是在对"环境"中的"刺激"信息"敏感"的过程中，产生的塑造过程或"感知过程"。

生态方法中的感知者，其感知系统依赖于环境或环境中的刺激信息，也依赖于感知者的敏感性。克拉克引用了吉布森的观点："符号被认为与事物有着深刻的不同。但让我们澄清一下。必须有刺激的方式，或是传达信息的方式，才能让任何个人感知任何事物，无论它多么抽象。他必须

[1] Clarke, Eric F. *Ways of Listening: An Ecological Approach to the Perception of Musical Meaning*. New York: Oxford University Press, 2005, p.26.

[2] Clarke, Eric F. *Ways of Listening: An Ecological Approach to the Perception of Musical Meaning*. New York: Oxford University Press, 2005, p.26.

[3] Clarke, Eric F. *Ways of Listening: An Ecological Approach to the Perception of Musical Meaning*. New York: Oxford University Press, 2005, pp.26-27.

[4] Clarke, Eric F. *Ways of Listening: An Ecological Approach to the Perception of Musical Meaning*. New York: Oxford University Press, 2005, p.28.

[5] Clarke, Eric F. *Ways of Listening: An Ecological Approach to the Perception of Musical Meaning*. New York: Oxford University Press, 2005, p.28.

对刺激敏感，不管他所理解的东西是多么普遍或精细。除了在声音、投影光、机械接触等方面实现的符号外，不存在任何符号。一切知识都取决于敏感性。"[1]由此可见，一方面，吉布森强调环境中刺激的重要性；另一方面，他也强调人们对于刺激敏感性的重要性，只有两者的共同作用，才能使得感知者更好地感知环境、探索环境。除此之外，克拉克指出："引起系统中特殊联系和权重（或大脑中的突触连接）的环境事件，是具体物质世界中的明显关系；随后网络的'调谐'（无论是人工模型还是真实的大脑），则是暴露于这些真实事件的结果——它们的痕迹或残留物。这种痕迹及其重新激活被体验为网络的一种动态状态，因此是一种心理状态——一种对实在世界关系的意识状态。"[2]这种被重新激活的状态，其实就是对于"痕迹或残留物"敏感的结果。克拉克借用巴鲁查（Bharucha）和斯托克希（Stoeckig）的观点进一步解释道："当再次遇到原始事件序列的一部分时（例如，一个较长音调序列的前两个或三个和弦），原始动态状态的其余部分可能会或多或少地被激活——在心理学中被称为感知促进的原则，或启动。"[3]也就是说，感知者的敏感性对于他们的感知有着启动或促进的作用，因此，敏感性对于感知者有着非常重要的作用，同时也是感知生态方法的重要组成部分，就如同克拉克在论述的最后所再次强调的一样，"一切知识都取决于敏感性"[4]。

3. 共振

"生态方法强调环境本身的结构，认为感知是对已有结构的感知信息的提取。"[5]克拉克认为，世界是一个高度结构化的环境，不仅自然环境是高度结构化的，文化环境同样也是高度结构化的。人们对于世界的感知就是

[1] Gibson, James J. *The Senses Considered as Perceptual Systems*. London: George Allen & Unwin Ltd, 1983, p.26.

[2] Clarke, Eric F. *Ways of Listening: An Ecological Approach to the Perception of Musical Meaning*. New York: Oxford University Press, 2005, p.31.

[3] Clarke, Eric F. *Ways of Listening: An Ecological Approach to the Perception of Musical Meaning*. New York: Oxford University Press, 2005, p.31.

[4] Gibson, James J. *The Senses Considered as Perceptual Systems*. London: George Allen & Unwin Ltd, 1983, p.26.

[5] Clarke, Eric F. *Ways of Listening: An Ecological Approach to the Perception of Musical Meaning*. New York: Oxford University Press, 2005, p.17.

对于结构化环境的适应，与结构化环境进行共振，所以环境中的信息由环境直接指定，而不是通过有机体的建构。也就是说，"这一信息直接将物体本身的特性指定给具有适当感知系统的有机体"[1]。那么，这种信息的指定是否意味着感知者在被动地与环境中的信息进行共振呢？克拉克认为，"共振不是被动的：它是一个感知的有机体积极地、探索性地与环境接触"[2]。换言之，感知者与环境中的信息的共振是一个主动的过程，是一个感知有机体积极探索环境的过程，是感知者与环境中的刺激信息相互适应的过程。

那么，"共振"的具体含义是什么呢？克拉克的共振理念来自于吉布森，克拉克在《感知与批判》一文中写道："吉布森用'共振'一词来描述感知者与刺激信息的关系，强调感知不是开发一组内部过程的问题，即整理出信息并生成表征，而是一个对具有物质实在的环境特性变得敏感或协调的问题。"[3]从中可以看出，一方面，吉布森强调环境中的刺激信息；另一方面，他也强调感知者对环境或者环境中的刺激信息的"敏感"或"协调"。克拉克对此进行了进一步的阐释，他提出，刺激信息"直接指定对象本身的性质"，是对象本身的特性的直接后果。另外，克拉克指出，共振所需要的敏感或协调是不同于定弦或空心管的振动，因为"它们都是固定的，只会对特定类型的事件——特定的频率——产生共振"[4]。关于定弦的共振，克拉克进行了举例说明："大提琴C弦会与附近另一乐器发出的C音产生共振，或者与C音的某些次谐波产生共振，但不会与其他种类的声音产生共振。"[5]关于空心管的振动，克拉克认为它的频率和振幅是由它本身的物理特性决定的，是它"物理结构的'印记'"，"如果被另一个物体击中（并

[1] Clarke, Eric F. *Ways of Listening: An Ecological Approach to the Perception of Musical Meaning*. New York: Oxford University Press, 2005, p.18.

[2] Clarke, Eric F. *Ways of Listening: An Ecological Approach to the Perception of Musical Meaning*. New York: Oxford University Press, 2005, p.19.

[3] Clarke, Eric F. "Perception and Critique: Ecological Acoustics, Critical Theory and Music," *Proceedings of the International Computer Music Conference, Thessaloniki, Greece* (1997), 19–22.

[4] Clarke, Eric F. *Ways of Listening: An Ecological Approach to the Perception of Musical Meaning*. New York: Oxford University Press, 2005, p.18.

[5] Clarke, Eric F. *Ways of Listening: An Ecological Approach to the Perception of Musical Meaning*. New York: Oxford University Press, 2005, p.18.

作为该物体的硬度和质量的函数），将根据它被挖空的程度以及空腔的具体的大小和形状，以某种频率模式振动"[1]。也就是说，空心管的振动是"固定的"。此外，克拉克认为，共振除了不同于定弦或空心管的振动，还不同于收音机的调频，因为它是需要有人转动按钮才可以调到某一种广播频率，而感知是"一个自我调整的过程"，以优化它与环境或者环境信息的共振。

那么，共振是如何产生的呢？克拉克指出，有的观点认为"共振"仿佛是感知者在某种程度上"被神奇地赋予"的能力，他认为没有什么比这种观点更离谱的了。克拉克认为："感知系统与环境的共振是进化和适应的产物，就像生物的进食行为适应现有的食物供应一样。"[2]克拉克以长颈鹿为例进行了说明，他指出长颈鹿在草原环境中的生存不是一种幸运的结果，它们的颈部也不是一种幸运的突破，而是由于它们长期适应环境的结果，这种适应使得长颈鹿能够在生存竞争中成功，使它们能够吃到较高的枝叶。另外，克拉克以声音为例指出：

> 类似地，人类基底膜在其大部分长度上呈现对数频率分布的事实（也就是说，基底膜上的一个固定距离对应一个大致恒定的频率比）不是什么神圣的设计奇迹，也不是什么意外之喜：在一个被击打和吹奏的对象倾向于发出具有谐波序列特性的声音的世界中，它具有优势；对于一个以语音和其他声音/听觉交流形式如此重要的物种而言，这是一个特殊的优势。例如，它允许同一音高在不同音域中的等效性，这是对不同音域（男性和女性、成人和青少年）的个人声音做出适当反应时的一个重要特征。[3]

也就是说，感知者对于不同声音的感知能力是在感知者与声音环境的

---

[1] Clarke, Eric F. *Ways of Listening: An Ecological Approach to the Perception of Musical Meaning*. New York: Oxford University Press, 2005, p.18.

[2] Clarke, Eric F. *Ways of Listening: An Ecological Approach to the Perception of Musical Meaning*. New York: Oxford University Press, 2005, p.21.

[3] Clarke, Eric F. *Ways of Listening: An Ecological Approach to the Perception of Musical Meaning*. New York: Oxford University Press, 2005, p.21.

共振中逐渐形成的，并非感知者的天赋异禀。除此之外，克拉克指出感知/行动、适应、感知学习这三个因素，同样解释了"为什么感知者与其环境的共振不是预先注定或神秘的"（三个因素的具体论述在本节的第二部分）。

因此，克拉克认为，"共振"不是被动的，它是感知者与环境积极接触的一种状态，它不产生于一种神奇的力量，而产生于感知者与环境的相互适应等。

（二）生态感知方法的三个因素

克拉克指出，我们对世界的直接感知，并不是感知者与环境之间莫名其妙或"神奇"的相互作用，而是"感知与行动的循环""适应""感知学习"三个因素的共同结果，这三个因素使得生态感知音乐理论更加具有现实性。

1. 感知与行动的循环

感知和行动之间是什么关系？克拉克认为："行动导致、增强和引导感知，反过来又是感知的结果和反应。"[1]也就说，感知导致行动，行动改变感知，两者是互惠的关系。比如，当我们听到远处的一个声音，我们会把手放到耳边，以便可以更加听清楚这个声音；当我们看到一个物体，我们会伸出手去触摸它，以便更好地感知它的质感；当我们闻到一股气味，就会下意识地用鼻子吸气，以便更好地感受这种气味，等等。但是，克拉克指出："许多审美对象和环境改变了这种天衣无缝的状态，通过从根本上限制感知者的参与或行动的能力，即以一种自由流动的方式处理周围环境的能力。"[2]这具体大概表现在三个方面：音乐会文化的环境、录制的声音、审美对象。

首先，音乐会文化的环境。如同上文所说，当我们听到远处的一个声音，我们会把手放到耳边，我们甚至可以走到发出声音的地方，以便我们更好地倾听或者研究这个声音。但是，这种"感知/行动循环"（perception/

---

[1] Clarke, Eric F. *Ways of Listening: An Ecological Approach to the Perception of Musical Meaning*. New York: Oxford University Press, 2005, p.19.

[2] Clarke, Eric F. *Ways of Listening: An Ecological Approach to the Perception of Musical Meaning*. New York: Oxford University Press, 2005, p.124.

action cycle）在音乐厅里被打破了，因为音乐会文化禁止感知者采取规定以外的行动或探索。克拉克指出："在严格的容忍范围内，我可以转动我的头，或者伸长我的脖子，试图看看是谁或什么在发出声音，或者遮住我的耳朵。但是，礼节禁止更彻底和积极的探索——不管我多么好奇，这些声音是怎么发出来的，或者由谁发出的，或者这些声音来源可能带来什么危险或可能性。"[1]除此之外，音乐会文化还有具体的惯例，比如"在音乐会上规范地鼓掌"等，这些要求都或多或少地中断或中止了感知者的感知/行动循环。

其次，录制的声音。克拉克表示，"录制的声音使感知和行动的脱离更加尖锐和不那么尖锐"[2]。一方面，录制的声音已经确定、固定了，感知者无法探究一开始发出声音的"表演者""乐器""空间"等因素的状态，就如同克拉克自己所讲，"我盯着我的高保真音响，或拿着扬声器，或在房间里走动，这些行动没有使得我对音乐有更多的发现"[3]。另一方面，克拉克认为，录制的声音"确实恢复了感知和行动的某些联系"。比如："如果录音中的某个声音很有趣、令人费解或令人兴奋，我可以停止音乐并重新播放，或者如果我觉得还没有完全捕捉到它，我可以增加音量，或者如果它看起来是在那里，我可以增加左声道，或者查看唱片套上的说明以期有所启发。"[4]克拉克指出，虽然这种感知/行动循环没有真实地去探索声音来源的那种感知/行动循环直接和彻底，但这也是感知/行动循环。

最后，审美对象。"审美对象经常打乱感知和行动之间的正常关系，这种强迫性的脱离是许多艺术形式的特征：绘画可以展示场景和物体，但没有第三空间维度可以提供积极的探索；雕塑是用能够引起身体接触的材料

[1] Clarke, Eric F. *Ways of Listening: An Ecological Approach to the Perception of Musical Meaning*. New York: Oxford University Press, 2005, pp.136-137.

[2] Clarke, Eric F. *Ways of Listening: An Ecological Approach to the Perception of Musical Meaning*. New York: Oxford University Press, 2005, p.137.

[3] Clarke, Eric F. *Ways of Listening: An Ecological Approach to the Perception of Musical Meaning*. New York: Oxford University Press, 2005, p.137.

[4] Clarke, Eric F. *Ways of Listening: An Ecological Approach to the Perception of Musical Meaning*. New York: Oxford University Press, 2005, p.137.

和技术制作的，但是你不被允许触摸；照片所展示的物体、事件和人物的时间和空间，是你无法进入的；戏剧和电影将你排除在行动之外，尽管你与行动保持着距离。"[1]克拉克认为，正是因为感知/行动循环被打破，人们无法探知和融入这样的环境，便会造成人们产生"不耐烦"的情绪，又或者"被强迫产生审美沉思"，也就是感知者的"注意力从如何处理声音（或景象）到它们如何工作或构造的转变"[2]，造成人们产生可以走向"事物本身"的感觉，从而产生了自主性。

除此之外，克拉克还提到表演者在演奏过程中的感知/行动循环，认为他们的感知/行动与乐器、材料等因素有关。

2. 适应

感知的生态学方法强调感知有机体对环境的适应，有机体和它们的环境是不断变化的，"一个有机体与其环境之间的'适合度'并不是一个偶然问题：它是由进化过程带来的相互适应的产物"[3]。克拉克指出，兔子和草原"产生共振"并不是什么奇迹，而是它们之间的相互适应，兔群不仅适应于这个具有竞争性的物理环境，同时由于它们的存在促使这种环境本身的延续和扩大。类似的相互适应，同样适用于人类和音乐的关系："人类已经利用了音乐制作的自然机会（材料的声学特性和人体的动作可能性），也已经适应了这些机会，并通过这样或那样工具的制作增强了这些机会——从钻孔的骨头，到羊肠线和木制盒子，再到符号系统、电压控制器和ipod。一旦制作完成，所有这些人工制品都有助于维持现有的音乐行为（即，它们有助于延续音乐生态系统），并使新的行为成为可能。"[4]克拉克认为，虽然人类与音乐环境之间的相互关系不能够按照进化原则来进行解释，但是也

---

[1] Clarke, Eric F. *Ways of Listening: An Ecological Approach to the Perception of Musical Meaning*. New York: Oxford University Press, 2005, p.137.

[2] Clarke, Eric F. *Ways of Listening: An Ecological Approach to the Perception of Musical Meaning*. New York: Oxford University Press, 2005, p.138.

[3] Clarke, Eric F. *Ways of Listening: An Ecological Approach to the Perception of Musical Meaning*. New York: Oxford University Press, 2005, p.20.

[4] Clarke, Eric F. *Ways of Listening: An Ecological Approach to the Perception of Musical Meaning*. New York: Oxford University Press, 2005, pp.21-22.

不能完全地独立于进化原则，生物与文化是一种复杂交织的状态。

　　那么，适应是如何产生的呢？人们对于音乐环境的适应是如何产生的呢？真的如部分学者所认为的那样，适应产生于一种"不可思议的奇迹"吗？还是说，适应产生于"音调环境的规律性与听觉系统某些基本感知能力之间的相互作用"[1]？又或者，感知者对于音乐这一属性的适应仅通过简单的接触就可以形成？为了说明这些问题，克拉克引用了联结主义关于自我组织原则的一些观点。克拉克指出，巴鲁查和莱曼（Leman）一样都使用了自我组织的方法，巴鲁查提出并发展了一种感知音调和谐统一的模式。"巴鲁查和莱曼的模式都是以音调材料（音符或和弦）作为输入，并以动态变化的音调感的形式给出音调解释作为输出。在这两种情况下，网络开始在一个本质上没有区别的状态，并通过暴露音调材料发展音调特殊的特点。这些变化的发生并不是因为网络获得了表征，或者增加了它们的记忆内容，而是因为它们的联结模式和随之而来的行为随着系统的变化而变化：换句话说，它们适应了。"[2]也就是说，感知者的感知系统对于音调的适应是通过不断接触音调材料而形成的。

　　为了更加清楚地说明问题，克拉克介绍了科霍宁（Kohonen）和格罗斯伯格（Grossberg）的自我组织方法："现有的联结（可能是偶然形成的）在每次联结更新时得到加强，而相邻的联结（'竞争'）减弱。其结果是，环境中的规律性仅仅凭借其循环性和相互依赖性，就进一步塑造了网络。如果某些环境事件的组合比其他事件发生得更频繁，那么网络中相应的联结将变得越来越重，邻近的联结将变得弱化。"[3]也就是说，感知者的感知系统对于音调的适应，是由于感知系统不断接触音乐材料，加强了感知系统和音调这个网络中的联结，进而促使感知系统能够随着音调的变化而变化，也就是感知者的感知系统适应了音调。

---

[1] Clarke, Eric F. *Ways of Listening: An Ecological Approach to the Perception of Musical Meaning*. New York: Oxford University Press, 2005, p.29.

[2] Clarke, Eric F. *Ways of Listening: An Ecological Approach to the Perception of Musical Meaning*. New York: Oxford University Press, 2005, pp.29－30.

[3] Clarke, Eric F. *Ways of Listening: An Ecological Approach to the Perception of Musical Meaning*. New York: Oxford University Press, 2005, p.29.

克拉克强调，这种适应不是记忆。他指出，多风地方所生长的奇怪形状的树木，我们不应当解释为这是树木之前对于风的"记忆"，而应当从生长的角度来解释，"它们以一种特定的方式生长，在盛行风的影响下，它们现在以一种特定的方式与风相互作用"[1]。同样，对于音调的适应也不是记忆："在暴露于环境塑造（如音调、和弦序列）之后，神经网络以某种方式'成长'，其结果是，当它再次'感觉到风'以同样或类似序列吹向它时，它以一种特定的、不同的方式表现。"[2]这就是适应。

3. 感知学习

感知学习是生态方法相当重视的一个方面，它取决于对当前事件的敏感性，以及感知者对于环境不变量的适应。克拉克指出，有机体的感知特性（perceptual characteristics）不是固定不变的，它们"就沉浸在一个持续的感知学习过程中"。克拉克关于感知学习的论述，主要有以下两个方面：

首先，感知学习不同于认知学习。克拉克指出，认知心理学也注意到人类及其他生物感知能力变化的重要性，但是认知理论更倾向于通过"经验和学习来增强感知的'编码能力'的角度"[3]来研究这个问题，他们认为感知能力是通过知识的积累而增强的，"这些知识指导和告知他们（感知者），填补在混乱和不完善的环境中缺失的信息"[4]。相比之下，生态方法认为，"感知学习是渐进分化（progressive differentiation）"，即"感知者对刺激信息中始终存在但以前未被发现的差异变得越来越敏感"[5]。也就是说，人们是在对环境中的差异不断感知的过程中，提高自己的感知能力、进行感知学习的。

[1] Clarke, Eric F. *Ways of Listening: An Ecological Approach to the Perception of Musical Meaning*. New York: Oxford University Press, 2005, p.30.

[2] Clarke, Eric F. *Ways of Listening: An Ecological Approach to the Perception of Musical Meaning*. New York: Oxford University Press, 2005, p.30.

[3] Clarke, Eric F. *Ways of Listening: An Ecological Approach to the Perception of Musical Meaning*. New York: Oxford University Press, 2005, p.22.

[4] Clarke, Eric F. *Ways of Listening: An Ecological Approach to the Perception of Musical Meaning*. New York: Oxford University Press, 2005, p.22.

[5] Clarke, Eric F. *Ways of Listening: An Ecological Approach to the Perception of Musical Meaning*. New York: Oxford University Press, 2005, p.22.

其次，感知学习分为两种，即被动的感知学习（passive perceptual learning）和被指导的感知学习（directed perceptual learning）。被动的感知学习"意味着没有明确的培训，没有监督者指出明显的特征和适当的反应"[1]。一方面，它是"被动的"，因为感知学习"不受任何外部人类力量的直接指导"；另一方面，对于感知者本身来讲，感知学习又是积极的，因为感知者的行动使他们发现环境中的差异，而这些差异又会导致或改变行动。克拉克以"小孩在木琴上发现音高和音量"为例，对"被动的"感知学习进行了说明："在第一次接触木琴时，孩子用手或棍子进行的或多或少未经规范的体验，会产生各种意外的声音。在没有监督的情况下，孩子可能会发现，不同的动作（用力更大/用力更小，在物体的左侧/在物体的右侧，用手指/用棍子），会产生不同的结果（更响/更柔和、低音/高音、尖锐的敲击/沉闷的敲击），甚至这些区别本身也可以用来实现其他目标——有趣的声音、可怕的声音、惊喜的声音等。"[2]可见，孩子通过对于木琴的探索，会发现不同的音量、音高、音质，这些差异促使他们变换行动进而再进行感知，孩子在发现差异的过程中，逐渐提高了他们对于木琴的感知能力。

相比之下，被指导的感知学习就是有外部人类力量指导的学习，指导者"故意将个体置于一个旨在诱发感知学习的情境中"[3]。克拉克以（柱式）三和弦为例，并借鉴布雷格曼（Bregman）的某些观点，说明被指导的感知学习过程：

> 未经训练的听众——当然还有那些还未接受过训练的孩子——倾向于把一个和弦看作是一个整体。这是一种完全合理和"正确"的感知：和弦，尤其是在钢琴上演奏的普通和弦，通常由紧密同步的音组成，均匀的音色和非常简单的动态水平——所有这些都有助于在和弦

---

[1] Clarke, Eric F. *Ways of Listening: An Ecological Approach to the Perception of Musical Meaning.* New York: Oxford University Press, 2005, p.23.

[2] Clarke, Eric F. *Ways of Listening: An Ecological Approach to the Perception of Musical Meaning.* New York: Oxford University Press, 2005, p.23.

[3] Clarke, Eric F. *Ways of Listening: An Ecological Approach to the Perception of Musical Meaning.* New York: Oxford University Press, 2005, pp.23－24.

·353·

组成部分之间产生融合，正如布雷格曼指出的那样。因此，把一个三和弦当作一个单独的"事物"来听是非常恰当的：它是一个单独的事物。但是，当一位教师指出，这个单独的事物也可以被听到由若干组成部分组成时，他或她正在引导学习者的注意力转移到一个在刺激信息中总是可用、但却未被察觉的特征上。对这种信息的意识几乎总是通过感知/行动循环来实现的：学习者被鼓励去"唱中间的音"或者产生一些其他类型的明显的行动，这些行动具有引导注意和巩固新的感知意识的效果——通过感知/行动循环对知觉信息的"强化"。[1]

综上所述，感知不是感知者与环境之间不可思议的"神奇"力量，而是感知和行动、适应、感知学习三个因素相互依存的结果。

三、生态可供性

克拉克认为，"可供性"（affordance）的概念直接关系到他所研究的主题，即音乐的意义。关于"可供性"概念和理解，克拉克主要借鉴吉布森及其他生态心理学家的观点。首先，克拉克在其《聆听音乐意义的生态感知方法》一书中引用了吉布森的定义：

> 当常量对象的固定属性被感知（形状、大小、颜色、织体、构图、运动、动画和相对于其他对象的位置），观察者可以继续探寻它们的可供性。我创造了这个词作为价值的替代品，这个词带有古老的哲学意义。我的意思仅仅是事物所提供的东西，无论好坏。毕竟，它们能给观察者提供什么，取决于它们的性质。最简单的可供性，比如食物，或者捕食性的敌人，可能很容易被一些动物的幼崽发现而不需要学习，但总的来说，学习对于这种感知是至关重要的。孩子学会了什么东西

---

[1] Clarke, Eric F. *Ways of Listening: An Ecological Approach to the Perception of Musical Meaning*. New York: Oxford University Press, 2005, p.24.

是可以操纵的，它们是如何被操纵的，什么东西是有害的，什么东西是可以食用的，什么东西可以和其他东西放在一起，或放在其他东西里面，等等。他也知道什么样的物体可以用来作为达到目的的手段，或者制造其他可取的物体，或者让人们做什么他想让他们做的事。简言之，人类观察者除了学习如何处理它们之外，还学会了探测所谓的事物的价值或意义，感知它们与众不同的特征，把它们分成类别和子类别，注意它们的相似和不同之处，甚至为了它们自身的利益而研究它们。所有这些辨别，可以说，必须完全基于他的教育关注微妙的不变的刺激信息。[1]

克拉克指出，虽然吉布森在这里把相当多的注意力放在了对象本身的特性上，但是在他的其他著作中，吉布森以一种更加辩证的方式提出了"可供性"的概念，即"虽然可供性取决于物体的属性，但它们并不仅仅取决于它们：可供性既是客观属性的产物，也是遇到它们的有机体的能力和需要的产物"[2]。克拉克认为，吉布森创造"可供性"这个词是来代表感知者在环境中发现的机会、功能和价值，这些机会来自有机体的需要和能力，以及物体和事件的属性之间的相互关系。"在音乐解释学的特定语境中，音乐材料可以被认为是提供某种解释，而不是其他解释。库克（Cook）用贝多芬《d小调第九交响曲》第一乐章中被广泛讨论的再现部作为自己方法的例子，提供'谋杀性愤怒'（麦克拉里 McClary）和'着火了的天堂'（托维 Tovey）两种解释，它之所以能够提供前两种解释，而不是第三种解释，一方面是因为音乐具有特殊的物质属性，另一方面是因为它的解释具有一定的语义要求，例如，音乐中的材料无法满足冷漠和厌世的语义要求"[3]。

其次，克拉克提到部分学者对于吉布森的名词"affordance"的反对，

---

[1] Gibson, James J. *The Senses Considered as Perceptual Systems*. London: George Allen & Unwin Ltd, 1983, p.285.

[2] Clarke, Eric F. *Ways of Listening: An Ecological Approach to the Perception of Musical Meaning*. New York: Oxford University Press, 2005, p.37.

[3] Clarke, Eric F. *Ways of Listening: An Ecological Approach to the Perception of Musical Meaning*. New York: Oxford University Press, 2005, pp.203−204.

指出坚持使用动词可能有好处。关于吉布森的"affordance","动词afford可以在词典中找到，但名词affordance却没有。这是我编的。我的意思是，它以一种现存术语所没有的方式，同时指环境和动物。它意味着动物与环境的互补性"[1]。其他学者指出，名词"affordance"可能会威胁到本质上是动态的概念。克拉克解释道，"一个生物体可以根据自身需求的变化而注意到不同的功能"[2]。克拉克指出，木椅可以提供人坐，可以提供白蚁吃，同样，同一把椅子也可以为受到攻击的人提供自卫的机会。克拉克认为，这不是有机体将其需求强加于环境的情况，也不是一个固定地决定环境的情况："对一个人来说，一把椅子可以用来坐和自卫，但由于人类消化系统的能力和木材的特性之间的关系，根本就无法用来食用。"[3]除了有机体的能力和对象的特性，克拉克认为社会因素也很重要，他指出，虽然小提琴是具有提供燃烧的能力，但是社会因素（规定小提琴是一种弦乐器）确保了这种情况的可供性的极少发生，除非在非常极端的情况下，或者有不关心这种约束可供性的音乐环境的人才能实现。

再次，克拉克认为："可供性原理并不意味着感知总是显而易见和明确的，因为物体和事件可以提供不止一种感知经验。"[4]克拉克所举的例子是，有人在钢琴上演奏F调的完美节奏，人们对于自己所听到的内容，可能有不同的感知体验："一个音乐的结尾"，"一个听觉的测试节选"，"一个人在钢琴上演奏的节奏"，"一个人在钢琴上弹奏F调的完美节奏"，等等。事物和事件可能会"携带不同或相互矛盾的信息变量"，因此，感知者对于它们的感知也会有所不同、存在差异。

最后，可供性在吉布森的其他著作以及其他生态心理学家的著作中，

[1] Gibson, James J. *The Ecological Approach to Visual Perception* (Classic Edition). New York: Psychology Press, 2015, p.119.

[2] Clarke, Eric F. *Ways of Listening: An Ecological Approach to the Perception of Musical Meaning*. New York: Oxford University Press, 2005, p.37.

[3] Clarke, Eric F. *Ways of Listening: An Ecological Approach to the Perception of Musical Meaning*. New York: Oxford University Press, 2005, p.38.

[4] Clarke, Eric F. *Ways of Listening: An Ecological Approach to the Perception of Musical Meaning*. New York: Oxford University Press, 2005, p.38.

主要被理解为"在世界上遇到感知信息的行为后果"。比如说，有了椅子，就可以坐下；有了棍子，就可以抢打东西；有了树莓，就可以吃；有了铅笔，就可以写字。克拉克除了上面列举的例子，还指出在音乐方面也符合这一观点："音乐提供舞蹈、崇拜、协调工作、劝说、情感宣泄、进行曲、踏脚以及其他各种各样非常实际的活动。"[1]克拉克认为，这时的"可供性"就是用来解释音乐的含义的，其中心思想就是，"感知/事件关系提供行动——这是感知和行动相互作用这一更普遍的生态原则的反应"[2]，音乐提供（afford）了一系列其他行为，而正是这些行为在大多数人的生活中发挥着更为核心的作用，它们展示了音乐意义的表现特性，而这就是他所专注的主题——对音乐意义的感知。

综上可知，可供性是物体的属性，但它与有机体的能力和需求有关，它不意味着感知者的感知总是明显和确定的，它可以被理解为在世界上遇到感知信息的行为后果。除此之外，音乐的可供性提供了其他的行为，这些行为展示了音乐意义的表现特性，而这有助于音乐意义的生态感知研究。

四、音乐事件（musical events）

克拉克生态音乐理论的主要目的是讨论听者与一般听觉环境，更具体地说是与音乐环境的互动方式，即通过考虑音乐材料与感知能力的关系，把听音乐看作是对意义的持续感知。此外，克拉克借鉴宾厄姆（Bingham）和切梅罗（Chemero）的观点认为，感知就是发现世界上的事件并对它采取行动。克拉克指出，感知也是关于发现世界上的事件意义（正在发生什么以及如何处理它）并对其采取行动，而聆听音乐就是以感知的方式参与音乐事件和意义（这种音乐中发生了什么，以及如何处理它）。他说："如果在音乐会上，我听到一些声音，我认为这些声音导致了音乐最后的终止，

---

[1] Clarke, Eric F. *Ways of Listening: An Ecological Approach to the Perception of Musical Meaning*. New York: Oxford University Press, 2005, p.18.

[2] Clarke, Eric F. *Ways of Listening: An Ecological Approach to the Perception of Musical Meaning*. New York: Oxford University Press, 2005, p.204.

我就能理解它们的意义（最后的结束），并为接下来的掌声做好准备。"[1]也就是说，"我"参与了音乐的事件。克拉克强调，感知并不是接受"原始的感觉"，然后解释它们的过程，在感知中指定的事物和事件才是重要的："人们是否因为看到火焰、听到爆裂声、闻到烟味或感觉热感而注意到火灾，与觉察事件（火灾）相比，其重要性不大。"[2]

那么，事件感知都有哪些特点呢？首先，声音或音乐事件除了指定有形的物体，还指定情感、意识形态等抽象"来源"：

> 音乐的声音指明了各种各样的物体和事件：它们发出声音的乐器和录音媒介，它们所属的音乐风格，它们所参与的社会功能，它们的表演者的情感状态和身体行为，它们所处的空间和位置，它们交织在一起的话语。因为乐器、身体、扬声器、舞台、大教堂和俱乐部都是有形的，所以接受它们作为声音中特定的来源没有什么困难。当我通过门口时，我听到了它的敲击声、颤音和鼓槌的声音。但是，文化、社会实践、情感状态和意识形态效忠可以被视为"来源"（声音指定的东西）的观点受到了更多抵制，因为它们看起来太抽象、太非物质。这是不必要的限制：文化、情感和意识形态不仅是物质的，而且它们都以这样或那样的物质形式表现出来，其中包括这些现象的声音。1900年左右的维也纳，或者20世纪60年代的美国极简主义，或者2007年的英国回响贝斯场景，所有的文化和亚文化，它们通过物质形式（图像、建筑、技术工艺品、语言、服装、发型）来表现、表达和构建，感知者对这些物质形式或多或少能够协调一致，而音乐声音就是这些物质形式之一。这些文化和亚文化（以及乐器、身体、情感表达、社会实践）是这些声音的来源，因为它们构成了产生音乐的条件和环境，并在这些声音中得到具体说明。同样地，a小调的韵律、诗歌和合唱，或者加

---

[1] Clarke, Eric F. *Ways of Listening: An Ecological Approach to the Perception of Musical Meaning*. New York: Oxford University Press, 2005, p.7.

[2] Clarke, Eric F. *Ways of Listening: An Ecological Approach to the Perception of Musical Meaning*. New York: Oxford University Press, 2005, p.32.

沃特的节奏都可以被视为听众所听到的声音的来源——被视为声音中所指定的事件。[1]

其次，克拉克认为，声音中指定的对象和过程，可能属于真实世界或虚拟世界。克拉克以摩托车的声音为例写道，当你正坐在房间里时，一辆摩托车从外面街道上驶过。毫无疑问，进入你听觉系统的声音是以这样一种方式构成的：它们指定了一辆摩托车，而且它们指定的摩托车有一个切实可见的实在，可以通过走到窗口看它经过来证实。在现实生活中，这是一辆摩托车。另一方面，假设你下载了一个名为《路过的摩托车》（Passing Motorbike）的音频剪辑，并通过音响系统播放它。根据视频和音响系统的质量，声学信息可能与刚才提到的摩托车声音的声学信息几乎完全相同，但是音频所指定的摩托车在眼前的现实世界中并不存在：实际上什么都没有移动，没有真实的空间被穿越——不管它可能有多么令人信服。克拉克指出，听音频让我们感觉是完全真实的，但是我们也感觉到音频中的摩托车声音是播放或者记录下来的，而实际的事件并没有在此时此地发生。"这些记录或模拟没有被听到作为指定明显的或隐喻的事件：它们指定感知真实的事件碰巧不在场。"[2]也就是说，"录制的音乐指定了虚拟世界中的物体和事件（电影、电视和视频游戏在相应的视觉域中也是如此）"[3]。不仅如此，克拉克认为，即使是现实生活中的器乐，也可以指定一个虚拟世界，比如音乐演奏中的运动感和空间感。"例如，贝多芬《d小调第九交响曲》第一乐章的一开始，我们听到了弦乐、号和木管乐器的五度音（A/E），随后弦乐增加从A到E的下行旋律线，下行到更低的A和E，等等，逐渐填充音乐的织体，这种材料填充的织体'空间'是什么，在什么空间内弦乐旋律线是向下发生的移动？答案是：一个虚拟的空间，一个可以被认为有助于构

[1] Clarke, Eric F. Williams, Alan E., and Reynolds, Dee. "Music Events and Perceptual Ecologists," *The Senses and Society* 13 (2018), 264–281.

[2] Clarke, Eric F. *Ways of Listening: An Ecological Approach to the Perception of Musical Meaning*. New York: Oxford University Press, 2005, p.71.

[3] Clarke, Eric F. Williams, Alan E., and Reynolds, Dee. "Music Events and Perceptual Ecologists," *The Senses and Society* 13 (2018), 264–281.

成'作品的世界'的空间。"[1]在这个例子中，音乐指定了一个虚拟世界，人们可以对乐器所指定的虚拟空间进行感知。

最后，生态理论通过音乐事件帮助听者感知和理解西方传统的纯（绝对）音乐（absolute music）和自律性音乐（autonomous music）音乐。克拉克在其著作中所讨论的音乐，大多与文本、戏剧或者具有明确社会功能的作品有关，其目的是展示音乐感知意义不同属性（声音、结构、意识形态）的共存，以及这些属性是如何在音乐中被直接指定的。例如，克拉克在《感知与批判》一文中，以名为《挣扎》（*Struggling*）的音乐作品为例，指出作品的标题、声音本身、音乐结构、音乐流派等，都直接指定不确定性或挣扎的特征，即使最抽象的思想或文化"价值"，也是在声音的刺激信息中被指定的。

除此之外，克拉克认为，对于音乐意义的讨论还应该包含西方传统的纯音乐和自律性音乐。"在各种不同的表现形式中，自律性的'问题'仍然是一个持久而反复出现的主题：纯音乐声音的封闭世界，与日常聆听的声音来源相对立；高度主观性的'特殊'内部世界——理想化的、逃避现实、具有特定强度的地方；一个封闭的、与世隔绝的音乐世界的虚拟运动和虚拟空间（通常象征性地表现为巴赫的《赋格艺术》或贝多芬晚期的器乐作品），音乐无处不在的声音表现（通过扬声器或耳机听到，与生产手段分离）——这些立场在某种程度上都与自律性有关。"[2]但是，克拉克指出，这种音乐所追求的自律性，即虚拟而真实的自给自足的融合，与生态视角的"实际性"和"生存驱动性"（"survival-driven"）完全不同。克拉克借鉴阿多诺的观点解释道："因为生态学首先是关于适应和顺应世界的，所以它似乎与艺术作为批判的理念，以及作为一种蓄意试图动摇人与他们所熟悉的环境之间关系的尝试背道而驰——这是现代主义和当代美学的一个基

---

[1] Clarke, Eric F. Williams, Alan E., and Reynolds, Dee. "Music Events and Perceptual Ecologists," *The Senses and Society* 13 (2018), 264−281.

[2] Clarke, Eric F. Williams, Alan E., and Reynolds, Dee. "Music Events and Perceptual Ecologists," *The Senses and Society* 13 (2018), 264−281.

本方面。"[1]也就是说，克拉克认为，艺术的关键价值在于对于现状的批判，以及抵抗对于现状的顺应。艺术构成了一个虚拟的世界，与适应生态相比，人们在这个虚拟世界中是操纵、故意阻挠这种"容易适应"的。那么，我们如何欣赏这类音乐呢？生态感知方法如何能够帮助听众解释和理解他们所听到的属于自主文化传统的音乐意义？克拉克认为应以音乐事件感知为基础来理解此类音乐。

对生态理论在自律性音乐和自主声音方面的应用，克拉克指出："音乐聆听是结构性聆听，结构性聆听可以理解为对声音所指定的音乐事件结构的感知。"[2]他认为，在自律性音乐的环境中，声音以不同的结构层次指定音乐事件，从单个音高，到动机、主题、音阶结构、旋律结构、节奏、调域等。那么，结构是如何在声音中被指定的呢？他提出："自律框架内的生态学方法不是侧重于推断出内部表征的存在，而是有一个优势，即认真注意与听众能力相关的音乐声音的特定属性。"[3]也就是说，结构性倾听就是注意声音本身的规律，而非关注内部表征的建构。关于自律性音乐作品的相关研究，克拉克在其著作《聆听音乐意义的生态感知方法》的第六章进行了分析，他从主题、结构过程等角度阐释了一首自律性音乐作品，即贝多芬的《a小调弦乐四重奏》（Op.132）。其中，克拉克在分析作品的结构事件时，直接感知总结了前八小节的主要特征：

· 乐器组的不变性（通过音色共性）。

· 二拍子（通过协和与不协和的有规律的交替，音域的变化和动机的平行化）。

· 和声结构（通过使用非常有限的和声范围——几乎完全是主音和属音）。

[1] Clarke, Eric F. Williams, Alan E., and Reynolds, Dee. "Music Events and Perceptual Ecologists," *The Senses and Society* 13 (2018), 264−281.

[2] Clarke, Eric F. *Ways of Listening: An Ecological Approach to the Perception of Musical Meaning*. New York: Oxford University Press, 2005, p.133.

[3] Clarke, Eric F. *Ways of Listening: An Ecological Approach to the Perception of Musical Meaning*. New York: Oxford University Press, 2005, p.134.

·规则的二段体结构（通过音域、力度和织体的变化）。

·慢速（通过长的间隔）。[1]

由此可见，克拉克对自主作品的结构事件分析，也是基于声音本身的规律的。除此之外，克拉克还从情感、虚拟运动、身体感知等角度分析了贝多芬的这部作品，目的是为了说明吸引听者的不仅是音乐作品自身的形式，还有很多他律性和异质化方面。

综上可知，克拉克指出，生态方法的目标之一是找到生态学上对事件的合适描述，在这里就是对于音乐事件或声音事件的描述。音乐事件或声音事件与感知者的相互关系为感知者提供了行动，行动又会进一步加深感知者的感知，促进感知者更好的感知具体事物、抽象"来源"、真实世界、虚拟世界、歌曲/歌剧等作品、自律性音乐等，丰富了人们的倾听。

第四节　对埃里克·克拉克生态音乐理论的评价

埃里克·克拉克的生态音乐理论是在生态感知理论基础上发展的理论，生态感知理论研究感知者和环境的相互关系，克拉克研究的是听者与一般听觉环境、更具体地说是音乐环境的互动关系，从而丰富了生态感知理论。与此同时，他也丰富了音乐感知理论。为了较为客观地评价克拉克，本节从贡献和局限两个方面来综合评价克拉克的生态音乐理论。

克拉克生态音乐理论的贡献主要表现在如下四个方面：

第一，克拉克反思了西方音乐理论的研究或欣赏方式。一方面，克拉克用生态学理论解决了一些问题，比如音乐学和音乐心理学理论之间随意相互借鉴理论观点的问题；理论借鉴所造成的形式属性和感知属性的混用

---

[1] Clarke, Eric F. *Ways of Listening: An Ecological Approach to the Perception of Musical Meaning.* New York: Oxford University Press, 2005, pp.179－180.

问题；音乐感知的心理描述与美学和批判之间存在缝隙问题。另一方面，克拉克通过反思和批判音乐认知理论，为生态感知理论在音乐分析上的有效性奠定了基础。克拉克反思了音乐认知理论的感知顺序性。他引用了吉布森的感知理论，指出无论是属于"基本的感知属性"信息，还是属于"文化意义"的信息，都直接依赖于人们的感知系统。他认为对于音乐各方面的感知也都具有直接性。此外，克拉克还从其他方面证明了感知的直接性。他引用生态学方法的观点，指出物理信息、抽象信息等都直接在信息中指定，明确了信息作为感知的直接来源，证明了音乐感知的直接性。其次，克拉克通过对于认知理论的表征观点的反驳，再次证明感知的直接性。克拉克认为，环境中的信息是存在于环境中的，并且有结构，感知者可以进行直接感知。可以说，克拉克对于音乐直接感知的理论观点，打破了以往人们关于音乐欣赏的观念。

第二，克拉克运用了生态感知方法，丰富了生态感知理论。克拉克强调音乐材料与感知能力（敏感性）的关系，讨论听音乐作为对意义的持续觉知，并以此区别于音乐意义理论。克拉克在温莎生态音乐声学理论的基础上，发展了"不变量"的概念；在吉布森生态感知理论的基础上，发展了"敏感性""共振"等概念。此外，克拉克在自己的生态感知音乐理论中突出强调了生态感知方法的三个因素，即"感知与行动的循环""适应""感知学习"，并突出了它们在音乐感知方面的应用。可以说，克拉克在形成自己生态音乐理论的同时，加强了生态感知方法在音乐方面的应用，丰富了生态感知理论。

第三，克拉克将可供性理论应用于音乐感知，有利于探索音乐的意义。克拉克将吉布森的"可供性"理论应用于音乐意义的探索，指出可供性与物体的属性有关，也与感知者的感知能力和需求有关，可供性还可以被理解为感知者遇到感知信息的行为后果。可以说，克拉克将可供性理论应用于音乐，有助于音乐意义的生态感知研究。

第四，克拉克对于音乐事件理论的应用。克拉克认为，感知是关于发现世界上的事件意义并对其采取行动，聆听音乐则是以感知的方式参与音乐事件和意义。克拉克指出，音乐事件可以指定有形的物体，也可以指定抽象的事物；音乐事件可以指定真实的世界，也可以指定虚拟的世界；音乐事件可以帮助听者聆听歌曲、歌剧等音乐作品，也可以帮助听者感知和理解西方传统的绝对音乐和自律性音乐。可以说，克拉克的音乐事件理论为解释听者的音乐感知提供了一个有效的途径。

笔者认为，接下来的内容与其说是对克拉克生态音乐理论局限的总结，不如说是学术界对于其理论的批判反思，下面主要选取诺肯和温莎的观点，进行相关总结：

玛丽莲·诺肯[1]（Marilyn Nonken）对于克拉克生态音乐理论的思考。诺肯在2008年发表了一篇名为《音乐椅能提供什么？论克拉克的聆听方式与萨克斯的恋音乐》（"What do Musical Chairs Afford? on Clarke's Ways of Listening and Sacks's Musicophilia"）的文章。在文中，诺肯主要从两个方面进行了论述：1. 诺肯质疑克拉克"认为聆听的过程是音乐刺激强加在听者身上的过程，听者的反应很大程度上是由外界力量决定的"[2]；2. 诺肯认为克拉克对于"可供性"和"环境"的定义过于宽泛，缺乏对于感知和概念的区分。首先，诺肯质疑克拉克的观点，即"积极"聆听是由外部力量引导的，并且感知也是由外部因素调节的，"'在那里'获得的知识是'在这里'有意义的音乐体验的先决条件"[3]。诺肯指出，克拉克得出这个观点的前提是，假定听觉和音乐感知相对来说是没有意义的，是"文化赋予了声音和环境这些本来毫无意义的体验以意义"[4]。此外，诺肯还质疑克拉克对于音乐环境范围的定义，质疑克拉克将绝对的艺术作品、听者的思想都包含进音乐环境。诺肯指出，这些观点作为生态原则的应用是不够具有说服力的。

其次，诺肯认为克拉克有将感知和概念等同起来的倾向。诺肯认为，

---

[1] 玛丽莲·诺肯单位是纽约大学斯坦哈特文化、教育和人类发展学院（Steinhardt School of Culture, Education and Human Development, New York University）.

[2] Nonken, Marilyn. "What do Musical Chairs Afford? on Clarke's Ways of Listening and Sacks's Musicophilia," *Ecological Psychology* 20 (2008), 283–295.

[3] Nonken, Marilyn. "What do Musical Chairs Afford? on Clarke's Ways of Listening and Sacks's Musicophilia," *Ecological Psychology* 20 (2008), 283–295.

[4] Nonken, Marilyn. "What do Musical Chairs Afford? on Clarke's Ways of Listening and Sacks's Musicophilia," *Ecological Psychology* 20 (2008), 283–295.

"感知意义和概念意义是可以区分的，因为它们的意义边界可以被精确地指定"[1]。为此，诺肯引用了赫夫特 (Heft) 的观点：

> 可供性与概念共享的属性是，两者的实例都可以具有多个含义；但是，每个实例在显示该属性的方式上都有差异。在可供性的情况下，多个知觉意义产生于一个对象可以服务的多个功能……概念的多重意义远没有那么有限，因为使用并不限制它们的可能性。尽管概念可能最终来自于感知－行动经验……它们可以脱离日常现实而独立自主。正是这种特征赋予了概念巨大的创造力，就像在艺术中可以看到的那样。[2]

诺肯指出，"感知与概念在音乐体验中共存，感知与概念的过程直接影响着语境意义的辨析。然而，克拉克的感知和概念（解释）是不可分割的"[3]。除此之外，诺肯认为，克拉克对于生态原则的应用以及对于"环境"一词的使用都具有高度的隐喻性。"生态心理学关注的是生物体在生存环境中的意识和活动。这不是克拉克所描述的无定形景观 (the amorphous landscape)。在这种音乐虚拟现实中，可供性的功能特性被模糊了。此外，它失去了最初的有用性。"[4]诺肯指出，克拉克所列举音乐可以提供舞蹈、唱歌、演奏等活动，并非是直接感知的描述，更像是一份听音乐时要做的事情清单，这与音乐无关。然后，诺肯根据吉布森的理论强调，"音乐环境是这个世界的一部分，它的感知同样直接"[5]，克拉克没有理由认为"艺术存在于虚拟环境中"。

[1] Nonken, Marilyn. "What do Musical Chairs Afford? on Clarke's Ways of Listening and Sacks's Musicophilia," *Ecological Psychology* 20 (2008), 283−295.

[2] Heft, Harry. *Ecological Psychology* in Context. New Jersey: Lawrence Erlbaum Associates, Inc., 2001, p.131.

[3] Nonken, Marilyn. "What do Musical Chairs Afford? on Clarke's Ways of Listening and Sacks's Musicophilia," *Ecological Psychology* 20 (2008), 283−295.

[4] Nonken, Marilyn. "What do Musical Chairs Afford? on Clarke's Ways of Listening and Sacks's Musicophilia," *Ecological Psychology* 20 (2008), 283−295.

[5] Nonken, Marilyn. "What do Musical Chairs Afford? on Clarke's Ways of Listening and Sacks's Musicophilia," *Ecological Psychology* 20 (2008), 283−295.

卢克·温莎[1]（W. Luke Windsor）质疑来源规范对于更典型声乐或器乐体裁的作用，以及音乐事件在音乐中的指定。首先，温莎指出，虽然克拉克认为感知者对于"当下、身体、乐器'源'的感知也可能被认为依赖于听觉不变量的拾取"[2]，但是这不能够证明来源规范与更典型的声乐体裁或器乐体裁有显著的音乐相关性。比如，"认为弦乐四重奏表演中最令人关注的方面是我们听到的声音所指定的真实事件或对象，似乎有些奇怪"[3]。其次，温莎指出，对于"真实"或"虚拟"事件或者对象的感知不具有确定性。"在某些类型的音乐中，'真实'或'虚拟'事件或对象是由听觉信息指定的，这种特殊性与理解音乐话语高度相关，在许多音乐中，不太清楚具体的事件或对象是什么，甚至不清楚这种特定性是否与音乐上令人关注的属性相关。"[4]

最后，克拉克在自己的著作中，也曾提到自己所采用的方法"是一种妥协"，他指出"根本没有经验证据可作为讨论聆听的基础，而这种讨论将考虑到人们倾听的所有不同方式和他们所听到的不同现象"[5]。但是，克拉克指出，生态感知音乐理论提供了一种理解和探索多样性的方法，帮助感知者理解听音乐时的意义，使感知者意识到自己与音乐环境的互动性。可以说，克拉克的生态音乐理论促进了听者更好地感知和聆听音乐。

---

[1] 卢克·温莎单位是英国利兹大学音乐学院（School of Music, University of Leeds, UK）

[2] Windsor, Luke, Christophe de Bézenac. "Music and Affordances," *Musicae Scientiae* 16 (2012), 102−120.

[3] Windsor, Luke, Christophe de Bézenac. "Music and Affordances," *Musicae Scientiae* 16 (2012), 102−120.

[4] Windsor, Luke, Christophe de Bézenac. "Music and Affordances," *Musicae Scientiae* 16 (2012), 102−120.

[5] Clarke, Eric F. *Ways of Listening: An Ecological Approach to the Perception of Musical Meaning.* New York: Oxford University Press, 2005, p.193.

第十一章　希拉·林托特

林托特的生态美学思想重点讨论了生态伦理、科学知识与审美之间的关系，从审美趣味的角度出发，探讨自然审美欣赏的合理性和可行性。其思想基础主要为卡尔森的生态美学思想以及齐藤百合子的美学思想。林托特首先通过对自然审美欣赏模式的探索，总结出"修正－延伸"主义模式，将其作为生态美学思考的重要基石。在此基础上，林托特展开了关于生态美学的思考。林托特的生态美学思想主要分为两大方面：第一，从审美关联性的角度思考自然审美欣赏的"态度与行为"；第二，对自然审美中审美趣味的创造性进行了思考。关于后者，林托特将其概括为"生态友好型美学"，旨在通过塑造生态友好型审美趣味，打开对自然进行恰当审美欣赏的大门。

林托特的生态美学思想，强调审美的日常生活化以及审美趣味的塑造，并体现了生态学与美学的联合，这可以为审美欣赏与环境伦理之间关系的论证以及生态审美教育提供重要借鉴。由此可以看出，林托特的生态美学思想在西方生态美学史的发展过程中发挥了一定的作用。

第一节　希拉·林托特及其理论著作

希拉·林托特（Sheila Lintott，1968— ），美国威斯康星大学哲学博士，哲学教授，曾任教于阿巴拉契亚大学（Appalachian State University）哲学与宗教系，现任教于巴克内尔大学（Bucknell University），担任该校哲学系主任、约翰·霍华德·哈里斯哲学讲座教授。林托特的生态美学研究主要集中于生态伦理、生态知识与审美欣赏之间的关系。在《审美欣赏与保护命令之间的联系》(The Link Between Aesthetic Appreciation and the Preservation Imperative，2013) 一文中，林托特特别强调了环境/生态伦理在自然审美欣赏与环境保护之间的联系。与此同时，林托特延伸思考了生态知识 (ecological knowledge) 与审美欣赏之间的关系，并提出生态知识的主要作用是促进生态意识形成，继而与审美欣赏相结合，从而引导人类对自然进行恰当的审美的观点。

根据林托特从事学术研究至今 (2002—2019年) 的论著情况来看，他的生态美学研究发端于其学术生涯早期 (2002—2009年)。林托特于2002年至2009年集中撰写了7篇与自然审美欣赏研究相关的文章：博士论文《论自然的表现性解读：一种新的自然欣赏模式》(On the Performative Interpretation of Nature：A New Model of Nature Appreciation，2002)，《对两种自然欣赏模式争论的评判》(Adjudicating the Debate Over Two Models of Nature Appreciation，2004)，书评《自然的审美欣赏》(The Aesthetic Appreciation of Nature，2004)，《走向生态友好型美学》(Toward Eco-Friendly Aesthetics，2006)，《从伦理上评价大地艺术是否值得》(Ethically Evaluating Land Art：Is It Worth It，2007)，书评《与自然相遇：走向环境文化》(Encountering Nature：Toward an Environmental Culture，2009)。从这些文章来看，林托特在这个时期对"自然审美欣赏模式"的相关问题进行了集中研究，并以此作为其生态美学研究的发端。值得关注的是，在《走向生态友好型美学》一文中，林托特特别指出了"生态友好型美学"(Eco-Friendly Aesthetics) 这一关键概念，直接体现出生态伦理、科学知识与审美欣赏相结合的特点。

就近几年 (2010—2019年) 的论著情况来看，相对于其学术生涯早期，林托特关于自然审美的研究呈现出多元化的趋势。林托特在这一时期发表了3篇与自然审美研究相关的论文：《女性主义美学与对自然美的忽视》(Feminist Aesthetics and the Neglect of Natural Beauty，2010)、《保护、被动与悲观》(Preservation, Passivity, and Pessimism，2011) 和《审美欣赏与保护命令之间的联系》（The Link Between Aesthetic Appreciation and the Preservation Imperative，2013）。另外，林托特与卡尔森有合编论文集《自然、美学和环境保护论——从美到责任》（*Nature, Aesthetics, and Environmentalism: From Beauty to Duty*，2008）。林托特于2006年发表的论文《走向生态友好型美学》就被收录于这部论文集中。近十年间，林托特关于生态美学的思考仍旧紧紧围绕着审美欣赏和环境保护之间的关系进行。与此同时，林托特还从女性主义美学出发去思考自然美被忽视的问题，继而说明"平等"观念在审美中的重要性，延续了生态伦理在其研究中的重要作用。

值得特别注意的是，在生态美学研究领域，林托特的学术研究成果中受到广泛关注的并不是她的某篇论文，而是她与艾伦·卡尔森合编的论文集《自然、美学和环境保护论——从美到责任》。这部论文集分为"历史基础""自然与审美价值""自然与肯定美学""自然、审美价值与环境保护论"四个部分，将生态美学研究的代表性文章收录其中，从而成为生态美学研究必不可少的文献资料。此外，从这部论文集的内容来看，卡尔森的生态美学思想对林托特的生态美学研究产生了深刻影响。根据卡尔森生态美学思想中"重视科学认知与环境伦理"的基本要点，林托特展开了自己对自然审美的思考，并逐渐形成了自己的生态美学思想。通过对卡尔森生态美学思想的充分吸收，林托特沿着卡尔森在西方生态美学史上开创的道路继续前进。

西方生态美学研究旨在将现代审美方式转变为生态审美方式，其关键就是生态伦理在审美欣赏中的参与，换言之，即生态伦理与审美欣赏的结合。林托特的生态美学研究将环境/生态伦理与科学知识融入审美欣赏之中，并将审美欣赏与环境保护实践进行充分的联结。据此，林托特生态美学思想的主要内容分为审美与环境保护相联结的生态审美意识，以及能够体现生态伦理与生态意识的"生态友好型"审美趣味这两部分。

第二节 林托特生态美学思想的思想来源

从思想来源上来看，希拉·林托特的生态美学思想主要受到了艾伦·卡尔森和齐藤百合子的启发。两人对林托特产生影响的契机主要有以下两点：首先，从林托特2006年发表的《走向生态友好型美学》一文中的文下注释，我们发现，林托特与卡尔森、齐藤百合子共同参加了2001年在美国明尼阿波利斯举办的美国美学协会的年会，作为参会者，林托特在这篇论文的文后专门向卡尔森和齐藤百合子进行了书面鸣谢。这篇文章还收录在卡尔森和林托特合编文集《自然、美学和环境保护论——从美到责任》之中。在文章结尾处，林托特对自己这篇文章做了明确说明："在2001年的美国美学协会年会上，本文的最初版本还以齐藤百合子和格伦·帕森斯的随笔评论的形式提出。感谢出席那次会议的人所作出的评论，特别是斋藤百合子、格伦·帕森斯和卡尔森。"[1]由此可以推断出，林托特自2002年开始的生态美学研究，最初是受到2001年美学年会上艾伦·卡尔森和齐藤百合子的影响。

其次，林托特在生态美学的文章中大量引用卡尔森和齐藤百合子的观点和文章中的内容，通过对两人自然审美欣赏的观点进行分析和引用，整合了卡尔森生态美学和齐藤百合子绿色美学的思想观点。《走向生态友好型美学》一文表现得最为明显，这篇文章对卡尔森和齐藤百合子的观点进行了详细转述。另外，林托特2002年的博士论文《论自然的表现性解读：一种新的自然欣赏模式》，2004年发表的论文《两种自然欣赏模式的讨论》，2011年发表的论文《保护、被动与悲观》，2013年与艾伦·卡尔森联名发表的论文《审美欣赏与保护命令之间的联系》中，都可以看到卡尔森和齐藤百合子思想观点的影子。这也再次说明，卡尔森生态美学和齐藤百合子绿色美学的观点是林托特生态美学思想的重要思想来源。

---

[1] Lintott, Sheila. "Toward Eco-Friendly Aesthetics," *Environmental Ethics* 28 (2006), 57−76.

一、艾伦·卡尔森的生态美学

从林托特引用卡尔森的文献情况来看，林托特主要引用了卡尔森如下5篇文章：《自然与肯定美学》[1]、《自然、审美判断与客观性》[2]、《欣赏艺术与欣赏自然》[3]、《欣赏与自然环境》[4]、《当代环境美学与环境保护要求》[5]。[6]卡尔森对林托特产生主要影响的生态美学观点可以概括为以下四点：科学知识与恰当的自然欣赏、自然审美欣赏的审美范畴、自然欣赏的环境模式、科学认知主义。下面对这四个观点分别进行论述。

1.科学知识与恰当的自然欣赏

林托特在《审美欣赏与保护命令之间的联系》中提到了卡尔森肯定美学中对恰当的自然欣赏的最基本的界定，即区别于艺术审美中的审美欣赏方式，是一种对自然肯定的审美欣赏。艺术欣赏侧重于对艺术作品进行审美批评，而自然欣赏则是对自然进行肯定性的审美欣赏。卡尔森也分析了艺术审美中将自然置于崇高的范畴内进行审美欣赏的做法，这是因为自然在某种程度上超越了人类控制的边界。但这种用艺术欣赏的方式来进行自然欣赏的做法，并不能真正地把握住自然的性质和结构。因此，在卡尔森看来，自然独特的审美特点需要在特定的范畴之内，对自然进行肯定性审美才能够获得。所以，卡尔森提出"肯定美学"的观点，对自然审美欣赏

[1] Carlson, Allen. "Nature and positive aesthetics," in Allen Carlson. *Aesthetics of the Environment: The Appreciation of Nature, Art, and Architecture*. New York: Routledge, 2000, 73–102.

[2] Carlson, Allen. "Nature, Aesthetic Judgment, and Objectivity," in Allen Carlson. *Aesthetics and the Environment: The Appreciation of Nature, Art, and Architecture*. New York: Routledge, 55–72.

[3] Carlson. Allen. "Appreciation Art and the Natural Environment," in Allen Carlson. *Aesthetics of the Environment: The Appreciation of Nature, Art, and Architecture*. New York: Routledge, 2000, 103–126.

[4] Carlson, Allen. "Appreciation and the natural environment," in Allen Carlson and Arnold Berleant, eds., *The Aesthetics of Natural Environments*. Peterborough: Broadview, 1979, 63–75.

[5] Carlson, Allen. "Contemporary Environmental Aesthetics and the Requirements of Environmentalism," *Environmental Values* 19 (2010), 289–314.

[6]《自然与肯定美学》《自然、审美判断与客观性》《欣赏艺术与欣赏自然》《当代环境美学与环境保护要求》四篇文章的中文译本收录于薛富兴翻译的卡尔森文集《从自然到人文——艾伦·卡尔松环境美学文选》中。《欣赏与自然环境》的中文译文收录于陈李波翻译的《自然与景观》一书中。

进行了最基本的界定。"肯定美学作为一种关于总体自然界和生态学的产生与发展之间相关性的立场，依据生态学不只是在某些方面具有包容性，而且也强调统一、和谐、平衡等特性这样的事实。"[1]卡尔森认为对自然进行审美欣赏的基础就是在自然界和科学知识之间构建一种被认知与认知的关系，从而得到对自然较为恰当的认识。

为了寻找对自然进行审美的正确路径，卡尔森将科学知识引入生态美学之中，将科学视为"肯定美学"的主要因素。在林托特看来，卡尔森重视科学知识引导认知的做法，可以为我们提供更广泛的视野，使得我们能够理解自然背后复杂的、丰富的内涵，增加自然审美中的层次性。这种科学视野能为我们提供正确的审美方式，从而对自然进行恰当的审美欣赏。卡尔森将科学知识引入自然审美欣赏之中，主要突出的就是后者，运用正确的自然审美欣赏的方式，从而肯定积极地、健康地审美。也就是说，卡尔森的肯定美学为自然审美欣赏提供了合适的路径，即一种科学认知主义的认知方法，这也成为林托特生态美学思想的重要理论来源。正因在自然审美中引入了科学知识，林托特将审美欣赏与环境保护进行联结，以充分考虑审美与伦理之间的密切关系。

2. 自然审美欣赏的审美范畴

林托特在《两种自然欣赏模式争论的调节》和《走向生态友好型美学》两篇文章中，都提到了自然审美欣赏的审美范畴问题。林托特认为，卡尔森界定自然审美欣赏的审美范畴是对自然进行恰当审美的重要条件。林托特的这种观念，在论证两种自然欣赏模式时较为充分地体现出来。其中，卡尔森的"自然环境欣赏模式"恰是林托特提出"修正－延伸"模式的重要基础。而卡尔森提出"自然环境欣赏模式"的前提则是对审美范畴的界定。卡尔森关于审美欣赏最基本的观点是：对审美特性的感知，需要在特定的范畴之内进行。在卡尔森看来，自然欣赏的范畴是由科学提供的。"感知自然对象与景观可以有不同的方式。它们如艺术作品一样，可以用不同

[1] Carlson, Allen. "Nature and Positive Aesthetics," in Allen Carlson. *Aesthetics of the Environment: The Appreciation of Nature, Art, and Architecture*. New York: Routledge, 2000, p.95.中译本参考[加]艾伦·卡尔森:《从自然到人文——艾伦·卡尔松环境美学文选》, 薛富兴译, 广西: 广西师范大学出版社, 2012年版, 第110页。

的范畴去感知；当然不是不同的艺术范畴，而是不同的自然范畴。"[1]卡尔森在此反复强调科学知识的重要性。"我们的自然欣赏是审美的，并且与艺术在性质和结构上均类似。两者重要的不同是：艺术欣赏中，艺术范畴和知识由艺术批评和相关艺术史提供；自然欣赏中，范畴是自然范畴，相关知识则是科学所提供的自然史。"[2]

卡尔森认为，作为自然审美欣赏范畴的决定性因素，科学对自然审美的作用相当于艺术家在艺术品创造中的作用。"我们这个世界里的自然对象与景观类似于想象世界中的艺术品，我们这个世界中的科学家类似于想象中的艺术家。显然，前者确实如此。与艺术品不同，自然对象与景观并非由人类所创造或生产，而只是为他们所发现。只有当它们被发现后，才能进入被描述、概括和理论化的过程。这样，自然对象和景观在某种意义上是被给予之物，自然范畴亦据此而创造。"[3]简言之，在卡尔森关于自然审美欣赏范畴观点的基础上，林托特认为科学决定了自然拥有独立于艺术审美范畴的可能性。因为科学知识不断丰富发展，所以人类对自然的偏见逐渐得到消除，并从对自然的无知中解放出来。可以说，科学知识引导审美认知的过程，就是科学创造自然审美范畴的过程。

3. 自然欣赏的环境模式

为了给自然欣赏确定一个较为恰当的欣赏模式，卡尔森在分析对象模式和风景模式的基础上提出了"环境模式"。林托特高度评价了自然环境欣赏模式，并将卡尔森在环境模式中所强调的自然的整体性和完整性纳入审美与环境保护的思考之中。林托特认为，正确的自然审美欣赏模式可以作为能够恰当地进行自然审美的教育来源，"确保我们的自然审美体验的更好

[1] Carlson, Allen. "Nature and Positive Aesthetics," in Allen Carlson. *Aesthetics of the Environment: The Appreciation of Nature, Art, and Architecture*. New York: Routledge, 2000, p.89.中译本参考[加]艾伦·卡尔森：《从自然到人文——艾伦·卡尔松环境美学文选》，薛富兴译，广西：广西师范大学出版社，2012年版，第103页。

[2] Carlson, Allen. "Nature and Positive Aesthetics," in Allen Carlson. *Aesthetics of the Environment: The Appreciation of Nature, Art, and Architecture*. New York: Routledge, 2000, p.90.中译本参考[加]艾伦·卡尔森：《从自然到人文——艾伦·卡尔松环境美学文选》，薛富兴译，广西：广西师范大学出版社，2012年版，第105页。

[3] Carlson, Allen. "Nature and Positive Aesthetics," in Allen Carlson. *Aesthetics of the Environment: The Appreciation of Nature, Art, and Architecture*. New York: Routledge, 2000, p.92.中译本参考[加]艾伦·卡尔森：《从自然到人文——艾伦·卡尔松环境美学文选》，薛富兴译，广西：广西师范大学出版社，2012年版，第107页。

的方法，在很大程度上依赖科学教育的帮助"[1]，为自然审美欣赏提供我们所缺少的信心和我们所寻求的指导。卡尔森的自然欣赏的环境模式从认知的角度回答了"自然环境欣赏中欣赏什么？如何欣赏？"的问题，这为林托特思考更为恰当的自然审美欣赏模式奠定了基础。"我在此处所呈现的自然审美欣赏模式或许可称之为环境模式 (the environmental model)。它强调：自然是一种环境，它是这样一种我们生存于其中，每天用我们全部的感官体验它，将它视为极平常生活背景的居所。但是，作为审美经验，它要求将这种极平常的背景体验为一种醒目的前台物。……我们对于特定环境特征的知识促成了欣赏的适当界线，审美意义的独特聚焦，以及相应的视角，或者针对独特类型环境的适当方式。这样，我们就有了一种模式，该模式足以回答自然环境欣赏中欣赏什么、如何欣赏的问题。这一模式充分估计自然环境的特征。其重要性不止于美学，亦体现于伦理学与生态学。"[2]而这种自然审美欣赏的环境模式另一个重要的影响因素则为"科学知识"对自然审美的引导作用。自然科学知识界定了自然审美欣赏的具体对象。"对自然环境而言，其相关知识是一些关于环境的常识/科学知识。在欣赏自然环境时，此类知识将对我们的审美意义作适当聚焦，对我们所观照的具体自然对象作适当界定。唯此，我们对自然环境的欣赏方可成为审美欣赏。"[3]林托特在卡尔森的环境模式的影响下，从审美欣赏与环境/生态伦理相结合的角度出发，寻找自然审美体现于生态学和伦理学方面的现实依据，将生态审美欣赏与环境保护的实践联系起来。在林托特的文章中，我们发现，林托特在对其生态美学思想的论述过程中大量引用环境保护的相关实例，并根据现实生活中的环境保护实践中所积累的审美经验，丰富自然审美的伦理道德内涵，扩大自然审美的一般性审美趣味影响的广度和深度。

[1] Lintott, Sheila. "Toward Eco-Friendly Aesthetics," *Environmental Ethics* 28 (2006), 57−76.

[2] Carlson, Allen. "Nature, Aesthetic Judgment, and Objectivity ," in Allen Carlson. *Aesthetics and the Environment: The Appreciation of Nature, Art, and Architecture*. New York: Routledge, p.50. 中译本参考[加]艾伦·卡尔森：《从自然到人文——艾伦·卡尔松环境美学文选》，薛富兴译，广西：广西师范大学出版社，2012年版，第52页。

[3] Carlson, Allen. "Nature, Aesthetic Judgment, and Objectivity," in Allen Carlson. *Aesthetics and the Environment: The Appreciation of Nature, Art, and Architecture*. New York: Routledge, p.49. 中译本参考[加]艾伦·卡尔森：《从自然到人文——艾伦·卡尔松环境美学文选》，薛富兴译，广西：广西师范大学出版社，2012年版，第51页。

4. 科学认知主义

卡尔森"科学认知主义"的观点与自然审美欣赏的界定、自然审美欣赏的审美范畴以及自然审美欣赏的环境模式都紧密相连。林托特认为，科学认知主义是对自然进行审美欣赏的认知基础。"它强调：与在科学中一样，科学知识在自然审美欣赏中也可以促进一种非人类中心的视野。……科学认知主义强调对环境的科学式欣赏而不是风景式欣赏。没有一种关于风景的生态科学，或是关于线条、形状和色彩的生态学！此外，通过全面、深入地关注自然的真实状态及其所拥有的特性，科学认知主义强调：科学知识促进那种'真实地对待自然'意义上的严肃欣赏。再者，它也促进一种客观视野，因为科学是客观性的典范之一。建立在科学知识基础上的审美判断并不必然地与知识本身同样客观，但是，比之于那些主要地以情感感兴或融入为基础的审美判断，以科学知识为基础的审美判断有更大的客观性基础。对于最后一项要求，科学认知主义并未获得显著的成功。因为虽然其客观性使它在环境问题上可能采取一种参与式的强有力的伦理立场，但它并没有要求自己这样做。它认为，比之于想象性虚构，科学知识的真实特点可以产生对自然更具有环境关切的反应。因此，它为伦理判断提供了坚实基础。"[1]卡尔森的这段论述是关于科学认知主义的经典论述。我们从中可以看出科学认知主义对自然的环境关切，将为自然审美欣赏提供伦理判断的基础。科学认知主义所提供的伦理基础强调"参与"，这就要求自然审美欣赏还需要与日常生活审美紧密联系，需要我们与自然在同一个整体内进行交融互动。

卡尔森的科学认知主义强调科学知识在自然审美欣赏中的引导作用。林托特认为科学知识不仅可以作为环境保护主义者的重要工具，而且对自然审美也具有重要的工具价值。科学认知主义强调的是卡尔森肯定美学的核心理论观点：将科学知识引入到美学领域。卡尔森针对传统的艺术欣赏理论并不适用于自然审美的审美现状，提出了应当将科学知识运用到自然

---

[1] [加]艾伦·卡尔森：《从自然到人文——艾伦·卡尔松环境美学文选》，薛富兴译，广西：广西师范大学出版社，2012年版，第295-296页。

审美之中，建立对自然进行肯定性审美的生态美学理论。

但是，卡尔森自然欣赏的环境模式将科学知识放在审美欣赏的顶端，将其作为自然欣赏的基础性因素。这种尝试将自然欣赏完全区别于艺术欣赏，但是同样也出现了一些问题。林托特认为，科学知识的介入，虽然一定程度上构建了一个人与自然平等对话的自然欣赏模式，但是人类作为对自然进行审美欣赏的阐释主体，不同的个体对自然知识的掌握程度存在差别，在科学知识基础上对自然进行欣赏的程度也会出现差异。这直接导致的是掌握丰富自然知识的自然欣赏者会拥有更多的阐释话语权。因此，林托特发现了自然环境模式中的弊端，即将自然科学知识直接建立在自然审美之上的做法会造成审美上的不平等，并不能形成普遍的、具有广泛影响力的生态审美方式，在具有话语权的审美阐释主体中间会出现话语上的不平等，导致生态审美的话语权集中在少数人手中，则造成一种内部的不平等。这不是林托特所想要建构的生态美学。所以，林托特在卡尔森肯定美学的科学认知主义以及自然环境欣赏模式的基础之上，进行了一定程度上的改造。

在林托特看来，卡尔森的科学认知主义将生态学、生物学等现代科学知识带入了自然审美欣赏领域，形成了整体性的生态审美模式。这种科学认知可以为我们提供一种工具价值，使得我们能够充分认识到自然背后的内涵意义。但林托特想要做到的是能够使得公众广泛形成一种与生态环境进行平等对话的审美方式。这种平等的对话模式需要建立一种真正平等的对话方式，从而达到人与自然对话以及人与人对话的平等。

首先，关于人与自然平等对话，林托特借鉴吸收了卡尔森关于尊重自然的生存状态，"自然而然"地对自然进行审美欣赏的观点。换言之，用自然知识在审美过程中的介入，去破除传统意义上的美丑观念，从而形成一种对自然审美价值的科学认知。这主要针对的是传统审美欣赏中主导的审美趣味和生态健康之间的矛盾，改变为了满足人们的审美需求而牺牲生态健康的做法。

其次，关于生态审美过程中人与人平等对话，林托特希望通过在日常生活中形成一种生态健康的审美方式，改变日常生活中审美趣味的人类中心主义倾向。这就需要通过生态科学知识的传播去帮助大众形成一种生态审美的观念，了解生态审美的价值。通过借鉴生态学的知识来改造美学，在大众中间形成一种健康的、具有广泛意义的自然审美欣赏模式。

林托特在卡尔森生态美学思想的基础上寻求平等对话的做法，从本质上来讲，是为了在自然审美欣赏中统筹兼顾科学知识、情感和日常生活审美，从而避免自然审美过程中出现极端科学主义的倾向。

二、齐藤百合子的美学思想[1]

基于林托特《走向生态友好型美学》一文直接受到齐藤百合子美学思想的影响，且因林托特"生态友好型审美趣味"（eco-friendly aesthetic taste）的观点与齐藤百合子注重自然审美日常生活化的美学思想相契合，所以十分有必要对齐藤百合子的美学思想中与生态美学密切相关的"绿色美学"进行较为详细的介绍，以便了解齐藤百合子美学思想中蕴涵的具有生态美学意义的内容。

作为林托特生态美学的思想来源之一，齐藤百合子在其日常生活美学（everyday aesthetics）基础上提出了自然审美的"绿色美学"（green aesthetics）。绿色美学在"审美的力量"（the power of aesthetic）基础上，提供了对环境自然进行审美欣赏的可能性。也就是说，齐藤百合子旨在运用"审美的力量"去欣赏自然，将自然纳入日常审美欣赏的范围之内，继而对自然进行恰当的审美欣赏。其理论对林托特影响较大的部分可一分为三：第一，如何使得非风景优美的自然（unscenic nature）具有审美吸引力；第二，借助审美的力量进行自然审美欣赏；第三，绿色美学的限制因素。

第一，如何使得非风景优美的自然具有审美吸引力。齐藤百合子指出，"在艺术手段的帮助下，我们也可以学会在非风景优美的自然中看到风景之美。"[2]18世纪以来，艺术品是审美对象的典型，并且艺术审美重视审美

---

[1] 本书没有对齐藤百合子进行专章研究，由于林托特对齐藤百合子的绿色美学观点吸收颇多，为了比较充分地介绍齐藤百合子的美学及其生态美学意蕴，我们这里对齐藤百合子的美学观点进行比较多的论述。

[2] Saito, Yuriko. *Everyday Aesthetics*. New York: Oxford University Press, 2008, p.77.

经验与审美态度。通过艺术表现的手段，我们可以自由地依靠想象力、判断力和审美趣味作为指导，对非风景的自然进行审美欣赏。推之于日常生活审美，齐藤百合子认为艺术美学并不能揭示生活的审美本质，同时不恰当地限制了审美的范围。值得注意的是，艺术审美完全依赖于视觉和听觉。故这种借助艺术表现的手段受到视觉选择的限制。虽然艺术审美欣赏中也重视作品之外的社会、历史等背景信息，但是在日常生活中，非风景优美的自然不同于无功利性 (disinterested) 的艺术品，大多是功利的。

为了弥补艺术手段的限制，齐藤百合子提出在与功利对象的互动中，应当将审美与实用进行融合。也就是说，我们不能单纯运用艺术审美的方式对非风景优美的自然进行审美欣赏。如果我们脱离了它们在生活中的实际意义，我们就会错过一系列与非风景优美的自然所在语境相结合的丰富审美价值。故相对于单一借助艺术表现的手段，齐藤百合子认为，对非风景优美的自然进行欣赏，应当将艺术表现与日常生活的功利性意义相结合，在日常生活美学中得到相应的审美体验。"……我的讨论并不是要完全拒绝对自然的实验式、联想式或禅宗式的欣赏。我们的艺术欣赏随着教育的发展而成熟，大自然的欣赏也应该如此。用艺术家的生活、特定媒介所涉及的历史，以及技术、艺术对象的社会/历史/文化背景及其宗教象征的信息来压制艺术欣赏的做法是不合理的、适得其反。这样做会抑制最初不受约束的反应。甚至连关注自然审美教育的大师奥尔多·利奥波德 (Aldo Leopold) 也承认，'我们感知自然品质的能力，就像在艺术中一样，始于美。'因此，这里所概述的对自然的适当审美的描述，应该作为指导我们审美教育的方向。"[1]在这里，齐藤百合子强调了自然审美欣赏的方式应该是多元化的，用一种单一的、确定的方式去进行自然审美欣赏的做法是不恰当的。这也就涉及了齐藤百合子绿色美学的核心内容：如何在日常生活美学的框架下进行自然审美欣赏。

第二，借助审美的力量进行自然审美欣赏。齐藤百合子认为审美虽然不能改变人类文明的进程，但是在人类文明的各个阶段和不同地域，审美

[1] Saito, Yuriko. "Appreciating Nature on Its Own Terms," *Environmental Ethics* 20 (1998), 135—149.

反映了我们对历史和不同的文化传统的态度，并决定了我们对待不同文明的态度和行为，这就是"审美的力量"。在齐藤百合子看来："与我们最初的印象——我们对日常事物做出的审美判断是琐碎的、无关紧要的、无伤大雅的——相反，审美判断确实具有重要的含义，并对世界和我们的生活发挥着惊人的影响力。……我仍然希望在情感领域，能够形成并灌输给我们一种关于自然和人工制品的生态审美趣味，尽管人工制品和建筑结构的设计者也有责任在他们的产品中实现绿色审美价值。所有这些考虑都是为了强调审美在我们日常生活中的力量，因为它可以用于构造更好的世界和生活。当然，任何社会变革都需要各个部门的共同努力来推动：政治、社会、法律、教育、经济和技术。我也认为，一些审美上的分歧不能仅靠美学来解决。特别是在环境美学方面，审美判断往往受到更深层次的视野和许诺的影响，如经济正义、资本主义、美好生活等。它们也会随着新的科学发现而变化。然而，我想指出的是，美学的确发挥着令人惊讶的重要作用，我们当前对美学作用的忽视需要被挑战和纠正。"[1]正因为审美可以影响我们对待事物的态度，并且社会生活也会影响我们的审美态度，所以审美的力量之于绿色美学就体现为美学与道德的结合。齐藤百合子通过分析美国的大地美学以及对自然、人工制品进行审美的合理性，从而肯定对自然审美的可能性。具体的方法如下：

（1）环境价值观指导绿色美学、环境伦理与审美的力量相结合。齐藤百合子认为自然欣赏需要道德的支持，而自然审美价值是审美关怀和道德相结合的体现。一般来说，审美欣赏是为了满足流行的审美趣味和传统的审美标准。但是，齐藤百合子特别强调了审美判断的道德层面。她认为，道德在审美判断中的重要性在于保证审美的恰当性。"我强调的是形成这种'真正的'审美判断的道德层面。……我认为对任何客体进行恰当欣赏的主要原因在于其在道德层面的重要性，也就是说，承认并且具有同情心地聆听他人讲述的故事，尽管我们对他们讲述的故事并不熟悉。如果不提及它的道德重要性，我们审美判断时对真实性的关注可能会被这样一个事实所

---

[1] Saito, Yuriko. *Everyday Aesthetics*. New York: Oxford University Press, 2008, pp.102-103.

取代，即不恰当的欣赏（基于虚假的、不相关的信息或忽略了一些信息）有时可能会带来更愉快的、更令人兴奋的或者更轻松的体验。"[1]另外，审美的力量受到社会条件的影响，与自然欣赏的具体语境直接关联，所以在环境价值观的指导下进行自然审美有利于充分发现自然的审美价值，进而有利于动员整个社会去解决生态问题，发挥自然审美对保护自然实践的指导作用。总而言之，自然审美需要审美的力量，同样也需要环境伦理的力量。自然欣赏拥有环境伦理道德基础，这有利于消除对自然的偏见，这种自然审美的道德维度为我们的审美教育指明了方向。

（2）发挥自然美学中的教育（education in natural aesthetics）在培养生态素养中的作用。齐藤百合子关于"审美的力量"的观点指出："只要我们谈论的审美经验是建立在我们过于人性化的情感、能力、局限和关切（尤其是道德关切）的基础上，那么自然界的一切就不能也不应该被审美地欣赏。"[2]自然审美欣赏需要有自己的方式。"……对自然的适当审美必须体现一种道德能力，即一种承认并重新审视自然，把它看作是独立于我们的存在之外，有它自己的实在，有它自己的故事可讲的能力。此外，它还需要敏锐的耳朵来辨别它可能用它特定的感官表象所讲述的故事，不管它的外表多么没有魅力。我认为，我们试图以某种方式理解自然客体和现象，通过修改、加强、阐明或转化自然的内容，引导我们对自然的感性体验，使其具有适当的欣赏价值。这样的尝试可以在'博物学和民间叙事'中找到，这些都是为了描述自然对象和现象的特定特征而构建的。"[3]齐藤百合子认为对自然的恰当审美，不仅应该受到人类文明中道德诉求的影响，还需要选择适合自然审美欣赏的标准、原则和手段。"科学解释和民间故事都是我们试图帮助大自然通过其感性的表象向我们讲述它自己的历史和功能。"[4]对自然的科学解释和民间故事能够发现自然对象和自然现象的特征，正是因为这两种方法有效地引导人类对自然进行审美欣赏的诉求，引发人类对

[1] Saito, Yuriko. "Appreciating Nature on Its Own Terms," *Environmental Ethics* 20 (1998), 135−149.

[2] Saito, Yuriko. "The Aesthetics of Unscenic Nature," *Journal of Aesthetics and Art Criticism* 56 (1998), 101−111.

[3] Saito, Yuriko. "The Aesthetics of Unscenic Nature," *Journal of Aesthetics and Art Criticism* 56 (1998), 101−111.

[4] Saito, Yuriko. "Appreciating Nature on Its Own Terms," *Environmental Ethics* 20 (1998), 135−149.

自然的积极认知，并且在人类文明中给自然一个正确的定位，所以能够把自然置于人类认识能力的范围之内，为自然审美提供了规范的力量。在齐藤百合子看来，绿色美学有利于扩大审美可感知的领域，而这需要我们关注所在的环境、生态系统中个人的科学知识缺失问题。因此，自然审美教育的内容应该以自然知识学习的训练为主，集中于自然的起源、功能以及其背后的科学内涵，去发现生命的韵律。但更重要的是在自然科学知识学习的基础上，发挥知觉感知的作用。虽然博物学与生态科学能够说明自然显现出来的部分，但是自然的审美积极性表现于讲故事的能力，即揭露自然隐秘的部分。质言之，绿色美学中表现的"审美的力量"，呼吁人们学习博物学和生态学知识以培养生态素养，即体验自然的生态意识。另外，齐藤百合子还强调我们还需要培养一种促进环保的日常审美感受性，将这些自然科学知识与感性经验联系起来，避免环境决定论。

（3）在对自然进行审美欣赏时，需要确立合适的审美框架。受卡尔森肯定美学的影响，齐藤百合子认为自然审美欣赏需要在正确的科学范畴内进行。她从艺术欣赏拥有艺术史背景出发，发现自然科学知识与自然欣赏之间同样具有密切的关系，从而确定自然审美的范围。"对自然物体的体验必然会唤起认知，首先要把它们当作'自然'来体验，而不是精心制作的赝品，并确定'正确的'审美属性。"[1]齐藤百合子认为自然界中的任何事物都可以进行恰当的审美欣赏。对于确立合适的自然审美框架，齐藤百合子的绿色美学要求充分发挥"审美的力量"，利用合适的距离、相应的物质和恰当的概念去进行审美欣赏。例如，自然界中的一些现象因使我们关注于其危险的方面，所以导致对其审美变得极为困难。为了发现此类自然现象的审美价值，我们可以用康德的崇高概念来理解自然界中的此类现象，也可以通过科学知识的学习，了解此类自然现象背后的价值，从而激发深层的审美感受。"无论它是否是唯一合适的欣赏方式，科学的自然美学必须成为绿色美学的重要组成部分，因为它为美学提供了规范功能的可能性。……我们必须强调认知。就培育绿色美学是促进可持续未来的规范性

---

[1] Saito, Yuriko. *Everyday Aesthetics*. New York: Oxford University Press, 2008, p.79.

努力而言，我们对自然对象的生态价值的认知考虑，必须是我们对它的审美反应的基础。"[1]

（4）肯定审美态度、审美想象力与自然审美的关联。齐藤百合子的日常生活美学充分肯定了自然生物、景观和人工的环境作为审美对象的重要性。人倾向于对具有审美价值的风景和自然进行审美欣赏，而不重视审美品质之外的性质，而日常美学的困境在于认知的缺失，缺少动态、可持续的审美观念，这致使面对自然生物、景观和人工的环境此类审美对象时，无法持有正确的审美态度。传统的观点认为"并非自然中的所有事物都具有积极的审美价值，而且对给人类带来痛苦感受的自然现象进行审美欣赏在道德上是不恰当的。"[2]通过反思对待自然的态度，齐藤百合子做出了如下总结：在人类中心主义传统影响下的审美过程中，选择对自然进行审美欣赏的首要因素是其是否符合以人为本的道德规范。这种人本主义的道德观规定我们不能从造成痛苦的自然中获得（包括审美方面的）快乐。传统的审美导致人类往往只选择会给我们带来审美愉悦的客体作为我们的审美对象，对于那些不能给我们带来审美愉悦的自然事物，为了对其进行审美欣赏，人类通常的做法是对其进行改造，使其符合能够获得审美愉悦的标准。因此，齐藤百合子认为，面对不能直接给我们带来审美愉悦的自然事物时，"科学信息似乎总是帮助我们将最初的负面审美反应（如对非风景的物体和景观）转化为积极的反应。"[3]科学、文化和审美想象力结合，有助于发现自然事物的审美价值，从而形成可持续的、生态的审美观念。

第三，绿色美学的限制因素。齐藤百合子辩证地提出运用审美的力量进行自然审美方法的同时，也指出了绿色美学未来发展的限制性因素是生理耐受阈值（physiological threshold of tolerance），尤其是对难闻气味的耐受。这属于感知的困难，而且"此类感知并不像视觉一样，我们可以通过闭上眼睛或转过头来逃离。"[4]而传统认为视觉与我们的感知关系最为密切，

---

[1] Saito, Yuriko. *Everyday Aesthetics*. New York: Oxford University Press, 2008, p.80.

[2] Saito, Yuriko. "The Aesthetics of Unscenic Nature," *Journal of Aesthetics and Art Criticism* 56 (1998), 101－111.

[3] Saito, Yuriko. *Everyday Aesthetics*. New York: Oxford University Press, 2008, p.82.

[4] Saito, Yuriko. *Everyday Aesthetics*. New York: Oxford University Press, 2008, p.96.

因此最有利于不具有审美新引力的审美对象的转变。针对绿色美学不可避免的生理耐受阈值，齐藤百合子首先提出可以通过教育来培养生态感性的审美。"正如环境价值的贬低会导致审美的幻灭体验一样，积极的环境价值应该有助于'美化'最初被体验为没有吸引力的对象。"[1] "他们接受了充分的教育，对其环境效益和大局有了全面的了解。也就是说，培养生态感性的审美应该是绿色美学最重要的组成部分。"[2] 其次，减弱生理耐受阈值的影响，离不开个人与文化、社会的联系。"我们对一个地方的态度和由此产生的欣赏，不能脱离我们与它之间的个人、文化和社会关系。我们常常直接参与到景观的改变中去，这似乎使我们对自然景观产生感情和依恋，从而产生积极的审美。"[3] 这也就是说，"确保一个特定环境的积极审美体验的一个有效方法就是我们以某种方式参与其中，这就产生了我们的情感和依恋。"[4]

质言之，齐藤百合子看来，审美发挥的令人惊讶的作用虽然不是绝对的，但是可以通过纠正不当的自然观念来改变大众的审美趣味，塑造自然审美的积极态度。

综上所述，卡尔森的生态美学思想为林托特的生态美学思想奠定了最基本的认识论和方法论基础。卡尔森关于科学知识与恰当的自然审美的讨论为自然审美的范围划定了边界，科学认知主义为自然审美欣赏提供了一种与艺术欣赏平行的方法论，自然环境欣赏模式则为自然审美欣赏提供了独立的认识论。而齐藤百合子的绿色美学思想可以简单地概括为：在日常生活中去寻找恰当的自然审美欣赏模式，从而指明生态审美教育的方向，引导健康、积极的生态的审美趣味。这为林托特关注日常生活中的生态审美现象和实例提供了理论源泉，并直接成为林托特对生态审美教育进行思考的理论来源。

[1] Saito, Yuriko. *Everyday Aesthetics*. New York: Oxford University Press, 2008, p.97.

[2] Saito, Yuriko. *Everyday Aesthetics*. New York: Oxford University Press, 2008, p.99.

[3] Saito, Yuriko. *Everyday Aesthetics*. New York: Oxford University Press, 2008, p.99.

[4] Saito, Yuriko. *Everyday Aesthetics*. New York: Oxford University Press, 2008, p.101.

第三节　林托特生态美学思想的理论背景

林托特在《对两种自然欣赏模式争论的评判》一文中，就"自然审美中是否存在一种最为恰当的自然审美欣赏模式"这一问题，提出了一种最为优化的自然审美欣赏模式——"修正－延伸"模式。林托特对自然审美欣赏的艺术模式进行了对比分析，总结这两种自然审美欣赏模式的优劣，从而发掘出当下自然审美与环境保护进行联结的最优模式。在具体的分析过程中，林托特认为，自然审美欣赏的艺术模式借鉴了艺术审美欣赏的方式，可以分为"对象模式"（object model）和"风景模式"（landscape model）。

因自然审美欣赏的艺术模式存在不当之处，故林托特分析了当下自然欣赏的两种分支模式：艾伦·卡尔森提出的"环境模式"（environmental model）与诺尔·卡罗尔提出的"激发模式"（arousal model）。"环境模式"以"科学认知主义"为基础，强调科学知识对自然审美欣赏的指导作用，重视自然在环境整体内的审美价值；而卡罗尔所提出的激发模式关注自然审美欣赏过程中的主观情感经验（subjective emotional experience）。这两种自然审美欣赏模式都有它们存在的合理性和不恰当之处。将这两种自然审美欣赏模式放置于对自然进行审美欣赏的发展史中，就表现为两种立场的对立：艺术欣赏与自然欣赏的对立、科学认知主义与非认知主义的对立。林托特针对这两种自然审美欣赏模式之间存在的对立关系，提出了较为中立的自然审美欣赏模式——修正－延伸主义模式（revisionist-extensionist model），从而化解艺术欣赏与自然欣赏之间的矛盾，并将科学认知主义与非认知主义进行融合。

因此，林托特提出修正－延伸主义模式，将"科学知识"和"主观情感经验"进行结合，旨在消除错误的自然认知，澄清自然认识的模糊概念，直到其变得准确，划清自然欣赏的界限，并理解自然和认知主体之间的密切关系。"修正－延伸"模式是在分析综合卡尔森的自然环境模式和卡罗尔的激发模式优点的基础上形成的。林托特认为，卡尔森的自然环境模式因其引导正确的自然欣赏观，有效地控制了对象模式对审美客体形式因素过分强调的倾向，所以具有"修正主义"的特点。在林托特看来，卡尔森的自然环境模式最主要的特点就是强调"科学认知主义"与审美的关联，即强调"常识和科学知识"对审美的指导作用。也就是说，自然审美欣赏应当正确处理审美主体和自然环境之间的关系，把欣赏者和自然从主客二分的桎梏中解放出来，将"自我与环境"的整体性体现出来。林托特将确定自然欣赏的边界作为在自然审美中改变传统主客二分认识方法的重要手段。正如我们的艺术和艺术史知识指导我们对艺术进行欣赏一样，我们的常识和科学知识也指导着我们进行自然欣赏。这样的知识"通过使原始经验具有确定性、和谐性和意义性来转化它"[1]。常识和科学知识（common sense/scientific knowledge）在自然审美欣赏中的加入，可以促使我们对自然环境产生正确的感知，在这个层面上讲，自然知识确定了对自然进行审美欣赏的边界。

但是，林托特认为，"卡尔森的模式要求太高，而且排他性太强"[2]。自然环境模式过于强调对自然的共同欣赏，而忽略了个人的审美感受、智力和本能。由此可见，林托特更注重自然审美被大众所接受，也就是在生活中进行自然审美欣赏。卡尔森的模式的缺点是会剥夺儿童和科学知识相对缺乏的人对自然进行恰当审美欣赏的权利。

因此，针对卡尔森自然环境模式的缺点，林托特认为卡尔森的自然环境欣赏模式只是一种自然欣赏的方式，而不是唯一一种对自然进行恰当欣赏的模式。她肯定了卡罗尔的激发模式关于情感反应的部分。林托特认为，卡罗尔的激发模式在一定程度上抑制了卡尔森强调科学知识而忽视情感作用的极端情况的发生，从而在科学认知主义的基础上进行了延伸，故其具有"延伸主义"的特点。林托特认为，相对于卡尔森的自然环境模式，卡罗尔肯定了人类主体情感经验与审美判断的相关性，从而弥补了卡尔森的

[1] Lintott, Sheila. "Adjudicating the Debate over Two Models of Nature Appreciation," *Journal of Aesthetic Education* 38 (2004), 52-72.

[2] Lintott, Sheila. "Adjudicating the Debate over Two Models of Nature Appreciation," *Journal of Aesthetic Education* 38 (2004), 52-72.

自然环境模式不重视人类情感经验的缺陷。卡罗尔认为情感具有认知维度（信条等）和认知功能（注意力的集中等）[1]，通过在自然审美过程中激发审美主体对自然的情感，可以确保了人与自然的交流互动；审美是最具有主观色彩的人类行为，应当在人类认识与感知自然的本能基础上，引发人类对自然环境完整感的关注："我们的知觉构造最初将我们的注意力集中于广阔自然的某些特征上，这些特征使我们的注意力生成一种情绪激发的状态，这种状态反过来又加强了情感的反馈作用，从而巩固情感激发体验那最初的选择性格式塔。"[2]但是，林托特认为激发模式忽视了对自然的全面认识。因此，在林托特看来，卡罗尔的激发模式只能算作是对卡尔森的自然环境模式的补充，并不能真正把握住自然审美欣赏的真正目的。这是因为，林托特将自然审美欣赏的主要目的定位于发现自然的审美价值，消除对自然的偏见，从而全面地认识自然。对于林托特所提出的"修正－延伸"模式而言，卡尔森的"环境模式"提供了一种规范性力量，而卡罗尔的"激发模式"则提供了一种描述性和准确性力量。针对科学知识影响自然审美的局限性，林托特认为应当将知识和体验结合起来，通过将自然环境模式与激发模式进行有效整合，来平衡科学知识和情感在自然审美欣赏过程中所发挥的作用。

在对卡尔森的自然环境模式和卡罗尔的激发模式进行综合分析的过程中，林托特对科学认知和情感激发在自然审美欣赏中的作用持肯定态度。但是林托特更注重科学知识的指导作用，因为当代自然科学知识的快速发展，为我们提供了良好的知识环境，有利于我们正确地认识自然。这体现于林托特分析卡罗尔的激发模式时，虽然强调情感对自然事物的感知，但是仍然将情感和科学认知结合起来，从而发现自然本身的审美价值。

此外，林托特的修正－延伸主义模式的最主要的特点在于它的温和性，避免了不同观点的冲突。林托特对两种自然欣赏模式的调节，本质上来讲

---

[1] Lintott, Sheila. "Adjudicating the Debate over Two Models of Nature Appreciation," *Journal of Aesthetic Education* 38 (2004), 52－72.

[2] Lintott, Sheila. "Adjudicating the Debate over Two Models of Nature Appreciation," *Journal of Aesthetic Education* 38 (2004), 52－72.

是对自然审美欣赏不同观点的整合。修正－延伸主义模式在观点上并没有超出卡尔森和卡罗尔的内容，但因对两人的观点进行了整合，从而使得林托特关于自然审美欣赏模式的思考具有综合性的特点。

修正－延伸主义模式是林托特思考生态美学的开端。通过修正－延伸主义模式中关于不同自然审美欣赏模式的思考，林托特在之后的生态美学研究中，充分吸收了卡尔森肯定美学中的科学认知主义和卡罗尔重视情感认知的观点，并对审美与环境保护的责任之间的关系进行思索，从而丰富了她的生态美学思想。

林托特对自然审美欣赏模式的思考，是林托特对生态美学和环境保护相结合的重要基石。林托特肯定了自然审美的独立性，并且认真界定了自然审美的范畴，这能帮助欣赏者正确地认识自然事物本身所具有的审美价值，从而进一步发掘自然审美过程中，审美与环境保护相联结而产生的生态审美意识，换句话说，林托特正是通过综合分析自然审美欣赏模式，逐渐展开了生态美学与生态学和生态伦理学相结合的思考。

第四节　林托特生态美学思想的主要内容

林托特的生态美学思想是在环境美学思想的基础上进行阐释的，集中体现为对生态知识的强调、对环境/生态伦理的关注和在日常生活中进行自然审美的内容。

同时，林托特对自然环境保护实践的重视和关注，恰好符合生态美学注重和环境保护实践相结合的特色；而从研究对象来看，林托特的研究对象并不停留在对自然和艺术的审美对象的研究和区分上，而是侧重于审美方式的研究，这符合生态美学的研究对象为"审美方式"的内容要求。

而从生态审美的四个要点来分析，林托特的生态美学思想符合以下三个要点，以充分体现生态美学的总体特征，从而具有生态美学史的研究价值：（1）林托特的生态美学思想中的生态伦理基础是在利奥波德的"大地伦理"的影响下形成的，强调生态意识对生态审美的影响作用；（2）林托特的生态美学思想重视自然科学知识激发自然审美欣赏的想象和情感的作用，兼顾了认知和非认知的立场；（3）林托特反思了人类中心主义的审美偏好，倡导建立一种生态友好的审美趣味，并提倡进行大范围的环境保护教育，以提高人类保护环境的意识，从而为自然审美提供生态价值的准则，即生物多样性和生态平衡。

林托特将卡尔森的生态美学思想和齐藤百合子的审美日常化思想融入自己对生态美学的思考中，通过对二者美学思想的整合，来突出自己对环境/生态伦理、自然审美欣赏的日常生活化和生态科学知识的高度重视。通过对林托特的《两种自然欣赏模式争论的调节》《走向生态友好型美学》《女性主义美学与对自然美的忽视》和《审美欣赏与保护命令之间的联系》这四篇论文进行分析，我们可以充分掌握林托特生态美学思想的脉络，把握林托特生态美学的主要内容，将之分为"态度与行为"的审美关联性与生态友好型审美趣味两部分。

一、"态度与行为"的审美关联性

林托特之所以强调"态度与行为"，主要是受到了齐藤百合子"审美的力量"观点的影响。林托特认为审美的力量具体体现于美学为政治、社会和商业目的服务。所以审美和日常生活中的其他非审美领域之间的关系是不可割裂的。反过来讲，林托特侧面强调了审美对日常生活中其他领域所具有的反作用力。推及自然审美欣赏，林托特将自然审美价值和自然的其他价值联系起来，将自然的审美判断与道德判断联系起来。由此可见，林托特强调自然审美是具有目的性的，即通过自然审美关联性，将审美和环境保护联结起来。在林托特看来，在人类认识自然的过程中，"态度与行为"决定着用具有生态意识的态度对待自然，以体现生态伦理的行为保护自然。因此，"审美关联性"，特别是自然审美的审美关联性，主要指的就是"态度与行为"与"审美"以及审美价值之间的关系。

林托特明确指出审美关联性（aesthetic relevance）[1]作为影响审美的最基本问题，是审美过程中对审美对象的审美价值进行认知的关键。在自然审美过程中，关于审美关联性问题的传统解答主要有两种：（1）形式主义（formalist）/如画（picturesque），"倾向于保守主义、纯粹主义、绝对主义、普遍主义和客观主义"[2]；（2）相对主义（relativist）/后现代（postmodern），"倾向于自由主义、宽容主义、相对主义、个人主义和主观主义"[3]。在自然审美过程中，奉行形式主义观点的美学家们认为：审美仅仅依靠事物自身所显现的线条、色彩和形状特征，与审美客体自身因素相关联。而在自然审美过程中奉行相对主义观点的美学家认为：审美能够和任何可以激发想象力的因素关联在一起，这将审美主观性无限地放大，任何形式因素都可以与审美联系起来。

在林托特看来，上述两种传统解答都存在明显的不足，前者将审美对象仅仅局限于符合艺术审美的客观事物，后者在一定程度上隔绝了其他具有知识性和客观性的因素对审美进行指导的可能性。这就导致在自然审美欣赏的过程中，无法将环境保护的实践融入进去，割裂了自然审美欣赏与环境/生态伦理之间的关系。

在自然审美过程中，存在一种将知识和客观性因素与审美相关联的方式，即"认知主义的方式"。在回答审美关联性问题时，这一立场认为，"至少有一种'知识'不存在于对象本身，而且仍然与该对象的审美密切相关。"[4]基于此，林托特认为与美学相关的关键知识是关于客体"产生历史"

[1] Lintott, Sheila and Allen Carlson. "The Link Between Aesthetic Appreciation and the Preservation Imperative," in Ricardo Rozzi, S.T.A. Pickett, Clare Palmer, Juan J. Armesto, J. Baird Callicott, eds., *Linking Ecology and Ethics for a Changing World: Values, Philosophy and Action*, New York: Springer, 2013, p.125.

[2] Lintott, Sheila and Allen Carlson. "The Link Between Aesthetic Appreciation and the Preservation Imperative," in Ricardo Rozzi, S.T.A. Pickett, Clare Palmer, Juan J. Armesto, J. Baird Callicott, eds., *Linking Ecology and Ethics for a Changing World: Values, Philosophy and Action*, New York: Springer, 2013, p.128.

[3] Lintott, Sheila and Allen Carlson. "The Link Between Aesthetic Appreciation and the Preservation Imperative," in Ricardo Rozzi, S.T.A. Pickett, Clare Palmer, Juan J. Armesto, J. Baird Callicott, eds., *Linking Ecology and Ethics for a Changing World: Values, Philosophy and Action*, New York: Springer, 2013, p.129.

[4] Lintott, Sheila and Allen Carlson. "The Link Between Aesthetic Appreciation and the Preservation Imperative," in Ricardo Rozzi, S.T.A. Pickett, Clare Palmer, Juan J. Armesto, J. Baird Callicott, eds., *Linking Ecology and Ethics for a Changing World: Values, Philosophy and Action*, New York: Springer, 2013, p.132.

(history of production) 的知识，也就是关于客体是如何形成的，以及我们审美欣赏的对象是如何直接呈现给我们的感官的知识。在自然审美领域，"从科学认知主义的角度看，生态知识与自然审美、自然保护有着重要的联系。然而，当审美是保护的基础时，生态科学与保护之间并没有直接的联系，而是介于生态科学与以审美方式进行的保护之间，因为前者，即生态科学，对适当的自然审美至关重要，而审美反过来又是保护的基础。科学认知主义由于其对自然审美的论述，可以说是把生态知识嵌入了适当的审美之中，从而产生了一种审美价值的判断，这种判断与关于保护的必要性的判断有着明确的联系。"[1]这也就将自然审美与环境保护紧密地联系了起来。

生态美学与环境保护分属理论和实践两个完全不同的领域。作为美学研究领域的主要内容，审美体现了人类主观能动地对自然进行认识的过程，而环境保护则是在生态科学和环境科学知识的指导下，处理人与自然关系的具体实践。那么审美欣赏与环境保护之间是否存在联系？它们之间的联系是否能为生态美学提供有效的途径呢？林托特就这两个问题，通过考量审美与环境保护之间的关系，分析"生态审美意识"与"保护环境的行为"所体现的审美关联性，即自然审美欣赏不应只关注自身所具有的"自然的属性"（property of nature），而应该在科学知识的引导下，对自然形成正确的认知，进而发现自然独特的审美价值。自然审美欣赏是发现自然审美价值的过程，同样也是敦促人类进行自然保护的过程，这也就反映了审美、生态与保护之间的密切联系。

林托特清醒地认识到在生态环境保护的过程中，有必要发挥审美引导保护的作用。因为自然的审美欣赏对象是具体的，要把抽象的人的态度和环境保护相关联，就需要在自然审美的过程中，应该至少允许有一种不存在于对象自身而且能够与审美密切相关的知识存在，发挥其对审美的指导价值。这种知识与审美相关联的过程就是积极引导审美发挥认知功能（cognitive function）的过程。这种认知方式就是卡尔森所提出的"科学认知

[1] Lintott, Sheila and Allen Carlson. "The Link Between Aesthetic Appreciation and the Preservation Imperative," in Ricardo Rozzi, S.T.A. Pickett, Clare Palmer, Juan J. Armesto, J. Baird Callicott, eds., *Linking Ecology and Ethics for a Changing World: Values, Philosophy and Action*, New York: Springer, 2013, p.133.

主义"。林托特认为，在审美过程中，要发挥科学影响审美方式的力量，进一步激发人们的环境保护意识，从而强调对环境进行保护的环境/生态伦理在自然审美欣赏中的重要作用。这不仅将科学知识与审美结合起来，而且将环境的整体性和完整性特征与审美结合在一起，使得审美与环境/生态伦理进行有效联结，从而发挥科学认知在自然审美中提高审美主体生态审美意识的作用。

面对审美欣赏与环境保护之间的联系能否为自然审美提供有效的途径这个问题，林托特在分析审美欣赏与环境保护之间的关系时就已经有所涉及。林托特注重在审美欣赏过程中发挥科学知识的指导作用，从而对自然进行正确审美。而对自然进行恰当审美的过程，会促使人们不自觉地与提倡环境保护的环境/生态伦理联系起来，推动环境保护的实践进程。所以，审美欣赏与环境保护通过"审美、科学知识与环境/生态伦理"的联合，形成了一个良性循环的过程，从而使得林托特所讨论的审美欣赏成为生态的审美。

因此，林托特的生态美学最终走向与生态科学和环境/生态伦理相结合的道路，这就不得不考虑审美与环境保护之间联合的合理性问题。因为在"审美、科学知识与环境/生态伦理"联合所形成的自然审美的有效途径中，核心的问题并不是要在自然审美过程中发现"美"的问题，而是在自然审美过程中发现"生态审美价值"的问题。自然审美最终还是要导向环境保护的实践之中的。因此，将自然审美与环境保护进行联合的合理性体现于环境保护的必要性和优先性之中，林托特在《保护、消极与悲观》(2011)[1]一文中进行了相应的哲学思考。

林托特在这篇文章中主要想表达的是保护自然应当采取"以进为退"的方式，人与自然积极健康的关系应建立在"修复"(restoration)的基础上。林托特不仅想说明正确的环境保护的方式，更重要的是将重点放在生态学知识引导环境保护的作用上。进而言之，这是发挥了科学认知的作用。而科学认识主义指导环境保护的具体方法，则是与自然审美相关联，和"态度与行为"密切相关，体现出了浓厚的生态意识。林托特对生态意识的

---

[1] Lintott, Sheila. "Preservation, Passivity, and Pessimism," *Ethics and the Environment* 16 (2011), 95−114.

强调和她的生态美学息息相关，因此有必要单独对林托特关于环境保护的文章进行分析。

在《保护、消极与悲观》一文中，林托特指出保护（preservation）比修复（restoration）更适合处理人与自然的关系。林托特首先对比了"保护"和"修复"这两种关于对待自然环境观念的历史，发现当今关于"修复"的观点更受欢迎。但林托特对修复的效果产生质疑，并提出修复的观点相对于保护的观点是二元论的，并不注重生态系统的整体性特征。此外，保护并不像修复所说的那样具有"过度消极"的特征，相反，保护的观点具有尼采哲学所提出的那种"消极的力量"[1]。林托特指出，修复的观点具有乐观主义倾向。"修复"主要是改变人类文化的性质，而不是改变人与非改造的自然之间的关系。"修复"回避了形而上和认识论上的客体，即忽视自然的本来面貌和人与自然之间的关系，故修复之后的自然和原始的自然之间的对比是苍白的。"修复"似乎在培养我们的责任感，但林托特特别指出的是，自然并没有像我们想象的那样脆弱，自然具有很强的自我修复能力。相比之下，人类在自然面前则显得更加脆弱，属于依赖性更强的一方。我们不能侥幸地认为我们可以在外太空找到其他可以生存的星球，我们所需要做的仅仅是保护我们生存的这个星球。对自然真正的责任感应该体现为"学会与自然共生"，信赖自然、尊重自然。故根据自然所具有的强大的自我修复能力和人类对自然的依附性，林托特认为，在面对自然保护的问题上，保护应当优于修复。

其次，林托特进一步强调自然的自我恢复能力。传统的观念认为，"修复"是一种积极的行为，而"保护"则是消极的。但事实是，在面对自然时，往往不主动参与的"保护"更具有生态价值。"修复"根据的是人类高于自然的人类中心主义的观点，依照人类自己的目的去改造自然；而"保护"并不是单纯的消极政策，其执行需要建立在大量关于自然的科学知识基础之上。另外，不同时期关于环境及环境修复的具体规则是变化的，而"保护"因其通过生态的整体性的观念看待自然，则不需要过多的规则控

---

[1] Lintott, Sheila. "Preservation, Passivity, and Pessimism," *Ethics and the Environment* 16 (2011), 95-114.

制。就像种种环境保护的实践案例所证明的那样，人类的干涉并不能解决环境问题，故林托特倾向于对自然进行"保护"而非"修复"。

再次，林托特关注的是"保护"的消极性。保护主义者对退化自然的态度是正确的，包含了对已失去的东西的尊重。林托特结合尼采的哲学观点，认为悲观主义可以理解为一种积极的甚至是进步的观点，悲观主义和悲观、消极并不画等号，思考生命的哲学属于一种"有力量的悲观主义"。乐观主义否认问题的严重性，它是对问题的有意回避，在道德上讲是一种怯懦和虚伪。修复主义者持有的乐观主义是回避现实的表现，是对人类造成的自然界真实、持久破坏的视而不见。而保护主义者奉行珍视自然，而非过度干涉自然的原则，充满着对自然保持谦卑的悲观情绪。修复主义者持有的是一种人类对自然支配的二元对立的思维模式，体现的是一种对自然负责的主动性，这种主动性应该给予肯定，但是林托特认为，需要真正的勇气和力量去承认我们对自然造成的伤害，承认我们现在并没有任何现实的解决方法对自然进行有效的治疗。保护主义持有一种欣赏崇高时的喜悦，并对自然怀有信心："大自然重新接管并做它自己的事情：如果它不是原始的活动，那么它仍然是某种相对狂野的东西。"[1]面对人造化严重的现实，保持对自然的"耐心"，这是一种尊重和欣赏自然独立价值的被动力量。林托特基于保护主义者的观点，倡导培养人与自然的健康关系，认为"修复"需要在理论和心理层面进行实质性的转变，在尊重自然及其价值的基础上，在广泛的保护主义的范式中进行。

在林托特看来，环境保护的必要性是建立在对自然恢复能力的信任之上的，而环境保护的优先性体现在人与自然和谐共生的关系之中，而不是刻意强调人对自然的改造与修复。对待环境持有"保护"的态度，是林托特在面对自然审美欣赏与环境保护这个问题时所进行深度思考的结果。自然审美中，科学知识应当发挥重要的作用，即加强人类对自然环境的全面认识，从而潜移默化地发挥环境保护的影响。在林托特看来，对自然环境

---

[1] Rolston, Holmes, III. "Restoration," In William Throop, Alastair S. Gunn eds., *Environmental Restoration: Ethics, Theory, and Practice*, New York: Humanity Books, 2000, p.191.

认识得越全面，就越会发现自然本身的力量，因此在面对人与自然应当建立怎样的关系这一问题时，林托特选择相信自然本身所具有的力量，在面对环境时持"以退为进"的保护的态度。林托特对环境保护的哲学思考，体现了她对自然审美、环境/生态伦理与环境保护之间关系更深层次的认识，同时揭示了更具有普遍性的自然审美的审美相关性，以发现作为审美对象的自然环境的审美价值。

二、生态友好型审美趣味

"生态友好型美学"集中体现了林托特关于生态美学的思考。生态友好型美学与林托特倡导生态的审美趣味紧密相连，她将与生态价值、生态伦理价值相关的审美趣味称之为"生态友好型审美趣味"（eco-friendly aesthetic tastes）[1]。林托特之所以如此重视审美趣味在自然审美中的作用，与她重视审美与环境保护相联结的生态审美意识相关，也体现了生态伦理、科学知识与审美相关联的生态美学思想。在林托特看来，生态美学和其他保护自然的努力相结合是走向生态友好型美学的主要途径。换言之，"生态友好型审美趣味"是林托特生态美学思想的路标，也是最能体现其生态审美观念的组成部分，即体现了"走向生态友好型美学"目标，通过生态科学知识的学习和环境/生态伦理的倡导，将自然审美融入环境保护的实践中，发挥自然审美指导环境保护实践的现实作用。也就是说，林托特的"生态友好型美学"经由科学教育、审美教育，塑造体现生态价值的审美趣味，从而与环境/生态伦理、保护环境的实践联系起来。

倡导"生态的审美趣味"是林托特综合考量的结果，这个概念是在卡尔森倡导科学认知主义的基础上总结提出的，同时受到了齐藤百合子日常生活美学与审美趣味说的影响。林托特在《走向生态友好型美学》一文中，集中地对卡尔森和齐藤百合子的生态美学观点进行了整合性的介绍和评论，强调了生态学知识引导生态的审美趣味的重要性，以及在日常生活中进行

---

[1] Lintott, Sheila. "Toward Eco-Friendly Aesthetics," *Environmental Ethics* 28 (2006), 57–76.

自然审美的实践价值。

1. 倡导生态友好型审美趣味的原因

林托特结合齐藤百合子绿色美学中关于审美趣味引导审美活动的观点，说明了倡导生态的审美趣味的原因。齐藤百合子认为，人们支持环境的主要原因是考虑到美观以及有吸引力的动物所带来的感官上的愉悦。[1]这不可避免地造成了审美和道德之间的矛盾。林托特的观点是，认识到有道德影响力的审美现象，并不等于在潜在或者实际的审美满足中履行了相应的道德义务。根据西方文化主导的审美趣味标准和人类生物学的偶然性，人们往往倾向于保护符合自己审美需求的生物。从这种程度上来讲，寻找具有审美吸引力的生物和寻找审美上没有吸引力的生物的难度是相同的，人类经常对视觉吸引力较低的生物缺少关注，即使这些不怎么好看的生物具有重要的生态价值。所以，在对自然进行审美的过程中，存在着这样一种物种保护制度，即环保主义者往往选择保护具有视觉欣赏价值的物种，然后才会考虑去保护不受欢迎的和缺乏视觉欣赏价值的生物。"环保主义者能够在保护受欢迎物种的保护伞下保护不受欢迎的物种。"[2]林托特认为，这往往会导致对自然环境的审美价值的忽视，而这也体现了主流的审美趣味。"这场运动和他们的建议遭遇了很多阻力，重要的是要注意阻力的来源：大部分阻力都是建立在审美趣味之上的。"[3]想要改变这一现状，我们就必须对自然保持一种敬畏的态度，尝试将生态知识和审美进行联结，改变"非生态的"审美趣味，提倡一种具有生态意识的审美趣味。"简而言之，我们试图塑造我们周围的世界，以符合我们的审美理想。为了设计、创造和保护一个赏心悦目的环境，我们常常会造成或促成一系列或大或小的生态问题。此外，很明显，人类似乎对那些我们认为在审美上有吸引力的事物有着更深的依恋。这种倾向的含义是，我们通常更尊重那些审美愉悦的对象。因此，考虑到美学似乎具有相当大的力量来鼓励情感和激励人们以特

---

[1] 齐藤百合子对审美趣味说的相关论述参考Saito, Yuriko. "The Aesthetics of Unscenic Nature," *Journal of Aesthetics and Art Criticism*, 56 (1998), 101−111.

[2] Lintott, Sheila. "Toward Eco-Friendly Aesthetics," *Environmental Ethics* 28 (2006), 57−76.

[3] Lintott, Sheila. "Toward Eco-Friendly Aesthetics," *Environmental Ethics* 28 (2006), 57−76.

定的方式行动，创造广泛的生态友好型审美趣味显然是一个值得称赞的目标。"[1]

2. 塑造生态友好型审美趣味的方法

林托特强调塑造生态友好型的审美趣味，发挥审美趣味影响审美判断的作用。"事实证明，我们的审美感觉（aesthetic sense）具有相当大的现实意义，并且一种具有生态意识的美学（an ecologically informed aesthetic）主导着我们的日常生活，这符合自然环境的利益要求。"[2]林托特提出了培养生态友好型审美趣味，倡导改变主流审美偏好的四个选择，其目标就是"建立生态友好型的美学"[3]。林托特从审美标准和审美教育的角度，提出了四种塑造生态友好型审美趣味的方法，即建立生态友好的审美标准，审美无功利的文化灌输，理解自然审美中的崇高，科学知识与改变审美趣味的努力结合。下面分别讨论。

第一，建立一种生态友好的审美标准。这是建立环保美学的前提。这种新的审美标准要求我们重视自然界中缺乏审美吸引力但是具有生态价值、并且可以成为人类进行审美欣赏的生态审美对象，通过改变我们在传统审美趣味影响下的审美观念来建立生态友好型的审美趣味。但是在对自然进行审美时，需要解决的是自然欣赏中缺少审美吸引力的物种所带来的强烈的恐惧感。这对于具有主流审美偏好的大多数人来说，是对自然进行正确审美的一种阻碍，不利于传统的主流审美趣味向生态友好型审美趣味的转变。而克服自然审美对象带给我们的恐惧感，第一步就是建立这样一种生态友好的审美标准，改变人类对自然的畏惧和敌对态度。最直接的方式就是通过科学认知主义，确定生态审美的范畴。

第二，发挥文化灌输（culture indoctrination）的作用。传统的审美欣赏重点考虑的因素是形式因，我们的审美判断根据的是物体所具有的形式特点。仅仅关注物体的形式在对自然的审美中是不够的。自然中的某些生物对人类生存产生威胁时会让人类产生一种恐惧感，这时单纯考虑形式上的

[1] Lintott, Sheila. "Toward Eco-Friendly Aesthetics," *Environmental Ethics* 28 (2006), 57−76.

[2] Lintott, Sheila. "Toward Eco-Friendly Aesthetics," *Environmental Ethics* 28 (2006), 57−76.

[3] Lintott, Sheila. "Toward Eco-Friendly Aesthetics," *Environmental Ethics* 28 (2006), 57−76.

审美因素不能让人发现自然的审美价值。另一方面，美学意义上的审美愉悦在很大程度上不具有生态学上的意义，仅仅追求"美"会导致生态环境的破坏。例如，生物有其生存的地域要求，因为生物自身形式所具有的审美价值，将其脱离原有的生存环境，会导致原有环境和移植环境的双重破坏，最显著的例子就是"生物入侵"（而且是为了景观上的审美愉悦性，人类主动进行的生物移植）。根据林托特的观点，通过学习生态学等领域的科学知识去消除人类对自然界生物的偏见与无知，具有指导审美欣赏和环境保护实践的意义，有利于引导建立一种生态的审美偏好。

第三，将产生恐惧的自然事物放在"崇高"的审美范畴中进行理解。崇高可以包含那些最初令人难以理解的事物。林托特引用埃德蒙·伯克（Edmund Burke）的说法："无论什么样的东西都可以激发痛苦和危险，也就是说，无论是什么形式都可能产生可怕和恐怖的感觉。任何形式上是可怕的，或者我们熟悉的可怕的物体，又或者类似于恐怖的范式的操控者，都是崇高的源泉。也就是说，崇高能够产生心灵能够感受到的最强烈的情感。"[1]我们可以在恐惧中得到我们对相关的丑陋、可怕和怪诞的认可，将其统一到崇高的审美范畴之中。但是崇高与审美无功利一样对于审美理想而言是有缺陷的，即不可能立即产生审美愉悦感，因此需要一定的审美距离。"当危险或者痛苦离我们太近的时候，它们就无法给予我们任何喜悦，这是非常可怕的。但是如果保持一定的距离，并经过一定的修改，它们可能并且可以像我们日常所感受到的那样产生审美愉悦。"[2]所以，"审美距离"能够对自然带给我们的恐惧感进行有效控制，在"崇高"带给我们的痛苦和危险之外，带给我们可以激发强烈情感的审美体验。

与此同时，林托特指出，在肯定崇高解决对自然审美的恐惧所带来的积极意义之外，也要考虑到将"崇高"这个审美范畴引入生态审美的局限

[1] Burke, Edmund. *A Philosophical Enquiry into the Origin of Our Ideas of the Sublime and Beautiful*, London: Routledge and Kegan Paul, 1967, p.39.

[2] Burke, Edmund. *A Philosophical Enquiry into the Origin of Our Ideas of the Sublime and Beautiful*, London: Routledge and Kegan Paul, 1967, p.40.

性："似乎鼓励更多的人把崇高的乐趣，作为一种协调审美趣味与生态需求更为紧密的方式，是一个有前途的建议。一旦更多的人能够对他们最初认为是丑陋的和怪诞的生物进行审美欣赏，并将其视为是崇高的，我们就有可能对这种生物进行更为一般性的欣赏。然而，尽管这种方法是有前途的，但是在我们所讨论的恐惧明显减少之前，那些被认为是令人恐惧的事物的崇高将会被忽视，并且人们也不会对那些事物进行欣赏。"[1]即在对自然事物进行审美欣赏的过程中，自然原有的审美特性可能会被"崇高"的特性所掩盖，导致原有的生态审美属性的弱化。

第四，科学知识与改变审美偏好的努力相结合。正是因为引入"崇高"的审美范畴具有导致自然事物恐惧感降低和促进人类对自然产生审美兴趣的双重性，因此为了降低"崇高"为生态友好型审美所带来的负面作用，应当尽量进行情境化（contextualized），将科学知识和改变审美趣味的努力相结合。自然科学能够为生态审美提供独特且深刻的视角。以进化论为代表的自然科学知识，丰富了我们对世界的认识，引导我们在生态审美的过程中关注自然的多样性和丰富性，引导我们在生态系统中发现生命的价值和意义。

具体而言，与物理科学的一些目标和动机不同，博物学如植物学、生物学和地质学，从一开始就具有固有的价值取向，并关注于我们可能正确考虑美学的研究。"虽然早期的物理学家专门研究基本属性（可测量的和可量化的属性，如延展性、图形、运动和数量），但是博物学家被迫根据其研究主体的性质，将他们研究的对象按其次要属性进行分类（不可量化的特性，如颜色、气味、味道和声音）。正是这种对次要属性的关注，不仅使博物学与物理学明显地分离，而且与诗歌、绘画和园艺产生了重要的联系。美学学科也同样以次要属性为基础。"[2]林托特极其注重科学，特别是博物学在塑造生态审美趣味时所发挥的作用，并认为将审美趣味与自然科学家的科学趣味相结合是一种非常有前途的建议。"哈格列夫（Hargrove）认为

[1] Lintott, Sheila. "Toward Eco-Friendly Aesthetics," *Environmental Ethics* 28 (2006), 57–76.

[2] Hargrove, Eugene, C. *Foundations of Environmental Ethics*. New Jersey: Prentice-Hall, 1996, p.78.

科学趣味是一种审美范畴，并提供了相当多的证据表明艺术和科学之间存在着重要的相互作用。他举了一些园林工人、风景画家与自然科学家一起工作的例子，以及自然诗人对自然内部运作的精细观察。这些都是任何科学观察都无法比拟的。我们可以在博物学的书籍中找到这种相互作用的依据。这些书籍在出版时尽可能地以最真实的自然表现形式加以修饰。"[1]林托特认为，科学知识丰富的美学鉴赏家能够更好地欣赏我们的自然世界。沃尔顿认为，"对自然（非人工）世界的解释存在缺陷，人们不能正确地将自然欣赏理解为艺术欣赏"[2]。林托特和大多数美学家和哲学家一样，对沃尔顿固定范畴的自然审美欣赏模式感到不满。对于此，林托特指出正确的自然审美的范畴是由自然科学所支持的，随着自然科学认知水平的提高，对自然消极的审美判断一定会被它们相对完整的知识所取代。"我们应该承认审美很少是客观的，尤其是在个人的日常生活中。我们需要允许一种美学的偏见去使得我们的审美趣味更加的'生态友好'。…… 我的观点是，确保我们对自然的审美体验有更好的偏见的一个方法是依赖科学教育的帮助。"[3]

此外，林托特关于生态审美的思考并不仅仅局限于科学知识对审美趣味塑造的作用上，"科学的偏见是一种有用的工具，在审美的自然，特别是当我们的目标是打造一个生态友好的审美方式时"[4]，她同样强调了审美的主观特性对审美趣味的决定性作用。"总之，我的解决方案是对自然环境保持偏见，鼓励斯托尔尼茨（Stolnitz）的那种对自然物体采用'同情态度'的观点。换句话说，我认为我们应该承认审美欣赏很少是客观的，特别是在个人的日常生活中。因此，我们应该允许，甚至鼓励一种对美学的偏见，以使我们的趣味更加生态友好。"[5]在一定程度上，科学教育虽然有利于我们在科学认知基础上获取审美经验，但是这并不等同于这样一种观点：审美

[1] Lintott, Sheila. "Toward Eco-Friendly Aesthetics," *Environmental Ethics* 28 (2006), 57−76.

[2] Lintott, Sheila. "Toward Eco-Friendly Aesthetics," *Environmental Ethics* 28 (2006), 57−76.

[3] Lintott, Sheila. "Toward Eco-Friendly Aesthetics," *Environmental Ethics* 28 (2006), 57−76.

[4] Lintott, Sheila. "Toward Eco-Friendly Aesthetics," *Environmental Ethics* 28 (2006), 57−76.

[5] Lintott, Sheila. "Toward Eco-Friendly Aesthetics," *Environmental Ethics* 28 (2006), 57−76.

和科学的客观理性直接相关。林托特强调科学知识是对自然进行审美欣赏有用的工具，而不是与审美主观经验并存于审美实践之中的。鼓励有生态意识的自然审美模式，是要在人的审美观念上形成对自然的敬畏和尊重之情。通过自然科学知识的学习和认知，来消除对缺少或者不具有审美吸引力的自然事物的恐惧感，感知自然本身的审美特性。林托特将科学认知作为走向生态友好型美学的核心要素，最终目的是将重点放到科学知识对人的生态意识和态度的塑造上，从而在人的思想观念层面形成一种具有生态意识的审美趣味，进而影响日常生活中的生态审美实践，改善人类和自然之间的紧张关系，体现生态审美的环境/生态伦理价值。这是林托特倡导生态审美日常生活化和生态的审美趣味的目的，也就是"走向生态友好型美学"的核心要点。

3. 日常审美与生态友好型审美趣味

林托特认为日常生活中的审美趣味和我们的审美感觉 (aesthetic sense) 在实际中有着相应的联系，这种联系在对自然的审美过程中，引导我们通过审美意识的生态化，改变日常生活中的审美趣味。因为日常审美趣味的审美偏好体现了情感和伦理对我们的审美意识所发挥的作用，这就决定了我们在进行自然审美欣赏过程中作出正确的审美判断是具有可预测性和必然性的。

林托特认为，信条 (beliefs) 和态度 (attitudes) 是影响我们审美判断的主要因素。信条和态度促使我们在情感和伦理的需求角度选择欣赏具有审美价值的对象。人类中心主义的审美趣味认为，令人感到不适或者缺少审美吸引力的事物不易带给我们审美快感，所以很难引发我们对其进行审美欣赏，这主要是受到了注重感官愉悦的审美态度的影响。杰罗姆·斯托尔尼茨 (Jerome Stolnitz) 关于审美态度的观点是："当我们对一些事物进行审美欣赏的时候，我们的审美态度和我们通常所采用的'实际态度'是不同的，……审美态度具有无功利性 (disinterested) 和同情性 (sympathetic) 的特点。"[1]这允许我们按照自己的情感沟通方式和审美对象进行交流。但在自

---

[1] Lintott, Sheila. "Toward Eco-Friendly Aesthetics," *Environmental Ethics* 28 (2006), 57−76.

然审美欣赏的过程中，仅仅通过与审美对象进行情感沟通，是不能认识到自然复杂而丰富的审美特征的，我们所具有的知识会影响我们所感知的东西，让我们意识到我们对自然进行审美欣赏过程中的责任。所以在斯托尔尼茨所概括的审美态度具有无功利性和同情性观点的前提下，卡尔森认为我们在对自然进行审美欣赏的时候应该考虑到道德上的适当性。"斯托尔尼茨指出态度'组织并指导我们对世界的认识'并'准备对（一个）审美对象进行回应'。"[1]某些特定的情绪和认知状态会导致审美过程中所产生的审美情感的偏狭，而道德上的同情通常会增加寻找具有审美吸引力的物品的可能性。在环境/生态伦理道德基础上，自然审美欣赏过程中审美主体具备的信条和态度则使得建立一种自然审美欣赏的审美趣味成为可能。

故林托特要求建立一种具有生态意识的一般性的审美态度。在学习相关的生态知识的基础上形成具有环境/生态伦理价值的审美意识，并且在环境/生态伦理道德的基础上逐渐养成健康的生态审美态度。林托特认为在没有形成具有环保意识的审美态度的情况下，确立一种生态健康的审美趣味是不可能的。如果不能够以一种动态的、健康的审美态度去对待自然环境这样一个整体性的审美对象，就不能与自然产生一种更深层次上的精神上的交流，也就不可能改变主客对立的认识方式，建立一种生态友好的审美趣味。

第五节　林托特生态美学思想的影响及评价

一、林托特生态美学思想的影响

林托特生态美学思想对生态美学的研究者来说具有一定的借鉴价值，她关于生态美学的论述中包含了大量的美国生态实践的案例，这些案例主

---

[1] Lintott, Sheila. "Toward Eco-Friendly Aesthetics," *Environmental Ethics* 28 (2006), 57-76.

要集中于现实的绿色生态实践、实践造成的能源消耗和取得的显著成就三个方面。在美国国内，关于生态美学和环境的研究中，对于林托特论文的研究主要集中在美学与生态学的联结、审美欣赏与伦理道德之间的关系这两个方面。就国内外对林托特生态美学的相关文章的引用情况来看，对林托特生态美学思想的关注点主要集中于两种关系：美学与生态学的关系、生态美学与伦理学的关系。通过整理，可以基本将林托特生态美学思想的影响总结为以下两点：第一，林托特的生态美学思想是西方生态美学史上将生态学和美学联合进行理论创造的典型。第二，林托特的生态美学思想是论证审美欣赏与环境伦理关系的重要来源。

第一，体现生态学与美学之间的联合。林托特对生态学与美学之间关系的论述，大多是集中于具体的案例分析，涉及环境分析与审美之间的关系。《理论、观察和科学理解在自然审美中的作用》[1]一文引用了林托特关于生态学与美学之间关系的相关观点。相似的文章包括《声音环境美学与景观研究》[2]《城市公墓动物：探索动物在人类公墓中的地位》[3]。从这三篇涉及林托特生态美学思想的文章中可以看出，在具体涉及自然审美的实践中，审美的因素会很大程度上影响并决定环境保护和环境分析的过程和结果。林托特"生态学与美学之间的联合"的观点对美国学者的影响主要集中于环境的具体案例之中，而并不是生态美学领域。而从另一个角度来讲，在非生态美学领域强调审美对环境的影响以及审美与环境之间的关系，正说明生态美学思想对环境保护的渗透性强的特点。而生态学对美学的反向影响，则体现了生态美学的生态学立场。林托特准确地将持有生态学立场与富有同情态度的生态美学称之为"生态友好型美学"，在自然审美领域强调了生态学对审美的引导和纠正作用。"正因为强调生态学与美学的关联，这种立场的生态美学又被称为'生态友好型美学'"[4]，美国学者林托特2006

[1] Glenn, Parsons. "Theory, Observation, and the Role of Scientific Understanding in the Aesthetic Appreciation of Nature," *Canadian Journal of Philosophy* 36 (2006), 165–186.

[2] Anna, Petersson and Liljas Maria and Cerwén Gunnar and Wingren Carola. "Urban Cemetery Animals: An Exploration of Animals' Place in the Human Cemetery," *Mortality* 23 (2018), 1–18.

[3] Prior, Jonathan. "Sonic Environmental Aesthetics and Landscape Research," *Landscape Research* 42 (2017), 6–17.

[4] Lintott, Sheila. "Toward Eco-Friendly Aesthetics," *Environmental Ethics* 28 (2006), 57–76.

年发表的《走向生态友好型美学》就是这方面的代表。"简言之，生态学立场的生态美学试图深入发掘生态学与美学的内在关联，试图用生态学观念改造传统的审美趣味、审美偏好、审美理想、审美态度和审美价值，从而使美学成为生态友好型的美学。这种立场的突出特点是强调生态科学对于审美活动的重要性，具有强烈的科学色彩，与传统美学的区别也最为明显。"[1]

第二，论证自然审美欣赏与环境伦理关系的重要来源。这说明林托特的生态美学思想中关于美学与伦理学之间的关系论述，对生态美学和环境保护学者来讲，是思考审美与伦理道德之间相互影响的资料来源。将伦理学引入到生态美学之中是生态美学学者深化自然审美中的审美价值的表现。"环境美学研究者……将伦理学作为环境审美的基础，力图化善为美；其终极目的是为了最大程度地彰显环境的审美价值。基于此，伦理学成为环境美学自我深化的一个重要途径，环境美学也在真正意义上实现了伦理学与美学的有机结合。"[2]生态美学学者将伦理学融入生态美学的建构中，不仅是为了最大程度地彰显环境的审美价值，更重要的是将生态美学思想融入日常的自然审美欣赏和环境保护之中，通过自然审美过程，潜移默化地增强人们对于自然环境的认识，从而提高环境保护的意识。

卡尔森和林托特合著的《自然、美学和环境保护论——从美到责任》（*Nature, Aesthetics, and Environmentalism: From Beauty to Duty*，2008）是体现伦理学和生态美学相结合的重要文献之一。在这部论文集的前言部分，编者将林托特的文章《走向生态友好型美学》列入"自然、审美价值和环境主义"这一部分之中，这部分文章主要探讨美学、伦理学和环境主义的结合问题。林托特的《走向生态友好型美学》集中体现了她的生态美学思想中关于伦理和美学关系的思考。而这也是她对生态美学影响最为广泛的观点。诸如《生态系统的审美和精神价值：认识文化生态系统"服务"的本

[1] 程相占：《生态美学的八种立场及其生态实在论整合》，《社会科学辑刊》2019年第1期。

[2] 陈国雄：《环境美学发展的四大转折》，《哲学动态》2015年第2期。

体论和价值论多元性》[1]、《亚当·斯密的"同情想象"与环境审美欣赏》[2]此类的文章关注自然审美和伦理道德之间的关系，重要的原因是希望从美学角度去寻找环境保护行为和伦理道德之间的结合点。林托特是关注环境保护行为和伦理道德关系的西方美学学者之一，她的生态美学思想并不能说较为典型地反映了审美和保护自然环境的伦理道德之间的关系，但是因林托特深刻地受到卡尔森和齐藤百合子生态美学思想的影响，她的生态美学思想集中体现了自然审美与伦理道德相结合的尝试。林托特的生态美学思想将伦理学作为其第一哲学，尊重生命的内在价值，用平等的态度进行审美，而不能仅仅以审美愉悦为标准进行审美欣赏，将自然审美欣赏日常化，将环境保护意识浸入到日常自然审美过程中。这也是西方生态美学研究者所追求和倡导的。

二、林托特生态美学思想的评价

将林托特的生态美学思想纳入西方生态美学史是十分有必要的。

首先，从林托特的思想理论来源来看，林托特深受卡尔森的生态美学影响，对卡尔森的生态美学思想贯彻得十分彻底。林托特关于生态美学的文章大多建立在对卡尔森生态美学思想的分析和反思的基础之上，充分继承了卡尔森的生态美学思想，在此基础上突出了生态伦理和生态知识在生态美学研究中的重要地位，这也从侧面反映了卡尔森在西方生态美学史上的重要地位。

其次，林托特对卡尔森生态美学思想的补充，是卡尔森科学认知主义的肯定美学的继承和发展。比较有代表性的是作为其生态美学的理论背景，林托特在反思卡尔森的自然环境欣赏模式和卡罗尔的"激发模式"基础上，

[1] Cooper, Nigel and Emily Brady and H Steen. and Rosalind Bryce. "Aesthetic and Spiritual Values of Ecosystems: Recognizing the Ontological and Axiological Plurality of Cultural Ecosystem 'Services'," *Ecosystem Services* 21 (2016), 218–229.

[2] Brady, Emily. "Adam Smith's 'Sympathetic Imagination' and the Aesthetic Appreciation of Environment," *Journal of Scottish Philosophy* (2011), 95–109.

创造性地提出了"修正-延伸主义模式"。"……由于两种模式各自强调自然审美的不同方面，在孤立的情况下都不够充分。修正主义模式仅看到远处，交给我们该如何去做，却没有考虑到我们已经习惯于做的，因此有些过于迂腐；延伸主义模式则只盯着近处，没有注意到如何更好地丰富和鼓励自然欣赏，因此也难以令人满意。"[1]林托特提出的"修正-延伸主义模式"缓和了科学认知和情感之间的矛盾，在一定程度上是在卡尔森的科学认知主义基础上将情感认知的重要性补充了进去，从而将生态知识与情感融入到自然审美过程之中。在此基础上，林托特的生态美学思想体现了科学知识与情感的结合。

再次，林托特将日常审美欣赏与生态伦理融入生态美学之中。她将生态审美和日常的生态实践相结合，这是西方生态美学研究中比较典型的做法。

除此之外，林托特的生态美学思想存在着独创性不足、建构不充分的缺点。林托特的观点大多是在卡尔森的框架下的改写，观点、论证和举例基本都在卡尔森的各篇文章中出现过。而且林托特"生态的审美趣味"这一观点的相关论述中穿插了齐藤百合子关于日常审美欣赏的观点。需要特别说明的是，在西方生态美学的相关研究中引用较多的《走向生态友好型美学》一文中，林托特虽较为系统地提出了改变主流审美趣味的几种选择，但并没有进行系统化的生态美学建构。综上可以看出，林托特的生态美学是结合齐藤百合子日常生活美学，对卡尔森生态美学的补充，分析和总结说明价值大于其创造价值。这也是在对林托特生态美学进行研究时应当注意的地方，勿将卡尔森的生态美学观点和林托特的生态美学观点相混淆。

---

[1] Lintott, Sheila. "Adjudicating the Debate over Two Models of Nature Appreciation," *Journal of Aesthetic Education* 38 (2004), 52-72.

第十二章　马尔科姆·迈尔斯

　　马尔科姆·迈尔斯面向生态问题，立足艺术实践，试图从生态艺术出发构建其生态美学，强调生态艺术的批判反思作用。当今世界，各种生态环境问题频频发生，世界经受着极大的生态考验。迈尔斯秉持一种激进美学的态度，突出文学、建筑等各种艺术形式的介入作用，力图通过这些艺术形式对生态问题进行呈现，进而介入这些问题之中，介入人们的思想意识之中，在具体艺术形式与其创作者、与其观赏者之间的交互关系中，促发人们对这些问题的批判性思考。这体现出迈尔斯的"中断"思想，它涉及对一些情境的批判性或是戏谑性的解读，认为艺术旨在挑起论争，艺术家通过一种有争议的方法，用他们的艺术作品和行为唤起人们的情感，促使人们去面对日益严峻的生态、气候问题。

　　迈尔斯生态美学的思想基础和理论资源，同样离不开对美学和生态学的借鉴与吸收。达尔文的进化论，20世纪以来出现的社会生态学、深层生态学和政治生态学都是其生态学资源。迈尔斯引用了鲍姆加登和康德的美学观点，来突显了美学研究主体性和自然的感觉知识的一面；同时也指出唯美主义是对建立在资本价值基础上的社会的一种被动抵制；还简要介绍了当前的关系美学，强调观众在艺术作品的构成中的重要作用，这些构成了其美学资源。

　　本章介绍了迈尔斯提到的大量生态艺术案例，通过这些案例，我们可以更加鲜活地理解迈尔斯的思想和主张。理解迈尔斯的生态美学，我们要注意以下两个方面的特点：一方面，迈尔斯的生态美学富有很大的生态启示意义，如从生态艺术出发构建生态美学，借鉴关系美学发展生态美学，中断思想也极富批判性。另一方面，我们也要注意到迈尔斯生态美学缺乏明确的哲学思想基础和美学观念的支撑，其思想观念在实践层面也存在一定的局限性与乌托邦色彩。

第一节　迈尔斯及其《生态美学》简介

马尔科姆·迈尔斯（Malcolm Miles）是一名文化理论教授，他于2016年从英国普利茅斯大学退休，此前任教于该校建筑学院，是学院的科研专员和博士生导师。他的研究兴趣主要集中在现当代文学、建筑、艺术与社会文化批判理论之间的关系等问题。围绕其研究兴趣，迈尔斯编著了一系列著作，其代表作有《艺术、空间和城市——公共艺术与城市未来》（*Art, Space and the City: Public Art and Urban Futures*，1997）、《城镇先锋与社会转型——艺术、建筑与变化》（*Urban Avant-Gardes and Social Transformation: Art, Architecture and Change*，2004）、《赫伯特·马尔库塞传：一种解放美学》（*Herbert Marcuse: An Aesthetics of Liberation*，2012）、《生态美学——气候变化时代的艺术、文学和建筑》（*Eco-Aesthetics: Art, Literature and Architecture in a Period of Climate Change*，2014）、《文化的限度》（*Limits to Culture*，2015）等，最新著作是《城市与文学》（*Cities & Literature*，2018）。

迈尔斯2014年出版的《生态美学》是"激进美学－激进艺术丛书"（*Radical Aesthetics-Radical Art Series*）的一种。"激进美学与激进艺术丛书"致力于思考实践艺术与艺术思想之间的关系，进而发掘美学在21世纪所具有的意义。"激进"一词指的是，就艺术实践来说，这些著作如何推动论争、如何面对艺术惯例以及如何提出思考艺术的另一种方式。该丛书旨在以一种富于创造力和有意义的方式，将美学的观念从视觉传统中解放出来，并将其范围拓展到一个更宽广的层面之中。该丛书考察了过去20年来产生的一些艺术实践，这些实践大多需要观者的多重感官参与，需要人们浸入其中或者共同合作完成。该丛书对思考艺术实践和美学的传统思路进行了批判，重新考察了理论与艺术实践之间平等的交互关系，注重当下问题，强调对当代语境的回应，倡导一种跨学科的探讨方式，关注当前现实和争论。[1]

收入该丛书的迈尔斯的《生态美学》，自然而然地具备该丛书的基本特性，主要体现为以下三点。其一，关注当下现实问题。该书的副标题是"气候变化时代的艺术、文学和建筑"，它一方面指明了其研究对象，另一方面更突显了当前时代存在的气候变化这一生态问题，这也是其生态美学出现的现实背景。当前，生态危机日趋严重，各种问题层出不穷，如气候变暖、洪水和干旱问题频发、生物多样性的丧失等，这些问题甚至还进一步引发了一系列社会问题和政治问题，如社会动荡、自然资源争夺战争等。迈尔斯指出："十年前，我一定会说，困难在于人们不知道气候变化及其产物（该产物是通过激增的二氧化碳排放到地球大气层而产生的），但现在很明显——尤其是缘于频繁的新闻报道，人们对此确已了解。他们只是没有相应地采取行动而已。"[2]他还说："气候变化已经开始，其迹象是实质性的。政治和经济系统似乎有必要来避免气候变化所产生持续恶化的影响。然而，在经济和政治系统中，几乎仍然看不到显著改变的景象。"[3]因此，面对现实的气候变化造成的生态危机，迈尔斯呼吁南北半球的不同公众参与到社会、政治、经济和文化建设中来，试图转变这一现实情境。具体到生态美学研究上，迈尔斯关注的是气候变化时期的文学、艺术和建筑对生态危机的诸种表征及其带给人们的反思与批判，他的生态美学具有很强的现实关怀感和现实介入的诉求，他认为，一种与行动主义相结合的新型审美介入（aesthetic engagement），能够为这些问题的解决提供新的见解。

其二，采取跨学科方法。生态美学是生态学和美学的交叉学科，生

---

[1] 该丛书的简介参见：https://www.bloomsbury.com/uk/series/radical-aesthetics-radical-art/，2018年10月18日访问。

[2] Miles, Malcolm. *Eco-Aesthetics: Art, Literature and Architecture in a Period of Climate Change.* London: Bloomsbury, 2014, p.1.

[3] Miles, Malcolm. *Eco-Aesthetics: Art, Literature and Architecture in a Period of Climate Change.* London: Bloomsbury, 2014, pp.1-2.

态学属于自然科学，美学则位于人文科学名下。迈尔斯的生态美学架构在生态学和美学的基础之上。从生态学方面来说，迈尔斯评析了达尔文（Darwin）的进化论（theories of evolution），关注了恩斯特·海克尔（Ernst Haeckel）于19世纪60年代出版的一些著作，还梳理了20世纪以来出现的社会生态学（social ecology）、深层生态学（deep ecology）和政治生态学（political ecology）。从美学方面来说，迈尔斯首先引用了鲍姆加登（Baumgarten）和康德（Kant）的美学观点，从而突显了美学研究主体性和自然的感觉知识的一面，然后转向了19世纪的唯美主义（aestheticism）。迈尔斯认为，唯美主义是对建立在资本价值基础上的社会的一种被动抵制。最后，他还简要介绍了当前的关系美学（relational aesthetics），强调观众在艺术作品的构成中的重要作用。生态学与美学这两类学科的基本理论，也就成为迈尔斯生态美学的主要理论资源。

其三，注重交互关系。对"参与""介入""关系"的强调，是迈尔斯生态美学的一个显著特点。迈尔斯的生态美学是一种关系美学和过程美学。当代艺术、文学和建筑是一种具有鲜明的政治、社会、历史问题意识的审美实践。这些审美实践为了传达信息，首先需要观者参与其中，观者的参与也成为作品形成过程中不可缺少的一环。在观者与作品的交互关系中，作品的意义得以生成，作品对政治、社会和历史问题的批判也由此唤起观者的反思。气候变化显然已成为当今全球范围内的生态问题，这一问题的产生有其政治的、经济的和社会历史的根源。迈尔斯认为，就解决气候变化这一问题来说，只寄希望于政治是没有出路的，他呼吁南北半球的大众参与到社会的、政治的、经济的和文化的建设中去，在对世界的体验和把握中，以一种行动主义和新型的审美介入来寻求解决方案。

此外，对资本主义发起强烈的批判，也是迈尔斯生态美学的一大特点，体现出其生态美学的激进维度。他将环境恶化的矛头直指资本主义制度，他为此引用约翰·霍洛维（John Holloway）的《砸烂资本主义》（*Crack Capitalism*）一书中的话："别再搞资本主义了，做点别的事情，做一些明智的、美好的、令人愉快的事情吧。停止创造那些摧毁我们的体制吧。我们只活一次。为什么要利用我们的时间来毁灭我们自己的存在？可以肯定，就我们的生存来说，我们可以做一些更好的事情。"[1]

反思现状、批判问题并非迈尔斯的全部目的，他的一个宏愿（或者说终极目的）是设想一个可能的、更好的世界，并通过文学、艺术和建筑方面的努力来实现它。在气候变化时代的今天，人们所能设想的这个更好的世界，无疑就是一个"更加绿色的世界，是一个注重、关怀和保护大地的世界，也是注重、关怀和保护大地之上的生物与生态系统的世界，而不是一个仅仅将之作为环境而不屑一顾的世界"[2]。面对如此巨大、如此深刻和如此复杂的全球威胁，面对这些问题，艺术、文学和建筑所能发挥的作用可能十分微小。迈尔斯自己也承认，即使终其一生，这一愿景也不见得能够得到实现，如他所说，他常常"在希望和绝望之间徘徊"。

但他也强调了艺术、文学和建筑面对气候变化危机时所特有的价值。他指出，一个特定时期的艺术和文化都不可避免地再现了这些条件的痕迹，这些痕迹获得了自己的中介，但观念、价值、体制和表达这些观念、价值、体制的艺术或文化之间的关系总是双向的：就像生活会影响艺术一样，艺术同样也会影响生活。观念的这些表征构建了它们，而在社会内部、在社会不确定性之中，以及在动荡时期，一种价值结构的转变，往往会导致与以往文化规范的背离。因此，作为对自我（或主体）和感官知觉的研究，美学恰好处在这些流动性的一个方向上，因为它是对主体的领会，是对构成主体的那种事物的领会，也是对构成其环境的那些事物的领会，可以说，这些东西强化了我们对大地的态度。

---

[1] Miles, Malcolm. *Eco-Aesthetics: Art, Literature and Architecture in a Period of Climate Change*. London: Bloomsbury, 2014, p.7.

[2] Miles, Malcolm. *Eco-Aesthetics: Art, Literature and Architecture in a Period of Climate Change*. London: Bloomsbury, 2014, p.1.

第二节 迈尔斯生态美学的理论资源和思想基础

如前所述，迈尔斯的生态美学一方面借鉴了生态学的理论资源，另一方面也从美学家的论述中找到了思想支持。迈尔斯认为，如今的文学、艺术和建筑这样一些审美实践，都处于一种宽广的知识语境之中，该语境由政治的、经济的和文化的各个层面所构成，因而，这些审美实践并非那种被严格限定的、自指自足的作品，而是一个扩展的领域（expanded field）。同样地，迈尔斯指出，"生态学也是一个扩展的领域，它与政治和社会思想相互交叠"[1]，所以，生态学同美学一样，它同样地关注现实语境，同样地面向现实问题并寻求解决方案。这就成了迈尔斯在美学和生态学之间构建一种合理链接的依据。本节将从生态学的理论资源和美学思想支持两个方面，对迈尔斯的生态美学展开论述。

一、生态学理论资源

生态学（ecology）的前缀eco-源自希腊语中oikos一词，它表示"家园"之意。生态学与经济学（economy）有着相同的前缀。然而，从历史上看，讽刺的是，人类为了发展经济，往往对家园造成了破坏甚至将其毁灭。为了对这一情况展开反思批判，迈尔斯分别从达尔文的进化论、海克尔的生态观、布克金的社会生态学、阿伦·奈斯的深层生态学、政治生态学等学说中借鉴理论资源。梳理生态学的各种理论方法，对我们理解迈尔斯的生态美学具有启发性和帮助。

（一）达尔文的进化论和海克尔的生态观

迈尔斯从海克尔的思想中看到的是一种整体论的自然观，从达尔文的思想中借鉴的是自然的复杂性和多样性的观点。

---

[1] Miles, Malcolm. *Eco-Aesthetics: Art, Literature and Architecture in a Period of Climate Change*. London: Bloomsbury, 2014, p.3.

对恩斯特·海克尔来说，生态学研究的是生物与环境之间的相互关系，他在著作中用社会术语来描述自然现象。海克尔于1866年以《有机体普通形态学》（*General Morphology of Organisms*）为题发布了他的理论，又在1868年修订为《自然创造史》（*The Natural History of Creation*）。他将心灵和身体看作一种单一的物质，并强调自然形式的审美特质，从整体层面来看待心灵和身体以及一切生命形式。达尔文关于复杂（但非计划的）的相互作用的自然世界的观点，曾经对海克尔产生了重要的思想影响。在《蔬菜霉菌的形成》（*The Formation of Vegetable Mould*）中，达尔文写道，蠕虫每10年产生超过1英寸的土壤，使土壤通气，保持良好的排水状态，并帮助根系渗透。[1]蠕虫属于"交织的生命之网"或土壤群落，[2]这或许是一种拟人化的解读（将人类映射到非人类），但在进化理论中却很有影响力。海克尔认同一种有机整体论的自然观，在他看来，生态学研究的对象是生命有机体及其环境之间的交互关系，其中每个代理者都是相互依赖的：提取出其中任何一个，都会使作为一个整体的系统变得不稳定。在很长一段时期里，海克尔的以下观点都维持着其生命图式，他认为，人们植根于家园本土性（home locality）之中，区域和国家是对工业化世界的一种撤离，作为群落，区域和家园超出了个体生命的跨度，在其连续性的图像中，它也是对死亡的撤离。

迈尔斯引用达尔文的观点解释道，只有从追溯性的角度来说，物种系谱才能被绘制出来，这也适用于各种生态学和生态系统。他认为"生态系统"这个词已经把自然架构为一个系统，而不是像在人类对其进行管理之前那样将其视为野生的或混乱的，在这种背景下，在文学研究中出现了生态批评这一学科，该学科摒弃了自然的概念。与此同时，生态科学摒弃了"结构化的、有序化的、可控的稳态生态系统"的模式，而是采用了"个性化的、冲突的、混乱的、复杂的"生态系统，这拓展了一种"自然选择"的方法。

---

[1] Carson, Rachel. *Silent Spring*. London: Penguin Classics, 2000, p.63.

[2] Carson, Rachel. *Silent Spring*. London: Penguin Classics, 2000, pp.63–64.

迈尔斯认为达尔文的思想具有生态启发性，他指出达尔文对多样性和复杂性的论述极具价值，这些思想将地球当作人类和非人类生活的栖息地。在达尔文看来，自然界呈现出多样性、增殖性和适应性。在当前来看，从地方主义到生态中心主义，以及对全球环境正义的呼吁，达尔文的这些思想都是符合绿色生态观的。迈尔斯认为，"绿色"这个词同样意味着野生动物保护、荒野保护，用佛教的话说，就是对芸芸众生的仁慈。他并没有用单一的观点来概括它们，而是强调了环境保护主义所带来的张力，这种张力存在于一种浪漫的自然观和一种非功利性的、科学的作为一套系统的自然观之间。海克尔看到了自然形式中的美，并把它们比作艺术。他也看到了本质上的基本统一，人的思想和身体的统一是这种基本统一的一个方面。但是，当人类处于自然秩序的一部分时，人类的事业却造成了广泛的破坏，我们如何看待这一情形？这似乎是非理性的，或者是不自然的，然而，对自然秩序的呼吁，或对永恒的自然状态的呼吁，使问题回到了人类心灵领域，正是人类心灵通过将各种秩序感投射到自然之中，才造成了这些自然生态问题。

变异性、增殖性和适应性的原理反映了口头语言的进化，达尔文就以语言为其模型，并结合经济理论的元素，来论证系统可以是被限制的，也可以是开放的，系统在时间上和地理上都是敏感的，受到趋势和可能性的支配，受法则的支配。在某些条件下，每一个系统都可能陷入混乱过程，在这种混乱过程中，系统会崩溃，或者新的形式会出现。

通过自然选择这一过程，生命成其为现在所是的样子，成为将来可能所是的样子，自然选择没有最终目标，或者说没有设计。唯一的规则就是，运动总是向前的。因此，以前的自然状态永远无法恢复。这使得将过去的伊甸园投射到一个想象性的未来就变得不切实际。虽然这并无损于人们对未来的想象，但自然选择是一个无止境的过程，人们无法对它进行预测。在进化中，人类是演员，虽然进化过程本身并不是人类，但这一过程"形成和产生它们的主体"。这并不意味着任何事情都可能发生：过去播下了未来的种子，有些道路是可行的，有些则不可行。因为自然是一个有序的领域，秩序被解读为自然，就像在对那种回顾性的物种进行的分类中一样，一个模式投射到没有它的进化上面。当进化的成功仅仅是一种变异、繁殖和适应的能力时，没法保证特定的物种能够茁壮成长。

迈尔斯认为，选择取决于所信奉的价值观。一种观点认为，"适应"意味着找到一种可持续的方式生存在地球上：一种具有相互联系性的模式。另一种观点是，当残渣化为灰烬时，将地球化简为资本家的利益。对迈尔斯来说，这是一个政治问题，因此，他认为，我们虽然受环境的制约，但我们也可以介入其中，来改变它。

(二) 默里·布克金的社会生态学

默里·布克金 (Murray Bookchin) 于1930年加入共产主义青年团少年先锋队，又在1935年加入共产主义青年团，20世纪40年代加入托洛茨基派 (Trotskyism)，参与了小型杂志《当代问题》(*Contemporary Issues*) 的编辑工作。在卡逊的《寂静的春天》出版十年前，布克金就写了一篇讨论食品中使用化学添加剂的文章。布克金是左翼环境中的一分子，这一环境中还有艺术评论家克莱门特·格林伯格 (Clement Greenberg)，他为托派的另一个杂志《党派评论》(*Partisan Review*) 撰稿。

但到了1980年，布克金开始远离社会主义，他将社会主义生态学描述为一种矛盾，这种矛盾"用过去的尸体上的蛆虫"充斥着"新形成的、有生命的未来运动"，这需要人们"无情地"来反对它。[1]布克金改编了赫伯特·马尔库塞、阿多诺和霍克海默提出的批评理论，尤其是其中的主导批判思想，但他采取了一种救世主的态度，这种态度往往会破坏这种批判。他拒绝接受马克思的轨迹，否认存在于现有的社会关系中的"设想一个新社会的思辨思想的力量"。布克金在社会主义与其共产主义思想根源之间，尝试着将社会主义和生态思想结合起来，他认为环境问题的根源在于北美白人社会的一种有缺陷的秩序之中。

布克金有一种反对有机社会模式的倾向，反对它的那种集权化、官僚化的驱动运作模式，他认为这种驱动运作模式与现代工业化是相一致的。

---

[1] Bookchin, Murray. *Towards an Ecological Society*. Montreal: Black Rose, 1980, p. 16, cited in Kovel, J., "Negating Bookchin", in Light, A, ed. *Social Ecology after Bookchin*, New York, Guilford Press, 1998, p.39.

布克金越来越反对城市，并将进化的多样性看作是一种对抗工业和社会标准化的力量。因此，通过对自然进化过程的那种不断扩展的意识，未来人类的福祉得以展开："人们不仅可以把多样性视为更大的生态社区稳定的源泉，也可以将之看作自然界中不断扩展的、尽管还处于萌芽阶段的自由的源泉，或者从客观层面上将之看成一个媒介，这个媒介可以在生命形式自身进化中，锚定不同程度的选择、自我定向和参与。"[1]

布克金认为，在多样性中，人类的进化变成了自我的实现和稳定的实现。他认为家庭具有"强烈的人类倾向"，这与民族国家的集中化不相容。[2]国家不仅成为秩序的一种形式，而且成为一种只有通过强制手段才能存在的非自然实体。在其他地方，布克金写道："宇宙见证了一个不断奋斗、不断发展的物质世界……它最有活力和创造力的属性是它的那种无尽的自我组织能力，这种能力能够将其转化为越来越复杂形式。"[3]这可以理解为一种无政府主义者视阈中的达尔文主义，因此，在物种潜力（species-potential）（一种生物上的规则而不是道德的规则）的推进中，互助变成了合作，但是当他说"外部自然演变和社会自然演变之间的关系是深刻的"，[4]此时布克金为如下问题上作出了辩护，即自然作为一个领域包含了人类社会，尽管布克金强调需要处理权力和集权，但这否定了通过采取政治行动来实现理想自由状态的那种必要性。

布克金认为，人类与动物的不同之处在于，人类创造了制度，制度产生了超越他人和自然的权力。一个由去集中化的公共单元组成的社会，与社会主义不相容，因为社会主义本质上是一个集中化的系统。布克金再一次地反对托洛茨基关于世界革命的观点，而赞成地方层面的社会进化。但在迈尔斯看来，布克金将一种自然观扩展为社会的基础，而不是研究人类

[1] Bookchin, Murray. "Freedom and Necessity in Nature: A Problem in Ecological Ethics," *Alternatives*, 13, 4, 1986, p.5, cited in Eckersley, R., "Diving Evolution and Respecting Evolution," in Light, ed., *Social Ecology After Bookchin*, New York, Guilford Press, 1998, p.62.

[2] Bookchin, Murray. *Urbanization without Cities: The Rise and Decline of Citizenship*. Montreal: Black Rose Books, 1992, pp.175−181.

[3] Bookchin, Murry. *The Ecology of Freedom*, palo Alto (CA): Cheshire Books, 1982, p.357.

[4] Light, Andrew. *Social Ecology after Bookchin*. New York: Guilford Press, 1998, p.6.

社会中产生的自然观，从而使人性（human nature）成为非历史的。对迈尔斯来说，这种自然的概念与任何其他自然观一样，是文化性的，具有历史的特殊性。

布克金将自由视为伟大的回归，或田园牧歌的复兴。环保主义者格伦·阿尔布雷希特（Glenn Albrecht）指出，布克金描画的那幅合作与共生关系的图像，忽视了生物进化中不可或缺的竞争和斗争。布克金宣称，人类可以通过合作来渡过难关，这一点实际上继承了无政府主义者彼得·克鲁泡特金（Peter Kropotkin）的观点。克鲁泡特金用前工业化村庄聚落的例子来阐明了这一点。税收、战争和圈地运动已经抹去了这种自然的社会状态，因此在现代社会中去寻找互助性的制度和实践是毫无希望的，而一旦我们试图弄清数百万人的生活方式，我们就会惊讶于互助原则和相互支持原则在人类生活中所起的巨大作用，这些原则甚至在今天仍在起作用。

迈尔斯指出，社会生态学或生态社会的观念之所以是有益的，是在社会正义与环境正义的相互关联性上来说的，而非就规定一种精确的社会组织形式层面而言。布克金著作的重大意义在于连接了社会学方法和生态学方法。布克金在《为地球辩护》一书中说道："我们绝不能忽视这样一个事实：人类解放的课题现在已经变成了生态课题，正如保卫地球的课题也变成了社会课题一样。社会生态学作为一种生态无政府主义将这两个课题结合在一起。"[1]

（三）阿伦·奈斯的深层生态学

迈尔斯建立一个更加绿色的世界的构想，与深层生态学的要旨具有一致性。阿伦·奈斯（Arne Naess）的深层生态学具有去人类中心主义的特点。人类中心主义（anthropocentrism）就是将人类置于中心地位，深层生态学则通过生态中心主义（eco-centrism）来取代人类中心主义，以便使所有物种处于平等地位。奈斯从卡帕的物理学思想中获得了启示。物理学家菲杰弗·卡帕（Fritjof Capra）同样提出了一个相应的、以生态为导向的伦理学的

---

[1] Bookchin, Murry. *Defending the Earth: A Dialogue between Murray Bookchin and Dave Foreman*. Montreal: Black Rose Books, 1991, p.131.

观点，他认为，我们在科学理性主义中所发现的那种机械的世界观，被一个多样化的自然系统模型所取代，这个模型产生于各种相互作用和相互依赖关系之中，在此，整体的性质总是不同于各部分的简单相加。奈斯把这种方法看作国家和国际政策的基础，他提出了一项计划，其中包括在认识到生物多样性的背景下来评价所有生命，该计划在伦理上是正确的。奈斯主张，通过经济政策和技术发展方面的改变，来确保人类生活与非人类生活的繁荣能够成功地相互兼容，从而拒绝了增长的必要性。

深层生态学具有两条准则：一条是自我实现，这意味着对非人类之物的同一，因此人类伤害自然就是伤害自身；再一条是生态中心主义的平等性。深层生态学是激进的，它拒绝了人类的优先性，这种优先性存在于可以拓展到深层社会正义模式中的事物，也拒绝了经济不断增长的幻想。正如地理学家I. G. 西蒙斯（I. G. Simmons）所言，像一些西方哲学和许多东方哲学一样，奈斯构建了一个在存在领域中没有本体论划分的世界观。在人与非人之间，这里可能没有……现实的（或价值的）二元对立。同样地，人是总体领域中的一部分，自我的实现不应导向自我中心性（self-centredness），而应导向与所有事物的连接，而不仅仅是利他主义。在此，深层生态学的文化特性浮出了水面，他将这些原则描述为生态科学与形而上学的结合。

迈尔斯认为，一个生态社会可以通过政治措施的实施来实现。他考察了奈斯的深层生态学对该问题的处理方式。迈尔斯指出，在《政治与生态危机》（*Politics and the Ecological Crisis*）一文中，奈斯采取了一种矛盾的态度。奈斯承认，除了社会正义与和平之外，生态可持续性只是绿色社会的目标之一。他把对生态议题的追求与危机联系在一起，在一种非常坚定的立场上，拒绝了通过增加天然气出口来降低煤炭产量的那种实用主义手段。但与布克金不同，他认为，对当地社区产生了影响的跨国方案中存在的那种集中化倾向是必要的，尽管与此同时在20世纪六七十年代形成的建立一个强大的本地社区的观念还留在人们心里。这可能指的是反主流文化的理念村（intentional communities）和20世纪90年代以来的生态村，这可以看作是对新社会的研究和发展。但是奈斯似乎陷于了全球责任、社区责任和个人责任等层面之间，他呼吁个人注意到，他们在日常生活中牵涉进了一些不负责任的生态的政策。迈尔斯指出，深层生态学家应该在自己身处的情境中工作，来回绝短期发展遁词，并且反对人类中心主义，他们持有一种哲学总体观，这种哲学总体观包括关于生命基本目标和价值的诸种信念，这些信念既适用于政治，也适用于日常生活。

迈尔斯也指出了其问题之所在，即这些目标有很多解读方式：为所有生命形式的平等利益而制定的各种政策，这是一种解读，或者，当一些非人类的生物获得了高于社会中某些群体的特权时，解读就更具有可选择性了。迈尔斯提到如下这样一个例子。社会批评家亨利·吉鲁（Henry Giroux）讲述了 21 世纪初新自由主义紧缩措施在亚利桑那州的实施，该项措施削减了公共医疗补助（Medicaid），补助不再覆盖心脏移植手术，就移植的成本来说，这就意味着节省了 140 万美元，同时"向生病的穷人下达了死亡判决书"。在同一时期，出于环保主义者的担忧，该州批准了 120 万美元的支出，用于"在山路上为濒临灭绝的松鼠修建桥梁，以免它们被车轧死"。[1]像熊猫和鲸鱼一样，松鼠很容易被拯救，因为人类喜欢它们。深层生态学显然不是亚利桑那州实施该项政策的原因，深层生态学可能会说，解决道路交通事故的办法是减少汽车数量和限制车速。但正如迈尔斯所说，这个案例提出了一个问题，即对物种平等的关注如何影响实施它的具体条件。当这些问题被提出时，普遍平等的一种模型展现出这样一个未来，在此，人类将成为各种新型自然威胁蔓延的受害者。

尽管深层生态学还存在这样那样的问题，但迈尔斯认为，总的来看，深层生态学的要旨与他试图建立一个更加绿色的世界的构想具有一致性。社会生态学和深层生态学的基本要旨就是相互帮助和物种间的尊重，这最终也还是为了倡导一个更加绿色的世界。但迈尔斯对此进行了更为深入的思考。他提出一系列问题，例如，如何适当地规定这种价值？价值、手段和目的之间有什么关系？人类的能动性是绿色世界的必要手段还是最有可

---

[1] Giroux, Henry. *Twilight of the Social: Resurgent Publics in the Age of Disposability.* London: Pluto, 2012, p.45, citing www.endpoliticsasusual.com/2010/11/arizona−death−panels state−revokes−funding−for−heart−transplants− opts−to−save−squirrels/

能的手段？作为实现这一目标的力量，能动性的观念是否是该问题的一部分？这是迈尔斯对深层生态学展开的一些反思，也是迈尔斯在自己的生态美学中所要面对和解决的一些问题。

（四）政治生态学与解放生态学

迈尔斯认为，20世纪90年代出现的一些关于发展的经验和批判，对政治生态学具有启发意义。迈尔斯提到，政治生态学被地理学家理查德·皮特（Richard Peet）和迈克尔·沃茨（Michael Watts）描述为"以生态为基础的社会科学和政治经济学原理"的聚合，在他们的研究中，他们将政治生态学这一领域看作一个具有政治性的实体，也看作一个具有社会性和地理性的实体。他们编辑的《解放生态学》（*Liberation Ecologies*）一书把环境保护论的许多不同案例编辑在一起，将政治、社会构成和环境地理位置结合起来。在该书诸多供稿者中，地理学家哈里珀利亚·兰甘（Haripriya Rangan）驳斥了埃斯科巴的观点（发展是一种"总体化和霸权性的话语"），他认为在"对社会关系和制度的重塑"中，发展可以是"一个涉及国家、市场和公民社会的动态过程"。但兰甘也指出，发展是政治利益的谈判筹码。

迈尔斯认同兰甘的批判。他指出，最近，在取得大片土地以供未来开发的过程中，很大范围内都已出现一种不太可见的发展形式。在富足的社会中，由于市场条件使得开发具有经济吸引力，开发商们便收购土地，提交规划申请。在南半球，外部的国家或商业机构为了满足未来对粮食或能源生产的需求而收购土地，掩盖了他们攫取土地的事实，这种攫取是作为农业改革和改进而出现的。例如，棕榈油的生产（将棕榈油生产成生物燃料）扩张破坏了当地的种植模式和所有关系。人们可能也会声称这种"绿色攫取"有益于生物多样性、保护了生态系统、促进生态旅游或提供碳补偿。但在加工处理的过程中，它造成了一些问题，这些问题与绿化的特点有关系，涉及"重建那些超越于资源的获取、使用和管理之上的规则和权威"，因为它推行劳动关系的特定形式，推行"人类－生态"关系（human−ecological relationship）。这种关系的一个方面是仁慈干预措施，如招标获批一英亩的热带雨林可能有助于物种保护，但迈尔斯认为，就地方层面来说，在某种程度上，这种干预恰恰具有剥夺性，它往往把野生动物保护嵌入到一种以市场为基础的新自由主义的模式中去，这正是我们一般意义上所说的环境危机的原因，特别是土地退化的一个原因。资本、国家和非政府组织的界限也变得有争议了。一系列新的中介机构正在出现，一系列关于碳和边缘土地咨询的机构使得资源挪用得到了确保，使之成为可能，它们在此成为关键的中间人。

对发展的利益来说，全球资本建基于一种技术性的专业知识之上，而要重视地方经验，就必须拒绝知识的中立性。迈尔斯援引环保主义者、经济学家、地理学家和政治家们的专业论述，试图为确保地球的退化能够得到重新分配和分散提供话语支持。秘鲁外交官奥斯瓦尔多·德里韦罗（Oswaldo de Rivero）认为，跨国企业乐于增进世界实力，但不承担任何国际责任；印度作家阿兰达蒂·洛伊（Arundhati Roy）发起运动，反对在纳尔玛达河谷（Narmada Valley）修建水坝，他认为穷人的优势不在于制度或法律上的成就，而在于田野、山脉、河谷、城市街道和大学校园，必须为此而进行谈判，必须在此而进行战斗。在此，一个完整的地球图景这一问题又被重新引入进来了；环境科学试图通过科学家积极的凝视来研究地球的秘密。

迈尔斯从这些相关的批评和经验中总结出三个要点。第一，生态学具有政治性；第二，全球资本为自身利益而倡导的那种发展是一个问题，而不是一个解决方案；第三，通常作为实质进步而被推广的各种技术也并非总是适当的。他进一步指出，这些经验，对发展方法、对环境不公正与种族和性别不公正之关系的认识以及生态伦理，都产生了根本性的修正。对维护前工业化的生产方式和社会模式来说，这是一种肯定性的观点，人们没法重新获得前工业化的生产方式和社会模式，但对北半球来说，批判是恰当的，北半球可以借鉴学习南半球的经验，在对南半球提供的这些经验的学习中，北半球就不用试图去再生产出人们获取这些经验的条件。

二、美学理论基础

生态美学作为一种美学形态，除了对生态学理论的借鉴之外，对美学理论的吸收也是不可缺少的一个重要环节。迈尔斯的生态美学同样如此，在他看来，美学是关于主体性和自然感觉知识的学科，正是在此意义上，迈尔斯回顾了康德、鲍姆加登的美学思想，分析了唯美主义美学，最后引入了新近出现的关系美学，并将之作为其生态美学思想建构的理论来源。

（一）对主体性美学的反思

迈尔斯倡导一种审美生态学和感知生态学。他以歌德（Johann Wolfgang von Goethe）对色彩学研究说明了这一点。1810年，歌德发表了一种关于高光与阴影的相互作用的色彩理论。迈尔斯指出，当牛顿试图发现支配物质现实的法则时，歌德却对感官知觉体验感兴趣，对作为情感表达之载体的颜色感兴趣。对歌德来说，特定的颜色在观众的心灵中引起特定的反应，特定的颜色同时也是眼睛中物理反应的产物。虽然歌德的研究与物理、光学的科学有一定的关系，他的一些推论甚至是完全错误的，但这些探索是对美学的兴趣，因为它们强调感知的主体性，因此这些探究就涉及与知觉有关的一些概念。而且，如果美存在于观者的心中，那么一幅风景所引起的幸福感也存在于观者的心中。观众是一个感知着的主体，他要么可以把大地看成一个客体，要么把大地当作反映了她或他自己状态的一个主体。那么，就更复杂的方面来说，作为这些可能性的哲学检验，美学与环保主义就更为相关，呼吁保护景观的理由就不仅仅是它的休闲用途。[1]迈尔斯认为，歌德对色彩学的论述具有重视情感知的特点，歌德把颜色综合起来，使之形成了一个完整的体系，从这个体系中解读诸种意义，而不是把意义解读为绝对性的，这些意义就在于与其他事物的关系之中，在于通过感官对人类情感的描绘之中。这与迈尔斯所谓的审美生态学和感知生态学具有内在的一致性。

因此，可以看到，迈尔斯强调主体心灵在知识建构中的作用，而且，他将这种对现代主体观念的探究追溯到笛卡尔和康德。迈尔斯指出，这种主体观念与笛卡尔（René Descartes）为消除怀疑而付出的努力有关系。笛卡

[1] 详见Miles, Malcolm. *Eco-Aesthetics: Art, Literature and Architecture in a Period of Climate Change*. London: Publisher Bloomsbury Publishing PLC, 2014, p.49.

尔发现从经验和书本学习中获得的知识是可疑的，就采取了一种质疑的行为，即对他自己的存在作为存在的那种唯一可靠的证据发出了质疑。这确立了客观知识的可能性，但又将这种可能性限制在几何和数学这样的封闭系统之中。笛卡尔1637年发表的那些关于思维方法的谈论，显然不是以美学为出发点，而政治理论家彼得·瓦格纳（Peter Wagner）将笛卡尔的推论看作现代理性主义的开端，这种现代理性主义处于对主体性的一种激进的定位之中，伊曼努尔·康德对此作了进一步的拓展。瓦格纳将这种对主体性的定位与托马斯·杜威（Thomas Dewey）的观者知识理论（spectator theory of knowledge）联系起来，这种理论认为，当世界暴露在人类凝视的目光中时，认识着的主体与将被认识的客体之间的距离，为某种知识留出了余地。所以，迈尔斯进而认为，在包含于物质领域中的那些感知（美学）与物质领域之外的那些感知（美学）之间，潜在地有一种创造性张力的图谱（或者说轴线）。因此，主体和客体是由它们的"他异性"（alterity）来界定的，而认识一个客体则是主体心灵中的一个过程，通过被放置在主体的心灵中，客体才会变为真实（被认识），同时，通过被置于主体的思想之外，客体获得其有效性。

迈尔斯指出，把世界看作纯粹的客体就意味着对它的开发利用，而把它看作或者把它感受为自我的一面镜子，或多或少就是一种生态立场，这可能意味着，在与各种世界的关联中，存在一种关怀感和生存感。在各种世界里都有很多观者，每个世界对看到或想象它的人来说都是真实的，这些世界是由美的概念构成的。在迈尔斯看来，现代理性哲学主导下的美学，主要研究主体与感官知觉对象之间的关系，但以生态美学的视角来反观这些思想，会发现其中存在着严重问题。

对此，迈尔斯对康德的"审美无利害"思想发起了批判。在康德看来，对自然和美的理解是以一种无利害的（disinterested）态度，即旁观者不会从自己所看之物中看到既得利益（如商业利益），他可以客观地从外部看待自然和艺术，而不带任何私人关切的包袱。其背景是18世纪国家财富（代表公共利益）和私人财富（受国家保护）的二分法。迈尔斯引用美学理论家安东尼·弗雷德里克松（Antony Fredriksson）的话说："自然与文化的这种划分是现代美学的核心组成部分。在18世纪出现的'无利害性'的概念……恰好表明了在文化与文明和在自然领域之间的这种绝对划分，前者（文化与文明）由我们的欲望和利益所主导，后者（自然领域）与之相反，被看作是我们人类关注之外的东西。这种绝对性的分类方式存在着严重问题。"[1]因为我们对自然的理解，使我们忘记了我们的自然生命形式的整个内在情形，这种遗忘使得他人以及自然形式都被视为外部的，或环境的，例如，将它们划分在"资源"这一范畴中。

（二）第一美学

迈尔斯认为，鲍姆加登和康德以来的美学对人类社会空间维度有所忽视，他在分析阐述康德美学的过程中，认为可以对之加以改造和借鉴，将康德美学视作为社会提供了有目的的理性的基础。

亚历山大·鲍姆加登的《美学》分两部分出版，分别出版于1750年和1758年，该书的出版可以看作美学作为一门学科的开端。对于鲍姆加登来说，美学不是艺术欣赏，而是主体哲学，因为它研究的是作为艺术家或观者的主体意识状态。凯·海默梅斯特（Kai Hammermeister）写道："鲍姆加登的美学指的是一种感性理论，一种产生某种知识的能力。从字面上看，美学是对感官知觉相关性的一种辩护。哲学美学起源于对感性的推崇，而不是作为一种艺术理论。然而，如果没有感官和客体的积极价值，艺术就不可能获得哲学上的尊严，而会保持传统形而上学赋予它的那种相对于理性的本体论地位。"[2]在鲍姆加登看来，艺术要促发人们的感性层面，而非仅仅机械地助长知性的发展。对一幅画来说，仅仅在颜色上惟妙惟肖是不够的，它必须讲述一个故事或唤起一种情绪。鲍姆加登将艺术视为感性智慧的证明。

迈尔斯指出，在鲍姆加登和康德的时代，艺术中传达出来的自然观是经过选择的，是对自然的驯服；直到后来，崇高才在更宽泛的意义上引入了野性的自然、狂野的海洋和解体的威胁。现代的荒野概念延伸了崇高，

[1] Miles, Malcolm. *Eco-Aesthetics: Art, Literature and Architecture in a Period of Climate Change*. London: Publisher Bloomsbury Publishing PLC, 2014, pp.52−53.

[2] Hammermeister, Kai. *The German Aesthetic Tradition*. Cambridge: Cambridge University Press, 2002, p.4.

而观赏花园或城市公园则延伸了美。在此，迈尔斯借鉴了雷蒙德·威廉姆斯的观点，后者指出，美学指的是将感官的培养作为一种将理性投射到现实的方式，从而赋予普遍真理的地位。鲍姆加登用"美学"一词来形容"主观感觉活动"和"人类艺术的特殊创造力"，但威廉姆斯引用了一个与之相反的词"麻醉"（没有感觉），以肯定美学是关于人类感觉本身和它的对象的。

随着美学的发展，尤其是康德的著作，出现了一个问题：虽然人的感觉是主观的，但美学关注的是审美判断，这种判断却要求是客观的。美是恒久不变的，但自然的外表部分地反映了它。但问题在于，美学将美的培育与社会背景分开，肯定了一种孤立的主观性："审美与文化包含特别意涵（超脱社会评价之外的意涵），指的是被主流社会所排除的人类空间。审美的意涵强调人的主观认知是艺术与美的基石，这是可以理解的，但另一个意涵把人的主观认知排除于艺术与美却是说不通的。正如艺术与社会相对立一样，'审美的考量'不同于'实用的'考量，'审美的考量'这个词，虽然普遍流行，但用法有其盲点；这个词已被无可避免地错置及边缘化。"[1]

康德把美看作是理性的证据。理性的人可以接触并欣赏美。通过观察自然，观者看到了他或她自己的理性以及这种投射的局限性。问题在于，在康德的语境中，美是超越现实的，只有在感知中才能获得。他的解决方法是，在审美判断中，把主观的鉴赏和客观的普遍认同的原则融合起来。因此，观者可以根据已有的审美观念来判断他们认为美的事物。康德认为鉴赏判断并不建立在概念的基础上，因为这样会引起争议；而把它看作可以即刻领悟的。

迈尔斯认为，在康德理论中，审美判断的普遍性取决于人类理性的普遍性和在沉思中获得的普遍性，进而可以把康德的美学看作为社会提供一种合目的性的理性基础。比如，观看一片风景素描时，我可能会把自我的观念投射到它上面，就像我在一幅按照学术规范所作的山水画中看到那种

---

[1] Williams, Raymond. *Keywords: a vocabulary of culture and society*. London: Fontana, 1976, p.27.

平衡和不对称。这并不反映我对这片土地的任何利益关切——我并不拥有它——而是反映了一种理性，反映了我的人性。在康德看来，一个事物不论其目的是什么，它都可以是美的，它不是其他事物的目的，而本然地就是其自身。迈尔斯认为，这样一种合目的性的观念十分重要，这种合目的性不具有那种能够导致工具主义的意志和目的。

（三）对唯美主义的批判与对关系美学的借鉴

迈尔斯指出，美学发展到19世纪中期，已然演变成对趣味问题的研究，而不再探讨哲学问题，此时美学涉及的是一种疏离于主流社会的审美态度问题，艺术家和作家追求一种高雅的趣味。然而迈尔斯所倡导的并非被动抵制，而是直接行动，不是疏离社会来描画一个想象性的乌托邦，而是介入其中，与社会构建一种交互关系，发起干预，为社会的改变作出努力。

为了应对艺术界的体制和商业限制，19世纪90年代，维也纳、慕尼黑和柏林的艺术家们纷纷努力要求艺术自律，在他们看来，艺术不会改变世界，但它代表了一种审美的层面，具有一种反对压迫和反抗常规的维度。象征主义和唯美主义是一种从平凡到纯粹艺术的转变，表现出对市场的厌倦和拒绝。他们拒绝商品和生产力的价值，这些价值通过创造条件来研究感觉和心理状态，进而来塑造现代社会，这些感觉和心理状态是通往快乐记忆的途径，而快乐记忆本质上具有革命性。也就是说，当从现实中无法获得自由的时候，我们可以从艺术中瞥见自由，即使在黑暗时期，艺术也会让观者想起乌托邦的潜在愿景。唯美主义和象征主义在某种抽象概念中完全转向了内部，这是一种封闭的、脱离社会或大众的行为，但可以理解为对社会价值的拒绝。所以，在迈尔斯看来，唯美主义本身虽然与生态学无涉，但它是对建立在资本价值基础上的社会的一种被动抵制，它对社会主导叙事所强加的情景有着不同的想象。

尽管象征主义和唯美主义对美的追求是对自由社会目标的补充，但不是政治行动。迈尔斯认为，在20世纪后期的先锋文化中，社会参与或社区艺术家们的作品在社会改革中发挥了一定的效用，体现出对唯美主义的批判与超越。而这些艺术实践可以在关系美学的框架中得到确认和解释。

关系美学（relational aesthetics）由法国当代著名策展人尼古拉斯·伯瑞

奥德（Nicolas Bourriaud）提出。关系美学对20世纪90年代的艺术实践和艺术观念进行了探讨，概括了90年代以来当代艺术实践所展现出的诸种特征。交互的人际关系是关系美学解析艺术实践和世界的重要立足点，在伯瑞奥德看来："在艺术场域中最为活跃的部分，就是以交往、共处和关系等想法而进展的。"[1]伯瑞奥德分析了当代艺术中的大量案例，我们仅以古巴艺术家冈萨雷斯－托雷斯（Felix Gonzalez-Torres）的艺术创作来介绍。冈萨雷斯－托雷斯举办过一个名为《糖果》的展览，在这个展览中，展品是糖果堆，参观者被允许带走其中的一粒糖果或一张纸，但如果每一位参观者都这样做时，这件展品将会渐渐地消失不见。一天的展览结束时，艺术家会将再添加糖果，将之复原成糖果堆。"我看到一些观众拼命将糖果塞满双手跟口袋：就这样连结到他们的社会行为、恋物癖和他们堆积出的世界观念……而另一些人则不敢，或等待着旁边的人先下手再跟进。《糖果》系列因而以一种显然轻盈的形式提出关乎伦理的问题：我们与许可之间的关系，以及美术馆的看管人如何运用权力；我们对于标准的取决，以及我们跟作品之间关系的特质。"[2]可以说，正是在一种交互关系中，参观者及其行为姿势与糖果堆，还有随之显现出来的问题和思考，共同构成了这一展览。伯瑞奥德说："艺术不会超越我们日常的关心，通过跟世界之间联系的独特性，通过虚构，促使我们面对现实。"[3]

迈尔斯对伯瑞奥德的关系美学进行了提炼，他认为："关系美学的一个重要论点，即当具有表现性和交互性的艺术再现出各种社会活动时，会出现一种对主导社会的批判性感知，或者至少是一种怀疑性的感知。"[4]在接下来的部分中，我们将展示大量关系艺术的实例，来阐明迈尔斯的论点。

[1]［法］尼古拉斯·伯瑞奥德：《关系美学》，黄建宏译，北京：金城出版社，2013年，前言，第3页。
[2]［法］尼古拉斯·伯瑞奥德：《关系美学》，黄建宏译，北京：金城出版社，2013年版，第70页。
[3]［法］尼古拉斯·伯瑞奥德：《关系美学》，黄建宏译，北京：金城出版社，2013年版，第71页。
[4] Miles, Malcolm. *Eco-Aesthetics: Art, Literature and Architecture in a Period of Climate Change.* London: Publisher Bloomsbury Publishing PLC, 2014, p.69.

第三节　艺术立场与生态艺术实践

马尔科姆·迈尔斯考察了气候变化时期的艺术潮流，其中，他特别关注苏茜·加布里克 (Suzi Gablik) 在《艺术复魅》(*The Reenchantment of Art*) 中提出的艺术主张，并将其与露西·利帕德 (Lucy Lippard) 提出的"场所感" (sense of place) 结合起来进行论述。因为二者面对当下的环境问题，都提出了回归前工业社会的建议。通过对加布里克和利帕德观点的分析，迈尔斯提出解决环境问题的关键不在于回归前工业社会，而在于在艺术中来显现问题。可见，迈尔斯对气候变化时期的艺术寄予厚望，以期解决逐渐严重的生态危机。在众多生态艺术实践中，迈尔斯特别关注了介入艺术，从米勒·拉德曼·乌克勒斯 (Mierle Laderman Ukeles) 的艺术项目出发，迈尔斯详细论述了三个典型的介入艺术作品，并从对介入艺术的分析中，提出其生态美学思想中的部分观点。

一、对现代性的批判与对场所感的呼吁

迈尔斯对苏茜·加布里克在《艺术复魅》中的观点进行了分析，并且指出了其存在的问题，总体上对加布里克的艺术主张持质疑和批判的态度。在迈尔斯看来，加布里克对20世纪90年代现代主义末期主流艺术界持消极观点。首先，加布里克认为，现代主义晚期的艺术出现了以强制性创新取代传统的趋势，并且现代艺术构筑的社会不再有结构权威，进入到无序混乱的境况中。面对艺术界的现代主义主流趋势，加布里克呼吁回归传统社会模式。迈尔斯认为，加布里克将注意力放在传统社会模式的特点之一即促进稳定、阻碍变化的发生，进而提出了回归的主张。因为，在传统社会的精神宇宙论中，艺术是一种中介形式，是一种与精神世界建立联系并介入其创造能量的手段，人们忠诚于来自先祖和灵魂的源泉，这一源泉赋予人们生命永恒的意义，这可以克服现代主义晚期艺术的弊端。其次，加布里克批判了现代性的哲学体系，认为现代性语境中的艺术是一种自我指涉

的艺术。现代主义晚期的艺术最重要的特点就是进入到一种自我指涉的模式，有意识地与非艺术的世界割裂开来，所以产生了对于环境的破坏性态度。对此，加布里克提出"艺术复魅"的观点，即通过艺术与社会联结使艺术重新获得魅力。

迈尔斯梳理了加布里克对现代性的批判路径。迈尔斯指出，加布里克从批判解构主义理论开始，在加布里克看来，解构主义需要知道什么不可能表明解构主义不再对现实抱有幻想，但是解构主义不回避现实的真实性，而是用讽刺的方式接受现实的必然性。加布里克提出："根据解构主义的批判，一个不再是灵魂家园的幻想破灭的世界，必然会受到生态破坏。"[1]加布里克主张应该以艺术对人们认知颠覆的程度为标准，以艺术是否使社会走上生态破坏之路为标准来评判艺术的作用。加布里克进一步提出了一种艺术的新范式——基于介入概念的艺术范式。在这种范式中，艺术将考虑社会和生态来重新定义自身。基于介入概念的艺术新范式打破了现代主义晚期艺术的自我指涉模式，将社会维度、生态维度与艺术维度连结起来，发挥艺术的社会功能和生态功能。在迈尔斯看来，加布里克提出的艺术新范式成了当代艺术界中一股潮流，但是涌现出的众多介入式艺术，并未达到推动社会革命以减缓生态危机的目的。

迈尔斯认同加布里克介入艺术的实际作用，介入艺术可能有助于意识和价值观念的改变，与此同时，迈尔斯质疑回归传统来实现转变的可行性。迈尔斯认为，加布里克的观点存在三个问题：其一，加布里克提倡一种与历史无关的艺术，走进了死胡同；其二，加布里克借鉴其他社会的文化的同时，没有认识到其历史特殊性，精神宇宙论具有妄想的色彩；其三，加布里克误解了造成艺术祛魅的现代批判思想，她从马克斯·韦伯对工业化的观点中得到启示，但是韦伯主张对现代社会进行重组，而不是回归前工业的传统社会。

20世纪90年代，在艺术复魅主张出现的同一时间，"场所"的概念也

[1] Miles, Malcolm. *Eco-Aesthetics: Art, Literature and Architecture in a Period of Climate Change*. London: Publisher Bloomsbury Publishing PLC, 2014, p.94.

被提出。迈尔斯认为，在不断发生变迁的工业社会，以场所为基础的社区不太可能实现，对于个人而言，可以体验到熟悉感，却体验不到对场所的感觉。迈尔斯分析了当时对本土艺术、过程艺术颇有研究的露西·利帕德（Lucy Lippard）的观点。利帕德提出，认同一个特定的地方被视为支持一个社会群体中共同的价值观和态度。但是，开发商把房子变成疏远的地方，共同的价值观因此丧失。在这种情况下，利帕德认为要督促人们接触口头传统，并承认感知的触觉模式是获得场所感的手段。场所感最重要的作用是解决了流浪者、白人神话和环境不公的问题。因为，在环境正义运动兴起之后，少数民族地区的环境问题没有得到白人中产阶级的关注。放射性废料和有毒物质地区分布不均匀，集中在原住民地区。在迈尔斯看来，接触口头传统意味着需要回归到前工业化的互动模式，这与加布里克的呼吁相同。迈尔斯更多关注利帕德因场所感所涉及的环境正义问题，迈尔斯认为"环境问题与社会正义问题是不可分割的"，[1]并且，这些问题并不能通过回归前工业来解决，而只能在艺术中得以显现。

迈尔斯把苏茜·加布里克与露西·利帕德的观点放在一起加以探讨，但是他并不支持二者的主张，反而将重点放在反映环境问题的艺术上。迈尔斯提出："在这一点上，回顾法兰克福学派的工作是有帮助的……他们批判文化的审美维度与社会维度之间的关系，这一问题在后现代主义的自我指涉话语中得到了消解。"[2]迈尔斯对艺术作品的社会维度以及艺术帮助解决环境问题的社会功能寄予厚望，提出："艺术会打断和暴露矛盾，它介入重新改变它所受的条件。这种辩证的功能证实了艺术对气候变化的反应，正如它也证实了政治运动一样，它是一个永远不会完成的变化过程的一部分。我感兴趣的是文化工作，它能对气候变化做出批判性的反应，或设想出替代现状的方案。"[3]

[1] Miles, Malcolm. *Eco-Aesthetics: Art, Literature and Architecture in a Period of Climate Change*. London: Publisher Bloomsbury Publishing PLC, 2014, p.99.

[2] Miles, Malcolm. "Post-modernism and the Art Curriculum: A New Subjectivity," *International Journal of Art & Design Education*. 18 (1999): pp.27-32.

[3] Miles, Malcolm. *Eco-Aesthetics: Art, Literature and Architecture in a Period of Climate Change*. London: Publisher Bloomsbury Publishing PLC, 2014, p.4.

二、观者介入型艺术与生态美学建构的新思路

迈尔斯通过分析米勒·拉德曼·乌克勒斯 (Mierle Laderman Ukeles) 的艺术项目引出了对观众介入艺术创作过程的探讨，由此分析了涉及观众介入的艺术项目。

环境破坏中的一个关键问题就是垃圾的生产与处理。迈尔斯关注到了一个关于垃圾处理的艺术项目——米勒·拉德曼·乌克勒斯的触觉卫生项目"握手仪式"。这个项目自1976年开始，乌克勒斯试图通过这个艺术项目考察垃圾处理以及人们对垃圾处理者的社会态度。乌克勒斯亲自和城市中收垃圾的人握手，通过握手，乌克勒斯告诉人们，垃圾处理系统让一个城市生生不息，并且必须有人来处理每天产生的几万吨垃圾。除此之外，乌克勒斯在其作品《清洗》(*Wash*) 中也反映了城市环境的卫生问题。乌克勒斯痴迷地在纽约的一个艺术画廊外清洗人行道，并且无意中将路人带入其中，这一行为暗示着清洁在公共空间形成一种控制。通过分析乌克勒斯的作品，迈尔斯把环境问题与社会问题联系在一起，他认为乌克勒斯的工作是非政治的、非社会改革的，其艺术项目的特别之处在于把社会公众拉入创作过程中，共同制作艺术项目。"因此，艺术家与观众（或设计师与用户）之间的鸿沟，在所谓的文化合作生产中就瓦解了，或者被解读为非生产与非接受之间潜在的创作张力轴。"[1]气候变化时期的观众介入艺术引起了迈尔斯的注意，迈尔斯通过分析三个具体案例来展示介入艺术如何在不同的地方完成。

（1）《未完成的雕塑：工业与地球》(*Incomplete Sculptures: Industry and Earth*)。这是德国的赫尔曼·普瑞格恩 (Herman Prigann) 在盖尔森基兴的一个树木繁茂的景观公园里创作的雕塑，公园里有一条螺旋形的小路，通往一个由矿渣堆形成的土丘，土丘是黑色的，没有草覆盖，顶部有一个像梯子一样的结构，梯子是由混凝土板组成的，好像是通向天空的楼梯，这

---

[1] Miles, Malcolm. *Eco-Aesthetics: Art, Literature and Architecture in a Period of Climate Change*. London: Publisher Bloomsbury Publishing PLC, 2014, p.101.

些混凝土板位于场地的碎石中。在公园的树林中，沿着蜿蜒的小路，木材、石头和混凝土的雕塑被分散在公园的林间小路中。迈尔斯认为，普里甘在作品中体现的意图似乎与加布里克对前工业社会的呼吁相同，但是这通过其对现代性及其标志的肯定来得到平衡。所以，普利甘的作品不是对非工业化遗址的美化处理，也不是修复，而是建造纪念碑，纪念人们赖以生存的工业的死亡。在普里甘创作之前，公园尽管生长着树木，但并不对公众开放，是一个用来倾倒垃圾的垃圾场。普里甘之所以选择这里来创作艺术，是要提醒人们注意工业的历史和废弃。在20世纪90年代，这种在林地环境中的艺术已不少见，这类艺术项目是一种干预和介入，它改变了物质条件和场地来重新构建其意义。在迈尔斯看来，普利甘不是建造公园，而是在公园景观中注入他想提出的问题，把土地矛盾、工业与土地的交替等问题展现在作品中，所以普利甘的作品是有意义的。

（2）北极的自治和地缘政治（Autonomy and Geopolitics in the Arctic）。2009年10月，来自加拿大的理查德·卡尔波尼埃（Richard Carbonnier）、来自意大利的朱塞佩·麦加（Giuseppe Mecca）和来自法国的凯瑟琳·拉莫（Catherine Rannou）在一项以移动媒体为基础的工作或生活的设计竞赛中入围决赛，该设计竞赛的主题是在极端寒冷和温带气候下使用水和废物回收系统以及可再生能源来工作和生活。北极展望倡议（Arctic Perspective Initiative，简称API）的项目，也将重点放在北极地区的气候和环境问题。极地地区受气候变化的影响越来越大，API试图为解决这一问题提供方法。因此，API结合科学、艺术、工程和文化，使北极地区有权利进行可持续发展。API使用绿色能源、新的通信技术如遥感、环境数据收集和聚合，来帮助当地社区面对气候变化，保持他们的生活方式。与此同时，API与英国组织"艺术催化剂"（Arts Catalyst）合作，其目标是共同开发和实现新的通信技术。北极地区可以在各种规模上使用通讯技术、环境技术和法律，以便与环境进行接触和保护环境。

（3）合作创造城市（Co-producing Cities）。API之类的项目是本地化的，由此产生了一个问题，即如何把从这些实践中获得的见解扩展到城市。2011年，伦敦大学学院（University College London）城市实验室组织了一场研讨会，得出的结论是：重要的是要尝试用充满活力的城市文化来打破艰难时期的任何简单等式或浪漫化，尤其是在最近的技术发展重塑了城市创造力与政治行动之间的联系的情况下。在这种情况下，建筑师面临的困难是，建筑方案要么涉及为跨国客户设计的标志性建筑，要么涉及容积式住宅或工业厂房，总而言之，不是为了设计，而是为了功能。建筑师尼沙特·阿万（Nishat Awan）、塔季扬娜·施耐德（Tatjana Schneider）和杰里米·蒂伊（Jeremy Till）从空间代理的角度，而不是从设计的角度来思考问题，他们认为空间代理作为一个政治过程、建筑概念和一种手段，使专业人士放弃制度化实践的保护限制，将非专业人士纳入制作。所以，空间作为一个术语并没有取代建筑学，而是从根本上扩展了建筑学。比如，智利的基本住房计划（Elemental's Housing Scheme）需要为城市的最后一个非正式定居点做规划，把100个家庭过渡到合法的住房，因为市中心附近的土地费用很高，所以该计划只能在现有预算范围内为居民完成部分建设。他们的设计过程是一个介入式的设计过程，对每个社区的个人需求和环境做出回应，通过发挥空间代理人的作用，把微薄的住房补贴转变成一种真正可以用来解决巨大住房赤字的工具。

迈尔斯通过具体的生态艺术实践为其生态美学的构建提供支撑。在迈尔斯看来，这些艺术项目和作品都与生态美学有关。首先，生态问题与社会、政治和环境问题紧密相关；第二，可持续的未来既是社会的、政治的，也是环境的，需要社会平等和自我赋权的工具和过程，也需要减少生存所必需的碳排放；第三，在合作建造城市的案例中，这100个家庭待在原地，保留了公共交通、工作、健康和城市中心区的其他设施，它们在环境方面具有天生的优势，并为富裕的社会群体树立了榜样。迈尔斯一直强调："生态学也是一个扩展的领域，政治和社会思想相互重叠。两者都被引入到气候变化的讨论中，成为今天的主导条件。"[1]同时，美学并不仅仅是对趣味的研究，而是具有更深刻的含义。迈尔斯把社会、政治、经济等方面与其

---

[1] Miles, Malcolm. *Eco-Aesthetics: Art, Literature and Architecture in a Period of Climate Change*. London: Publisher Bloomsbury Publishing PLC, 2014, p.3.

生态美学思想、解决生态问题相结合，把介入艺术视为一种新型的审美介入，可能有助于对生态问题、社会经济问题提供解决方案和新见解。

三、生态问题在文学与艺术作品中的呈现

迈尔斯反思了1980年代以来艺术和文学案例对于物种丧失和气候变化的表征，考察反映生态问题的作品能否唤起公众对自然生命的关注，公众面对漠视人权和自然环境的石油工业时是否有意愿采取行动。迈尔斯欣赏和审视的作品有：雕塑家彼得·兰德尔－佩奇（Peter Randall-Page）的雕刻作品，马修·达尔齐尔（Matthew Dalziel）和路易斯·斯卡林（Louise Scullion）的艺术摄影和视频，麦克尤恩（McEwen）的小说《太阳》（Solar），詹姆斯·马里奥特（James Marriott）和米卡·米尼奥帕·鲁埃洛（Mika Minio Paluello）的小说《石油之路》（The Oil Road），以及盖·皮埃尔·乔梅特（Guy Pierre Chomette）和海伦·大卫（Hélène David）的摄影作品，从观者的角度出发来思考这些作品对生态危机的作用。

1986年，雕刻家彼得·兰德尔－佩奇受委托为维尔德庄园制作一件作品，他试图创造出一种与人类的亲密感有关的作品，重新聚焦感官。兰德尔－佩奇最终创作出三个雕刻的贝壳形状，贝壳形状来源于当地石灰岩中发现的贝壳化石，被放置在壁龛中，实现了兰德尔－佩奇反映人类的目的，并邀请行人在进入景观之前暂停片刻并进行反思。这个作品没有标签，可以被解读为艺术。1988年，为了纪念欧洲环境年，兰德尔－佩奇根据濒危物种创作了三个更大的雕刻作品，他把基尔肯尼石灰岩雕刻成蝶蛹、贝壳和纺锤树的种子荚，并命名为《静物》（Still Life）。这些形体显现出一种奇特的宏伟，看起来像一座公共纪念碑。这部作品不像电影明星的临街画像那样成为城市街道上的著名风景，它以自然形式发挥着纪念碑的传统功能，提醒社会成员必须遵守的价值观。用石灰岩这样永久性的材料进行创作最主要的目的是呈现出脆弱和濒危的生态。兰德尔－佩奇提出："艺术、宗教和科学都源于一个共同的根源，那就是寻找秩序和意义的需要，这导致了在一个连贯的图像中自我合理化的倾向，但它们也倾向于将自然拟人化。"[1]迈尔斯认为，佩奇的作品反映了美学中观察主体与观察领域（即自然）之间的关系，并且，主体是其观察领域的一部分，但同时也是观察者与被观察者分离的一部分。就雕塑这种石刻艺术而言，切割石头像是一种控制，反映了进化过程中明显的秩序和随机突变之间的关系。在迈尔斯看来，"自然所产生的形式是一种动态张力的结果，这种张力存在于一种趋向于自我规整的趋势和一种同样强烈的随机变化的趋势之间。事实上，进化过程本身就取决于这两个原则"[2]。所以，人类虽然可以发现自然的秩序，但不代表自然事物是可预测和永久的。

在迈尔斯看来，石刻可以赋予自然不朽的品质，而关于自然的摄影和视频则似乎是自然主义的。迈尔斯考察了艺术家马修·达尔齐尔（Matthew Dalziel）和路易斯·斯卡林（Louise Scullion）的艺术摄影和视频，二者的作品通过视觉手段实现现代主义的梦想，这影响了人们与自然的接触，影响了人们的经验和文化框架。他们的作品体现出"现代艺术中隐含着一种张力，这种张力介于自主性（从视觉表象中获得的自由）和以形式继续描绘所感知的世界之间"[3]。迈尔斯引用了作家奥利弗·洛温斯坦（Oliver Lowenstein）在《达尔齐尔和斯卡利恩》（Dalziel + Scullion）中提出的观点："当今，环境领域在现实中是分裂的：如何看待世界的分歧。这既涉及理性又涉及感性，由此产生了本体论问题，即我们如何在这个世界上生存。一方面是理性的、合乎逻辑的、科学的……另一方面是浪漫的、奇妙的、迷人的。"[4]迈尔斯同意洛温斯坦的观点，认为这是一种感知上的分裂，达尔齐尔和斯卡林的作品记录了对于自然的沉思，同时也引起观众思考其自身与他其观察到的事物之间的生态关系。

[1] Miles, Malcolm. *Eco-Aesthetics: Art, Literature and Architecture in a Period of Climate Change*. London: Publisher Bloomsbury Publishing PLC, 2014, p.122.

[2] Miles, Malcolm. *Eco-Aesthetics: Art, Literature and Architecture in a Period of Climate Change*. London: Publisher Bloomsbury Publishing PLC, 2014, p.122.

[3] Miles, Malcolm. *Eco-Aesthetics: Art, Literature and Architecture in a Period of Climate Change*. London: Publisher Bloomsbury Publishing PLC, 2014, p.124.

[4] Miles, Malcolm. *Eco-Aesthetics: Art, Literature and Architecture in a Period of Climate Change*. London: Publisher Bloomsbury Publishing PLC, 2014, p.125.

通过考察那些反思生态问题的艺术作品，迈尔斯认为，这些作品只是表象，不是真实的事物。迈尔斯提出，他在观看海洋的视频艺术作品时被吸引到其展现的场景中，但是，他的意识提醒他正在进行观看行为，所以，人类所看到的是以人类的认知为中介的，在语言中介之前，在人类的知觉中，没有真实的事物作为原始的或真实的本质。这类反映生态的作品在沉浸和疏离之间，在表征和现实之间建立起了一种创造性的张力。反思生态问题的艺术作品不一定会引起人类对生态问题的关注，并促使人类行动起来。比如，艺术项目《告别海角》(Cape Farewell) 并不具有这样的作用，而小说《石油之路》以及盖·皮埃尔·乔梅特 (Guy Pierre Chomette) 和海伦·大卫 (Hélène David) 到阿拉斯加的希什马列夫的摄影作品，则对解决生态问题有很大作用。

自 2003 年以来，《告别海角》由艺术家大卫·巴克兰 (David Buckland) 协调，通过媒体宣传和展览来吸引公众。《告别海角》带领艺术家、科学家、教育工作者和传播者亲身体验气候变化的影响，通过科学实验、电影、网络直播、活动、展览以及艺术家和教育家的讲解来展示，旨在呼吁人们注意洋流的影响。许多艺术家和作家参加了活动，从这些探险活动中涌现出大量令人难以置信的艺术品、展览、出版物和教育资源。其中，迈尔斯关注到麦克尤恩 (McEwen) 的小说《太阳》，它讲述了迈克尔·比尔德加入一艘远征船的故事。比尔德被邀请到一个峡湾，可以亲眼目睹全球变暖，他意识到船员关于气候变化的谈话从失望转变为一种危言耸听。麦克尤恩将船上的生活呈现为一个壮观风景中的假日，在那里，人们可以在晚上的美酒中享受到道德观念的熏陶。在迈尔斯看来，虽然麦克尤恩是一名介入者，小说的部分情节基于他自己的经历，但这是一部小说，不是真实的故事，也不是纪录片。迈尔斯不否认《告别海角》具有善意的目的，但是，其中的艺术作品把现实情况重新阐述，并不能使人们了解气候变化的真正状况，引起人们的注意与改变。

伦敦艺术环境人权组织平台的詹姆斯·马里奥特 (James Marriott) 和米卡·米尼奥帕·鲁埃洛 (Mika Minio Paluello) 在《石油之路》一书中，反映了石油开采和运输带来的生态问题。石油开采和运输已经造成了环境污染，石油主要通过油轮和管道来输送，这两种方法都有潜在的危险：1967年3月18日，托雷·卡尼翁（Torrey Canyon）号在英国西南部的岩石上触礁，3200万加仑的石油泄漏，污染了法国50英里的海岸线和英国120英里的海岸线，造成270平方英里的浮油；1989年3月24日，埃克森·瓦尔迪兹（Exxon Valdez）号油轮在阿拉斯加威廉王子湾的布莱礁搁浅，至少造成1100万加仑的石油泄漏，1300英里的海岸线被污染，用于驱散浮油的洗涤剂对海洋生物造成了进一步的损害。《石油之路》主要描述了2009年从阿塞拜疆到土耳其地中海海岸的长达195公里的输油管道，以及与之接触的当地民众和活动人士的经历，列出了人们关注的问题。管道铺设在陆地表面，当地人民几乎没有从国家的石油财富中得到任何好处，强大的幼发拉底河正在干涸，土地不能种植庄稼，这引发了一系列问题，如人权被侵犯和环境遭到破坏。跨国公司、国家和私人安全部队都确保石油流向北方，确保利润流入公司账户，同时石油公司对外塑造环境保护公司的形象。迈尔斯认为："读《石油之路》，我的印象是，石油公司通过对任何不符合规定的源头施加压力来维护其公众形象。"[1]《石油之路》向人们展示了石油开采和运输中存在的实际问题，打破了英国石油公司维护的环保表象。与此同时，伦敦艺术环境人权组织平台继续通过伦敦金融区导游、小组讨论、出版物和大量网站，打击全球石油行业侵犯人权的行为，对改善全球变暖做出了贡献。

石油开采和运输产生的生态问题，主要给贫穷国家和人民带来负面影响，海平面上升和日益恶劣的天气也给穷人带来很多折磨。摄影师盖·皮埃尔·乔梅特（Guy Pierre Chomette）和海伦·大卫（Hélène David）到阿拉斯加的希什马列夫拍照，11月初的大海依然没有浮冰，全球变暖的速度越来越快，暴风雨和海啸频发，随着海岸的侵蚀，村里的信号站已经沉入海中。为了应对大量的气候难民问题，政府启动了一项覆盖80多个岛屿的人口安置和发展计划。媒体对气候变化的报道越来越多，气候难民（Climate

---

[1] Miles, Malcolm. *Eco-Aesthetics: Art, Literature and Architecture in a Period of Climate Change*. London: Publisher Bloomsbury Publishing PLC, 2014, p.134.

Refugees）的概念引起了联合国的重视。在迈尔斯看来，二者的摄影作品所呈现的人权和环境退化等问题，为其图像的审美品质赢得了公众的关注。

迈尔斯认为，盖·皮埃尔·乔梅特和海伦·大卫的摄影作品从批判美学的角度揭露了矛盾，提供了看到这个真实世界的机会，并且，这个世界要么是在想象的另一种情景中改变的，要么是在目前的社会秩序中改变的。因此，行动主义和美学是相互联系的，不是相互排斥的对立，而是潜在的创作张力共同轴的两极。反映生态问题的艺术作品一方面可以保持其审美品质，一方面可以发挥社会功能，让人们关注到现实中的生态问题并做出行动。

第四节 "中断"思想与艺术介入

"中断"（interruptions）是迈尔斯生态美学思想中的一个关键术语。"中断"所表达的具体意思是"对常规和可预测性的中断"，"通过使用不可思议的和意想不到的手段"[1]，使人们对不符合生态健康的"惯例"进行审视，从而采取进一步的行动。"中断"要求我们打破惯性思维的束缚、质疑预先决定的合理性，从传统资本主义不合理的"日常"中解放出来，创造更利于生态（政治、经济、社会）健康的生活方式和生产方式。"中断"具有很强的指向性。迈尔斯的生态美学表面论及的是艺术问题，但内里却总与政治、经济和社会有着密切关联。

一、对流行生态景观理念的批判与对合理的人类介入的强调

迈尔斯认为有两种自然，一种是按照流行的景观理念来管理的野生自

---

[1] Miles, Malcolm. *Eco-Aesthetics: Art, Literature and Architecture in a Period of Climate Change*. London: Publisher Bloomsbury Publishing PLC, 2014, p.158.

然，一种是人类文明还没介入的野生自然，他对二者进行了对比。按照流行的景观观念来管理的自然缺少了原生态的审美意蕴，而缺乏人类介入的自然又对大多数人缺乏吸引力。这就引出了一个关于生态审美的问题：人类如何"生态地"介入自然。迈尔斯以艺术家亚历克斯·穆丁（Alex Murdin）的一系列生态艺术实践为例来对此展开论述，他试图揭露二者存在的不合理之处，以"中断"思想打破对生态凝视的"惯常"认知，并在此基础上，进一步对合理的人类"介入"进行了思考。

2007年，穆丁筹划了一个项目——"包容的路径"（Inclusive Path）。这个项目由三块展板组成，每块展板上都有真人大小的照片：第一个是站着的男性，第二个是残疾男性，第三个是两个小孩。所有人都穿着户外服装，背景是岩石，这是该地区典型的风景，人们可以放入自己的脸来摆姿势拍照。穆丁想把它们安置在英国湖区格拉斯米尔的乡村绿地上。这个地点并非公共空间，而由国家信托基金（National Trust）[1]管辖。国家信托基金会禁止了这一项目，因为他们认为，该项目是反对旅游的，他们拒绝批准一项被他们视为威胁其经济职权的项目。穆丁将该项目看作对生态凝视的挑战。他对一种原始的自然状态的概念（他说这是在深层生态学中发现的）提出批评，这种概念意味着有一天它可能会回到一个没有人类干预的世界。他引用斯拉沃热·齐泽克的话说，地球现在已经被人工干预大大地修改了，如果这种干预一旦停止——如果自然可能只是独处——那将是灾难性的。如今的电视自然节目强化了一个没有人类干预的世界，人们愈发觉得这种没有人类介入的自然令人愉悦。然而，穆丁引用拉康的理念，论证了"试图从观察行为中抹去观察者的凝视不仅在哲学上是不可能的，而且在实践中也是不可能的，因为决定观察行为发生的突发事件，包括进入遗址以及由观察者导入的文化和历史遗产"[2]。

穆丁在赫尔曼·德·弗里斯的圣塔乌尔姆博物馆项目（1993—2003年）

---

[1] 英国保护名胜古迹的私人组织，负责管理并保护英格兰、威尔士及北爱尔兰的历史遗迹或自然景观，得到了国家政府的大力支持。

[2] Miles, Malcolm. *Eco-Aesthetics: Art, Literature and Architecture in a Period of Climate Change*. London: Publisher Bloomsbury Publishing PLC, 2014, p.145.

中看到了一种假设在自然界中不存在人类的情形，在该项目中，圆形砖墙或锻铁栏杆将一小块绿地分隔开来，让其自然生长，而其外部的土地则以通常的方式进行管理。然而，穆丁2007年再次去的时候，发现墙壁上满是涂鸦，围墙内有一丛荆棘，里面被扔满了垃圾。这让穆丁意识到，当地人可能会觉得，这种野生自然并不像媒体所渲染得那样丰富多彩，并没有那么大的吸引力。这个案例以一种原始的纯真状态介入日常生活，将（被按照流行的景观理念来管理的）野生自然的概念与（被当作人类还未介入的文明和所谓永恒的标志的）野生自然概念进行对比，从而发现这两种观念存在的不足——按照流行的景观观念来管理的自然缺少了原生态的审美意蕴，而缺乏人类介入的自然又对大多数人缺乏吸引力。这就引出了一个关于生态审美的问题：人类如何"生态地"介入自然。

早年，在国家公园和国家信托基金等机构拥有的土地上散步并不总是可能的，因为土地所有者保护这些场所免受入侵者的侵害。针对这一情况，穆丁借鉴1932年英国工人体育联合会在德比郡组织的一次越过私有荒原散步的历史例子，提出了"一英里荒野"（2009）的设想。而后通过公共运动和法律改革，人们得以自由地进入这些地方。再后来，游客和漫游者的出现破坏了他们希望看到的原生态风景，随着公众的进入，荒原遭受到破坏。穆丁又提出了一个"一英里禁区"的设想，希望创造一个"被管理的自然性的永久状态"（permanent state of managed naturalness），以及一个法律框架，通过这个框架来管理其作为"减法"的非管理状态[1]。

迈尔斯认为，穆丁的这次转变向我们提供了一个人类合理地介入自然的思路：自然的原始状态并不代表不能有人类的介入，不能有的是破坏性的介入，而管理性的介入或者说保护性的介入则是有必要的——这种介入不同于按照流行的景观理念来管理自然，而是对原始/野生自然的一种适度维护，是对破坏性的介入的一种拒绝；它符合生态健康理念，反而能保证自然保持原始状态，从而满足人们的观赏欲望。

[1] Miles, Malcolm. *Eco-Aesthetics: Art, Literature and Architecture in a Period of Climate Change*. London: Publisher Bloomsbury Publishing PLC, 2014, p.146.

二、艺术的两重维度及其张力：审美自律与生态批判

　　迈尔斯从艺术与政治、经济的辩证关系入手，通过介绍艺术对自身与政治、经济关系的协调实例，为艺术对不合理的生态"惯例"的"中断"提供了范例。政治、经济权力控制着什么样的文化作品被允许向观众展示，这是当代文化状况的一个方面，然而，从艺术的审美自律性角度来看，这并不合理，而不合理意味着反抗。迈尔斯从康福德和克罗斯的一项艺术实践入手，展示了艺术对于过度的政治、经济调解的反抗。

　　马修·康福德和戴维·克罗斯（Matthew Cornford and David Cross）将他们在公共和画廊网站被否决的提案展示出来，作为一项行为艺术。这是对政治、经济权力过分干预艺术的某种抗议，它要求重新划定艺术与政治、经济之间的界限。迈尔斯提到，被拒绝的想法的展览源于19世纪90年代，艺术家们拒绝展览陪审团，退出已建立的组织，以便获得创作自由和展览自由。他们利用废弃的工业建筑来创立工作室，不通过经销商或策展人的仲裁而直接向公众开放。自20世纪90年代以来，策展工作也朝着这种自治方向发展。虽然这种自治依旧取决于社会和经济条件，但它表明了一种与直接民主的理念相一致的愿望，同时也避免了过多的调解使视觉文化变得单调和制度化。

　　迈尔斯进一步将艺术与政治、经济的辩证关系转向艺术对政治的反向干预。康福德和克罗斯将这一创作思路延续到环保领域的艺术实践。《上来透口气》（Coming Up for Air）是康福德和克罗斯对于斯塔福德郡查斯沃特公园水库临时公共艺术项目的提案。这是对景观与其中发生的活动之关系的质疑与不信任的挑衅，或者说是"中断"。他们建议在湖中安置一个用混凝土制作、但没有详细说明的大型工业烟囱，至于其规模，由公共卫生决策过程在考虑排放物的种类和数量、自然地理位置、沉降物区域的分布和密度之后决定。《上来透口气》体现了浓厚的生态价值观：对人与自然界关系进行了思考，矛头直指资本主义工业文明，认为工业文明破坏了美好的生存环境，田园生活不再，表达了对环境恶化的忧虑。迈尔斯认为，"随着去工业化，工厂烟囱象征着一个曾经提供工作但被封存在历史中的时代。在

非工业化地区新建一个烟囱，就像是在建造一个愚蠢的东西，除了在水中，它可能暗示了沉没和重生的逻辑。"[1]该项目具有再工业化[2]的意味，在消费主义意识形态的驱动下，工业化的复兴不可避免，而如何规避对生态环境的负面影响，是迈尔斯提醒我们需要思考的课题。这里说的是，随着去工业化，烟囱变成了过去式，而该项目却用水中烟囱预示着重生，所以有再工业化意味。

《狮子与独角兽》（*The Lion and the Unicorn*）体现的生态意味更为明显。康福德和克罗斯在伍尔弗汉普敦艺术画廊的地板上放了14000公斤英国煤，并关掉了灯。这体现了界限的意识，正如他们所写的那样："走廊地板上的最大安全负荷是14000公斤，安全通道的最小法定宽度是1500毫米。……这项工作指出了一个巨大的、似乎超出我们视野的限制：工业增长的极限。这取决于地球的生态承载能力、所有生物系统吸收人类活动废物的能力。地球的气候系统正在被化石燃料的燃烧所破坏，包括用来发电为画廊的灯光提供动力的煤。"[3]该作品主张社会主义，对资本主义发起了批判，它强调了制度结构之外的利益和个人的团结。

迈尔斯回到艺术的审美自律性问题上，他引用康福斯的话作为结尾："我们的项目可能会涉及环境、历史、政治和社会方面的问题……但并不明确它们的意义。这样做会妨碍它们作为艺术的野心。"[4]同时，他认为："这重申了艺术的自主性，但涉及对空间或情境的不同解读之间的张力，以及对作品的局限性和偶然性的持续批判性反思。"[5]

---

[1] Miles, Malcolm. *Eco-Aesthetics: Art, Literature and Architecture in a Period of Climate Change*. London: Publisher Bloomsbury Publishing PLC, 2014, p.150.

[2] 根据1968年《韦伯斯特词典》注解，"再工业化"（re-industrialization）是一种刺激经济增长的政策，尤其是指在政府的帮助下，实现旧工业部门的复兴和现代化，并支持新兴工业部门的增长。回归实体经济是对去工业化下社会资本过度脱离实体产业的反思，重新审视制造业的价值，但并非传统制造业的简单回归。"再工业化"将通过不断吸收、运用高新技术成果，发展先进制造业，以重构实体经济。

[3] 摘自艺术家提供的解释文本。

[4] 摘自Cornford & Cross给迈尔斯的邮件。

[5] Miles, Malcolm. *Eco-Aesthetics: Art, Literature and Architecture in a Period of Climate Change*. London: Publisher Bloomsbury Publishing PLC, 2014, p.153.

三、艺术对生态灾难的具象化呈现及其带给观者的反思

艺术能否帮助我们理解环境灾难？艺术如何表现死亡？这是迈尔斯生态美学的一个关键问题。迈尔斯考察了艺术团体HeHe[1]的两个生态艺术实例，对该问题作出了自己的思考。迈尔斯认为，艺术可以借助某种手段将人类对环境的影响具象化，使大众被直观的感受所触动，从而更积极地面对生态问题。

"绿云"（A green cloud/Nuage Vert）取自于一个临时项目的名称。2008年2月29日的最后一晚，居民们通过传单活动、学校谈话、社区网站海报和新闻报道，被邀请关闭一些电器一小时。HeHe用一束激光，将云的绿色轮廓投射到赫尔辛基罗霍拉赫蒂区的萨尔米沙里热电厂的真实排放云上。他们与电力公司合作，测量了用电量的波动，并将其转化为激光投影尺寸的变化。随着排放量的下降，绿云的规模逐渐增大，反映了公众参与减少该地区碳足迹的程度。[2]迈尔斯认为："虽然这个事件是暂时的，但人们希望看到集体行动的程度，能够产生一种挥之不去的记忆和对减少排放的实际可能性的认识。这与通过科学数据和使用天启意象来呈现气候变化的非物质性形成了对比。"[3]该团体的成员埃文斯写道："在过去的十年里，新的流行语进入了媒体话语和日常语言中：生态视觉化、碳补偿、生态足迹、食物里程等。这些抽象概念意味着我们试图量化个人的责任，寻找一种方法，来应对气候变化和有限的自然资源开发带来的真实挑战。'绿云'基于如下理念，即公共形式可以体现生态工程，将环境问题具体化，使其成为我们集体日常生活中的一个主题……一个城市规模的灯光装置投射到工业生产的终极图标上，提醒公众，引起讨论，并且能够说服人们改变消费模式。'绿云'是一个模棱两可的概念，因为它没有提供一个简单的道德信息，而是试图用一种唤起人们共鸣的景象来使城市居民面对，这是可以

---

[1] 海伦·埃文斯和海克·汉森——巴黎艺术家团体。

[2] 投射到烟囱排放物上的云的大小随着电力消耗的减少而增加。

[3] Miles, Malcolm. *Eco-Aesthetics: Art, Literature and Architecture in a Period of Climate Change*. London: Publisher Bloomsbury Publishing PLC, 2014, p.153.

解释的……将工厂排放的废气变成绿色，不可避免地会引发人们提出问题。它将有关气候变化和碳排放的讨论，从抽象的非物质模型……转向城市生活的有形现实。"[1]

迈尔斯认为，"绿色"具有消极意味。他指出，歌德认为绿色是最受欢迎的室内色调，它具有生长和春天的内涵，是草的颜色，已经被许多绿色运动和绿色组织所采用。但绿色也是腐烂的颜色。腐烂也有一系列的物质形式和联想因素，可令人从苔藓和地衣联想到烂泥的颜色。带有绿色色调的肉类不适合人类食用。在柯勒律治（Samuel Taylor Coleridge）的叙述诗《古水手》（*The Ancient Mariner*）中，海水闪着绿色磷光，带着白色的火花，象征着死亡。文学历史学家理查德·克罗宁解释说，柯勒律治读过约瑟夫·普里斯特利的《光学》，其中有一章题为"海洋腐败"，他将绿色与"无数微小海洋生物的腐烂"联系起来。克罗宁从当时的色彩理论阐述了"画家的冷色，从绿色到紫色，都与死亡的黑暗有关"。赫尔辛基上空漆黑的夜空中，绿色的云朵显得很不协调。它既不是烟，也不是云，而是投射到云上，表示一个全球性的破败过程[2]。

HeHe受"看不见的灰尘"的委托，为2011年剑桥科学节做了《深海中有浩劫吗》的艺术演示，由此引发争论。HeHe作为东英吉利大学的常驻艺术家，与大气化学家彼得·布里姆布勒科姆贝教授一起，演示了2010年在墨西哥湾发生的深海浩劫，即地平线钻井平台爆炸和漏油事故："3月17日在剑桥的耶稣格林利多，一个玩具石油钻探平台似乎爆炸了。船长们嚎啕大哭，反复播放着抛弃船只的消息，空气中弥漫着烟雾，现场视频被投影到玩具背后的水中。在屏幕上，由于没有尺寸和包容性的证据，场景呈现出更大的真实感。"[3]

迈尔斯认为，艺术在表现死亡时存在困难，在某种程度上是不可能的。

[1] Miles, Malcolm. *Eco-Aesthetics: Art, Literature and Architecture in a Period of Climate Change*. London: Publisher Bloomsbury Publishing PLC, 2014, pp.153－154.

[2] Miles, Malcolm. *Eco-Aesthetics: Art, Literature and Architecture in a Period of Climate Change*. London: Publisher Bloomsbury Publishing PLC, 2014, p.155.

[3] Miles, Malcolm. *Eco-Aesthetics: Art, Literature and Architecture in a Period of Climate Change*. London: Publisher Bloomsbury Publishing PLC, 2014, pp.156－157.

在他看来，当艺术具有死亡的象征意义时，往往要么老套，要么平庸，缺乏对公众的感染力。在一个讳言死亡的社会，人们往往会对诸如爆炸、沉船、污染等会引起社会恐慌的事故讳莫如深，这更为艺术表现环境灾难并揭示灾难背后的深层原因造成了困难。而玩具的使用造成了一种反讽的效果。玩具的轻松搞笑与事件的严肃沉重、玩具的渺小和事故造成的巨大影响形成对比，加上玩具作为物质的实质性，形成了对全球石油工业活动管理失败所造成的一系列事故的"一种有争议或有目的的对抗"。在迈尔斯看来，虽然存在诸多现实困难，虽然"艺术不能改变世界——它是世界的一部分，它的生产条件总是存在于艺术品中，即使它引起其他的反应——但是……它可能有助于面对可能将世界推向毁灭边缘的力量和轨迹"[1]。

艺术给我们带来了改变的希望和契机，同时，艺术对环境甚至是世界的这种干预也不是可以直接实现的，"在某些情况下，这是通过使用不可思议的和意想不到的手段，或通过对常规和可预测性的中断间接实现的……艺术和行动主义之间的界限不是僵硬的，而是流动的和可以不断协商的"[2]。

四、行为艺术对艺术道德与生态环境问题的介入

在迈尔斯看来，行为艺术介入艺术道德与生态问题，可以挑起论争，将问题在社会、政治和经济等更宏观的语境中传达给大众，引起人们对问题的反思。迈尔斯以艺术家团体"解放泰特"（Liberate Tate）的一系列相关实践为例对此进行了阐释。艺术团体"解放泰特"开展了一系列艺术活动，来对抗泰特美术馆与英国石油公司（Beyond Petroleum，简称BP）[3]之间不道德、不生态的合作，这些活动被叫作"再工业化泰特"。他们认为，"即使

[1] Miles, Malcolm. *Eco-Aesthetics: Art, Literature and Architecture in a Period of Climate Change*. London: Publisher Bloomsbury Publishing PLC, 2014, p.158.

[2] Miles, Malcolm. *Eco-Aesthetics: Art, Literature and Architecture in a Period of Climate Change*. London: Publisher Bloomsbury Publishing PLC, 2014, p.158.

[3] 引发"深海浩劫地平线"事故的公司。

在削减艺术预算的时期，艺术赞助仍然是一个道德问题"[1]；他们作为艺术家，不希望被像BP这样的国际石油公司利用艺术创造性，同时他们谴责，泰特美术馆迫使对气候问题有敏感认识的画廊参观者，处于与这家石油公司合作的尴尬境地。

"解放泰特"指出："深海浩劫地平线灾难并没有在2010年结束，许多法律问题以及由此引起的损害索赔仍然没有得到解决。同时，与其他跨国石油公司一样，英国石油公司正在扩大开采加拿大、阿拉斯加和俄罗斯的石油焦油砂的业务。随着全球变暖，特别是石油等化石燃料的燃烧，导致海冰消退，这项工程变得更加容易。英国石油公司还在阿拉斯加的普拉德霍湾进行钻探，而普拉德霍湾正是2006年世界最大的石油泄漏现场之一。"[2]泰特美术馆作为一个公共机构，不顾那些不希望自己的美术馆被英国石油公司污染的会员和游客的呼吁，反而为这家公司提供艺术洗白，为其树立良好的社会形象，为其经营提供便利。"特别是通过艺术赞助，石油公司获得了公众的认可，分散了对其运营的注意力。石油公司经常面临社会或政治动乱等对其盈利能力的威胁，'社会经营许可证'很重要，它通过积极的公共关系形象，在设施附近的社区和伦敦等金融中心为公司的活动提供支持。赞助主要的艺术机构也是其中的一部分，它们试图通过与高雅文化的结合来使其声望和毫无争议的地位成为普遍价值。这种赞助活动的一个结果可能是这样的言论，比如'BP是一家伟大的公司'。"[3]——无异于协助犯罪，同时，也是对艺术和艺术爱好者的亵渎。

面对泰特美术馆的不生态、不道德的艺术行为，行为艺术（是通过对艺术行为的描述自行确定为行为艺术）是"解放泰特"惯用的手法。"解放泰特"采取了一系列艺术行动。2012年7月7日上午11:30左右，"解放泰特"的成员们，将一片16.5米的风力涡轮机叶片运入泰特美术馆的主要公

[1] Miles, Malcolm. *Eco-Aesthetics: Art, Literature and Architecture in a Period of Climate Change*. London: Publisher Bloomsbury Publishing PLC, 2014, p.160.

[2] Miles, Malcolm. *Eco-Aesthetics: Art, Literature and Architecture in a Period of Climate Change*. London: Publisher Bloomsbury Publishing PLC, 2014, p.158.

[3] Miles, Malcolm. *Eco-Aesthetics: Art, Literature and Architecture in a Period of Climate Change*. London: Publisher Bloomsbury Publishing PLC, 2014, p.161.

共空间——现代涡轮机厅，然后交给泰特工作人员，请求将它赠送给美术馆作为永久收藏品。涡轮机可以提醒观众，可再生能源可以取代发电站使用的化石燃料，如泰特美术馆循环利用的化石燃料。这针对的是BP公司对泰特美术馆的赞助的中断。正如迈尔斯所说："该赠品不是一个实际的命题，而是一个挑衅，它利用赠送给公众收藏品的模式，将公共问题引入艺术的政治。"[1]此举引发了广泛的社会响应，有一千多人签署了请愿书，要求这个叶片应该出于收藏目的被接受。

《托尼和鲍比》《人类代价》和《泄露许可》也是很典型的例子。《托尼和鲍比》（Toni and Bobby）的名字模仿了英国石油公司过去和现在的首席执行官，托尼·海沃德（Tony Hayward）和鲍勃·达德利（Bob Dudley）。2010年6月，距离墨西哥湾原油泄露的发生才过了两个月，"解放泰特"的两名女成员，穿着漂亮的花裙来到泰特庆祝接受英国石油公司赞助20周年的派对，在派对中，一些看起来像石油的东西（蜜糖）从她们的腿上和昂贵的手提包上滴下来。将近一年后，他们又制作了《人类代价》（Human Cost），"解放泰特"的一名男性成员躺在泰特中心大厅的地板上，两名身穿黑色衣服的妇女从印有英国石油公司标志的罐头上倒出看起来像油的物质。演出持续了87分钟，与英国石油公司（BP）用来阻止石油泄漏到墨西哥湾的天数相呼应，试图以此揭露泰特的恶行。该行为后被英国《金融时报》（2011年4月22日）的头版头条刊登。在艺术《泄露许可》（Licence to Spill）中，类似石油的物质和羽毛一起被倒在泰特美术馆外的台阶上。迈尔斯提到，这是一种"表演和雕塑干预措施"，"在这些措施中，'解放泰特'运用了能够唤起情感并依赖于'自然对博物馆的入侵'的图像学手法"[2]。正如"解放泰特"成员回应的那样："将自然材料引入泰特美术馆是一个决定，使得泰特与英国石油公司关系中被压抑的东西回归泰特美术馆本身的空间。……我们选择使用或暗示某些原材料可以说是博伊斯式的

---

[1] Miles, Malcolm. *Eco-Aesthetics: Art, Literature and Architecture in a Period of Climate Change*. London: Publisher Bloomsbury Publishing PLC, 2014, p.160.

[2] Miles, Malcolm. *Eco-Aesthetics: Art, Literature and Architecture in a Period of Climate Change*. London: Publisher Bloomsbury Publishing PLC, 2014, p.163.

(Beuysian)[1]，因为一种油状物质的流体成分发挥着关键作用，几乎就像表演者本身。虽然这些材料的存在可能暗示着自然，但它也强调了这种存在是如何作为一项表演的。"[2]迈尔斯指出："这是对过去的雕塑概念的回应，比如对材料的真实性和纪念性，但也许是对日常的中断引起了现在人们的注意。"[3]

五、生态变革呼吁直接行动与集体参与

迈尔斯认为，应对气候变化是我们的集体责任，不能仅仅寄希望于当权者，政治、经济系统并没有发挥它们在气候变化中应有的作用，在看不到政治、经济希望的情况下，一些有识之士开始探索新的解决方案。迈尔斯在这里引用反飞行组织"愚蠢飞机"（Plane Stupid）的积极分子贝瑞（Berry）的话来说明这一点："应对气候变化是我们的集体责任。我们不能任由有权势的人来解决它；他们把我们搞得一团糟……他们赚的钱……将确保他们是最后受影响的人……直接行动可以识别错误的解决方案、建立真正的替代方案……我们热切地相信直接行动。"[4]

迈尔斯认为，我们自己自觉地参与其中才是最重要的，当权者能够在一定程度上控制我们的言行，但我们的意志在很大程度上决定着事情的最终走向。然而，就如鲁道普尔·巴罗（Rudoplh Bahro）所说，德国在20世纪90年代就意识到了彻底毁灭的可能性，"至少在潜意识里，大多数人都知道这一点……然而，我们仍然像以前一样继续生活。虽然我们的行为没有自由意志，但我们的行为没有违背我们自己的意愿：也就是说，我们的行为就好像我们想消灭自己一样……我们被困在习惯和恐惧中，被困在头脑和心灵的惯性中……我们用这些习惯和恐惧的漫无边际的材料、一大堆

---

[1] 约瑟夫·博伊斯(Joseph Beuys)，德国著名艺术家，以装置和行为艺术为其主要创作形式。

[2] Miles, Malcolm. *Eco-Aesthetics: Art, Literature and Architecture in a Period of Climate Change*. London: Publisher Bloomsbury Publishing PLC, 2014, p.163.

[3] Miles, Malcolm. *Eco-Aesthetics: Art, Literature and Architecture in a Period of Climate Change*. London: Publisher Bloomsbury Publishing PLC, 2014, p.163.

[4] Wall, Derek. *The No-Nonsense Guide to Green Politics*. London: New Internationalist, 2010, p.111.

外部约束和依赖，形成了一个外部监狱，变成'物质约束'，对我们说，'你不能采取任何其他方式！'"[1]人们由于自身的惰性，即使在制度的牢笼之外，也依旧被"惯性"的枷锁束缚着，在应对气候变化的变革中，无所作为，一步步走向自己编织的地狱。迈尔斯自己也意识到了这一点："十年前，我一定会说，困难在于人们不知道气候变化及其产物，该产物是通过激增的二氧化碳排放到地球大气层而产生的，但现在很明显——尤其是缘于频繁的新闻报道，人们对此确已了解。他们只是没有相应地采取行动而已。"[2]

在应对气候变化时，艺术可以将"惯性"引发的矛盾暴露出来，唤起人们的情感，从而"中断"它。虽然"美学不具有'互惠交换的功能'，艺术在道德叙事中也不占有一席之地"[3]，但迈尔斯认为："艺术唤起了情感和智力上的反应。如果它有一种颠覆性或革命性的力量，那就是它打破了对现实的惯常印象。这是一场漫长的革命：现在没有举着红旗的人群或冲击冬宫的人群，但在全球范围内，在对主流文化的抵制中，直接行动正在增加。"[4]

第五节　文化与气候变化

迈尔斯还从文化视角出发，探讨了各种文化形态对气候变化的时代带来的启示和思考。他试图"在艺术和文化的交替中，寻问在日常生活中什么样的变革预示着绿色社会的可能性，以及在处理南半球（也不限于那里）

[1] Bahro, Rudolf. *Avoiding Social and Ecological Disaster: The Politics of World Transformation*. Bath: Gateway Books, 1994, p.64.
[2] Miles, Malcolm. *Eco-Aesthetics: Art, Literature and Architecture in a Period of Climate Change*. London: Publisher Bloomsbury Publishing PLC, 2014, p.163.
[3] Bennett, Jill. *Practical Aesthetics: Events, Affects and Art after 9/11*. London: I. B. Tauris, 2012, p.187.
[4] Miles, Malcolm. *Eco-Aesthetics: Art, Literature and Architecture in a Period of Climate Change*. London: Publisher Bloomsbury Publishing PLC, 2014, p.165.

的环境或社会问题时，可以从隐性知识[1]的使用中获得什么样的洞见"[2]。他分别从循环文化、农业文化、社区文化、DIY 文化、互助文化等不同文化样态中选取众多艺术与实践的案例，发掘其中的生态智慧和生态借鉴意义。

一、循环艺术和循环文化促进绿色社会发展和经济转型

　　循环利用不仅仅代表着节约，还可以作为创造艺术、表现美的一种方式；不仅反映了一种低浪费文化，更代表着一种可持续生活方式，代表着意识的转变和道德承诺，也预示出一个更加绿色、美好的社会。

　　迈尔斯将循环回收分成两种："一个是艺术家用回收材料制作的艺术品，这是对回收的道德经济的投资，另一个是作为一个普通意义上的节约的回收。"[3]后者是通常意义上的回收，而前者则是循环艺术，属于一种生态艺术。循环艺术所涉范围宽广，内容丰富、零碎，其目标是在艺术和文化之间构建一种张力关系，以此来指明它们之间的相互作用，探讨循环艺术背后深层的文化内涵，并揭示更广泛的意识转变，进而探讨这种转变如何影响着我们的日常生活，这对创建一个更加绿色的社会有何意义。他指向的并不仅仅是生态问题，更涉及政治、经济等社会的方方面面，在解决生态问题的同时，更是在探寻一种新的社会关系，对不合理的经济、政治现状作出反应，为城市的资本主义不平等、住房短缺、资源分配不均等问题提供解决方案。迈尔斯认为："一个更加绿色的世界

---

[1] 隐性知识是迈克尔·波兰尼（Michael Polanyi）在1958年从哲学领域提出的概念。波兰尼认为："人类的知识有两种。通常被描述为知识的，即以书面文字、图表和数学公式加以表述的，只是一种类型的知识。而未被表述的知识，像我们在做某事的行动中所拥有的知识，是另一种知识。"他把前者称为显性知识，而将后者称为隐性知识。按照波兰尼的理解，显性知识是能够被人类以一定符码系统（最典型的是语言，也包括数学公式、各类图表、盲文、手势语、旗语等诸种符号形式）加以完整表述的知识；与显性知识相对，隐性知识是指那种我们知道但难以言述的知识，国内学术界又将之称为"默会知识"(tacit knowledge)。

[2] Miles, Malcolm. *Eco-Aesthetics: Art, Literature and Architecture in a Period of Climate Change*. London: Publisher Bloomsbury Publishing PLC, 2014, p.6.

[3] Miles, Malcolm. *Eco-Aesthetics: Art, Literature and Architecture in a Period of Climate Change*. London: Publisher Bloomsbury Publishing PLC, 2014, pp.173−174.

因之是一个政治的、经济的、社会的、文化的以及个人的建构。"[1]只有在这种意义上，我们的社会才算得上是一个更好的社会。

迈尔斯指出，回收循环及其艺术实践具有两方面的含义。一是审美方面的含义。这是多年来人类审美自身发展的产物，通过展览和直接接触，艺术家的作品不断丰富和发展。第二个方面是"针对当代对回收和避免浪费的关切，重新评估那些没有被废弃的材料，研究它们的审美可能性、它们被回收到艺术中对低浪费的文化的贡献"[2]，从而呼应时代和社会需求。

迈尔斯以黛博拉·达芬（Deborah Duffin）的作品对此进行了阐述。达芬用金属丝、塑料拉环、果汁容器的顶部、包装等可循环利用的材料制作了雕塑。她收集了可以再循环用以创作成艺术品的材料，编织电线、塑料并且包装成多彩的、复杂的、看起来像是有机的形式。与多尼尼克·马泽奥（Doninique Mazeaud）从格兰德河定期收集垃圾的行为艺术不同，达芬以更传统的艺术对象形式制作作品。对达芬创作来说，形式和技巧在其作品中尤为重要，它们实现了对材料本身效果的超越。达芬在作品中充分表达了她对生态健康和绿色社会的观念，"通过画贝壳和石头上的痕迹、水面上风吹的涟漪、或岩石结构的起伏来描绘自然世界——时间、生长和生物系统的证据，将这些转化为贯穿一切生命力的具体表现"[3]。正因如此，她的作品达到了形式和内容上的统一。抛却审美的维度，达芬的作品可以看作是对过度包装这样一些时下社会热点问题的回应。包装所使用的材料可以被丢弃并送往垃圾填埋场，或者以新的方式回收；当过度包装成为不可阻挡的趋势时，想办法减缓这种行为对自然环境的伤害就显得尤为重要。艺术是一种使回收可见的手段。循环艺术也可以看作是对浪费行为的间接批评，进而唤起人们的节约意识，推动绿色社会的进程。这就是循环艺术的审美内含及其批评功能，回收循环及其艺术实践对一个绿色可持续的社会来说

---

[1] Miles, Malcolm. *Eco-Aesthetics: Art, Literature and Architecture in a Period of Climate Change*. London: Publisher Bloomsbury Publishing PLC, 2014, p.1.

[2] Miles, Malcolm. *Eco-Aesthetics: Art, Literature and Architecture in a Period of Climate Change*. London: Publisher Bloomsbury Publishing PLC, 2014, p.167.

[3] 引自达芬2013年1月通过电子邮件发给作者的声明。

具有重要的文化贡献。

循环艺术，或者说生态艺术，"并不是指艺术与文化或文化与经济之间存在因果关系，而是说，循环文化和循环经济是态度发生更大转变的要素"[1]，而态度的转变才是绿色社会得以向前发展的关键。生态艺术通过打破艺术文化和普世价值观文化的界限，将绿色意识转变为直接现实，同时进一步推动意识的转变。

二、农村和农业文化蕴藏着生态变革的重要力量

农业文化里包蕴着绿色社会的因子，尽管方法老旧，但并不过时，不应被随意丢弃，其中潜藏着新的、积极的力量，对人类社会具有重要意义，应该得到重视。迈尔斯指出，"就传统农业和手工艺人的技艺知识来说，这个更为绿色的世界似乎可以被视为倒退，因为去工业化时期并不是回到前工业化时期，而是需要相当新的方法来处理资本主义固有的不稳定性的后果。然而，与此同时，它对重估并且拒绝像工业废料一样丢弃这些技能和知识是积极的。"[2]滨海艺术组织 (the Rural Arts Organization Littoral) 的艺术家就进行着这种实践，发掘其中的文化意蕴。他们"将农业视为文化的中心——正如这个词的派生词所证实的那样 (agriculture-culture)，在将农村社区视为边缘的今天，寻求艺术家与乡村社区之间的长期、根深蒂固的关系，并通过与当地团体、工会、卫生保健提供者、农村组织以及艺术家的基层协商，为不符合主流艺术界利益的创造性工作寻求支持"[3]。他们通过在乡村地区举办艺术展览以及像镰刀节这样的互动活动，为农业文化注入新的活力，为其获得更广泛的社会认可。农业文化的可贵之处除了其自身所传承下来的经久不衰的知识和技能，还在于它孕育新的思想、文化的潜力

[1] Miles, Malcolm. *Eco-Aesthetics: Art, Literature and Architecture in a Period of Climate Change*. London: Publisher Bloomsbury Publishing PLC, 2014, p.174.

[2] Miles, Malcolm. *Eco-Aesthetics: Art, Literature and Architecture in a Period of Climate Change*. London: Publisher Bloomsbury Publishing PLC, 2014, p.174.

[3] Miles, Malcolm. *Eco-Aesthetics: Art, Literature and Architecture in a Period of Climate Change*. London: Publisher Bloomsbury Publishing PLC, 2014, p.175.

和启迪人心的能力。

在迈尔斯看来，农村文化不仅代表着环保可持续的生活和生产理念，孕育着先进的思想文化，在当今社会，它更是一种稀缺的资源，一种精神象征。农业文化为人们生活方式的转变提供了参照。迈尔斯举了住在法国东南部农村的约翰·伯格（John Berger）的例子，作为一个具有深厚的人文精神的艺术家，他选择过一种乡村生活。他说："当我来到这里的时候，我主要和老农民在一起，因为年轻的农民已经走了，他们成了我的老师。就像我的大学。我学会了使用镰刀，以及……一整套关于生活的意义和价值观。"[1]

三、社区文化的绿色实践及其对日常生活事物的生态关怀

迈尔斯以生态慈善机构"共同根基"（Common Ground）的实践为例论述了社区文化为构建绿色社会所做的努力。他们的实践活动有树木装饰、社区果园和教区地图项目，这些实践项目表现出一种对日常生活事物强烈的生态关怀。

首先是树木装饰（Tree-dressing）。树木装饰本来是一种常见的现象，在20世纪80年代末，树木装饰以用色彩丰富的方式装饰树木的参与性活动被"共同根基"采用，以此作为一种重视和阻止砍伐树木的手段。这种方式也被艺术家们所效仿。这是一种自发的、普遍的价值观，在一段时间内引发了广泛的反响，或将意味着摆脱刻板的体制和令人不满的大众文化消费，通过对森林保护作出贡献，对环境产生积极的影响。

其次，社区果园也是"共同根基"为生态社会的可持续发展所做的尝试。从1992年起，"共同根基"将社区果园作为保护本地苹果树品种和促进社区互动的一种方式。作为一种尝试，社区果园的意义不仅仅是产生多大的实际功用，重要的是，果园会重新激发人们对新鲜食物的兴趣，引导人们朝着有利于社会可持续发展的方向去努力。

第三，为了鼓励社区描绘出他们在自己周围环境中所珍视的熟悉事

---

[1] 摘自滨海组织2011年在坎布里亚举行的镰刀节海报。

物，并积极表达他们对城镇或乡村日常生活的热爱，"共同根基"开启了教区地图项目，邀请当地团体绘制他们村庄或城市周边的地图。这些描绘了一个中心空间，用于绘制一个教区或村庄的图景，周围是由地图制作者选择的当地场景和地标的图像。人们精心绘制的这些图像"就像一张婚礼照片……展示它的最佳品质"[1]。在制作地图时，人们开始关注附近的砾石加工，并在地图中将它们表现出来，其积极意义在于，在单调的日常多样性中，这张地图"打开了一种审美批评……并扩大了人们对可能被赋予审美价值的东西的认识……"[2]。

绘制地图这一艺术形式，也具有弱化或摆脱政治、经济束缚的作用。地图"通过提供一个公共的虚构空间来显示社会差异……展现了一个地方的规模和特征相互冲突的感觉，这种地理的范围和性质本身，成为当地政治中活跃的文化角色，确定或重塑了地方的轮廓"[3]，通过表达不同公众对一个地区价值的不同看法，从而对有代表性的行为产生了疑问，敦促人们去发现一个地区的本来面貌，从而获得更真实、深入的体验。"它要求对一个地点以及它的未来场景拥有情感上的所有权。这种情况往往是希望和恐惧的混合体，并非所有人都能表达出来，但往往会引发争议。"[4]通过展现不同个体对一个地点的真实的、独特的看法，有代表性地、生动地、更加全面地展现了一个地区的情况，使人们能够真切地把握它，从而至少在情感上得以拥有它，同时唤起人们的情感，对不合理的现象提出质疑，从而推动问题的解决，有利于地区的发展。

[1] Miles, Malcolm. *Eco-Aesthetics: Art, Literature and Architecture in a Period of Climate Change*. London: Publisher Bloomsbury Publishing PLC, 2014, pp.180−181.

[2] Crouch, David. & Matless, David. 'Refiguring geography: Parish Maps of Common Ground'. *Transactions of the Institute of British Geographers*. 21, 1996, p.251.

[3] Crouch, David. & Matless, David. 'Refiguring geography: Parish Maps of Common Ground'. *Transactions of the Institute of British Geographers*. 21, 1996, p. 253.

[4] Miles, Malcolm. *Eco-Aesthetics: Art, Literature and Architecture in a Period of Climate Change*. London: Publisher Bloomsbury Publishing PLC, 2014, p.181.

四、DIY建筑文化与一种替代型社会的可能性

在住房市场的一种反作用力下，自建住房的"自己动手"（do-it-yourself，简称DIY）文化应运而生，这也是新的社会和环境关系的一种载体，它涉及经济、政治、社会、生态等方方面面的问题。DIY文化表明了一种过绿色生活的努力，向我们展示了绿色社会的可能性。在DIY建筑艺术中，在主流社会内部，一些艺术构想会与过另一种生活（alternative life）[1]的脚踏实地的努力相融合，进而对主流社会产生影响，传达出在主流社会之外创造一种可能世界的可行性。

小型的、本地化的自建项目并非一个崭新的、绿色社会的标志，而是一个刚刚起步的社会的标志，这种生活方式的转变是一个起步，作为一个示范、一个启迪，是一个正在进行时，指向的是未来，价值在于对社会的循序渐进的影响。位于萨默塞特农村的Tinker's Bubble是一个由11个成年人和2个孩子组成的社区，他们生活和工作在46英亩林地、田地和果园中的自建木结构中。Tinker's Bubble几乎自给自足，拥有太阳能和风能，不使用化石燃料。他们的收入来源于在谷仓使用蒸汽驱动的发动机持续地砍伐和碾磨木材（主要是落叶松和冷杉）。有一匹马可以帮忙搬重物，还有一头牛可以挤牛奶。在这儿生活了多年后，该团体最终获得了一小部分自建住宅的规划许可。可以说，这里的人们过着一种近乎理想的生活，站在绿色社会的前沿。虽然这种定居点总是边缘化的，而且通常规模很小，但它们以实验的方式扩展了可能的范围，逐渐地、不均衡地影响着主流社会（如果不是占主导地位的政治意识形态，最终可能会被取代）。

迈尔斯指出，在现今的条件下，这些追求绿色生活的方式还有局限性，对整个社会的影响还未成势，"在拥挤、复杂、城市化为主流的社会中，只有少数人会在可预见的未来过上这样的生活，有些人可能不希望或不能够这样做"[2]。但这些努力提供了变革性的经验。"所有这些项目再次扩展了可

---

[1] 另一种生活方式是一种与主流生活方式不同的生活方式，或者通常被认为是在文化规范之外的生活方式。

[2] Miles, Malcolm. *Eco-Aesthetics: Art, Literature and Architecture in a Period of Climate Change.* London: Publisher Bloomsbury Publishing PLC, 2014, p.188.

能的范围，并为基于替代工具和替代价值融合的新社会作了演示"，而"在这样一个社会所面临的日常现实中，一些步骤一旦被演示，可以证明是可行的"[1]。

第六节　小结与评价

通过以上论述，我们可以看到迈尔斯所论述的主要是一种关于生态艺术的美学。对于这种美学，我们的评价如下：

第一，重视生态艺术实践是迈尔斯生态美学的基本特点，但这也造成一定的缺陷。迈尔斯是一名文化理论教授，在城市文化研究方面颇有建树，他对当前的艺术实践关注有加，凭借这些条件建构出自己独特的生态美学，其《生态美学》一书很少纯粹的理论探讨，而是充满了大量的文学、艺术、建筑等方面的实例，其生态美学思想就是通过实例分析而透露出来的。这些例子有助于我们了解国际生态艺术的基本状况，但是，我们也发现，迈尔斯并没有形成一套系统的生态美学思想，他的《生态美学》缺乏明确的哲学思想基础和美学观念支撑，对生态学和美学的回顾梳理也流于空泛，全书基本上是生态艺术实例分析组成的汇编。

第二，对关系美学的借鉴，对于生态美学构建具有启发意义。迈尔斯考察了不同的文学、艺术和建筑作品对气候变化及其所带来的诸种问题的表征，力求以此对人们的观念和态度展开一种批评性的探究，从而使得这些观念和态度能够在人类观察者和人类所观察的世界之间构建一种意识关系。迈尔斯指出："这是一个人们如何感知和理解世界的问题，由此说来，也是一个感知主体与感知客体之关系的问题，以及被当作客体的事物本身

---

[1] Miles, Malcolm. *Eco-Aesthetics: Art, Literature and Architecture in a Period of Climate Change*. London: Publisher Bloomsbury Publishing PLC, 2014, p.188.

是否可能是主体的问题。"[1]这无疑是一个颇具理论深度的论断。迈尔斯还进而将主体与其他主体或客体之间的关系看作生态美学方法的关键。总之，迈尔斯的生态艺术美学所秉持的是一种关系美学和过程美学的立场，强调艺术家和观众参与到艺术创作的交互关系中，从而将生态问题展现出来，唤起人们的反省并采取相应的举措，从而为解决问题提供一种帮助。

第三，"中断"思想富有生态启示意义。"中断"论及的是艺术和环境保护主义之间的辩论性实践，这些实践是对一些情境的批判性或是戏谑性的解读。在审美自律性的关键距离之中，打破例行公事（routines）的无聊和束缚它们的那些制度，并将它们展示出来，在审美自律性中寻找艺术批判性的证据。挑起论争是艺术干预现实的一种间接方法，也是贯穿迈尔斯生态美学的中心思路。艺术家通过一种有争议的方法，用他们的艺术作品和行为唤起人们的情感，促使人们去面对日益严峻的生态、气候问题。艺术充当的是桥梁的角色，更多的是挑起争论而不是提倡解决方案。在迈尔斯看来，"艺术是世界的一部分，它的生产条件总是存在于艺术品中……有助于面对可能将世界推向毁灭边缘的力量和轨迹。"[2]也就是说，艺术暴露社会中的"惯例"与生态健康的矛盾，从而唤醒公众，使他们正视现实，从而避免自我毁灭。这对于我们思考生态艺术的社会功能具有较大的启发意义。

第四，迈尔斯生态美学观念在实践层面的局限性与乌托邦色彩。迈尔斯所提到的一系列美好生活的实践、过另一种生活的努力只是发生在小范围，发生在个别地方、个别人身上，其实现方式与手段都是游离在主流社会之外的。但不可否认，这确实是人类为构建一个绿色、美好社会所做的努力，它为后来者提供了示范与启发，通过对抗矛盾唤起了人们的情感与斗志，有效地扩大了绿色理念的影响范围。在思及小范围的努力会否转化成一个绿色社会时，迈尔斯给出的答案是积极的、肯定的。他认为虽然这

---

[1] Miles, Malcolm. *Eco-Aesthetics: Art, Literature and Architecture in a Period of Climate Change*. London: Publisher Bloomsbury Publishing PLC, 2014, p.3.

[2] Miles, Malcolm. *Eco-Aesthetics: Art, Literature and Architecture in a Period of Climate Change*. London: Publisher Bloomsbury Publishing PLC, 2014, p.158.

些做法尚未普及，照目前的情况看，也只有少数人能够尝试或过上那样的生活，而大多数人是不能也不愿意那样做，无论是在物质还是意识层面都存在障碍，但这些尝试都意味着一种可能性、提供了一种示范，并影响着主流社会，预示着或实践着绿色社会。在某种意义上来看，一个更美好的社会是一个绿色社会，通往绿色社会的道路涉及政治、经济、社会等方方面面的问题，并不是环境问题解决好了就可以达到的。通向绿色社会的方式多种多样，如自建住宅、行为艺术等等，循环文化可以作为一个中心指导思想。这些努力虽多在社会主导结构之外影响有限，但可以作为一个示范，逐渐地影响主流社会，并有望在可期的未来转化为社会主流。迈尔斯的相关论述可以引导我们将生态思想付诸社会现实。

第十三章　法国生态美学

　　统揽西方生态美学，相较于占据主体地位的英语生态美学而言，法国生态美学的发展显得滞后，笔者通过检索及梳理法语文献发现，与该术语直接相关的研究成果凤毛麟角。然而，正如曾繁仁教授所言："……生态美学、环境美学、生态文艺学与生态批评等等，它们尽管名目有异，但总体上都是一种包含生态维度的美学与文艺学研究。"[1]因此，从这一更为宽泛的角度审视法国的美学与文艺学研究，笔者发现步入新千年之后，在法国本土生态哲学的启发下，在英美生态美学的影响下，法国的景观美学、环境伦理学、生态批评等研究日益丰富，在哲学、文学、艺术、城市规划、景观设计等不同领域，均出现了生态、环境、自然或绿色审美视角；而被其纳入研究对象的生态审美，并不仅仅局限于自然生态环境的审美欣赏，更延伸至城市人建环境和社会环境的审美考察，体现了法国学者对人与自然关系范式更迭的深层思考。

　　有鉴于此，本章将通过梳理生态思想在法国的萌生及演变过程，回顾法国生态哲学、生态批评的发展历史，探寻法国生态美学思想的源头与进程，并侧重介绍法国景观美学与环境美学的现状进展，向读者呈现法国生态美学的概况。

---

[1] 曾繁仁：《论我国新时期生态美学的产生与发展》，《陕西师范大学学报（哲学社会科学版）》，2009年3月第38卷第2期。

第一节　法国生态美学思想的渊源

生态美学的构建有赖于生态意识与生态知识的萌生与发展，后二者是前者的基础和前提。法国全社会生态意识的逐步觉醒可以上溯至19世纪，当时科技的发展推动了工业化进程的加快，但生态和环境问题随之发生，引发了政府、社会和民众不同层面的关注和行动。下面从社会背景、哲学背景、文学背景三个方面探讨法国生态美学思想产生和发展的路径。

一、法国生态美学思想产生的社会背景

人类生态意识的真正觉醒是伴随工业文明的发展而实现的。18至19世纪，欧洲各国先后进行工业革命，工业化时代到来。18世纪70年代开始，科学的进步促进了化学和机械业的发展，法国手工制造业的提炼和制造工艺发生变革。蒸汽动力的运用提高了生产效率，但也导致煤炭开采量加大；为支持炼钢工业的发展而伐木烧炭，大片森林被破坏；大规模工厂的兴建与扩张，改变着自然的原始面貌；而工业生产排放的废气、废水严重污染大气和河流水源，工人聚居区堆积如山的生活垃圾直接威胁着人们的生活环境和卫生健康状况。工业发展和科技进步对人类居住环境和自然生态产生的负面影响逐渐显现，因而，一系列的政府和民间环境保护行动在法国勃然兴起。

18世纪末19世纪初，法国尤其是工业发达的巴黎地区陆续出台一系列针对污染及危险行业的法令条规，用以限制这类产业的发展，并将其管理权下放至市级政府。1804年，当时的内务大臣沙普塔尔（Chaptal）起草了一份"关于排放异味和危害公共健康的制造业分级报告"，旨在鼓励城市地区发展创新型制造业。1810年10月15日颁发的皇家法令要求按照工厂作坊对周围地区造成的影响，对其进行分级，凡是新增工厂必须要通过政府的预先考查。因此，这一时期，在工业发展起步较早的大城市地区，环境问题

已开始引起政治层面的关注及切实行动。

19世纪下半叶，在城镇化和工业化的影响下，环境问题蔓延，自然景观日益受到威胁，人们开始重视自然生态的保护，英国诞生了首批兼顾自然景观和历史遗迹的保护协会，法国等欧洲国家争相效仿。因绘画、文学和旅游的繁盛，优美风景备受呵护，大众出于美学立场而呼吁善待自然，从而推进了自然景观保护热潮的出现。在巴比松画派的倡议下，1861年8月13日法国出台一则皇家法令，其中规定：鉴于枫丹白露林区的审美价值，将巴黎近郊的1000多公顷林区列为禁伐区。[1]1901年，法国景观保护协会（la Société pour la Protection des Paysages de la France，简称SPPF）创办，该协会旨在保护法国的自然和城市遗址，并于1961年更名为"法国景观和美学保护协会"（la Société pour la Protection des Paysages et de l'Esthétique de la France，简称SPPEF），其主要活动覆盖历史和自然遗产保护的宣传和推介、建议和干预、废止或动员，以及通过司法手段抵制遗产破坏行为。1912年8月28日，北海省（Côtes-du-Nord）出台一项地方法令禁止在海岸和岛屿上猎杀、迫害和销售海鹦，在此推动下，法国第一个自然保护区——七岛（Sept-Îles）鸟类保护区创建。由此可见，这一时期，人们不仅关注城市环境问题的防治，更重视自然生态环境的保护和生物多样性的维护，自然的审美价值日益凸显，更为广泛的社会力量参与到环境和生态保护中。

1970年，法国地球之友协会（Les Amis de la Terre）在巴黎成立，初衷在于提高公众的自然知识水平和促进环境保护，其活动还推动了环境保护在政治选举中的作用，并进一步发展为提倡"生态优先"的政党——成立于1984年的法国绿党，该党派为建立生态平衡社会和争取社会平等而不懈努力。社会活动与政治行动互相渗透，共同致力于生态和环境保护，增强了生态改善与环境治理的力量。

1992年6月，在巴西里约热内卢召开的联合国环境与发展大会通过了世界范围内可持续发展行动计划——《21世纪议程》，为响应这一国际承

---

[1] Selmi, Adel.《L'émergence de l'idée du parc national en France》, in Raphaël Larrère, Bernadette Lizet et Martine Berlan-Darqué (dir.), *Histoire des parcs nationaux : comment prendre soin de la nature* ?, Paris, Quae, 2009, p. 45.

诺，法国政府于2003年制定"2003年至2008年可持续发展国家战略"，并在2007年提出的《格勒内勒环保倡议》（Grenelle de l' environnement）中延续这一策略。一系列国家层面的举措为解决环境问题和促进可持续发展提供了长期的政策引导和政治支持，也影响了城市和农村景观规划设计的审美视角。

20世纪60年代，生态艺术（art écologique）在美国兴起，致力于将艺术实践应用于生态、社会、政治等领域，借以提高公众的绿色意识，从而使其关注环境并付诸积极行动。然而，这一艺术形式在法国的接受与推广行路坎坷，直到2008年，哲学博士洛伊克·费尔（Loïc Fel）与法国当代艺术、可持续发展和研究领域的多位专业人士组建了"艺术与可持续发展联盟"（Coalition pour l' art et le développement durable，简称COAL），自此，法国生态艺术才逐步发展。该联盟旨在促进生态文化的发展，主要致力于组织和策划与可持续发展相关的当代艺术展览和文化活动，为艺术家实验可持续文化提供支持，推动实现艺术与生态结合的国家和国际倡议。一批法国当代造型艺术家以这一机构为阵地，创造了大量生态艺术作品，从而推动了生态角度艺术审美的不断发展。

由此可见，步入现代社会的法国，其政府和人民的生态和环境保护意识逐渐觉醒，一系列环保法令的出台和环保组织的成立为环保动员实践活动提供了政策支持和组织依靠。尤其是进入20世纪之后，自然公园或自然保护区的大力兴建、生态艺术运动的诞生、大众旅游和摄影的推广以及城市规划和可持续发展的推行等众多因素推动了在审美视野中关注环境、关注生态的进程。

二、法国生态美学思想产生的哲学背景

法国历来受基督教文化的影响，17世纪，笛卡尔提出了"人类是自然的主人和所有者"的观点[1]，因而，人类中心主义曾在法国思想界长期占据

---

[1] Descartes, René. *Discours de la méthode* (1637), Édition électronique (ePub): Les Échos du Maquis, 2011, p. 38.

主导地位。进入19世纪尤其是20世纪之后，伴随生态科学理论的发展，面对问题日益突出的生态现实，法国哲学家将目光逐步投向生态环境领域，主要体现在以下几个角度：

1. 人与自然的关系

1985年，坎兹（H. P. Kainz）在《哲学与生态学》一文中引用保罗·恩里希（Paul Ehrlich）在《人口炸弹》（*The Population Bomb*）中的观点，指出西方宗教不同于倡导人与自然交流与联系的东方宗教，前者更强调人对自然的支配。坎兹以时间为序，进一步阐明在哲学层面，人与自然的关系与人类自我意识的觉醒紧密相关：原始时代，人类并不具备将自己与外部世界或自然区别开来的意识，他们将自己意识的各个方面与自然意识混为一谈，进而将存在与意识感知为鬼神的形式；在此之后，人类为了自我界定，不得不将自我与客观现实区分开来，进一步导致自然的去神秘化以及科学、逻辑和理性的发展，而这一观点在工业革命和现代技术的推动下蓬勃发展；在当代，人们在认为自然毫无内在价值的基础上，进一步将自身地位提高并凌驾于自然之上，赋予无用的自然某些功利性价值；而未来，生态学的意义在于在确保人类独立意识的前提下，使人重新归化入一度被割裂的自然之中。人类强调自我意识的重要性反而有助于建立人与自然之间的联系，而人类自身独立性的巩固也势必要借助于人与自然间的联系。[1]坎兹在人类意识的独立性和与自然的关联性之间，寻找这一对相悖思想的统一性，认为正是生态学为这一统一性提供了可能。

1997年，让－马克·贝斯（Jean-Marc Besse）发表《哲学话语中自然的意义》一文，他指明"自然"一词的语义难以界定，但三类研究视野为我们明确阐释了自然的意义：首先是自然的形而上学意义，这一意义自古希腊时期诞生并贯穿整个西方思想史。这一意义认为自然是庞大的自生体，是生命的源头并为其提供资源，被视为客观秩序的自然也是一切秩序的源头和资源。自然是生命情感和行为的主要基础，是生命延续的基本元素，

---

[1] Kainz, H. P..《La philosophie et l'écologie》. *Laval théologique et philosophique*, 41 (3),1985, pp. 433－435. https://doi.org/10,7202/400198ar.

因而也被视为走向终结的一种运动，而这一终结性赋予事物以生成的界限或尺寸。在当代，这种对自然的形而上学的理解被应用于美学领域，于是产生了"景观"（paysage）的现代形式。其次是自然的科技意义，这一意义源于17世纪初期科学革命引发的世界和自然知识的改变。现代社会的人类体验被划分为在科技领域运用科学概念分析、重构世界；在审美领域运用感性认识进行对美与崇高的思考。当代科学中的自然不再是隐藏于现象之下导致其现象化的力量，而被视为一种系统，是连接现象的规律性所在。此时的自然被看作一种纯粹的客体，因而产生了人类控制自然的观念。18世纪之后，景观的现代表达已经随着美学意识的萌生和专业化而发展起来。为了将自然转变为景观，应当以一种"冷漠的"态度置身自然之中，自由地而非功利地凝视自然，忽视存在物的一切实用范畴，在这种环境下才能获得审美愉悦。最后是自然的伦理意义，在这一意义中，被视为权利主体的自然成为伦理关怀的对象。在工业发展可能招致的人类灾难面前，人类生活或将走向终结。人类情感的脆弱性引发新的伦理思考，即在未来是否还存有人类的宜居空间。但是人类对环境的伦理责任正源于"非宜居"空间的存在。[1]

2014年，雅克·莫里佐（Jacques Morizot）在《演化与艺术：审美自然化路径纲要》一文中阐释了进化选择机制对艺术审美的塑造作用，从进化论的视角审视美学系统的产生。艺术世界所处的环境的变迁直接作用于审美判断标准的演变，莫里佐援引古尔德（S. J. Gould）与莱沃丁（R. C. Lewontin）给出的示例：哥特及拜占庭建筑中连接立柱和拱顶的连拱，并不是建筑师专门设计的建筑装饰元素，它的诞生只是出于技术需要。不过该建筑原则一经确立，连拱就被马赛克镶嵌工人用于装饰功能，成为9—14世纪建筑美学的重要元素。社会历史条件对审美的限制还揭示了人类与结构化环境的生态性关系。以人类历史为依据，审美或文化倾向其实植根于人类早期活动的精神遗产，例如，当游客选取制高点俯视风景时，他们有

---

[1] Besse, Jean-Marc.《Les sens de la nature dans les discours philosophiques》, in Jean-Marc Besse et Isabelle Roussel (dir.), *Environnement :représentations et concepts de la nature*, Paris, L'Harmattan, 1997, pp. 35-50.

可能是在无意识地重复生活在草原的原始人类寻找最佳狩猎观测点的行为。人类之所以一直进行艺术活动，是因为从事此类活动所获得的满足感符合进化中形成的性情倾向。艺术创作与鉴赏作为虚构行为（fiction）的一种需要持续性的想象力投入，得益于此人类的思维更加灵活，改造事物的能力更加强大。同时，人类也借助虚构行为锻炼了解读他人意图的能力，而这是社会交流的基础。莫里佐认为，在进化过程中人类从事艺术活动并从中获益，艺术实践能够帮助人类建立复杂的理性、感性行为体系，审美行为则促进了思想的成熟。[1]

2008年，法国哲学家皮埃尔·阿多（Pierre Hadot）出版专著《伊西斯的面纱——自然的观念史随笔》[2]，系统论述了西方哲学史上自然概念的变化以及人与自然关系的变迁。他以赫拉克利特的箴言"自然爱隐藏"（phusis kruptesthai philei）为线索，通过立场、观点相异的思想家对这句话的解读，勾勒自然、自然秘密观念的兴衰史，提出借由艺术审美来认识自然的进路。阿多首先梳理了不同时代思想家对自然概念的界定。古希腊自然派哲学家将自然定义为"事物的生长和涌现"或"事物的自然过程或运作"；柏拉图则提出，在事物产生的过程中不只有物质运动还有思想的参与，自然是神的一种技艺；在亚里士多德眼中，自然是"每一事物内部内在运动的本原"，"自然是事物内部的一种技艺"；斯多亚学派继续了这种神化自然的倾向，把自然定义为"神本身和内在于整个世界的神的理性"[3]。公元前1世纪，出现了"自然的秘密"这一概念。神化的自然一方面以秘密守护者的形象出现，一方面又是秘密本身。阿多认为自然具有两面性，既是可以被感官捕捉到的世界上的各种现象，也是隐藏在现象背后的"最重要、最深

---

[1] Morizot, Jacques.《Évolution et art : jalons pour une approche naturalisée de l'esthétique》, in Jacques Morizot (dir.), *Naturaliser l'esthétique*, Rennnes, Presses universitaires de Rennes, 2014, pp. 63−74.

[2] Hadot, Pierre. *Le voile d'Isis, Essai sur l'histoire de l'idée de Nature*, Paris, Folio, 2008. 中译本参见 [法] 皮埃尔·阿多：《伊西斯的面纱——自然的观念史随笔》，张卜天译，上海：华东师范大学出版社，2019年。

[3] 参见 [法] 皮埃尔·阿多：《伊西斯的面纱——自然的观念史随笔》，张卜天译，上海：华东师范大学出版社，2019年版，第28−29页。

刻、最有效力的部分"[1]。因此，17、18世纪以揭示自然的秘密为目的的近代科学，必然会导致自然神性的丧失，进而致使人类丧失"对现实世界的诗意和审美的感受能力"[2]。席勒将此趋势归咎为用科学解释世界的态度，荷尔德林也体察到人与自然关系的变化，认为随着技术的发展，对自然诗意的感受让位于一种机械的自然论。

根据阿多的理论，人与自然的关系取决于人对"自然的秘密"的态度，即唯意志论的普罗米修斯态度和沉思的俄耳浦斯态度：前者意味着人与自然的对立，人类运用建立在理性基础上的技术去统治和支配自然，其目的是捍卫人类利益；后者认为自然具有隐秘性质，代表"隐藏的力量和未知可能性"[3]，人是自然的一部分，人在审美等方面的技艺是自然的延伸。这种态度提醒人们滥用科技可能带来的危险，提出应破除人与自然的对立关系，通过哲学或审美的进路逐渐认识自然。阿多坚信："除了科学真理，我们还需要一种审美真理，它提供了真正的自然认识"[4]。普罗米修斯态度使人类认为自己可以理所应当地随意支配自然，技术使得人在与自然的争斗中获得优势地位，进而能够通过"审问自然"的方式揭开自然的秘密。这种态度最初体现为力学（mécanique）、巫术（magie）和初步试验方法，在近代体现为试验科学，在17世纪科学革命期间则体现为一种机械论。自然丧失了主体地位，人类将自然的秘密理解为支配物质运动的机制，并意图通过试验和计算揭示这一机制，实现统治自然的计划。一些西方哲学家预见到人类鲁莽地破坏自然可能招致的严重后果，并从不同角度批判普罗米修斯态度。从古代神话到苏格拉底对自然研究的拒斥，从希腊化时期对理想的原始生活的推崇到启蒙哲学家表现出的对科学知识演进的疑虑，无不警告着人类

[1] [法]皮埃尔·阿多：《伊西斯的面纱——自然的观念史随笔》，张卜天译，上海：华东师范大学出版社，2019年版，第52页。

[2] [法]皮埃尔·阿多：《伊西斯的面纱——自然的观念史随笔》，张卜天译，上海：华东师范大学出版社，2019年版，第125页。

[3] [法]皮埃尔·阿多：《伊西斯的面纱——自然的观念史随笔》，张卜天译，上海：华东师范大学出版社，2019年版，第180页。

[4] [法]皮埃尔·阿多：《伊西斯的面纱——自然的观念史随笔》，张卜天译，上海：华东师范大学出版社，2019年版，第448页。

科学事业的限度和自负、野心、贪婪带来的风险。卢梭将幸福定义为过简单的生活和亲近自然，歌德主张依靠感知和对感知的审美描述揭示自然的秘密。阿多警告道，"技术正在导致一种使人类自身日益机械化的生活方式和思维方式"[1]，处于科技和工业文明中的人类有丧失身体和灵魂的危险。人类获得了凌驾于自然之上的权威，工业革命与现代科技的发展巩固了此权威的合法性，自然的内在价值让位于人对自然价值的功利性评定。

俄耳浦斯态度倾向于通过哲学言说和艺术审美来认识自然，逐步解释自然的秘密。哲学言说用自然的规则和逻辑解释生命现象，揭示自然界完整的连续性。审美知觉的路径视艺术为理解自然的方式，该理论主张除了日常知觉世界、科学知识世界之外，还存在审美知觉世界，应"通过一种审美的自然进路来对抗日益加剧的机械化"[2]。阿多引用罗歇·卡耶瓦（R. Caillos）在《普遍化美学》[3]一书的观点，把自然作为美与艺术的创造者，而"人的艺术只是自然艺术的一种特殊情形"[4]，所以更应服从于自然律。自然与艺术的关联不仅体现在人是自然存在，是无限自然的一部分，还在于艺术家模仿自然对形态的创造，依据自然法则行事，通过审美体验解读自然生命形态，真正地认识自然，达到万物同一的境界。阿多认为普罗米修斯态度和俄耳浦斯态度虽然彼此对立，但是分别提供了科学真理和审美真理，它们之间不应相互排斥，而是应当寻求共存的方式，彼此取长补短。

2. 社会与自然的关系

塞尔日·莫斯科维奇（Serge Moscovici）被誉为政治生态学奠基者之一，他的著作主要有《论自然的人类历史》（*Essai sur l' histoire humaine de la nature*，1962），《反自然的社会》（*La société contre nature*，1972）、《驯化人类和野生人类》（*Hommes domestiques et hommes sauvages*，1972）等。莫斯科维奇认为不应当对自然漠不关心，在人类栖居、劳作的地球上，生态学

[1] [法]皮埃尔·阿多：《伊西斯的面纱——自然的观念史随笔》，张卜天译，上海：华东师范大学出版社，2019年版，第211页。

[2] [法]皮埃尔·阿多：《伊西斯的面纱——自然的观念史随笔》，张卜天译，上海：华东师范大学出版社，2019年版，第296页。

[3] Caillos, Roger. *Esthétique généralisée*, Paris, Gallimard, 1962.

[4] Op. cit., p. 300.

家扮演着人类意识唤醒者的角色。[1]莫斯科维奇认为自然的政治和诗意维度具备引发社会变革的可能性，因此他开始研究生态学。首先，生态学这一种创造性的运动引导人们建立社会运动、政党。尤其是20世纪80年代，兴起了一场抵抗运动，以反对政府无视情感、因理性而冷漠、忽视人类与自然原始关系的态度。莫斯科维奇认为应当改变对自然的观点，自然不再是技术占有的对象，也不是卢梭眼中简单的情感对象，所有政治都必须努力将自然融入社会。此外，自然连通人类的感官和思想，诗意的自然主义将自然视为对熟悉事物或曾经经历的再现，回归自然便是回归心灵，以景观的形式赋予自然以价值。自然元素接近或融合于敏感形象和规范化倾向的社会价值观，因此生活环境成为社区健康和社会化问题的集中场所。莫斯科维奇的研究方式不再仅仅是描述人与自然的关系，而是以技术和自然环境的表征为基础，重塑社会－自然的新型交流关系和实践方式。[2]

　　20世纪70年代，哲学家、精神分析师加塔利（Guattari）因忧心于人类实践和为争取政治层面的关怀，开始介入生态活动。人类的生态实践素来仅被视为一种环境实践，在《三重生态学》（*Les Trois Écologies*，1989）中，他提出具有"生态伦理性"的"生态智慧"，从环境生态学、社会生态学和精神生态学三重角度阐释生态实践。在他看来，环境实践并非唯一的生态实践，它只有与社会实践和精神实践互为关联时才具有意义，因而加塔利的生态智慧是一种囊括虚拟和实体生态系统（生命体和社会的生态系统）在内的全面生态学。[3]

　　1990年，米歇尔·塞尔（Michel Serres）出版《自然契约》一书，他的"自然契约"理论是对卢梭的"社会契约"观点的批判与补充。塞尔认为，以统治自然为主旨的笛卡尔主义依然存在，然而历史证明，企图控制人类或自然的思想和行为都是徒劳且有害的，人类应当与自然建立以公平为原则的契约，应当承认地球上一切生命体的固有价值及其道德地位，应当视

[1] Moscovici, Serge. *De la nature : pour penser l'écologie*, Paris, Métailié, 2001, p. 27.

[2] Houdayer, Hélène.《La réception écologique de la nature chez Serge Moscovici》, *Sociétés*, No. 130, 2015, pp. 63－71.

[3] Guattari.《Félix Guattari ... 》, *Inter*, (No. 55－56), 1992, pp. 10－13.

自然整体为权利主体（sujet du droit）。塞尔指出存在两种平衡，即自然平衡和社会平衡，社会平衡由宗教、法律或政治等构成和维持，而生态学或其他系统理论阐释的则是自然平衡，但现今两者之间缺少新的整体平衡。[1]

1997年，阿兰·罗杰（Alain Roger）在《景观简论》一书中对生态保护主义的"自然契约"理论进行批判，主张采取实用主义路径为保护自然的正当性进行辩护。米歇尔·塞尔的"自然契约"理论将自然视作法律意义上的主体，主张自然具有独立于人类意志的司法权利。罗杰不认为除人类之外的物体或实体，能在法律上获得主体地位，这是人类所创制的法律系统所决定的。况且，即使认同自然是法律主体，它也无法为自己发声，因而势必要依赖某个个人或组织作为其代言人。此外罗杰质疑道，如果不考虑生物多样性为人类带来的益处，自然是否真的具有独立于其他被保护的价值？所谓的自然的利益是否只是社会公共利益的一种表述形式？罗杰认为人类为了保护自己的利益而保护自然，保护生态利益属于有远见的规划，是人为自己立法。他总结出维护生物多样性的两条进路：神学进路把人类视作上帝的代言人，人类因而有保护生物多样性的责任；实用主义进路则更多出于经济利益的考虑，保护自然意味着如何更加合理地开发自然，该进路以人类更好地生存为最终目的。[2]

3. 生态学与环境伦理学

1982年，让–玛丽·奥贝（Jean-Marie Aubet）在《伦理学的新领域：生态学》一文中从伦理学角度展开对生态哲学的论述。她将自然视为人类无法脱离且一直依赖的环境，自然的法则也是人类自身的法则，正是"生态学的召唤使人类发现了一种施加在主观性上的现实性"。社会化进程不仅使人与人的联系更加紧密，也要求个人和国家遵守普遍的伦理秩序，而生态危机则是这种要求的具象化表达。在此意义上，生态学可作为环境科学和伦理学之间的中介，它通向相较于传统自然哲学更为基本的形而上学思

[1] Serres, Michel. *Le contrat naturel*, Paris, Editions Frangois Bourin, 1990.

[2] Roger, Alain. *Court traité du paysage*, Paris, Gallimard, 1997.

想。[1]

由此可见，哲学家对生态领域问题的思考基本始于对现代性中主客二分法的反思和批判、对人与自然关系的讨论、人类与非人类生命之间权利的辩争，在历史发展过程中，他们又纷纷从存在论、政治、伦理等维度探讨缓解生态危机的理论因素，启发学者以多维的研究视角审视生态问题。自然审美中，对审美主体与对象关系的思索是对审美范式变革的探索。综上所述，哲学领域中生态问题的复苏无疑推动了生态学与人文社科领域的理论交叉发展，为法国景观美学的转向、环境美学形成和发展打下了基础。

三、法国文学与生态批评

法国早期的文艺与美学作品中已蕴含并传递出丰富的生态意蕴，其集中体现是人与自然关系的审视。在生态知识匮乏、清晰的生态意识尚未普遍萌生的年代，一些文学或美术等作品主动描绘自然、关注自然，这无疑引导读者或后人思考人与自然的关系，也间接影响了他们的生态思想。16世纪的法国文学崇尚回归自然，从拉伯雷的小说到龙萨的诗歌，其中的自然包容万物，吸引世人归隐其中，这也是对人与自然和谐相处渴望的映照；17世纪的法国诗歌歌颂原始风景的自然美以及人类面对神秘自然时的情感，当时风靡的田园剧《阿斯特蕾》(*Astrée*) 掀起了一场作家置身自然中抒怀的田园风格，这些作品让人渴望与自然建立纯洁、共通的联系，促进了人与自然和睦共处、相融相生的发展；18世纪的部分法国文学作品表达的是重归自然模式以重现人类的原始天性和"自然状态"，并塑造了一些远离现代社会、栖居理想之地的高贵野蛮人形象，比如孟德斯鸠的穴居人等。而这一时期的作家卢梭更被视为法国浪漫主义文学的先驱，他的作品描绘风景变幻的自然更迭，谱奏虫鸣鸟叫的自然声响，抒写隐匿自然之中的写作

---

[1] Aubet, Jean-Marie. "Un nouveau champ éthique: l'Ecologie," *Revue des Sciences Religieuses*, Vol. 56, No. 3, 1982, pp. 201-219.

乐趣。诚然，上述作品创作于生态意识缺失的年代，其中的风景或自然描写主要用于交待故事的发生地或辅助人物描写，不具有独立的审美特性，有别于真正意义上的生态文学，但其中的风景描写是对自然环境美好形态的刻画，体现了人类对自然的关注，引导读者热爱自然、亲近自然，无疑对后人生态思想的发展产生了影响。

19世纪之前，在科技尚未充分发展的法国，人与自然间的冲突并不尖锐，没有明显的生态问题，因而生态意识尚未完全觉醒。19世纪的文学领域出现了以夏多布里昂为首的浪漫主义作家、乔治·桑的田园小说和乡土作品，这些都表达了人对自然的关注。而自然主义作家对工业文明的消极影响的鞭笞以及19世纪后期的末日文化，导致人们质疑现实社会，拷问工业和科技发展导致的现代社会的弊端，也催生了饱含生态忧患意识的文论。法国律师和评论作家欧仁·于扎（Eugène Huzar）曾发表过《科学终结的世界》（*La Fin du monde par la science*，1855）和《科学之树》（*L' Arbre de la science*，1857）两部著作。他认为科学之树结出的果实是科技进步，但与此而来的还有战争、污染、化学事故等。

众所周知，20世纪的法国文学领域涌现出众多具有鲜明生态思想的作家，仅举一例：作家让·吉奥诺（Jean Giono）于1953年发表短篇小说《种树的老人》（*L' Homme qui plantait des arbres*），作品中所折射出的生态思想和可持续发展观念曾产生巨大反响，推动了普罗旺斯及加拿大等地区或国家的植树造林运动。这些对人与自然和谐共荣的空间环境的浓墨重彩，生态意蕴丰富的审美视角推动了法国生态文学的发展。英语国家的生态批评也于这一时期出现并发展起来。1978年，美国批评家威廉·鲁克尔特（William Rueckert）首次在其评论《文学与生态学》（*Literature and Ecology*）中使用了"生态批评"这一术语，此后，诸多学者相继发表生态理论和批评的作品。时至今日，世界范围内的生态批评理论已发展至物质转向的第四个浪潮时期，而生态批评实践更是比比皆是。法国生态批评虽然起步晚，但如今也日益繁盛。下面主要以时间为脉络，尝试归纳法国生态批评的发展历程及特点。

第一阶段。英美文学领域的生态批评在20世纪末兴起并发展，法国受原有文学批评传统的影响，并未积极响应这场正在英美国家兴起的批评运动。对于法国文坛而言，20世纪是批评的时代，文学批评借鉴精神分析学、语言学、符号学和社会学等学科的理论与方法。然而，尽管现代批评呈现多样性，但其关注点却集中在语言或符号上。此外，部分法国本土学者质疑生态批评所推崇的理论，其中最具影响力的是法国哲学家吕克·费里（Luc Ferry）的思想。1992年，吕克·费里出版《新生态秩序：树木、动物与人》，阐释重要思想家所论述的关于人与自然关系的理论，曾在当时引发了关于生态主义意识形态来源的公众和媒体辩论。他在该书中介绍并批判了现代生态思想中的一些哲学思潮，尤其是深层生态学。他认为，深层生态主义是反对现代文明的，是对西方社会的激进驳斥，具有明显的反人类主义倾向。[1]尽管费里的书在很大程度上简化了当时的生态思想，但它对法国的环境哲学产生了持久的影响，也导致生态批评、环境哲学在法国发展的滞后性。正如法国哲学家科特林娜·拉雷尔（Catherine Larrère）所言："费里的观点曾一度成为20世纪90年代具有'审查效果'的标尺，这导致环境主义成为法国哲学界的禁忌话题。"当时，新兴哲学家担心自己的研究因谈及生态问题而被边缘化或者被误认为缺少严肃性。[2]上述这些主客观因素的存在导致众多法国学者对生态批评避而不谈。

1999年，文学和人文科学领域的电子杂志《复数词》（*Mots pluriels*）推出特刊《生态学、生态批评与文学》（*Écologie, écocritique et littérature*）。主编埃莱娜·雅科玛尔（Hélène Jaccomard）在介绍该期文章时指出必须关注生态学的伦理问题，否则单单欣赏文学文本中的愉悦美景，那么就会成为仅停留于景观、自然和环境表征的分析，局限于一种审美构建，而生态批评还是一种政治、科学和言语构建，因而生态批评或绿色批评必然会成为科学知识和其他类型讨论的交融之地，超越二元论，

---

[1] Ferry, Luc. *Le Nouvel Ordre écologique, L'arbre, l'animal et l'homme*, Paris, Bernard Grasset, 1992.

[2] Posthumus, Stéphanie.《Penser l'imagination environnementale française sous le signe de la différenc》, *Raison publique*, No. 17, 2012, pp. 15-31.

走向一种生态伦理。[1]该刊收录了法国和非洲法语国家的一些重要思想家、作家和官员的涉及生态或环境领域的文论和访谈记录，他们从各自的研究领域探讨生态或环境与哲学、文学、政治等的关系，然而在当时并未引人注意。由此可见，在生态批评诞生和发展初期，受当时学界主导思想的影响，多数法国学者并未重视英美批评界的这一新兴视角，甚至对其产生了误解或加以抵制。

第二阶段。进入新千年之后，法国学者开始关注生态批评，逐步引进和介绍英语学界已有的生态批评理论，推动了本土生态批评理论的建设。法国学者斯特凡妮·波斯特穆（Stephanie Posthumus）在发表于2010年的论文《法语生态批评思想综述》中指出，法国的法语生态批评构建于2000年左右，而且早期法语生态批评的关注领域基本都是美国文学。她还进一步明确了初期法国生态批评与当时美国生态批评的差异："当美国生态批评寻求缩短世界和'自然书写文论'中所分析文章的距离时，法国文学批评突出研究这些文本中的叙述策略和诗学结构。换言之，研究美国文化的法国专家阅读和分析生态书写的方式不同于他们的美国同行们。"[2]当时，研究美国生态批评的法国专家主要有托马·皮热（Thomas Pughe）、米歇尔·格朗热（Michel Granger）、阿兰·苏贝施克（Alain Suberchicot）等。其中，阿兰·苏贝施克于2002年出版专著《美国文学与生态学》，该书以时间为序，介绍和分析了从爱默生的先验主义思想到利奥波德、梭罗等人的当代作品。美国的自然书写的文学传统漫长，因而，在深层生态主义诞生后，美国率先迈出以文学介入手段探讨人类与自然环境关系的步伐。这些代表美国环境思想的主要作品传递出对生物物种地位的重视，并倡议保护日益脆弱的自然环境，因而，苏贝施克希望能够以此帮助读者更全面地理解美国环境思想和写作的演变轨迹和影响。[3]

---

[1] Jaccomard, Hélène.《Éditorial》du journal *Mots pluriels*, No.11, 1999, [http://motspluriels.arts.uwa.edu.au/MP1199edito.html], le 23 avril 2019.

[2] Posthumus, Stéphanie.《L'état des lieux de la pensée écocritique française》, *Ecozon@*, Vol. 1. No. 1, 2010, pp. 148–154.

[3] Suberchicot, Alain.《Littérature américaine et écologie》, in Pierre Lagayette (dir.), collection *Le Monde Nord-Américain — Histoire — Culture — Société*, Paris, L'Harmattan, 2002.

由此可知，法国生态批评萌生于跨文化背景之下，具体而言，它肇始于法国本土学者对美国生态批评现象的关注。虽然此时的研究与法国背景关联甚微，但是，他们却逐步将生态批评的研究方式引入法国。此后，法国学者密切关注英语生态批评的理论建构，在引介理论的同时加以评价分析，批判性地接受已有理论，生态批评在法国逐步升温。

　　2005年，托马·皮热发表《再造自然：走向生态诗学》一文，主要分析了埃文登（Evernden）、贝特（Bate）、菲利普（Philipps）等众多美国学者和个别法国哲学家的观点，指出在生态批评或生态诗学领域里，再造自然（réinventer la nature）的观点让自然成为"社会产物"（création sociale），文学成为科学技术文本的替代品，而自然再造是思考文学与生态学可能存在之关系的出发点，生态诗学既是通往审美再造的道路，也是人类与自然间思想和情感互动的新方式。皮热进一步指出，他更倾向于使用贝特的"生态诗学"这个术语而不是"生态批评"术语，这是因为，后者虽然为绿色政治贡献颇多，但其重要性主要体现在现象学方面。而生态诗学不同于科学、技术、甚至环境生态学本身，它既关注自然中的自然，也关注写作中的自然，再造自然的概念是生态诗学的关键概念，必须适用于写作本身以具有批判的有效性。文末，皮热批判性地分析了德国哲学家阿多诺（Adorno）的否定美学，并指出否定美学有利于巩固基于美学再造的生态诗学倾向和维护文学的环境保护态度。[1]

　　2008年，《生态学与政治学》（Ecologie & politique）杂志总第36期以"文学与生态学：走向生态诗学"为题发表了一组文章，其中，纳塔莉·勃朗（Nathalie Blanc）与德尼·沙尔捷（Denis Chartiers）、托马·皮热共同发表了一篇同名论文，旨在思考环境意识与文学美学之间的关系。虽然，文学想象与政治行为关系密切、互为作用，但是，该文将文学问题、形式和文本视为促进生态思想演化的催化剂，甚至是生态思想的表达方式，探讨文学审美如何体现生态理论，指出这一思考将是生态批评未来研究计划的

[1] Pughe, Thomas.《Réinventer la nature : vers une éco-poétique》, *Études anglaises*, Tome 58, No.1, 2005, pp. 68–81.

中心问题。[1]

第三阶段。近十年，法国生态批评的研究进入活跃期，学术成果丰富，并且开始寻求建立自己的话语体系。2009年前后，世界范围内的生态批评理论"涌现了多民族大合唱的局面，亚洲、非洲和拉美等多个国家的学者开始发出自己的声音，力求从不同角度拓宽生态批评的疆界"[2]，生态批评掀起第三波浪潮。而在法国，生态批评的研究开始引起学界广泛关注，生态批评的理论著述颇丰（本章暂且不讨论生态批评的实践运用），法国学者将研究视野聚焦在法国或法语生态批评的发展历程的总结及其现状分析上，目的在于寻找未来的理论发展空间。

上文提到的斯特凡妮·波斯特穆德是法语生态批评研究的代表性学者之一，她于2010年发表《法语生态批评思想综述》一文，指出："尽管法国生态学相比盎格鲁－撒克逊语境下的哲学起步晚，……然而，现在，在法国，生态批评思想又充满活力并且丰富多样，围绕几种批评展开：动物、美学、诗学和景观。当动物和景观越来越成为生态批评主题时，美学和诗学更倾向于强调生态批评思想的理论地位。然而，为了建立坚实的法国生态批评思想的理论，这些术语彼此之间还需要深入研究。"[3]这篇文章首先溯及法国文学生态批评的渊源，并介绍了生态诗学、景观文学描写方面的动态。之后，波斯特穆德进一步指出，不应将生态批评局限在文学领域，跨学科性和生态政治已经并行出现在一些法国学者的生态批评思想中，甚至有学者认为生态视角适用于所有领域。[4]

2011年，波斯特穆德又发表论文《走向法国生态批评：米歇尔·塞尔的自然契约》，提出以法国哲学家米歇尔·塞尔的"自然契约"理论作为法国生态批评的基础。文中回顾了英语单语背景下的生态批评理论的发展历史，指出要建立富含法国文化特性的生态批评研究方式，而不仅满足于英

---

[1] Blanc, Nathalie.《Littérature & écologie : vers une écopoétique》, *Ecologie & politique*, No. 36, 2008, pp.15－28.

[2] 唐建南：《物质生态批评：生态批评的物质转向》，《当代外国文学》2016年第37期。

[3] Posthumus, Stéphanie.《L'état des lieux de la pensée écocritique française》, *Ecozon@*, Vol. 1. No. 1, 2010, p.151.

[4] Posthumus, Stéphanie.《L'état des lieux de la pensée écocritique française》, *Ecozon@*, Vol. 1. No. 1, 2010, pp.148－154.

语理论文本的译介，以便每一种文化都能拥有自己的自然概念、自己的生态话语和自己的环境关系。论文随后介绍了自然哲学家塞尔的生平和理论贡献：塞尔并不认同英语世界的环境哲学，他认为回归大自然被简化为城市对乡村的另一次胜利，或者简化为将地球母亲和自然朋友的再度神秘化。在认识到当代全球形势的紧迫性以及在全球范围内与地球建立新关系的重要性的同时，塞尔指出我们在理解、感知和塑造与地球关系的方式时存在文化差异。他说，政治生态在不同的社会政治环境中应采取不同的形式，欧洲生态主义与美国环境保护主义之间的区别，可以部分解释为农业传统的不同。因而，塞尔的哲学观点承认现实世界的物质性，注重文化的特殊性。此外，塞尔强调表达风格的重要性，因为哲学要发明新概念、新理论，必然离不开新的风格。随后，该文分析了塞尔的自然契约对生态批评的适用性：塞尔的自然哲学的关键概念之一是自然契约。对于生态批评而言，定义自然的方法不一，但是生态批评离不开生态伦理。"自然"与"契约"二词相结合便是塞尔的生态伦理，自然契约代表了有利于世界和平的地球新协议（当然，批评界对此莫衷一是）；而塞尔作为一名跨学科的思想家之所以可以成为生态批评家的榜样，是因为他能够将自然的复杂性界定为在不同环境中与人类互动和行为产生的主体，而生态批评为了分析自然等文学文本中的新兴形式，将采用多学科的观点；生态批评将是一个以自然契约的诗意力量为例来构想一个新世界的问题。生态批评不是将文学文本简化为生态论，而是试图确定文学文本中的各类现实在多大程度上扰乱了人类的前期观念和与地球的有限关系。因而，波斯特穆德认为，应以塞尔的自然契约为基础构建法国生态批评的理论。[1]

2017年，波斯特穆德出版英文专著《法语生态批评：当代法国理论和虚构作品的生态阅读》。正如题目所言，该著作采取生态视角分析法国当代理论和虚构文学作品，波斯特穆德提出四个概念：生态主体性（ecological subjectivity）、生态栖居（ecological dwelling）、生态政治（ecological politics）

---

[1] Posthumus, Stéphanie.《Vers une écocritique française: *le contrat naturel* de Michel Serres》, *Mosaic: An Interdisciplinary Critical Journal,* Vol. 44, No. 2, 2011, pp. 85–100.

和生态末路 (ecological ends)，分析法国哲学领域和文学领域的代表思想家和作家与生态批评理论的关联，强调以环境想象的新方式来审视文化和文学传统多样性的重要性，从而超越英语权威生态批评文本理论的束缚。正如波斯特穆德在书中所言，该部法国学者撰写的英文著作以"French écocritique"为题，以法语词汇"écocritique"替代英语单词"ecocriticism"，用意不在于制造语言障碍，而是用以畅联地球问题的跨文化沟通，强调以生态方式阅读文学文本无法脱离特定的文化和语言背景。[1]

同年，波斯特穆德与达尼埃尔·芬施-拉斯 (Daniel Finch-Race) 共同主编的英语论文集《法语生态批评：从现代早期到21世纪》出版。波斯特穆德在其中指出法国生态批评必须建立一套生态学原理和概念，用以更广泛地分析文学和文化文本。赋予法国文化以陈规定型的形象，对于发展法国生态批评几乎毫无用处，因为环境政策不是孤立发展的，而是跨文化交流的产物。法国生态批评试图寻找的并非是适用于文学和文化文本的普遍伦理和政治。波斯特穆德详细阐述了两个概念：一是"生态主体性"，他指出尽管生态批评有时采用一种绝对的反人类中心主义，而且环境作品被称作为自然世界提供中心舞台的文本，但许多文学仍是由人类衍生的情节和人物驱动的，即使在自然写作中，用于描述物理世界的内在镜头依然是人类的眼睛，核心工具是人类语言。因此，法国生态批评的前提是人类主体不能如此容易地消解于环境中；二是"生态栖居"，他认为生态栖居涉及我们如何与一个我们称之为家的地方建立联系的问题，他将之定义为一系列与新的社会历史和物质条件相关的实践。援引和分析某些法国文学家作品中的"乡村"后，波斯特穆德阐明"当乡村成为一个能够融合他人并在土地上采用新的生活方式的转型之地时，它便体现了生态栖居"。[2]可见，这一时期，法国生态批评学者不再仅停留在对英语理论的引介或借鉴上，而是超越英语权威理论的桎梏，开始关注本土学者的生态思想或理论，以此为

[1] Posthumus, Stephanie. *French écocritique : Reading contemporary French theory and fiction ecologically*, Toronto, University of Toronto Press, 2017.

[2] Finch-Race and Posthumus, eds. *French Ecocriticism: From the early modern period to the twenty-first century*. Frankfurt : Peter Lang Edition, 2017.

法语生态批评理论的构建寻求理论基础，进而谋求生态批评的法国话语权。

因而，上述三个阶段的发展历程表明，法国的生态批评在经历了比较视野的影响之后，逐步摆脱英语单语权威理论的束缚，日益寻求体现突显自身文化特征的生态批评话语体系，主张构建一种跨学科、跨领域和跨文化的多样化发展的生态批评。

第二节　法国生态美学的发展现状

从上述背景介绍可以得知，法国学界重视对人与自然、自然与社会关系的思考，也强调生态与环境问题的重要性，虽然法语文献较少直接提及"生态美学"这一术语（经检索，目前以"生态美学"为题的论文仅一篇，即朱利安·德洛尔（Julien Delord）发表于2016年的《通向景观生态美学》一文[1]），但是在景观美学和环境美学领域，对生态与美学结合的讨论不断推进，已成为法国学界的研究热点。

景观学体现了法国悠久的科学、人文传统。让·特里卡尔（Jean Tricart）从自然科学的角度对景观进行定义："景观是对生态系统的具体的空间性解读，此两者的演进相互交织。"[2]同时，景观绝非自然环境的同义词，它是社会历史文化的产物，是审美分析的对象。20世纪法国景观美学的发展建立在对现代性的反思以及对主客二分的拒斥的基础上，景观不再是客体而是作为价值观的承载者居于主体性之中。景观概念处于自然、科技、文化的交汇处，是美学与生态学的研究对象。对自然环境的破坏式开发导致了地球生态系统的恶化，进而威胁到人类的生存，景观美学的生态转向正是

---

[1] Delord, Julien.《Pour une esthétique égologique du paysage》, *Nouvelle revue d'esthétique*, 2016/1 (No. 17), pp. 43–60.

[2] Tricart, Jean.《L'analyse de système et l'étude intégrée du milieu naturel》, *Annales de Géographie*, 490, nov.–déc. 1979, p. 709. 转引自 Jean–Robert, Pitte. *Histoire du paysage français De la préhistoire à nos jours*, 5e édition, Paris, Tallandier, 2012, p. 10.

这一忧虑在美学领域的体现。以奥古斯丁·贝尔克（Augustin Berque）、吉勒·克莱芒（Gilles Clément）为首的法国学者摒弃传统的主客二元论，从海德格尔的现象学，从中国、日本等东方国家的传统哲学与审美实践中汲取灵感，他们的理论代表了当代法国景观美学的生态进路。

环境美学的研究在法国颇受重视，而其中最为活跃的是以纳塔莉·勃朗为首的研究团队，他们重点关注城市环境。勃朗在论及环境美学影响的研究路径时，指出了两种视野：一是研究环境的审美质量对人类利益的影响（认知研究、神经科学、美学和伦理哲学、城市规划和生活环境等）；另一个是研究美学与生态之间的关系：即优美环境和生态满足环境间的复杂关系。同时，她还指明在面临当代环境的挑战时，环境问题绝非仅仅涉及环境的"可居住性"，必须引入生态学研究视角，因为环境问题是一个人类学问题。[1]因此，法国语境下的生态美学研究与环境美学研究存在互为渗透、共同发展的现象。然而，这并非意味着他们模糊了生态美学与环境美学间的界限，笔者近日去信请教勃朗女士，询问她就此问题的态度及补充意见，她在回信中指出必须区分生态美学与环境美学，环境美学关注与审美理解和环境美学化相关的社会和经济问题，或者从普遍意义上讲，环境美学关注周围环境现实乃至公共政策的形成。她认为，生态美学关涉到人类与生态系统重新建立生态联系的必要性，而她对环境美学的重视源于她对城市政策中美学问题的兴趣。可见，法国权威学者虽然未明确且系统论述生态美学，但是我们可以将其置于环境美学内部交叉研究，寻求环境审美的生态美学意义，我们将在本节第二部分中具体探讨。

一、法国景观美学的发展

景观（paysage）是法国人文学界独特而重要的概念，它既是自然元素的集合，又有别于客观存在的自然环境。作为审美分析的对象，景观概念的

---

[1] Blanc, N. et Lolive, J.《Vers une esthétique environnementale : le tournant pragmatiste》, *Natures Sciences Sociétés*, No. 17, 2009, p. 288.

具体内容随着时代而变迁，它的动态发展让人难以对其进行具体准确的定义。1994年，奥古斯丁·贝尔克（Augustin Berque）[1]等法国理论家在《景观理论的五种立场》[2]中提出，对景观的研究不应只涉及环境形态学，也不应局限于视角心理学，因为景观从属于"主体、客体间复杂的互动关系"，是"自然与社会，视角与环境发生持续性互动"[3]的产物。观察者的主观立场与景观代表的客观事物相互渗透，因此，景观学必须同时将社会观念变迁与景观的生态和地理因素纳入考量，景观分析与环境现实密不可分。

1999年，弗朗索瓦·比雷尔（François Burel）和雅克·伯德雷（Jacques Baudry）在《景观生态学》一书中承认，"景观生态学把人作为生态体系的组成部分，这门学科有助于将自然科学与社会科学连结在一起"[4]。这是第一本系统地研究景观生态学的法语教科类书籍[5]，该书描述了"地表的时空异质性"，并点明这种异质性存在的原因是人类活动及其影响，明确了景观生态学的研究对象是景观的空间结构，此研究具有生态学意义；在描述了景观中的生态多样性、动物及自然资源的丰富性之后，作者结合一些国土资源管理的实用方法，阐述了景观生态学的学科发展潜力。书评作者认为，法国的景观生态学虽然具有一定原创性，但是法国乃至欧洲的景观生态学研究，在各个方面都深受英格鲁－撒克逊生态学界的影响。

根据奥古斯丁·贝尔克（Augustin Berque）的景观美学理论，[6]有四个标准可以用来衡量一个国家或地区是否拥有景观文明："使用一个或多个词语表述景观（paysage）概念；存在描述景观或歌颂景观之美的（口头或书面）的文学作品；存在再现景观的绘画作品；拥有园林（jardin d'agrément）景观"。他经过研究后发现，只有4世纪后的中国和14世纪后的欧洲完全符合

---

[1] 又译边留久。

[2] Berque, Augustin. (dir.). *Cinq propositions pour une théorie du paysage*, Seyssel, Champ Vallon, 1994.

[3] *Ibid.*, pp.5－6.

[4] Burel, François et, Baudry, Jacques. *Ecologie du paysage. Concepts, méthodes et applications*, Paris, Tec & Doc, 1999.

[5] 参见Bravard J－P., Burel F., Baudry J., *Ecologie du paysage. Concepts, méthodes et applications*, *Annales de Géographie*, No. 618, 2001, p. 201.

[6] Berque, Augustin.《Paysage, milieu, histoire》, *Cinq propositions pour une théorie du paysage*, Seyssel, Champ Vallon, 1994, p. 16. 以下对贝尔克观点的概括皆来自此文。

这四条标准，因此只有这两者能被称为景观文明。"社会依照对环境的治理来理解环境，又依照对环境的理解来治理环境"[1]，因此，环境治理与景观鉴赏都与一个国家或地区的文化特质相关，也与其对待自然的态度和审美意识等人文传统不可分割。每个社会都有对景观独特的概念、审美体系和分类系统。贝尔克对中式景观极为关注，他将中文里的"山水"一词约等于法语中的"景观"。他通过研究宗炳的《画山水序》发现，虽然"山水"概念中的道德价值还未明确地体现生态意义，但是，中国山水对"形"与"意"的强调，已展现了超脱外在自然形式而向内延伸的精神诉求，此诉求植根于人与自然休戚与共的集体情感。"赋予景观与人体生机的是同一种'气'"[2]，山水画的创作过程仿照自然（造化）诞生的过程，贝尔克将这引申为"对世界的有机理解"，并认为中国文化传统中的风水、中医都着意于'气'的和谐流动。因此，中国的景观理论从一开始便强调自然与人的和谐统一，虽然该世界观被西方文化的入侵扰乱，但随着中国文化的复兴，中国在城市规划、景观治理等方面重新开始重视人与自然的和谐关系。贝尔克承认，中国文化不仅是世界上第一个景观文明，同时也是最完整的景观文明。

在贝尔克看来，欧式景观与中式景观在概念界定、文化意蕴等方面截然不同。欧式景观的起源可以追溯至17世纪诞生的现代性原则，此原则逐步统摄了社会实践的各个领域。诞生于文艺复兴的透视技法是一种现代主体看待世界、再现景观的方式。与中式景观不同，欧洲绘画中的环境是一种"实质客体"（objet substantiel），而在中国绘画中，艺术家更加重视环境与主体间的关系。贝尔克揭示了欧式景观"与现代性之间存在的致命的不可兼容性"[3]，景观在西方现代艺术中的逐渐消亡为这一论断提供了佐证。文艺复兴时期的客体化自然与人类中心论构成的二分法在笛卡尔的理论框

[1] Berque, Augustin.《Paysage, milieu, histoire》, *Cinq propositions pour une théorie du paysage*, Seyssel, Champ Vallon, 1994, p. 17.

[2] Berque, Augustin.《Paysage, milieu, histoire》, *Cinq propositions pour une théorie du paysage*, Seyssel, Champ Vallon, 1994, p. 19.

[3] Berque, Augustin.《Paysage, milieu, histoire》, *Cinq propositions pour une théorie du paysage*, Seyssel, Champ Vallon, 1994, p. 23.

架中演化为二元论。建立在科技进步之上的工业革命重视客观性和科学逻辑而无视主观性，景观以及自然被从科学宇宙观中除名，甚至成为了现代理性世界的对立面。但是在中国，这种对立从未出现过。20世纪西方世界对现代性的质疑导致该对立的破产。贝尔克将现代性世界观的不可延续性归咎于其对"真""善""美"价值一体化的切割以及对整体性世界的分解。这种分解主要发生在人与世界关系的层面：人通过将自然环境客体化而树立主体地位，通过个人主义从社会体系中脱离，通过身心二元论与自己的躯体进行切分。现代性的确提高了人类活动的效率，然而地球生态圈却因此遭到巨大破坏。贝尔克认为这是20世纪生态学与现象学同时诞生的社会、历史背景。对现代性反思和质疑的结果是重建被割裂了的人与自然，人与社会，人的身心间的关系，以及包括人类在内的所有生物间的动态平衡关系。贝尔克希望通过对环境的去客观化将其融入人的主体性中，因为景观并非外在于我们，它是一种关系实体，景观中渗透着我们对环境的观念和见解。对景观的界定并非一成不变，早在19世纪，荒野（wilderness）就被美国学界归并入景观概念，从而丰富了景观概念的内涵，今后景观也依然会以关系实体（entité relationnelle）的形式存在，从生态学、美学、社会学、伦理学等学科中不断汲取新的意义。

阿兰·罗杰（Alain Roger）在《景观简论》[1]一书中指出，西方景观概念的诞生基于两个条件：自然元素的去宗教化及其独立系统化。文艺复兴时期，随着透视技法的发现，意大利艺术家对风景进行世俗化的描绘，自然元素不再是具有象征意义的宗教符号，它逐渐摆脱宗教影响，在绘画作品中承担起背景的功能，兼具自然主义质感。受此影响，欧洲弗郎德勒地区以及荷兰的艺术家不再把作品中的动、植物描绘为孤立的存在，而是将其融入所属的自然环境，景观体系自成一体，最终产生了风景画这一独立的绘画题材。此后，景观的含义得到了不断扩充，从最初的动植物元素，到16世纪并入景观概念的城郊乡村（campagne），再到18世纪的山川和大海，而现阶段，景观概念中也加入了环境保护的意蕴。

---

[1] Roger, Alain. *Court traité du paysage*, Paris, Gallimard, 1997.

但是罗杰强调，景观与自然环境之间存在本质区别：景观概念源于艺术，是社会文化决定的审美分析对象，因此景观不属于科学范畴，不能等同于生态系统。他认同贝尔纳·拉叙斯（Bernard Lassus）的说法："我们可以想象一片被污染的地域构成了美丽的景观，但反过来，没有被污染的地域不一定是美的。"[1] 与景观相关的实践活动具有艺术创作的性质，这与生态学主导的科学技术类活动截然不同。罗杰对生态学的理解停留在纯粹科学技术的层面，他将生态价值从景观概念中完全剥离，因此得出了景观美学与生态学泾渭分明的结论，暗示了对科技话语入侵人文研究领域的警惕与防范，然而这并不能代表法国景观美学界的普遍立场。

2016年，朱利安·德洛尔（Julien Delord）发表《通向景观生态美学》[2]一文，回顾了法国学界传统中景观美学所具有的反自然主义和理性主义的倾向，该传统将园林艺术等同于"人工化的自然"。德洛尔认为，起源于18、19世纪的"景观"（paysage）概念是社会、历史行为构建的一种文化现实，它在传统哲学中作为非自然的审美对象存在。哲学叙事进而用审美者（哲学家）取代了审美对象，通过人与自然的二元对立，确立审美者的主体性。在德洛尔看来，弗朗索瓦·达戈涅（François Dagognet）主编的《景观之死？景观的哲学与美学》[3] 即符合这种理论范式。人类中心主义视角将景观等同于园林（jardin），将自然定义为需要被驯服、被控制的客体。德洛尔据此将现代人类所遭遇的环境危机归结为"反自然的人本主义"的必然后果。

法国园林景观专家吉勒·克莱芒（Gilles Clément）将生态多样性引入景观学。他批判了将景观等同于"人化"空间的做法，认为景观的首要特质

[1] Lasssus, Bernard.《Les continuités du paysage》, *Urbanismes et architecture*, No. 250, p. 64.

[2] Julien, Delord.《Pour une esthétique égologique du paysage》, *Nouvelle revue d'esthétique*, 2016/1 (numéro 17), p. 43–60.

[3] Dagognet, François (dir.). Mort du Paysage ? Philosophie et esthétique du Paysage, Seyssel, Champ Vallon, 1982. 转引自Julien, Delord.《Pour une esthétique égologique du paysage》, *Nouvelle revue d'esthétique*, 2016/1 (numéro 17), p. 43–60.

是"野性和荒蛮"[1]。在那些被遗忘的城市空间，自然夺回了主导权，这些碎片化的景观成了"生物多样性的庇护所"，它们构成了"第三景观"。德洛尔将克莱芒"第三景观"理论中自然至上的观点解读为用生态的新视角审视世界，而这意味着范式的转换：追求完美、对称的古典理想主义审美范式，被基于生态学和环境伦理学的认知审美范式取代。克莱芒在《托马斯与旅行者：全球园林纲要》[2]一书中提出"全球园林"（jardin planétaire）的概念，把生态园艺定义为尊重自然的创造性实践，在环境思想上进行概念创新。在他设计的园林中，来自世界各地的植物构成了一个全球性植物目录，各地的代表性植物比邻而居，象征了全球生态圈彼此连接的现实。克莱芒继承了伏尔泰将人类宜居环境比喻为"园林"的意象，"将每一处园林视作地球，将地球视作我们唯一的园林"。克莱芒的理论强调生态关系的重要性，提倡"无介入式的人类介入"。面对地球生态多样性，他的动态园林（jardin en mouvement）景观设计本着与自然合作的态度遵守自然演进的规律，不再把园林当作被静观的客体，而是恢复园林作为生物圈的野性，形成无边界、无从属的原生态生态系统，发掘利用生物多样性而非毁灭生物多样性，反对将人类秩序强加于自然。由此，园林景观兼具生态互动领域和审美对象的双重意义，对景观的自然主义理解成为可能。

德洛尔与克莱芒都更倾向于将自然视作"能动的自然"（nature naturante），是世界的终极规律。雅克·泰伊（Jacques Theys）在《学者、技术人员与政客》一文中断言："不再有自然，一切都已被人类占据。"[3]德洛尔驳斥了这一论调，他认为此论断是基于西方文化中对自然的狭隘定义，即自然是"没有任何人类存在和活动的纯净空间"；然而，隔绝人类活动的自然恰恰是对象化自然的变体。德洛尔力图揭示被人类中心主义遮蔽的

[1] Clément, Gilles. Manifeste du tiers-paysage, Paris, Editions Sujet/Objet, 2004. 转引自Julien, Delord. "Pour une esthétique égologique du paysage", *Nouvelle revue d'esthétique*, 2016/1 (numéro 17), p. 43-60.

[2] Clément, Gilles. Thomas et le voyageur : *Esquisse du jardin planétaire*, Paris, Albin Michel, 2011. 转引自Clément, Gilles et Brunon, Hervé. "Jardiner le monde ? Entretien avec Gilles Clément", *Vacarme*, 2016/4, No. 77, pp. 137-141.

[3] Theys, Jacques. "Le savant, le technicien et le politique", in Dominique, Bourg. (dir.), *La nature en politique, ou l'enjeu philosophique de l'écologie*, Paris, L'Harmattan, 1993. 转引自Julien, Delord. "Pour une esthétique égologique du paysage", *Nouvelle revue d'esthétique*, 2016/1 (numéro 17), p. 43-60.

事实：自然蓬勃的力量，使得任何对自然的征服都无法持久。在此意义上，德洛尔认为克莱芒虽然摆脱了旧的景观范式，发掘无围栏、无内外的第三景观，但第三景观概念仍具有一定局限性，为此他主张将"生态学家的客观性与景观学家的主观性"相结合，以实现一场景观审美领域的生态革命。这场革命的首要任务是为"第三景观"争得优先性，构建一种通过取消主体而摆脱人类中心主义禁锢的、兼具伦理学意义的客观自然主义景观美学。

德洛尔主张从"野性"（sauvage）中发掘第三景观的存在论价值。"野性"所焕发的强大意志力与生命力，在自然保护区之内和之外都具有意义，即便被扰乱与破坏，它仍然可以让人感受到一股原始的生命力，处于首要地位的不再是人类活动而是自然的动态演进。德洛尔将这种"野性"命名为"中立野性"（sauvageté），提倡在物质与精神世界为"野性"让渡空间。"第三景观"理论致力于构建新的美学范式，体现了美学与生态科学的结合，但是在它的审美价值判断标准中，存在以目的论为导向的科学功能与文化人类学标准之间的张力。德洛尔认为，为了使两者处于平衡状态，应将"第三景观"视作"园林审美学的动态基础"[1]，"第三景观"审美经验的自然化应从两个层面进行运作：人类视角如何反映了演变中的生态需求；如何实现前认知的对"第三景观"的审美理解。

综上所述，源于现代性的景观概念长期以来侧重自然环境的客体化，体现了人以静观的方式对自然的审视。现阶段人类社会所面临的生态问题以及哲学范式的转化，促使审美视角做出相应的改变，以回应自然、社会、人文环境的要求。生态意识能够修正景观审美中的主客二分倾向，弥合人与自然环境间的距离。人和其他生物一样，是生态系统的组成部分；走向生态的景观美学，象征着人重新投身于世界、归化入自然的前景，人与自然的关联性和统一性也将由此得到重建。

---

[1] Delord, Julien.《Pour une esthétique égologique du paysage》, *Nouvelle revue d'esthétique*, 2016/1 (No. 17), p. 57.

二、法国环境美学的发展

中国自古便有"天人合一"的哲学智慧，生态理念根植于东方传统文化之中。可在法国等欧洲国家，"18世纪之前，人们似乎只有在置身于园艺空间中或田间劳作的场景前才能以审美的方式欣赏自然"[1]，而对原始自然充满情感的欣赏并不多见，这从修建于17世纪的凡尔赛宫的几何式构图的园林规划中可见一斑，法式审美重人工、偏理性。直至1966年罗纳德·赫伯恩（Ronald Hepburn）的《当代美学与自然美的忽视》[2]发表之前，西方审美中一直忽视严肃地欣赏自然美。自这篇被视为环境美学奠基之作的论文问世以来，西方环境美学已经历三个发展阶段，步入深化拓展期[3]。当然，其理论贡献者主要来自英语国家的学者。法国环境美学研究的理论建树远不及同时代的英美学者，但其近十几年的发展成果也不容小觑。

法国环境美学领域的研究起步相对较晚，从目前笔者所掌握的文献资料来看，德尼·迪马（Denis Dumas）于2001年发表的《艾伦·卡尔森的环境美学：认知主义与自然美学欣赏》一文属于较早得直接论述环境美学的法语文献，主要论述三部分内容：分析卡尔森的"自然环境模式"理论的立论基础，及其与哲学美学和环境哲学的相关性；针对卡尔森的理论立场提出质询；归纳卡尔森理论启发下的未来环境美学的研究路径。迪马指出，卡尔森的美学理论是一种面向审美对象的认知主义，反映了超越传统框架的审美体验的潜力，也展示了美学与环境哲学的相关性，其中心概念便是审美欣赏。文中质疑了卡尔森所采用的认知主义方法论的合理性，尤其是其认为审美欣赏是基于自然科学的必要性。迪马认为，科学知识可以极大地丰富审美体验，至于知识是否是自然审美欣赏的必要条件则有待商榷。文中还阐明，卡尔森赞同以恰当的尊重态度，来欣赏自然物体的客观属性，这属于非人类中心主义模式。迪马借此论证并回答了环境美学与环境伦理

[1] Blanc, Nathalie. *Vers une esthétique environnementale*, Paris, Éditions Quæ, 2008, p.31.

[2] Hepburn, Ronald. "Contemporary aesthetics and the neglect of natural beauty", in Bernard Williams and Alan Montefiore eds., *British Analytical Philosophy*, London: Routledge and Kegan Paul, 1966.

[3] 程相占：《西方环境美学在新世纪的深化与拓展》，《学术论坛》2015年第4期。

学之间的关系，认为"依赖"与"补充"两词，可用以回应伦理学与美学之间的关系问题，审美欣赏可以涵盖人类尊重自然的道德义务。[1]

提及当今法国环境美学，不容忽视的人物当属纳塔莉·勃朗（Nathalie Blanc）和雅克·洛利夫（Jacques Lolive），他们的研究主要针对城市环境美学。勃朗是法国国家科学研究中心（CNRS）的高级研究员、社会动力与空间重构（LADYSS）实验室主任、法国生态批评的先锋人物，她曾独立或协同出版过城市自然、生态批评、环境美学和环境运动等一些领域的众多研究成果。同为法国国家科学研究中心高级研究员的洛利夫还兼任科学社会实验所（PACTE）的政治科学与治理研究员、环境问题专家，他擅长的研究领域为环境公共政策及其评价、联合动员、危机和环境争论、环境审美视角（环境美学）等。这两位研究员所在的实验室成为法国环境美学研究初期的主阵地。2004年，他们联合出版了主题为"让我们热爱城市"（Aimons la ville）的第7期《世界政治》（Cosmopolitiques）杂志，之后举办多次研讨会。而第15期《世界政治》以"美学与公共空间"（Esthétique et espace publique）为主题，美国哲学家艾米莉·布莱迪（Emily Brady）的法文论文《走向真正的环境美学》便发表于其中。她如是总结当代哲学家理论中的环境美学：（这一新趋势）认为自然环境本质上并不是景观，而是审美主体置身其中欣赏动态、变化和发展的自然的环境。这种审美方式源于生态知识、想象力、情感以及将自然视为自身叙事载体的新理解方式。但这种美学依然是人类中心的，这种审美判断依然由人类执行。而真正的环境美学应当避免审美主体和客体之间的二元对立，跨越非人类和人类间的界线，化解个体与社会、私人与公众、地方民众与专家之间的阻隔。我们必须努力消除这些存在于景观和环境审美体验、判断和决策领域的诸多对立元素间的界线，从而实现积极的、具有参与性和可交流性的真正环境审美体验。[2]

2007年，勃朗与洛利夫在巴黎举办了一次题为"环境、审美参与和公共空间"（Environnement, engagement esthétique et espaces publiques）的国际

---

[1] Dumas, Denis.《L'esthétique environnementale d'Allen Carlson. Cognitivisme et appréciation esthétique de la nature》, Æ Canadian Aesthetics Journal / Revue canadienne d'esthétique, Volume 6, Fall/Automne 2001.

[2] Brady, Emily.《Vers une véritable esthétique de l'environnement》, Cosmopolitiques, No. 15, 2007, pp. 61–73.

会议，共聚集了百余位国际知名参与者（来自氛围、景观、环境美学、伦理、生态艺术等领域的学者），旨在研究美学在环境领域的地位，会议分三个阶段进行：一、"迈向可持续发展的景观：从审美判断到公共行动"的议题，主要强调在公共行动中要考虑空间和环境的敏感层面，因此，在制定环境公共政策时应该考虑美学问题以及生活环境的审美质量对人类福祉的作用；二、"艺术与景观：转向地方生态学"的议题指出，法国的各类艺术实践倾向于投入自然和非人类景观的表现领域，而不是直接行动于自然界中，它们关注因解决生态问题而推动的社会转型；三、"环境动员：审美体验的重新定位"的议题，阐明在美国和德国，生态恢复已发展为一个重要主题，但在法国因它与生态工程相混淆而有待进一步深化，应突出生态行动的观念，在不放弃普遍范围改造的同时，应对地方意义上的生活环境的转变采取具体行动。[1]

2010年，勃朗撰写了一篇题为《走向环境美学？——研讨会回顾》的论文用以综述2007年国际会议的主要内容。此外，文中还回顾了20世纪后期出现于法国的有关环境问题的研究视角，勃朗指出环境应被视为开放和互动的整体，这一研究视角不仅阐明了人类社会的脆弱性及其所面临的风险，更呈现了环境关系的连续性和丰富性，而已在美国等英语国家发展的"环境美学"和"生态艺术"便属于此类研究视角。[2]

2008年，纳塔莉·勃朗的专著《走向环境美学》出版。该著作第一部分从环境美学的理论发展和城市模式，来探讨人与城市环境的审美关系。勃朗以研究方式为分类依据，将当今环境美学的代表人物的研究划归为两类：属于认知研究方式的第一种环境美学认为，自然科学指导人们的自然审美判断，卡尔森（Allen Carlson）和罗尔斯顿（Holmes Rolston）的研究均属于此类；而第二种为非认知方式或称情感方式，其审美判断基于瞬时获得的体验、感觉、想象和体验特征中的非科学叙述。因而，这是一种突

[1] Blanc, Nathalie.《Vers une esthétique environnementale？Regards sur un colloque》, RACAR: revue d'art canadienne / Canadian Art Review, Vol. 35, No. 1, 2010, pp. 11-21.

[2] Blanc, Nathalie.《Vers une esthétique environnementale？Regards sur un colloque》, RACAR: revue d'art canadienne / Canadian Art Review, Vol. 35, No. 1, 2010, pp. 11-21.

出浸入观点、自然美学的多感官模态，并且检验主体与客体间距的环境美学，伯林特（Arnold Berleant）、齐藤百合子（Yuriko Saito）和布雷迪（Emily Brady）的研究便属这一类，而勃朗的研究分析也借鉴自第二类视角。勃朗在论述当代城市的诸种模式时指出，早期城市生态学的发展为可持续城市铺就道路，城市治理中的自然概念愈发明显，环境政策的产生应当是具有开放性、居民参与的集体进程。第二部分以园艺、动物和空气为例分析环境的言说能力。当环境与感知相结合而具备言说能力时，环境表达力便产生了。景观、叙述和氛围是构筑人与环境之间关系的媒介，它们用以管理环境。最后，勃朗在第三部分中提出自己对人与环境关系的设想。她指出，人类与自然的关联催生了城市与人类空间的同一契机，城市或城市空间是一种具备公民资质的空间，居民有权利参与公共空间政策的制定，介入环境建构。[1]这部详细论述环境美学的著作蕴含丰富的生态审美意蕴。其一，相较于自然，城市与工业、污染的关系更为密切，因此城市化或城市似乎与生态保护或生态审美悖行，但是勃朗提出生态城市化，从生态审美的角度构建和规划城市，建立可持续的城市，在未来城市的规划和治理领域离不开生态学的城市理论；其二，在"关怀"伦理学的视野之下审视自然和文化之间的关系，人类与自然圈均处于附属地位，以去人类中心主义的视角关注环境的价值，在城市与动物的审美关系中保护生物的多样性，体现浓厚的生态伦理意蕴；其三，支持艺术家与居民的审美参与，促进环境艺术的全面发展，城市艺术旨在表现生态价值和环境价值，因而，这种艺术也是一种生态艺术的融汇。

同年，勃朗还发表《环境美学与伦理》（*Éthique et esthétique de l'environnement*）一文。她指出：关怀视野衡量下的伦理学与美学是同一枚硬币的两面，在倡导关怀伦理的哲学家眼中，伦理并不是要确定什么道德行动可以成为其他行动的准则，而伦理却允许我们思考我们想要如何生活和成为我们想成为的人。判断产生于行动过程中，且其产生过程是逐步且明显的。伦理不是对事实以外的价值观的肯定，而是对事实之内的价值观

---

[1] Blanc, Nathalie. *Vers une esthétique environnementale*, Paris, Éditions Quæ, 2008.

的肯定，因而，美学符合伦理的构建。勃朗以莫斯科和荷兰小城的城市居民的审美投入为例，提出要促进居民的审美参与，与其进行丰富环境的感觉分析，不如发展一种能够介入美学和伦理学的真正环境艺术。因而，环境是一种艺术，一种集体艺术，一种生活环境艺术，一种杰出的社会艺术。鉴于审美判断是一种自主学习判断的艺术，那么审美教育也是当务之急。城市艺术是一种自我治理、脱离自然的自我学习，环境美学是思考政治美学的一个路径。[1]

　　2009年，勃朗与洛利夫联合撰写发表题为《通向环境美学：实用主义的转向》一文，该论文依然包括对2007年国际会议的回顾，同时还梳理了英美国家的环境美学概念，指出环境美学既不是艺术哲学，也不是美的哲学，更不是审美能力的理论。除却艺术或文化古迹等审美感知，还存在环境的共同审美感知。尽管环境美学的概念不一，但这种新的美学概念诱导人们重新思考艺术家等美学家在景观和城市动员中的作用。此外，文中还指出美国的环境美学家与实用主义关联密切，实用主义者主要结合运用三种方法论：基于一种推理的知识理论，强调假设在创造性和风险实验中的作用和功能；采取面向预期的视野——实用主义从体验对未来的影响来看待体验；通过阐释人类如何赋予体验以意义来理解人类。但在法国，实用主义鲜少用以思考和落实城市规划。文中同时强调虽然环境问题与美学参照的交叉已经具有国际性，可在法国却几乎无力推行，这无疑是认识论模式中人类和社会科学占据排他性主导地位、精确科学和法国艺术家忽略环境参与等诸多因素导致的。因此，建立一个由研究人员、艺术家以及在美学和环境的交叉领域工作的从业者所组成的国际跨学科网络似乎势在必行。[2]

　　2012年，勃朗出版专著《新城市美学》，以"形式的中间状态"为立场，分析了环境的各个因素与其中栖居的人类、城市与自然、行动者与行

---

[1] Blanc, Nathalie. *Éthique et esthétique de l'environnement*, le 31 janvier 2008, [URL : https://www.espacestemps.net/articles/Ethique-et-esthetique-de-environnement/], le 15 avril 2019.

[2] Blanc, N. et Lolive, J.《Vers une esthétique environnemantale : le tournant pragmatiste》, *Natures Sciences Sociétés*, No. 17, 2009, pp.285-292.

动、美学与城市环境之间的关系，以期为实现城市环境的新居住方式提供思考路径。首先，勃朗开篇便提出，环境美学这门科学所界定的是环境欣赏与创造的特征，而此类环境是指可以提供审美满足的自然或人建环境。环境美学首先涉及人造空间——城市，勃朗试图通过发展关于"审美投入"的论证来构建"城市美学"的概念。环境同公共政策、个人或集体动机一样，都具有中介性（agentivité），即对其中居住的个体或集体产生影响的能力；反之，这些中介都被视为有能力影响其环境事件的因素。勃朗进一步明确，城市人与环境的关系与其说是科学方面的，不如说是审美领域的。环境及其元素的中介性只与它的审美界定方式（形状、色彩、风格、节奏、构成等）有关，勃朗以此来强调以美学视角审视环境的重要性。勃朗更是明确指出，城市环境美学研究涉及普遍感性和学术感性、城市形式、以及城市的生物、物理和化学物质性体验，这一广泛性决定了该领域的复杂性，因而，这是一个社会、生物、物理和化学互为作用的研究领域，城市环境审美是一种广义的"生态审美"，并且不能忽视日常环境。勃朗还分别详细阐释了生态造型艺术、生态电影、生态批评这三个实践领域中，环境危机意识正动摇着艺术的形式基础。[1]

以勃朗等为中心的环境美学学者主要立足于城市环境美学的研究，即对人建环境的关注，而鲜少涉及自然环境美学。2018年，瑞士洛桑大学的教师杰拉尔德·艾斯（Gérald Hess）发表题为《自然价值观检验下的审美体验：走向完整的环境美学》一文。文中，他反对那类将自然审美体验视为一种主观体验的观点，这种观点认为审美欣赏与其体验者相关，因而，这种主观性体验难以为环境保护制定措施。因为某一观察者认为的美景并非在他人眼中是美的，而某一社会的美学评估会在另一个社会丧失价值。通过哲学家艾伦·卡尔森的贡献，环境美学已成为一种从艺术美学和美学主观主义观念中解放出来的哲学思考领域。艾斯首先从人类学和认识论的角度来质疑卡尔森的环境美学认知主义模型，旨在表明，即使在认知上是客观的自然美，也不足以作为保护自然的论据。他提出，必须通过第一人称

[1] Blanc, Nathalie. *Les Nouvelles esthétiques urbaines*, Paris, Armand Colin, 2012.

的角度（如现象学）来纠正或补充此美学模式。阿诺德·伯林特（Arnold Berleant）的参与美学以及法国地理学家贝尔克（Augustin Berque）启发下的媒介美学，都超越了存在于卡尔森客观主义美学中所隐含的认识论的二元论。现象学的观点最终导致重新审视斯坦·戈德洛维奇（Stan Godlovitch）的超然的无中心美学模式。因此，为环境保护服务的环境美学必须是一种完整的美学：它不仅要以无私的态度来运用自然之美，还要以其参与态度来利用其"可居住性"，以超然的态度提及其神秘性，必须合理结合这三个美学范畴以保护环境。[1]

最后，值得一提的是，译文集《环境美学：欣赏、认知与责任》于2015年出版，其中收录了环境美学领域的重要研究文献的法语译文，共包括三部分内容九篇译文[2]：环境美学的奠基作品（罗纳德·赫伯恩的《当代美学与自然美的忽视》、艾伦·卡尔森的《自然环境的审美欣赏》、阿诺德·伯林特的《艺术与自然的审美》）、替代模式（诺埃尔·卡罗尔Noël Carroll 的《感动于自然：介于宗教与自然历史之间》、斯坦·戈德洛维奇的《破冰者——环境主义和自然美学》、齐藤百合子的《日常自然美学》和布雷迪的《想象和自然的审美欣赏》）和环境伦理与美学（罗尔斯顿的《从美到自然——自然的审美与环境伦理学》、内德·赫廷格的《环境美学的客观性和环境保护》）。[3]该环境美学文献法文译本的出版无疑表明，法语学术界对环境美学关注的持续升温，也必将推动环境美学在法国的进一步发展。

综上所述，虽然法国环境美学学术成果的数量远不及英美国家，但是

---

[1] Hess, Gérald.《L' expérience esthétique à l' épreuve des valeurs de la nature : vers une esthétique environnementale intégrale》, *La Pensée écologique*, No. 2, 2018.

[2] 其收录文章共九篇，分别为：Ronald HEPBURN, *L' esthétique contemporaine et la négligence de la beauté naturelle* ; Allen CARLSON, *L' appréciation esthétique de l' environnement naturel* ; Arnold Berleant, *L' esthétique de l' art et de la nature* ; Noël CARLSON, *Etre affecté par la nature : entre la religon et l' histoire naturelle* ; Stan GODLOVITCH, *Les briseurs de glace. L' environnmentalisme et l' esthétique naturelle* ; Yuriko SAITO, *L' esthétique de la nature ordinaire* ; Emily BRADY, *L' imagination et l' appréciation esthétique de la nature* ; Holmes ROLSTON III, *De la beauté au devoir. Esthétique de la nature et éthique environnementale* ; Ned HETTINGER, *L' objectivité en esthétique environnementale et la protection de l' environnement.*

[3] Afeissa, Hicham-Stéphane et Lafolie, Yann. *Esthétique de l' environnement, appréciation, connaissance et devoir*, Paris, Vrin, 2015.

近十年以来，该领域的研究逐渐焕发活力，尤其是吸引了众多环境领域的研究学者和刊物，核心学者领军的研究梯队逐步壮大。法国的环境美学研究日益呈现出学科交叉、视角交融的特点，尤为关注公共空间等政治领域环境策略的审美体现，强调居民的审美参与和社会动员，推动实用主义转向的环境美学的发展，同时关注环境美学与可持续发展、环境伦理学之间互为体现的关系。相较于其他国家，城市美学是法国环境美学重点关注的领域。

结语

在展望法国的法语生态批评的未来发展方向时，波斯特穆提出了如此假设："应该称其为法语生态批评还是法国生态批评呢？……有一天是否会出现欧洲生态批评，用以建立符合欧盟标准的政治生态学和环境治理问题的共同立场？"[1]法国景观美学在已有的深厚人文传统积淀的基础上，反思把景观视作客体进行静观审视的路径，转向现象学和东方传统哲学、美学寻求理论基础，拓展景观概念的可能性空间，发掘其生态意蕴，为人们带来全新的生态审美体验。法国环境美学的发展日益蓬勃，早已脱离英美范式的樊笼，提出自己的理论构想，力求建立富有自身文化特质的环境美学模式。但是面对日益全球化的环境和生态问题，我们是否更应该跨越一国与他国的界线，在制定环境公共政策时，秉持一种更为开放的态度和广阔的视野？法国景观美学能否通过生态与美学的结合，找到重新定义群体的城市环境以及个体的社会身份的新进路？随着加拿大、非洲等法语国家或地区生态批评、景观美学、环境美学的发展，未来的法国环境美学是否会跨越地域疆界，走向法语世界的环境美学？法国的生态哲学、生态批评、景观美学和环境美学是否会促使法国产生出独树一帜的生态美学？我们拭目以待。

---

[1] Posthumus, Stéphanie. "L'état des lieux de la pensée écocritique française", *Ecozon@*, Vol. 1. No. 1, 2010, p. 155.

第十四章　意大利生态美学

相较于国际生态美学理论而言，意大利生态美学理论的发展尚属早期阶段，理论体系尚未成熟，学科建设的趋势也尚不明确，但生态美学的研究已获得学界较为广泛的关注。在景观美学、环境美学、生态批评等理论研究中也能找到生态美学中的要素，从而呈现出生态美学的不同形态。在社会层面，基于前期相关理论的铺垫和意大利政府、民间活动家的支持与推动，生态美学得到了积极的响应，也反过来对社会产生了实际影响，从而可以看出该理论在意大利的巨大潜力。

意大利生态美学尽管还在建设之中，但一直在国际生态美学理论界表现活跃，与国际学者保持着积极的对话。但在我国，鲜有学者对意大利的生态美学理论有所关注。

生态美学是二十世纪中期在反思与超越现代性的文化环境中产生的一种崭新的美学形态，其哲学基础是超越传统认识论和主体性的"生态存在论"，其研究对象是有别于现代审美的生态审美，追求"诗意地栖居"与"审美地生存"。生态美学反对"人类中心主义"，但并不主张"生物中心主义"，而是力主一种协调两者的"生态整体论"。[1]本章以此为参照，对意大利生态美学进行梳理，了解其渊源与发展，勾勒其理论轮廓，探讨其特点，为构建世界生态美学理论全景提供意大利方面的拼板，也为中西方生态美学对话引入新的参与者。

---

[1] 曾繁仁：《文艺美学的生态拓展》，上海：复旦大学出版社，2016年版，第142页。

第一节　意大利生态美学的渊源及发展

和其他国家一样，意大利生态美学是在后现代经济、哲学与文化背景下发展起来的。工业文明的畸形发展、生态环境的重大破坏，使人类对现代工业文明不得不进行必要的反思，并开始探索超越之路。但早在古典时期就已经有了一定的根源。

首先，古典时代对人与自然的关系的理解中已然孕育了人类非中心主义的萌芽。

古典时期的哲学虽然造就了人类中心主义近两千年的主导地位，但生态思想的萌芽也孕育其中，最核心的是人与自然的关系。古希腊那种人与自然的和谐一致是人的本质的体现。古希腊古罗马时期的人们在考虑人与自然的关系时，主要是考虑人对于环境的影响。[1]古希腊语中没有一个概念专门用来反映人类和周围环境的关系。[2]我们今天所说的"环境"，是一个后起的、人类纪的视角的概念，人是宇宙的中心，而环境为人类服务。对希腊人来说，只有一个复杂的概念，即自然（physis）。这个词开始仅限于某种植物的属性，就像《奥德赛》里赫尔姆斯给奥德修斯展示的魔草，能够消除魔女喀耳刻的魔法，后来扩展到人的周围一切事物。

尽管没有现代的"环境"这个概念，但希腊人显然知道周围环境的重要性。在赫西俄德（Hesiod）的《工作与时日》（*Opere e i Giorni*）中，自然，尤其是土地，是社会关系和谐正义、资源合理分配的伦理之镜，任何方面的失衡都会导致环境的灾难性变化。[3]这就意味着，赫西俄德开始关注人和周围环境的关系。

在《伊利亚特》（*Iliad*）第十八章里，阿喀琉斯的盾牌上出现了地球、天空、大海、日月以及各种天象。盾牌上是赫菲斯托斯的城乡景象：一个

---

[1] Longo, Oddone. "Ecologia antica. Il rapporto uomo/ambiente in *Grecia*," *Aufidus* 6 (1988), 3−30.

[2] Bonnet, Bonanno, and Daniela Corninne. "Uomo e ambiente nel mondo greco: premesse, resultati e piste di ricerca," ὅρμος - *Ricerche di Storia Antica* 10 (2018), 91.

[3] Hesiod. *Opere e i Giorni*, 225−235.

和平的城市，却被司法纠纷所侵蚀；战争中的城市，被闪闪发光的武器所照亮，被老人、妇女和儿童的热情以及神圣的恩惠所保护。对阿喀琉斯盾牌的描述，可以为我们提供一个希腊人如何表达环境概念的例子，这是一系列微观世界同心中心，其中自然元素创造历史并与人类共同行动，而海洋，一条既无起点也无终点的环形河流，以其巨大的力量和不断的流动包含着一切。

不可否认的是，人类对环境干预的合理性的肯定，这种类似的人类中心主义的思想处处可见。亚里士多德在《政治学》（*La politica*）中说："植物在动物眼中存在，其他动物在人的眼中存在……如果自然毫无用处或者不完美，人类就该让其有用或者变完美。"[1] 这种观点，色诺芬认为也适用于苏格拉底的思想："天神的存在体现在动物，是为人类的利益出生和生长这一事实。"[2] 这在斯多葛学派也表现得非常鲜明。西塞罗保存的克吕希波斯文稿中，也有类似的话，"一切……都是为了其他东西而创造的：土地生产的庄稼和果实是为了动物而创造，而动物是为了人类"[3]。

五世纪盛行环境决定论，希伯克利特认为，自然环境、资源和气候等，预先确定了人口的物质和文化特征。[4]类似的思想在希罗多德的学说里也能够找到，他也赞同文化气候的问题，并借居鲁士大帝之口说："柔软的地区通常出生软弱的人；事实上，同一个国家不可能在战争中产生美妙的果子和强壮的人。"[5]而亚里士多德比较了因为亚欧环境不同而导致的人的差异。生活在寒冷地区的欧洲人民，充满了勇气和对自由的热爱，但他们的智力和精神不如亚洲人。他站在以希腊人为中心的立场上，认为希腊人生活在亚洲和欧洲之间，可以兼具两者的品质，因此大胆、聪明、自由、有最好

[1] Aristole. *La policttica*, 1256.

[2] Senofonte. *Memorabili o Detti Memorabili di Socrate,* iv, 10.

[3] Cicero. *De natura deorum* ii, 37，见Bearzot, Cinzia. "Storia dell'ecologia, uomo e ambiente nel mondo antico," in *Redazione Dailygreen.it*, April 2, 2012.

[4] Cfr. Bottin, Luigi. Introduzione in Ippocrate, *Arie acque luoghi*, Venezia: Marsilio, 1986.

[5] Erodoto. *Le storie*, IX, 122, Cfr. Lenfant, Dominique. "Milieu naturel et différences ethniques dans la pensée grecque classique," in *Nature et paysage dans la pensée et l'environnement des civilisations antiques, Actes du colloque de Strasbourg* 11−12 juin 1992, Paris 1996, 109−120.

的天分。[1]由此看出，人们重视环境对人类的影响，远甚于人类活动对环境的影响。

在没有景观和气候的快速变化以及革命性的技术创新的情况下，希腊人生活在一个不需要特别的生态敏感性的环境背景下。因此，他们对人类干预周围环境以及随之而来的环境变化的关注相对来说是适度的。[2]

罗马文化通过波西多尼（Posidonio）让人开始重新认识环境对人类的重要性，其实在早期帝国时代很多人对这方面就早有论述，如蒂托·李维（Tito Livio）、维特鲁威（Vitruvio）、库尔提斯（Curzio Rufo）、老普林尼（Plinio il Vecchio）、斯特拉波（Strabo）等。[3]瓦罗（Vallo）、维吉尔（Virgilio）、普罗佩提乌斯（Sesto Aurelio Properzio）等人都认为，罗马人比其他种族的人之所以优越，有一部分原因在于罗马人所居住的环境要优于其他人，认同环境对人的影响力。

而另一方面，罗马人拥有强大的改造环境的能力，正如西塞罗在《论神性》（De natura deorum）中所说，人类能够利用自然资源，用自己的双手创造出"自然的第二个自然"。[4]罗马人的景观是一个强调人性化的空间，突出了人类对环境高度干预的能力，例如灌溉系统、道路系统，等等；而森林、未开垦的空地、难以进入的幽深地带则构成了野蛮空间。

在古希腊，泰奥弗拉斯托斯（Teofrasto）在他的植物研究中，算是真正表达过生态观点的人。泰奥弗拉斯托斯不接受亚里士多德的观点，即动物和植物因对人类有用而存在，他认为，自然环境有自己的目标，是自治的。这和亚里士多德的人类中心主义背道而驰。泰奥弗拉斯托斯，作为生态学的先驱，在分析植物与其生活环境相关的因素（包括光照、水、土壤性质、气候等因素）中关注植物和气候之间的联系[5]，关注与砍伐森林、土地复垦

[1] 其他关于古典世界环境决定论的问题，可参见Panessa, Giangiacomo. *Fonti greche e latine per la storia dell' ambiente e del clima nel mondo greco*, Pisa : Scuola normale superiore, 1991, I, 123.

[2] Rackham, Oliver. "Ecology and Pseudo-Ecology: The Example of Ancient Greece," in John Salmon ed., *Human Landscapes in Classical Antiquity. Environment and Culture*, London & New York: Routledge, 1996, 41−42.

[3] Fedeli, Paolo. *La natura violata: ecologia e mondo romano*, Palermo: Sellerio Editore, 1990, 23.

[4] Cicero. *De natura deorum* ii, 150−152.

[5] Teofrasto. *Historia Plantarum*. i, 2−6.

和河道改道相关的气候变化[1]。

除了泰奥弗拉斯托斯，许多文献也记载了其他人对林地生态环境的担忧。柏拉图规定要是因为农民引起火灾造成邻居的树木受损应该予以罚款；[2]托勒密三世（Tolemeo Ⅲ）禁止在其土地上砍伐树木，并在森林受到破坏时要求重新种植。[3]比萨盛产木材和石材，当时因造船和建筑需求旺盛，导致资源被过度开采，造成了地质的不稳定性，这也得到了时人的重视。[4]

当然，那时候人们并不认为人力对环境的破坏是环境变化的主要原因。例如柏拉图谈到阿提卡的荒漠化时，认为土壤流失是造成其荒漠化的原因，而不是人类砍伐森林的结果。[5]老普林尼倒是看到了人类在其中的作用，他为人类为了寻找贵重金属而破坏自然感到遗憾，说"人类已经学会了挑战自然"。[6]

其次，生态美学和自然之美密不可分，从这个意义上说，生态美学的渊源可以追溯到古希腊古罗马时期。

古人并没有区分自然美和艺术美，因为他们不需要谈论关于艺术的美。[7]但同样，被称为美丽的自然并不是我们所想象的。当古人谈到自然之美时，他们既将自然视为一个整体的美的对象，也将宇宙视为一个整体的

[1] Teofrasto. *De causis plantarum*. v, 2−5. Cfr. Hughes, J. Donaldo. "Ecology in Ancient Greece," *Inquiry* 18 (1975), 115−125.

[2] Platone. *Leggi* viii, 843.

[3] Hunt, Arthur S. and Edgar, Campbell Cowan trs., *Select Papyri*, Cambridge, Mass.: Harvard University Press, 1959, II, 210. 关于去森林化的问题，可参见Meiggs, Russell. *Trees and Timber in the Ancient Mediterranean World*. New York: Clarendon Press of Oxford University Press, 1982, 371; Hughes, J. Donald. "How the Ancients Viewed Deforestation," *Journal of Field Archaeology* 10 (1983), 437−445; Id., Pan's Travail, Baltimore: Johns Hopkins University Press, 1996, 73.

[4] Strabone. *Geografia*. v, 5, Giardina, Andrea. "Allevamento ed economia della selva in Italia meridionale: trasformazioni e continuità," in Andrea Giardina and Aldo Schiavone eds., *Società romana e produzione schiavistica, I. L'Italia: insediamenti e forme economiche*, Roma-Bari: Laterza, 1981, 87− 113.

[5] Rackham, Oliver. "Ecology and Pseudo-Ecology: The Example of Ancient Greece," in John Salmon ed., *Human Landscapes in Classical Antiquity. Environment and Culture*, London & New York: Routledge, 1996, 33−34.

[6] Plinio il Vecchio. *Storia naturale*, xxxiii, 1.

[7] D'Angelo, Paolo. *Estetica della natura. Bellezza naturale, paesaggio, arte ambientale*. Roma-Bari: Gius. Laterza & Figli Spa., 2001, 6.

美的对象。也就是说，宇宙正是作为一个有序的整体所以是美的；美也可以指向单一的自然实体，因为它在其构成中反映了宇宙适当的秩序。当时缺少对实际观察的某一部分自然的美的观念，一种我们现在称为景观的自然元素的集合，缺少将自然作为某种观赏物的想法。实际上，当我们说很美的时候，指的是世界；而宇宙，很显然是被看作独立于它的可观察性的。宇宙的美是因为它通过度量和比例的和谐，但恰恰是因为更多思想而非直觉的和谐隐藏在事物的感性外表之后。这样的整体观念，事实上可以看作是生态美学的一种萌芽。

总的来说，希腊人对于景观的描绘比较少，尽管希腊人至少在公元前五世纪之初就思索人的内在本质，但他们并没有在对待他们的自然环境上有完全的自我意识。[1]然而，对于自然景观的关注仍然散见于各类文献之中。荷马史诗中包含了描写大自然之美丽的文字，如《伊利亚特》里的山、海、森林和天空，《奥德赛》里关于卡利普索洞穴（Calypso's cave）[2]和斯克里亚海岸（Scheria）[3]的描述。

在柏拉图的作品，尤其是《蒂迈欧篇》（Timeo）中，展现出了造物主设定出的永恒的世界，以及关于这个作品的"美"，这样的世界是根据模型制作的，可以通过理性和智慧来学习。[4]我们发现了从整体的美到单一自然实体的美的篇章，它本身反映了宇宙比例的和谐："所有美好的东西都是美的，美也不是没有对称性的。因此好的东西也必须是对称的。"[5]柏拉图认为，自然是高于人工的，即使是一个长得丑陋的人也比一座美丽的雕像要美。这种认同自然美的观念对后世影响深远。

而广为流传的模仿理论，即艺术是对自然的模仿，尽管为以后自然和艺术对立埋下了伏笔，但在很长一段时间内对西方世界产生了深远影响。比如，中世纪人认为艺术作品是对自然的模仿，自然对艺术本身就具有优

---

[1] Hyde, Walter Woodburn. "The Ancient Appreciation of Mountain Scenery," *The Classical Journal*, 2 (1915), 76.

[2] Omero. *Odissea*. V. 63-64.

[3] Omero. *Odissea*. V. 400-401.

[4] Platone. *Timeo*, V.

[5] Platone. *Timeo*, LXIX.

越性：自然是上帝的作品，是第一个艺术家，而人类工匠只能试着更接近自然的完整性。但丁认为，自然是先于神圣的智慧和艺术而诞生的，因此，受自然事物启发的人的艺术"几乎是上帝的孙子"。[1]

现代思维方式和古代已然不同，我们认为自然是美的，因为它接近艺术；而在中世纪，艺术就是美的，因为它与大自然相符。自然中每一件事物都是美的。这种观念事实上和生态美学有很大的关系，代表了人类中心以外的所有事物，整个系统都是美的，和人类组成自然这个整体，可以被认为是中世纪生态美学的渊源的体现。

将自然作为艺术（人工）的母体，是自然整体主义的表现，更是艺术美依赖自然美的假设。我们从中能够看到非人类中心主义的影子，人类的存在是作为自然的一部分，带有生态整体主义的萌芽。所以，这种模仿理论在欧洲流行了近两千年。它也是生态美学理论的丰富土壤，可以看作是现代人类中心主义的反面。也就是说，在美学范畴内，自然是每一种美的起源，艺术（人工）的美是自然的一部分，从存在论上来说自然是和生态美学相通的。

在城市社会典型的理想化视角下，和乡村的对比使得自然带有愉悦之地（locus amoenus）的意味。但除了这种理想化之外，还表现出对野蛮世界的拒绝，自然成为恐怖之地（locus horridus），表现出敌意。古人在理论和实践上面对环境问题的态度似乎在古希腊和罗马世界之间移动，在控制自然的需要和使之屈服于人类之间移动。[2]

希腊寺庙和剧院所选择的场地都是悬崖、山边，它们不需要美丽的舞台、绘画背景，因为它们的舞台就是自然本身，希腊人在享用最简单，但也最美的舞台，那就是自然，而非艺术。这一场地的选择表现了古人对自然之美的欣赏。[3]

---

[1] Dante. *Inferno*, xi, 99.

[2] Bearzot, Cinzia. "Storia dell'ecologia, uomo e ambiente nel mondo antico," in *RedazioneDailygreen.it*-2 aprile 2012, http://www.dailygreen.it/storia-dellecologia-uomo-e-ambiente-nel-mondo-antico/.

[3] Horn, Robert C. "Note on the Attitude of the Greeks toward Natural Scenery," *The Classical Journal* 5 (1916), 302.

四世纪，希腊人登山除了实用和科学研究的目的，也是为了登高望远，具有审美目的了。例如，保塞尼亚斯（Pausanias）提到的塔格图斯山（Taygetos）不仅是出于军事目的，也是为了乐趣；[1]斯特拉波提到登科林斯卫城（Acro-Corinth），并描绘了山顶看到的风景；[2]李维描绘了马其顿菲利普五世登巴尔干山的情景，是带有侦查和观赏性质的，他说人们都相信从山顶不仅能看到尤辛海和亚得里亚海，还能看到多瑙河和阿尔卑斯山，换句话说，是为了审美目的。[3]

　　在古罗马，卢克莱修（Lucrezio）曾热情赞美过山。他领略了山上的寂寞，冥想了云和风暴，谴责了人类自私的本性，因为人类夺取了地球上一半的山脉、岩石、森林、沼泽和海洋来作为罗马的帝国。[4]他登山，看到了云层的移动之美。[5]塞内卡（Lucio Anneo Seneca）曾经写信给他的朋友，记叙年轻的露西乌斯去登火山之事。他听说这座火山正在逐渐消失，因为据水手说从远处已经看不到山了。[6]通过这些故事，可见古人对于自然之美的感知。

　　到了文艺复兴时期，彼特拉克攀登旺度山可以看作是与自然之间的美学意义上的直接对话，我们从中能够看到人看待自然的新方式，与古代和中世纪所看到的对自然态度构成了对立面。"今天，只是单纯地想去见识一下因其高度而闻名的地方，所以我爬上了这个地方最高的山，准确地说，它叫旺度山……从一开始，我就被从未感受到的异常轻微的空气所震撼，从那个宏伟的景象中我感到惊讶。"[7]一方面，我们看到他自身的沉思这一审美活动；另一方面，我们看到对一块土地能够建构一个观赏之地的想法。在这里，自然是真实建构的、熟悉的，不是作为整体的自然或作为宇宙的产物的自然。这是真正意义的审美活动，不带任何功利目的，而仅仅是为了审美愉悦。

---

[1] Pausanias. *Periegesi della Grecia*, iii, 20. 4; cfr. Stasinus, *Cypria* v. I, 117−118.

[2] Strabone. *Geografia*. viii. 21.

[3] Livio, Tito. *Ab Urbe condita*, xl. 21−22.

[4] Lucrezio. *De rerum natura* v. 201−203.

[5] Lucrezio. *De rerum natura*, iv. 133−134; vi. 189−190.

[6] Seneca, Lucio Anneo. *Le Epistole a Lucilio: la lettera filosofica come genere letterario*. lxxix. 2.

[7] Francesco Petrarca. *Familiares*, iv, 1.

十八世纪中期，自然之美的问题重新引发欧美美学界的讨论，后来逐渐发展到意大利。克罗齐时代，由于他否认物理之美（bello fisico），即客观物质本身的美，认为只有当人的审美经验施加其上才能说是美的，即便是美学研究蓬勃发展，自然之美本身却没有得到应有的重视，同时也进一步强化了人类中心主义的美学观。但即便如此，在各种学说中也散见着持异议者。比如意大利马克思主义者加尔瓦诺·德拉沃尔佩（Galvano della Volpe）在《品味的批评》（*Critica del gusto*，1966）中提到过自然美，谴责不区分艺术品和自然美是一种野蛮的态度。

虽然艺术趋势和理论反思将自然美的欣赏降低到边缘，而后者，却又在不同的层面，得到从未有过的传播，它成为一种社会、文化和政治现象。对自然的审美品位在过去的任何社会中，都有着不可估量的作用。十九至二十世纪，尤其是二十世纪，意大利自然美的理论几乎不存在，但它们是自然美被谈论得最多的两个世纪。[1]

十九世纪不仅是工业革命从英国扩展到欧美其他国家的世纪，同时，在这个世纪人们开始考虑技术、工业和城市化对自然的危险。当时所谓的"为了自然"（per la natura）不仅意味着生态平衡，而且是为了自然之美。对景观的兴趣开始与对其遭受的损害的抗议相关联。

在意大利，第一个使用"自然美学"这一术语的人可能是恩佐·蒂耶齐（Enzo Tiezzi），在《尤利西斯的坠落：新科学，自然美学和可持续发展》（*Il Capitombolo di Ulisse. Nuova scienza, estetica della natura, sviluppo sostenibile*，1991）一书中提到的。但自然美的主题也存在于所谓的地缘哲学中，它结合了地域归属、景观和尊重自然的问题，站在美学与政治哲学的边界上。这个论题在路易莎·博内西奥（Luisa Bonesio）等人的著作中有诸多论述。[2]

---

[1] D'Angelo, Paolo. *Estetica della natura. Bellezza naturale, paesaggio, arte ambientale*. Roma-Bari: Gius. Laterza& Figli Spa., 2001, 52.

[2] Tiezzi, Enzo. *Il capitombolo di Ulisse. Nuova scienza, estetica della natura, sviluppo sostenibile*, Milano: Feltrinelli, 1991; id., *La bellezza e la scienza*. Milano: Cortina, 1998; Baldino, Marco., Luisa Bonesio, and Caterina Resta, eds., *Geofilosofia*. Sondrio: Lyasis, 1996; Bonesio, Luisa. *La terra invisibile*. Milano: Marcos y Marcos, 1993; id., *Geofilosofia del paesaggio*. Milano: Mimesisi 1997; id. ed., *Orizzonti della geofilosofia*. Casalecchio: Arianna, 2000.

另外，基督教尤其是天主教在意大利有深远的影响，尽管林恩·怀特（Lynn White）认为犹太—基督教是人类中心主义的，是生态危机的思想文化根源，鼓励人们以统治者的态度对待自然，但当代也有不少学者提出了相反的意见。例如神学家莫尔特曼（Jurgen Moltmann）的上帝中心的生态制造论，认为人类事实上应该处于上帝与万物之间的中介地位；天主教的托马斯·贝利（Thomas Berry）和西恩·卖道拿（Sean McDagh）也认为大地本身具有潜在价值，人是自然演化中最迟出现的产物，人的故事是大地故事的一部分，但这不是一个以人为中心，以大自然为背景的故事，而是一个以大地为中心的故事。[1]

事实上，中世纪关于自然美的思考中有一个反复出现的命题，即宇宙是美的，因为它是神圣智慧的产物，上帝可以被视为是至高无上的艺术家、建筑师、音乐家，一个充满所有完美世界的创造者，因此也是美的创造者。[2]

在天主教，帕卡利亚（pankalia）作为神的艺术的作品和它的智慧的证明的世界之美，不仅可以解释为美丽是整体，是宇宙，还可解释为每一件事物都是美的，因此没有丑的事物。奥古斯丁明确表达了这一含义："我承认我不知道为什么老鼠和青蛙，苍蝇或蠕虫已被创造出来；但是我看到每一种类型的生物'都很美'"[3]。中世纪的加尔都西会的德尼（Denis the Carthusian）在他的论文《论世界之魅与神之美》（*De venustate mundi et pulchritudine dei*）中认为，存在的本质，有尽可能多的善与美，人性的善良与自然完美的美，或形式是相通的。

---

[1] 参见赖品超：《生态神学》，沈宣仁审订，郭鸿标、堵建伟编，《新世纪的神学议程》（下册），香港：香港基督徒学会，2003，第426页。

[2] D' Angelo, Paolo. *Estetica della natura. Bellezza naturale, paesaggio, arte ambientale*. Roma-Bari: Gius. Laterza& Figli Spa., 2001, 15.

[3] Agostino. *De genesi contra Manichaeos,* i, 25－26.

第二节 意大利生态美学的现状

从二十世纪六十年代开始，生态意识、环境运动诞生、绿色思想传播、生态学家的积极推动，诱发了生态美学的发展。生态学使我们能够直面一个竞争的、共同进化的、同时又适者生存的局面。具有古典经济学和进化论的现代性将重点放在这些要素之一上，个人和群体的对立和冲突成了生存和繁荣的必须。在各个领域都充满了分裂与冲突，生命和进步源于斗争，自然和社会都如此，而不考虑其他平衡和缓解这些状况的力量。与此相反，生态学关注的却是联合、互相依存和互相决定。它在实践中被观察并能引导许多重要的学科的走向，就像在同一生态体系中，有两种环境研究的基本方法：分析还原（现实因素）和综合生态系统（研究生物之间的关系）。然而，在笛卡尔促成的并在十七世纪欧洲盛行的西方伟大范式，分离主体和客体，并形成了各自的领域。一方面是哲学研究，另一方面是科学研究。但这种理解在今天看来，扭曲了现实的框架，可能只是一种方式。其中的文化将其脉动和原始的紧张转化为它认为的现实的方式。幸运的是，在与"世界成为无限"的感觉的对抗中，用韦伯的话说，表现出了断裂和不连续性。上升的系统的任何文化都是不同质的，以至于其本身不包含是觉得，替代的元素也无法将其纳入更广泛的框架之中。

尽管生态美学在意大利受到广泛关注，但真正以生态美学这一概念进行系统研究的并不多，而是包含在其他美学理论和哲学理论之中。自然的生存问题和地球的保护问题主导了生态美学。但其中隐含的意思是，美学是为保护自然提供了根据。也就是说，我们有责任保护自然，因为它可以成为审美经验的源泉。有些人甚至更明确地将其降为道德的一部分。对自然美的热爱本身并不重要，重要的是使之成为美好生活的重要组成部分。还有一些扁平化这一科学本质的审美体验，似乎审美范式应该导出一个假设的新的自然科学。

保罗·丹杰洛（Paolo D'Angelo）在《自然美学》（*Estetica della natura*，2001）一书中有一章专门讨论了生态美学，也明确使用了"生态美学"这一术语，但该章主要是讨论国际生态美学的概况，对意大利的生态美学并无太多介绍。他对生态美学的理解也局限于从自然之美的角度进行分析，认为生态美学的目的不是为了美学，美学只是保护自然的一个理论动机。对自然的审美体验是保护自然的一个现实动机。但其中有意义的一个讨论是，美的自然（natura bella）和好的自然（natura buona）是否平等。生态美学似乎回答了这个问题，从整体性中看待自然，强调自然之美的主体性。但同时他认为，美学面对生态学存在某种自卑情结，即在保护自然中，几乎总是试图寻求进一步论证。我们在自然界中所进行的审美体验本身并不敢将自身表现为一种价值，因此需要受到保护，并且能够为保护需要奠定基础，但作为一个额外的论点，与其提供的更为实质性的生物学和生态学的论点相一致。[1]换句话说，在环境保护中，审美价值总是处于从属地位，不敢表现为一种价值，而是作为额外的论点，与生物学、生态学的观点保持一致。

生态美学为了保护自然而需求美学动机。今天普遍的担心是对于自然的威胁，并不是为了考虑自然之美处于威胁之中（例如为了保护景观），而是为了普遍意义上的保护自然，要求将审美价值作为一种对自然尊重的动机。换句话说，似乎不存在最重要的自然的审美经验，因此也就谈不上尊重。我们已经知道自然必须得到保护，人们想知道，除了更常见的捍卫自然的论点之外，是否还有其他更精密的论点，例如它应该被捍卫，因为它是审美价值的承载者。这看起来可以忽略不计：人们可能认为重要的是，在任何情况下，人们都会在自然界中看到审美经验的来源。

保罗·丹杰洛将美学意义上的景观简化到全景或者是主观印象，提出将景观看作是处所的审美身份（identità estetica dei luoghi）。根据这个定义，他首先强调审美维度归属于同一个地域的相貌，这意味着审美方面对于像这个特定地方的个性化而言，是不可忽视的。他认为每个景观都具有奇异性和个性特征，在每个景观中共同归属于自然和历史，在审美意识的景观，不是武断和反复无常的意义上的"主观"，相反却是"主体间性"，像所有的文化和审美价值。但将景观作为地方的审美身份意味着，我们要摆脱最强

[1] D'Angelo, Paolo. *Estetica della natura. Bellezza naturale, paesaggio, arte ambientale*. Roma-Bari: Gius. Laterza& Figli Spa., 2001, 73.

的偏见之一，以"现代"的方式看待自然，试图将艺术生产和自然的观察之间的关系看作为一种单向的交换，也就是在自然之上的艺术经验的投影。

总的来说，他还是从自然美学来谈论生态美学的，但又认为"可以有自然美学的人类中心主义或者生态中心主义美学之说。因此，人们可以谈论自然的人类中心美学（审美价值是根据主体的经验来衡量）或以自我为中心（审美价值本质上属于自然）"[1]。他认为，格诺特·波默（Gernot Böhme）强调了自然之美的主体性。美学应该自认为是生态学的一部分，他没有讨论美学作为一种新的保护自然的论点，而是理解美学是一种自然主体的维度。美不是一种二级的特性（quality），即一种从事物和我们的认知之间的关系中产生的特性；而是一种一级的特性，是属于事物本来的特性。他也认为，说自然之美独立于认知也是矛盾的。因为这有可能会将美学转化成另外的视角，例如宗教的或者是形而上的。他赞同阿诺德·柏林特（Arnold Berleant）的交融说（engagement），或者说参与的美学。

除了生态美学，意大利理论界也出现了另一个经常混用的术语，即审美生态学（ecologia estetica）。恩斯特·海克尔（Ernst Haeckel）在1866年创造生态学时，指出生态学是指生物体与环境的关系的科学，包括最广泛意义上的生存条件。而意大利佩鲁贾大学的法比奥·丹德烈亚（Fabio D'Andrea）则将定义扩展至了有机体和环境的关系[2]。他在论文《审美生态学：非激进社会斗争的维度》（*Per un' ecologia estetica. Le dimensioni non razionali della coesione sociale*）中，从审美生态学角度分析了社会共存的问题。他认为，生态学应被理解为一种新型的知识，超越科学话语的结构性限制。它强调跨学科，认为这是解决新的复杂性问题的唯一办法，要为其他理解笛卡尔的还原论多少已经消失的方式腾出空间。他主张审美生态学的必要性，以弥补西方文化在理性和情感、话语与意象维度之间的分离。这种综合性思维可尝试理解一些关键问题，例如，环境、信任、社会

---

[1] D'Angelo, Paolo. *Estetica della natura. Bellezza naturale, paesaggio, arte ambientale*. Roma-Bari: Gius. Laterza& Figli Spa., 2001, 77.

[2] D' Andrea, Fabio. "Per un'ecologia estetica. Le dimensioni non razionali della coesione sociale," *Im@go. Rivista di studi sociali sull'immaginario* 4 (2014), 198.

凝聚力等等。丹德烈亚是西梅尔的研究者，他认为，西梅尔试图建立一种社会美学，作为一种启发式的策略，将一些表征的证据与抽象关系的理解联系起来，这并没有多大的价值；而另一方面，米歇尔·马费索利（Michel Maffesoli）提出的"审美伦理学"作为经验共享的社会基础，也没有多大价值。然而，这两个人都朝着恢复对我们的文化至关重要的知识的基础发展，所以应该重新发挥重要作用。

审美生态学应该在一种通用的模式中交织最先进的研究分支。它包括了各种定性的和非理性的维度，如空间、情感、经验的思辨与共享。[1]人类的有些行为组织能力不一定是有意识的、理性的，而是来自情感与审美。正如西梅尔所说，这构成了一种"超越社会"。然而，在关注和情感氛围之间，在效用和愉悦之间，逃避理性主义，取代了基于工具便利的简单辩证法。在审美生态学中，他找到一个新思路，重新思考现代人的自我呈现，以应对人类的作为完全理性的存在模型，即来自笛卡尔的模型。在决策过程和社会进程中，情感和非理性发挥着重要作用，缺一不可，否则双方都会衰落。然而，这一发现在组织思想中缺乏更多实质性表现。

审美生态学可成为话语（discourse）的一部分，重新思考和定义西方对世界的理解，从而在具象和想象、理性和情感之间重建动态平衡。生命是不断的同时是无序的，是创造性的，也是超越组织结构的。人类对组织的思考方式，忽视了共同生存的非理性维度，并且以改善组织本身为借口，实际上却使其恶化。环境是所有一切的核心，因为它能够产生远超理性思维逻辑的吸引力，这种吸引力源于深层归属。我们是环境，而非我们在环境中。我们因此不得不重新整理笛卡尔和理性主义破坏了的碎片，并在我们的世界中找到我们的位置。

他假设关于生命起源的模型是正确的，但也指出生命不依赖于一些小的、能复制自身的随机分子，如DNA或RNA的实施。生命是复杂物质的自然表达。我们看到的是那些建立了它们现在生活在相互关系中的世界的东

---

[1] D' Andrea, Fabio. "Per un'ecologia estetica. Le dimensioni non razionali della coesione sociale", *Im@go. Rivista di studi sociali sull'immaginario* 4 (2014), 207.

西。我们是历史的参与者，我们既不是受害人也不是外来者。[1]

　　事实上，在自然保护过程中，始终都会包含一定的审美话题。由富尔科·普拉泰西 (Fulco Pratesi) 和佛朗哥·塔西 (Franco Tassi) 在二十世纪七十年代出版的描写意大利不同地区的《自然指南》(*Guida della natura*) 可以算作一个小小的尝试。书中专门介绍了土壤的物理构造，以及居住在其中的植物和动物物种。其隐含的模式是旅游指南，也就是自然美的指南：只是植物或地质独特性代替了审美独特性。但对树木的关注，也不只是从植物学的角度，而是通过审美的、诗意的渠道来进行指导。同时，书中也包含了大量关于人类如何面对自然的论点，认为人类应有和自然一体的基本思想。

第三节　景观美学：意大利生态美学之钥匙

　　生态美学研究在最近二十年才真正出现，不仅在思想上，还在环境、艺术、生物领域有所表现。其中最重要的人物有罗萨里奥·阿孙托 (Rosario Assunto)、路易莎·博内西奥、保罗·丹杰洛、拉法埃洛·米拉尼 (Raffaele Milani)、马西莫·文图里·费廖洛 (Massimo Venturi Ferriolo) 等。曾繁仁认为，生态哲学思想不一定要标举出"生态"二字，而是只要在世界观上离开人类中心论、力主人与自然须臾难离就是生态哲学思想。[2]意大利的生态美学，尽管在术语上并没有严格使用生态美学这一术语，但在很多方面体现出类似的思想。总的来说，意大利的生态美学主要体现在景观美学、环境美学、生态批评之中。

　　意大利的生态美学和美 (bellezza) 一直相关，也在生物学上、伦理学上或者实践上有所表现，但每个方面经常和景观 (paesaggio) 相关联，常常通过对景观的讨论来表达生态美学思想，从中也能看出生态美学发展演变的

[1] Waldrop, Mitchell. *Complessità. Uomini e idee al confine tra ordine e caos*, tr. Libero Sosio, Torino: Instar Libri, 2002, 518−519.

[2] 曾繁仁:《文艺美学的生态拓展》，上海：复旦大学出版社，2016年版，第86页。

过程。从某种意义上说，景观是意大利生态美学研究的钥匙。

经过多年的发展，景观有过多种不同的定义。在众多定义中，"通过文化感知的自然"[1]是景观最普遍的定义，但稍显牵强，和生态美学的自然整体主义也有差距。但这一定义表明，为了看到景观，人需要的不仅是眼睛，还需要一种反应，这种反应构成了景观的多样性，而不仅仅是可感的数据。景观概念经常表现为自然科学与人文科学之间的接触点，从而使"客观"方法与不可避免地涉及"主观性"的评估之间的对话困难成倍增加。景观和环境（ambiente）不同，后者表达的是物理－生物概念，而景观表达的更是人文、关系的概念，又对其做什么，能表现我们自己的处所（luogo）和我们在其中的感觉的意义。意大利的景观批评话语一直与全球景观之辩保持着对话。总的来说，景观美学在以下几个维度与生态美学相关联。

一、景观和绘画

在意大利，用景观表示风景画（*pittore di paesi*）始于十六世纪。乔尔乔内（Giorgione）的《暴风雨》（*Tempesta*）被定义为西方艺术史上的第一个景观，奠定了意大利景观美学在艺术上的基础。十六世纪关于风景的看法，可见于彼得罗·阿雷蒂诺（Pietro Aretino）于1544年写的有关提香的评论，从中能够管窥当时人们思考景观的方式。莱昂·巴蒂斯塔·阿尔伯蒂（Leon Battista Alberti）和菲利波·布鲁内列斯基（Filippo Brunelleschi）的透视法让观察者能够控制视觉空间，内在观察者的经验却被忽视或边缘化。十八世纪，景观有了视角的意义。这种词义向风景画转变是西方绘画种类变化的结果，是对真实的和想象的土地的呈现。类似的观点到二十世纪都还存在，但到了二十一世纪这种观点已被抛弃。

法国哲学家阿兰·罗歇（Alain Roger）的看法是，风景是由艺术呈现的，画家笔下的风景引导了我们对于真实风景的认知，这一点和王尔德相似，类似的还有贡布里希。当代理论家拉法埃洛·米拉尼对贡布里希等人提出

---

[1] Assunto, Rosario. *Il paesaggio e l'estetica*, Napoli: Giannini, 1973, vol. II, 29.

了质疑，他认为，人最先看到的是风景而不是绘画风景；与实证经验相悖，风景的时尚和在现今辩论中的重要性，似乎完全独立于对于视觉艺术的类似现象，而在视觉艺术里，风景作为一种参考项要晚了一个世纪。除了其内在的局限性之外，景观的绘画理论首先引发许多观念的责任，即审美意义上的景观不能超出风景画的景观范畴。米拉尼在他的著作《景观艺术》(*L'arte del paesaggio*，2001) 中谈到，景观常常被认为是一种价值，是基于超常之美 (*straordinaria bellezza*) 来认识一个处所的方式。他认为，用这种超常之美的维度看待景观、环境或生态美学是可能产生争议的。我们讲审美价值不仅意味着例外的、杰出的美学价值，它也意味着其美学特性不可避免地属于我们日常和我们所了解的、所生活的地方的方式。在他看来，生态美学和艺术或风景画无关。它既指从美学意义上将景观回归到自然环境、回归到绿色，也指绿色建筑 (*l'architettura verde*)，即民众参与到城市中被废弃的公共领域的行动中，对退化的城市道路的植被的人文化等。

　　米兰尼的论述将景观从风景画中分离出来，强调其美学价值与艺术审美的差异，在一定程度上是强调人类主导作用的消解，或者说人类在整个生态系统中的中心地位的退场，这一点和生态美学是相通的。

二、景观与历史

　　在北美，对于自然的感知和保护的观念产生于十九世纪，对于自然野性 (*naturalità della natura*) 的热爱，带有原始的生物和物理特征，如1872年的黄石公园。而在欧洲，对于自然的爱的产生源于对于自然之美 (*bellezza della natura*) 的爱，爱的是历史和自然的交织，文化与自然的交织。所谓的景观都是文化景观，是一种交织了历史记忆、文学和艺术的景观，是自然数据、物理构造、水文学和植物群不断与人类工作相联系的景观，充满了记忆和意义。[1]历史事件、文学回忆、艺术表现形式的存在，最终塑造了我们的地方

[1] D'Angelo, Paolo. *Estetica della natura. Bellezza naturale, paesaggio, arte ambientale*. Roma-Bari: Gius. Laterza& Figli Spa., 2001, 20.

形象。它和物质文化一样痕迹明显，其中典型的例子就是联合国教科文组织的世界文化遗产项目。

罗萨里奥·阿孙托（Rosario Assunto）是意大利景观美学、意大利生态美学最重要的理论家之一。他的《景观与美学》（*Il paesaggio e l' estetica*，1973）在二十世纪七十年代是一本反潮流的书。他声称景观的审美价值与主导的功利主义取向相对立，这种取向本质上只是人类行动的空间，而不是沉思的对象。

为了定义景观的概念，阿孙托首先描述了其特定的空间性。景观是一个开放的空间，是有限的、超出城市范围的。其中，自然时间是客观的，不同于历史的时间性，因此在景观中，自然时间和历史时间之间发生了相遇。他在景观中看到了沉思的对象，但他的大部分理论都是为了关注景观沉思的特殊性。他首先强调的是，景观是沉思与身体愉悦的统一，是至关重要的满足：在景观中，我们促进了生物性的愉悦和文化性的愉悦。为了用哲学术语表达这种情况，他参考了康德美学理论中的非功利性审美，认为审美愉悦和美统一于自然的沉思，它们的不可分离建构了自然界中审美体验的特点。

生态和景观的价值，在他看来，是同一枚硬币的两面。他没有局限于重申景观的自然和历史特征，以及重新连接景观和艺术的关系；而是借助众多的文献资料，从游记到诗歌，从园艺到视觉艺术论著，从诗人的话语到哲学家的思想，重建了自然和历史、自然和艺术之间关系的复杂网络，提供了有巨大价值的理论文本和穿越千古风景的诗意历史，充满了实例和具体引用。在他的著作中，阿孙托对意大利从农业向工业转型时期对环境的系统破坏和大自然的退化表达了极大的愤慨。

阿孙托的另一个主题是我们对自然体验的历史特征。景观是历史，不仅因为它将自然与人类的工作相结合，改变和开化它，还因为它总是通过特定感性的视角来观看。他谈到了景观的诗学（例如，在这里，他指的是景观中的优美诗学和崇高的诗学，前者是十七世纪和十八世纪早期，后者是十八世纪晚期和浪漫主义时期），这意味着我们对自然及其外观的态度随着时间的推移而变化，这种品味会导致我们偏爱某些方面。诗意和象征性的见证对于重建这些感情自然的变化至关重要。从这个意义上说，景观可以被视为一种文化形式的自然，这种融合完成的情况的典型代表是花园。在他的理论中景观的历史维度和乌托邦化使得景观和花园建立了联系，理论化了景观与花园结合在一起的模型的特征，达到了对花园和景观的理想认同。如果事实上"花园和风景是人与自然之间平等和爱的关系的两极"，花园作为自然自由的形象，"预测和补偿整个景观的美丽"。这种景观概念上的花园的典型特征，在《景观和美学》的初版中尤为明显。这个问题在德国美学界由伯梅和西梅尔等人已经回答，前者是花园的至高理想的信徒，后者捍卫自然相对野性的模型的价值。

阿孙托认为，意大利的景观交织了自然和历史，这是一个引人注目的理论焦点。《景观与美学》中的理论分析来自对像康德、席勒、谢林这样的哲学家的自然观和景观思想的反思，也来自对亚历山大·冯·洪堡等地理学家和像哥特、拜伦和荷尔德林（Friedrich Hölderlin）这样的诗人交替进行的广泛的历史调查，并结合了旅行书籍、小说和抒情诗中的描述，以及雕刻师、绘图员和画家的作品。他的指导思想是："我们所知道的整个自然景观是人类所塑造的景观：文化赋予其形式的自然，而不是将其破坏视为自然。"[1]

阿孙托分析了景观典型的空间性和时间性问题。空间性上，他认为，景观的空间不是一个无关紧要的几何空间，而是一个生存空间，是有限和开放的；时间性上，景观是两种截然不同的时间的联合，即自然时间及人类的历史时间。假设的历史性维度不仅将其与过去相结合，痕迹和证词的积累使每个景观成为最重要的，而且还将其转向未来，将其与乌托邦维度联系起来。

相关学者还有保拉·贾科莫尼（Paola Giacomoni），著有《自然的实验室：现代的山区景观和自然的崇高》（*Il laboratorio della natura. Paesaggio montano e sublime naturale in età moderna*，2001）。山区曾经被认为是对人类活动无用的、不合时宜的和危险的障碍，从十七世纪末到十八世纪开始，

---

[1] Assunto, Rosario. *Il paesaggio e l' estetica*. Napoli: Giannini, 1973, vol. II, 29.

现代思想将野性和不规则元素视为具有价值和科学趣味的美学元素。该书通过对山区的直接观察和研究，使之成为一个伟大的露天实验室，认为其中的"无序"带有关于地球和宇宙的起源和形成的各种假设。她认为，随着宇宙的秩序似乎越来越复杂，科学家接受大自然也有历史并因此被改变的观点。与此同时，它似乎揭示了一种新的更现代的重新评估的动态元素，从而打破了古典美学的规则。这些元素，将对山的审美放置在整个生态系统当中，与生态美学的基本思想有诸多相通之处。此外，该书通过对沙夫茨伯里、莱布尼兹、卢梭、康德、黑格尔等哲学家的文本分析，展示了这种对山地景观的感性发生的方式，认为这是当代对自然态度的基础。同时，她也探讨了安东尼奥·瓦里斯内里（Antonio Vallisneri）、布封（Buffon）、约翰·雅各布·余赫泽（Johann Jakob Scheuchzer）、亚历山德罗·伏打（Alessandro Volta）、费尔迪南·德·索绪尔（Ferdinand de Saussure）、亚历山大·冯·洪堡（Alexander von Humboldt）以及歌德等诗人和作家以及浪漫主义者等科学家与山地美学相关的思想。

雷莫·博代伊（Remo Bodei）的《崇高的景观：面对野性自然的人类》（*Paesaggi sublimi. Gli uomini davanti alla natura selvaggia*，2008）从十八世纪初荒凉、敌对的山川河流海洋所唤起的崇高的美感开始讲起，讨论了这种审美体验何以让人更为活跃及如何抵制平庸的存在的问题。紧接着，技术的发展、大众旅游的盛行和景观的破坏使得崇高的审美感逐渐减弱，带走了一些由不确定和恐惧所构成的崇高的基本成分，从中他开始谈论人类与自然的关系开始发生的改变，崇高开始有了新的内涵，现代性不堪重负，古老的恐惧中，在大自然面前，人类开始感受另一种极限感。他认为，这种极限感是自然与人类关系发生转变的重要指标，让人类最终认识到自身只是生态系统中的一个部分，在美学中放弃人类中心主义。

三、景观与现代性

德国哲学家约阿希姆·里特尔（Joachim Ritter）认为，景观是现代人类社会逐渐远离自然整体性的结果之一。审美意义上的自然景观，是将自然视为适合古代哲学的整体性的继承人，与现代科学对这一概念之关注的衰落同时产生，因此代表了一种补偿，即在审美层面上补偿在理论层面上失去的东西。他认为，景观是对观察者充满情感的审美自然。只有当一个人在没有任何实际关注的情况下转向它们，自由地理解和享受它们，在自然界中作为一个人时，它们才会变得如此。[1]里特尔在分析了弗里德里希·席勒（Friedrich Schiller）著名的诗歌《散步》（*The Walk*，1795）之后，认为我们失去未被污染的自然是我们自由的前提之一。景观因此成为人类失去和自然之间交流之后的审美补偿。"通过让其有机会用语言或者通过凝视来表达它自己，对自然以景观的形式的审美恢复和呈现，在保持与自然开放的对话上有正面作用。"[2]

虽然它代表了一种看待前现代性的方式的存在，但是景观与现代性密切相关，而且在其外面是不可想象的：对于古人来说，没有景观，因为它是为了弥补损失而产生的，是对整体愿景的失去。当世界的新科学视野明确地放弃了通过理论获得宇宙单一形象的希望时，景观的感知和表现在审美层面上得到庇护。

意大利美学理论家路易莎·博内西奥认为，里特尔学说中的自然之美是怀乡哀叹和记忆渴望的残余。[3]她认为，现代性和景观的产生密切相关，但从另一个角度来说，现代性导致了人在景观中的观者身份的强化。这其中的隐含之意是，这种观者的身份，与自然整体主义是相悖的。这种批评的态度，与生态美学的思想有一定的相通之处。

法国的奥古斯汀·博克（Augustin Berque）将景观文化的存在经验理论化，而意大利的詹尼·卡尔基亚（Gianni Carchia）则在他的《绘画的神话》（*Il mito in pittura. La tradizione come critica*，1987）和《艺术与美》（*Arte e bellezza. Saggio sull'estetica della pittura*，1995）中，围绕有关景观现代性的退却论题，批判了所有世俗假设：景观是揭示性的，是对宇宙是古老的、哲学的和宗教的观点的"清醒"的版本。他认为，美学意义上的景观将放

[1] Ritter, Joachim. *Paesaggio e natura nell'età moderna.* tr. Gabriella Catalano. Milano: Guerini, 1994, 47.

[2] Ritter, Joachim. *Paesaggio e natura nell'età moderna.* tr. Gabriella Catalano. Milano: Guerini, 1994, 60.

[3] Bonesio, Luisa. *Oltre il paesaggio: i luoghi tra estetica e filosofia.* Bologna: Ariana, 2002, 21.

弃把自然视为神秘的、神圣的维度，而是将其视为完全不同的东西。

马西莫·文图里·费廖洛是景观美学的重要理论家，其相关著作包括《景观伦理学》（*Etiche del paesaggio*，2003）、《景观认知》（*Percepire paesaggi*，2009）和《运动中的景观——对于一种转换的美学》（*Paesaggi in movimento. Per un' estetica della trasformazione*，2016）等。他从抽象和绝对的意义上谈论伦理学和景观，认为人类是大自然的元素，创造和保护是两个平行的活动：当人类生活时，他在创造，同时建设居住之地。艺术也可以回归自然，这是一种投射到景观可见度的现代理想。事实上，现代公民在山区、地中海海洋环境和乡村寻找完整自然的空间，即使有明显的人类痕迹。寻找表征同一景观的情感，由于观察者与观察地点之间、主体与客体之间的审美关系，不同的精神阴影之间的关系，使其不时变化。许多形式都会移动，因为它们被认为是自然的片段：令人回味的元素，来自无限想象的最小细节。他强调每个景观都是归属的处所。

如果说《景观伦理学》曾试图对景观进行定义，在理论层面开辟了一个远离存在的形而上学领域，将概念从现实中抽象出来，但对于一个与现代性相关联的持续变化的环境来说，这样的定义是远远不够的。寻求定义的尝试贬低了我们钦佩或生活的真实本质，创造了一种可怜的抽象，剥夺了它的丰富性。因此，在费廖洛的《景观认知》中，从过去的深度开始，着眼于人类世界的未来，哲学家探讨了地方的保护和历史的读取如何与当代景观转型过程相协调的问题。他提出，凝视（sguardo）是一种工具，将景观的可见和不可见捕获为一组彼此相关的异构元素。

四、景观与身份

景观在美学上能证明拥有人所拥有的身份，它带有随着时间的推移而变化的连贯性，就像一个和谐的环境保持了可读性，不会因插入不协调的人工制品而变形。景观对于那些拥有景观的人具有识别功能，与那些生活在景观中的人保持联系。这种观点在2000年佛罗伦萨制定的《欧洲景观公约》（*Convenzione europea del paesaggio*）中，得到很多欧洲国家的学者的一致认同，并提出要强调景观，表达其文化和自然遗产的多样性，以及其身份的基础。

意大利学者路易莎·博内西奥的《地方和全球中的景观、身份和社区》（*Paesaggio, identità e comunità tra locale e globale*，2007）和她《看不见的土地》（*La terra invisible*，2010）以及之后的一系列论著都包含了与景观相关的代表性观点。术语"地理哲学"（geofilosofia）在这些书里多次出现，将一些全球化的现象（如世界统治问题、移民、文化认同）和地区化的现象（如新民族主义、宗教原教旨主义、传统主义）在哲学上进行了反映。她明确指出，景观能探问人与他们的日常生活环境之间的关系，这不是政治或民族主义意义上的家园，而是感觉像家人一样的地方，"我们的"。

博内西奥反思的出发点还体现在对景观的审美——画面观这种传统概念的批评上，体现在图像中景观本身的减少、对艺术作品的扁平化以及随之而来的撤销上。她也讨论了景观与现实生活的关系以及生活在其中的人的状况。她分析了近几十年来景观作为一种自然的艺术形式，作为客体感情的投射，作为一种情绪的过程的哲学，认为地理哲学视角和景观作为文化表达、历史产物、交叉地带和居住社区的观点相对。为了能更好地理解这种景观的概念，她借用了一个德语词Heimat，这个词指的是故乡，但不是政治意义的，也不是历史意义的甚至种族归属上的。这里的故乡，是对我们来说感到如自己的地方的地方。

博内西奥所阐述的原则和《欧洲景观公约》之间具有相似性。景观的概念拓展到了所有的土地：景观不再是仅仅包括那些最好的地方（比如五渔村、阿玛菲海岸），而是所有值得注意的地方，能够表现为各种行动、保护或者监管，也可以是感受的发展或者是受损的土地的恢复。对景观的关照（Aver cura del paesaggio）并不意味着使之不朽或者不变，而是建立起大众和土地之间的联系，在其中，人们能够在地方上找到认同感，这也是一个和谐的景观能够幸存下来的真正保证，同时也表达了人类与自然之间的共通性和一致性，这已经是生态学意义上的景观了。

罗萨里奥·阿孙托在他的《景观与美学》中谈到了景观从美学到生态学的还原："景观是生态环境被视为沉思的对象：在享受中（或在挫折中，

在痛苦中）伴随着沉思……幸福（或萎靡不振）扩展的环境使我们试图满足或不履行我们的重要需求；反过来，生态学观点对于美学观点所关注的同一景观感兴趣；因为生态环境只不过是我们在美学中作为沉思对象所说的景观。"[1] 阿孙托试图将景观从以往单纯的审美中解放出来，景观不仅是审美范畴，也是一个个体记忆与集体记忆被安置的所在。破坏它，就破坏了我们的身份。[2]他认为，当代思想的一个主要问题是不能区分景观和空间。将景观视为抽象空间，破坏了景观的记忆和想象，而将其变成单纯的几何空间。

阿孙托表达了经济增长对景观破坏的焦虑感和负罪感。他认为，景观处在一个开放的有限性中，在自己的有限中开放给无限，它代表一种有限中的无限的出场，而不是呈现。他解析了贾科莫·雷奥帕尔蒂（Giacomo Leopardi）的诗歌《无限》（l' infinito，1819），将景观定义为"无限和有限相互关联、相互融合的地方"。[3]在这个意义上，他回应了西梅尔关于自然的无限出场在景观中反映的观点。但不同之处在于，他建构的理论能作为阻止景观被破坏的新政策的导引，并在实际中产生了重要影响，对意大利社会相关政策的制定起到了实际的推动作用。

路易莎·博内西奥认为阿孙托是意大利最早试图展示景观概念的政治分支的哲学家之一。他将景观概念从认知领域和审美现象转向一个群体的生存空间，因而成了我们生活的地方而不是一个客观意象和感性工程。它是复杂的，是我们记忆和身份的保证。[4]

曼斯缪·奎尼（Massimo Quaini）是一位试图在文学和视觉艺术之间建立对话的文化心理学家和历史学家。他在著作《景观的阴影》（L'ombra del paesaggio，2006）中提到，景观是神话、梦境和情绪的重复，是一个让我们能够解释我们这个时代的矛盾性的各种隐喻的收集器。他主要关注的是被全球化威胁的利古里亚大区的传统景观和身份认同问题。

[1] Assunto, Rosario. *Il paesaggio e l'estetica*. Napoli: Giannini, 1973, Vol. I, 189.

[2] Pagano, Tullio. "Reclaiming landscape," *Annali d'Italianistica* 29 (2011), 406.

[3] Assunto, Rosario. *Il paesaggio e l'estetica*. Napoli: Giannini, 1973, Vol. I, 21.

[4] Bonesio, Luisa. Paesaggio, *Identità e comunità tra locale e globale*. Reggio Emilia: Diabasis, 2007, 105.

夸伊尼认为，我们需要重造的是"演员"的景观，而不是仅有"观众"的景观。也就是说，人类是生态整体中的一份子，而非外在于生态整体的一部分。这和丹尼斯·科斯格罗夫（Denis Cosgrove）的外在观察者和内在参与者理论相似。他在伊塔洛·卡尔维诺（Italo Calvino）的《通向蜘蛛巢的小径》（*I sentiero dei nidi di ragno*，1947）等小说中看到了新的景观。卡尔维诺通过抵抗运动时期的经历，第一次意识到了国际旅游业和现代化因素对法西斯的煽动作用。他发现了利古里亚景观的黑暗面，他的位置从外在观察者变成了内在参与者。景观不再是十八世纪园艺师创造的如画景象，而是一个集体的动力空间，代表了自然本身。

费廖洛在2016年出版的《运动中的景观——对于一种转换的美学》中也提到了景观的身份特征。他在该书中再次讨论了"景观是什么"的问题，这源于这样一个现实情况：地方逐渐失去其易读性，在市场和全球化影响下，景观在滥用有害物质中开始转变。景观是否在消失？在试图挽救当地的特殊性的同时，能否识别出濒临灭绝的身份？然而，一个由人类行为的整体文化、伦理和美学构成的可见世界在继续敞开。人类已经创造并居住，不断改造并存在，人类在持续的生活和建设。景观是生命空间的整体，具有可见和不可见，物质和非物质的形式，并处在不断运动中，成为一种美学。费廖洛在这本书里开始强调人与自然以及与其他相关的因素的整体性和运动性，具有了生态美学的理论特征。

路易莎·博内西奥在《看不见的土地》中认为，处所不是自己存在的，而是被居住其中的社群所承认才存在。一个地方不是初始而是归宿。因此，我们对某地的归属感是一个选择性的过程。如何区分景观和地方？她认为，景观反映的是在全球和当地层面上更广泛的瞬间。全球的必须尊重和理解地方文化特点而不是消除其差异性。另一方面，地方需要更宽广的视野。景观概念包含了对地方和全球两个方面的批评。

从以上对景观美学的讨论可以看出，在意大利美学理论家眼里，景观美学与生态美学一直是密切相关的，有时候也会将景观美学等同于生态美学。无论从哪个维度进行阐释，在美学视域下对于景观的看待方式，可以看作是如何看待人在自然之中的地位的反映。去人类中心主义是意大利景观美学理论的发展趋势，显示出和生态美学基本理念的一致性。

第四节　意大利生态美学的其他表现形式

一、环境美学中的生态美学思想

在艾伦·卡尔森（Allen Carlson）看来，有必要转向一种与景观方法不同的看待自然的方式，确保大自然作为环境和自然环境经历的事实，这可以通过遵循自然环境模式（natural environmental model）来实现。卡尔森的观点因为否认与放弃人类与自然的关系而被攻击。比如，他拒绝考虑我们和自然的关系经常是感性的而不是认知性的。另外，他忽视了我们和自然之间知觉的和想象的关系。他把我们"知道"自然看得比我们感到或想象到自然重要得多。意大利学者例如拉法埃洛·米拉尼在《景观的艺术》中对此提出质疑：美学范畴和科学范畴的关系是什么？如果按照卡尔森的观点，用正确的科学范畴欣赏某物，就意味着已经通过美学范畴内将之欣赏过了。那么两者之间有什么不同？米拉尼声称，卡尔森从未使用景观一词，而总是使用自然环境，对他来说两者是同等概念，都是自然的绘画投影。在米拉尼看来，如果你只使用自然科学的工具来看待大自然，那么你就无法获得景观，但自然科学的理念，如生态理念，是可以引入到美学中来看待自然的。而卡尔森在2009年出版了专著，题目就是《自然与景观：环境美学导论》（*Nature and Landscape: An Introduction to Environmental Aesthetics*，2009）。自此，"景观"开始在他的学说中明确成为环境的一个代称。将景观等同于环境，按照米拉尼的说法，正是在二十世纪六十年代到九十年代之间。生态思想的时尚，对环境平衡、污染和地球生存的关注意味着对景观的讨论放到了次要层面。

但1979年出版的一本捍卫景观的书——埃莱娜·克罗齐（Elena Croce）

的《环境持久战》（*La lunga guerra per l'ambiente*，1979），回顾了二战以来意大利环境保护的历史，带有鲜明的旗帜色彩。该书从环境的价值的角度，讨论了文明与自然之间的关系，从景观谈到历史中的绿色空间，也涵盖了微型建筑等等。在该书的理论框架里，环境包括景观、纪念馆、历史中心、农业、动植物等等。由此，对于环境的概念事实上已经有了生态的含义。该书有些方面并不是用法律术语来分析和定义，而是与普通的感觉形成对比。但是，广泛的环境概念与那些年的政治形势紧密相呼应，促成了一个特殊的政府部门（今天的文化遗产和活动和旅游部）的成立。

　　意大利从未轻视自然和艺术遗产，而这两者都包含在所谓的"环境"中，只是意大利在处理方式上和欧洲其他地方不同。即便是在1948年的宪法中，环境也被理解为包括艺术和民族遗产在内的一个更大的民族表达的一部分。"共和国促进文化、科学和技术研究的发展，保护景观和国家的艺术遗产。"另外，其艺术遗产的联系也表明了一种基于美学的关系，而不是保守主义的考量。将其定义为"景观"本身，也让人看到人们对环境的思考是多么的不同。

　　尽管有伯林特这样的学者在1997年发表的《生活在景观中——走向环境美学》中同时出现了"景观"和"环境"，但在意大利，大部分的环境美学理论家经常避免使用"景观"这一术语。然而这两个词之间的交集很多。理论家也非常警惕这一点。因为这意味着将景观还原到环境，这不仅会导致混乱，还会有其他危险的后果。环境是一个物理事实，可以科学描述；景观是一种感性现象，属于审美经验范畴。当自然主义者或地理学家讨论景观的时候，或者当讨论美学意义上的景观的时候，不同的事实是有针对性的，每个事实都有自己的合法性，而且最重要的是，不能以同样的方式对待。环境保护的本身不是对景观的保护，美学意识上景观的保护要求具备每个景观的文化、历史方面的知识，不能单纯从保护的角度出发来考虑，还应该有一种对景观进行规划的意识。

　　卡洛·卡塔内奥（Carlo Cattaneo）在《城市被认为是意大利历史的理想标准》（*La città considerata come principio ideale delle istorie italiane*，1931）中认为，意大利是一个"人工祖国"，是一个居民日常生活的档案馆，"自然和国家相互赋形"。[1]这个视角为人的元素与自然环境的互相作用赋予了重要意义。

意大利阿尔卑斯俱乐部（Club Alpino Italiano）与意大利旅游俱乐部（Touring Club Italiano）是两个非常有影响力的机构，在后统一时代的自然环境意识的形成上起到了重大作用。但这两个机构的活动只形成了国家自然景观观念化的一个维度。当时将自然环境当作国家遗产的思想的典型例子，是安东尼奥·斯托帕尼（Antonio Stoppani）的著作《美丽国度：关于自然、地质和地理之美的对话》（*Il belpaese: conversazioni sulle bellezze naturali, la geologia e la geografia*, 1876）。该书由三十二个虚构的谈话组成，引导读者去了解意大利不同地区的地理和自然之美，而这又能追溯到彼特拉克的影响。

将文化视为一种生存策略，是任何环境伦理默认的前提。事实上，通过理论建设和论证，环境伦理为这种文化准备了条件，这就是为什么它可以被视为文化伦理。正如奥尔多·利奥波德所说，在道德规范中，如果我们的优先权、关系、情感和信念内部没有改变，就不会发生重大变化。也就是说，环境伦理要求我们以一种包容的方式改变我们的文化模式、我们的理论结构和我们的价值等级。简言之，就是改变我们看待世界的方式，人不再是主体。这种优先权、这种关系、这些信念预示着我们的价值观和文化视野的扩大。为了实现这一目标，环境伦理通常与其他传统学科和实践密切相关，如经济学、建筑学、视觉艺术、农业和生物学。这种结合的结果可以是对这些学科的身份的重新定义或以新文化的形式出现，例如生物建筑、土地艺术或保守生物学。而生态美学也与此相关。意大利的生态美学也遵循了从人类中心主义向自然整体主义过渡的过程。维托里奥·因杰尼奥利（Vittorio Ingegnoli）的论文《人与自然：环境伦理与认识论》（*Uomo e natura: etica ambientale ed epistemologia*，2011）即是一例。该文借环境讨论环境伦理，并将之定义为生态学。在讨论景观、人与自然的关系

---

[1] 参见Cattaneo, Carlo. *La città considerata come principio ideale delle istorie italiane*, Giulio Andrea Belloni ed., Firenze: Vallecchi, 1931.

时，因杰尼奥利认为，景观指的是对生物的活动或具有历史文化内涵的审美结构的一种简单的地理、生物学支持，是特定层面的生物组织的一个生物实体，源于自然与人类社群在适当的领土区域的整合。因此，景观呈现的是超复杂的生物生态系统。[1]这种假设的结果是以一种景观的领土的行为作为基础，或者说作为自然中的人类进化的主要场所，很大程度上与其他任何生物实体的行为是相同的。要做到这一点，就必须考虑生命的概念，因其不再局限于唯一的有机个体。

这对人类文化来说并非新鲜事。在科学领域，我们的祖先通过神话和宗教早就感受到了：从神圣的古希腊罗马森林和凯尔特人森林，到圣方济各对"地球母亲"歌颂。人类可以把地球母亲的角色看作是一种特别的现实，因为她支撑着人类，滋养着人类，甚至任人类支配，但实际上仍然控制着人类。伦理学和认识论在生态学科上紧密关联，源于以前景观定义的人与环境之关系的深刻革命，既涉及学术、文明，也涉及各个职业。在这场革命中，从事生态学的人在新的伦理观念影响下，迫使公共机构和政治阶层对土地进行更恰当的管理。人类在自然界中有着创造性的意义，但更重要的是责任的明确。然而，今天几乎没有听到责任义务，原因是不同的。最重要的是，在自封的所谓进步的意识形态传播中，通过宣扬相对主义和科学主义，强烈削弱了责任原则。此后，不可知论者和非宗教主义者增加，他们崇尚理性，或者将科学视为宗教。对这些超理性的非专业人士来说，是反理性的，而这正是今天最普遍的观念之一。因此，有必要在理性层面上讨论，是否可能找到一种理性与心灵的共同原则，同时也是知识的基础。从认识论研究可知，现代科学方法，伽利略式的演绎和实验，虽未被超越，但已经显示出局限性。我们称之为还原论，包括将所有现象还原到最简单的底层结果，因为它相信最简单的是物理结构，它被应用到所有科学领域。因此，因杰尼奥利认为，科学进步主义是现代世界的第一崇拜偶像，用方便的伪真理取代了对真理的探索。他的理论一直试图从生态学内部解决景

[1] Ingegnoli, Vittorio. "Uomo e natura: etica ambientale ed epistemologia," in *Bionomia del paesaggio: l'ecologia del paesaggio biologico-integrate per la formazione di un "medico" dei sistemi ecologici*, Milano: Springer-Verlag Italia, 2011, 3–15.

观问题，但事实上，生态美学更多的是将生态理念而非生态学方法纳入美学研究。

值得一提的是，在文学艺术创造领域，环境美学因素也很常见。艺术家萨比纳·古赞蒂（Sabina Guzzanti）的一系列纪录片建构了这样的政治想象，表现为在经济、环境、认识论上的持续暴力，是如何破坏社会和生物生态的。《萨帕特罗万岁》（*Viva Zapatero*，2005）和《弗兰卡第一》（*Franca la prima*，2011）探讨了电视、戏剧、电影、出版业的生态以及意大利景观及其呈现上的惊人的平行，即两者所共同表现的退化、失落和人类的暴力。在《德拉奎拉：颤抖的意大利》（*Draquila: l' Italia che trema*，2010）中，环境成为文学化了的犯罪现场，报导了2009年阿奎纳地区地震之后幸存者政治权利的问题。而更具代表性的是她的纪录片《龙虾之辩》（*Le ragioni dell' aragosta*，2007），该片与环境美学密不可分。通过上世纪九十年代初流行的电视节目《残留》（*Avanzi*）的资深电视名人组织的戏剧，将二十世纪初撒丁岛龙虾床的急剧下降与二十世纪八十年代工会斗争联系起来。影片通过大量的认知和情感上的关联，来反映对大自然的慢性暴力。影片也放弃了线性叙事，而让观众参与了马丁尼克诗人、非殖民化理论家爱德华·格利桑（Édouard Glissant）所说的"巴洛克式的关系诗学"的表演，将诗学中的关系与模仿主义形成对比。在这种模仿主义中，自然被看作是人类可再造的东西。古赞蒂让演员参与其中，再现了岛上很多场景，最后的画外音却告诉我们，这些都是想象出来的，是一场秀。那些渔民的合作场景都是秀，那些福利都是为我们而设的。不知不觉中，我们一直在催化这些欢乐、绝望、怀旧、冲突、舞台恐惧和作家封锁的场景，包括在谢幕前不久，龙虾集体的代表对这个团体感到失望，他告诉古赞蒂，他不能按计划参加演出。所谓的"主体间性"的兴奋、脆弱、同情、困惑，特别是失败的"主体间性"周期是什么，这与人们如何理解和应对环境退化、生计的失却、气候导致的移民和物种灭绝的暴力有关。将跨主体描绘成是一个认识论的神祇主体性演变过程，古赞蒂为观众提供了一个多面而有效的不在乎二元对立或者说它们的对立面的活动的例子。

二、生态批评中的生态美学

生态批评作为一种文学和文化批评倾向，于二十世纪九十年代在美国形成，进而在世界许多国家出现。王诺在综合了詹姆斯·汉斯（James S. Hans）、司各特·斯洛维克（Scott Slovic）、彻丽尔·格罗特菲尔蒂（Cheryll Glotfelty）、威廉·豪沃斯（William Howarth）、劳伦斯、布伊尔（Lawrence Buell）的理论之后，给生态批评这样下定义："生态批评是在生态主义，特别是生态整体主义思想指导下探讨文学与自然之关系的文学批评。它要揭示文学作品所反映出来的生态危机之思想文化根源，同时也要探索文学的生态审美及其艺术表现。"[1] 总的来说，生态美学原则作为生态批评用以进行审美判断和评价的尺度，是当代生态思想对人与自然关系的再认识。尽管将生态批评以生态整体主义作为指导文学创作和批评的原则可能有诸多的困境，也引起诸多争议，[2] 但在意大利生态批评研究中，或多或少包含着生态美学思想。

这里有一个有趣的巧合。在美国学者为生态批评这一新学科制定规则的同一年（1989年），意大利出版了一套两册的小文集，即《文学史上的自然观念》（L' idea di natura nella storia della letteratura，1989），作者是埃尔科莱·费拉里奥（Ercole Ferrario）。他认为生态文学诞生于两个需要：一是向意大利公众展示一个全新的研究领域，二是开始一场批判性的对抗，从文学生态学的观念出发，作为更广泛的伦理文化的一个组成部分，促进关于这一主题的国际和跨学科辩论。费拉里奥的书以开拓性和完全独立的生态批评为愿景，从自然观念入手，来进行文学史研究，另辟蹊径。其中屡屡提及的自然之美，是作为生态批评的美学原则来论述的，他一再强调的人与自然的关系，则是生态美学的重要内容。

阿尔曼多·尼希（Armando Gnisci）是比较文学的教授，他编的《文学与生态》（Lettere e ecologia，1990）从比较文学的角度来探讨文学与生态学

---

[1] 王诺：《生态批评：界定与任务》，《文学评论》2009年第1期，第66页。

[2] 参见谭东峰，唐国跃：《西方文学批评困境及生态文学批评构建》，《求索》。

的关联。该书汇集的论文，针对生态批评面临的挑战，讨论了生态批评与文学研究之间的关系，生态批评的地域性扩展和理论性拓展在全球范围内的影响，以及建构绿色人文与环境科学之间的良性互动。其中，编者强调绿色人文应该是在生态学基本思想的指引下来建设，认同人在整个生态系统中的非中心地位，并由此形成绿色美学。

帕特里克·巴伦（Patrick Barron）和安娜·雷（Anna Re）主编的《意大利环境文学选集》（*Italian Environmental literature: an anthology*，2003）可以说是意大利生态批评的有益尝试，同时也暴露出意大利生态写作与之的鸿沟。在对意大利文学作品的选择和收集上，这部著作无疑是非常有意义的，但也显示出环境或者说生态批评话语上的连贯性的缺乏。除了选集最后一部分的那几位作家，大部分都只是有关自然或者被自然激发了灵感的作品的集合。这个时期，总的来说缺乏环保主义者的声音，缺乏超越人类世的生态意识，在理论和实践中也缺乏意识的提升，缺少像蕾切尔·卡森（Rachel Carson）、加里·斯奈德（Gary Snyder）、特里·坦皮斯特·威廉斯（Terry Tempest Williams）、温德尔·贝瑞（Wendell Berry）、琳达·霍根（Linda Hogan）、巴里·洛佩兹（Barry Lopez）这样突出的代表。

生态批评往往表现出关注生态问题的急切和审美体验上的隔膜，不少以"生态"为着眼点的解读，往往停留在对显在的生态题材文本进行主题批评的层面，概括文本中体现的生态思想，泛化总结出其生态主题，难以体现一种文学批评特定的批评视角和广阔的解读空间。但有几位学者对环境问题的关切、行动和批评方法，使得她们成为生态批评的当代先锋。

塞雷内拉·约维诺（Serenella Iovino）是一位哲学家，她的《文学生态学：生存的策略》（*Ecologia letteraria: Una strategia di sopravvivenza*，2006）是意大利首部提供了全面综合的生态批评方法的著作。约维诺是意大利生态批评的杰出贡献者，至今也活跃在理论界。她的著作颇丰，主要有《德性之根》（*Radice della virtù*，1999），《环境哲学：自然，伦理，社会》（*Filosofie dell'ambiente: natura, etica, società*，2004），《文学生态学：生存策略》（*Ecologia letteraria. una strategia di sopravvivenza*，2006），《环境伦理：声音与视角》（*Etiche dell' ambiente: voci e prospettive*，2012），《基本生态

批评》(*Elemental Ecocriticism*, 2015), 《生态批评与意大利：生态学，抵抗与自由》(*Ecocriticism and Italy: ecology, resistance, and liberation*, 2016), 《生态批评、生态学和古代文化》(*Ecocriticism, ecology, and the cultures of antiquity*, 2017), 《意大利和环境人文学：景观、自然与生态学》(*Italy and the environmental humanities: landscapes, natures, ecologies*, 2018) 等。

生物区域主义者认为，特定的地方是不同地方文化的摇篮。约维诺向国际理论家倾斜，但在她提出问题和选择文本方面都明显是对意大利的，她也为这方面的国际理论和研究合作开辟了道路。2014年她和瑟皮尔·奥珀曼 (Serpil Oppermann) 共同出版了《物质生态批评》(*Material Ecocriticism*, 2014) 一书，成为物质生态批评的主要倡导人之一，也可看作是意大利在生态美学领域的理论贡献。她们认为，所有物质都是能够进行创造性表达的，都是有故事的事物，其中，人和非人互动，他们的存在是多方共存共生的。而且，物质生态批评不仅是关注事物如何是文本的，也关注文本如何是事物并且作为事物存在的，以及它们怎样在生态意识上增加新的层次，用新的话语补充伦理和本体的词库。本研究通过考察物质和文化文本，形成理解的叙事路径，不仅和被解读的事物互动，也和潜在的读者现实互动。

约维诺提倡去中心化、环境正义、生物区域主义、世界主义、包容性和生态公民身份，并介绍"文学生态学"的实际例子，认为这些作品以不同的方式考虑人类与非人类世界之间的互动关系。

焦万纳·里科韦里 (Giovanna Ricoveri) 是作家、活动家和期刊《资本主义自然社会主义》(*Capitalismo Natura Socialismo*) 的创办人之一，这个期刊以社会主义生态学为理论旗帜，关注了意大利很多的环境问题。她还出版了著作《公共用地与商品》(*Commons vs. Commodities*, 2005)。

另一部较突出的关于意大利生态批评的作品是马尔科·阿尔米耶罗 (Marco Armiero) 和马库斯·霍尔 (Marcus Hall) 编纂的《现代意大利的自然和历史》(*Nature and history in modern Italy*, 2010), 他们追溯到了定义意大利在领土统一之前的景观文学。编者也提出，"民族"环境历史对民族边界和历史对简单事实来说是必要的，但他们也强调"民族和历史"的新领域对于生态图景的重要性。

第五节　意大利生态美学的实践形态

一、生态文学

审美是生态问题转化为生态文学的孵化器。从批评实践的角度来看，文学艺术所发挥的生态审美批判作用也可以视为生态美学的实践形态，包括具体作品的生态审美批判作用、对文艺的生态批评实践和对现实生活中破坏生态事实的有力抨击。[1]当代意大利文学对生态美学不同的主题进行了重新认识和解读。从安德烈亚·赞佐托（Andrea Zanzotto）诗歌中的生态介入（ecological engagement），到朱塞佩·德西（Giuseppe Dessì）小说中的微宇宙；从维琴佐·帕尔迪尼（Vicenzo Pardini）的人类、动物和植物世界的非动态史诗，到亚历山德拉·萨尔基（Alessandra Sarchi）表现的抽象的自然，再到弗朗切斯科·佩科拉罗（Francesco Pecoraro）谈到的和平时代的秩序的变异。这些作品一次次地追问浪费和破坏的问题，或者对环境遗产的人为重建，人类的责任和他的内疚感，随之而来的困境，对非人类拟人化的自然倾向，等等。

事实上，生态文学有着深远的传统根源。雷奥帕尔蒂在诗歌中对自然的投入，例如《无限》中对自然和景观的壮美的探求，以及在他的散文中如《自然与冰岛人的对话》（*Dialogo della Natura e di un Islandese*，1827）都有所表现，并定义了意大利环境意识早期的重要时刻。后来的加布里埃尔·邓南遮（Gabriele D'Annunzio），以及很多现代作家都关注被但丁和彼特拉克所走过的民族建设道路，为理解自然和环境在当代语境中的含义提供一个调整和重新聚焦的可能。

---

[1] 曾繁仁：《中国当代生态美学的产生与发展》，《中国图书评论》2006年第3期，第61页。

而在当代，早在1990年，卡尔尼亚·萨沃尼亚（Carnia Savorgnan）山区叙事作品奖就将1989年的十个提名作品出了一本合集，叫作《思考大山》（*Pensando montagne*，1990），为此类对自然在文学中的介入的写作理念起到了先锋作用。

生态文学在早期是以绿色文学的名字出现的，第一部绿色文学选集（Antologia verde）是恩佐·蒂耶齐、卢乔·帕西（Lucio Passi）和詹弗兰科·奥鲁内苏（Gianfranco Orunesu）等编写的《绿色文集：科学、哲学和文学的生态意识文本》（*Antologia verde: Letture scientifiche, filosofiche e letterarie per una coscienza ecologica*，1987）。类似的分析和讲述还有西尔瓦诺·佩洛索（Silvano Peloso）的《亚马孙雨林：失落世界的神话与文学》（*Amazzonia. Mito e letteratura del mondo perduto*，1988），阿尔贝托·马里（Alberto Mari）和乌尔里克·金德尔（Ulrike Kindl）的《森林：神话、传说和寓言》（*Il bosco. Miti, leggende e fiabe*，1989）和埃尔科莱·V. 费拉里奥（Ercole V. Ferrario）的《文学中的自然观》（*L'idea di natura nella storia della letteratura*，1989）。

法比奥·焦万尼尼（Fabio Giovannini）在创立了生态文学文化期刊《淹没的森林》（*Foreste sommerse*）后，讨论生态和文学的关系，并先后归纳了生态文学在上世纪七个方面的主题特征，具有重要的参考意义：

一是对工业主义的批判。这方面主要的批判家和理论家是克劳迪奥·马格里斯（Claudio Magris）。作为一位知名作家和文学理论家，他的《伊萨卡及其他》（*Itaca ed altre*，1982）是对工业文明的批判作品，聚焦于用过对大自然的爱对抗工业化进程和对工业的推崇。与之相关的小说典型的有斯塔尼斯劳·涅沃（Stanislao Nievo）的《黑夜的主人》（*Il padrone della notte*，1976），阿尔弗雷多·托迪斯科（Alfredo Todisco）的《激情的自然史》（*Storia naturale di una passione*，1976）和《第一个海滩》（*La prima spiaggia*，1976）等。

二是对都市与城市化的批判。城市生活场景以科幻或者魔幻的方式显示出来，表现出与自然的格格不入。这方面值得一提的是科幻小说，例如利诺·阿尔达尼（Lino Aldani）的《当树根……》（*Quando le radici*，1977）。

三是对核武器的批判。1986年5月21日，埃雷梅·迪比（Erremme

Dibbi）在《宣言》（il Manifesto）上发表了一篇文章《未来的云：切尔诺贝利之前的世界末日景象》（Nubi dal futuro. Le apocalittiche visioni della fantascienza prima di Cernobyl），讨论了核武器的灾难，并给出一系列的书单。此后，路易吉·卡拉米耶洛（Luigi Caramiello）发表了《核介质》（Il medium nucleare，1987），讨论原子时代的宇宙。类似主题的还有阿尔贝托·莫拉维亚（Alberto Moravia）的《核武器之冬》（L' inverno nucleare，1986）和埃尔萨·莫兰特（Elsa Morante）的《赞成或反对原子弹》（Pro o contro la bomba atomica，1987）。

　　四是对科学与技术狂的批判，主要聚焦于消费社会对地球的毒害，对控制论的分析，技术发展对环境造成的污染和破坏，等等。卡尔维诺是这些污染实验写作的先行者之一。他在《帕洛马尔》（Palomar，1983）中混合科学观察，诗意地描述了世界，抓住了与《世界的记忆和其他宇宙故事》（La memoria del mondo e altre storie cosmicomiche，1968）、《宇宙喜剧》（Le Cosmicomiche，1965）和《你和零》（Ti con zero，1967）之间原始的联系，诗意地改写了世界及其元素的起源。另一个污染和文化重组相关的尝试是达尼埃莱·德尔朱迪切（Daniele Del Giudice）的《西部亚特兰大》（Atlante occidentale，1985），其中在小说中安排了科学家和作家之间的会面，建立了一种联系，达成了感性和理性的交流。

　　五是动物主义。当代意大利出现了很多以动物作为主人公的小说，例如保罗·沃尔波尼（Paolo Volponi）的《躁动的星球》（Il pianeta irritabile，1978）和卡洛·卡索拉（Carlo Cassola）的《幸存者》（Il superstite，1987）。动物会思考，会说话，或会表达感情，例如马里奥·斯皮内拉（Mario Spinella）的《不可伤害的女人》（Le donne non la danno，1985）。也有人设想动物拒绝繁殖而导致的世界末日，例如利萨·莫尔普戈（Lisa Morpugo）的《普里亚普斯的烦恼》（La noia di priapo，1988）。

　　六是乌托邦和生态托邦。英美的此类小说在意大利产生了重要影响，从乔治·奥维尔（George Orwell）的反乌托邦开始，以及阿道司·赫胥黎（Aldous Huxley）科学主导新世界，接着美国作家欧内斯特·卡伦巴赫（Ernest Callenbach）的《生态托邦》（Ecotopia，1979）引进到了意大利，这部小说设想了一个用生态原则建立新型社会的生活。受此影响，意大利的山德罗·佩尔加梅诺（Sandro Pergameno）出版了小说集《蓝色星球故事集》（*Storie del pianeta azzurro*，1987）。

七是生态诗歌。马里奥·福尔图纳托（Mario Fortunato）以《生态诗歌》（*L'ecopoesia*）为题，于1987年10月25日在《快讯》（*L'espresso*）发表了一篇对十个意大利诗人的采访，讨论他们对生态的理解和诗歌上的表现的可能。弗朗哥·阿尔米尼奥（Franco Arminio）的诗集《让路于树》（*Cedi la strada agli alberi*，2017），是第一部分有关乡村和景观的诗歌，也是生态诗歌的代表作。

除此之外，涉及生态主题的作品还有很多。例如皮埃尔·保罗·帕索里尼（Pier Paolo Pasolini）收录在《海盗的写作》（*Scritti Corsari*，1975）里的《萤火虫之文》（*L'articolo delle lucciole*），圭多·莫尔塞利（Guido Morselli）的《H. G.的消失》（*Dissipatio H. G.*，1977），劳拉·孔蒂（Laura Conti）的《娃娃脸的兔子》（*Una lepre con la faccia da bambina*，1978），乔治·切利（Giorgio Celli）的《生态与上帝的猴子》（*Ecologi e scimmie di Dio*，1985），恩佐·蒂耶齐的《历史时代与生物时代》（*Tempi storici tempi biologici*，1984），尼科·奥伦戈（Nico Orengo）的《爱的习俗》（*Dogana d'amore*，1986），朱塞佩·孔特（Giuseppe Conte）的《燃烧的春天》（*Primavera incendiata*，1980）和《秋分》（*Equinozio d'autunno*，1987），富里奥·耶西（Furio Jesi）的《最后一夜》（*L'ultima notte*，1987）以及马里奥·福尔图纳托的《自然之地》（*Luoghi naturali*，1988）等。

生态思想显示出传统意识的局限性。在传统观念里，对全球生态系统缺乏全面的认识，将人与自然分离。而生态思想要求人类重新开启不同知识和语言之间的交流。文学可以被确定为一个特权空间，因为在文学语言中，它直接和自然地与生态思想相契合：两者都意味着思想的创造、描述、交流的重新开放。而只有当我们开始观察周围发生的事情时，这种联系才能重新开放。这种开放是跨学科的，就像阿尔曼多·尼希（Armando Gnisci）在《盖亚的颜色是蓝色》（*Il colore di Gaia. Azzurro*，1989）中所描述的那样。

对生态和环境的反映的一个象征性的地方就是城市。城市是生态问题交互联系的一种隐喻。在现代文学中，不同形式的城市以及人与自然地点的关系，都成为文学想要表现的对象。在这方面，卡尔维诺有诸多表现，他前瞻性地意识到了二十世纪五六十年代城市发展的影响力，指出现代社会隐含了人与环境的相互关系。

在卡尔维诺的《树上的男爵》（*Il barone rampante*，1957）和《马克瓦多》（*Marcovaldo*，1958）中，能看到他对城市困境的思考。前者的主人公抛弃了都市而归隐山林，表现了人与自然之间紧密而深刻的联系，但对于人来说是更不自然的。而后者中的主人公则相反，生活在城市中，却表现独特，似乎培养出了更为鲜活的生命，最原始的自然形式。在卡尔维诺这里，城市也可能是想象和隐喻之地。例如在他的小说《看不见的城市》（*Le città invisibili*，1972）中，每个存在都是象征物，反映了处所和居住在这里的人之间的关系。

卡尔维诺笔下的马克瓦多是某种生物城市（biocity）的原型，预设了当代生物公民（biocitizen）的生态学层面上的怀疑和焦虑。在主人公的怀乡情绪中，有着自然的理想和他在城市中看到的自然的幻灭感。他无法看到自然和城市之间的关联，也无法和自然有更和谐的关系，除非他远离城市，这使他在某种程度上和那些新千年的环境爱好者相似，他们关心的自然经常是矛盾的，并且在环境主义者范围内是反效果的。作为一个生物公民，积极面还是他对自然世界的关注和他想象和创造其他空间的能力，而当变成了一种生态原教旨主义，就走向了反面。他认为自己是唯一能够意识到城市中自然存在的人，也是唯一能够照看自然的人。在其他很多故事里，他有变成了半人类半自然元素，一种氛围，一种植物，或者一种动物。就像卡尔维诺在《马克瓦多》第二辑的前言提到的那样："这本书并不想让人沉溺于一种肤浅的乐观的态度：现代人已经失去了自己与生活环境之间的和谐，克服其不和谐是一项涂鸦般的任务，太随意，如田园梦想一样虚幻。但占主导地位的态度是固执的、不听天由命的。"[1]

意大利另一个城市文学的作家安德烈亚·德·卡洛（Andrea De Carlo）写作的《奶油火车》（*Treno di panna*，1981），在他的笔下，洛杉矶是一个

---

[1] Calvino, Italo. preface to the 1966 edition of Marcovaldo: *Romanzi e racconti. Milano: Mondadori*, 1991, 1236.

场景面板，一个光鲜亮丽的门面，一个外部表面，一个简单的背景的故事。

达维德·布雷戈拉（Davide Bregola）出版了一本名为《快乐故事——在舒缓的恶之交响乐》（*Racconti felici——le lenta sinfonia del male*，2003）的书。这些文本深深扎根于外省，尤其是三十年前的帕达尼亚省，讲述了那里的土地。弗朗切斯科·佩尔穆尼安（Francesco Permunian）的小说《灰烬之地》（*Nel paese delle ceneri*，2003）对外省风光和人与自然关系的探讨也非常动人。

2017年意大利最重要的文学奖项斯特雷加奖给了保罗·科涅蒂（Paolo Cognetti）的《八山》（*Le otto montagne*，2016），是生态文学在意大利受到空前关注的标志。小说通过彼得罗和布鲁诺不同的生活轨迹分别呈现了城市和山区两种不同的生活方式和态度，从中体现出人在自然之中如何面对自然的问题。作家还写过其他不少生态小说。

二、社会响应

意大利的生态意识很强，在实际行动上也非常具有先锋精神。事实上欧洲发达国家在十九世纪末和二十世纪初之间几乎都开始设立环境保护机构，意大利也不例外。第一个捍卫景观和自然的协会出现在十九世纪下半叶，带有明显的美学和自然主义的动机。阿尔卑斯俱乐部成立于1863年，为1894年建立意大利旅游俱乐部奠定了基础。1906年，一个全国性协会在博洛尼亚诞生，意大利风景和纪念碑协会随后成立。

除了机构的设立，国家在政治和立法层面也有较为有效的支持。第一个对于意大利土地的干预措施出现在1905年，是由当时的农业部部长拉瓦倡议的捍卫拉文纳松林法案，到1922年，开始有了第一个保护景观的法令，一个由克罗齐倡导，议会推动的法令，明确保护具有公共利益性质的不动产，不仅仅是因为自然之美，还因为他们和历史和文学之间的特殊关系。

1923年又出台了第一部有机物质法。

在这些立法的基础上，社会和理论界对景观进行审美讨论，催生了第一个意大利国家公园的建立，包括大帕拉迪索国家公园（1922年），这其中，关于生态理念下的美学动机成了重要的影响因素。此后，开始有各种法令保护自然之美，有了和历史、文学以及艺术相联系的保护措施。

丹杰洛曾经提到一个有意思的现象，即在环境美学理论尚未真正发展起来的情况下，社会层面上的环境保护运动早已兴盛。同理，意大利生态美学也面临同样的境遇。如果二十世纪初意大利是自发联合主义，以自然美和景观保护为主题，那么从六十年代开始，保护自然的真正催化剂就是对自然的生物生态学考虑。1955年Italia Nostra建立，在环境、文化和艺术纬度上，仍然本着维护自然审美价值的原则。在接下来的二十年中，环保主义运动继续发展：1966年世界野生动物基金会的意大利分部，1977年的地球之友，以及意大利鸟类保护联盟，废除狩猎联盟，环保联盟。1975年意大利环境基金会成立，在相当自然主义的生物标签下解释其具体的审美特性。

然而我们也应该看到，本世纪初协会对自然的审美兴趣很可能只是改变了外观，对生态学的兴趣往往是一种审美趣味。对好的自然保护往往是对美丽自然的捍卫，然而，这种自然对于戏剧性的考虑更加富有成效、更加严肃充分，而不是承认自己的审美根源。

自然和历史总是在对景观起作用，这是人类标志和调整环境的结果。景观和环境的哲学会倾向于削弱或者破坏自然和艺术，自然和历史之间的严格对立。重新思考景观和重新思考在景观的范畴内我们和自然的美学关系，但在文明意识和很多情感上是超前的、先进的。随着时间的推移出现了很多协会，旨在保护景观，保护生态价值（也包括维护建筑），参与绿色公共空间创造；还有一些关于保护的重要文件，例如2000年在佛罗伦萨签署的《欧洲景观公约》和2004年颁布的《文化遗产和景观法令》。前者定义了景观作为地区（territorio）的决定性部分，是被公众感知的，其特点因自然或人文因素的行为不同，也因他们之间的相互关系而不同。而后者用历史、文化、自然、形态和美学价值来保护景观。总之，两者都不仅仅采用景观的概念，还承认了这个概念对美学维度来说是要素性的。我们也别忘了，意大利共和国宪法第九条（1947）中，去实施、感受、参与这个复杂的过程，在艺术和文化的紧密联系中意大利共和国应促进文化和科学技术研究的发展，保护国家的景观、历史和文化遗产。

也许，由于这些原因，保护和创造景观是对环境美学二十年的考验。丹杰洛的"自然美学"的重新提出不是哲学，而是生态学。环境美学的潮流不是哲学评论而是环境主义运动的（边缘性的）结果。[1]可见，意大利当时的运动对于生态美学的推动作用。

2000年佛罗伦萨召开的欧盟景观会议，颁布了有关法令法规，作为东道主的意大利功不可没，也凸显了意大利在生态保护上的责任感和执行力。国际著名的罗马俱乐部（Club of Rome）是关于环境与发展未来学研究的全球智囊组织也是成立于1968年4月，总部设在意大利罗马，也是由它首先向人类发出生态危机的警告。

结语

本章以意大利生态美学及其相关理论为研究对象，对生态美学、环境美学、生态批评和生态文学的文本进行搜集、整理，追溯了意大利生态美学自古典时代以来的渊源和发展，探讨了其现状和特点。意大利理论界真正以生态美学为术语进行系统理论建设的不多，尚属早期阶段，大多数情况下都包含在其他的理论之中，但已经能够看出意大利学界对此的日益重视。

意大利的生态美学可追溯到古希腊古罗马时代的人类非中心主义传统和对于自然之美的论述，在二十世纪出现以后，其理论要素又在各种美学理论和生态批评中出现。景观美学是意大利生态美学讨论最多的领域，从对于景观美学的理解过程中，可以发现生态美学逐渐赋形的过程，而在环境美学和生态批评中，可以看到生态美学的发展特点和趋势，并能从中看到意大利学界对国际生态美学界的密切关注和积极对话与合作。生态文学作为生态美学的实践形态，和社会活动一起，表现出生态美学对于现实的巨大影响力。

---

[1] D' Angelo, Paolo. *Estetica della natura. Bellezza naturale, paesaggio, arte ambientale*. Roma-Bari: Gius. Laterza& Figli Spa., 2001, 57.

第十五章　西班牙语生态美学

　　与世界范围内生态美学和生态批评的发展相比，西班牙语的生态美学研究比较匮乏，但也出现了与环境美学乃至生态美学吻合的研究雏形。鉴于生态美学的应用形态是生态批评，从广义来说生态艺术、生态电影、艺术批评甚至生态文学等都可视作生态美学的具体应用。虽然生态美学这个词汇目前在西班牙语学界还未得到普及和广泛使用，但就西班牙语生态批评的资料内容来看，已经出现一些属于生态美学范畴的文章及著作。除此以外，西班牙语生态美学的研究团队、国际会议和教育课程也逐渐兴起和扩大，无论在欧美还是拉美，都已出现践行生态美学的具体案例。然而到目前为止，中国国内学术界几乎还没有学者涉及西班牙语生态美学的研究。

　　生态美学作为一门新兴的跨学科性的美学应用学科，其产生基础是在当代生态观念、环境观念和美学观念的共同促进下形成的，是以生态存在论、生态环境价值论和生态环境伦理学为基础的新型美学形态。通过对生态美学学科的补充研究，确立生态美学的研究对象是"生态审美"，以主客交融的审美方式取代人与世界对立、主客二分的传统审美模式，以生态伦理学为思想基础，借助生态知识培养审美趣味和引发生态想象，建立人与世界融合为一的新型审美观和"审美交融"模式，激发人们思考如何在生态意识引领下进行审美活动。

　　本章通过对西班牙语生态美学的探讨，旨在完善更加成熟的生态美学理论与以之为理论基础的生态批评应用，从而为中西方生态美学对话、为倡导人人参与追求和谐美好的生活提供可靠的理论依据。

第一节　西班牙语生态美学思想的渊源与背景

纵观人类历史，以各种不同形式反映与生态相关的思想早已存在于人们的生活当中，但人们生态审美观的建立是在后现代的经济与文化背景下。经济与文化形态的形成为生态美学的产生创造了必要条件，二十世纪八十年代中期以后生态美学才在生态批评的诱导与建构作用下逐步形成并发展起来。

早在哥伦布征服美洲大陆之前，美洲大陆古印第安文明就将那里的美丽自然视为神圣不可侵犯的沃土。印第安人膜拜自然造物、通过审视自然之美倡导人类与自然和谐共存的生态理念。玛雅人的《波波尔·乌》（*Popol Vuh*）描绘了大自然中造物的人、神的传说，将人与自然和平共处、其乐融融的画面视为人类追求的终极美好。这或许可以看作拉美生态美学思想的雏形。美洲的三大文明，即玛雅文明、阿兹特克文明以及印加文明都展示出崇尚自然、信奉神明和自然造物的生态思想，这些对自然的特殊审美影响到后世人们的生态美学观。

航海家克里斯托弗·哥伦布（Cristóbal Colón）在十五世纪开启了征服美洲的历史时期。他在寻找新大陆的《航海日记》以及写给西班牙国王的信件中，赞美美洲大自然风景。与其同行的欧洲探险者也感慨美洲神奇美丽的大自然，纷纷撰文书写并赞美那里的自然生态和奇妙见闻。他们在特定历史时期和文化语境下通过作品、绘画或其他艺术方式初次展现了各自的生态审美观。《航海日记》中详细描绘了美洲大陆辽阔、富饶的自然风貌，热情淳朴的印第安土著居民及其风俗，成为世人了解美洲自然生态的第一扇窗。

其后，西班牙语世界的文人艺术家通过各自的作品表达其对"自然之美"的关注与颂扬。如人文主义者安德烈斯·贝略（Andrés Bello）在《与诗谈话》（*Alocución a la Poesía*，1823）中号召人们"回到大自然中去"，领略淳朴自然的纯美；在《热带农艺》（*La agricultura de la zona tórrida*，1826）中，又以生态审美的视角描绘了美洲绚丽多彩的大自然。诗人何塞·桑托斯·乔卡诺 (José Santos Chocano) 在《美洲之魂》(*Alma américa*，1906) 中讴歌美洲大陆风物世情，表达了自己对自然之美的深切热爱。神甫埃尔内斯托·卡尔德纳尔 (Ernesto Cardenal) 的《宇宙颂歌》(*Cántico cósmico*，1989) 通过讴歌自然之美和人类精神，表达了人与自然休戚相关、人与宇宙万物共生共荣的生态思想。奥拉西奥·基罗加 (Horacio Quiroga) 的《丛林的故事》(*Cuentos de la selva*，1918) 描写了热带雨林、河流、树木和动物等自然风光，倡导人与自然和睦相处，与动植物和平友爱、互帮互助。阿莱霍·卡彭铁尔 (Alejo Carpentier) 的《消失的脚步》(*Los pasos perdidos*，1953) 将自然看作是人类返璞归真、净化灵魂的场所等等。[1]

作为宗主国的西班牙由于位处欧洲，其社会发展和生态历程大抵与欧洲历史发展同步，而在其统治下的拉美大陆则不同。西方殖民的统治在一定程度上破坏了美洲风貌。为了摆脱殖民，拉美各国展开了革命运动和独立战争，相较于世界其他国家，虽然拉美在科技、经济等方面的发展相对滞后，但也于二十世纪末进入了谋求社会发展的新时期。快速的经济发展必然导致拉美社会、生态问题丛生，加上美国等西方强国加紧资本渗入，大量开发和利用拉丁美洲自然资源，现代化的弊端让拉美人民生存受到巨大的威胁，自然环境也面临危机。从十五世纪到二十世纪以来，迫于内忧外患的政治情形，拉美人民无暇顾及自然之美，一度忽视生态环境，直到经济快速发展导致生态危机显现，人们才重新关注起这个曾经被描写作"圣地""天堂"，而如今却成为文人笔下"地狱"的美洲。此时，人们意识到应当积极采取措施克服现代化弊端，这就需要在观念上呼唤一种重新审视人的生存与自然之美的生态审美观，从而指引人们正确前行。

当人们的生存受到生态危机的严重威胁后，西班牙及拉美各国的民间环保组织应运而生，并开始关注生态危机。西班牙在九十年代发起了环境运动，拉美各国"由环保主义者、城乡妇女、当地群众、工人、健康部门的官员和农民等人员参加的组织和运动正在就生态、人类及公有生产条件

---

[1] 以上西班牙语生态文学作品参考孟夏韵：《拉美生态文学研究：以荷马·阿里德希斯与路易斯·塞普尔维达生态小说为例》，北京：世界知识出版社，2018年版，第34—38页。

与资方和国家进行着一场斗争"[1]。文学艺术界也掀起了环境保护浪潮。目光敏锐的作家和批评家开始关注环境保护问题，作家以环境为主题创作出生态文学作品；批评家则用生态批评的视角评判导致环境问题日趋恶化的人类行为；艺术家也通过各自的生态创作和国内外的作品展出表达对自然之美的捍卫和对生态破坏的声讨，并试图在创作中探讨应对生态危机和可持续发展的解决之道。

这种对现代化弊端的生态危机作出回应的举措是人们思考当前生存状况后形成的新的存在论哲学和美学，改善人的生存状态已经成为关系到整个人类命运的时代课题。因此，随着时代的发展，人们逐渐形成了一种生态审美观，在人与自然的关系上突破了主客二分的形而上学观点，突破了人类中心主义，力主人与自然和谐共生；也正是在生态批评倡导解救作为人的生存环境的大自然和还人性以自然，倡导重建人与自然精神、物质合一的环境下，生态美学应运而生。

第二节　西班牙语生态美学的现状及发展

广义的生态美学着眼于人与自然、社会以及自身的生态审美关系上，是一种符合生态规律的存在论美学观。其表现形式有景观美学、环境美学和生物美学等，其应用形态的生态批评包含的生态艺术、生态电影、生态文学等都可视作具体应用。虽然生态美学这个词汇未在西班牙语学界得到广泛使用，但就西班牙语生态批评的资料内容来看，一些文章及著作已属于生态美学的讨论范畴。

最早出现生态美学一词的西班牙语文献是在墨西哥艺术理论教授奥斯卡·奥莱亚·菲格罗亚 (Óscar Olea Figueroa) 的著作《城市灾难与变

---

[1] [美]罗纳德·奇尔科特、江时学：《替代拉美的新自由主义——〈拉美透视〉专辑》，江心学译，北京：社会科学文献出版社，2004年版，第147页。

异：生态美学入门》（*Catástrofes y monstruosidades urbanas: Introducción a la ecoestética*，1989）中，其中两章借用了"生态美学"一词：第四章"城市景观的生态美学"和第八章"以突变理论为基础的墨西哥城地区城市景观的生态美学研究"。奥斯卡受当时美国环境美学和景观设计的影响，从生态美学的视角分析墨西哥的城市景观。城市化显示了人类历史发展的大趋势，美国等发达国家在二十世纪已经实现了城市化，而大多数发展中国家的城市化在二十世纪后半期才慢慢起步。然而城市化的过程诱导人们追求经济的最大增长，由此出现各种城市灾难并影响到人类生活。奥斯卡正是基于这种初现的环境生态问题，开始以美学和生态学的角度审视城市景观。此书深入分析了墨西哥大城市出现的三种严重审美平衡失调动因，这些动因不仅影响到城市面貌，还影响到居住者的社会行为和周遭环境，如过度排放的机动车、密集饱和的住宅建筑、混乱无序的空间布局以及大量农村人口迁移城市等。一方面，作者借用突变理论中的七种突变形式研究城市系统，考察三种审美平衡失调动因是否是导致城市系统发生七种初等突变中某一个的原因，这种突变给人类环境带来的消极影响可谓灾难与变异；另一方面，作者在试图寻找影响人们生活质量的混乱因子的同时，以美学的视角研究城市业态，注重其平衡统一性以及人类生活其中的感性体验，并试图结合城市生态功能指出发展问题以及未来改善方向。虽然此书在生态美学理论与概念应用上不能与城市规划与设计的专业美学书籍相比较（仅仅引入概念、指出现象并做分析），也未从专业的生态设计角度提出具体方案，但是，正如书名《城市灾难与变异：生态美学入门》所言，它为西班牙语学界提供了一个审核城市景观的新视角——生态美学的视角。

虽然奥斯卡的这部专著提出了生态美学的概念，但之后在西班牙语文献资料中以此为研究主题的著作或文章并不常见。近些年以生态美学为关键词的文章也屈指可数，其中墨西哥国立自治大学美学研究院皮特·克里格（Peter Krieger）的论文《墨西哥大型城市的生态历史和生态美学：概念、问题和研究策略》（*Ecohistoria y ecoestética de la megalópolis mexicana. Conceptos, problemas y estrategias de investigación*，2017），从怀旧、平衡、演变、美学、景观、可持续发展变化等方面挖掘了墨西哥城市的生态历史。

文章指出对自然生态环境造成深刻变化的不是自然现象，而是对自然干预的人类行为。美学中的图像在给人带来审美体验的同时，也激发人们对自身行为进行内省。人们从图片上观看到城市景观的演变和国家生态系统的变化，逐渐形成一种认知能力，从而分辨人类历史进程中的好坏利弊，改变人类在自然空间的行为模式；哥伦比亚研究者奥尔加利西亚·帕梅托·普拉塔（Olgalicia Palmett Plata）的文章《评估麦德林城市景观的生态审美属性》（*Evaluación de los atributos eco-estéticos del paisaje urbano de Medellín*，2015）以城市景观为课堂教学研究案例，分类、描绘、评估决定麦德林城市景观属性的生态与审美维度的突出方面，分析麦德林城市景观的结构和形式关系、视觉和功能关系。采用课堂研究方法，借助探索性和描述性方式，在概念、方法和技术探究之外，在城市发展、地域管理和环境保护的框架内，选择"战略生态系统"的个体景观，开启对麦德林城市景观生态审美属性的评估。文章通过采集、分析、对比、制图等研究方式，最终确定了麦德林城市景观战略生态系统中每个微型个体景观的生态和审美属性；文章还通过评估这些属性分辨出具有高价值的元素和需要介入保护的元素，获得对每个微观个体景观的价值评分，从而改善评分较低的个体景观属性。借助预防、保护、复原和重建的方法提高个体景观的价值。

除了明确出现生态美学一词的文章外，西班牙语研究者更多围绕其应用形态的生态批评探讨撰文。以下梳理一些与生态美学形式相关的人物观点和文献资料。

豪尔赫·马尔科内（Jorge Marcone）是任教于美国新泽西州罗格斯大学的秘鲁人。他的研究与教学领域是拉丁美洲文学与文化、生态和环境的跨学科比较，即从生态批评视角出发，探究自然、社会环境关系，试图在英国殖民文学、欧洲自然写作以及十九世纪美洲环境书写之间建立联系，并在当下环境正义、现象学、生态政治、后殖民生态、墨西哥裔美国人文学、英语生态批评等热题中寻求学科相通之处，建立对话机制。马尔科内尤其关注亚马孙和热带雨林话语，关注拉丁美洲典型景观对现代化的批评，谴责理想化荒野，曾在西班牙萨拉曼卡和秘鲁库斯科执导并监督两届夏季生态领域的学科研究。其与生态相关的论著和文章有《全球生态与人文环境：后殖民方式》（*Global Ecologies and the Environmental Humanities: Postcolonial Approaches*，2015）、《丛林热：拉丁美洲文学中幻灭的生态》（*Fiebre de la selva: ecología de la desilusión en la literatura hispanoamericana*，2007）、《亚马孙的文化批评和可持续发展：对西班牙语美洲文学丛林小说的解读》（*Cultural Criticism and Sustainable Development in Amazonia: A Reading from The Spanish-American Romance of the Jungle*，1998）等。

吉塞拉·何福斯（Gisela Heffes）2007年在耶鲁大学获得拉丁美洲文学博士学位，现在美国莱斯大学任教，长期从事生态批评、生态乌托邦、生态女性主义、环境自然研究，出版多部生态批评相关领域著作，如《拉丁美洲文学中的城市想象》（*Las ciudades imaginarias en la literatura latinoamericana*，2008）、《城市乌托邦：拉丁美洲欲望的地缘政治》（*Utopías urbanas: geopolíticas del deseo en América Latina*，2012）、《毁灭的政策／保护的诗学——拉美环境生态批评解读札记》（*Políticas de la destrucción／Poéticas de la preservación—Apuntes para una lectura eco-crítica del medio ambiente en América Latina*，2013）等；撰写并发表多篇涉及拉美城市景观的生态文章，以环境美学的视角探讨当代拉美城市垃圾堆式发展模式的弊端和有效解决方案，提出纸板、塑料等废弃物回收利用，废物排放、处理、循环等环境科学主张，探讨城市清洁发展、美化生活环境的生态措施。其作品涉及垃圾与消费、社会正义与环境保护、乌托邦想象与城市反乌托邦等主题，试图重构当代拉美城市面貌，构建真正的城市乌托邦。此外，吉塞拉·何福斯在莱斯大学开设有拉丁美洲文学和环境、城市叙事、城市乌托邦等课程，并多次受邀参加与环境和城市问题治理相关的会议，是西语界环境美学的良好践行者。

阿德里安·泰勒·凯恩（Adrian Taylor Kane）是博伊西州立大学世界语系主任，长期从事拉丁美洲文学和生态批评教学，著有《拉丁美洲文学中的自然世界》（*The Natural World in Latin American Literatures*，2010）等。她主要通过对拉美生态文学文本的研究，探讨作品的生态背景和人物的生态意识，在全球化时代中寻求自然、社会与人类更好的共生模式。她将生态批评对话引入拉丁美洲学者的实践活动中，挖掘人与环境的关系以及二十一世纪拉美文学中的自然、现代化与科技主题。其著作《拉丁美洲文学中的自然世界》既分析了加勒比地区文化，展示作家、艺术家和音乐家的生态审美及如何参与环境治理问题，又探讨了环境与拉美以及美国西南部社会底层人民的关系，探讨在美、墨边境的环境种族主义和环境不公平等问题。

除了以上与生态美学相关的人物与观点，一些西班牙语文献资料包含运用其应用形态的生态批评分析不同类型作品的美学因素。如《拉丁美洲文学批评杂志》（*Revista de Crítica Literaria Latinoamericana*）2014年第79期中的几篇文章，分别从生态美学角度分析了墨西哥园林和巴西建筑，从分析生态文学文本延伸到生态电影；西班牙生态批评研究社（GIECO）和欧洲文学、文化及环境研究学会（EASLCE）共同创办的欧洲文学、文化及环境网络生态批评杂志 *Ecozon* 在2017年创建的"伊比利亚、拉丁美洲和葡语非洲生态批评专刊"（*Iberian, Latin American, and Lusophone African Ecocriticism*），涉及生态艺术、环保运动、城市景观、生存理念等与生态美学息息相关的研究主题；哈维尔·德·纳瓦斯古艾思（Javier de Navascués）与人合著的《从阿卡迪亚到巴别塔：拉丁美洲文学中的自然与城市》（*De Arcadia a Babel: naturaleza y ciudad en la literatura hispanoamericana*，2002）围绕二十世纪拉美文学作品中现代化城市发展问题，从环境美学的角度研究拉美文学空间想象的主题，探讨乡村与城市、自然与科技等曾被看作对立的主题，以发展革新的角度打破文明与野蛮、主客二分的传统思维模式，认为现代化发展打造的城市空间能够继续成为拉美民族身份建构的场所，社会仍面临着机遇与改变，不能完全以否定城市和科技的态度评判人类发展。此书收录十六篇文章，从自然到城市、从阿卡迪亚到巴别塔，第一次全面探讨了拉美文学中城市发展与自然保护的主题。

塔尼·亚佩雷斯－卡诺（Tania Perez-Cano）的博士论文《横渡大西洋的生态诗学：从文本到社会行动》（*Ecopoéticas transatlánticas: del texto a la acción social*，2013），运用生态诗学概念，从生态诗、生态叙事、生态影像和生态团体创作四个方面，解读西班牙语国家诗歌、小说等文学作品，在分析喜剧、纪录片、雕塑、电影、建筑等艺术作品中挖掘其所包含的生态环境主题，这恰恰是生态美学具体应用的表现。论文各个章节把包含生态环境元素的文学与艺术联系起来，为西班牙语国家包括拉美的生态批评提供了多视角的研究方法，丰富了生态批评理论内涵和实践应用，扩大了生态诗学的研究范畴，也拓宽了生态批评的研究范围。论文前两章是对文学文本的生态解读，后两章是对艺术作品的生态审美解析，其中，第三章"城市与农村的生态影像，乌托邦与启示录之间"，选取分析了两部西班牙喜剧——马克斯（Max）的《古斯塔沃》（*Gustavo*，1981）和米盖尔兰克索·普拉多（Miguelanxo Prado）的《粉笔制图》（*Trazo de tiza*，1993）以及两部墨西哥连环画，第四章"生态团体创作：从边缘重建标准"，选取露西·沃克（Lucy Walker）的纪录片《浪费的土地》（*Waste Land*），巴西艺术家威客·穆尼斯（Vik Muniz）的作品《垃圾系列》（*Garbage Series*）和古巴艺术家艾克托尔·加约·波尔铁雷斯（Héctor Gallo Portieles）的作品《加约的世界》（*El mundo de Gallo*）作为研究对象，从生态美学角度赏析这些艺术作品的审美价值和生态价值。此论文虽未明确提出生态美学概念，但其分析的应用形态恰恰是结合美学与生态学的解读方式，为西班牙语国家包括拉美的生态批评提供了多方面考察视角，丰富了生态批评的理论内涵和实际应用，扩大了生态诗学的应用空间，将包含生态环境元素的文学与艺术联合起来，符合生态美学的研究范围。

美国亚利桑那州大学研究院西班牙语专业学者玛利亚·亚历山德拉·伍尔森（María Alessandra Woolson）的博士论文《文化镜子的空间——新千年初期拉丁美洲生态批评思考》（*El Espacio Como Espejo Cultural. Reflexiones Ecocríticas en América Latina a Principios del Nuevo Milenio*，2014），从生态批评角度对拉丁美洲二十世纪末至二十一世纪初的不同艺术形式表达以及文学文本进行分析解读，包括对墨西哥雕刻家海伦·埃斯科韦多（Helen Escobedo）以及阿根廷艺术家尼古拉斯·加尔西亚·乌里布鲁（Nicolás García Uriburu）和玛尔塔·米努欣（Marta Minujín）的艺术作品的生态解读，也是利用美学与生态学结合的方式进行作品分析，是生态美学应用实践的具体体现。

美国学者丽莎·帕梅拉·罗萨斯-布斯托斯（Liza Pamela Rosas-Bustos）

的博士论文《象征森林与共生森林：拉丁美洲生态批评札记》（*Selva simbólica selva simbiótica: apuntes para una ecocrítica latinoamericana*，2014）运用生态批评的方法，选取拉丁美洲作家和诗人的作品进行生态解读，分析其文本里森林在自然中所扮演的角色及其演变，阐释拉美经典作品中森林的象征意义及其在文学文本中审美意象的艺术表现，梳理和总结拉丁美洲的生态学、深层生态学和生态伦理，解析与环境伦理学相关的现象学、比喻性语言、地名学等；通过两个故事分析、探讨如何围绕森林的现象学深度体现语言的功能性重建，通过讲故事人绘声绘色的描写和象征性语言，揭露欧洲殖民者为了个人利益展现的不和谐的森林价值观，并揭示大自然的内在价值、人类与非人类之间无界限；通过"层林景观"（storied landscape）概念和基于巴赫金的对话理论，分析罗萨里奥·卡斯特亚诺斯的小说《巴伦·卡南》（*Balún Canán*，1957）。该论著虽然以生态批评为题，实则运用到生态美学表现形式的景观美学和环境美学分析方法，结合美学和生态学的分析特色，拓宽了对文学文本的研究方法，使拉丁美洲生态批评研究进一步深化。

第三节　西班牙语生态美学的总体内容与特点

　　二十世纪中期以来，随着世界范围现代化发展深入、大众文化日益勃兴，美学逐渐从艺术哲学领域渗透到人们的日常生活当中。如今，人们审美观的表达不仅仅是对艺术作品、穿着服饰、装潢设计的审美，新时代下还体现在对生态、环境、景观以及城市等领域的审美。由此，出现了生态美学、环境美学、景观美学、生物美学及城市美学等新兴的美学理论形态。"审美成为衡量我们日常生活质量的中心标志。"[1]而生态审美则是"以生态伦理学为思想基础的审美活动，是对于传统美学理论中审美与伦理关系的

---

[1] [美]阿诺德·柏林特：《环境美学》，张敏、周雨译，长沙：湖南科技出版社，2006年版，第52—55页。

生态改造与强化，生态意识是生态审美的必要前提条件。"[1]由此，中国学者理解生态美学为后现代语境下"以崭新的生态世界观为指导，以探索人与自然的审美关系为出发点，涉及人与社会、人与宇宙以及人与自身等多重审美关系，最后落脚到改善人类当下的非美的存在状态，建立起一种符合生态规律的审美的存在状态。这是一种人与自然和社会达到动态平衡、和谐一致的处于生态审美状态的崭新的生态存在论美学观。"[2]

西班牙语学者毛里西奥·桑切斯·瓦伦西亚（Mauricio Sánchez Valencia）在其文章《生态美学：作为文化代码和概念资源的美学》（*Ecoestética: la estética como código cultural y recurso conceptual*，2006）中这样定义生态美学："美学由集体视角产生一种客观的价值，也就是说，'美'是一个具有语境、意识、文化条件的价值判断，这种价值判断使其成为一种集体表达。这种形式可以赋予物质文化在一个群体敏感性上行动的能力，同时连接特定文化场的美学代码；正是这个概念我们称之为生态美学：集体敏感性的规范式和描述式反映。"[3]毛里西奥此处突出了美学的价值和集体概念，但未从生态学角度进一步阐释。该文以"柳条式移动家具与配件""咖啡机""城市工艺桌游"等应用形态物件来阐释对生态美学的理解。通过设计赋予物体或物质文化形态和美学价值，又通过利用这些物件的功能突出显示其生态价值。这种认知生态美学的方式与格诺特·波默的《气氛美学》中对生态美学的表达相近，即为了人类的审美气氛环境，人们通过审美工作对各种各样的环境因素，包括自然物、人工制品，甚至社会制度和文化等进行重塑。毛里西奥的分析恰恰是通过对人工制品的重塑来实现生态审美，这也成为如今生态美学研究的新思路。

除此以外，西班牙语生态美学大多以景观美学与环境美学两大内容为主要体现。

---

[1] 程相占、[美]阿诺德·伯林特、[美]保罗·戈比斯特、[美]王昕晧：《生态美学与生态评估及规划》，郑州：河南人民出版社，2013年版，第76页。

[2] 曾繁仁：《中西对话中的生态美学》，北京：人民出版社，2012年版，第132页。

[3] https://pensamientotridimensional.blogspot.com/2006/06/ecoestetica-la-esttica-como-cdigo.html.

一、景观美学中的生态美学因素

景观是一定区域呈现的人造或自然景象，常常具有一定的分类，比如城市景观、乡村景观、森林景观、荒原景观等。它的概念有时超越了它实际应用所赋予的在自然面前愉悦享受的内容，而具有生动的艺术价值。

《城市灾难与变异：生态美学入门》中这样描述景观："无论是乡村景观还是城市景观，与其说是纯粹带有审美性质的刺激，不如说是生态视角最重要的信息来源。它决定了人类在其物质环境中谋生的适应性。景观也是物质能量资源的来源，总之，储存着任何一个机体所需要维持生存的东西。"[1]作者奥斯卡将景观与生态紧密联系在一起，认为地球生物的所有栖居地都是景观，而这些景观都是一定数量机体共同享有的栖所，荒原景观与有人类参与的城市景观，形成了相互影响的不同系统。与此相似，《评估麦德林城市景观的生态审美属性》中，作者奥尔加利西亚从生态地理理论出发，结合景观美学理论进行研究和分析，将景观理解为"地理、土地延伸、居住空间，是互动和文化加工的结果，人们将它看作一种居所，它的特征是自然因素和人为因素相互作用的结果。"[2]《墨西哥大型城市的生态历史和生态美学》认为，自然一直处于改变和变化的永久过程中，"一个景观的动植物群并不是一个创造出永恒形象的稳定的实体，而是一个冲突的集合，其中最适应环境永久变化的物种存活下来"[3]；同时这本书也认为，"最深刻的变化不是在自然界中产生的（除了火山爆发或地震），而是通过人类在城市空间的干预，又逐渐扩展到农村"[4]。作者由此将景观的概念延伸，提

[1] Figueroa Olea, Óscar. *Catástrofes y monstruosidades urbanas. Introducción a la ecoestética*. México: Editorial Trillas, 1989, 53. 本文中西班牙语译文，均由笔者翻译，以下不再一一说明。

[2] Palmett Plata, Olgalicia. "Evaluación de los atributos eco-estéticos del paisaje urbano de Medellín," en *Procesos Urbanos Revista de divulgación científica*. Sincelejo, Colombia, 2015, 129.

[3] Krieger, Peter. "Ecohistoria y ecoestética de la megalópolis mexicana. Conceptos, problemas y estrategias de investigación," en *Históricas Digital*, Universidad Nacional Autónoma de México, 2016, 261−262.

[4] Krieger, Peter. "Ecohistoria y ecoestética de la megalópolis mexicana. Conceptos, problemas y estrategias de investigación," en *Históricas Digital*, Universidad Nacional Autónoma de México, 2016, 262.

出"景观本身大部分并不是一个自然空间，而是一个被农业和公路、水利、能源和电信基础设施文化同化的领域。也就是说，它是一个人造景观，根据效率和合理性参数设计出来的景观。"[1]这样的描述突出了景观是自然和人为因素相互作用的观念。

人类社会遗留下来的物质文化以及所有先于工业化时代存在的物质文化，都具有敏锐的感知力和对自然景观的阅读力，例如古老的农业文明、采集者和狩猎者从景观中获得必要的信息，通过感知与经验找到适合居住的土地，寻觅给养他们生活的粮食和蔬菜，在生存与生活中继续培养美学智慧与敏感度。"景观的审美价值是景观传递某种美感的能力，这取决于它在整个历史中获得的文化意义和评价，以及景观元素根据颜色、多样性、形式、比例、规模、质地和个体方面体现的内在价值。"[2]景观的审美价值在于它们的丰富多样性对环境的贡献。因此，不能将景观的美学与生态的美学区分开来："因为景观的生态美学理论提出了社会价值体系与自然过程的综合观点，其中土地、空气和水文资源是人类生活中不可或缺的，也是不可替代的景观组成部分。"[3]

《评估麦德林城市景观的生态审美属性》以城市景观为研究案例，认为"城市景观是一个由天然和人工形式组成的异质整体，由两者的部分构成"[4]。它通过观察个体景观的形态结构差异和空间布局，分析麦德林城市景观结构和形式关系、视觉和功能关系。在认定的景观个体如自然保护区、战略生态系统、线性公园和城市公园中选取"战略生态系统"，从环境可见度、视觉质量和视觉脆弱性等三个角度，开启对麦德林城市景观生态审美属性的评估。对构成部分生态生物层面和建筑美学层面的特点进行分析，

[1] Krieger, Peter. "Ecohistoria y ecoestética de la megalópolis mexicana. Conceptos, problemas y estrategias de investigación," en *Históricas Digital*, Universidad Nacional Autónoma de México, 2016, 262.

[2] Palmett Plata, Olgalicia. "Evaluación de los atributos eco-estéticos del paisaje urbano de Medellín," en *Procesos Urbanos Revista de divulgación científica*. Sincelejo, Colombia, 2015, 141.

[3] Palmett Plata, Olgalicia. "Evaluación de los atributos eco-estéticos del paisaje urbano de Medellín," en *Procesos Urbanos Revista de divulgación científica*. Sincelejo, Colombia, 2015, 141.

[4] Palmett Plata, Olgalicia. "Evaluación de los atributos eco-estéticos del paisaje urbano de Medellín," en *Procesos Urbanos Revista de divulgación científica*. Sincelejo, Colombia, 2015, 129.

建立生态评估标准，采用土地管理局间接方法的定量方式，对每个组成部分进行评分。该研究设计了不同的分析表格，对每个个体景观生态潜力、审美潜力和视觉质量打分，又考虑景观在使用方面的耐受力，从坡度、植物的种类、土壤的坚固、人类活动和色彩反差等几个方面考量其视觉脆弱性，从而给出总体评价。对于分数过低的山峰，要给予环保救助，改善其土壤稳固性、保护其森林植被资源并减少人类活动。如今麦德林政府已经将三个微型个体景观纳入环境保护的计划当中，成立了生态保护区。这种对麦德林城市景观生态审美属性的评估，初步实现了生态美学应用于实践的真正价值。

《墨西哥大型城市的生态历史和生态美学》一文认为，景观不是纯粹的"自然"，而是根据人类意志产生的观念和建构。"景观有历史，并产生特定的想象，暗示了文化价值的全景。在感知和概念化过程中，神经网络构建了景观；因此，它与记录它的主体的想象力一样多方面。有效的记录方式是照片或绘画中的静止图像，电视中的移动图像。"[1] 这些审美图片和图像，记录了城市景观的演变和国家生态系统的变化，"这些图像标志着城市化景观演变的瞬间，成为国家生态系统发展的见证，甚至是其消失元素的见证。它们捕捉了一个处于永久变异的实体、城市和景观的瞬间"[2]。对于环境史学而言，这些图像为人们提供了内省机会，从而促使人们探讨存在论视域中的生态哲学问题。研究人员设法通过图像探索未知的景观方面并提出新问题，从而建立环境历史材料。人们在绘画或风景摄影中捕获景观，形成艺术作品的框架以及技术摄影图像，为历史反思和环境美学开辟了空间。景观同时包含理性与情感内涵，"艺术家的创作自由，以及飞行员的视觉构成，飞越城市景观并以纪录片摄影快照捕获它们，是过滤和确定特定生态系统体验的媒体框架；它们允许观察者将精神融入特定的景观，就像地面旅程一样。然后，城市景观的光学体验与视觉'教育'和记忆融合在一

[1] Krieger, Peter. "Ecohistoria y ecoestética de la megalópolis mexicana. Conceptos, problemas y estrategias de investigación," en *Históricas Digital*, Universidad Nacional Autónoma de México, 2016, 265.
[2] Krieger, Peter. "Ecohistoria y ecoestética de la megalópolis mexicana. Conceptos, problemas y estrategias de investigación," en *Históricas Digital*, Universidad Nacional Autónoma de México, 2016, 265.

起，每个观察者都在这里定义自己的兴趣和价值观"[1]。如此，景观作为一种复杂的跨学科探索手段而呈现，其中，科学、历史、社会心理和美学等方面融合在一起，形成了独特的生态审美价值。

对于生态美学的景观美学应用，西班牙语学者常常在生态视角下选取某个特定景观进行美学分析，除上节提到的《象征森林与共生森林：拉丁美洲生态批评札记》中对森林景观的探讨外，还有简斯·安德尔曼（Jens Andermann）的《地球的世界主义：拉丁美洲的园林和现代化》（*Cosmopolitismos telúricos : jardín y modernidad en Latinoamérica*）[2]一文中的景观美学应用，作者独辟蹊径、跨越文学文本，从生态学和美学的角度分析作为个体景观的墨西哥园林和巴西建筑，体现了生态美学应用的跨学科特点。

二、环境美学的生态美学因素

西方环境美学发展较早。如今中国的生态美学，尤其是当代生态美学接受了西方环境美学的资源，从文化立场来看，环境美学与生态美学有两个比较相同的立场，即"共同面对当代严重的生态破坏而要对生态环境加以保护的立场"[3]，另一个是"都是对传统美学忽视自然审美的突破"[4]。因此这两种美学形态有着紧密的联系，在理论阐释上相互借鉴，"环境美学认识到了人类与环境的相互作用，而在环境美学基础上发展出来的生态美学则运用生态知识进一步解释这种相互作用"[5]。两者互相配合，从不同角度共同阐释人与自然生态的审美关系，共同推动美学发展。

[1] Krieger, Peter. "Ecohistoria y ecoestética de la megalópolis mexicana. Conceptos, problemas y estrategias de investigación," en *Históricas Digital*, Universidad Nacional Autónoma de México, 2016, 268.

[2] Andermann, Jens: "Cosmopolitismos telúricos: jardín y modernidad en Latinoamérica," en *Revista de Crítica Literaria Latinoamericana*. Año XL, N.79. Lima-Boston. Primer Semestre de 2004, 201.

[3] 曾繁仁：《中西对话中的生态美学》，北京：人民出版社，2012年版，第194页。

[4] 曾繁仁：《中西对话中的生态美学》，北京：人民出版社，2012年版，第195页。

[5] 程相占、[美]阿诺德·伯林特、[美]保罗·戈比斯特、[美]王昕皓：《生态美学与生态评估及规划》，郑州：河南人民出版社，2013年版，前言，第3页。

本文按环境美学的审美对象来界定讨论西班牙语文献中涉及环境美学的部分。从审美对象来说，环境美学范围是"从艺术到自然和环境（包括环境中的东西）"，而"'艺术欣赏与环境欣赏的异同'正是环境美学的核心问题"。[1]

《墨西哥大型城市的生态历史和生态美学》中质疑"可持续发展"这个词汇，认为它只是一个政治操控术语，很多国家仅仅为打造一个生态正确的形象，使极端和不可持续的自然资源开采合法化。"可持续性在自然界中并不存在，但它是一个重要的文化目标"[2]，因此继续被用于当代城市的发展。在许多辩论中，"可持续性"一词给出了一种所谓的研究道德取向，但实际上它是一种没有意义的精神安慰。墨西哥大型城市的环境危机表现为水供给不足、空气污染以及沥青和混凝土对土壤影响等问题，这些是不受控制和不可持续发展的结果。在通过影音图像等艺术方式记载回顾人类环境发展历史的同时，人们应当意识到人类行为才是对自然生态环境造成深刻影响的因素，而非自然现象。因此人类要正视问题，避免打造虚伪的生态形象，真正身体力行地改变人类在自然空间的行为模式。这就是生态美学要求通过审美工作对环境因素进行重塑的作用。

珍妮特·佩雷斯（Janet Pérez）和温德尔·阿扣克（Wendell Aycock）于九十年代出版的《气候与文学：对环境的思考》（*Climate and Literature: Reflections of Environment*，1995）杂志中有九篇文章从环境角度解读了拉丁美洲文学作品，涉及阿根廷、哥伦比亚、墨西哥和安第斯山脉各国的环境问题包括物种灭绝、沙漠化、生态系统脆弱等。[3]在人们还未意识到环境问题的严重性时，文学文本的解释中气候和其他环境因素一直被忽视。随着生态批评和环境美学的发展，人们重新探索气候学维度，并通过文学展示

[1] 程相占、[美]阿诺德·伯林特、[美]保罗·戈比斯特、[美]王昕皓：《生态美学与生态评估及规划》，郑州：河南人民出版社，2013年版，第14页。

[2] Krieger, Peter. "Ecohistoria y ecoestética de la megalópolis mexicana. Conceptos, problemas y estrategias de investigación," en *Históricas Digital*, Universidad Nacional Autónoma de México, 2016, 273.

[3] 参考Heffes, Gisela: Para una ecocrítica latinoamericana: entre la postulación de un ecocentrismo crítico y la crítica a un antropocentrismo hegemónico," *Revista de Crítica Literaria Latinoamericana*. Año XL, N.79.Lima-Boston. Primer Semestre de 2004, 22.

对环境的思考。人们从中发现应用科学和当代文学理论结合的有趣例子，而这些例子不仅仅是对气候的文学描写，还是对特殊地理环境的描写。由此实现了文学欣赏与环境欣赏的双重审美目的。

美国学者伊丽莎白·M.德劳夫瑞（Elizabeth M. DeLoughrey）、蕾妮·K.格森（Renee K. Gosson）和乔治·B.汉德利（George B. Handley）合著的《加勒比文学与环境：自然与文化之间》（*Caribbean Literature and the Environment: Between Nature and Culture*，2006）收录了十八篇探讨人类与自然历史之间关系的文章，从生态批评视角解读加勒比文学文本。该书对自然与文化关系的探讨着重于四个主题：加勒比文学文本如何记录殖民地和种植园经济对环境的影响；伊甸园和自然起源的殖民神话如何重新被审视；生物和文化克里奥尔化之间的联系是什么；在全球化和旅游热潮的背景下加勒比美学如何阐明有效保持可持续性发展的手段。通过在逐渐发展的生态文学研究领域建立对话，包括关注白人定居者的叙述、加勒比文化产出，尤其是该地区的复杂种族和民族遗产之间的对话，探讨隐居和定居历史如何为在加勒比地区建立起地方感和环境伦理提供挑战和机遇。

乔尼·亚当森（Joni Adamson）和金伯利·N.鲁芬（Kimberly N. Ruffin）出版的《美洲研究、生态批评和公民身份：在本地乃至全球共有地的思考和行动》（*American Studies, Ecocriticism, and Citizenship: Thinking and Acting in the Local and Global Commons*，2013）以21世纪不同人类群体——民族、种族、性别的视角，进行深度生态学分析。该书所选文章包括环境正义案例研究和对居住在如美国、加拿大、海地、波多黎各、中国台湾和纳瓦霍部落的激进主义分子和艺术家的采访，被认为是解决由核熔毁、漏油、飓风和气候变化等导致争议的文学与科学分析手段，该书还呼吁一个确保人类与非人类权利的和谐美好的未来。

除以上西班牙语文献在文字上所体现的环境美学内容外，最能代表环境美学的生态美学因素的实践应用，当属西班牙卡斯蒂利亚－莱昂当代艺术博物馆举办的"硅藻大地（Tierra de diatomeas）"和"傲慢：对生态美学的可能性接近（Hybris: una posible aproximación ecoestética）"的艺术展览。展览展示了目前人类面临的环境问题如气候变化、生物多样性丧失、森林砍伐、空气和水污染、噪音和视觉污染等等，期待人们通过对环境的审视作出恢复生态平衡的尝试。

"硅藻大地"是融合艺术和科学的展览，通过分析迁移动植物种群探讨人类和卡斯蒂亚莱昂领土之间的关系。作为研究工具，作者使用了一种从远古时代就能保持自身存在和空间分散能力的微生物硅藻，通过对它们的研究来分析因罗马人、工业革命或家畜到来可能给作物生长周期带来的改变。硅藻作为一种比喻创建了自然与艺术的对话并由此探索人类的历史事件，在描绘自然现状的同时，探讨理想的未来地球、水和人类。

"傲慢：对生态美学的可能性接近"展览分为三个板块，每个板块由两个主题部分组成，这些部分并非平行运作，而是永久交叉，旨在恢复伦理与美学之间的关系。这些形式上的划分有助于提出一些最紧迫的生态问题：环境恶化、森林砍伐、污染、消费习惯和废弃物管理、转基因生物和粮食主权、土著文化保存、水污染和本地物种灭绝等。这里自然和城市景观相混合，艺术家纷纷从形式和内容、从环境的角度以更全面更包容地理解自然的方式展出作品。

在展出的四十名艺术家作品中，很多具有明显的环境美学特色。如第一个展厅分为两部分：一部分涉及所谓的恢复实践，称为"恢复主义美学""修复艺术"或"土地开垦"，与第二部分"生态创造（Ecovention）"有内在联系，其特点都是为生态问题提供实用的解决方案。其中，露西亚·罗兰（Lucia Loren）的作品展示了城市养蜂的场景。城市养蜂是一种新的适应现代生活的方式，通过雕塑蜂房塑造的授粉装置，为当地社区和环境协会提供了关于城市养蜂的必要启示；位于得克萨斯州达拉斯的费尔公园泻湖（Fair Park Lagoon）生态环境极度恶化：湖水充斥藻类，大部分动植物濒临灭绝。艺术家帕特里西亚·约翰逊（Patricia Johanson）受托在此重新打造一个生态环境，展出的照片反映了从1969年到2012年间生态区的逐渐变化。她重建了地方性生态系统，控制住河岸风化，并为公众设计了配套道路和桥梁。通过这种方式，让植物、鱼类、乌龟和鸟类重回泻湖，并与一系列代表自然元素的雕塑共享这一新生态空间；波兰艺术家为授粉昆虫提供居住避难所——"野生传粉者酒店"装置。它由不同的小架子和通道搭建，可自行清洁，适合昆虫们居住其中，外观可爱而温馨；艺术家莫利亚（Morilla）展示了内部自行车温室花园模型，一个在封闭生产系统中通过物质和能量转移进行自我管理的生态开发模型。温室花园需要人们的关注并让"骑车人"对装置所携带的植物生命负责，当人们骑行时，装置自动抽水供给植物。模型同时也是一个家具架、一个温室和一个没有连接电网而是依赖人体动力学的创意装置。

第二个展厅"重新利用"展示了艺术家用收集来的废弃物、垃圾材料和自然原料制成的艺术作品，这是一种现代生活环保新理念的体现。其中"雕塑森林"这组照片展示了艺术家赫尔曼·普瑞格恩（Herman Prigann）从1997年到2000年开展的生态项目，他将位于德国鲁尔河谷一个退化矿区重新塑造成巨大的雕塑公园。通过恢复和重新利用给予公园新的用途，同时保留其工业历史的记忆。为此，他重新启用旧水泥块、当地木材和各种工业残骸，以显示工业化造成的环境恶化和去工业化后欧洲社会的不平衡现象；在题为《佩雷斯的青蛙》的作品中，胡安·萨莫拉（Juan Zamora）用一种号称生态涂鸦（ecografiti）或绿色涂鸦的技法，收集卡斯蒂利亚莱昂地区的河流水和绿色苔藓，制作出青蛙图案。作品中青蛙这一物种的消失源于河流污染和除草剂的使用，由此引发生物学家的重视并试图依靠捕捉和单独养殖来保护该物种的生命延续。考虑到短短二十年生态界已消失了一百二十种无脊椎动物的事实，艺术家通过此作试图向生态环境中起到平衡作用的动物致敬；《考古重建》作品展示了一些按照考古的策略和方法进行重建的废品。艺术家用生态批判的视角审视资本主义当代社会的问题和系统性矛盾：可持续发展、工业和科技发展、环境保护、栖息地退化、回收利用等。在如今消费过度的时代，人们大肆使用一次性物品，急需有效的环保回收工序，避免当代超消费政治经济系统的顽固。上述作品呼吁人们尊重环境的新道德维度，对后代负责。

第三个展厅与表演相关，展示了一些创作于七十年代早期的标志性作品，艺术家通过女性身体指出更全面方式理解自然的重要性，并通过不同群体逐步参与形成集体创作。在"身体与自然元素关系"的五张照片中，菲娜·米拉莱斯（Fina Miralles）探索了人类、自然和物体之间的关系，分析了自然物体脱离组织时的变形和异化。通过使用不同媒介如绘画、表演和视频，展示了自然毁灭和重生的永恒过程，体现了人类身体融合自然并形成一个可互换价值的生态整体；《蝾螈的悲叹》是艺术家费尔南多·加西亚－多利（Fernando García-Dory）的装置及文献展示作品，以传统的农村庆典面具为道具，配有流行舞蹈和农活示范。其背景源于韩国光州最后一片稻田被公寓楼包围，现在成为一项探索城市及其生态系统之间关系的集体行动的大舞台。为此，作者与乡村居民成立剧团，创作了围绕循环水稻种植仪式的表演。作品质疑普遍的城市发展模式以及它的政治和文化结构，呼吁人们抵制威胁稻田发展的规划，领略农业生态空间自我管理的重要性，从而更好地迎接生态环境的连续性挑战。

正如展览题目——"对生态美学的可能性接近"（una posible aproximación ecoestética）所言，这些艺术作品蕴含着艺术家的生态环保理念，他们懂得通过艺术媒介在环境、社会和人类之间建立生态联结，从而有效应对现代社会的生态危机。"艺术作为一种工具来展示当前生态系统的不可持续性、不平衡关系和全球统治模式。艺术作为一种将自己置于现实面前的方式，作为一种谴责和意识的手段，为可能的生态美学开辟了道路。"[1]

第四节　西班牙语生态美学的实践应用与生态审美教育

上节所述的西班牙卡斯蒂利亚－莱昂当代艺术博物馆的展览是近年来西班牙语生态美学界最好的实践应用例证。该展览于 2017 年 6 月至 2018 年 2 月间开启，共三场关于艺术与自然的巡回展览，其中一场是荷兰艺术家赫尔曼·德·弗里斯（Herman de Vries）的个人作品展，以及"傲慢：对生态美学的可能性接近"和"硅藻大地"两场集体创作展。

"机遇与变化"是艺术家赫尔曼·德·弗里斯在西班牙举办的第一次

---

[1] *Guía de sala HYBRIS: una posible aproximación ecoestética*. MUSAC. Junta de Castilla y León. 2018, 57.

个人展览，其作品源于自然过程和现象。展览展出了艺术家从六十年代到现在不同时期的创作，其中精选了雕塑、装置、图纸、拼贴画和三个专门为这个展出制作的新作品。从最初的作品到最新的作品，全部借用自然为原料，此次展览尤其试图展示艺术家在其作品中融合科学、艺术、哲学和自然轨迹的多样性和连贯性。赫尔曼的作品是建立在园艺和自然科学之上，反映真切的自然现象。他收集、编目、分离和展示自然界的原材料和物质，引导我们注意周围世界的多样性和统一性。这也是艺术家展示自然美的职责所在。

"傲慢：对生态美学的可能性接近"反映出艺术作为解决应对当前生态问题所具有的行动和反思功能的潜力，从四十位国内外艺术家的视角创造出一种讲述生态政治、生态经济及生态社会的景观。所有艺术家都以某种方式表达着维护生态系统平衡的思想，无论是从自然界找到富有象征性意义的抽象表达方式，还是从生活中找到某种产生巨大影响的实实在在的表现物质。在他们的作品中，无论是内容还是形式，都以一种生态美学的角度诠释自然环境，完全超越了那种简单批判气候变化带来恶果的方式，这也是展览别出心裁之处。作品展现出对自然环境的敬畏与膜拜，对人类傲慢和无节制对待自然态度的批判和回应，试图寻求改变方式并创造出人类更加宜居的未来。

该展聚焦于寻求一种让艺术靠近生态学和可持续发展的不同方法，是生态美学观念实践应用的最佳体现。"展览接近法国哲学家菲利克斯·伽塔利（Felix Guattari）的生态智慧理念，认为生态学质疑着整个主体性和资本主义权力的形成，认为环境、社会和人类主体是三个相互联系和不可分割的领域。"[1]在这个意义上，艺术史学家和文化评论家T.J.狄莫思（T.J. Demos）"质疑实践艺术在艺术机构、行动主义和非政府政策框架内运作的方式能否挑战新自由主义生态治理的出现，还质疑艺术在重新定向'漂绿'[2]，进而寻

---

[1] *Guía de sala HYBRIS: una posible aproximación ecoestética.* MUSAC. Junta de Castilla y León. 2018, 6.

[2] 由"绿色"（green，象征环保）和"漂白"（whitewash）合成的一个新词。用来说明公司、政府或是组织以某些行为或行动宣示自身对环境保护的付出实际上却是反其道而行。这实质上是一种虚假的环保宣传。

求聚焦国际正义，以此定义环境和可持续发展的不同道路方面的作用"[1]。因此，为了配合展览主题，策展选择的方法也符合生态美学的标准，尽量做到经济环保消费，在作品运送、选材、设备及展示过程中的每个细节都采用简单的生态手段，避免铺张浪费和过度消耗。

此展在面对生态破坏时思考可能的解决途径，并提出了一种以艺术回应现实的方法，同时也成为一种接近生态美学的批判和谴责方式。艺术有助于人们对可持续发展政策的公开讨论，有助于培养人们提出创造性的建议，提出可供选择的解决方案，并从象征和实践的角度出发，以公正和可持续的方式对待生态环境。

西班牙提森－博内米萨国家博物馆（Museo Nacional Thyssen-Bornemisza）在2017年至2018年间举办了系列生态美学活动，让人们走出课堂走入博物馆，从艺术家的作品中寻找生态元素，一起探讨自然与环境保护以及艺术实践的话题。人们将水、树叶、石头、泥土和其他自然元素作为探索工具，开启一场生态美学之旅。此时艺术不仅是为世界产生美感的工具，还是引领世界走向更加公正和可持续发展的途径。博物馆专门配备讲解人员为来访者的生态之旅进行详尽解说，并在每次参观后免费开设心灵指导课堂，供人们交流和咨询，解答关于生态危机以及环境保护的困惑。这是博物馆以艺术展览形式进行的生态美学实践。

除此以外，西班牙语生态美学的研究团队、国际会议和教育课程也逐渐兴起和扩大，无论在欧美还是拉美，都已出现践行生态美学的具体案例。比如，《评估麦德林城市景观的生态审美属性》一文中提到的课堂生态美学研究模式，研究者以城市景观为课堂教学研究案例，通过采集、分析、对比、制图等研究方式在课堂上采取行动研究，从而分析评估麦德林城市的生态审美属性。这种课堂调查方式丰富了教育模式，培养了学生的环保意识，让新一代青年参与到城市可持续发展的进程当中，一起预防、保护、复原和重建个体景观价值，参与到构建人与自然平衡的道路之中，这才是分析城市景观属性结果的现实意义。

---

[1] *Guía de sala HYBRIS: una posible aproximación ecoestética*. MUSAC. Junta de Castilla y León. 2018, 6.

又如，美国盐湖城威斯特敏斯特学院2013春季学期开设"西班牙语生态批评课程"，将印第安人"美好生活"的研究主题作为课堂学习教材，探讨当前生态和社会危机的主要根源：现代西方思想及其殖民、消除生物多样性和思维方式的历史趋势。该课程试图讨论面对全球资本主义浪潮，生态批评如何逃离其固有破坏性逻辑的解决方案：降低生长和延缓运动，土著认识论，后发展，后人道主义等。此类课程不仅促进学生掌握和运用生态批评理论理解并分析文学文本、文化与社会中的生态现象，还培养学生将理论运用于实践，为解决危机提出可行性的方案与措施。

再如，2013年阿根廷伊瓜苏港双语文化中学给14岁的中学生开设了"文学与生态批评课程"，通过让学生阅读诗歌、小说、戏剧等文学作品，感悟其中叙述的大自然，增强学生生态审美和环境保护意识。该课程专门设有实践课环节，让学生将回收的废品做成乐器和其他物件，将书面的文学作品演绎编排成戏剧表演出来，使学生亲身体验保护自然、保护人类生态环境的重要性。这一举动不仅充分展示了阿根廷政府对青少年的环境生态保护意识的教育，也反映了生态美学教学在整个阿根廷教育界的受重视程度。

德国海德堡大学在2015年举办了德国西班牙语学者协会会议，此次会议以拉丁美洲生态批评为主要议题，大会跨越学科，涵盖内容广阔，从文学文本延伸到包括电影、社会、政治等议题领域。劳拉·巴尔巴斯－罗登 (Laura Barbas-Rhodena) 在发言中指出，拉丁美洲的生态心理 (ecopsicología) 与生态批评不仅能够成为分析阐释影视作品的工具，还为美国高校教学开辟了新的领域；吉塞拉·何福斯指出，在拉美当代城市叙事文学中，自然与环境不仅已成为讨论的聚焦点，其自身价值也超过了人类，失去人性化的人类和人性化的自然迫使我们不再从生态中心主义角度，而是从融合绿色研究以及环境公正的生物生态中心主义出发看待问题；娜塔莉亚·洛佩斯·里科 (Natalia López Rico) 指出，十九世纪随着拉丁美洲国家相继建立，公民应该改变面对自然的角色以及在新环境下公民的身份与职责状况；卡尔拉·萨卡斯特奇 (Carla Sagástegui) 试图通过文学呼吁恢复被取缔的委内瑞拉阿亚库乔港安第斯居住区传统清洁水渠的神圣仪式，这一古老仪式被认为是迷信行为，被现代化的水泥填埋水渠所取代，但实质上忽视了仪式清洁水源的真正作用，于是文学系的学生动员恢复节日仪式，通过文学对话实现呼吁；其他学者都围绕拉丁美洲生态文学和生态批评话题进行发言并展开讨论，展示了欧美包括拉美生态学者和文学艺术研究者的生态美学视野。这次会议无疑为来自欧美和拉美的生态批评学者提供良好的交流与学习机会。

此外，阿根廷生态学者安东尼奥·艾里奥·布拉伊洛夫斯基（Antonio Elio Brailovsky）在拉美各大院校、网络上开设环境生态教学课程，地理跨度包括从阿根廷的历史生态环境到拉丁美洲其他国家及伊比利亚半岛；时间跨度从史前文化、哥伦布发现新大陆到独立战争及全球化；授课群体从小学、中学到大学，甚至更高层次研究者。研究范围已不仅仅局限于单纯的生态环境，而是联系如文学艺术等其他学科。在此基础上出版的《圣经里的生态：环境历史研究》（*La ecología en la Biblia: investigación sobre historia ambiental*，1993）试图从文学中探讨环境生态问题。他的著述丰硕，涵盖面广，读者群大，在阿根廷生态审美教育界享有一定声誉；哥伦比亚佩雷拉科技大学环境科学博士安德烈斯·阿尔贝托·杜凯·尼维亚（Andrés Alberto Duque Nivia）跨越自己的专业，将环境科学研究与文学相结合，开设了文学与环境课程，旨在带领学生通过文学生态文本探索人类生态状况，用跨学科的方式和角度理解人类生态环境，建立文学与环境以及与人类自身情感之间的联系。他的课程于2013年开设至今，一直在佩雷拉科技大学获得好评；墨西哥作家及环保主义者荷马·阿里德希斯（Homero Aridjis），曾在美国印第安纳大学、纽约大学、哥伦比亚大学及加利福尼亚大学任教，教授有关环境、政治及文学话题的课程，带领了一批又一批拉丁美洲生态环保主义者，2014年参与由墨西哥作家协会在墨西哥城举办的第一届"生态诗与生态批评会议"，强调保护自然环境的重要性，尤其强调文学作品响应生态号召的责任，开启了拉丁美洲生态批评学术对话交流的先河。

结语

本章以西班牙语生态美学为研究对象，选取西班牙、拉美各国及一些欧美国家的西班牙语生态批评文献，整理了符合生态美学理论标准与应用实践的文本资料，结合生态美学的基本范畴和要点，归纳总结西班牙语生态美学的渊源与背景、现状与发展、内容与特点以及实践应用与审美教育。虽然生态美学在西班牙语学界并不普及，但与其应用形式——生态批评相关的研究日益勃兴，甚至有些领域已经属于生态美学范畴，或包含生态美学因素，如景观美学、城市美学及环境美学的研究等，只是学者并未使用生态美学这一术语。综合本章对西班牙语生态美学文献的梳理，我们发现各国学者结合各国面临的生态危机现实与不同环境表现，通过文本从不同角度对西班牙语世界的生态环境、文化现象以及艺术形式等进行了全方位的生态审美解读。

有的通过文学文本和艺术作品展露的生态危机探究造成危机的根源，旨在发挥生态预警的作用；有的探讨文学与艺术中反映的城市发展与自然保护等现实问题，批判人类中心主义对自然生态的糟蹋并呼吁环境正义；有的运用景观美学和环境美学分析手段，提出应对现代化发展的弊端、城市景观的潜在威胁以及自然环境的人为破坏的美学及科学策略；有的通过分析各国各地区文化现象，展示艺术家、作家和音乐家的生态审美及如何参与环境治理问题；有的探讨新的认识论方法和解读西班牙语生态文学、文化的批评方式；有的试图通过文学、艺术与科学等跨学科分析手段提出治理方案，解决当下环境问题。

一些西班牙语论著与文章虽使用了"生态美学"（ecoestética）一词，但未出现对生态美学理论系统性的介绍与阐释，也未明确指出其分析应用方式，更多则是简单地引入介绍、评论借鉴，或是与其他学科相结合的分析与探究。但从其应用形态的生态批评来看，西班牙语生态美学的覆盖范围相当广泛，西班牙语学界已经将生态目光聚焦在除了非人为自然环境以外的人为社会环境和文化环境。西班牙语世界学者的美学或审美工作也并非仅仅针对当下自然环境的破坏主张保护与修复环境，而更多主张以美学的态度重建整个人类环境，就像"傲慢：对生态美学的可能性接近"艺术展览中四十位艺术家用各自的艺术作品构建新的人类生态一样，人类生存相关的一切都包含在生态美学的关注之中。艺术家试图通过这些蕴含现代生态价值的作品焕发人类追求具有审美特质的人类环境，调动人类资源和各种能借助的手段，重建人类美好生活。依循这样的生态审美思路，我们可以发现西班牙语生态美学逐渐向世界生态美学发展潮流靠拢，即为追求一个"散发着审美气氛"[1]的人类环境而努力，为此人们要通过审美工作对各种各样的环境因素进行重塑。这就体现出西班牙语生态美学也极具包容度和开放性，为生态批评研究者在各领域的研究工作开辟了更广阔的空间，同时也符合程相占对生态美学研究范围的界定："生态美学是对于人的生态生存本性、生态思维方式和生态审美方式的整体研究，绝不仅仅是对于某一类审美对象（比如环境）的研究。"[2]

生态美学期望解决生态危机，但不仅仅停留于解决危机，而是重塑美好环境，"生态危机的真正答案只能在全球范围内通过真正的政治、社会和文化革命实现。也就是说，如果人们从政治专家的角度对待生态问题注定要失败，因为只有在环境、社会关系和人的主体性三个领域建立生态联结关系，才可能澄清这些问题"[3]。这也是西班牙语生态美学的追求目标和实现方式。

与已有研究相比，本章意义有三：第一，力图置身于世界生态美学发展前沿，探讨梳理尚处于研究空白的西班牙语生态美学课题，对丰富和深化世界生态美学的整体研究有推进意义。第二，以生态美学为指导纲领，在梳理西班牙语生态批评脉络的同时厘清概念，将国际上比较通行的生态美学概念引入西班牙语学界，深化和完善对西班牙语生态批评领域的探索，对理论分析新路径的提出具有重要意义。第三，对国内外生态美学研究者

---

[1] 此观点是由德国美学家格诺特·波默在其著作《气氛美学》中所提出。

[2] 程相占、[美]阿诺德·伯林特、[美]保罗·戈比斯特、[美]王昕晧：《生态美学与生态评估及规划》，郑州：河南人民出版社，2013年版，第16页。

[3] *Guía de sala HYBRIS: una posible aproximación ecoestética*. MUSAC. Junta de Castilla y León. 2018, 57.

和践行者多视角、多思维地理解生态美学具有借鉴和启发意义。

本章不仅丰富了生态美学的应用形态——生态批评的理论支撑，还对具体的生态审美操作手段提供更多方法借鉴；对促进人与自然和谐发展、增进人类对自然的深层次理解、为人类文明发展奠定了理论基础。

第十六章　俄罗斯生态美学

　　一个民族从镜像时期开始，是否就具有今天人们所说的生态意识？未必。但人们可以在民族历史的前文本中找到该民族对人与自然关系的理解，这种理解往往会体现这个民族朴素的观念。俄罗斯民族即如此。

　　但如何寻找俄罗斯生态审美的根源呢？至少有三个维度可以考量：

　　第一是文学维度，就是从俄罗斯文学的源文本（source text）中寻找俄罗斯[1]民族心智的成因，这其中，俄罗斯民族的文学史诗《伊戈尔远征记》（Слово о полку Игореве）可以承担这样的任务。该作品从文学和历史两个方面，描绘了俄罗斯民族性格的形成过程和图景，虽然该作品没有被作者命名为史诗，但从其书写策略到内容，无不折射出作者的史诗情怀，即通过塞维尔斯基大公伊戈尔的故事，全方位地展现俄罗斯民族面对草原游牧民族时的战斗决心和杀敌勇气，利哈乔夫指出，这部作品的史诗性表现为"对祖国的爱"，表现为"在讲述分割俄罗斯土地的时候充满了对敌人强烈的仇恨"[2]，俄罗斯人对土地的痴迷在《伊戈尔远征记》中已经一览无余，而且这种对土地的狂热持续到今天，就像梅德韦杰夫在视察南千岛群岛时所说的那样，"俄罗斯虽大，但没有一寸土地是多余的"[3]。

　　第二个维度是历史文本所反映的自然生态观，比较有代表性的源文本是与文学因素相杂糅的、和俄罗斯起源有关的历史文本《古史纪年》（又译

---

[1]《伊戈尔远征记》笼统地称呼俄罗斯人为罗斯人，很显然，这其中的主体民族是俄罗斯人，本章根据具体情况进行标注。

[2] [俄] 德·谢·利哈乔夫：《解读俄罗斯》，吴晓都等译，北京：北京大学出版社，2003年版，第174页。

[3] 这句话其实不是普京说的。2012年7月3日，卸任俄罗斯总统的梅德韦杰夫以总理的身份视察南千岛群岛（日本称北方四岛）时说的，这句话当时引起日本方面强烈抗议。

《往年纪事》），作者涅斯托尔在借鉴文学虚构性的同时，进入到历史的深层结构之中，挖掘俄罗斯民族自然观和俄罗斯民族思想的内在关联。

第三个维度是俄罗斯哲学文本中的自然生态观。"俄罗斯思想"[1]一直基于地理环境和民族文化展开对自然的沉思。与《伊戈尔远征记》和《古史纪年》不同，"俄罗斯思想"不是生态意识先行，而是根据俄罗斯已有的文学、历史、文化、艺术等文本来建构俄罗斯生态美学思想，索洛维约夫和洛谢夫无疑是这个领域的重要人物。当代俄罗斯后现代美学家曼尼科夫斯卡娅（Маньковская Н.）虽然广为人知，但她对生态美学的贡献不在于提出了什么新观点，而是系统地介绍了西方环境美学（她将之称为"生态美学"）的发展状况和代表人物。

第一节　《古史纪年》中的俄罗斯民族生态审美思想

热爱自然几乎是所有民族文化共有的特点。民族诗人、历史学家和宗教人士把他们对大自然的热爱或其他感情通过历史和文学作品记录下来。与某些借助天然屏障建立的国家不同，俄罗斯的政治、经济和文化中心位于东欧平原，沃野千里，河流纵横，没有高山等屏障可以拒敌，只有战争才能使俄罗斯人获得安全感，开疆拓土不仅成为历代沙皇的立国之本，甚至影响到当下俄罗斯的对外政策和国家经济。无论是《古史纪年》还是《伊戈尔远征记》，都出神入化地描述了俄罗斯的众多河流、森林，包括河流中潜伏着的水妖，漫无边际的森林里藏匿着的猛兽。而战争让河流和森林成为艺术表现的对象，也演变成贝尔所说的寄托人物美好愿望的"有意味的形式"。俄罗斯历史学家克柳切夫斯基注意到自然对于俄罗斯民族审美判断的价值，指出"俄罗斯人对河流的热爱克服了对森林和草原的那种

---

[1] 俄罗斯思想、法兰西精神、德国古典哲学、中国的儒家思想等都是某种民族文化的称谓，这里，笔者采用传统的"俄罗斯思想"来指代俄罗斯哲学。

'双重感情'"[1]。俄罗斯民族史诗《伊戈尔远征记》中作者对顿河等俄罗斯河流有着深入的观察，《古史纪年》虽然没有像《伊戈尔远征记》那样以文学的笔法刻画河流，但在地理环境中嵌入了俄罗斯人对神性的理解。

《古史纪年》[2]《Повесть временных лет》又译《往年纪事》，是迄今为止比较全面记载俄罗斯历史的编年史（Летопись），《古史纪年》冗长的古俄语名字已经表明该文本存在的价值、目的和其中隐藏的俄罗斯人的民族心智。实际上，除了《古史纪年》外，还有两部与之齐名的编年史，一是《拉夫连季抄本》（《Лаврентий》），二是《伊巴特抄本》（《Ипатьевская летопись》），但两者均将《古史纪年》置于正文之前，因此，《古史纪年》又有《俄罗斯编年序史》（《Начальная русская летопись》）之称谓，构成诸多编年史的前言（prelogic）。《古史纪年》是从大洪水以后挪亚的儿子们分封土地的故事开始记载，讲述了各民族的分布和斯拉夫民族的起源，其中涉及叙利亚人、巴比伦人和希腊人等民族的日常生活。作者涅斯托尔[3]的不同凡响之处在于，他以生花的妙笔描述了大洪水后存活下来的挪亚一家的故事，使俄罗斯民族在基督教文明体系中占据了合理化、合法化的宗教伦理和宗教高位，如果把整个欧洲民族都当作上帝的子民，整个大地都是上帝给子民的恩赐，那么在这个诸民族的自然生态中，俄罗斯因为是雅弗的子孙而天然地与神发生链接。其实，生态美学中的重要因素不是生态本身，而是生存于其中的人，有什么样的生活生态，就有什么样的审美，这种观点的代表人物是法国哲学家丹纳；但也有人认为，有什么样的民族才有什么样的审美观，或者也可以说，两者无法单独存在，而是相互渗透、相互观照。俄罗斯人是如何在诸多民族在场的情况下确定自己先天优势的呢？

---

[1] 转引自朱达秋、周力：《俄罗斯文化论》，重庆：重庆出版社，2004年版，第5页。

[2]《古史纪年》的全称是：《这是对往年历史的记载，记述罗斯民族从何而来，谁是基辅的开国大公，以及罗斯国如何形成》（《Се повести времяньных лет, откуду есть пошла Русская земля, кто в Киеве нача первее княжити и откуду Русская земля стала есть》）。

[3] 有研究者认为，《古史纪年》是很多作者共同编写的。参见布罗茨基：《俄国文学史》（上），蒋路、孙玮译，作家出版社，1954年版，第22页。也有学者根据"1110年"项目下的一段话"我乃圣米哈伊尔修道院院长西尔韦斯特尔，于1116年⋯⋯弗拉基米尔·莫诺玛赫任基辅大公期间写成此书，以期求得上帝赐福⋯⋯"判断，《古史纪年》的作者是西尔维斯特尔。参见左少兴：《序二·拨火传薪启后来》，第5页。《古史纪年》，王松亭译，李锡胤、左少兴校，北京：商务印书馆，2010年版。

或者换句话说，为什么直到今天，"第三罗马"的思想依然盘踞在俄罗斯民族的心里？凭什么丘特切夫（Тютчев Ф.И.）言之凿凿地说"理智无法理解俄罗斯……对俄罗斯只能信仰"[1]。问题是，所谓"对俄罗斯只能信仰"到底要信仰俄罗斯什么？或者说，因为什么对俄罗斯只能信仰？自然，对俄罗斯民族而言，不仅仅是审美那么简单，其中还暗藏着关于如何巧妙为自己进行优先定位的问题。

正如《古史纪年》的名称所暗示的那样，其所要解决的首先是俄罗斯民族极为关切的问题："俄罗斯民族从何而来？"这不仅仅关乎民族的过去，也会深深影响民族的未来，这是历史问题，也是神学问题，但这两个问题都是以民族最初对关于自身所处的地理坐标的沉思和俄罗斯民族在其他民族中的生存生态为根基提出的，其所涉及的是，无论过去还是当下，当俄罗斯民族面对各种情形时都要追问自己的根源，从而为自己的行为提供来自神圣文本或历史文本的依据，当然，也造就了这个族群有别于其他族群的思维模式和文化样态。

基辅山洞修道院的修士涅斯托尔以《旧约》中的故事为资源，为俄罗斯民族编写了一个完美的发源神话，这个神话对于外族而言可能就是神话，但对笃信东正教的俄罗斯人来说，这一切都是历史，而历史是事实的沉淀，是"真实的故事"，因为是真实的，所以能为文化的建构提供养料，并影响俄罗斯人的自然观、哲学思想、文学艺术。

涅斯托尔巧妙地把俄罗斯民族的起源和大洪水之后的挪亚家族联系在一起。

　　大洪水之后，挪亚的三个儿子闪、含和雅弗划分了世界。[2]

这其中，雅弗分得世界的北部和西部，广义上讲，他的属地基本是今天的欧洲大陆。虽然他和闪一起看见父亲赤身裸体，一起给父亲拿衣服搭

---

[1] 原诗是：Умом Россию не понять, /Аршином общим не измерить: /У ней особенная стать –/В Россию можно только верить.

[2]《古史纪年》，王松亭译，李锡胤、左少兴校，北京：商务印书馆，2010年版，第1页。

在他的肩上，但是雅弗在《旧约·创世记》中独得耶和华的偏爱。这种偏爱真是毫无道理可言。

耶和华闪的神是应当称颂的，愿迦南作闪的奴仆。愿神使雅弗扩张，使他住在闪的帐篷里，又愿迦南作他的奴仆。[1]

根据涅斯托尔的推理，在雅弗众多的后代中，有一支就是俄罗斯人，"在雅弗的领地内居住着俄罗斯人、楚德人和其他各种族"[2]。事实上在《创世记》中，根本找不到雅弗的子孙中有俄罗斯人的确凿证据，涅斯托尔的言说，为后来俄罗斯知识分子所强调的"俄罗斯心灵""莫斯科第三罗马"和"神人类"等思想和弥赛亚意识提供了神学依据，也为陀思妥耶夫斯基的"俄罗斯思想"奠定了理论的基石。他在《作家日记》中写道："俄罗斯思想，归根到底只是全世界人类共同联合的思想。"[3]很明显，陀思妥耶夫斯基的俄罗斯思想在当时并没有直接表现出本身蕴含的哲学内涵，即全人类在基督的领导下完成一个人类和平共处的终极理想，而作家期望的俄罗斯思想能达到的终极目标仅仅是作家本人的主观愿望，可以说，作家所说的"俄罗斯思想"尚不能成为唯心论中那种先于物质而存在的"理式"的等价物，陀氏的俄罗斯思想更接近俄罗斯理想（Русский идеал）。这种思想的产生是《古史纪年》中俄罗斯民族意识复苏的回声。涅斯托尔的逻辑并不复杂：耶和华因为眷顾雅弗，所以"使雅弗扩张"具有合理性，因为这是神的意志，也因为雅弗的子孙中有俄罗斯人，因此，俄罗斯应该接受上帝的恩赐，所以，在俄罗斯民族意识中，"俄罗斯民族是上帝特选的民族"也是合理的。但是，人们往往只关注神学意义上的内在逻辑线索，却忽略了自然在其中的作用。这个自然就是不可或缺的"水"之意象。

毫无疑问，水对于任何民族都是非常重要的，伟大的文明往往与水（江河湖海）息息相关，比如印度的恒河文明、中东地区的两河文明、发源

---

[1]《旧约·创世记》，第9章25—27节。

[2]《古史纪年》，王松亭译，李锡胤、左少兴校，北京：商务印书馆，2010年版，第2页。

[3] Достоевский Ф. М. Полн. собр. соч. в 30 т.Т. 25. Л: Наука, 1983, с.20.

·565·

于黄河和长江流域的中华文明等。如果以《古史纪年》为历史依据，会发现俄罗斯文化的灿烂辉煌，竟然和《旧约·创世记》中的那场大洪水有关，洪水这种生态灾难使得俄罗斯民族成为生存竞争中的幸运儿。这是不是俄罗斯民族对水一直存在原始崇拜的原因，目前无法定论，但毋庸置疑的是，"斯拉夫多神教信仰中的水既是生命之源，又是支撑大地的基础，并具有'洁身之剂'的特效功能。自古以来，俄罗斯人的祖先就向泉井、江湖等水域祈祷、祭祀"[1]，对水的崇拜以及在教堂等地取圣水的传统在今天的俄罗斯依然流行。水，不仅仅是生命之源，对于俄罗斯人而言，也是与世界沟通的渠道。《伊戈尔远征记》中塞维尔斯基大公伊戈尔与波洛夫人的交战除了所谓的获得军人的荣誉之外，更多是出于商业利益的考量，即争夺从瓦良格人到希腊人的黄金水路。在罗曼诺夫王朝时期，俄罗斯的崛起也和一位帝王对海洋的痴迷有关，彼得大帝与瑞典国王卡尔十二世打了二十一年的北方战争，就是为了争夺波罗的海的出海口，战争胜利后，沙皇俄国成为欧洲的列强之一。俄罗斯诗人普希金在叙事诗《青铜骑士》中一方面批判彼得大帝对民众的压榨，但另一方面又赞美他对俄罗斯民族疆域的扩展所作出的巨大贡献，说彼得"凿开了一扇通向欧洲的窗户"。在俄罗斯文学作品和其他历史文本中，总能发现俄罗斯人对水域的痴迷，《伊戈尔远征记》中战胜敌人最高的仪式就是"用头盔掬饮顿河的水"。

除了"水"之意象外，《古史纪年》也描写了冷兵器时代人的计谋，尔虞吾诈、宫廷斗争等"人的生存生态"，从中不难发现基辅罗斯时期俄罗斯人[2]和希腊人、拜占庭帝国的关系。从民族起源的角度看，俄罗斯民族属于东斯拉夫的一支，但从国家角度看，起初在基辅罗斯为王的人不是东斯拉夫人，而是瓦兰人[3]。瓦兰人是公元八世纪至十世纪出现在东欧平原上的罗斯人，是乌克兰、俄罗斯和白俄罗斯人对这支古老的维京人的称呼，他们

---

[1] 乐峰主编：《俄国宗教史》(上卷)，北京：社会科学文献出版社，2008年版，第30页。

[2] 严格地讲，应该叫罗斯人，而罗斯人最初只是指瓦兰人，随着时间的推移和民族成分的演变，罗斯人变成了东斯拉夫人，其主体民族是俄罗斯人，因此这里不进行详细划分。

[3] 瓦兰人，俄语Варяги，目前通常译为瓦良格人，因为所引用的译本为"瓦兰人"，笔者这里没有进行改动，继续使用瓦兰人的称谓。

原来居住在北欧的斯堪的纳维亚半岛，后沿着商路来到东欧平原。这些人秉承北欧海盗的行事风格，亦盗亦商。俄罗斯国家从成立伊始就不是东斯拉夫人的国家，根据《古史纪年》提供的信息，由于斯拉夫人没有法律意识，加之部落之间战争不断，劳民伤财，于是他们（东斯拉夫人、楚德人等）商定要立一个王公，让他处理这种混乱的场面。

他们到瓦兰人的一支——罗斯人居住的地方。这一支瓦兰人称为罗斯人……楚德人等对罗斯人说："我们那儿地大物博，但缺少规章条律。请你们来当大公，治理我们。"[1]

这段话至少透露如下信息：首先，东斯拉夫人和楚德人等民族混杂在一起；第二，诸民族之间在政治制度方面落后于瓦兰人；第三，俄罗斯国家（基辅罗斯）从存在那天起，就有北欧海盗的基因；第四，俄语中Варяги除了表示民族之外，还有"外援"[2]之意。也就是说，在基辅罗斯以及后来的莫斯科公国的政治体系和人种的基因里，瓦兰人这个"外援"已经将自己的民族无意识地植入东斯拉夫人的一个俄罗斯民族的精神世界里。一个优秀的少数民族在一群乌合之众面前，随着历史的延展会出现什么状况？现实的结果是，相互同化，并保留优秀的基因。这种同化过程也就是人的生存生态展示的过程。[3]除了面对大自然外，人还要面对自己的同类。《古史纪年》记载的大多是各个民族间血腥而残暴的战争。一方面，俄罗斯人对其他民族的生活习俗持否定态度，如"纵然是现在，波洛韦茨人依然保持其祖先的风俗：随意杀人，并以此为荣；吃人，吃不洁的食物——狷鼠和黄鼠等；与母辈或晚辈乱伦等等"[4]；另一方面，涅斯托尔却对俄罗斯民族大加称赞，"我们是基督教徒，我们信奉神圣的三位一体，信仰唯一的真神

---

[1]《古史纪年》，王松亭译，李锡胤、左少兴校，北京：商务印书馆，2010年版，第9-10页。

[2] Варяги这个词在竞技比赛中多指外援，即Посторонние люди, приглашённые для помощи, усиления чего-нибудь。不过对当时生产力相对落后的东斯拉夫人来说，瓦兰人的确是"外援"，只是外援的力量过于强大，成了东斯拉夫人的领袖。

[3] 俄罗斯思想中的"神圣罗斯"（Святая Русь）概念已经渐渐消除了瓦兰人的印记，成为神赐的被基督教光辉照耀的俄罗斯土地的隐喻，也指具有形而上意义的文化空间。神圣罗斯不再指涉具体的地理位置，也不强调国家的政体性和族群性，这正是以东正教为核心价值的神学概念。

[4]《古史纪年》，王松亭译，李锡胤、左少兴校，北京：商务印书馆，2010年版，第8页。

上帝，我们有共同的信仰，共同的律法，因为我们为耶稣而受洗礼，并且蒙受耶稣基督的恩惠"[1]。这也是《古史纪年》的基调，俄罗斯民族是与异教徒不同的力量，他们代表了正义。但是，在冷兵器时代，这种正义在多大程度上代表了神的意志是值得怀疑的。毋庸讳言，《古史纪年》中很多与神学、民族思想有关的传说和传奇随着俄罗斯民族的壮大而进入历史文本，变成弥赛亚意识的养料和文学的土壤。

这部历史著作中，能够体现俄罗斯人性格的有基辅大公奥列格，只是此时（公元907年）在《古史纪年》里，瓦兰人和俄罗斯人尚属于不同的民族，在攻打希腊人的大军中有东斯拉夫人、瓦兰人、楚德人等多个民族。涅斯托尔甚至告诉后人："罗斯人对希腊人还做了很多坏事，正如战时常见之情形。"[2]但时间让东斯拉夫人和瓦兰人逐渐融合在一起，甚至在《古史纪年》中，作者也是满怀深情地讴歌奥列格的功绩，同时也揭示了英雄人物不可避免的宿命。宿命论思想是俄罗斯民族对人作为自然之物时的悲剧性的感受，这种感受在奥列格的死亡方式上体现得非常明显。

奥列格任基辅大公期间，国泰民安，风调雨顺，各个民族之间相安无事。一日，奥列格问手下的术士和巫师自己未来的死因是什么，巫师认为大公将因自己心爱的坐骑死于非命。

奥列格牢记在心，吩咐马卒："我再也不骑这马，再也不想见它。"他命人将战马细心喂养，再不要牵到他面前。这样过了几年，直到奥列格带兵攻打希腊人。从希腊回基辅后又过了4年，在第5个年头奥列格猛然想起巫师关于他将死于此马的预言。他把马夫长叫来，问道："我让你们喂养的战马呢？"马夫长回答说："死了。"奥列格大笑，嘲笑那个巫师："这些法师纯粹胡言乱语，我的马死了，而我依然健在。"他命人备马，说："我要去看一看那战马的尸骨。"奥列格来到那里，见到马的骨架和颅骨，于是下马，笑道："难道我会死于这颅骨不

[1]《古史纪年》，王松亭译，李锡胤、左少兴校，北京：商务印书馆，2010年版，第8页。
[2]《古史纪年》，王松亭译，李锡胤、左少兴校，北京：商务印书馆，2010年版，第15页。

成？"边说边用脚踢了一下颅骨，这时忽然从里面蹿出一条蛇来，咬了他的脚，奥列格因此而死。[1]

在奥列格时代，尽管基督教的微风已经吹进基辅罗斯[2]，但在政坛上巫师和术士仍然掌握话语权，就信仰的生态而言，这还是多神教的世界。其次，英雄之死一定会伴有不同寻常的事件，奥列格之死是英雄命运悲剧的审美造型，体现了多神教时期诅咒的力量，说明死亡的时间和方式在上帝缺席的情况下也存在可能。这种死亡叙事在民族早期的历史文本中往往具有某些文学属性。[3]最后，涅斯托尔从自身的立场出发，认为巫师的预言虽然准确，但很多情况下更像一种诅咒，而不是预言，比如谈及阿波洛尼时，《古史纪年》对他的预言提出质疑，因为他也"给人们带来损害乃至死亡。不仅在他活着时这样，就是在他死后，鬼怪仍在棺材旁以他的名字使愚夫愚妇们鬼迷心窍"[4]。摆脱宿命的最好办法是信仰上帝，"我们崇高的信仰都能经受住考验，因为我们信仰坚定，与上帝同在，决不受人类之敌和凶神所施魔法与邪恶所诱惑"[5]。

信仰也是一种生态，并与自然发生联系。在看似毫不相关的奥列格、马、蛇之间构成因果关系，体现了诅咒的强大力量。普希金根据这个故事写出的《先知奥列格之歌》（《Песнь о вещем Олеге》）里，奥列格是被人称颂的英雄、俄罗斯的骄傲。总之，罗斯人被东斯拉夫人等请来为王之后，彻底改变了东斯拉夫人的生存状态，改变了他们对世界的认识。在该书的作者看来，最重要的是东斯拉夫人有了后来接近上帝的诸多可能。

《古史纪年》中另外一个引人关注的人物是奥莉加。奥莉加是奥列格大公之子伊戈尔之妻。伊戈尔显然继承了父亲能征善战的基因，在公元944年率领大军进攻希腊，人们惊呼"罗斯人来犯，战船无数，不见边际"[6]，这

---

[1]《古史纪年》，王松亭译，李锡胤、左少兴校，北京：商务印书馆，2010年版，第19页。

[2] 在奥列格代表的罗斯人和利奥代表的希腊人签署的长期和平条约中，双方谈及信仰问题。

[3] 这种情况在很多早期历史著作中都有，比如西汉时期司马迁的《史记》既是历史文本，也是文学文本。

[4]《古史纪年》，王松亭译，李锡胤、左少兴校，北京：商务印书馆，2010年版，第20页。

[5]《古史纪年》，王松亭译，李锡胤、左少兴校，北京：商务印书馆，2010年版，第20页。

[6]《古史纪年》，王松亭译，李锡胤、左少兴校，北京：商务印书馆，2010年版，第23页。

样能征善战的瓦兰人依然在一次战斗中被德列夫利安人所杀，他的死亡让人们见识了他的妻子奥莉加的智谋和过人的胆识。

国内有一种观点，认为"《三国演义》之所以长期受广大中国人喜爱，原因之一，就是广大中国人都或多或少地具有诡谋心理、诡谋习性、都在一定程度上形成了诡谋人格"[1]，仿佛这就是中国人的文化生态，从这个方面分析，《孙子兵法》《鬼谷子》等以谋略见长的兵书战策文本出在中国就不足为奇了。其实，这种观点值得怀疑。阴谋是人性的一个维度，阴谋在另外一种场合可能就是谋略。在当今社会，国与国之间外交政策的制定、各种商业往来中的谈判技巧，无不渗透着被称之为阴谋的元素。而俄罗斯在基辅罗斯时代，就已经对谋略这个被称之为战争策略的东西有过深度研究和实践了。

丈夫伊戈尔死后，奥莉加孤儿寡母面对强大的德列夫利安人，巧妙运用计谋三次屠杀德列夫利安人：第一次为"坑杀"；第二次为"烧杀"；第三次为"砍杀"。她一次又一次违背承诺，让所谓的野蛮人受尽苦头，甚至在接受洗礼这样神圣的事情上，也施展诡计。在察里格勒执政的君斯坦丁·巴格良诺罗德内伊对她的美貌和智慧垂涎三尺，但在奥莉加的巧妙设计下，也只能认其为教女。

每个民族都有自己的文化生态，它们的共性是任何民族中的任何个体都有爱的意识、复仇的渴望。人是自然之子，也是文化的动物，更是现实的存在，从奥莉加的"坑杀""烧杀"和"砍杀"来看，《古史纪年》是在宣扬残酷的暴力美学。在暴力中快意恩仇是人的共性，无论是中国罗贯中《三国演义》中的赵子龙单骑救主，还是俄罗斯列夫·托尔斯泰《战争与和平》中奥斯特里茨战役里血肉横飞的场面，都是一种暴力审美，契合了人性中暗黑的一面。把人的生存置于某种文化生态中进行考察，美更多显现出其物性的特征。这种特征在柏克看来是一种崇高，如果一定要纳入审美的领域，"美是事物的某种属性或性质之间的某种关系，从而着重在事物的感性特征和自然形式、结构、性能中去寻找美的本质和规律，把美的本质

---

[1] 王彬彬：《当代中国的诡谋文艺》，《文艺研究》2012年第8期。

最终归结为自然事物本身的某种性能或属性"[1]。但是，俄罗斯思想家则热衷宣扬俄罗斯文化的独特性，强调"用理智无法理解俄罗斯"，难道俄罗斯真的无法被理解吗？奥莉加（《古史纪年》亦可以作为文学文本来阅读）的背信弃义、雅罗斯拉夫娜（《伊戈尔远征记》中伊戈尔大公的妻子）的善良和温柔、海伦娜（托尔斯泰《战争与和平》中美丽的"心机女"）的放荡与狡诈均是人性中某种共性元素的折射，但索洛维约夫为什么单单强调俄罗斯女性身上具有的"永恒女性"（вечная женственность）的气质？其实，普希金时代的诗人丘特切夫给出了答案。

> 俄罗斯的真正捍卫者是历史，它在三百年间不知疲倦地帮助俄罗斯人承受神秘命运带给它的各种考验。[2]

丘特切夫的逻辑似乎存在问题，因为世界上很难找到两个历史发展脉络完全相同的民族，任何民族的文化和历史都应该是独特的，"这个自明性的问题在丘特切夫那里反倒成了俄罗斯民族的胎记"[3]。在《古史纪年》中，作者涅斯托尔也意识到这样的奥莉加作为民族代表会存在很大争议，所以对她的所作所为进行了美化，指出她在察里格勒接受洗礼后，完全变成了另外一个人[4]。她常对儿子斯维亚托斯拉夫说："我的孩子，我信奉上帝，感到无比快乐，如果你信奉上帝，你也会感到幸福的。"[5]我们能否因此就得到下面的结论：如果在伊戈尔被杀死之前她就信仰基督，那么"坑杀""烧杀"和"砍杀"就不存在？当然不能，因为在那一时刻，俄罗斯民族的神正义就会以另一种方式呈现，那就是在后来《伊万雷帝给库尔布斯基通信集》中雷帝反复强调的观点：俄罗斯人拥有"神幡的合法性"[6]是毋庸置疑的。

[1] 王朝闻主编：《美学概论》，北京：人民出版社，1982年版，第22页。

[2] [俄]丘特切夫：《俄国与德国》，[俄]索洛维约夫等：《俄罗斯思想》，贾泽林、李树柏译，杭州：浙江人民出版社，2000年版，第73页。

[3] 郑永旺、郑淇：《文化哲学的俄罗斯思想之维》，《学术交流》2018年第12期。

[4] 事实上奥莉加的确于公元955年版依了基督教，为后来弗拉基米尔大公于公元988年正式将基督教变成国教奠定了基础。

[5]《古史纪年》，王松亭译，李锡胤、左少兴校，北京：商务印书馆，2010年版，第33页。

[6] 郑永旺：《论俄罗斯文学的思想维度与文化使命》，《东北亚外语研究》2015年第1期。

第二节 《伊戈尔远征记》与俄罗斯民族早期生态美学思想

俄语中экология（生态）一词和印欧语系中很多语族一样，源自希腊语oikologia，而这个词和oikos（家园）有关，后缀logos有学问的意思。中国人提到家园的时候，总是首先想到"猪"[1]，许慎在《说文解字》中对家的解释很简明："家，居者。"家，就是住的地方。其实，希腊语的词根oikos已经将人和周围环境的关系考量进去。所谓的生态学，"就是研究动植物之间相互关系以及自身与周围环境关系的学说"[2]。尽管把人与自然、生态元素之间的平衡和厉害关系以学问之名提出的是德国人恩斯特·海克尔（Ernst Haeckel），但早在公元前四世纪，希波克拉底的支持者就开始强调人的健康和其居住地、土壤成分、空气状况、风向等密切相关。而在这方面，中国人的堪舆学更是走在了生态美学的前沿。人与居住环境的关系其实是每个文明民族基于生存所必须要考虑的重要因素，这使得每个民族因环境不同而生成不同的文化甚至信仰，有了不同的世界观（мировосприятие），日本人喜欢樱花，体现了日本民族对生命稍纵即逝的感叹，这和岛国深处汪洋之中的孤独感密切相关；中国人深处大陆，对花的理解就更加多样化，其中梅花因其特殊的生活习性引起国人赞叹，固有"众芳摇落独暄妍，占尽风情向小园"等诗句来赞美梅花的高傲俊逸和清冷不羁，并用以表达中国文人阶层孤独不仕的情怀。同样是花，俄罗斯人对其理解除了和本民族的集体无意识相关外，毫无疑问还受到西欧的影响，比如人们喜欢玫瑰，因为那是爱情的象征。除了花之外，自然界的每种东西都伴随不同的文化意义。我们不否定民族意识的共性，姑且按古斯塔夫·荣格的

---

[1] 早期的中华大地上的先民大多以洞穴为家，而"穴"字可以简化为"宀"，所以用"宀"部来做"家"的上半部分，下半部分的"豕"是猪的意思。远古时期人们的房屋大多分为两层，上层供人们居住，下层用来养猪，因此有猪的房子即为"家"。

[2] Ильяхов А. Г. Этимологический словарь. Античные корни в русском языке. М.: АСТ; Астрель, 2010, с. 490.

说法，这是人类的集体无意识，但也存在差异，这就是某个民族特有的集体无意识。这些差异性与民族所经历的诸多审美事件和居住环境密切相关，不同的居住环境造就了不同民族的精神气质，丹纳称之为"精神的气候"，具体而言，"就是风俗习惯与时代精神，和自然界的气候起同样的作用"[1]。俄罗斯民族所走过的历史之路、他们所处的自然环境等诸多要素，即该民族"精神的气候"必然影响他们对生态审美的理解。俄罗斯生态美学的代表人物古谢娃（Гусева А.Ю.）从生产活动出发，借用马克思在《资本论》中提出的"转化形式"（превращенная форма）[2]来解释俄罗斯生态审美发生学原理，但"转化形式"就本质而言还是关乎资本家如何剥削工人阶级的理论话语。首先将这个概念引入生态审美领域的是马马尔达什维利（Мамардашвили М.К.），他将"转化形式"看作是描述复杂体系最为迫切急需的非理性操作方式，"这种操作方式实现了系统内诸元素的补足功能和置换功能，'转化形式'是借助补足系统所缺失的环节和其他中间环节的方法来调整系统的，补充的部分是一种新的关系，可以叫作'生活系统'"[3]。这个"生活系统"也可以理解为对周围环境总体的认知，对俄罗斯民族而言，"大自然与各种自然现象是斯拉夫人—罗斯人与阿利安其他民族的宗教基础，也就是说，宗教是人类掌握自然规律的一种表现形式"[4]。我们认为，俄罗斯生态美学从俄罗斯迄今发现的最早的民族史诗《伊戈尔远征记》中就能发现端倪。

之所以《伊戈尔远征记》对理解俄罗斯民族心智如此重要，是因为这是迄今为止最早的能够反映俄罗斯文化特征的文学文本，被俄罗斯文化学

---

[1] [法]丹纳：《艺术哲学》，傅雷译，北京：人民文学出版社，1983年版，第34页。

[2] 转化形式是马克思在《资本论》中提出的，旨在标识在功能化过程中处于系统中的客观事物的内容和形式的相互关系。这个概念有助于人们对一个事物表面上显而易见的相互关系进行分析和研究。转化形式就生产活动而言，是指"剩余价值的转化形式的硬化过程以及这些形式同它们的内在实质即剩余劳动日益分离的过程，生息资本是这个过程的最终阶段"，但该理论早就超出了生产活动的范畴，进入了人对自身活动与周围环境关系的生态审美领域。关于该理论的提出请参见《马克思恩格斯全集》第26卷第3册，人民出版社，1974年版，第553页。

[3] Мамардашвили М.К. Превращенные формы (о необходимости иррациональных выражений) // Мамардашвили М.К. Мамардашвили Как я понимаю философию. М.: Прогресс, 1992, с. 415.

[4] [俄]格奥尔吉耶娃：《俄罗斯文化史——历史与现代》，焦东建、董茉莉译，北京：商务印书馆，2006年版，第22页。

者比作俄罗斯版的《贝奥武夫》和《尼伯龙根之歌》；也是因为透过这部被誉为俄罗斯民族史诗的作品，人们可以发现俄罗斯民族独特的审美取向和他们的心理结构。对于俄罗斯这个拥有文学中心主义传统的国度而言，《伊戈尔远征记》首先证明了俄罗斯民族是诗意的存在，利哈乔夫从史诗中找到了俄罗斯文学对时空的处理，他断言史诗中存在一个"轻灵的世界"，因为"《伊戈尔远征记》是时间完整压缩的众多的范本"[1]。文学文本也是俄罗斯民族表达自然审美的重要手段，"《伊戈尔远征记》中作者的情感是如此伟大，他对别人痛苦和欢乐的理解如此敏感，以至于他感觉，连周围的事物也分享了这些情感。动物、树木、芳草、鲜花……所有大自然甚至连城市的墙都慷慨地分担了人的情感……"[2]这就是说，自然界不再是冰冷的，而是蕴含生命的存在者。从这个意义上看，自然就是世界，而世界和俄罗斯人早期的米尔（мир）渐渐重合。所谓的世界（мир）在俄罗斯人的意识里就是人类日常生活所有形式的总括，和日常世俗生活相对应的是教会的、僧侣的和宗教的生活，也就是说，"俄语中的мир更强调这个空间中的人和人的生活"[3]。这也就是为什么在《伊戈尔远征记》中，自然中的风、雨、雷、电都能成为传达雅罗斯拉夫娜帮助被困丈夫突围的有生命质感的东西。这些东西在索洛维约夫哲学中代表了"世界心灵"（мировая душа），自然现象和代表自然之物的树木森林、河流大地只有与人产生互动效应时才能证明"世界心灵"的在场。

而最能体现早期俄罗斯人审美观的恰恰是《伊戈尔远征记》中的自然，或者说由自然物件和现象构成的人的生活空间。而所有的自然现象或者自然物件都可能是贝尔所说的"有意味的形式"，直接或间接地表现了当时俄罗斯人的世界感受。史诗中无处不在的河流山川、风雨雷电不仅仅用于表现伊戈尔的豪情和符塞伏洛德的勇猛，也可以表现斯维亚托斯拉夫大公"金言"中的理性和雅罗斯拉夫娜哭诉中的温柔和善良。

《伊戈尔远征记》中的自然现象以天象为主，如大雷雨、蓝色的闪电、

---

[1] [俄]德·谢·利哈乔夫：《解读俄罗斯》，吴晓都等译，北京：北京大学出版社，2003年版，第167页。
[2] [俄]德·谢·利哈乔夫：《解读俄罗斯》，吴晓都等译，北京：北京大学出版社，2003年版，第171页。
[3] 郑永旺：《从"美拯救世界"看陀思妥耶夫斯基的苦难美学》，《哲学动态》2013年第9期。

幽暗的长夜、晚霞、日食等，奇异天象的出现有时是为了描写主人公出场的氛围，有时则是表达作者的审美取向。从天象的修饰语来看，作者在很多情况下并不是想制造审美愉悦，而是为了创造崇高。崇高和美并不同属一个范畴，朗加纳斯对崇高的规定决定了崇高作为一种修辞技巧与思想、辞藻、情感是捆绑在一起的，只有足够震撼，才能显示效果。《伊戈尔远征记》不乏"庄严伟大的思想"，伊戈尔和符塞伏洛德征战波洛夫人不仅是"为自己寻求美名，为王公寻求荣光"[1]，更是因为"罗斯的国土！你已落在岗丘的后边！"[2]，而斯维亚托斯拉夫大公的"金言"更是思想的升华，号召罗斯人要像"野牛那样咆哮"[3]，去"为了今天的耻辱，为了俄罗斯的国土，为了伊戈尔的，那勇猛的斯维雅托斯拉维奇的创伤"[4]而战。文中强烈激越的情感和修辞技巧表现在对自然现象和自然景观这些意象夸张的描写上，比如"他们（罗斯士兵）像利箭似的散布在原野上"[5] "血的朝霞宣告了黎明，黑色的乌云从海上升起，想要遮蔽四个太阳"[6]等。依据柏克的观点，"美是指物体中能够引起爱或类似的感情的一种或几种品质，而崇高则是指物体中能够引起恐惧或类似的感情的一种或几种品质"[7]。《伊戈尔远征记》中很多场景不是表现"爱或类似的感情的一种或几种品质"。当伊戈尔告诉士兵，"我希望同你们一道，或者抛下自己的头颅，或者就用头盔掬饮顿河的水"[8]时，作者表现的并不是爱，而是让敌人闻风丧胆的暴力美学，以至于在出现月食[9]的情况下，他依然决定投入战斗。这种暴力美学在冷兵器时代是备受推崇的。在朗加纳斯看来，它也是一种崇高，这种崇高是思想的包装形式，"如果在恰到好处的场合提出，就会以闪电般的光彩照彻整个

[1]《伊戈尔远征记》，魏荒弩译，北京：人民文学出版社，2000年版，第5页。

[2]《伊戈尔远征记》，魏荒弩译，北京：人民文学出版社，2000年版，第6页。

[3]《伊戈尔远征记》，魏荒弩译，北京：人民文学出版社，2000年版，第17页。

[4]《伊戈尔远征记》，魏荒弩译，北京：人民文学出版社，2000年版，第17页。

[5]《伊戈尔远征记》，魏荒弩译，北京：人民文学出版社，2000年版，第6页。

[6]《伊戈尔远征记》，魏荒弩译，北京：人民文学出版社，2000年版，第7页。此处的四个太阳也有研究者认为是指王公。

[7] 转引自叶毓：《"无形式"：康德对柏克崇高论的发展》，《天水师范学院学报》2004年第4期。

[8]《伊戈尔远征记》，魏荒弩译，北京：人民文学出版社，2000年版，第3页。

[9] 月食在俄罗斯人看来是一种凶兆，"尝一尝大顿河的水——这渴望，蒙蔽了为他发出的预兆"。参见《伊戈尔远征记》，魏荒弩译，北京：人民文学出版社，2000年版，第3页。

问题"[1]。柏克认为，无边的沙漠、一望无际的天空等共同的外部形式特点是体积巨大；其次，巨响和突然的寂静也能产生崇高感；再次，模糊、晦暗、不和谐、不明朗的艺术形象也能产生崇高感；还有粗糙、无序、宏伟等也能产生类似的效果。[2]而这些元素恰恰是《伊戈尔远征记》的作者所青睐的。在绝大多数情况下，《伊戈尔远征记》通过"能够引起恐惧或类似的感情的一种或几种品质"来表现伊戈尔、符塞伏洛德等人的战斗豪情。这是一种崇高，或者按康德在《纯粹理性批判》中指出的那样，"我把现象中与感觉相应的东西称为现象的质料，而把能够使现象的杂多在某些关系中得到整理的东西称为现象的形式"[3]。换言之，是一种"无形式的形式"。对于早期的具有游吟性质的文学文本而言，鲍扬式的创作范式决定了"他的方法的宽广、气势和迅捷，他以这种方式概括了世界"[4]。"崇高"，而不是"美"，才是《伊戈尔远征记》所宣扬的自然审美和原始的生态观。

《伊戈尔远征记》中的自然景物携带了俄罗斯人多神教和基督教的审美体验。该作品中一个突出的特征就是多神教和基督教处在相互融合和相互存在的过程。故事写于十二世纪末期，虽然表面上都有血缘关系的各公国大公都受基辅罗斯的辖制，但为了一己私利，常常绕开基辅罗斯。《伊戈尔远征记》中的塞维尔斯基大公伊戈尔就是出于商业利益考量，和兄弟符塞伏洛德一道进攻突厥的一支波洛夫人。有趣的是，作品中的人物大多以多神教为自己的保护神，但在故事的结尾，突然出现了毕罗戈谢伊圣母院，出现了"那卫护基督教徒、反对邪恶的军队的王公们和武士们万岁"[5]的诗句，从中不难看出，当时的基辅罗斯依然处于多神教和基督教并存的时代。其实，在公元980—1015年间的弗拉基米尔大公，一个卓越的统治者，是决定把基督教引进罗斯的关键人物，甚至被今日的东正教会封为圣徒。即便这样坚定的信仰者也不免对多神教难以忘怀。他在公元980年执掌基辅

[1] 伍蠡甫、胡经之主编：《西方文艺理论名著选编》，北京：北京大学出版社，1985年版，第115页。

[2] 参见叶毓：《"无形式"：康德对柏克崇高论的发展》，《天水师范学院学报》2004年第4期。

[3] [德]康德：《纯粹理性批判》，邓晓芒译，杨祖陶校，北京：人民出版社，2004年版，第25—26页。

[4] [俄]德·谢·利哈乔夫：《解读俄罗斯》，吴晓都等译，北京：北京大学出版社，2003年版，第168页。

[5]《伊戈尔远征记》，魏荒弩译，北京：人民文学出版社，2000年版，第29页。

罗斯权杖后之所以广泛推广基督教信仰，很大程度上是因为一神教对统治阶级那种无可替代的作用，也是因为他意识到多神教自身的确存在这样或那样的问题。根据多神教神的谱系，在万神殿中主要供奉如下几位和人们日常生活相关的重要的神，他们分别是雷神庇龙（Перун，又译庇龙或庇隆）、太阳神霍尔斯（Форс），主管繁殖和太阳的达日吉博格（Даждьбог），天神斯瓦罗格（Сварог），风神斯特里鲍格（Стрибог，又译斯特里博格），主管大地、收获和女性婚姻的女神莫科什（Мокошь），当然，还有其他一些神祇如多神教早期的罗德（Род）和罗让尼采（Рожаница）、恶之神莫列那（Морена）、牧神维列斯（Велес）、黑暗之神切尔诺博格（Чернобог）等。根据十二世纪古罗斯历史文献《偶像论》，多神教的历史可以划为四个阶段：向山河、泉井顶礼膜拜供奉吸血鬼的第一阶段；信奉罗德和罗让尼采等生育丰收之神的第二阶段；把庇龙立为主神的第三阶段；基辅罗斯接受基督教信仰但人们依然没有完全舍弃多神教信仰的第四阶段[1]。《伊戈尔远征记》中的故事显然发生在第四个阶段，尽管基督教已经成为国教，但《伊戈尔远征记》的作者依然通过抒情插笔和雅罗斯拉夫娜的哭诉传达了他们心中的自然观，其主要特点是"万物有灵"，罗斯人自谓为"达日吉博格子孙"，但风神斯特里鲍格并没有因为他们是"达日吉博格子孙的军队"而放过他们，在雅罗斯拉夫娜的哭诉中有如下几点值得特别关注：

第一，《伊戈尔远征记》中记载的一切虽然是历史的真实事件，但对真实的叙述应该遵循什么样的叙事策略，决定了文本的自然生态审美和俄罗斯人对国家概念的理解。《伊戈尔远征记》的作者显然强调的是遵照鲍扬的方法，即"若是想把什么人歌唱/思绪便立刻在树枝上飘荡/像一头灰狼在大地上奔跑/像一只蓝灰的苍鹰在云彩下飞翔"[2]。历史文本强调事件的真实性，而文学文本注重虚构性，虚构性又与艺术性密不可分，而艺术性的生成源自《伊戈尔远征记》中人们对多神教神灵的膜拜，俄罗斯人把自己的性命和未来交付诸神，祈求他们的帮助。史诗中，雅罗斯拉夫娜的哭诉

[1] 参见乐峰主编：《俄国宗教史》（上卷），北京：社会科学文献出版社，2008年版，第19页。
[2]《伊戈尔远征记》，魏荒弩译，北京：人民文学出版社，2000年版，第1页。

集中反映了罗斯人对多神的崇拜和万物有灵的信仰。得知丈夫伊戈尔被俘，雅罗斯拉夫娜站在普季夫尔的城垒上哭诉，"哦，风啊，大风！神啊，你为什么不顺着我的意志来吹拂？你为什么让可汗们的利箭/乘起你轻盈的翅膀/射到我丈夫的战士们身上？"[1]也就是说，既然风神斯特里鲍格是罗斯人的神祇，为什么会帮助波洛夫人来戕害罗斯人呢？《伊戈尔远征记》对此的解释是风向的原因，波洛夫人处于顺风的位置，但从神学的角度看就不那么简单，有学者指出，"古代文献中经常把司特利博格（斯特里鲍格）和达日吉博格相提并论，反映了两神之间的内在联系（父与子）。也有另一种推测，认为司特利博格可能代表与人类为敌的毁灭性势力"[2]，如果这种说法成立，那就意味着在罗斯人看来，他们是"人类"，而波洛夫人和斯特里鲍格就是"毁灭性的力量"，这同时也就能证明，在早期罗斯人的自然审美话语体系中，虽然斯特里鲍格是多神教中主管风的神祇，但由于他的性情不定，对他的崇拜要依据事物发展的结果而定。之所以说在《伊戈尔远征记》中存在多神教和基督教并存并逐渐走向一神教的可能，不仅仅是结局部分出现了对上帝的赞美之词和教堂这样突兀的建筑，还因为雅罗斯拉夫娜求遍众神，但真正帮助她的不是多神教里的神祇，而是上帝，于是就有了"午夜，大海翻滚着/龙卷风掀起了漫天云雾/上帝给伊戈尔公指示/从波洛夫土地/归罗斯故土/到父亲黄金宝座的道路"[3]。山川、大河、风雨、雷电等自然之物和自然现象中所隐匿的神的因素逐渐隐退，俄罗斯人的自然观在逐渐发生改变，但这并不意味着他们完全遗忘了多神教，恰恰相反，他们把很多多神教的元素融入东正教的信仰当中和日常生活里，而这一切都源自俄罗斯民族（早期的罗斯人）多神教的自然观，在这种自然观的观照下，才会有后来果戈理《狄康卡近乡夜话》中的宗教神秘主义，才会有苏联时期布尔加科夫《大师与玛格丽特》里的沃兰德、黑猫等形象。一种自然生态观不会因时代的变化而消亡，生态审美不仅仅是艺术的表现形式，有时也是人的生存方式。

---

[1]《伊戈尔远征记》，魏荒弩译，北京：人民文学出版社，2000年版，第23页。

[2] 参见乐峰主编：《俄国宗教史》（上卷），北京：社会科学文献出版社，2008年版，第36—37页。

[3]《伊戈尔远征记》，魏荒弩译，北京：人民文学出版社，2000年版，第24—25页。

第二，雅罗斯拉夫娜形象的意义。俄罗斯文化中一直有女性崇拜的传统，而这种传统的由来众说纷纭，其中一种说法就是和多神教中的莫科什有关，莫科什又被称为"大地润泽的母亲"（Мать-Сыра-Земля），从中生发的是俄罗斯对自然生态之美的原始认知，而且这种认知贯彻到俄罗斯生活的许多方面，"大地润泽的母亲"威力无穷，"润土母亲（大地润泽的母亲），求你支付妖魔鬼怪，不让它们泛滥作孽"[1]，女性和大地天然地联系在一起，因为女性代表了繁殖（虽然在父系社会被弱化），大地也如同女性一样是一切生命之源，对人总是同情和宽容的。在肖洛霍夫的小说《静静的顿河》中，主人公梅列霍夫疗伤的最好方法就是扑在大地上，感受母亲的温暖，土地的芬芳是最好的药剂。而且特别值得注意的是，在《偶像论》所划分的第四个时代里，也就是弗拉基米尔大公统治时期，唯一合法的女神就是莫科什，"她是多神教的第三位神，也是弗拉基米尔神祇中唯一一位在接受东正教洗礼后仍然受崇拜的神"[2]。文学形象实际是某种文化的外壳，莫科什的温情、善良不仅仅成为众多信众信教的理由，也幻化成文学形象。雅罗斯拉夫娜对于塞维尔斯基公国的臣民来说就是国母，她在普季夫尔城垒上的三段哭诉被上帝（基督教的神）听到，使她变成了多神教中唯一能传达东正教声音的人。正因如此，她本人就具有了无可置疑的神性。当然，《伊戈尔远征记》中的雅罗斯拉夫娜有可能和圣智索菲亚有隐秘的联系。索菲亚先于上帝而存在，在《旧约·箴言》中，索菲亚声称："从亘古，从太初，未有世界以前，我以被立。"[3]东正教历来重视索菲亚学说（圣智学），并演变出多个流派，值得特别注意的是，"有几种不同类型的索菲亚圣像，她都被画成了女人，面貌与圣母玛利亚有别"[4]。虽然有别，但经过历史演进，索菲亚与玛利亚渐渐融合，俄罗斯东正教信徒的圣母崇拜情结与索菲亚崇拜不无关系，后经索洛维约夫圣智学的演绎，变成了"永恒女性"

[1] 参见乐峰主编：《俄国宗教史》（上卷），北京：社会科学文献出版社，2008年版，第29页。

[2] 金亚娜：《期盼索菲亚——俄罗斯文学中的"永恒女性"崇拜哲学与文化探源》，北京：人民文学出版社，2009年版，第3页。

[3]《旧约·箴言》：第8章第23节。

[4] 金亚娜：《期盼索菲亚——俄罗斯文学中的"永恒女性"崇拜哲学与文化探源》，北京：人民文学出版社，2009年版，第8页。

（вечная женственность）的气质，成为连接此岸世界和彼岸世界的桥梁。雅罗斯拉夫娜与索菲亚看似毫无联系，但她有一点与索菲亚类似，即她虽然向多神教的神祇祷告，但像索菲亚一样，"居于上帝和尘世之间，出于存在和超存在之间"[1]。

在基辅罗斯这个具有北欧维京人基因的留里克王朝，在这个多神教与基督教走向融合的"第四时期"，罗斯人的生态伦理观在《伊戈尔远征记》中描写塞维尔斯基大公伊戈尔和他的弟弟符塞伏洛德对波洛夫人的先胜后败过程中，都伴随着作者对自然现象的描述和对自然景物中所蕴藏神圣力量的感知。斯维亚托斯拉夫的金言和雅罗斯拉夫娜的哭诉更体现了罗斯人在多神教和基督教相互融合的过程所生发的种种现象。总之，这部作品既是一部关于俄罗斯民族（罗斯人）与草原游牧民族波洛夫人的史诗性作品，也是一部能窥见俄罗斯人自然审美的历史文本。

第三节　索洛维约夫万物统一哲学中的自然之美

称呼某人为哲学家时往往基于两点考虑：第一是其思想的丰富性和纵深感，比如常常被当下的哲学界和文学界称为哲学家的陀思妥耶夫斯基。一般作家的哲学思想都藏匿于内容不同、形式各异的文学文本中，人们只有经过漫长的"阅读之旅"才能发现隐藏于作家思想深处的哲学品格；而且有些人虽然达到了哲学家的思想深度，但他本人只以作家自居，可见陀思妥耶夫斯基并不是传统意义上的哲学家，而是后人为其戴上了哲学家的桂冠。第二是体系性，即思想者的学说不仅丰富，而且具有谱系特征，或者在其众多的思想文本中始终能找到该个体对存在等终极问题的深度思索，这不是被人授予或自我封圣的结果，而是因为他思想魅力的光芒无法被遮

---

[1] 金亚娜：《期盼索菲亚——俄罗斯文学中的"永恒女性"崇拜哲学与文化探源》，北京：人民文学出版社，2009年版，第17页。

蔽，在俄罗斯，这个被称为真正有自己体系的哲学家就是索洛维约夫。

尽管索洛维约夫有许多称谓，如俄罗斯的宗教思想家、神秘主义者、诗人、政论家、文学批评家、帝国科学院名誉院士等，但他的研究主要集中于哲学领域，且其研究成果对别尔嘉耶夫（Бердяев Н.）、布尔加科夫（Булгаков С.）、斯特鲁伽茨基兄弟（Трубецкий С., Трубецкий Е.）、弗洛连斯基（Флоренский П.）、弗兰克（Франк С.）等人的哲学思想产生了重大影响；他也是白银时代象征主义诗人的精神导师。在别雷（Белый А.）和勃洛克（Блок А.）的作品里，人们都能读出他们对文学的哲学沉思。然而，大多数人在赞叹索洛维约夫哲学思想博大精深之时，却忽略了哲学家"万物统一"（всеединство）思想中的生态审美，这不能不说是一种遗憾。事实上在《完整知识的哲学原理》（《Философские начала цельного знания》，1877）、《抽象原理批判》（《Критика отвлеченных начал》，1877）、《神人类讲座》（《Чтение о богочеловечестве》，1881）等著作中，索洛维约夫常常论及作为美学范畴表现形式的象征元素，这其中就涉及生态审美问题。

一、万物统一：一种关于世界之美的认知与象征

索洛维约夫把象征与人类历史、文学艺术的终极目的等结合在一起。在索洛维约夫看来，象征，不仅仅是梅列日科夫斯基强调的"内容的神秘性"和"扩大化的艺术手段"这样的诗学范式，同时象征也与人类真、善、美等价值判断紧密相连。"如何让真、善与美在现实生活中以艺术的形式得到行之有效的呈现"是哲学家特别感兴趣的一个方面。正如阿斯穆斯所指出的那样："实现对真理的终极领悟，展现被普遍承认的理想，达成最后的完美是索洛维约夫哲学的核心。"[1]索洛维约夫一系列关于"万物统一"和象征问题的论述虽然没有明确谈到生态美学这个概念，但其中关于生活、自然等"对象物"（предмет）的"完整知识"（цельное знание）无疑为后来洛谢夫（Лосев А. Ф.）在《自然美学》一书中所倡导的文学艺术中"风景的

---

[1] Асмус В.Ф. Теоретическая философия //Соловьева В.С. Философские науки, 1982, № 2, c. 144.

风格功能"（стилевые функции пейзажа）提供了思路。如洛谢夫所言，"现代艺术的显著特征就是对人这种自然之物和人所处的大自然的浓厚兴趣"[1]。而这其中，"人"的价值，在索洛维约夫看来是借助"永恒的温柔"来彰显的。从《浮士德》中能够引领人飞升的"永恒女性"[2]，变成了索洛维约夫笔下具有神圣价值的"永恒的温柔"，白银时代的象征主义诗人勃洛克参透了索洛维约夫的"万物统一"哲学对生命的认识，意识到审美首先是对人的审美，人是自然之子，而女性则是人的存在生态中最关键的能够帮助人直达彼岸的精灵，所以才有了《神秘女郎》中那个每到黄昏都出现的神秘女郎。

> 每天傍晚，在约定的时光，
> （或许，这只不过是我在梦想），
> 一位身着绸缎的苗条女郎，
> 便出现在烟雾朦胧的窗旁。
> 从醉汉们的身边慢慢走过，
> 她一向没有伴侣，总是独来独往，
> 她浑身散发着馨香的芬芳，
> 她坐在窗前，姿态端庄。

但是，她的价值并不是为了给酒徒们带来令人震惊的美，而是让抒情主人公（诗中的"我"）感受到彼岸存在的可能。诗人的终极目的就是索洛维约夫所发现的女性审美价值。

> 一种奇妙的亲近感把我征服，
> 对着她那黑色的面纱我不禁凝望，

---

[1] Лосев А. Ф. Эстетика природы. М.: Наука , 2006, с. 59.

[2]《浮士德》原诗是：一切无常者，不过是虚幻；力不胜任者，在此处实现；一切无可名，在此处完成；永恒的女性，领我们飞升。参见歌德:《浮士德》，钱春绮译，上海译文出版社，1989年版，第737页。德文的 Das Ewig-Weibliche（永恒女性）之所以被索洛维约夫译成俄语的 вечная женственность，是因为德文形容词加上表示中性的冠词 Das 类似于俄语把形容词去掉词尾加上 ость，以表达事物的抽象品质。因此，无论德语还是俄语，似乎都不太适合译成有具象意义的"女性"。

在那儿，我看见了迷人的彼岸，

我看到了令人神往的远方。[1]

索洛维约夫的与自然审美紧密联系的文学理念也深深影响了后来普里什文 (Пришвин М. М.) 的创作，普里什文的《人参》和《飞鸟不惊的地方》都显现出索洛维约夫在"万物统一"中所反映的关于自然美的言说，"美就是现实的证据，是世界上自然过程本身的作品"[2]。索洛维约夫试图通过自己建构的象征主义文学理论来阐述自己的自然美学观。深入理解"万物统一"思想有助于理解索洛维约夫赋予艺术的使命；同时，艺术鲜活的生命力就是对生命象征意义的认识，换言之，对人类而言，美的意义在于实现万物统一。

"万物统一"是索洛维约夫哲学中的重要概念：世界是由万物构成的有机的、和谐的整体，构成世界的各个元素在相互作用和相互渗透的过程中拥有保持自己独特性的权利。从本体论的角度看，"万物统一"就是造物主和被造之物牢不可破的联盟；从认识论的角度看，"万物统一"是"完整知识"的另一种表达。"完整知识"所要表现的就是经验（科学）、理性（哲学上）和神秘主义（自省精神内涵）等诸知识的内在联系，这种知识的存在与其说是以认识活动为目的，还不如说是一种信仰和冲动。在索洛维约夫的象征主义价值论学说中，除了恒久不变的善和真爱之外，美，尤其是现实之美 (красота в действительности) 或者自然之美 (красота в природе)，占有非常显著的地位。索洛维约夫"万物统一"中的生态审美或者自然审美思想源自十九世纪斯拉夫派吉列耶夫斯基 (Киреевский И. В.) 和霍米亚科夫 (Хомяков А. С.) 提出的"生命知识"(живознание)。与索洛维约夫"完整知识"一样，"生命知识"这棵大树的根深植于宗教的土壤里，如霍米亚科夫所言，"一切真理，一切善、生命和爱的本原都蕴含在教会之中"[3]，更为具体的表述就是——"对真理的认识是建立在充满爱的各种思想之上

[1] [俄] 勃洛克：《勃洛克抒情诗选》，丁人译，长沙：湖南文艺出版社，1991年版，第77–78页。

[2] Соловьев В.С. Собрание сочинений. Т. 6. СПб: Книгоиздательское товарищество 《Просвещение》, 1923, с. 42.

[3] [俄] 霍米亚科夫：《论新与旧》，[俄] 索洛维约夫等：《俄罗斯思想》，贾泽林、李树柏译，杭州：浙江人民出版社，2000年版，第28页。

的综合思考"[1]。"完整知识"属于本体论范畴，索洛维约夫借助这个概念来窥探世界存在的秘密。他强调，"自在者"（сущее）的基础是"绝对自在者"（Абсолютно-сущее）和"最高自在者"（Сверхсущее），任何一种存在都是"绝对自在者"的反映，都是对"绝对精神"（Абсолют）的折射，但"绝对精神"与世界是一体的，因为"绝对精神"本身就是完整一体的，其中蕴藏一切关乎世界的秘密，可以窥见自然之美。[2]索洛维约夫强调理性推演的作用，推演的第一阶段就是意识到"绝对自在者"（Абсолютно-сущее）自身需要的理想的现实。何为理想的现实？即"现实事物多样化的原型和各种思想综合于一处的样态"[3]。"绝对的最高自在者"（Абсолютное-Сверхсущее）的内部辩证法只能导致一个结果，那就是促使事物变得具有'现实多样性'（реальная множественность вещей），但这又会导致事物之间最终失去联系"[4]，索洛维约夫试图找到能整合世界的神秘力量，但他的观点似乎又有些相互矛盾的地方，"自然事物的现实多样性不应该仅仅表现为碎片化和相互疏离性，如果是这样，那有可能是被损坏的现实"[5]。最终，面对可能出现的破碎世界，索洛维约夫诉诸这种神秘的力量，那就是自然存在的完美统一，一定要借助"世界心灵"（Мировая душа）、"索菲亚"（София）和"神人类"（Богочеловечество）的协助才能完成。而"世界心灵"是所有有生命的被造之物的集合体，它的在场能让在"绝对精神"（Абсолют）的分裂重新整合成二元对立的世界。

二、自然之美：神学框架下的生态审美

　　索洛维约夫是在《完整知识的哲学基础》和《神人类讲座》中确立了美的核心价值是"真实存在"（истинно сущее）。"真实存在"是"万

---

[1] Хомяков А.С. Полное собрание сочинений. в 8 т. Т.1. М.: Университетская типография, 1900, с. 283－284.

[2] сущее是索洛维约夫专用术语，在哲学家看来，这个概念不等同于"存在"，"自在者"高于一切特征和属性，高于一切宾词。

[3] Словарь: Русская философия. Под ред. Маслина М. А. М.: Издательство《Республика》, 1995, с. 99.

[4] Словарь: Русская философия. Под ред. Маслина М. А. М.: Издательство《Республика》, 1995, с. 99.

[5] Словарь: Русская философия. Под ред. Маслина М. А. М.: Издательство《Республика》, 1995, с. 99.

物统一"中的决定性因素之一,而哲学家的生态审美思想是在1889年完成的《自然中的美》(《Красота в природе》)一文中得到了较为全面的反映。何为"真实存在"?索洛维约夫并没有给出完整的定义,只是强调"真实存在"与"无所不包的万物统一动因"(начало всеохватывающего всеединства)能够互相作用,两者通过消除对立使得美向世界展现自我,但前提是美是可以拯救世界(自然)的,为此,"作为美的代言者的艺术必须成为'重要的事业'(важное дело),换言之,我们认为艺术就是美本身,并能够影响现实世界"[1]。这意味着只有当事物进入艺术视域之中,并具有能完成"万物统一"思想预设的功能时才能启动艺术拯救世界的机制。可见,对索洛维约夫来说,美学对象的价值论本质及完整性的表现是尤为重要的。其中,将"思想"(идея)[2]理解为在形式上与灵魂、智慧和精神(善、真和美)等同的概念,视为物质与形态具有同一性的形象,正是索洛维约夫强调的美学中"象征"的概念。索洛维约夫将美的范畴与和谐,完美和整体性原则(毕达哥拉斯和亚里士多德之观点)结合在一起。他认为艺术相当于对"万物统一"这一"活生生的思想"所做的灵异预言和所施的通灵之法,这不仅能够促进人类社会和自然秩序的重建,亦能提升人类的觉悟,促其功德圆满。在索洛维约夫看来,丘特切夫之所以伟大,是因为他的艺术之笔触及了在未来可能会变为现实的事情。索洛维约夫是通过对丘特切夫创作缜密的分析后得到这一观点的。

索洛维约夫的生态审美观与诗人丘特切夫始终表现得自然观契合,在《自然绝非如你的想象》(《Не то, что мните вы, природа ...》,1836)一诗中,丘特切夫在自然中发现了类似于人的灵性,他坚持认为:

> 大自然不象(像)你们的想象虚构:
> 它不是赝品,不是一张怪脸——
> 大自然之中有着灵魂、自由,

---

[1] Соловьев В.С. Собрание сочинений. Т. 6. СПб: Книгоиздательское товарищество 《Просвещение》,1923, с. 33.
[2] 也可以译成"理念""理式"等西方哲学的属于,考虑到人们已经习惯了"俄罗斯思想"这种表达方式,故此依然用"思想"代之。

大自然之中还有爱情、语言……

丘特切夫不相信自然中的一切都是随机的，其中一定有某种神秘的力量左右着自然发展与变化，但世上的大多人宁愿意把自然界当成偶然的存在。

> 河流和森林美妙神奇的语言，
> 使滂沱大雨的心房激情洋溢，
> 这大雨和善友好的夜间聚谈，
> 没有和他们细细地一起商议。[1]

自然本身就是生命力的象征，遗憾的是，人们只关注自然的物性，即此岸世界；与之相对应的彼岸世界则更为高尚、完善，那是自然的灵性。象征主义诗人之所以把索洛维约夫的思想视为创作的圭臬，很大程度上是因为他们在索洛维约夫关于审美客体之价值论本质的学说中看到了艺术的拯救功能，艺术的目的就是整体和部分、一般和个别、内部和外部、精神和物质统一起来，只有这样才能实现"万物统一"。对索洛维约夫而言，丘特切夫的伟大就在于他揭示了自然中隐而不见的"神奇与神秘"。索洛维约夫并不否认普希金和陀思妥耶夫斯基高超的艺术造诣，认为他们的创作水平已经达到了可以通灵的境界，正是在这个意义上，普希金成了诗人的代表，他创作的"纯粹的诗"成了诗之真理的代表。虽然普希金和陀思妥耶夫斯基创作的艺术形象体现了生活的最高意义，但对照价值论本质学说，丘特切夫会更胜一筹。丘特切夫胜在面对世界（自然）时体会到的审美愉悦，这种体验，"哲学为其下了合情合理的定义，道德家大肆鼓吹之，历史活动家将其作为善的思想予以履行实践"[2]，这其实就是能隔绝人世间"兽性"的彼岸世界。如此，索洛维约夫的"真实存在"和"无所不包的万物

---

[1] [俄]丘特切夫：《丘特切夫抒情诗选》，陈先元、朱宪生译，桂林：漓江出版社，1986年版，第85-86页。

[2] Соловьев В.С. Собрание сочинений. Т. 6. С-Перербург: Книгоиздательское товарищество《Просвещение》, 1923, c. 124.

统一动因"就可以呼应陀思妥耶夫斯基在《白痴》中提出的"美拯救世界"的命题，但这个美在索洛维约夫那里是"自然界的美"或者"自然之灵性"，而在陀思妥耶夫斯基那里，美的载体是可以翻转世界的女性。而且国内有学者指出，"在小说《白痴》中'美拯救世界'是一个伪命题"[1]。索洛维约夫融合了女性因素的"自然之美"的观点也是俄罗斯在哲学意义上比较早的生态审美观。[2]虽然普希金、陀思妥耶夫斯基和丘特切夫等人都提出了自己关于美的认识，但索洛维约夫认为，陀思妥耶夫斯基的"美拯救世界"命题中的美能否拥有这样的能力令人怀疑，"寄希望美来拯救世界是很可怕的，因为人们的当务之急是把美从艺术与批判的经验中拯救出来"[3]。从这个观点出发就不难发现索洛维约夫思想的矛盾之处，他一方面认同女性所具有的神圣价值，却否认陀思妥耶夫斯基笔下女性具有翻转世界的能力，一方面强调艺术的强大威力，但又主张美的具体物性品格。基于此，索洛维约夫在《普希金的命运》一文中以价值论观点审视普希金的命运时，也发现诗人身上的问题。这个问题不是诗人才华的不足，而是普希金对人性弱点认识的缺失，所以索洛维约夫把普希金与丹特士的决斗看作是"邪恶激情的最终爆发"，因而得出普希金未能给予我们任何新的艺术创作，也未能再为文学宝库提供瑰宝的观点。令人感到震惊的是，索洛维约夫的判断与普希金在俄罗斯文化中"万源之源"的地位很不吻合。唯有丘特切夫让大自然拥有了人的灵性。美无法拯救世界（自然），从美的物性角度看，大自然在自救。根据"万物统一"中关于彼岸世界的论述分析，艺术的力量就在于体悟到自然的灵性，这也是象征主义者所坚信的艺术具有创造生命和建设生活的价值论观点。归根到底，这还是索洛夫约夫的神秘主义的艺术观的反映。为了寻找、表达自然审美（包含人性的维度），索洛维约夫不失公允地将普希金和陀思妥耶夫斯基的艺术作品定义为思想和形象内部完整统一的范例，将形象与寓意之间的思想连贯性视为意义充盈饱满的艺术象

---

[1] 郑永旺：《从"美拯救世界"看陀思妥耶夫斯基的苦难美学》，《哲学动态》2013年第9期。

[2] 陀思妥耶夫斯基笔下的女性之美虽然也不乏神性的维度，但"美"更侧重女性的外表；索洛维约夫的"美"既是抽象的神秘主义的"美"（красота），也有具象的物质性的"美"（прекрасное）。

[3] Соловьев В.С. Собрание сочинений. Т. 6. СПб: Книгоиздательское товарищество《Просвещение》,1923, с. 33.

征。美在陀思妥耶夫斯基那里岌岌可危，女性之美不等于"永恒的温柔"。索洛维约夫开始在抒情诗中寻找自然之美，寻找他那种可以自我拯救的世界（自然），更确切地讲，是寻找内在（精神）与外在（物质）之间可能的互动。而互动之所以有可能发生，是因为"抒情诗是继音乐之后对人的灵魂最真挚的表现"[1]。依据象征主义者对自然或者世界的理解，诗歌是人类从此岸世界（物质）抵达彼岸世界（精神）几乎唯一的桥梁。语言构筑了隐喻的大厦，那些看似毫无生命力的物获得了新生，恰如勃洛克《十二个》中的暴风雪，人们可以理解成自然不可抑制的威力；也可以是革命的象征，革命就是一种暴力面对另外一种暴力时的不可抗力，而原来有生命力的人或者动物也获得了新的隐喻功能，比如《十二个》结尾处亮相的耶稣基督让诗歌的意义变得复杂起来。在1890年完成的《关于抒情诗：论费特和波隆斯基最后几首诗作》（《О лирической поэзии. По поводу последних стихотворений Фета и Полонского》）中，索洛维约夫集中表达了他对诗人使命的认识："作为一个诗人，他一定要坚信并竭力使我们相信客观现实和世间美的自身意义。[2]"抒情诗能够洗涤和净化人的内心世界，因而可以帮助人们触摸到"万物统一"观照下的世界里那无所不在的美，索洛维约夫引用了费特诗集中《谁该佩戴花环……》中的诗行来表现这种美的境界：

> 谁该佩戴花环：美之女神，
> 还是她在明镜中的倩影？
> 你赞赏富有想象力的诗人，
> 这赞叹却让他倍感惶恐。
> 不，美人儿，唯独造化无穷，
> 它能使一粒尘埃焕发生命，
> 你回眸一顾——眼波盈盈，

---

[1] Соловьев В.С. Собрание сочинений. Т. 6. СПб: Книгоиздательское товарищество《Просвещение》,1923, с. 234.

[2] Соловьев В.С. Собрание сочинений. Т. 6. СПб: Книгоиздательское товарищество《Просвещение》,1923, с. 239.

·588·

诗人那杆拙笔就难以形容。[1]

在抒情诗的灵魂中，索洛维约夫看到了"万物统一"的思想象征："……每个个体都存在于一个整体中，每个整体也存在于单个的个体中，并与之密不可分，真正诗意的沉思……就是在个别现象中看到绝对沉思，既有所保留，又能无限增强了它的个性。"[2]揭示世界终极意义的是描写爱和自然之美的抒情诗，这种自然叙事在索洛维约夫那里找到了积极的回应，因而作为"世界灵魂"、蕴含着上帝智慧的索菲亚以"永恒女性"的形象出现在索洛维约夫的哲学著作里。索菲亚是上帝之爱最鲜活的理想，不仅仅作为一个哲学和神学概念，索菲亚还是以"女神"形象出现的上天宠儿和他个人抒情诗中（比如《三次约会》）的女主人公。必须指出，把作为一个神秘理想形象存在的索菲亚比作为神学、宗教学概念存在的索菲亚更能得到索洛维约夫的认同，以至于直到最后，索洛维约夫都无法确定，索菲亚到底是上帝怀抱中的阴之太初，还是从上帝那里得到了外形的被造之物。虽然索洛维约夫本人无法肯定，但其思想的追随者将索菲亚思想进行具象化，比如白银时代勃洛克的《美妇人组诗》（《Стихи о прекрасной даме》）中《我预感到你》（《Предчувствую Тебя ...》），勃洛克以索洛维约夫的《为什么要说话，在这一望无际的蔚蓝之中……》的一句诗行为题词：

你忧郁着，热恋着，抖落
日常感觉的沉重梦幻。

　　　　　В л. 索洛维约夫

我预感到了你，好多年过去了——
我依然在同一张面孔上预感到了你。
整个地平线在火光中——刺眼得明亮，
我默默地等待，——忧郁着，热恋着。

---

[1] 译文参见阿方纳西·费特：《在星空之间——费特诗选》，谷羽译，桂林：广西师范大学出版社，2014年版，第142页。

[2] Соловьев В.С. Собрание сочинений. Т. 6. СПб: Книгоиздательское товарищество 《Просвещение》,1923, с. 239.

整个地平线倒映在火光中，你很快将现身，

可我担心，你会改变面容。[1]

　　女性是自然之美的代言者，俄罗斯人一直将大地称之为"大地润泽的母亲"（Мать-Сыра-Земля），多神教的莫科什与东正教的索菲亚渐渐融合，变成了圣母玛利亚般神圣的女性，构成了俄罗斯文化中女性的崇拜者，但这个象征是创造之物还是自在之物一直存在争议，两者之间的界线模糊。不过正因为模糊，才使得白银时代的象征主义艺术创作有了巨大的表现空间。是什么动因让俄罗斯人对自然、对上帝之爱的化身女性保持神秘的和模糊的态度？为什么单单是俄罗斯人对自然有一种源于民族集体无意识的崇拜？这个问题很多哲学家都试图给出所谓的标准答案，比如弗兰克就从"人是什么"入手来解读自然审美和人的互动关系，他认为，"人的本质在于，在其自觉地存在的任何时刻它都在超越一切实际给定之物的范围，包括现实给定的他自己存在的范围"[2]，这实际上是在突出人与其他动物的不同，是"宇宙的精华与万物的灵长"的另一种表述，只是弗兰克没有像别尔嘉耶夫那样强调俄罗斯人的独特性。索洛维约夫则独辟蹊径，从东方哲学中去寻找答案，更确切地说，他对俄罗斯民族的东方性的理解也是从二手文本中获得的。

　　海涅把智慧分成"希腊人的"和"犹太人的"，俄罗斯诗人不属于任何一种，俄罗斯人是佛陀弟子，这不是说他们必须遵守佛教的戒律和学说，而是指经过释迦牟尼的宗教打磨后形成的佛教气质（буддийское настроение）。[3]

---

[1] 索洛维约夫原诗最后四句是：И в этот миг незримого свиданья / Нездешний свет вновь озарит тебя, / И тяжкий сон житейского сознанья / Ты отряхнешь, тоскуя и любя。除了因为Ты（你）在句首需要大写外，其他ты的变格形式тебя、тебе等均为小写。勃洛克的原诗是：И тяжкий сон житейского сознанья / Ты отряхнешь, тоскуя и любя. Вл. Соловьев. Предчувствую Тебя. Года проходят мимо —/Всё в облике одном предчувствую Тебя./ Весь горизонт в огне — и ясен нестерпимо, / И молча жду, — тоскуя и любя。俄语中，人称代词的大写具有特殊意义，比如Он和Она大写时，Он代表上帝或者耶稣，而Она则是玛利亚或者索菲亚。在勃洛克的诗歌中，人称代词ты的第二格тебя的大写Тебя显然是想彰显女性的神性价值。译文出自[俄]勃洛克：《勃洛克抒情诗选》，汪剑钊译，石家庄：河北教育出版社，2003，第58页。

[2] [俄]弗兰克：《人与世界的割裂》，方姗、方琳达、王利刚选编，济南：山东友谊出版社，2005年版，第75页。

[3] Соловьев В.С. Собрание сочинений. Т. 7. СПб: Книгоиздательское товарищество 《Просвещение》,1923, с. 82.

如果按索洛维约夫的理解，在普希金的《叶甫盖尼·奥涅金》中，达吉雅娜之所以后来拒绝奥涅金的追求，不是不爱这个年轻帅气充满活力的男人，而是在用佛教的力量抵抗诱惑，所以她承认，"我依然爱您，我何必撒谎"，但她深知，如果无法抵抗诱惑，或许她将万劫不复，于是就有了"可我已嫁为人妇，我要对他一辈子忠贞"。达吉雅娜的这种情感隐晦地表达了索洛维约夫对俄罗斯人独特自然观成因的见解，这大概与哲学家对东方文化的迷恋有关。这种迷恋不仅仅表现在他对释迦牟尼佛弟子佛教气质的赞美，同样对中国、日本等东方文化也十分欣赏。索洛维约夫在《中国与欧洲》一文中记载了他与中国人正面接触的经历。在1889年巴黎地质大会上，聚集了来自世界各地不同肤色的科学家、政治家等精英人物，法国人对自己国家和到场的其他白人国家大加称赞，黑人代表认为自己的民族在人类历史上也作出了巨大的贡献，但承认比白人要差一些。最后发言的是来自中国的时任中国驻巴黎的外交官陈季同[1]。在一群西装革履的外国人中，他是唯一穿民族服装的人。让索洛维约夫震惊的是，此人的法语竟然没有口音，讲话的内容尽管也充满了空洞的外交辞令，仔细听起来里面却暗藏玄机。简单说，这个中国人不认为西方文化特别伟大，他对自己的文化非常自信。[2]然而，东方文化不等于中国文化，更不等于佛教文化，作为象征主义文学理论家的索洛维约夫对诗歌中的佛教气质的理解还停留在日常生活层面。也有另外一种可能，索洛维约夫希望俄罗斯象征主义文学尽管不是"希腊式的"或者"犹太式的"，但至少不要是"佛教的"，应该对他们所面对的世界表现出俄罗斯人的态度，这种态度是俄罗斯文学中心主义的另一种表述，对于十九世纪的车尔尼雪夫斯基而言即"文学是生活的教科书"。对索洛维约夫的"万物统一"哲学来说，诗歌创作是巫术的一部分，具有预测未来的通灵能力，毫无疑问，这种创作理念也杂糅了柏拉图在《理想国》中对诗人的态度，即诗人是灵魂附体者。

自然之美虽然与现代意义上的生态美学有很大差别（因为当下的生态

[1] 陈季同（1851—1907），清末外交官，字敬如，一作镜如，号三乘槎客，福建侯官（今属福州）人。

[2] Соловьев В.С. Собрание сочинений. Т. 6. СПб: Книгоиздательское товарищество《Просвещение》,1923, с. 93–94.

伦理关系到人们的切身利益，成为新闻等各种媒体反复书写的对象），但在索洛维约夫生活的时代，人们迫切需要解决的不是环境的问题，而是关于俄罗斯在世界民族的定位问题。因此，找到完整的谱系化的生态美学几乎是不可能的。但是，我们至少可以在索洛维约夫的论述中析出如下几个能够呼应生态审美的因素。

首先，索洛维约夫对自然的理解是建立在对世界的理解基础之上的。自然之所以美，除了自然本身的原因外，还有人的参与。大自然这个意象在索洛维约夫的哲学思想中具有特殊的地位，但从超越民族文化的角度来分析，所谓的自然更多强调世界的物性，人们常说的大自然就是这个意思。俄语中对 природа（自然）的释义是，"宇宙中存在的一切，有机世界和无机世界的综合"[1]。但是，在《自然中的美》中，索洛维约夫将自然和世界常常混用，自然就是世界本身。其实哲学家此举的意义在于强调自然除了拥有物性外，还能凸显世界的人性。从俄罗斯文化的视角出发可以得到这样的结论："世界（мир）的俄文释义为人类日常生活所有形式的总括，和日常俗世生活相对应的是教会的、僧侣的和宗教的生活"[2]，尽管没有证据表明俄语中的世界（мир）和俄罗斯人氏族组织形式米尔（мир）存在关联，但两者都强调"聚义性"（соборность），自然可以孤立地存在，人不过是自然的组成部分，但世界就不同，世界的价值在于人和人相互照面并产生各种不同的事件，或审美事件，或历史事件。索洛维约夫以钻石为例说明自然和世界的关系。

钻石是碳的一种结晶，在元素组成上和普通的煤炭没有区别。夜莺的歌唱和发情猫咪的叫声就心理和身体机制而言也没有区别，无非是不断增强的性本能通过声音进行表达的方式。但钻石是美的，而且这种美以昂贵来标识。但生活简朴的野蛮人未必会把钻石当作装饰品来炫耀。夜莺的歌唱被人们称之为自然界美妙的声音，可猫咪发自灵魂与肉体深处的呼喊无论何时传来，对任何人来说都不是美的享受。[3]

---

[1] Ожегов С. И. Словарь русского языка. М.:《Русский язык》, 1982, с. 530.

[2] 转引自郑永旺:《从"美拯救世界"看陀思妥耶夫斯基的苦难美学》,《哲学动态》2013年第9期。

[3] Соловьев В.С. Собрание сочинений. Т. 6. СПб: Книгоиздательское товарищество《Просвеще ние》,1923, с. 36.

钻石之美与现代社会人的审美转向有关，这是一种商业文化制造的效果和消费社会资本的阴谋，其中完全能找到人的审美取向，那就是越是贵重之物就越能激发人的占有欲望。自然的美需要人的深度参与方可以显示出来，比如钻石奇特梦幻的光泽引发人们无穷的想象，这想象中有关于爱情的传说，有关于财富的奇迹。德比尔斯的广告语"钻石恒久远，一颗永流传"，以当代人的视角回应了索洛维约夫在"万物统一"哲学中提出的自然之美的问题，那就是，自然不仅仅是物化的世界，自然因为人的存在而成为审美的对象，如果没有人的深度参与，无论钻石有多贵重，依然是和碳有相同元素的物质而已。人的存在让自然和世界的界限逐渐模糊起来。自然成了美的栖居之所。但人们对自然中的物是有选择的，发情期猫的叫声仅仅是本能的表现形式，这种自然审美观在进入二十世纪之后受到了挑战，因为生态美学强调任何生物都是美的组成部分。罗兰·巴特从恋人的絮语中发现语言的秘密，通过语言可以验证出，"心是欲望的器官（它扩张，收缩，就像性器官），比如处于想象中时，它会压抑消沉或心花怒放"[1]。简言之，自然的灵性源自世界的人性，而人是有选择性的。不是世界的人性反映了自然的物性，而是自然的物性折射了人性。

其次，是索洛维约夫关于自然之美中对美的论述，即何为自然之美。自然的物性特征必然使得自然既是具体的"美"（прекрасное），同时又是抽象的"美"（красота）。钻石的美是具体的，它代表了财富值，但也是抽象的，比如爱的坚贞、纯洁和永恒。这种观点反映在他一系列有关象征主义文学的理论话语中，其中勃洛克将这种具象的和抽象的自然之美嵌入诗歌之中。1898—1901年间，勃洛克出版了早期诗集《黎明前》（《Ante uceto》）和《美妇人诗集》（《Стихи о Прекрасной Даме》），其中不难发现索洛维约夫对诗人的影响。[2]在《美妇人诗集》的组诗里，勃洛克运用了大量的索洛维约夫式的意象和色彩：白色、蔚蓝色、金色，如白夜、白色的鸟、

---

[1] [法]罗兰·巴特：《恋人絮语：一个解构主义的文本》，汪耀进、武佩荣译，上海：上海人民出版社，2004年版，第56页。

[2] 勃洛克运用了许多诸如此岸与彼岸、梦与现实等词，对诗人来说，今生只是崇高精神价值观和自然美的超感性世界的反映。

白色的天使、金色的梦、金色的梦幻、珍贵的教堂、金色的教堂、玫瑰等等。美妇人是具体的，但同时也是抽象的，她是神性的，也是俗世的。如果说康德强调美的无目的的合目的性，那么索洛维约夫也没有遗忘德国古典主义哲学关于美的话语，"正是这种理论告诉我们，美不再以功利性为目的，拒绝靠过去的所谓'有用性'为存在的理由"[1]，对此人们有理由怀疑，青年勃洛克的诗中经常出现的公主、世界灵魂、东方女友、永恒女性和彩虹门宫女都是诗人对恋人的絮语。[2]在1910年12月14日题为《骑士僧侣》的报告中，勃洛克表达了自己面对现实的无奈和孤独感，他想起了索洛维约夫关于自然之美的阐述，这种美与俄罗斯凡夫俗子们相遇时显得非常弱势，他不无遗憾地说道："俄罗斯到处都是'危险的不怀好意的怪人'[3]"。

　　弗拉基米尔·索洛维约夫是俄罗斯具有诗人气质的哲学家，他的很多观点是建立在以文学为质料的阐释之上。这就决定了他对自然之美的论述充满了文学的激情。但是，弗拉基米尔·索洛维约夫的哲学天赋也在于，哲学对他从来就不是什么爱好、喜欢，或者别的什么外在的东西，而是以文学文本为资源建立起来的能解释世界本质的信仰。勃洛克、巴尔蒙特、布留索夫等人均自称为索洛维约夫分子，其中勃洛克更是俄罗斯象征主义诗歌的集大成者，深得索洛维约夫思想的精髓，他在谈论索洛维约夫作为一个诗人的特点时说，索洛维约夫的诗是幽默的，反映了健全的思想、健康的灵魂和抖擞的精神，人们能看到"基督忠诚的战士所持的剑"[4]。

第四节　当代俄罗斯生态美学的渊源与背景

　　虽然俄罗斯学者对"生态美学"这一概念的研究起步较晚（始于

[1] Соловьев В.С. Собрание сочинений. Т. 6 С-Перербург: Книгоиздательское товарищество《Просвещение》, 1923, с. 36.

[2]《美妇人诗集》实际是诗人勃洛克献给女友，即著名元素周期律的发现者门捷列夫的女儿门捷列耶娃的一组诗。

[3] 转引自 Орлов Вл. Гамаюн. Жизнь Александра Блока. Л.:《Советский писатель》, 1980, с.105.

[4] Орлов Вл. Гамаюн. Жизнь Александра Блока. Л.:《Советский писатель》, 1980, с. 105.

1992年曼科夫斯卡娅的《国外生态美学》[1]），但"自然之美"（Красота природы）这一主题很早就是俄罗斯哲学家、文学家和艺术家们关注的焦点。就像中国轴心期的"生生观念"[2]之于当代生态美学理论的构建具有极大的潜在思想价值，生态美学思想在俄罗斯的兴起与人们自古以来对"自然之美"的关注和阐释同样关系密切。这种关注和解释我们最早可以从俄罗斯东正教代表萨拉托夫和伏尔加格勒地区的大主教皮门的言论中看到："大自然不仅在外观上是美丽的，而且内在里和谐地表现出美丽和所有创造的智慧，这种智慧补充并增强了上帝对世界美丽的印象。"[3]

一、哲学界

俄罗斯宗教哲学家、诗人索洛维约夫的世界观的形成在哲学史上有诸多深刻的思想根源：古代东方哲学、教父哲学、中世纪哲学、现代西欧思想，柏拉图、康德、黑格尔、谢林、哈特曼和叔本华等人的学说，还有从斯拉夫主义到尤坎维奇（索洛维约夫的老师）的思想理念。在他的哲学和诗歌作品中，索洛维约夫尤其关注自然之美的基础和这种基础如何能在他的作品中更好地表达出来。第一个问题在他的哲学著作《自然中的美》中得到解决：通过对给人类和动物带来愉悦的审美体验的各种自然现象进行分析，他总结到，"一般来说，如果美在自然中是客观的，那么它应该有一些共同的本体论基础，它应该是在不同的层次、以不同的形式呈现的一个绝对客观的普遍观念的感性体现"[4]。"自然之美"的哲学概念正是根据索洛维约夫的这种阐述确定的。索洛维约夫所说的"自然之美"还指那些有利于确立现存世界的善及其永恒的因素，所有这一切都发生在这个想法开始与各种各样的自然对象或者与作为一个整体的自然界相"渗透"和"融合"

[1] Маньковская Н.Б. Экологическая эстетика за рубежом // Философские науки, 1992, № 2, с.16–31.

[2] 程相占：《中国轴心期的"生生"观念与当代生态美学构建》，《人与自然：当代生态文明视野中的美学与文学国际学术研讨会论文集》，郑州：河南人民出版社，2006年。

[3] Пимен. Красота природы // Журнал Московской патриархии, 1989, № 10, с. 37.

[4] Соловьев В.С. Сочинения: в 2 т. Т. 2, М. : Мысль, 1988, с. 388.

的过程中。在自然界中，索洛维约夫特别偏爱大地，即"坤后"，他在大地身上看到了整个世界的美丽，甚至称其为"世界生活的战栗"。在诗歌《坤后》（Земля Владычица…）中他写道：

> 坤后啊！我向你鞠躬，
>
> 透过你内心芳香的面纱，我感受到了火热的情感，
>
> 我听到了世界生活的战栗。

在这种"世界生活的战栗"中，"自由的河流"和"热闹的森林"都是有所贡献的。大地的灵魂与太阳的光芒相结合，由于地上和宇宙中的这种结合，在世界上不仅诞生了美，而且还有善良、温柔和永恒的爱，而世俗的痛苦就像短暂的烟雾一样稍纵即逝。

二、科学界

自然之美也一直是科学界关注的主题。科学研究者们对在不同的自然物体中呈对称排列的部件以及在它们的相互关系中的和谐问题特别感兴趣。例如，自然主义者对对称性的客观性毫不怀疑，他们认为那是美的基础。事实上，自古以来对称都被认为是美的可靠标志。在古代哲学家和建筑师看来，对称性表达了物体的边、比例等对应关系的协调，而且，在大自然发展的过程中，其组成部分为保持其组织结构的稳定形成了一定的模板和标准。正如俄罗斯宇宙哲学（Космизм）的代表之一、生物地球化学（Биогеохимия）科学的创造者韦尔纳茨基（B. Вернадский）在自己的研究中将对称性解释为各部分结构组成生物圈的基本原则，并把证明其普遍性作为自己科学工作的重要任务之一。在最后一部未完成的著作《地球生物圈的化学结构及其周边环境》（《Химическое строение биосферы Земли и ее окружения》，1965）中，韦尔纳茨基不仅总结了有关对称性思想的结论，而且还提出了一些新的观点：他将生物圈中生物化学过程（原子的生物迁移）的本质与对称性的表现联系起来，并使用对称性作为生物圈结构和功能组

织的指标。

其他科学家的研究也肯定了这一立场，比如俄罗斯著名的生态学家、苏联生态联盟第一任主席雷迈尔斯（Реймерс Н.）在这一方面就有着独到的见解："大自然常常在'重复'，它的'想象力'——如果我们不谈论相同类型元素的数量和多样性，而只是谈组织本身类型的数量的话——其实是非常有限的，因此出现了许多类似结构和同源现象，以及社会组织过程的单一秩序形式等。"[1]所有这些都证实了生物圈结构具有和谐的特性，而表现这种和谐的方式正是对称和美。

三、文学界

作为一名唯物主义者，俄罗斯医生、作家契诃夫（Чехов А.）很早就意识到整合人道主义与自然科学知识的重要性，并将他所处时代的"科学数据"与对自然的描述相结合。大自然在契诃夫的作品里是主人公所生活的环境，不仅支撑着他们的物质生活，更决定了他们的精神生活。所谓精神生活，首先就是人类能够看到大自然的美。对契诃夫和他的主人公来说，自然之美有着非同寻常的价值。契诃夫对自然之美的描写刻画是他作品中最出彩的地方，表现了他审美品位和精神境界的独到之处，其中尤为令人印象深刻的是他对草原景观的描绘。他在小说《草原》（《Степь》，1888）中写道："你坐车走了一个钟头，两个钟头……你在路上碰见一个沉默的古墓或者一块人形的石头，只有上帝才知道那块石头是什么时候、经谁的手立在那儿的。夜鸟无声无息地飞过大地……在唧唧的虫声中，在可疑的人影上，在古墓里，在蔚蓝的天空中，在月光里，在夜鸟的飞行中，在你看见听见的一切东西里，你开始感到美的胜利、青春的朝气、力量的壮大和求生的热望。灵魂响应着美丽而庄严的故土的呼唤，一心想随着同夜鸟一块儿在草原上空翱翔。"契诃夫关注大自然的美丽，并试图表达人的灵性。

---

[1] Реймерс Н.Ф. Экология (теория, законы, правила, принципы и гипотезы). М. : Журнал《Россия Молодая》, 1994, с. 47.

对他而言，一个能够感知大自然之美的人是一个非凡的人，他将这种品质赋予作品中那些试图从周围环境中抽离的角色。因此，男孩叶戈鲁什卡，被城市附近的人带到草原上进入学校学习，契诃夫赋予他可以在一天中的不同时期冥思草原美丽的能力，并且实现"对生活的热情渴望"和成为精神上成熟的个体的潜在机会，塑造出一个即使听到这草原"沉闷的号召"后也能够看到它的"美丽"并将其"歌唱出来"的个体。

四、艺术界

除作家以外，艺术家对自然之美也有一种天生的感知和表现能力，一个优秀艺术家的创作最终往往会转向对自然的沉思，因为只有依靠自然赋予的火热灵感，他们才能将自然之美与灵魂的呐喊客观而具象地表达出来。在这一方面俄罗斯风景画派的奠基者、巡回展览画派的发起人之一萨夫拉索夫（Саврасов А.）就是一个非常典型的代表。在他的画作《白嘴鸦飞来了》（《Грачи прилетели》，1871）中不仅反映了初春到来时自然界环境质量方面的情况，而且表现出了大自然的美丽和纯真。他从荒无人烟的俄国大地上提取到最具精神气质的自然"感情"，崇尚"最美好的自然就是生活"的美学原则。萨夫拉索夫同样也要求自己的学生去发现俄罗斯大自然的美。在他的信念中，空气、幅员辽阔的大地和光线都应该出现在画布上。俄罗斯作家帕乌斯托夫斯基（Паустовский К.）曾在小说《伊萨克·列维坦》（《Исаак Левитан》，1937）中揭示了萨夫拉索夫对其学生列维坦创作风格形成的影响。帕乌斯托夫斯基指出，在列维坦的处女作《索科尔尼克的秋日》（《Осенний день в Сокольниках》，1879）中，重现了灰暗的金色秋日，那场景如同当时俄罗斯的生活一样凄凉、如同列维坦本人的境遇那样惨淡，画面上散发出一股微微的余温，牵动着每个欣赏者的愁肠。

通过欣赏萨夫拉索夫、列维坦、希施金、瓦斯涅佐夫和其他艺术家的画作，我们会发现画面中的自然物体总是在某个地理空间中与周围环境建立联系或者发生某种关联。画家们认为在俄罗斯有很多值得描绘的美丽的自然区域，但他们也认识到了一个的悲伤的事实，即人开始践踏和破坏地球，无视它的美与珍贵。在他们看来，自然之美是神圣的，哪怕是在人类的社会生活中也堪称伟大。自然之美应该成为个人之美的一个方面，成为他的精神面貌、人际关系以及与自然的关系的一个因素。画家和作家以自己的方式诠释着对自然之美的理解：前者付诸绘画，后者寄托于文学作品。除此之外，自然之美对音乐家的影响也是显而易见的。

杰出的俄罗斯作曲家柴可夫斯基（Чайковский П.）特别重视大自然，他认为只有在大自然中才能发现音乐的起源、力量和魅力，他在音乐作品中称其为"俄罗斯元素"。柴可夫斯基在他的日记和自传作品中强调了这一元素对于他进行音乐创作的影响，比如交响曲《暴风雨》（《Буря》，1873）就是他被当地的自然景观所震撼而创作出来的。他在自传中写道："处于某种高贵和幸福的状态，我每天下午在森林里徘徊，或在低地草原上散步，晚上坐在窗户旁，听着这庄严的沉默，偶尔被一些含糊的夜晚的声音打扰。我没有做任何多余的努力，好像被一股超自然的力量所驱使，就这样写下了《暴风雨》。"[1] 俄罗斯的森林在柴可夫斯基创作上的帮助更是功不可没，对此他本人也在许多文章中提到过。有一次，他行走在自己最喜欢的一条丛林小道上，突然被几束不同寻常的光线所震慑：熟悉的土地都被光线所覆盖，一直延伸到最远处的一片草地上。在这种光线面前作曲家感觉到似乎有奇迹般的东西即将发生。他立刻回家，坐在钢琴旁，匆匆在纸上记录下一段段旋律。而在演奏过程中，他感觉到最初"模糊的旋律"渐渐变得"清晰而甜蜜"。

那么，大自然是如何激发音乐家的灵感的？它如何能影响他们的创造力？在寻找问题的答案时，我们应该考虑到：在音乐中，至关重要的就是声音的节奏与和谐，两者统一就形成了旋律。其实所有这些在自然界中原本就存在。音乐家听到鸟儿的歌声、树叶的喧嚣和其他自然事物的声音，它们的组合使他们的感觉和情绪得以加强。这就是为什么音乐家创作的音乐形象不能直接展示自然的图景，却能表达与人类相关的思想和情感，甚至能表达对人类而言重要的事件。

---

[1] Чайковский П.И. О музыке, о жизни, о себе. М. :Музыка, 1976, с. 33.

第五节　当代俄罗斯学者的美学论述

一、纳博科夫（Набоков В. В.）

到了二十世纪，关于自然之美的研究引起了生态学界的关注，比如美国的生态学家利奥波德、挪威科学家海尔达尔等。著名的俄罗斯作家、昆虫学家纳博科夫也是其中一位。他在许多作品中都记录下了生活在其栖息地的生命之美。为他编写传记的文学评论家博依德指出，在纳博科夫的创作中，"大自然、科学和艺术前所未有地结合在一起"[1]。这一评价在纳博科夫的早期小说《天赋》（《Дар》，1937）中便得以证实。在这部作品中，作家的注意力集中在了蝴蝶这一生物上，它们那独特的美丽和优雅深深地吸引了他。但他所理解的蝴蝶的世界以及对这个世界的文学艺术性描写是在特定的自然景观的空间和时间内、在它与其他自然界组成成分的生态联系中实现的。纳博科夫在其自传体小说《他乡海岸》（《Другие берега》）中指出："现在我不仅亲眼看到它们，看到活生生的蝴蝶，还看到了它们与原生环境的自然和谐的关系。在我看来，这种强烈而令人愉快的生态统一的感觉对于一个现代自然主义者来说是如此的熟悉。只有存在这样一种新的意识或者至少是一种新的感觉，并沿着这条路走下去，才有可能将生命个体和生存环境联系在一起。"[2]

在现代科学中，生物与环境的"生态统一"问题在生态学方面得到了解决，生态范式在科学知识中越来越被认可并得到验证。以上纳博科夫所描述的正是当前环境问题研究人员所表达出的这种范式的主要内容。而"生命个体和生存环境相统一"的问题在韦尔纳茨基关于生物圈向智力圈

---

[1] Бойд Б. Вступительная заметка / Набоков В.В. Второе добавление к《Дару》// Звезда, 2001, № 1, с. 87.

[2] Набоков В.В. Другие берега: UR: http://www.litra.ru/fullwork/get/woid/00783621211197356277/page/7/

（人类智慧和技术活动范围）过渡的当代科学论点中也曾得以体现。因此，在科学和艺术创造力中发展关于自然界美的观念的历史表明其存在是有客观理由的。在这方面，我们完全可以同意俄罗斯词典中对"美"下的定义："美是物质世界存在的普遍形式之一，它反映在人类意识中，并引起人类快乐、愉悦和其他审美与道德状态。"[1]自然界生命体的美丽与其生存环境紧密相连，并取决于它们与环境的联系而存在。美只在进化的和有生命活动发生的生态系统中形成，生态美学应对这一认知的正确性作出判断。这种美学方向包含了对其自身的反思，在各种艺术和科学知识中研究自然之美的独特表达具有重要意义。

二、埃弗洛伊姆松（Эфроимсон В. В.）

在分析自然科学经典著作中的美学思想（如达尔文、格尔曼·魏尔、奥斯特瓦尔德等）、研究前人对有生命和无生命世界的美的客观性的见解，以及这一客观性见解在过去和现代进化观点系统中的地位的基础上，俄罗斯著名遗传学家埃弗洛伊姆松得出了一个非常重要的结论，具体阐述如下："有序性、美丽、生命和知识，是对不断增加的无序性程度的一种对立。大自然的迅速选择扫除了一切不可持续的东西。特别是，如果可以将美的秩序看作是自然选择的结果，那么要知道，非生物界曾经无休止地创造、现在也正在创造着不规则的、随后立刻闪电般快速崩解的不稳定的系统。如果这些系统能够成功地被人工保存下来，我们的眼睛也许会看到它们的怪异丑陋。"[2]但现实情况是，在自然界中，这种形态并没有被保留，它们被自然地摧毁了，并且始终在低水平的无序性系统下保持稳定。而这在埃弗洛伊姆松看来，它们正是美的载体。

[1] Красота // Эстетика: Словарь. М. : Издательство политической литературы, 1989.

[2] Эфроимсон В.П. Генетика этики и эстетики М. :Талисман, 2004, с. 126.

三、利哈乔夫 (Лихачев Д. С.)

俄罗斯科学院院士、二十世纪著名的文化大师利哈乔夫十分重视俄罗斯农民为自然之美的形成作出的贡献。在他的著作《俄罗斯思考》(《Раздумья о России》，1999) 中作者写道："俄罗斯农民经过数百年的劳动，创造了俄罗斯自然之美。他们耕地，因此给予了她一定的规模。耕犁穿过这片土地。俄罗斯大自然的边界与一人一马的劳动相匹配，与人骑马去耕犁的能力相匹配……为了平整土地，人们削平了所有尖锐的山丘和石头。俄罗斯的自然是柔软的，它由农民以自己的方式精心打理着。"[1] 通过耕种土地，农民平整了森林和田地的边界，创造了从森林到田地、从田地到河流和湖泊的平滑过渡。根据利哈乔夫所指出的一切，我们可以得出结论：俄罗斯的景观是由人类劳动及其文化和自然文化共同创造的。这些文化并没有相互矛盾，相反，他们相互关联。在与自然的团结与互动中，他们学会了保护自然，保护自然之美，其"人性"也在人与自然的关系中得到肯定。在利哈切夫与时俱进的"文化生态"(Экология культуры) [2] 概念中，还强调了人类不仅要保护自然，也要保护人类创造的文化的重要性。毕竟，一个人不仅生活在自然界，也生活在既定的文化中。文化也组成人类生活的环境，这就是为什么文化生态和自然生态都是人类生活环境的组成部分，人类的任务是保护和增加这些文化财富。在我们如今的研究看来，应该把解决这一既定任务作为生态美学发展的导向之一。在现代社会中，评价美学在一个人生活中的作用时，也要注意其参与优化人与自然关系的能力。

四、卡根 (Каган М. С.)

除了利哈乔夫，俄罗斯著名哲学家卡根在其教育和理论著作中也提到

---

[1] Лихачев Д.С. Избранные работы: в 3 т. Т. 2. Л. : Издательство《Художественная литература》, 1987, с. 432.

[2] Лихачев Д.С. Раздумья о России. М. : КоЛибри, Азбука-Аттикус, 2014.

了保护自然和文化生态这方面的艺术。在一堂关于美学课程的讲座中，他讲道："在这个时代虽然我们越来越积极地寻求摆脱生态危机的方法，但结论往往都趋向一个，即以美学为重点的艺术活动在解决保护自然的需求与发展物质生产的利益之间的矛盾中发挥着巨大的作用。既然在过去，所谓的科技美学思想对艺术文化的发展产生了有益的影响，那么现在人们更需要意识到新的艺术活动方案，如果说要用一个概念来表达这一新的方案，那就是生态美学（экологическая эстетика）。"[1]从文中我们可以看到，虽然卡根提出了"生态美学"这个说法，但是他并未继续去阐释这个"生态美学"概念的具体内容，生态美学在保护人类自然环境中的作用在后文中也没有被提及。

第六节　当代俄罗斯生态美学

目前，生态美学的理论发展在俄罗斯相对还比较薄弱。在美学词典中给出的生态美学的定义并没有被完全确定下来，只说它是"一种现代理论，从人与周围自然的辩证关系的角度来考虑审美的基本问题"[2]。然而该词条的定义者其实是把人类与周围的自然的所有关系的归纳都建立在为现代城市规划和建筑、艺术设计的主题以及空间环境的研究的趋势和创造性的原则之上的，并且仅从他个人对未来自然环境的美丽和丑陋的观点的角度出发，因此不能代表俄罗斯美学界对于生态美学全面、客观的看法。在本节中，笔者将梳理从二十世纪末到二十一世纪以来关于生态美学比较有代表性的俄语著作，从不同角度分析生态美学思想在俄罗斯的发展情况。

---

[1] Каган М.С. Эстетика как философская наука. СПб. :ТК "Петрополис", 1997, с. 311–312.

[2] Экологическая эстетика // Эстетика: Словарь. М. : Издательство политической литературы, 1989, с. 407.

一、《自然美学》（《Эстетика природы》，1994）

　　白俄罗斯国立大学科学哲学与方法学系教授卡拉科（Карако П. С.）在其名为《生态美学：在社会－自然关系的优化过程中的形成、本质和作用》[1]一文中表示，生态美学的特殊性并没有在俄罗斯科学院哲学研究所的工作人员的集体专著《自然美学》中得以揭示。根据卡拉科的研究我们可以得知，《自然美学》是俄罗斯建立自然环境美学的重要里程碑，它决定了自然美学与其他美学研究领域的关系；在从自然哲学到文化哲学、从社会哲学到人类哲学的道路的十字路口处形成了独特的文化领域，以及理解和评价自然界的不同方面在人类生活中的基本价值和意义。书中对自然的审美态度问题在本质上也是跨学科的，其涉及许多人道主义和自然科学数据，并直接解决一般的哲学和社会实践问题。但是，虽然书中对远东和中东、中世纪、文艺复兴以及现代西方哲学文化中的自然美学观进行了分析，"生态美学"这一说法在作品中也有所提及，却未见有对生态美学反映的对象的描述，对其社会功能的介绍也是非常抽象的。因此，该书中的一个作者写道："对于当代生态美学来说，总体特征是具有道德层面的热情，这种热情旨在寻求自然资源的合理利用、工程、艺术和社会生活中的人类价值观"。[2]卡拉科认为没有必要对这一看法发表评论，但需要注意的是，涉及自然资源合理利用和人类的生存环境等许多问题都是要通过研究环境来实现的。它的地位必须以某种方式固定在生态美学的定义上，这一前景在该书目前版本中不会被否认。书中还指出，今天"不可否认未来美学与生态融合的可能性和前景，这一可能的实现将取决于在现代意识中如何从哲学的角度来研究生态学的问题"[3]。

　　但遗憾的是，在随后的几年中，研究人员对该问题都没有表现出太

[1] Карако П.С. Экологическая эстетика: становление, сущность и роль в оптимизации социоприродных взаимоотношений // Весник палескага дзяржаунага универсiтета. Серыя грамадскiх i гуманiтарных навук, 2002, № 2, с. 31–46.

[2] Эстетика природы. М. : ИФРАН, 1994, с. 197.

[3] Эстетика природы. М. : ИФРАН, 1994, с. 213.

大的兴趣。而且，相关文献中也几乎不再提及"生态美学"的概念。卡拉科指出，在致力于分析生态文化本质的著作中，关于生态意识和生态美学的内容人们只字未提。例如以下作品：彼得罗夫的《生态和文化》（《Экология и культура》，2001）；巴甫洛夫的《生态文化基础》（《Основы экологической культуры》，2004）；亚尼斯基的《生态文化：科学与实践相互作用纲要》（《Экологическая культура: очерки взаимодействия науки и практики》，2007）等。从生态文化结构中排除了这些重要因素后，这些作品和其他作品的作者都未能充分突出他们题目中所宣称的问题，这些作品甚至也没有引起参与环境问题研究的人们的兴趣。

二、生态美学初步释义

在俄罗斯生态美学一直被认为是一种美学方向。俄罗斯美学家曼科夫斯卡娅（Маньковская Н.）在其后现代主义美学论文的绪论中指出："生态美学在文化背景下探索人与自然之间相互关系的全球性问题，其发展的现代阶段不仅是对艺术中自然主题的传统研究，而且是试图建立生态美学概念的哲学模型。因此应该确定三个领域的问题：本体论、批判论和应用论。本体论视角涉及对生态作为审美对象的理论研究；批判论（生态元批评）旨在探索审美理想、审美价值以及和谐的范畴，它与生态环境中审美现象的经验描述、解释和评价相关；应用论需要解决美学与伦理、美学与科技进步、生态与审美教育等问题的相互关系。"[1] 这样一来，在生态美学中就产生了一种强调美学本体论和其他综合性知识相构建的倾向，其实关于这一点，"生态美学"这个词本身就非常清楚地表现了出来：它将"生物学"术语和"哲学"主题错综复杂地结合在一起。

无独有偶，俄罗斯艺术学院的词典给生态美学下的定义也表达了这一层含义："生态美学属于美学科学领域，研究人类与其技术界和周围自然、生物圈以及新创造的人类栖息地之间的关系……生态美学的目标是制定在

[1] Маньковская Н.Б. Париж со змеями (Введение в эстетику постмодернизма). М. : ИФРАН, 1995, с. 200.

生态、社会、文化和美学上都合理的行为标准，以及与自然和作为其组成部分的人类有关的建议和品位。生态美学的目标是在环境综合艺术设计过程中制定和实施的，同时考虑到环境因素——维持生命世界、自然、全人类历史文化和民族价值观之间的平衡。这为生态美学与自然、科学和艺术相结合的综合方案赋予了新的特征：生态美学的基础是和谐的、综合的环境观，是所有平等元素的融合。人类对环境影响的全球性性质促使我们要基于组织环境的有机完整性和审美意义的标准来评价人类活动。"[1]

三、《生态美学是自然美学的转化形式》(《Экологическая эстетика как превращенная форма эстетики природы》，2011)

俄罗斯哲学家、生态环境研究家古谢娃（Гусева А.Ю.）在她的文章《生态美学是自然美学的转化形式》中论证了生态美学是自然美学的一种转化形式，并试图探究生态美学能够得以普及的原因。通过对这篇文章的分析，我们可以看到作者关于以下问题的思考：什么是自然美学、生态美学和转化形式，以及如何确定可以使用"转化形式"这一概念作为美学研究的一部分。

首先，古谢娃认为，"转化形式"的概念来自马克思的哲学词典，俄罗斯哲学家、莫斯科国立大学哲学系教授玛玛尔达什维利（Мамардашвили М.К.）曾对此概念进行了详细分析。玛玛尔达什维利认为"转化形式"的概念和问题是现代逻辑发展和人文学科方法论的基本要素，是描述复杂系统所必需的非理性算子，执行填充和替换系统元素的功能："改造后的形式通过补充和调解其切断的链接来调节系统，并用一种新的关系取代它们，这种关系为系统提供了生命力。"[2]古谢娃由此得出结论：在现象学态度的基础上可以将"转化形式"的概念有效地应用于社会历史、社会学和文化研究。这样一来，在美学研究中"转化形式"这一概念也颇具有效性。当

[1] Экологическая эстетика. – Интернет-ресурс. URL: http://www.rah.ru/content/ru/main_menu_ru/section−science_activity/section−term_dictionary.html?filterByLetter=%FD&wordId=4094. (12.06.2011).

[2] Мамардашвили М.К. Превращенные формы (о необходимости иррациональных выражений) // М.К. Мамардашвили Как я понимаю философию. М. : Прогресс, 1992, с. 275.

然这其中也有一定的潜在风险——对"转化形式"过于宽泛的解释使得它几乎能够应用于相对应的任何现象，反而容易破坏这一概念。

古谢娃指出："从某种意义上来说，'转化形式'是一种模式的变种，但有一个更精确的、能帮助我们弄清楚这一概念的说法是一种特殊的逻辑形式——隐喻的人道主义概念（主要是针对文学和文化）。"[1]基于转化形式和隐喻概念的类比，作者转向对生态美学的分析，声称隐喻不仅仅是一种语言现象，而且还适用于与我们经验中自然维度相关的概念结构。当我们注意到无关于感知和思考标准的新的联系或者为我们自己创建这种联系时，我们会发现，审美经验不仅限于官方艺术的世界，它可以发生在我们日常生活中的任何时候。正如二十世纪美学的发展所表明的那样，美学不仅是一种"艺术哲学"，还是一种哲学科学的感性表达。换句话说，美学是关于人对世界的感性价值态度及其精神和实践发展方式的一门科学，因此，审美研究的主题不仅是艺术，更是一个人世界价值观发展的整个领域，以及通过美的范畴对它们进行的集中评价。基于对美学的这种理解，世界上所有不同的表现形式都应被视为具有美学意义的对象。

但在这里，古谢娃又考虑到，我们还面临着一个关于自然美学作者身份的重要问题：大众意识将自然美学理解为一些美丽的自然形式，即作者身份的问题得到了非常明确的解决——自然形式的美不具有作者，它只是客观存在，而且它本身也应该被欣赏。或者说，所谓的"作者"是被一种更高的权力所授予的，在这种情况下，话语通常建立在"神圣美"的概念之上。然而，也存在着不同的审美立场：只有当一个人去评价自然现象具有美学意义时，自然美学这一概念才真正成立。著名的"自然主义者"（Природники）和"社会活动家"（Общественники）的这一争论实质上是在其中一个变体中就此问题展开的讨论。"自然主义者"表明了美丽"本身"的存在，并且用"在自然界存在人类感知不到和无法评价的美"来证明这一观点。"社会活动家"则声称，美只存在于人与世界的关系现象中，也就

[1] Гусева А.Ю. Экологическая эстетика как превращенная форма эстетики природы // Общество. среда. развитие. 2011, № 3 (20), с. 210.

是说，在自然界中没有"本身"的美。这场辩论用美学术语表达了对本体论问题的讨论——即本质论主义者和现象学观点支持者的争论："自然主义者"认可美的"实质性"，代表了第一种观点；而"社会活动家"将美的概念与意识的活动联系起来，接近现象学的立场。

关于这个问题，古谢娃引用了一个来自俄罗斯国内对自然美学的经典研究中相当广泛、同时也是非常重要的解释："美学一词在其对自然的应用中似乎稍显含糊。首先，自然作为一种存在现实，每个人都理解它，这不需要任何艺术，也不需要美学。然而，另一方面，尚且不谈普通的人类意识，所有的艺术，无一例外地坚持谈论自然之美，谈论自然中的和谐、节奏、抒情或某些自然景观特征的伟大时刻。这种现象表明，自然美学确实存在，它是无限多样的，可以在人类心灵带来兴奋和安宁的时刻，产生庄严和伟大的感觉。自然对人的审美影响是肯定的。但是，自然美学不能建立在随意的印象和个人品位之上，而且像任何科学一样，它需要逻辑定义、分类和原则……如果把自然抽离在人类诠释之外，即不是作为一种模式，而只是作为一个客观的事物组织，这是机械、物理、化学、生物学所做的，而不是美学。这种诠释只是自然法则的集合，而人们已经思考并在此基础上以某种方式将自己定位于世界了。自然模型不会简化为数学或机械公式，这是一种精神化的结构，能激起一个人的热情、人生理想和创造性。自然美学必须表明，在这样一种美学的体系中有一种创造性的和精神性的、人性的和历史性的、有生命力的、合理性的或不合理的，但总是在发展变化的东西。"[1]这种解释应该是更接近现象学而非实体主义的立场，因为它是人类感知中自然审美建模的问题。换句话说，自然美学是哲学人类学的一种形式。

然后，古谢娃研究了与自然美学相关的生态美学的这种"转变形式"具体是什么的问题：自然美学谈到自然现象的美丽、崇高、风景如画，这些品质都是人类注意到的，但我们不会问它们从哪里来，只是把它们当作

---

[1] Лосев А.Ф., Тахо-Годи А.М. Эстетика природы (природа и ее стилевые функции у Р. Роллана). Киев: Collegium, 1998, c. 6–7.

不言而喻的东西；对于自然美学而言，关于审美评价的主体和客体及其相互关系的复杂性问题，尚未成为一种中心的、极其重要的矛盾。为此，有可能存在社会先决条件和前提——在浪漫主义时期，人类才刚刚开始认识到自己是自然的主人，在当时看来资源似乎是无尽的。而在早期的生态美学思想中，情况则开始有所转变——它恰恰是对自然的不完美的认识，其形成是为了在理论上证实在文化和技术环境中"延伸"自然生命的可能性和必要性。作者认为，在早期生态美学的理念里，人还是绝对的主体，而自然现实作为被转化的对象，是一种极其深刻和富有智慧的存在，但同时也是弱者，需要被保护和培养。在这方面，道德思想也是这种生态美学的一大特征。虽然我们能够很明显地发现古谢娃所说的这种生态美学只不过是人类中心主义的思想的另一种表现方式，其本质还是将人类看作自然的主人，但这种认识的转变已经是一种质的进步了。

在该文章的最后，关于生态美学与自然美学相关的"转变"是在哪些方面得以实现的，古谢娃总结道："在形式和内容方面发生了以下转变，即自然美学将某些意义（美或丑、如诗如画或图形艺术等）'读取'为自然客体；而生态美学致力于在人类技术环境中保持对自然形态的模仿。也就是说，即使那些在这样的环境中保存下来的自然客体也只是作为一种自然界的'人造品'而继续存在，因为它们的存在得到了人类的特别支持。因此在工具性方面生态美学的转化性正是通过'保留'或'恢复'某些主要自然现实所表现出来的，并且相当明显地认识到这种'初始状态'不仅是不可挽回的，而且是一种乌托邦式的存在。"[1]也许正是生态美学在应用领域的这种不相容性才推动了这一学科的发展。

---

[1] Гусева А.Ю. Экологическая эстетика как превращенная форма эстетики природы // Общество. среда. развитие. 2011, № 3 (20), с. 213.

四、《生态美学：初步结果》（《Экологическая эстетика: предварительные итоги》, 2013）

俄罗斯圣彼得堡国立大学哲学院伦理与美学系主任戈利克（Голик Н. В.）教授对生态美学有独到的见解，这在他的《生态美学：初步结果》一文中得以体现。他首先从人类存在的和谐与完整性的角度出发，将生态美学存在的事实归为一种非同寻常的事件，类似于与特殊世界观和相应的社会时代现实的表现相联系的某种革命性的事件。他认为，可以在生态美学存在的事实中发现，决定文化运动机制和其本体论结构的思维并使之变得更加稳定和平衡："就像哥白尼学说一样，生态美学标志着一种特殊的'光芒'的诞生，它就像'双头鹰'形象一样，结合了世界的自然科学与人道主义愿景。换句话说，在生态美学的语境中，科学与人文之间的分界线消失了，其结果就是形成了一种新的思维方式和相应的世界新图景。"[1]

戈利克还指出，现代心理学显示现代人灵魂的"分裂"其实是对整个人类"文化分裂"的一种投射，即一种习惯性被称为"文化危机"的问题。如今"文化危机"俨然成为一种全人类的疾病，而且这种疾病已经到了临界点——自我毁灭的极端（对生态环境自杀式的破坏就是人文主义者自我毁灭的表现）。这不是神学家和哲学家空想发明出来的认识论悲剧，而是一种已经能够被观察到和记录下来的现实。对世界末日的预感和担忧使人类生存的悲剧性变得明显，因为这样一来人类独立生活已经不再是最高价值，最高价值降级成为人类本身的存在。存在与价值之间关系的问题变成如下模式：存在本身已成为最高价值。

根据戈利克的说法，在这种情况下，生态美学的出现可以被视为一种普遍的思想，它将环境伦理作为一个不可分割的元素，帮助克服文化和人类灵魂的分裂，恢复其完整性。生态美学将成为现代人世界观的基本组成，并在现实中得以体现，即这种普遍的思想尚存在于未来领域，并且只有满足几个必要条件才能实现。其中一个条件就是人类要从人类中心主义思想

---

[1] Голик Н.В. Экологическая эстетика: предварительные итоги // STUDIA CULTURAE, 2013, № 15, с.13.

中解放出来，不再自诩为宇宙的中心。当人类了解到三合一组成部分，即自然、人、文化的关系的微妙之处时，也就意味着有望实现拒绝已有的自然和文化等级划分方式。其实许多人类创造的东西，在今天看起来很原始。生态美学思想也意味着人类精神的净化和从幻想中解放出来。根据这种思想，我们很容易承认，与自然相结合而创造出来的文化才是人类精神的最高成就，它是来自生命的恩典，是自然的赏赐：只有在大自然健康平衡发展的前提下，人和人类文化才能实现长久的存在。

五、《关于生态伦理与美学的现象学基础》（《О Феноменологических основаниях экологической этики и эстетики》，2013）

关于生态伦理与美学的现象学基础这一方面的研究，莫斯科国立大学哲学系年轻的学者、高级教师弗罗洛夫（Фролов А.В.）在自己的学术论文中较为详细地阐述过自己的观点。他认为，古希腊人在自然界中看到了宇宙中秩序的美丽，中世纪的基督教创造了等级制度，并使自己的计划得以实现。后来，新时代来临，自然越来越被看作是一个僵化的死机制，人类与自然的所有的互动都减少到机械的程度。这种世界观，即自然是科学数学化的结果，使人们将自然视为无关紧要的、用来实验和操作的材料。在弗罗洛夫看来，尽管二十世纪世界科学图景发生了重大变化，但自然的机械形象仍然决定了西方乃至地球文明的基本水平。一个典型的例子是将生物作为实验室中的"生物材料"进行处理——这种现象自笛卡尔时代以来一直没有改变过。

毫无疑问的是，现代生态危机正是科学技术进步造成的结果。然而，任何现象，包括进步，都可以明智无误地被使用，它既可以用于善，也可能会导致恶。弗罗洛夫写道："全球性的人与自然之间平衡的破坏也取决于现代人性的另一种精神观念，即对利润和利益的渴望，它就是所谓的'资本主义'的源头。当然，这种立场被合理化后，就出现了'人性化的资本主义'，通过回收生产和消费造成的浪费、限制废物排放、优化生产能源等方式尽可能地兼顾到环境因素。然而，众所周知，许多'发达'国家，即世界市场的旗舰，公开对环境标准表现出无视的态度，更不用说现代俄罗斯的'野性资本主义'，这种资本主义本质上是非常不合理和反生态的。其实，利润可以来自未经劳动处理过的自然资源，也可以来自他人的劳动，而人类往往不考虑其行为的后果。"[1]这正是许多大公司今天所做的事情——它足以让人想起贝加尔湖和萨哈林岛上的石油管道建设时发生的事情，一旦发生重大事故，就会造成环境灾害，还有在科拉半岛开采矿石的行为。自然变成了人类牟利的一种手段，这意味着它成了功利主义价值观的载体——人们对自然不再有任何关于审美或道德态度的讨论。正是这种直接的、功利的利益阻碍了人们对未来的关注，以及在文明网络中除参与功利主义背景之外看待自然的原创性的能力。所以，当我们看到苹果树上被太阳的光芒照耀着的成熟的苹果时，我们只会有吃掉它们的渴望，而对这幅美丽画面的美学欣赏对我们而言已经不复存在了。这种被人类忘却的审美行为被康德称为"没有目的的目的性"[2]。

将自然看作是冷漠的事物和对利润的渴望，人类的这两种观念在可以判断的范围内，决定了今天对自然态度的盲目性。作者不无遗憾地感慨道，人们已经不再能从自然界中看到美丽的"善本"，忘记了它的完美性优于人类的创造。如今已经很少有人会说技术（téchne）是对自然的模仿，天体和地球和谐的古老观念也早已失去其相关性，从而有可能简化成人类灵魂的混乱运动。现代生活的匆忙和喧嚣主要以激情为主导，人们很难在内在的平静与沉默中停下来审视大自然，只有隐藏在大自然中的隐士和修道者还无时无刻不在寻求着。在现代大都市中，"环境"当然代表着自然，但是以"人工"的形式出现：凝视被混凝土、沥青和玻璃所包围的绿化区，尘土飞扬中的绿色只会略微淡化城市石棺的单调。只有在城市的几个地方才能看到整片的天空。高速汽车流摧毁了视力：眼睛紧紧抓住诱人的各类昂贵汽车，这是人类激情和侵略性的体现，而精神力量并不足以让人们总是沉浸在对城市小巷中出现的新鲜树叶的沉思中。

[1] Фролов А.В. О Феноменологических основаниях экологической этики и эстетики // Вестник Московского Государственного Университета леса- Лесной вестник, 2013, № 5, с.68.

[2] Кант И. Критика способности суждения. М. : Искусство, 1994.

最后，弗罗洛夫总结道："在现代人的创作中，客观化了的激情变得无情，而这种文化精神的客体化也强加于人类自己，并试图奴役灵魂的生命力。人们会有意识无意识地感受到这一点，因此许多人努力打破大都市的生活圈，转而生活在城市之外或远离城市，这并非毫无意义的逃离。这意味着人类从技术化的死气沉沉的生活转向自然的怀抱，以拯救精神文化和寻找生命的意义。然而，如果一直无法正确地对待大自然，人们很难从其生命的潮流中获益。在'大自然'的垃圾山中休息，这就是一个生动的例子。现代人需要学会重新审视大自然，虽然这种大自然与新时代的宗教信仰精神无关，但至少涉及一些心理力量和意图的重组，改变意识的态度，以及重新思考人和人类活动在这个世界上的地位。只有这样，我们认为，对自然的谨慎态度才有可能成为克服环境危机的基础。"[1]

第七节　生态美学与其他美学形态

一、景观美学

自二十世纪下半叶以来，许多研究人员开始谈论关于理解自然系统整体之美丽的重要性，这主要指的就是景观，其美学特征被认为是稳定性和可持续发展的标准。因此非常有必要对自然系统进行进一步的生态和美学研究。这种知识方向的发展促使在景观科学框架内形成了新的科学领域——"景观美学"（эстетика ландшафта）[2]。专家对其评价为"景观科学的一个特殊方向在于它主要研究美、自然风貌和人造景观，尤其是其美学感知和评价的独特之处"[3]。在这个定义中，景观美学不仅建立在科学上，而且

[1] Фролов А.В. О Феноменологических основаниях экологической этики и эстетики // Вестник Московского Государственного Университета леса- Лесной вестник, 2013, № 5, с. 69.

[2] Экология и эстетика ландшафта. Вильнюс: Минтис, 1975.

[3] Николаев В.А. Ландшафтоведение: Эстетика и дизайн . М. : Аспект Пресс, 2005, с. 16.

建立在对像如景观这样的自然生成物的精神和感官理解上。景观的美丽取决于其构成的要素，像如动植物、地形和气候等。自然景观只不过是一种生物群落，而其元素与其不断复制的相互和谐关系、过渡区的存在、结构的层次特征和其他特征创造了这种系统的美感。但实质上它们都属于生态系统，它们的美丽也是正常的、可持续发展的表现。这种系统的许多特征也要通过生态学来进行研究。在证明了保护生态系统要素的必要性的基础上，生态学也主张保护其美丽的重要性。因此，美学问题在生态学中变得重要起来。生态与美学融为一体，形成生态美学，但在其形成之初它还只是在景观美学的框架内被研究。

二、环境美学

乌克兰基辅生态文化中心主任波列伊古（Борейко В.Е.）在他的文章《环境美学绪论》（《Введение в природоохранную эстетику》，2005）中论证了环境美学这一特殊学科领域的存在。他阐释道："环境美学是美学、环境伦理、生态和自然保护交汇的新科学方向，它研究景观价值、野生大自然和被驯养的自然现象、动植物类型的审美价值；研究自然在视觉、触觉、味觉、听觉以及嗅觉上的美；还有自然审美意识的特征和保护自然环境的方法。"[1]这个广泛的定义确定了环境美学主题的多功能性。它既包括对大自然的美学研究，也包括人类保护自然之美的方法。

三、生物美学

科学文献证实存在美学的特定领域，且这些领域仅关注所有生物的美学研究。例如卡拉科在《生态美学：在社会－自然关系的优化过程中的形成、本质和作用》一文中提到一位希腊生物学家——阿瓦尼蒂斯（Влавианос-Арванитис А.），在她所研究的生物政治学（Биополитика）概念

---

[1] Борейко В. Е. Введение в природоохранную эстетику. Киев: КЭКЦ, 2005, с. 23.

中，"生物美学"（Биоэстетика）占有重要地位。这一知识领域的主要内容是对生命世界中美丽事物的感知、对其"美学诉求"的认同以及对保护现有生命形式的结果的利用。阿瓦尼蒂斯认为生物美学是整个生物文化发展的一个重要因素："生物美学在生物文化的实现中发挥着重要作用……对于一个理解生物文化、了解生命价值的人来说，保护生态卫生与保护多样的生物环境应该是一种很自然的想法。"[1]

虽然目前"生态美学"一词在俄罗斯科学文献中仍然很少使用，但是在自然客体的美学方面已经引起了研究者的注意。相应的科学知识方向正在形成，其目的就是要重点确定对这些方面的研究。景观美学、环境美学、生态美学等领域今天都可以被认为是生态美学的具体表现形式。生态学家开始注意到理解个体生命中的美学因素和整体生态系统存在的重要性。一些特定的和其他知识领域的概念、思想和理念可以被看作是生态美学的重要基础。此外，我们不要忘记，在绘画、音乐和小说中，对生态美学的感性认识和表达也以一种特殊的形式反映出来。

第八节　生态美学的实践应用

生态美学在社会生活中具有非常广泛的应用。它不仅证实了保持现有生活多样性的必要性，而且其思想影响了建筑、绘画、摄影等艺术领域的发展。早在二十世纪中叶，韦尔纳茨基就指出，仅靠自然科学对自然的理解并不足以创造出它的画面。他写道："在科学知识所产生的逻辑公式的界限之外，是一个巨大的创造领域，它指向对自然之美的理解。由于自然之美被艺术认知和表达，在某种程度上，科学知识和艺术的融合将使你能够创造出真实可靠的自然景象。"[2] 在接下来的几年里，韦尔纳茨基一次又

[1] Влавианос-Арванитис А. Биополитика. Биоокружение. Биосиллабус. Афины: Биополитическая Интернациональная Организация, 1993, с. 83.

[2] Вернадский В.И. Труды по философии естествознания. М. : Наука, 2000, с. 61.

一次地关注艺术的社会意义。根据他的观点，"艺术所建造出的世界被包含在生物圈，甚至更多的智力圈的结构中。"[1]而且由于这个"世界"是生物圈和智力圈的组成部分，因此它也成为生物圈到智力圈状态转变的一个因素。

在自然之美中融入传统艺术，这在俄罗斯得以完美地实现。这样的结论是在评价俄罗斯科学院院士利哈乔夫的许多著作的基础上得出的。例如，在他的作品《花园诗学》(《Поэзия садов》, 1982) 中就着重强调了花园和公园群落是特定时代、特定国家的艺术意识的体现。人造花园或公园不是毫无生气的生成物，它们是"人类活动与自然活动有机结合的结果。大自然被有着各种审美品位和不同世界观的园丁改造了"[2]。他们结合的结果不是一个死气沉沉的物体，而是一个发挥着职能的艺术对象：人们去参观游览，在那里休息并欣赏人与自然的杰作。对仅在圣彼得堡的这类作品的列举和描述就占据了利哈乔夫作品的大量篇幅。

下面，我们以乌拉尔国立建筑与艺术学院的一名研究生的研究项目为例，介绍生态美学被应用于环保和审美教育的实践领域的具体体现，进一步明确生态美学确立的目的，即发展现代社会的生态和审美规范。

这一应用实例是"高铁线"项目 (High Line)。该项目于2009年在纽约创立，由景观设计师詹姆斯·康纳 (James Coner) 和皮特·奥洛尔夫 (Pete Oudolf) 与许多志愿者合作现场作业，将曼哈顿西部废弃的高架铁路线变成了一个悬挂于城市半空中的公园。曾经那个象征着二十世纪三十年代纽约工业繁荣的纪念碑已经获得了第二次生命：舒适的绿色休闲区保留了遥远的工业历史的光环，在"高铁线"的许多区域中，设计师有意在轨道上安置了木制长凳，铺设绿色草坪，还建设了设备齐全的娱乐区和观景台，以及用于野餐、日光浴和观光游览的场所。

为了保持"高铁线"的美学形式，建设团队成了纽约公园和娱乐部的非营利合作伙伴。作为纽约的公共文化娱乐场所，"高铁线"的建设团队

[1] Вернадский В.И. О науке. М. : РХГИ, 1997, Т. 1. с. 465.

[2] Лихачев Д.С. Поэзия садов: к семантике садово-парковых стилей. Л. : Азбука-Аттикус, 1982, с. 15.

正在开发各种免费或低成本的公共项目，以此吸引公众参与"高铁线"的创新项目并突出其独特性。"高铁线"的设计师和员工不断开展文化和教育活动，帮助参观者了解"高铁线"的创新设计理念，熟悉环境设计的目标和原则。"高铁线"中丰富的植物群是实验室研究卓有成效的工作体现，也是为那些对景观和绿色设计感兴趣的人提供教具的好地方。"高铁线"项目的景观设计师詹姆斯和皮特，以及"高铁线"项目的特邀嘉宾开展的各种主题与各种形式的对话和讲座，让游客有更多机会了解"高铁线"的历史，认识到景观设计以及城市绿地建设的重要性。

"高铁线"建设与艺术世界的紧密联系也是该国国家计划的核心。"高铁线"艺术机构与其他机构合作，定期组织大型公共艺术展览，吸引了大量的画廊、艺术家和设计师。例如，于2011年3月4日在"高铁线"附近的工业建筑屋顶上的开放的展览空间中，美国设计师格雷戈里·贝克（Gregory Beck）展出了一系列雕塑作品，其内容主要描绘了未装饰的广告牌的框架："这种装置让人联想到经济衰退时期的空窗和'待售'标志。观看这些展品时，从正面看，人们会产生深度幻觉，但事实上，它们是完全平坦的，从透视图中雕刻出来并构造成戏剧风景。"[1]另外，从另一个角度来说，贝克的雕塑有点让人联想到十九世纪末、二十世纪早期的前卫艺术家的金属结构。它们很容易融合到"高铁线"环境中，并使参观者重新思考所雕塑对象的逻辑性。2011年11月5日，纽约艺术家阿什莉·泰勒（Ashley Tyler）和SARAHS舞蹈团向公众展示了原作《真正的半神话、半传奇美国主义》，其中泰勒使用视频设备展示俄罗斯建构主义对设计的影响，而SARAHS艺术家则穿着灵感来自Alyssa Tang和Sole Salvo设计的作品的戏服（该服装产生于十九世纪末、二十世纪初，在俄罗斯举行的体育示威活动中，建构主义者利用独特的大众健美操，以空间中身体的位置和力量为工具，宣扬了建构主义的原则）。现场动态的舞蹈与热烈的音乐让观众积极参与互动，从而使建构主义领域的文化和教育理念能够被公众所接受和理解。

---

[1] High Line // The official Web site of the High Line and Friends of the High Line. URL: http://www.thehighline.org/about/park-information (дата обращения 22.11.2011).

由"高铁线"项目的成功运作我们可以得出结论：在经济和社会发展中的环境危机时期，生态美学是与哲学和科学相关的一个广受欢迎的学科分支；生态美学的应用不仅有助于创造环境的审美对象，还有助于教育人与自然关系的生态和审美规范。在个人和群众的意识中，正确理解环境问题具有重大的科学意义，对于生态美学思想的普及应该在现代社会的社会教育体系中占有重要地位。虽然社会对生态美学的高要求决定了一个人需要发展感知和理解自然之美的能力，但美是一个人类感受和体验的领域，人在出生时并没有天然地获得这项"技能"，而是在他被纳入适当的教育和培养体系的过程中形成的。而且，一个人的高审美情感发展的有效性取决于生态规定和观念知识的水平。生态知识是形成审美情感和艺术观的经验基础。

第九节　生态审美教育

目前在俄罗斯，生态美学的个人观念和相关规定已经开始被纳入教育中。它们在美学、文化哲学、景观科学、设计等课程中被引入学生的意识。许多关于生态文化课程的教育材料相继出版。另外，小说在塑造一个人的生态和美学观点方面也具有巨大的潜力。它在学生的教育工作中的应用有助于提高学生的社会化和包容性，以增强其保护环境的观念。在教育学院和大学的课程大纲中，制定了特定学科的教学方法课程。比如说，在一本关于生物学教学方法的教科书中，有一节内容是用来专门讨论生物课程中学生审美教育的方法论建议的。在这里，未来的生物学教师的注意力被这样一个事实所吸引："生命本质中没有任何的丑陋或丑的东西，细胞、组织、器官、系统……生物体在分化和整合的过程中长期进化，逐渐完整，实现了各部分的有机统一、和谐，这些都是美的标志。"[1]在研究各种生命形式的结构和特征时，对这种美的揭示应该成为教师授课的重点。在研究

---

[1] Никишов А.И. Теория и методика обучения биологии. М. : КолосС, 2007, с. 116.

进化理论的基本原理时，生态学的基础使"教师有很好的机会向学生展示有机世界的美丽是如何形成的"[1]。教师对学生的审美教育应该贯穿于生物学课程的整个过程中，在教学工作中与学生一起使用所有有助于认可和发展生态美学的内容。

正如我们所看到的，生态美学有其反思主题和多种形式的表达。它还发挥着重要的社会功能——它形成了一个人的科学、生态和艺术观，并成为保护自然环境和生物圈向无国界过渡的一个因素。只有通过专门的教学和教育过程才能形成生态美学思想。所有这些使我们能够给出生态美学另一种诠释：它是一系列关于自然世界美的发展思想，由于其元素的相互联系和人们对其保存和丰富的追求而被创造。如果一个人具有生态审美意识，他将与自然建立有智慧的关系形式。

结语

俄罗斯民族是一个历史文化传统悠久的民族，其生态意识源远流长，其当代生态美学思想更是独具特色，在国际生态美学领域占有比较重要的地位，特别是对于我国生态美学的产生和发展有着较大的影响。我国学术界在回顾和反思中国生态美学的发展历程时，都会不约而同地提到曼科夫斯卡娅的《当代生态美学》。该文于1992年正式发表于俄罗斯《哲学科学》，随即就被翻译成中文在我国发表，成为我国刊出的第一篇生态美学文章。[2]客观地说，该文所讨论的内容并不是严格的"生态美学"，而是对于西方"环境美学"的综述和介绍。但是，"生态美学"这个术语却在中国广泛传播，有力地推动了中国生态美学的快速发展。我们这里对于俄罗斯生态美学的介绍，可以为学术界进行中外生态美学比较研究提供更加丰富的资料。

---

[1] Никишов А.И. Теория и методика обучения биологии. М. : КолосС, 2007, с. 118.

[2] [俄]曼科夫斯卡娅：《当代生态美学》，由之译，《国外社会科学》1992年第11、12期。

结语：西方生态美学建构的三种路径

　　工业革命最早发生在西方，以工业革命为基础发展起来的工业文明也最早在西方成熟，工业文明的弊端，即生态危机，也最早产生于西方。对于导致生态危机的思想文化根源之反思和批判，也顺理成章地在西方最早出现。

　　生态美学诞生的时代背景是日益加剧的全球性生态危机，其思想主题一直是对于现代西方工业文明及其哲学基础的反思和批判。这样一来，生态美学较早出现在西方就不难理解了。

　　根据本书的研究，我们认为，西方生态美学的理论萌芽是1949年利奥波德的大地美学，正式发端是1972年米克的生态美学，主要出现在英语世界，其他外语世界也有不同程度的论述。因此，英语世界的生态美学无疑是西方生态美学的主体，我们这里主要以之为根据来做一些总结，尝试着从宏观上描绘西方生态美学的理论图景和基本轮廓，从一个侧面揭示生态美学的整体特点和发展规律。

　　我们认为，西方生态美学的建构路径可以划分为如下三种：哲学思辨路径、生态艺术理论路径、环境设计实践路径。

　　第一，哲学思辨路径。这种路径比较接近西方学术界所说的"哲学美学"（philosophical aesthetics），也就是侧重从哲学思辨的角度探讨美学问题，这种理论路径体现了西方生态美学的最高理论成就。属于这种理论路径的学者较多，包括利奥波德、米克、卡尔森、伯梅、罗尔斯顿和林托特等。

　　在利奥波德生前，"生态美学"这一专门术语尚未出现，甚至利奥波德本人也并没有专门的美学论著。但是，利奥波德在其丰富的生态学和生物学知识的基础上，试图将生态学与美学结合起来进行探讨，其理论底蕴真是生态美学的要义。因此，后来的学者如戈比斯特，就毫不讳言地将利奥波德视作生态美学的创始者。简言之，利奥波德以生态知识为基础，通过构建以"大地共同体"为核心的"大地伦理学"，将"美"纳入伦理评价体系中，使生态学、伦理学、美学统一起来，对后世生态美学发展产生了深远影响。

米克的生态美学标志着生态美学在西方正式开端，因此在西方生态美学史上其占有里程碑式的历史地位。他于1972年发表的《走向生态美学》一文，是西方生态美学史上最早以"生态美学"为标题的论著。该文以生态学知识和生态学观念为基础，从思维根源上创造性地改变了人类原有的不合理审美观念，从而将人类美学史从现代美学阶段推进到了后现代的生态美学阶段，因此可以说米克是"生态美学之父"，对后来西方生态美学、环境美学的发展都产生了重要影响。

卡尔森虽然以环境美学家的身份闻名国际学术界，但是其环境美学思想也具有浓厚的生态美学意蕴。他一方面吸收了米克等人的生态美学思想，另一方面又建构了独具特色的美学理论，对后来的生态美学家如林托特等产生了重要影响。与米克直接提倡生态美学不同，卡尔森是西方环境美学的重要代表人物之一，他尝试着从环境美学中发展出一种生态美学，紧紧围绕"审美适当性"这个核心问题展开论述，其"肯定美学"（positive aesthetics）强调科学知识，尤其是生态学知识的指导下，对原生自然进行适当的审美欣赏，具有浓厚的生态美学意蕴。特别值得提出的是，卡尔森近年来对中国生态美学显现出极高的热情，积极吸收中国生态理论的研究成果以发展环境美学，并试图将二者有机地结合起来。

伯梅倡导一种新的自然美学，即他所说的"生态的自然美学"，在艺术理论居于主导的时代，重新提出自然美学的理论诉求，并且为这样一种诉求寻找更为坚实且跟进时代理论进展的基础。为此，他重新定位了整个美学的出发点，倡导回到鲍姆加登，呼吁建构一种"普遍的感知学"，来克服聚焦于精英艺术的狭义美学。他采取了现象学的理论进路，把美学的关注焦点从"美"和"艺术"转移到"身体"，即"我们自身所是的自然"。与此相应，在外在维度上，自然不是一个对象，而是"环境"。在置身性的经验中，发生作用的不是"某物"，而是一种整体的、原初的气氛。因此，伯梅建构出一种以生态学为导向，以"气氛"概念为核心，以"花园"为典范的自然美学，努力引领着某种新型人类自然关系和生存方式。

罗尔斯顿是当代著名的生态伦理学家，其理论贡献在于构建了内在价值论，确立了生态中心主义的伦理观，其美学思想与其生态伦理观结合紧密，形成了一套客体性的生态美学思想观。他认为，审美属性是客体性的，并依附于自然，是实现审美欣赏的必要条件。他反对人们仅欣赏自然"美"的一面，倡导人们应欣赏自然的内在价值而非工具价值，即站在自然的角度欣赏自然，而非将自然"人化"。对于自然中那些大量不能产生愉悦感的、"丑"的事物，罗尔斯顿认为它们对生态系统而言同样具有不可估量的内在价值，通过借助生态系统的观念，可以将消极审美价值转化为积极审美价值。罗尔斯顿明确使用过"生态美学"这个术语，强调美学应当建立在生态伦理学的基础之上，其生态美学思路可以总结为：美——生态系统——责任。当生态价值与审美价值发生冲突时，传统美学将优先权给了审美价值，而罗尔斯顿则将优先权赋予生态价值，从而使保护生态系统成为一种生态伦理责任，这就大大突出了生态美学的伦理维度。

卡尔森的生态美学思想以及齐藤百合子的美学思想是林托特思想的主要基础，她重点讨论了生态伦理、科学知识与审美之间的关系，从审美趣味的角度出发，探讨自然审美欣赏的合理性和可行性。林托特首先通过对自然审美欣赏模式的探索，总结出"修正—延伸"主义模式，将其作为生态美学思考的重要基石，并将自己的美学概括为"生态友好型美学"，旨在通过塑造生态友好型审美趣味，打开对自然进行适当审美欣赏的大门。林托特的生态美学思想的特点是强调审美的日常生活化以及对审美趣味的塑造，重视科学教育在生态审美中的作用，可以为生态审美教育提供重要借鉴。

第二，生态艺术理论路径。属于这条路径的有勒班陀、克拉克和迈尔斯三人。

勒班陀虽然并没有直接将自己的思想称为"生态美学"，但他较早提出了"生态艺术"这一概念，可以被视为生态美学理论在艺术之维的代表。无论是勒班陀的画作还是他的艺术观，都是紧扣"生态（ecology）"一词的核心"eco-"（希腊语中为οίκος）形成及发展的，也是对"οίκος"（家园）这一概念之本真含义的生动而深入的诠释。相较于那些纯粹的艺术理论家或者美学家，勒班陀的生态美学思想具有更为直观的载体——生态绘画作品。这些作品使理论与实践有机地结合在一起——理论的提出基于提出者的亲身经验，理论提出者本身又是该理论的实际践行者，这让勒班陀的生态艺术观念更为生动、直接、不空泛，具有更强的可操作性和示范效应。

克拉克吸收了生态感知理论、生态心理学理论等生态理论观点，并将这些理论观点应用到了音乐意义的研究之中，补充和挑战了传统意义上的音乐理论研究。他对生态感知音乐方法进行了系统性论述。可以说，克拉克的生态音乐理论为听众如何理解音乐的意义带来了新的诠释，这正是其生态音乐理论的价值之所在。生态感知理论研究感知者和环境的互动关系，而克拉克研究的则是听者与一般听觉环境（更具体地说是音乐环境）的互动关系，从而丰富了生态感知理论，也丰富了音乐感知理论。

迈尔斯面向生态问题，立足于艺术实践，试图从生态艺术出发构建其生态美学，强调生态艺术的批判反思作用。迈尔斯秉持一种激进美学的态度，突出文学、建筑等各种艺术形式的介入作用，力图通过这些艺术形式对环境生态问题进行呈现，进而介入这些问题之中，介入人们的思想意识之中，在具体艺术形式与其创作者、与其观赏者之间的交互关系中，促发人们对这些问题的批判性思考，促使人们去面对日益严峻的生态、气候问题，表现出重视生态艺术实践这样的基本特点。他的《生态美学》一书很少有纯粹的理论探讨，而是充满了大量的文学、艺术、建筑等方面的实例。其生态美学思想就是通过实例分析而透露出来的，这些例子有助于我们了解国际生态艺术的基本状况。但迈尔斯并没有形成一套系统的生态美学思想，他的《生态美学》缺乏明确的哲学思想基础和美学观念支撑，对生态学和美学的回顾梳理也流于空泛，全书基本上是生态艺术实例分析组成的汇编。

第三，环境设计实践和管理路径。属于这条路径的学者有高主锡、戈比斯特和普瑞格恩三人。

高主锡的职业是景观设计，他试图借助生物学、物理学、心理学等学科知识将美学与设计实践结合起来，构建以生态设计理论为核心的生态美学，强调建筑环境与人以及物理、文化语境的创造性相适应。早在之前高主锡就尝试通过哲学范式、美学概念、美学语言的理论创新，将以伯林特为代表的西方环境美学转化为适用东西方文化语境、以生态设计理论为核心的实践型生态美学。这种美学立足于整体、演化的生态哲学范式，具有"包容性统一""动态平衡""互补性"三个创造性美学原则以及"全球本土化"的景观语言，创造性地把西方现象学美学和东亚美学联系起来，充分借鉴了双方在处理生态问题上的优势，显示出东西方美学互补发展的新的研究趋势，为西方生态美学的发展作出了独特的理论贡献。

戈比斯特生态美学有两大特点：一方面是明确的现实指向，使得我们将他归属在第三种路径；另一方面是鲜明的整合特性，使得他的生态美学也具有比较深厚的哲学意味，甚至可以将其归属第一种路径。戈比斯特的生态美学从实践中产生，其最终目的是解决现实问题。不过，在寻找解决方案的过程中，他几乎整合了以往所有的生态美学思想资源，并在此基础上提出了自己的理论。戈比斯特的理论起点是他的一个独特发现，即森林景观管理实践中审美价值和生态价值之间存在潜在冲突。他由此反思了风景美学的弊端，并认为应当协调审美价值与生态价值的关系，构建一种具有规范性的、以伦理学和科学知识（特别是生态学知识）为基础的生态美学。鉴于此，他提出了生态美学的理论框架与概念模型，勾勒出生态美学的基本特征，并阐明了生态学和美学联结的合法性与联结方式。此外，戈比斯特还提出了适当性评估等具体措施，在景观管理实践中，将审美体验与生态目标结合起来。在这个意义上，戈比斯特进一步丰富发展了西方生态美学，并为生态美学的实践提供了思路。

普瑞格恩发起策划的《生态美学——环境设计艺术的理论与实践》是西方世界最早以"生态美学"为书名的著作，但所收论文的实际内容是环境设计艺术实践中的生态观念和方法，甚至是对于一些环境艺术作品的创作过程和细节的记录与描述，而非严格意义上的生态美学理论著作。参与该书的作者也并非美学专业出身，而以设计师、艺术家和艺术史论家居多。也正是因为这些缘由，该书得以形成了一个特点，即侧重于生态美学的实践属性。换言之，生态美学何以成为环境设计艺术的理论观念，或者环境设计艺术如何从一种具体实践上升为一种美学理论，在书中得到了较为清晰的呈现。这种研究不同于一般意义上的生态美学理论，但是意义比较重要，因为它向我们展现出生态美学理论生发的另外一条路径，提供给我们一个生态美学研究的多维视野。更为重要的是，该书与具体实践相互关联的特性，为我们如何将生态美学理论落地提供了具体可行的参考。

常言道："条条大路通罗马。"无论采用哪条路径，最终的目标都是一样的，就是构建富有学理深度的、具有相对成熟形态的生态美学。从这个角度来说，国际范围内的生态美学研究者都处于同样一种状态，即"在路上"——采用某种或多种路径，走在建构生态美学的途中。这条路固然有一个起点，但笔者相信，这条路不会有终点——人类对于生态美学的探讨，必将伴随人类走向生态文明，走向永远。

参考文献

第一章

Callicott, J. Baird. *Companion to A Sand County Almanac*. Madison: The University of Wisconsin Press, 1987.

Carlson, Allen and Sheila Lintott eds., *Nature, Aesthetics, and Environmentalism: From Beauty to Duty*. New York: Columbia University Press, 2008.

Flader, Susan L. and J. Baird Callicott, eds., *The River of the Mother of God and Other Essays by Aldo Leopold*. Madison: The University of Wisconsin Press, 1991.

Gobster, Paul. "Aldo Leopold's Ecological Esthetic: Integrating Esthetic and Biodiversity Values," *Journal of Forestry* 93 (1995).

Gobster, Paul, et al. "The Shared Landscape: What Does Aesthetics Have to Do with Ecology?" *Landscape Ecology* 22 (2007).

Leopold, Aldo. *A Sand County Almanac: And Sketches Here and There*. New York: Oxford University Press, 1949.

Leopold, Luna B. ed., *Round River: From the Journals of Aldo Leopold*. New York: Oxford University Press, 1972.

Lorbiecki, Marybeth. *A Fierce Green Fire: Aldo Leopold's Life and Legacy*. New York: Oxford University Press, 2016.

Nash, Roderick. *The Right of Nature: A History of Environment Ethic*. Madison: The University of Wisconsin Press, 1989.

Nash, Roderick W. "The Wisdom of Aldo Leopold," *Wisconsin Academy Review* 3 (1961).

Ouspensky, Pyotr, *Tertium Organum*. New York: Alfred A. Knopf, 1920.

White, Lynn. "The Historical Roots of Our Ecological Crisis," *Science* 155 (1967).

［美］奥尔多·利奥波德：《沙乡年鉴》，侯文蕙译，北京：商务印书馆，2016 年版。

［美］E. P. 奥德姆：《生态学基础》，孙儒泳等译，北京：人民教育出版社，1981 年版。

［美］罗德里克·弗雷泽·纳什：《大自然的权利——环境伦理学史》，杨通进译，梁志平校，青岛：青岛出版社，2005 年版。

［美］唐纳德·沃斯特：《自然的经济体系——生态思想史》，侯文蕙译，北京：商务印书馆，2007 年版。

第二章

Allen Carlson. "Nature and Positive Aesthetics," *Environmental Ethics* 6 (1984).

Allen Carlson. "The Relationship Between Eastern Ecoaesthetics and Western Environmental Aesthetics," *Philosophy East and West* 67 (2017).

Konrad Lorenz. *Study in Animal and Human Behavior*, Translated by Robert Martin. Cambridge: Harvard University Press, 1971.

Meeker, Joseph W. *The Comedy of Survival: Studies in Literary Ecology*. New York: Charles Scribner's Sons, 1974.

Meeker, Joseph W. *Minding the Earth: Thinly Disguised Essays on Human Ecology*. California: The Latham Foundation, 1988.

Meeker, Joseph W. *The Spheres of Life: An Introduction to World Ecology*. New York: Charles Scribner's Sons, 1975.

第三章

Loukopoulos-Lepanto, Wassili. "Brief eines Malers an seinen Freund–oder die Liebe zur Kunst und zum Leben," In: Jost Hermand u. Hubert Müller (Hrsg.). *Öko-Kunst? Ästhetik der Grünen.* Hamburg: Argument-Verlag, 1989.

Loukopoulos-Lepanto, Wassili. *Kunst für den Menschen oder: Für eine Ökologische Kunst. Ein Manifest.* Freiburg (Breisgau): Hochschulverlag, 1983.

Loukopoulos-Lepanto, Wassili: *Landschaften topoia landscapes. Ökologische Ordnung und Inspiration Exhibit.* Catalogue Benaki Musenm Athens. Stuttgart: Belser, 2011.

Loukopoulos-Lepanto, Wassili. *Wassili Lepanto: Positive Utopien.* Stuttgart: Belser, 2002.

[德]瓦西里·雷攀拓：《将生态艺术视为"自然的女儿"》，曾繁仁、谭好哲主编：《生态美学与生态批评的空间》，济南：山东大学出版社，2016年版。

第四章

Carlson, Allen. *Aesthetics and the Environment: the Appreciation of Nature, Art and Architecture.* London and New York: Routledge, 2000.

Carlson, Allen and Glen Parsons. "New Formalism and the Aesthetic Appreciation of Nature," *Journal of Aesthetics and Art Criticism* 62 (2004).

Carlson, Allen and Sheila Lintott, eds. *Nature, Aesthetics, and Environmentalism: From Beauty to Duty.* New York: Columbia University Press, 2008.

Carlson, Allen. "Contemporary Environmental Aesthetics and the Requirements of Environmentalism," *Environmental Values* 19 (2010).

Carlson, Allen. " Environmental Aesthetics, Ethics, and Ecoaesthetics," *The Journal of Aesthetics and Art Criticism* 76 (2018).

Carlson, Allen. "Formal Qualities in the Natural Environment," *The Journal of Aesthetic Education* 13 (1979).

Carlson, Allen. "Hargrove, Positive Aesthetics, and Indifferent Creativity," *Philosophy and Geography* 5 (2002).

Carlson, Allen. "On Aesthetically Appreciating Human Environments," *Philosophy & Geography* 4 (2001).

Carlson, Allen. "On the Possibility of Quantifying Scenic Beauty," *Landscape Planning* 4 (1977).

Carlson, Allen. "Reconsidering of Architecture Aesthetics," *The Journal of Aesthetic Education* 20 (1986).

Carlson, Allen. "The Relationship Between Eatern Ecoaesthetics and Western Environmental Aesthetics," *Philosophy East & West* 67 (2017).

Hospers, John. *Meaning and Truth in the Arts*. Chapel Hill: University of North Carolina Press, 1946.

Morris, William. *Art and the Beauty of the Earth: A Lecture Delivered at Burslem Town Hall on October 13, 1881*. London: Longmans, Green and Company, 1898.

Muir, John. *Our National Parks*. Boston: Houghton Mifflin, 1916.

Parsons, Glenn and Allen Carlson. *Functional Beauty*. Oxford: Oxford University Press, 2009.

Ruskin, John. *The Elements of Drawing*. New York: Dover, 1971.

[加]艾伦·卡尔松：《从自然到人文——艾伦·卡尔松环境美学文选》，薛富兴译，桂林：广西师范大学出版社，2012年版。

[加]帕森斯、[加]卡尔松：《功能之美》，薛富兴译，郑州：河南大学出版社，2015年版。

第五章

Berleant, Arnold. *The Aesthetic Field: A Phenomenology of Aesthetic Experience*. Springfield: C.C.Thomas, 1970.

Koh, Jusuck. "An Ecological Aesthetic," *Landscape Journal* 7(1988).

Koh, Jusuck. "Ecological Architecture: A Holistic, Evolutionary Paradigm of Architectural Design and Aesthetics Built upon Energy and Environmental Concerns," *Passive & Low Energy Ecotechniques*, 1985.

Koh, Jusuck. "Ecological Design: A Post-Modern Design Paradigm of Holistic Philosophy and Evolutionary Ethic," *Landscape Journal* 1(1982).

Koh, Jusuck. "Ecological Reasoning and Architectural Imagination," Inauguration Lecture, Wageningen University, 2004.

Koh, Jusuck. "Seeking an Integrative Aesthetics," *Gimme Shelter: Global Discourses in Aesthetics*, Amsterdam, The Netherlands, 2009.

第六章

Adorno, T. W.. *Ästhetische Theorie*, Frankfurt/M: Suhrkamp, 1973.

Böhme, Gernot. *Atmosphäre: Essays zur neuen Ästhetik*, Frankfurt/M: Suhrkamp, 2013.

Böhme, Gernot. *Architechtur und Atmosphäre*. München: Wilhelm Fink Verlag, 2013.

Böhme, Gernot. *Die Natur vor uns. Naturphilosophie in pragmatischer Hinsicht*. Kusterdingen, 2002.

Böhme, Gernot. *Für eine Ökologische Naturästhetik*, Frankfurt/M: Suhrkamp, 1989.

Böhme, Gernot. *Leib. Die Natur, die wir selbst sind*. Berlin: Suhrkamp, 2019.

Böhme, Gernot. *Natürlich Natur. Über Natur im Zeitalter ihrer technischen Reproduzierbarkeit*. Frankfurt/M: Suhrkamp, 1992.

Heidegger, Martin. *Sein und Zeit*, Tübingen: Max Niemeyer Verlag, 1967.

[德] 甘诺特·波梅：《气氛——作为一种新美学的核心概念》，杨震译，《艺术设计研究》2014年第1期。

[德]格诺特·波默：《气氛美学》，贾红雨译，北京：中国社会科学出版社，2018年版。

第七章

Chenoweth, Richard E., and Paul Gobster. "The Nature and Ecology of Aesthetic Experiences in the Landscape," *Landscape Journal* 9 (1990).

Gobster, Paul. "Aldo Leopold's Ecological Esthetic: Integrating Esthetic and Biodiversity Values," *Journal of Forestry* 93 (1995).

Gobster, Paul. "An Ecological Aesthetic for Forest Landscape Management," *Landscape Journal* 18 (1999).

Gobster, Paul, et al. "The Shared Landscape: What Does Aesthetics Have to Do with Ecology?" *Landscape Ecology* 22 (2007).

Gobster, Paul. "Forest Aesthetics, Biodiversity, and the Perceived Appropriateness of Ecosystem Management Practices," in Mark W. Brunson, et al. eds., *Defining Social Acceptability in Ecosystem Management: A Workshop Proceedings*. 1992 June 23−25, Kelso, WA. Portland: U.S. Department of Agriculture, Forest Service, Pacific Northwest Research Station, 1996.

Gobster, Paul. "The Aesthetic Experience of Sustainable Forest Ecosystems," in *Sustainable Ecological Systems: Implementing an Ecological Approach to Land Management*. Flagstaff: U.S. Department of Agriculture, Forest Service, Rocky Mountain Forest and Range Experiment Station, 1994.

Gobster, Paul. "Yellowstone Hotspot: Reflections on Scenic Beauty, Ecology, and the Aesthetic Experience of Landscape," *Landscape Journal* 27 (2008).

程相占、[美]阿诺德·伯林特、[美]保罗·戈比斯特、[美]王昕晧：《生态美学与生态评估及规划》，郑州：河南人民出版社，2013年版。

第八章

Kant, Immanuel. *Critique of the Power of Judgment*. edited by Paul Guyer; translated by Paul Guyer, Eric Matthews. Cambridge, UK; New York: Cambridge University Press, 2000.

Preston, Chistopher. J., and Wayne Ouderkirk, eds., *Nature, Value, Duty: Life on Earth with Holmes Rolston, III*. The Netherlands: Springer, 2007.

Rolston, Holmes, III. "Aesthetics in the Swamps," *Perspectives in Biology and Medicine* 43 (2000).

Rolston, Holmes, III. "Are Values in Nature Subjective or Objective?" *Environmental Ethics* 4(1982).

Rolston, Holmes, III. "Beauty and the Beast: Aesthetic Experience of Wildlife," in Daniel J. Decker and Gary R. Goff, eds., *Valuing Wildlife: Economic and Social Perspectives*, Boulder and London: Westview Press, 1987.

Rolston, Holmes, III. "Can and Ought We to Follow Nature?" *Environmental Ethics* 1(1979).

Rolston, Holmes, III. "Does Aesthetic Appreciation of Landscapes Need to Be Science-based?" *British Journal of Aesthetics* 35 (1995).

Rolston, Holmes, III. *Environmental Ethics: Duties to and Values in the Natural World*. Philadelphia: Temple University Press, 1988.

Rolston, Holmes, III. "From Beauty to Duty: Aesthetics of Nature and Environmental Ethics," in Arnold Berleant, ed., *Environment and the Arts: Perspectives on Environmental Aesthetics*, Aldershot: Ashgate, 2002.

Rolston, Holmes, III. "Is There an Ecological Ethic?" *Ethics: An International Journal of Social, Political, and Legal Philosophy* 18 (1975).

Rolston, Holmes, III. "Mountain Majesties Above Fruited Plains: Culture, Nature, and Rocky Mountain Aesthetics," *Environmental Ethics* 30 (2008).

Rolston, Holmes, III. "The Pasqueflower," *Natural History* 88 (1979).

Rolston, Holmes, Ⅲ. "The River of Life: Past, Present, and Future," in Ernest Partridge, ed., *Responsibilities to Future Generations*, Buffalos. NY: Prometheus Books, 1981.

Rolston, Holmes, Ⅲ. "Values in Nature," *Environmental Ethics* 3(1981).

[美]霍尔姆斯·罗尔斯顿：《环境伦理学：大自然的价值以及人对大自然的义务》，杨通进译，北京：中国社会科学出版社，2000年版。

[美]霍尔姆斯·罗尔斯顿Ⅲ：《哲学走向荒野》，刘耳、叶平译，长春：吉林人民出版社，2000年版。

第九章

Strelow, Heike and Vera David, eds., *Ecological Aesthetics: Art in Environmental Design: Theory and Practice*. Basel: Birkauser, 2004.

第十章

Clarke, Eric F. "Mind the Gap: Formal Structures and Psychological Processes in Music," *Contemporary Music Review* 3 (1989).

Clarke, Eric F. "Perception and critique: ecological acoustics, critical theory and music," *Proceedings of the International Computer Music Conference, Thessaloniki, Greece* (1997).

Clarke, Eric F. "Subject-position and the Specification of Invariants in Music by Frank Zappa and P. J. Harvey," *Music Analysis* 18 (1999).

Clarke, Eric F. *Ways of Listening: An Ecological Approach to the Perception of Musical Meaning*. New York: Oxford University Press, 2005.

Clarke, Eric F., Williams, Alan E., and Reynolds, Dee. "Music Events and Perceptual Ecologists," *The Senses and Society* 13 (2018).

Nonken, Marilyn. "What do musical chairs afford? on Clarke's ways of listening and Sacks's musicophilia," *Ecological Psychology* 20 (2008).

Windsor, Luke, Christophe de Bézenac. "Music and Affordances," *Musicae Scientiae* 16 (2012).

第十一章

Anna, Petersson and Liljas Maria and Cerwén Gunnar and Wingren Carola. "Urban Cemetery Animals: An Exploration of Animals' Place in the Human Cemetery," *Mortality* 23 (2018).

Brady, Emily. "Adam Smith's 'Sympathetic Imagination' and the Aesthetic Appreciation of Environment," *Journal of Scottish Philosophy* 9 (2011).

Burke, Edmund. *A Philosophical Enquiry into the Origin of Our Ideas of the Sublime and Beautiful*. London: Routledge and Kegan Paul, 1967.

Carlson, Allen. *Aesthetics and the Environment: the Appreciation of Nature, Art and Architecture*. London and New York: Routledge, 2000.

Carlson, Allen. "Contemporary Environmental Aesthetics and the Requirements of Environmentalism," *Environmental Values* 19 (2010).

Carlson, Allen and Sheila Lintott, eds. *Nature, Aesthetics, and Environmentalism: From Beauty to Duty*. New York: Columbia University Press, 2007.

Cooper, Nigel and Emily Brady and H Steen. and Rosalind Bryce. "Aesthetic and Spiritual Values of Ecosystems: Recognizing the Ontological and Axiological Plurality of Cultural Ecosystem 'Services'," *Ecosystem Services* 21 (2016).

Carroll, Noël. "On Being Moved by Nature: Between Religion and Natural History," in Salim Kemal and Ivan Gaskell, eds., *Landscape, Natural Beauty, and the Arts*. New York: Cambridge University Press, 1993.

Glenn, Parsons. "Theory, Observation, and the Role of Scientific Understanding in the Aesthetic Appreciation of Nature," *Canadian Journal of Philosophy* 36 (2006).

Hargrove, Eugene, C. *Foundations of Environmental Ethics*. New Jersey:

Prentice-Hall, 1996.

Hepburn, Ronald. "Contemporary aesthetics and the neglect of natural beauty", in Bernard Williams and Alan Monteflore eds., *British Analytical Philosophy,* London: Routledge and Kegan Paul, 1966.

Lintott, Sheila. "Adjudicating the Debate over Two Models of Nature Appreciation," *Journal of Aesthetic Education* 38 (2004).

Lintott, Sheila and Allen Carlson. "The Link Between Aesthetic Appreciation and the Preservation Imperative," in Ricardo Rozzi, S.T.A. Pickett, Clare Palmer, Juan J. Armesto, J. Baird Callicott, eds., *Linking Ecology and Ethics for a Changing World: Values, Philosophy and Action*, NewYork: Springer, 2013.

Lintott, Sheila. "Preservation, Passivity, and Pessimism," *Ethics and the Environment* 16 (2011).

Lintott, Sheila. "Toward Eco-Friendly Aesthetics," *Environmental Ethics* 28 (2006).

Prior, Jonathan. "Sonic Environmental Aesthetics and Landscape Research", *Landscape Research* 42 (2017).

Rolston, Holmes, Ⅲ. "Restoration," In William Throop, Alastair S. Gunn eds., *Environmental Restoration: Ethics, Theory, and Practice*, New York: Humanity Books, 2000.

Saito, Yuriko. "Appreciating Nature on Its Own Terms," *Environmental Ethics* 20 (1998).

Saito, Yuriko. *Everyday Aesthetics*. New York: Oxford University Press, 2008.

Saito, Yuriko. "The Aesthetics of Unscenic Nature," *Journal of Aesthetics and Art Criticism* 56 (2), 1998.

第十二章

Bennett, Jill. *Practical Aesthetics: Events, Affects and Art after 9/11*. London: I. B. Tauris, 2012.

Crouch, David. & David Matless. "Refiguring geography: Parish Maps of Common Ground," *Transactions of the Institute of British Geographers*. 21, 1996.

Hammermeister, Kai. *The German Aesthetic Tradition*. Cambridge: Cambridge University Press, 2002.

Miles, Malcolm. Eco-Aesthetics: *Art, Literature and Architecture in a Period of Climate Change*. London: Publisher Bloomsbury Publishing PLC, 2014

Wall, Derek. *The No-Nonsense Guide to Green Politics*. London: New Internationalist, 2010.

Williams, Raymond. *Keywords: A Vocabulary of Culture and Society*. London: Fontana, 1976.

第十三章

Afeissa, Hicham-Stéphane et Lafolie, Yann. *Esthétique de l'environnement, appréciation, connaissance et devoir*, Paris, Vrin, 2015.

Aubet, Jean-Marie. "Un nouveau champ éthique: l'Ecologie," *Revue des Sciences Religieuses*, Vol. 56, No.3, 1982.

Berque, Augustin. (dir.). *Cinq propositions pour une théorie du paysage*, Seyssel, Champ Vallon, 1994.

Besse, Jean-Marc. et Isabelle Roussel. (dir.), *Environnement: représentations et concepts de la nature*, Paris, L'Harmattan, 1997.

Blanc, Nathalie. *Éthique et esthétique de l'environnement*, le 31 janvier 2008, [URL: https://www.espacestemps.net/articles/Ethique-et-esthetique-de-environnement/], le 15 avril 2019.

Blanc, Nathalie. *Les Nouvelles esthétiques urbaines*, Paris, Armand Colin, 2012.

Blanc, Nathalie. *Vers une esthétique environnementale*, Paris, Éditions Quæ, 2008.

Blanc, N. et Lolive, J. "Vers une esthétique environnementale: le tournant pragmatiste," *Natures Sciences Sociétés*, No.17, 2009.

Blanc, Nathalie. "Littérature & écologie: vers une écopoétique," *Ecologie & politique*, No.36, 2008.

Brady, Emily. "Vers une véritable esthétique de l'environnement," *Cosmopolitiques*, No.15, 2007.

Bravard J-P., Burel F., Baudry J., Ecologie du paysage. Concepts, méthodes et applications, *Annales de Géographie*, No.618, 2001.

Caillos, Roger. *Esthétique généralisée*, Paris, Gallimard, 1962.

Clément, Gilles. *Manifeste du tiers-paysage*, Paris, Editions Sujet/Objet, 2004.

Clément, Gilles. *Thomas et le voyageur: Esquisse du jardin planétaire*, Paris, Albin Michel, 2011.

Dagognet, François (dir.). *Mort du Paysage? Philosophie et esthétique du Paysage*, Seyssel, Champ Vallon, 1982.

Descartes, René. *Discours de la méthode* (1637), Édition électronique (ePub): Les Échos du Maquis, 2011.

Ferry, Luc. *Le Nouvel Ordre écologique, L'arbre, l'animal et l'homme*, Paris, Bernard Grasset, 1992.

Finch-Race and Posthumus, eds. *French Ecocriticism: From the Early Modern Period to the Twenty-first Century*. Frankfurt: Peter Lang Edition, 2017.

Guattari. "Félix Guattari...," *Inter*, (No. 55−56), 1992.

Hess, Gérald. "L'expérience esthétique à l'épreuve des valeurs de la nature: vers une esthétique environnementale intégrale," *La Pensée écologique*, No.2,

2018.

Jaccomard, Hélène. 《Éditorial》du journal *Mots pluriels*, No.11, 1999, [http://motspluriels.arts.uwa.edu.au/MP1199edito.html], le 23 avril 2019.

Kainz, H. P.. "La philosophie et l'écologie," *Laval théologique et philosophique*, 41 (3), 1985.

Posthumus, Stéphanie. *French écocritique: Reading Contemporary French Theory and Fiction Ecologically*, Toronto: University of Toronto Press, 2017.

Posthumus, Stéphanie. "Penser l'imagination environnementale française sous le signe de la différenc," *Raison publique*, No.17, 2012.

Posthumus, Stéphanie. "Vers une écocritique française: le contrat naturel de Michel Serres," *Mosaic: An Interdisciplinary Critical Journal*, Vol. 44, No. 2, 2011.

Pughe, Thomas. "Réinventer la nature: vers une éco-poétique," *Études anglaises*, Tome 58, No.1, 2005.

Roger, Alain. *Court traité du paysage*, Paris: Gallimard, 1997.

Serres, Michel. *Le contrat naturel*, Paris: Editions Frangois Bourin, 1990.

Suberchicot, Alain. "Littérature américaine et écologie," in Pierre Lagayette (dir.), collection *Le Monde Nord-Américain—Histoire—Culture—Société*, Paris: L'Harmattan, 2002.

Theys, Jacques. "Le savant, le technicien et le politique," in Dominique, Bourg. (dir.), *La nature en politique, ou l'enjeu philosophique de l'écologie*, Paris: L'Harmattan, 1993.

Tricart, Jean. "L'analyse de système et l'étude intégrée du milieu naturel," *Annales de Géographie*, 490, nov.-déc. 1979.

[法]皮埃尔·阿多:《伊西斯的面纱——自然的观念史随笔》,张卜天译,上海:华东师范大学出版社,2019年版。

第十四章

古典文献：

Agostino. *De genesi contra Manichaeos.*

Aristotele. *La politica.*

Cicero. *De natura deorum.*

Dante. *Inferno.*

Denis the Carthusian. *De venustate mundi et pulchritudine dei.*

Erodoto. *Le storie.*

Esiodo. *Opere e i Giorni.*

Francesco Petrarca. *Familiares.*

Livio, Tito. *Ab Urbe condita.*

Pausanias. *Periegesi della Grecia.*

Platino. *Timeo.*

Plinio il Vecchio. *Storia naturale.*

Seneca, Lucio Anneo. *Le Epistole a Lucilio: la lettera filosofica come genere letterario.*

Senofonte. *Memorabili o Detti Memorabili di Socrate.*

Strabone. *Geografia.*

Stasinus. *Cypria.*

Teofrasto. *Historia Plantarum.*

Lucrezio. *De rerum natura.*

意大利文献：

Aldani, Lino. *Quando le radici.* Piacenza: La Tribuna, 1977.

Arminio, Franco. *Cedi la strada agli alberi.* Milano: Chiarelettere, 2017.

Assunto, Rosario. *Il paesaggio e l'estetica.* Napoli: Giannini, 1973.

Baldino, Marco., Luisa. Bonesio, and Caterina Resta, eds., *Geofilosofia.*

Sondrio: Lyasis, 1996.

Bearzot, Cinzia. "Storia dell'ecologia, uomo e ambiente nel mondo antico," in *RedazioneDailygreen. it*, Aprile 2, 2012.

Bodei, Remo. *Paesaggi sublimi. Gli uomini davanti alla natura selvaggia.* Milano: Bompiani, 2008.

Bonesio, Luisa and Micotti, Luca eds., *Paesaggi di casa. Avvertire i luoghi dell'abitare*, Milano: Mimesis, 2003.

Bonesio, Luisa, ed., *Orizzonti della geofilosofia.* Casalecchio: Arianna, 2000.

Bonesio, Luisa. *La terra invisibile*, Milano: Marcos y Marcos, 1993.

Bonesio, Luisa. Paesaggio, *Identità e comunità tra locale e globale.* Reggio Emilia: Diabasis, 2007.

Bonnet, Bonanno, and Daniela Corninne. "Uomo e ambiente nel mondo greco: premesse, resultati e piste di ricerca," ὅρμος - *Ricerche di Storia Antica* 10 (2018).

Bortolotti, Luca. "Paesaggio forestale, estetica ed ecologia", *Annali Accademia italiana di scienze forestali* 29 (1980).

Bottin, Luigi, ed., *Ippocrate, Arie acque luoghi.* Venezia: Marsilio, 1986.

Bregola, Davide. *Racconti felici—le lenta sinfonia del male.* Milano: Sironi, 2003.

Callenbach, Ernest. *Ecotopia.* Milano: Mazzotta, 1979.

Callenbach, Ernest. *Il barone rampante.* Torino: Einaudi, 1957.

Calvino, Italo. *Il sentiero dei nidi di ragno.* Torino, Einaudi, 1947.

Calvino, Italo. *La città invisibili.* Torino: Einaudi, 1972.

Calvino, Italo. *La memoria del mondo e altre storie cosmicomiche.* Milano, Club degli Editori, 1968.

Calvino, Italo. *Le Cosmicomiche.* Einaudi, Torino, 1965.

Calvino, Italo. *Marcovaldo.* Torino: Einaudi, 1958.

Calvino, Italo. *Palomar.* Torino: Einaudi, 1983.

Calvino, Italo. *Ti con zero.* Torino: Einaudi, 1967.

Caramiello, Luigi. *Il medium nucleare*. Roma: Edizioni lavoro, 1987.

Carchia, Gianni. *Arte bellezza. Saggio sull'estetica della pittura*. Bologna: Il Mulino, 1995.

Carchia, Gianni. *Il mito in pittura. La tradizione come critica*. Milano: Celuc, 1987.

Cassola, Carlo. *Il superstite*. Milano: Rizzoli, 1987.

Cattaneo, Carlo. *La città: considerata come principio ideale delle istorie italiane*, Giulio Andrea Belloni ed., Firenze: Vallecchi, 1931Paolo Cognetti, *Le otto montagne*, Torino: Einaudi, 2016.

Celli, Giorgio. *Ecologi e scimmie di Dio*. Milano: Feltrinelli, 1985.

Croce, Elena. *La lunga guerra per l'ambiente*. Mondadori, 1979.

Cognetti, Paolo. *Le otto montagne*. Torino: Einaudi, 2016.

Conte, Giuseppe. *Primavera incendiata*. Milano: Feltrinelli, 1980.

Conti, Laura. *Una lepre con la faccia da bambina*. Roma: Editori Riuniti, 1978.

D'Andrea, Fabio. "Per un'ecologia estetica. Le dimensioni non razionali della coesione sociale," *Im@go. Rivista di studi sociali sull'immaginario* 4 (2014).

D'Angelo, Paolo. *Estetica della natura. Bellezza naturale, paesaggio, arte ambientale*. Roma-Bari: Gius. Laterza & Figli Spa., 2001.

De Carlo, Andrea. *Treno di panna*. Torino: Einaudi, 1981.

Del Corno, Dario. "Paesaggio ed ecologia nel mondo greco e romano", *Parametro* 245 (2003), 33–35.

Del Giurcidi, Daniele. *Altlante occidentale*. Torino: Einaudi, 1985.

Della Volpe, Galvano. *Critica del gusto*. Milano: Feltrinelli, 1966.

Dibbi, Erremme. "Nubi dal futuro. Le apocalittiche visioni della fantascienza prima di Cernobyl," *il Manifesto*, May 21, 1986.

Fabbri. Pompeo ed., *Paesaggio e reti. Ecologia della funzione e della percezione*, Milano: Franco Angeli, Milano 2010.

Fedeli, Paolo. *La natura violata: ecologia e mondo romano*. Palermo: Sellerio Editore, 1990.

Ferrario, Ercole V. *L'idea di natura nella storia della letteratura*. Milano: Unicopli, 1989.

Ferriolo, Massimo Venturi. *Etiche del paesaggio*. Roma: Editori Riuniti, 2003.

Ferriolo, Massimo Venturi. *Paesaggi in movimento. Per un'estetica della trasformazione*. Roma: Derive Approdi, 2016.

Fiorani, Eleonora. *Selvaggio e domestico: fra l'antropologia, l'ecologia e l'estetica*. Padova: F. Muzzio, 1993.

Fortunato, Mario. *Luoghi naturali*. Torino: Einaudi, 1988.

Giacomoni, Paola. *Il laboratorio della natura. Paesaggio montano e sublime naturale in età moderna*. Milano: Angeli, 2001.

Giardina, Andrea. "Allevamento ed economia della selva in Italia meridionale: trasformazioni e continuità," in Andrea Giardina and Aldo Schiavone eds., *Società romana e produzione schiavistica, I. L'Italia: insediamenti e forme economiche*, Roma-Bari: Laterza, 1981.

Giovannini, Fabio ed., *Le radici del verde. Saggi critici sul pensiero ecologista*, Dedalo, 1993.

Gnisci, Armando. *Il colore di Gaia. Azzurro*. Roma: Carucci, 1989.

Griffero, Tonino. *"Paesaggi e atmosfere. Ontologia ed esperienza estetica della natura,"* Rivista di estetica 29 (2005).

Guastini, Daniela. "Per una filosofia ecologica," in Roberto Della Seta and Daniela Guastini eds., *Dizionario del pensiero ecologico*, Roma: Carocci editore, 2007.

Hunt, Arthur S. and Edgar, Campbell Cowan trs., *Select Papyri*, Cambridge, Mass.: Harvard University Press, 1959.

Hyde, Walter Woodburn. "The Ancient Appreciation of Mountain Scenery," *The Classical Journal* 2 (1915).

Ingegnoli, Vittorio. "Uomo e natura: etica ambientale ed epistemologia," in *Bionomia del paesaggio: l'ecologia del paesaggio biologico-integrate per la formazione di un "medico" dei sistemi ecologici*, Milano: Springer-Vellag Italia, 2011.

Iovino, Serenella. *Ecologia letteraria: Una strategia di sopravvivenza.* Milano: Ambiente, 2006.

Iovino, Serenella. *Ecocriticism, ecology, and the cultures of antiquity,* Lanham: Lexington Books, 2017.

Iovino, Serenella. *Elemental Ecocriticism*, Minneapolis: University of Minnesota Press, 2015.

Iovino, Serenella. *Italy and the environmental humanities: landscapes, natures, ecologies,* Charlottesville& London: University of Virginia Press, 2018.

Jesi, Furio. *L'ultima notte*. Genova: Marietti, 1987.

Longo, Oddone. "Ecologia antica. Il rapporto uomo/ambiente in Grecia," *Aufidus* 6 (1988).

Magris, Claudio. *Itaca ed altre*. Milano: Garzanti, 1982.

Mari, Alberto and Ulrike Kindl. *Il bosco. Miti, leggende e fiabe*. Milano: Mondadori, 1989.

Milani, Raffaele. *L'arte del paesaggio*. Bologna: Il Mulino, 2001.

Moravia, Alberto. *L'inverno nucleare*. Milano: Bompiani, 1986.

Morante, Elsa. *Pro o contro la bomba atomica*. Milano: Adelphi, 1987.

Mori, Maurizio. "Bioetica: gli sviluppi più recenti in Italia," *L'informazione bibliografica* 4 (2000).

Morpugno, Lisa. *La noia di priapo*. Milano: La tartaruga, 1988.

Morselli, Guido. *Dissipatio H. G.* Milano: Adelphi, 1977.

Murray, Oswyn. "The Ecology and Agrarian History of Ancient Greece," *Opus* 11 (1992).

Nievo, Stanislao. *Il padrone della notte*. Milano: Mondadori, 1976.

Orengo, Nico. *Dogana d'amore*. Milano: Rizzoli, 1986.

Panessa, Giangiacomo. *Fonti greche e latine per la storia dell'ambiente e del clima nel mondo greco*. Pisa: Scuola normale superiore, 1991.

Pasolini, Pier Paolo. *"L'articolo delle lucciole"* in *Scritti Corsari*, Milano: Garzanti, 1975.

Peloso, Silvano. *Amazzonia. Mito e letteratura del mondo perduto*. Roma: Editori Riuniti, 1988.

Pergameno, Sandro. *Storie del pianeta azzurro*. Milano: Editrice Nord, 1987.

Permunian, Francesco. *Nel paese delle ceneri*. Rizzoli, 2003.

Quaini, Massimo. *L'ombra del paesaggio*. Genova: Sagep Editori, 2006.

Rackham, Oliver. "Ecology and Pseudo-Ecology: The Example of Ancient Greece," in John Salmon ed., *Human Landscapes in Classical Antiquity. Environment and Culture*, London & New York: Routledge, 1996.

Ritter, Joachim. *Paesaggio e natura nell'età moderna*. tr. Gabriella Catalano. Milano: Guerini, 1994.

Rocca, Ettore. *"Prolegomeni per una filosofia del paesaggio,"* in Laura Thermes, Ottavio Amaro, Marina Tornatora eds., *Il progetto dell'esistente e il restauro del paesaggio*, Reggio Calabria: Iiriti editore, 2014.

Spinella, Mario. *Le donne non la danno*. Bari: Dedalo, 1985.

Stoppani, Antonio. *Il belpaese: conversazioni sulle bellezze naturali, la geologia e la geografia*. Milano: G. Agnelli, 1876.

Tiezzi, Enzo. *Il capitombolo di Ulisse. Nuova scienza, estetica della natura, sviluppo sostenibile*. Milano: Feltrinelli, 1991.

Tiezzi, Enzo. *La bellezza e la scienza*. Milano: Cortina, 1998.

Tiezzi, Enzo. *Tempi storici tempi biologici*. Milano: Garzanti, 1984.

Tiezzi, Enzo., Passi, Lucio., and Orunesu, Gianfranco eds., *Antologia verde: Letture scientifiche, filosofiche e letterarie per una coscienza ecologica*. Firenze: Giunti Marzocco, 1987.

Todisco, Alfredo. *Storia naturale di una passione*. Milano: Rizzoli, 1976.

Todisco, Alfredo. *La prima spiaggia,* Milano: Rizzoli, 1976.

Vitta, Maurizio. *Dell'abitare. Corpi, spazi, oggetti, immagini.* Torino: Einaudi, 2008.

Volponi, Paolo. *Il pianeta irritabile.* Torino: Einaudi, 1978.

Waldrop, Mitchell. *Complessità. Uomini e idee al confine tra ordine e caos,* tr. Libero Sosio, Torino: Instar Libri, 2002.

英文文献：

Armiero, Marco and Marcus Hall. *Nature and history in modern Italy.* Athens: Ohio University Press, 2010.

Barron, Patrick and Anna Re. eds., *Italian Environmental literature: an anthology.* New York: Italica Press, 2003.

Florio, Lucio. "The natural figure at risk. Implications of the ecological crisis for the theological aesthetics," *Pensamiento. Revista de Investigación e Información Filosófica* 75 (2019).

Geikie, Archibald, *The love of nature among the romans.* London: John Murray, 1912.

Hughes, J. Donaldo. "Ecology in Ancient Greece," *Inquiry* 18 (1975).

Iovino, Serenella and Oppermann, Serpil. *Material ecocriticism.* Bloomington: Indiana University Press, 2014.

Meiggs, Russell. *Trees and Timber in the Ancient Mediterranean World,* New York: Clarendon Press of Oxford University Press, 1982.

Pagano, Tullio. "Reclaiming landscape," *Annali d'Italianistica* 29 (2011).

Ricoveri, Giovanna. *Commons vs. Commodities.* Milan: Jaca Books, 2005.

Sallares, Robert. *The ecology of the ancient Greek world.* New York: Cornell University Press, 1991.

Tafalla, Marta. "Rehabilitating the Aesthetics of Nature: Hepburn and Adorno," *Environmental Ethics* 33 (2011).

法语文献：

Lenfant, Dominique. "Milieu naturel et différences ethniques dans la pensée grecque classique," in *Nature et paysage dans la pensée et l'environnent des civilisations antiques, Actes du colloque de Strasbourg* 11−12 juin 1992, Paris 1996.

第十五章

西班牙语文献：

Andermann, Jens: "Cosmopolitismos telúricos: jardín y modernidad en Latinoamérica," en *Revista de Crítica Literaria Latinoamericana*. Año XL, N.79. Lima-Boston. Primer Semestre de 2004.

Binns, Niall. "Acercamientos ecocríticos a la literatura hispanoamericana.", en *Anales de Literatura Hispanoamericana*. Vol. 33. 11−13. 2004.

Bula Caraballo, Germán. "Ecocrítica: algunos apuntes metametodológicos", en *Revista Logos*. No. 17. 63−76. 2010.

Cornejo Polar, Antonio. *Revista de Crítica Literaria Latinoamericana*. Año XL, N.79. Lima-Boston. Primer Semestre de 2004.

De Navascués, Javier (ed.). *De Arcadia a Babel: naturaleza y ciudad en la literatura hispanoamericana*, Vervuert-Iberoamericana, Franfurt/M.-Madrid, 2002.

Elio Brailovsky, Antonio. *Historia ecológica de Iberoamérica, Primer Tomo: "De los mayas al Quijote"* Kaicrón-Le Monde Diplomatique, 2006.

Flys Junquera, Carmen. Marrero Henríquez, José Manuel. Barella Vigal, Julia. *Ecocrítica: Literatura y medio amiente*, Madrid, Iberoamericana Vervuert Publishing Corp, 2010.

Guía de sala HYBRIS: una posible aproximación ecoestética. MUSAC. Junta de Castilla y León.

Heffes, Gisela. *Políticas de la destrucción/poéticas de la preservación-*

Apuntes para una lectura eco-crítica del medio ambiente en América Latina. iBeatriz Viterbo Editora, 2013.

Hermán Errázuriz, Luis. *El factor invisible: estética cotidiana y cultura visual en espacios escolares.* Chile, Consejo Nacional de la Cultura y las Artes, 2015.

Krieger, Peter. "Ecohistoria y ecoestética de la megalópolis mexicana. conceptos, problemas y estrategias de investigación," en *Históricas Digital,* Universidad Nacional Autónoma de México, 2016.

Oliveras, Elena. *Estética: La cuestión del arte.* Ciudad Autónoma de Buenos Aires: Emecé, 2018.

Figueroa Olea, Oscar. *Catástrofes y monstruosidades urbanas. Introducción a la ecoestética.* México: Editorial Trillas, 1989.

Palmett Plata, Olgalicia. "Evaluación de los atributos eco-estéticos del paisaje urbano de Medellín", en *Procesos Urbanos Revista de divulgación científica.* Sincelejo, Colombia, 2015.

Perez-Cano,Tania. *Ecopoéticas transatlánticas: del texto a la acción social.* PhD (Doctor of Philosophy) thesis, University of Iowa, 2013.

Rosas-Bustos, Liza Pamela, *Selva simbólica selva simbiótica: apuntes para una ecocritica latinoamericana* (2014). Dissertations and Theses, 2014-Present.

Woolson, María Alessandra. *El Espacio Como Espejo Cultural. Reflexiones Ecocríticas en América Latina a Principios del Nuevo Milenio.* PhD (Doctor of Philosophy) thesis, University of Arizona, 2014.

英语文献:

Adamson, Joni, and Kimberly N., Ruffin. *American Studies, Ecocriticism, and Citizenship: Thinking and Acting in the Local and Global Commons,* Routledge. 2013.

Barbas-Rhoden, Laura. *Ecological Imaginations in Latin American Fiction.* Gainesville: University Press of Florida, 2011.

Deloughrey, Elizabeth M., Renee K. Gosson, and George B. , Handley. *Caribbean Literature and the Environment: Between Nature and Culture*, New World Studies, A. James Arnold. 2006.

Pérez, Janet, and Wendell Aycock. *Climate and Literature: Reflections of Environment*. Texas Tech University Press. 1995.

第十六章

Фролов А.В. О Феноменологических основаниях экологической этики и эстетики // Вестник Московского Государственного Университета леса-Лесной вестник, 2013.

Влавианос-Арванитис А. Биополитика. Биоокружение. Биосиллабус. Афины: Биополитическая Интернациональная Организация, 1993.

Никишов А.И. Теория и методика обучения биологии. М. : КолосС, 2007.

Лосев А.Ф., Тахо-Годи А.М. Эстетика природы (природа и ее стилевые функции у Р. Роллана). −Киев: Collegium, 1998.

Гусева А.Ю. Экологическая эстетика как превращенная форма эстетики природы // Общество. среда. развитие, 2011.

Бойд Б. Вступительная заметка / Набоков В.В. Второе добавление к «Дару» // Звезда, 2001.

Борейко В.Е. Введение в природоохранную эстетику. Киев: КЭКЦ , 2005.

Набоков В.В. Другие берега: UR: http://www.litra.ru/fullwork/get/ woid/00783621211197356277/page/7/

Борейко В.Е. Введение в природоохранную эстетику. Киев: КЭКЦ , 2005.

Вернадский В.И. Труды по философии естествознания. М. : Наука, 2000.

Вернадский В.И. О науке. М. : РХГИ, 1997.

Эфроимсон В.П. Генетика этики и эстетики. М., 2004.

Соловьев В.С. Сочинения: в 2 т. Т. 2, М. : Мысль, 1988.

Лихачев Д.С. Избранные работы: в 3 т. Т. 2. Л. : Издательство «Художественная литература», 1987.

Лихачев Д.С. Раздумья о России. М. : КоЛибри, Азбука-Аттикус, 2014.

Лихачев Д.С. Поэзия садов: к семантике садово-парковых стилей. Л. : Азбука-Аттикус, 1982.

Кант И. Критика способности суждения. М.: Искусство, 1994.

Красота // Эстетика: словарь. М., 1989.

Мамардашвили М.К. Превращенные формы (о необходимости иррациональных выражений) // М.К. Мамардашвили Как я понимаю философию, М.: Прогресс, 1992.

Каган М.С. Эстетика как философская наука. СПб. :ТК "Петрополис", 1997.

Маньковская Н.Б. Париж со змеями (Введение в эстетику постмодернизма). М.: ИФРАН, 1995.

Маньковская Н.Б. Экологическая эстетика за рубежом // Философские науки, 1992.

Голик Н.В. Экологическая эстетика: предварительные итоги // STUDIA CULTURAE, 2013.

Реймерс Н.Ф. Экология (теория, законы, правила, принципы и гипотезы). М. : Журнал «Россия Молодая», 1994.

Чайковский П.И. О музыке, о жизни, о себе. М. :Музыка, 1976.

Пимен. Красота природы // Журнал Московской патриархии, 1989.

Карако П.С. Экологическая эстетика: становление, сущность и роль в оптимизации социоприродных взаимоотношений // Весник палескага дзяржаунага университета. Серыя грамадских и гуманитарных навук, 2002.

Экология и эстетика ландшафта. Вильнюс: Минтис, 1975.

Экологическая эстетика. –Интернет-ресурс. URL: http://www.rah.ru/ content/ru/main_menu_ru/section-science_activity/section-term_dictionary.html ?filterByLetter=%FD&wordId=4094. (12.06.2011).

Эстетика природы. М. : ИФРАН, 1994.

High Line // The official Web site of the High Line and Friends of the High Line. URL: http://www.thehighline.org/about/park-information (дата обращения 22.22.2011).

后　记

　　本书涉及英语、德语、法语、西班牙语、意大利语、俄语等六种外语，如果没有一支精通外语而又精诚合作的学术团队，这样的著作是不可能完成的。因此，首先应该介绍这本书的分工合作情况：

　　前言由程相占撰写；第一章由程相占、王甜甜撰写；第二章由程相占、周品洁撰写；第三章由于洋撰写；第四章由程相占、周思钊撰写；第五章由程相占、尹梦洁撰写；第六章由杨震撰写；第七章由程相占、李鹿鸣撰写；第八章由程相占、张伊萱撰写；第九章由程相占、黄若愚撰写；第十章由程相占、滕冬撰写；第十一章由程相占、庄媛撰写；第十二章由程相占、初敏、冯璐、王云端撰写；第十三章由李晓晴、张兆龙撰写；第十四章由陈绮撰写；第十五章由孟夏韵撰写；第十六章第一、二、三节由郑永旺撰写，第四、五、六、七、八、九节由李楠撰写；结语由程相占撰写；后记由程相占撰写；全书整合并通稿由程相占、周思钊完成。

　　其次，应该如实地叙述这本书的写作过程。

　　2018年5月，我与山东文艺出版社签订"生态美学三书"合同，此后考虑最多的就是如何付诸实施。最大的困难当然要数撰写《西方生态美学史》这本书，因为它涉及英语之外的多种外语，远远超过了我个人的外语能力。我从2001年以来开始着手搜集相关文献，编辑"西方生态美学学术编年"，发现英语之外的文献尽管不多，但也不能忽视。因此，我把撰写工作分为两大部分，第一部分是英语生态美学文献研究，这一块我采用的方法是讲课。我从2002年开始给山东大学文艺美学研究中心的硕士研究生讲授专业英语，授课内容先后为西方美学史、西方美学前沿问题研究、环境美学研究等。为了撰写《西方生态美学史》，我特意把2018年秋季学期的课程内容调整为"西方生态美学研究"，选课的同学主要是2017级的研究生，我还特意要求我指导的几位博士生前往旁听。课程大纲基本上就是本书的各个章节。通过整个学期的讲授，我得到了两方面的收获：一是更加清晰而深入地理解和把握了研究对象，二是培养出了能够进入研究状态的学术团队。分工各章凡是带有我名字的，都是我先在课堂上讲解，然后让同学们在课程内容的基础上进行深入加工。因此，这本书的主体内容基本上就是这门课程讲稿的修订版。第二部分内容是英语之外的其他外语语种的生态美学，我只能邀请懂其他外语的朋友来帮忙了。

组建二十一人的学术团队来撰写一本书，体例的统一是至关紧要的。为此，我在2018年8月20日认真拟订了"《西方生态美学史》撰写体例"，发布给所有参与者，明确要求大家严格执行。现将这份材料抄录如下：

为了统一本书的写作体例，并且为研究生同学提供写作指南，特拟订本书撰写体例，供大家讨论、完善、参考。

每章都包括如下五部分：

1. Who——根据知人论世原则，客观地介绍作者的生平、学术活动和代表性论著，尽可能地突出那些与生态美学相关的内容。

2. What——作者提出的理论问题是什么？其核心观点是什么？

3. Why——作者为什么要提出这样的问题和观点？

4. How——作者是如何论述、如何论证其理论学说的？这是重点。

5. Evaulation——我们如何评价该作者在生态美学史上的理论贡献、局限与地位？

说明：对于初学者来说，学术研究可以简化为某种考试方式，可以分三步走：第一，做简答题；第二，将简答题扩充为论述题；第三，将论述题进一步扩充为论著的某个章节。

这份体例说明主要是针对跟我上课并且参与撰写的那些研究生的，目的是让他们尽快掌握学术研究的要领。尽管每个同学的写作进度和完成质量不完全一样，但基本过程都是如下步骤：第一步，同学们认真上课，根据我讲授的课程内容撰写初稿；第二步，我逐字逐句修改初稿，提出修改意见，然后返回给同学们进行修改；第三步，我审阅修改稿，提出进一步修改意见；第四步，同学们进一步修改。如此等等，循环数次。当然，由于同学们情况各异，各章循环的次数并不完全相同。在此，我要向参与写作的各位同学表示诚挚的感谢！在书稿的最后整合阶段，我指导的博士生周思钊同学帮我做了许多工作，这里应该记录他的劳动。我在通读全书的过程中，也随手修改了不少地方。书稿存在的疏漏和缺陷一定不少，这当然要由我来负责。

更要特别感谢的是英语之外的那几位外语学者，按照章节顺序分别是杨震先生，李晓晴、张兆龙、陈绮、孟夏韵四位女士，郑永旺先生和李楠同学。没有他们的鼎力相助，本书不可能涵盖英语之外的其他外语文献，比如德语、法语、意大利语、西班牙语和俄语。撰写本书之前，我跟他们中的绝大多数人并不认识；但是，当我发出求助信息的时候，他们都慷慨相助，无论他们自己的工作有多么繁忙。正是有了他们的大力支持和帮助，本书才能够做到最大限度的全面和完整，初步做到一部真正意义上的"西方"生态美学史。在与他们多次讨论书稿的修改过程中，我真切地感到他们对于学术研究的赤诚之心和严谨态度，感受到他们精深的学术造诣，这让我也从中获益良多。

做任何事情都难免遗憾，写这本书也不例外。通过芬兰学者瑟帕玛先生的介绍，我了解到芬兰的环境美学研究兴起很早，相关成果也很多。我就尝试着邀请芬兰赫尔辛基大学的一位年轻学者，用英文撰写三至五万字的芬兰环境美学概览，然后我从中挑选出与生态美学有关的部分，翻译出来放在本书中。这位朋友非常友好地答应了，但由于身体原因，至今也没有写出来；我还通过在土耳其从事生态批评研究的朋友了解到，土耳其好像也有生态美学的著作，于是就邀请一位懂土耳其语的朋友加入写作团队，但无果而终。这样的遗憾，但愿以后有机会弥补。可以聊以自慰的是，我为这本书真的尽了全力，目前呈现给读者的样子，其实已经超过了我最初的预期。学术研究之艰难，让我更加意识到"临文必敬"这一古训的精义。

这篇后记的最后空间，我想留给本书第三章的主人，德国生态画家、生态艺术倡导者瓦西里·勒班陀。客观地说，我与勒班陀认识的时间很短，交往也不多，但是，这篇后记应该认真记录我们的交往过程。

2015年10月25—26日，国际美学学会、中国山东大学文艺美学研究中心和韩国成均馆大学东洋哲学系BK21PLUS事业团联合主办了"生态美学与生态批评的空间"国际研讨会，正在山东济南举办生态画展的勒班陀应我之邀，参加了研讨会并做了题为"将生态艺术视为'自然的女儿'"的大会发言。此后，勒班陀去山西太原举办画展。11月3日，我又邀请他到山东大学为研究生做了一场学术报告，题目是"艺术和世界中的生态秩序"。他以自己1983年发表的《为了人类的艺术或生态艺术》（*Art for Mankind or for Ecological Art*）中的一段话为开场白，向在座师生们介绍了他的生态艺术思想。我主持了他的讲座并做了总结，概括为三个关键术语，它们分别是自然的内在规律、自然秩序，以及艺术的形式。通过这次讲座，我了解到他的生态绘画创作是在批判抽象绘画的背景下进行的，其核心要点是，抽象绘画遗失了客观存在的世界、遗失了自然，因此，他要通过生态绘画，把被人类遗失的世界重新带回来。我们的学术交流由此正式展开。

勒班陀回国不久，就让他的工作助手西蒙娜女士跟我联系，说中国的生态美学给他留下了很深的印象，并正式邀请我去海德堡大学做这方面的学术报告。收到勒班陀的邀请时，我的心中充满了激动。谁都知道，德国是美学的故乡，美学史上那些如雷贯耳的名字很多都出自这个国度。海德堡大学是德国最为著名的大学之一，黑格尔1818年就是在这里开始讲授美学的。我的生态美学研究一直都将黑格尔作为批判的靶子，而今有机会到他的门上讲生态美学，颇有点"讨敌叫阵"的意味。怀着上述种种心情，2017年6月19—24日，我应邀赴德国参加海德堡大学主办的"美学与生态：新纪年"国际研讨会，23日晚上在海德堡金碧辉煌的市政厅，做了题为"生态智慧与生态美学的中国视角"的学术报告。在此期间，我应邀到勒班陀家做客，认真地参观了他的绘画工作室，在他的讲解下认真欣赏了他的生态绘画，还前后两次做了访谈与对话。我将四个多小时的录音都保存了下来，准备回国后整理出来在国内发表。我还当面邀请勒班陀方便的时候再次访问山东大学，为山东大学文艺美学研究中心的研究生做系列讲座，他也愉快地答应了。我们都对未来的合作充满着期待。

2017年底和2018年初，勒班陀两次让西蒙娜跟我联系，说海德堡的一家工厂的原址被改造成了艺术长廊，他的生态绘画已经在那里布展，希望我在艺术长廊的开幕式上，发表一个关于生态美学与生态艺术的演讲。我毫不犹豫地答应了，因为我从德国回来之后，认认真真地阅读了勒班陀赠送的三本画册和一本英语著作，对他的生态艺术及其理念有了较深的体会，并产生了很多共鸣。就这样，我一边等待正式邀请函，一边构思并写作发言稿。等待着，期待着。一天早晨，我起床洗漱后照例打开手机，查看微信中的信息，看到有一条信息来自西蒙娜。我想，那一定是告诉我开幕式的时间和访问德国的日期。万万没有想到，那条信息竟然告诉我，勒班陀已经于两个月前因病去世了，具体日期是2018年8月30日。震惊之余，我问西蒙娜为什么不及时告诉我？她说，勒班陀临终前叮嘱，不要惊动任何人，他想静静地走过这个世界，静静地离开——他没有子女，临终之时，只有他的妻子陪伴着他。他的妻子叫莱纳，一位慈母般的芬兰女性。我访问海德堡那几天，莱纳每天都照顾我的午餐和晚餐，还带我游览海德堡城堡，观赏内卡河南北两岸的风光。这位阿姨也是一位生态主义者，指着海德堡市内的一座玻璃建筑，气愤地说："这是反生态的建筑。我们当时抗议市政府批准这样的建筑，但是，建筑商太有钱了，我们最终没能成功阻挡他们。"

莱纳还带我去了一个公园里，那里有一尊歌德的铜像。我很快从网上搜索到了歌德与海德堡的浪漫故事，特别是他的那首名诗《我把心儿遗忘在海德堡》——我当然不可能像老歌德那样浪漫，但是，因为生态美学，因为勒班陀，我好像也有某种把心留在海德堡的感觉。本书第三章曾经引用了勒班陀的几句话，我想引用在这里，作为本书的结语，也作为我的生态美学研究的座右铭。勒班陀说：

> 我感觉自己是大自然的特使，去到人类当中，讲述自然的伟大与真理。这听起来天真，抑或极度狂妄，可当时情况确实如此。不过，

在我看来，这既非天真，亦非狂妄，而是我的迫切需求。我要将秩序带入到一个已陷入脱节状态的世界中去。我要将倒下的重新树立起来，将缺失的补齐，将遗失的重新找到，让可见的东西再次可被表达。

程相占，2019年6月12日初稿，9月10日教师节修订，10月21日再次修订，12月9日定稿。